대지의 기둥

Ⅲ

켄 폴릿 장편소설 | 한기찬 옮김

문학동네

차례

4부 1142~1145년

11장

1

필립의 예언 때문에 윌리엄의 승리감은 스러지고 말았다. 만족과 환희 대신 자기가 저지른 일 때문에 지옥으로 떨어지리라는 생각으로 그는 잔뜩 겁에 질렸다.

"이 수사 놈아, 여기가 바로 지옥이다!" 그는 대담한 척 필립을 조롱했지만, 그것도 공격의 흥분에 사로잡혀 있었을 때의 일이었다. 모든 것이 끝난 후 그는 부하들을 이끌고 불타는 마을에서 멀리 떨어진 곳으로 갔다. 그곳에서 부하들과 그들의 말들과 함께 가슴을 진정시키며 급습을 되씹어본 윌리엄은 얼마나 많은 사람들이 자기 손에 다치고 불에 타 죽었는지에 생각이 미치자 필립의 노한 얼굴과 함께 똑바로 땅속을 가리키던 손가락, 그리고 '네놈은 이 일로 지옥에 떨어지리라!' 하고 외치던 저주의 말이 떠올랐다.

땅거미가 질 무렵 그는 완전히 기가 꺾이고 말았다. 병사들은 습격의 절정 부분들을 되새기고 학살을 음미하는 등 그 작전에 대해 얘기를 나누고 싶어했지만, 이내 그의 기분을 알아차리고 모두 우울한 침묵에 빠져들었다. 그들은 그날 밤을 윌리엄의 지배하에 있는 어느 대소작인 집에서 보냈다. 저녁식사 때는 인사불성이 되도록 술을 마셨다. 한바탕 전투를 치른 뒤면 병사들이 어떤 기분이 되는지 알고 있는 소작인은 셔링에서 창녀를 몇 명 데려왔지만 장사가 영 시원찮았다. 윌리엄은 잠든 사이에 죽어서 곧바로 지옥으로 떨어질까봐 밤새 뜬눈으로 지샜다.

다음 날 아침 그는 얼즈캐슬로 돌아가지 않고 웨일런 주교를 찾아갔다. 관저에 도착했을 때 주교는 없었지만 볼드윈 교구 주임신부는 주교가 오후에 돌아올 예정이라고 말해주었다. 윌리엄은 관저의 성당에서 그를 기다렸다. 제대 위의 십자가를 바라보면서 여름날의 더위에도 불구하고 몸을 덜덜 떨었다.

마침내 웨일런이 돌아왔을 때 윌리엄은 그의 발에 입이라도 맞추고 싶은 심정이었다.

주교는 검은 옷을 끌면서 성당으로 들어오더니 싸늘하게 물었다. "여기서 뭘 하고 있소?"

윌리엄은 자리에서 일어나 자신의 비참한 공포를 감추려 애써 침착한 표정을 지었다. "어제 전 킹스브리지를 불태우고—"

"알고 있소." 웨일런이 그의 말을 가로챘다. "오늘 어디를 가나 그 얘기뿐이더군. 당신 무엇에 씌었소? 미쳤냐는 말이오."

뜻밖의 반응에 윌리엄은 깜짝 놀랐다. 윌리엄이 이번 습격을 웨일런과 미리 상의하지 않은 이유는 그가 두말할 것도 없이 찬성하리라고 확신했기 때문이었다. 웨일런은 킹스브리지에 관한 일이라면, 특히 필립 수도원장의 일이라면 무엇이든 증오했다. 윌리엄은 그가 뛸 듯이 기뻐하지는 않더라도 몹시 흡족해하리라고 기대했다. 윌리엄은 말했다. "난 막 당신의 가장 큰 적을 파멸시킨 거라고요. 그리고 이젠 고해를 해야겠습니다."

"고해해야 마땅할 거요. 백 명도 넘는 사람이 불에 타 죽었다고 하더군." 웨일런은 진저리를 쳤다. "그런 식으로 죽다니 끔찍한 일이오."

"고해할 준비가 되었습니다."

웨일런은 고개를 저었다. "내가 당신의 죄를 사해줄 수 있을지 모르겠군."

윌리엄의 입술 사이로 공포 서린 비명이 튀어나왔다. "왜 안 된다는 거죠?"

"알다시피 윈체스터의 헨리 주교와 나는 다시 스티븐 왕의 편으로 돌아섰소. 그런 내가 모드 황후의 후원자에게 죄를 사해준다면 국왕께서 찬성하지 않을 거요."

"이런 빌어먹을. 나더러 편을 바꾸라고 한 사람은 바로 웨일런 당신이었잖습니까!"

웨일런은 어깨를 으쓱했다. "그럼 다시 바꾸시오."

윌리엄은 웨일런이 노리는 게 바로 이것임을 깨달았다. 그는 윌리엄이 편을 다시 바꾸어 스티븐 왕에게 충성을 바치기를 바라고 있었다. 킹스브리지를 불태웠다는 소식을 듣고 놀란 척했지만 그건 짐짓 꾸민 태도였다. 단지 거래를 위한 유리한 입장을 확고히 하는 것에 불과했다. 그것을 알아차리자 윌리엄은 커다란 안도감을 느꼈다. 주교가 죄를 사해주기를 단호히 거부하지는 않을 것이기 때문이었다. 그러나 다시 편을 바꾸라고 하지 않았던가? 잠시 윌리엄은 그 문제를 생각해보느라 아무 말도 하지 않았다.

"스티븐 왕은 여름 내내 승리를 거두었소." 웨일런이 말을 이었다. "모드는 노르망디에 있는 남편에게 원조를 요청하고 있지만 그는 오지 않을 것이오. 전세는 우리에게 유리하게 흘러가고 있소."

지금 윌리엄의 눈앞에 실로 무시무시한 광경이 펼쳐지고 있었다. 교회가 그의 죄를 사해주지 않고, 셰리프가 그를 살인죄로 기소하고, 승리를 거두고 있는 스티븐 왕이 셰리프와 교회를 옹호한다면 윌리엄 자신은 조사를 받고 교수형을……

"나처럼 헨리 주교를 따르시오. 그분은 바람이 부는 방향을 읽었소." 웨일런이 다그쳤다. "만약 모든 일이 잘되면 윈체스터는 대주교 관구가 될 거고, 헨리 주교가 윈체스터의 대주교 자리에 오를 거요. 캔터베리 대주교와 동등한 지위요. 그리고 헨리가 서거하면, 누가 알겠소? 내가 그 뒤를 이어 대주교가 될지. 그 이후에…… 이미 영국인 추기경까지 있으니 언젠가는 영국인 교황이 나올지도 모르는 일 아니겠소?"

두려움에도 불구하고 윌리엄은 언제나 돌처럼 굳어 있던 주교의 얼굴에 적나라하게 드러난 야욕을 보고 홀린 듯이 웨일런을 쳐다보았다. 웨일런이 교황이 된다고? 그렇게 되지 말라는 법은 없었다. 그러나 그보다도 웨일런의 야심 때문에 지금 당장 벌어지게 될 일이 더 중요했다. 윌리엄은 자신이 웨일런의 게임에서 볼모가 되었음을 알 수 있었다. 웨일런과 헨리 주교는 내전중인 쌍방 가운데 어느 한쪽에 윌리엄과 셔링의 기사들을 넘겨줌으로써 명망을 얻었다. 그것이야말로 교회가 윌리엄의 죄를 눈감아주는 데 대한 대가였다. "그러니까……" 윌리엄의 목소리는 쉬어 있었다. 그는 기침을 하고 다시 말했다. "그 말인즉 주교께선 제가 스티븐 왕에게 충성을 맹세하고 다시 그분 편으로 돌아가면 제 고해를 들어주겠다는 뜻입니까?"

순간 웨일런의 눈에 반짝 빛이 지나갔고 그의 얼굴은 다시 무표정해졌다. "바로 그렇소."

윌리엄으로서는 선택의 여지가 없기도 했지만 어쨌든 거절할 이유를 찾을 수 없었다. 모드가 승리를 거두는 듯했을 때 그녀에게로 돌아선 그였으니, 스티븐이 우세해 보이는 지금 다시 그쪽으로 돌아설 만반의 준비는 되어 있었다. 아무튼 그 끔찍한 지옥의 공포에서 벗어날 수만 있다면 어떤 제의도 받아들였을 것이다. "그럼 좋습니다." 그는 더 주저하지 않고 대답했다. "어서 제 고해나 들어주십시오."

"좋소, 기도합시다."

그들이 씩씩하게 기도를 드리는 동안 윌리엄은 등에서 무거운 죄의 짐이 떨어져나가는 것을 느꼈고, 자신의 승리에 점차 마음이 흡족해져 갔다. 윌리엄이 성당에서 나오자 부하들은 주군의 기분이 몹시 좋아진 것을 알아차렸고, 그가 웨일런 주교의 말대로 신의 뜻에 따라 다시 한번 스티븐 왕을 위해 싸울 것이라고 말하자 환성을 올렸다. 그들은 그것을 구실 삼아 축하 잔치를 열기로 했다. 웨일런이 포도주를 가져오라고 지시했다.

식사를 기다리면서 윌리엄이 말했다. "이제 스티븐 왕께선 마땅히 나의 백작 작위를 허락해야 할 겁니다."

"그래야 할 거요." 웨일런도 동의했다. "하지만 왕께서 꼭 그렇게 하리란 보장은 없소."

"그렇지만 내가 이제 그분의 편이 되었잖습니까!"

"킹스브리지의 리처드는 그분을 배반한 적이 없었소."

그러자 윌리엄의 얼굴에 잘난 체하는 미소가 떠올랐다. "리처드 문제는 내가 처리한 것 같은데요."

"그렇소? 어떻게?"

"리처드에겐 영지가 없습니다. 그자가 수행원을 거느리고 기사 행세를 할 수 있었던 건 오직 자기 누나의 돈 덕분이었습니다."

"정당한 방법은 아니었지만 지금까지 별 문제가 없었지 않소?"

"그런데 이제 그 누나에게는 돈이 없거든요. 어제 내가 그 여자의 창고를 불 질렀으니까요. 그 여잔 파산했습니다. 그러니까 리처드도 망한 거라고요."

웨일런은 알았다는 듯 고개를 끄덕였다. "그렇다면 리처드가 우리 앞에서 사라지는 건 시간문제겠군. 그러면 백작 작위는 당연히 당신에게 돌아갈 거요."

식사가 준비되었다. 윌리엄의 병사들은 말석에 앉아 관저의 세탁부들을 희롱하고 있었다. 윌리엄은 웨일런과 그의 휘하 부주교들과 함께 상석에 앉아 있었다. 이제 마음이 놓인 윌리엄은 세탁부들과 어울리고 있는 부하들이 차라리 부러웠다. 부주교들은 따분한 사람들이었다.

교구 주임신부 볼드윈이 윌리엄에게 콩 접시를 건네주며 물었다. "윌리엄 경, 필립 수도원장처럼 직접 양모시장을 열려는 자가 또 있다면 어떻게 막으시겠습니까?"

이 질문에 윌리엄은 깜짝 놀랐다. "누가 감히 그런 짓을 한단 말이오!"

"수사 중에는 감히 그런 일을 할 자가 없겠지요. 하지만 백작이라면 할 수 있습니다."

"허가를 얻어야 할 거요."

"스티븐 왕을 위해 싸운 자라면 쉽게 얻을 수 있을 겁니다."

"이 지방에는 그런 자가 없소."

"볼드윈 말이 옳소, 윌리엄." 웨일런 주교가 말했다. "당신의 백작령 주위에는 양모시장을 열 수 있는 시들이 많지. 윌턴, 데비즈, 웰스, 말버러, 월링퍼드 같은……"

"난 킹스브리지를 불태웠습니다. 그러니 어디든 불태워버릴 수 있어요." 윌리엄이 짜증스럽다는 듯 말했다. 그리고 포도주를 한 모금 삼켰다. 자신이 거둔 승리의 가치가 과소평가되자 화가 났다.

웨일런은 아무도 손대지 않은 빵 한 덩어리를 집어들고 잘랐지만 먹지는 않았다. "킹스브리지는 공격하기 쉬운 목표요." 웨일런이 설득조로 말했다. "거기엔 도시 성벽도 없고 성도 없고 사람들이 피신할 커다란 성당도 없소. 게다가 기사나 병사도 없는 수사 한 사람이 다스리는 곳이지. 킹스브리지는 무방비 상태나 다름없소. 그러나 다른 도시들은 그렇지가 않소."

볼드윈 사제가 덧붙였다. "더구나 내전이 끝나면 어느 쪽이 이기든 상관없이 그 어떤 도시도 킹스브리지처럼 불태울 수는 없을 겁니다. 국왕 치하의 평화를 깨뜨리는 행위거든요. 평시라면 어떤 왕도 그런 행위를 용납하지 않을 겁니다."

윌리엄은 그들의 말뜻을 알아듣고는 화가 치밀었다. "그렇다면 모든 일이 수포로 돌아갈 수도 있겠군." 그는 나이프를 내려놓았다. 긴장 때문에 위에 경련이 일어나 더는 먹을 수가 없었다.

웨일런이 말했다. "물론 앨리에너가 파산한다면 일종의 공백이 생길 거요."

윌리엄은 그의 말을 알아듣지 못했다. "그건 무슨 뜻이죠?"

"올해 이 지방의 모든 양모는 그 여자가 사들였소. 그런데 내년에는 어떻게 될 것 같소?"

"모르겠어요."

웨일런은 여전히 생각에 잠긴 듯한 태도로 말을 계속했다. "필립 수도원장을 제외하면 이 근처의 양모 생산자들은 모두 백작이나 주교의 소작인들이오. 당신은 작위만 없을 뿐 실질적으로 백작이나 다름없고 나는 주교요. 우리의 모든 소작인들에게 양모를 우리에게만 팔라고 한다면, 우리는 이 지방의 양모 가운데 3분의 2를 장악하는 셈이오. 우리는 그걸 셔링의 양모시장에서 팔게 될 거요. 설혹 누군가 허가를 얻는다 해도 나머지 분량만 가지고는 다른 어느 곳에서도 양모시장을 열 수 없을 거요."

그게 굉장한 생각이라는 것을 윌리엄은 곧 알아챘다. "그렇다면 우리는 앨리에너만큼이나 많은 돈을 벌겠군요." 그가 요점을 지적했다.

"그렇소." 웨일런은 앞에 놓인 부드러운 고기 한 점을 입에 넣고 생각에 잠긴 듯 천천히 씹었다. "당신은 킹스브리지를 불태워 가장 큰 적을 파멸시켰고 새로운 수입원도 잡았소. 단 하루만의 성과로는 적지 않은 거요."

윌리엄은 포도주를 한껏 들이켰다. 배 속이 뜨거워졌다. 그는 식탁 아래쪽을 바라보았다. 그의 밑에 있는 두 병사에게 요염한 미소를 짓고 있는 검은 머리의 포동포동한 소녀에게 시선이 가 멎었다. 아마도 오늘 밤 자신은 그 소녀를 갖게 될 것이다. 그는 자신이 할 일을 알고 있었다. 그 소녀를 구석으로 끌고 가 바닥에 내팽개치고, 치마를 걷어올리면서 앨리에너의 얼굴과, 양모에 불이 붙는 것을 바라보던 그녀의 공포와 절망에 찬 표정을 떠올릴 것이다. 그러고 나면 그짓을 할 수 있게 되리라. 윌리엄은 기대에 찬 미소를 지으며 사슴 허릿살을 한 점 더 집었다.

킹스브리지 화재로 필립 수도원장은 완전히 절망에 빠졌다. 전혀 예기치 못했던 윌리엄의 행동, 잔인한 습격, 공포에 질린 군중의 끔찍한 모습, 무시무시한 살육, 그리고 자신의 완전한 무력함, 이 모든 것이 한데 뒤엉켜 정신을 마비시켰다.

그중에서도 최악은 건축가 톰의 죽음이었다. 기술이 절정에 이른 사람, 기술의 모든 면에서 대가의 경지에 이른 톰이 대성당이 완공될 때까지 공사를 맡아줄 거라고 믿어 의심치 않았다. 톰은 또한 수도원 외부에서 필립과 가장 절친하게 지내는 친구였다. 그들은 적어도 하루에 한 번씩은 만나서 이야기를 나누었고, 그들의 방대한 계획에서 끊임없이 제

기된 많은 문제들을 해결하기 위해 함께 애썼다. 톰은 지혜와 겸손함을 갖춘 보기 드문 사람이었고, 그런 사람과 함께 일한다는 것은 큰 기쁨이었다. 그런 톰이 죽었다니 있을 수 없는 일 같았다.

이제 필립은 아무것도 이해할 수 없었다. 그에겐 실질적인 힘도 없었고, 도시라고 하기에는 아직 그 규모가 크게 못 미치는 킹스브리지는커녕 조그만 외양간조차 맡을 능력이 없는 것처럼 느껴졌다. 그는 언제나 정직하게 최선을 다하고 하느님을 믿는다면 결국 모든 일이 다 잘될 거라고 믿어왔다. 그러나 킹스브리지는 불타버렸고, 그것은 그가 틀렸다는 증거였다. 그는 모든 의욕을 잃고 온종일 수도원 안의 사택에 앉아, 작은 제대 위에 놓인 초가 타들어가는 것을 바라보며 두서없이 떠오르는 쓸쓸한 생각에만 사로잡혀 손끝 하나 까딱하지 못했다.

무엇을 해야 할지 아는 사람은 젊은 잭이었다. 그는 시신들을 지하성당으로 옮기고 부상자를 수사 전용 숙사에 수용했으며, 강 건너 풀밭에 모인 생존자들을 위해 비상 급식 대책을 세웠다. 날씨가 따뜻했으므로 사람들은 모두 한데서 잠을 잤다. 대학살이 벌어진 다음 날, 잭은 아직도 정신을 차리지 못한 시민들로 작업조를 편성해 수도원 경내의 잿더미와 잔해를 청소하게 했다. 한편 흰머리 커스버트와 회계관 밀리우스는 인근 농민들에게서 식료품을 공급받도록 조처했다. 이틀째 되는 날에는 죽은 이들을 수도원 경내 북쪽에 묻었는데, 이때 새로 생긴 무덤은 193개였다.

필립은 그저 잭이 작성한 지시서에 서명하기만 했다. 잭은 화재에서 살아남은 시민들 대부분이 재산상의 피해는 크게 입지 않았고, 대개는 오두막과 가구 몇 개를 잃은 정도임을 지적했다. 곡식은 여전히 밭에 남아 있었고, 가축들은 풀밭에 있었고, 저축해둔 돈은 대개 벽난로 밑에 고이 묻혀 있었다. 온 도시를 휩쓴 화재는 땅속까지는 미치지 못했다.

가장 큰 피해를 입은 이들은 창고를 잃은 상인들이었다. 앨리에너처럼 완전히 파산한 경우도 있었지만, 재산의 일부를 은으로 묻어둔 사람들은 재기할 수 있었다. 잭은 즉각 도시를 재건하자고 제안했다.

잭의 제안에 따라 필립은 수도원 소유의 숲에서 비록 일주일 동안이긴 하지만 자유롭게 목재를 잘라다 새 집을 지을 수 있도록 허락했다. 그러자 온 가족이 동원되어 새 집을 짓기에 적당한 나무를 골라 자르느라 킹스브리지는 이레 동안 비어 있다시피 했다. 그 일주일 동안 잭도 필립에게 새 도시를 설계하자고 요청했다. 그리고 필립은 도시 설계에 골몰함으로써 마침내 침체의 늪에서 빠져나올 수 있었다.

그는 나흘 동안 쉬지 않고 설계에 몰두했다. 수도원 담장 주위에는 부유한 장인이나 상점 주인을 위한 대大주택들을 세울 예정이었다. 그는 격자 형태로 짜인 윈체스터의 거리들을 머릿속에 그리면서 새로운 킹스브리지도 그처럼 편리하게 구획하자고 생각했다. 수레 두 대가 지나갈 만큼 넓고 곧은 도로들이 좀더 작은 도로와 엇갈리면서 강 쪽으로 뻗어 내려갈 것이다. 그는 표준 건축 대지의 폭을 7.2미터로 정했는데, 작은 도시 수준의 주택 치고는 제법 전면이 넉넉한 편이 될 것이다. 또한 각 대지의 길이는 36미터로 정하여, 옥외 변소와 채소밭, 마구간, 외양간, 돼지우리 등이 들어설 뒷마당을 위한 공간을 마련했다. 다리도 불타버렸으므로 새 다리는 전보다 더 편리한 위치로 옮겨 새 간선도로의 끝에 연결할 작정이었다. 도시를 통과하는 주도로는 이제 링컨에서처럼 다리에서부터 곧장 언덕 위까지 이어진 다음, 대성당을 지나 반대편으로 뻗어나갈 것이다. 또하나의 넓은 도로는 수도원 정문에서 시작되어, 다리의 하류 쪽이자 강물이 굽어도는 지점인 강가의 새 나루터까지 이어질 것이다. 그러면 대량의 물자가 상점들이 늘어선 주도로를 거치지 않고도 수도원까지 운송될 수 있을 것이다. 나루터 주위에는 소규모 주택을 지어 완전히 새로운 구역을 건설할 계획이었다. 빈민 주거지는 수도원 하류에 위치할 것이고, 그러면 그들의 불결한 생활로 수도원에 공급되는 물이 오염되는 일은 생기지 않을 터였다.

필립은 도시 재건 설계 덕분에 스스로는 어찌해볼 도리가 없던 마비 상태에서 비로소 벗어날 수 있었다. 하지만 도면에서 고개를 들 때마다 목숨을 잃은 사람들 생각에 분노와 슬픔이 치밀어올랐다. 그는 윌리엄 햄리가 정말로 악마의 화신이 아닐까 생각했다. 그자는 인간이 도저히 저지를 수 없을 것 같은 재난을 일으켰다. 필립은 목재를 싣고 숲에서 돌아온 시민들의 얼굴에서도 가까운 이를 여읜 슬픔과 희망이 교차하는 것을 보았다. 잭과 나머지 수사들은 새로운 도시 계획에 따라 땅에 말뚝을 박고 줄을 쳤다. 저희가 살 땅을 고르면서도 사람들은 우울한 얼굴로 말했다. "이게 다 무슨 소용이람? 내년이면 또 불타버릴걸." 악행을 한 자는 반드시 처벌받는다는 정의가 살아 있었더라면, 아니 그런 기대를 품을 수만 있었더라면 그처럼 슬픔에 잠기지는 않았을 것이다. 스티븐 왕이나 모드, 헨리 주교, 캔터베리의 대주교, 교황 앞으로 서한을 보내놓기는 했지만, 필립은 윌리엄처럼 세력 있는 인물이 이런 전시에 재판에 회부되는 일은 거의 없으리라는 걸 잘 알고 있었다.

필립이 한 설계에서 넓은 건축 대지는 세가 훨씬 비쌌는데도 신청자가 많아서, 그는 더 많은 이들의 요구를 수용할 수 있도록 설계를 변경했다. 빈민 지역에 집을 지으려는 사람은 거의 없었지만 필립은 먼 훗날을 대비해 설계대로 그 지역을 남겨두기로 했다. 대화재가 있은 지 열흘 후 대부분의 대지에서 새로운 목조가옥들이 건축되고 있었고, 그로부터 다시 일주일 후에는 그 대부분이 완성되었다. 일단 주택을 짓고 나자 대성당 공사도 재개되었다. 공사장 인부들은 노임으로 받은 돈을 쓰고 싶어했다. 그래서 상점도 다시 문을 열었고, 소규모 자작농들은 계란이나 양파 등을 도시로 가져왔다. 부엌일을 하는 처녀와 세탁부도 상점 주인이나 장인을 위해 다시 일하기 시작했다. 그렇게 하루하루가 지나면서 킹스브리지의 경제생활은 정상으로 돌아가고 있었다.

그러나 죽은 자가 너무도 많아 도시는 마치 유령 마을 같았다. 어린아이, 어머니, 남편, 누이 등 적어도 한 식구씩 잃지 않은 가정이 없었다. 사람들은 굳이 상장喪章을 달고 다니지는 않았지만, 얼굴의 주름에는 겨울나무의 헐벗은 가지처럼 삭막한 슬픔이 배어 있었다. 가장 큰 충격을 받은 사람은 여섯 살 난 조너선이었다. 아이는 수도원 경내를 유령처럼 정신없이 돌아다녔다. 결국 필립은 아이가 어느 누구보다 많은 시간을 함께한 톰을 그리워하고 있음을 깨달았다. 그 사실을 알고부터 필립은 하루에 한 시간씩 아이에게 이야기를 들려주고 숫자놀이도 함께 하며 아이의 달콤한 재잘거림에도 귀를 기울여줄 시간을 따로 마련하려 애썼다.

필립은 영국과 프랑스에 있는 주요 베네딕투스회 분원의 대수도원장들 앞으로 서한을 보내 톰의 자리를 대신할 건축 책임자를 추천해달라고 부탁했다. 필립과 같은 지위에 있는 소수도원장이라면 대개 이런 문제를 자신의 주교와 의논하게 마련이었다. 대개 주교들은 광범위한 지역을 두루 돌아다니기 때문에 훌륭한 건축가에 대한 소문을 듣는 일이 많았다. 그러나 웨일런 주교는 필립을 도와주지 않을 것이다. 두 사람의 끊임없는 다툼 때문에 필립은 응당 그래야 하는 것보다 훨씬 더 외롭게 직무를 수행할 수밖에 없었다.

필립이 대수도원장들의 회신을 기다리는 동안 장인들은 자연스레 앨프레드의 지시를 받으려 했다. 앨프레드는 톰의 아들이고 석공장이었으며, 때로는 거의 독립적으로 작업조를 편성해 공사를 한 적도 있었다. 불행히도 그는 톰처럼 명석하진 못했으나 글을 읽을 줄 알았고 권위도 갖추었다. 앨프레드는 아버지의 죽음으로 생긴 공백을 조금씩 메워나갔다.

건축 공사에 관련해서는 톰이 있었을 때보다 훨씬 더 많은 문제점과 의문점이 생기는 듯 보였다. 그러나 앨프레드는 언제나 잭이 보이지 않을 때를 골라 의문점을 들고 나오는 듯했다. 그것도 당연했는데, 킹스브리지에서 이 의붓형제가 서로 미워한다는 걸 모르는 사람은 아무도 없었다. 하지만 그 결과 필립은 다시금 끝없이 일어나는 자질구레한 문제들에 시달리게 되었다.

몇 주가 지난 어느 날, 그사이 어느 정도 자신감을 얻은 앨프레드가 필립을 찾아와 물었다. "대성당 천장을 돌로 해넣는 게 어떻겠습니까?"

톰의 설계에는 성당 복판의 천장은 목재로 하고 양측면의 좁은 측랑을 석재로 만드는 것으로 되어 있었다. "물론 나도 그렇게 하고 싶네. 하지만 돈을 절약하려고 나무를 사용하기로 결정했던걸세."

앨프레드는 고개를 끄덕였다. "문제는 목조천장은 화재에 취약하다는 것입니다. 석조천장이라면 그럴 염려가 없습니다."

필립은 잠시 앨프레드를 훑어보면서 자신이 왜 그를 과소평가했는지 의아한 생각이 들었다. 그는 앨프레드가 제 아버지의 설계를 변경하자고 제안할 거라곤 생각지 못했다. 그런 유의 제안은 주로 잭에게서 나왔다. 하지만 화재의 염려가 없는 성당이라는 생각은, 특히 도시 전체가 불타버린 뒤였으므로 훨씬 더 인상적이었다.

거의 같은 생각을 하고 있던 앨프레드가 입을 열었다. "화재 이후에 이 도시에서 온전하게 남은 건물은 새로 지은 교구 성당뿐입니다."

앨프레드가 지은 새 교구 성당의 천장은 돌로 되어 있지, 필립은 생각했다. 그때 한 가지 문제점이 머릿속에 떠올랐다. "그러면 현재의 벽이 석조지붕의 초과 중량을 견딜 수 있을까?"

"버팀벽을 강화하기만 하면 됩니다. 조금만 더 돌출시키면 그것으로 충분합니다."

이 문제를 정말 깊이 생각해본 모양이군, 필립은 생각했다. "비용은 얼마나 들까?"

"물론 결국 비용이 더 들 겁니다. 그리고 성당이 완공되려면 예정보다 삼사 년은 더 걸리겠지요. 하지만 연간 경비에는 별 차이가 없을 것입니다."

필립은 그 착상이 점점 더 마음에 들었다. "하지만 그렇게 하자면 다시 일 년을 더 기다려야 성단소에서 미사를 올릴 수 있지 않겠나?"

"그렇지 않습니다. 돌이든 나무든 내년 봄까지는 천장 공사를 착수할 수가 없습니다. 명층이 단단히 굳은 뒤라야 그 위에 중량을 부과할 수 있기 때문이지요. 나무 천장은 공사 시일은 덜 걸리겠지만 그 차이는 고작 몇 달 정도에 지나지 않습니다. 하지만 어느 쪽으로 하든 내년 말까지는 성단소 지붕을 덮을 수 있을 겁니다."

필립은 궁리를 해보았다. 화재 위험이 없는 지붕이라는 이점이 공사 기간이 사 년 더 연장되고 사 년의 추가 경비를 부담해야 한다는 단점을 상쇄해줄 것인지에 관한 문제였다. 추가 경비 문제는 먼 훗날의 일처럼 보였고 안전성은 절박했다. "회의에서 형제들과 의논해보겠네. 나로서는 자네의 착상이 아주 마음에 드는군."

앨프레드는 고맙다는 인사를 하고 물러났다. 그가 나간 뒤 필립은 한동안 문 쪽을 물끄러미 바라보면서 생각했다. 정말 새로운 건축 책임자를 찾을 필요가 있는 것인지.

수확제 날 킹스브리지에서는 화려한 행사가 열렸다. 아침이 되자 도시의 각 가정에서는 빵을 만들었다. 수확이 한창인 시기라 밀가루가 싸고 풍부했다. 집에 화덕이 없는 사람들은 이웃집에 가거나 수도원이나 시내에 있는 빵장수 페기 박스터와 잭 카테 노븐의 커다란 화덕에서 빵을 구웠다. 정오가 되자 공기는 온통 갓 구운 빵 냄새로 가득 찼고 사람들은 저마다 허기를 느꼈다. 이렇게 구운 빵들은 강 건너 풀밭에 마련해 놓은 식탁 위에 진열되었고, 사람들은 그 사이를 돌아다니며 감탄했다. 빵의 모양은 제각각 다 달랐다. 과일이나 향료를 넣은 빵이 대부분으로 오얏 빵, 건포도 빵, 생강 빵, 설탕 빵, 양파 빵, 마늘 빵 등이었고, 그 밖에도 헤아릴 수 없을 정도로 종류가 다양했다. 또 파슬리를 넣은 녹색 빵, 계란 노른자를 넣은 노란 빵, 백단향을 넣은 빨간 빵, 해바라기 씨를 넣은 보라색 빵처럼 물을 들인 것도 있었다. 모양도 가지각색이었는데, 삼각 빵, 원뿔 빵, 공 모양 빵, 별 모양 빵, 달걀 모양 빵, 피리 모양 빵, 롤빵 심지어는 자 모양 빵까지 있었다. 토끼 빵, 곰 빵, 원숭이 빵, 용 빵처럼 좀더 야심을 부린 빵들도 있었다. 집이나 성의 모양을 본떠 만든 빵도 있었다. 하지만 모두 가장 장엄한 작품이라고 꼽은 것은 엘렌과 마사가 만든 빵이었다. 그것은 그녀의 죽은 남편 톰의 설계에 따라 완성된 대성당의 형상을 재현한 빵이었다.

엘렌의 슬픔은 보기에도 처참할 정도였다. 그녀는 고통에 사로잡혀 밤마다 망령처럼 울부짖었는데, 아무도 그녀를 위로해줄 수 없었다. 그로부터 두 달이나 지났지만 그녀의 얼굴은 여전히 초췌했고 양 눈두덩은 움푹 꺼져 있었다. 하지만 그녀와 마사는 서로에게 의지가 되는 듯했으며, 대성당 모양의 빵을 만들면서 어느 정도 위안을 얻는 것처럼 보였다.

앨리에너는 엘렌이 빵 만드는 모습을 오랫동안 지켜보면서 시간을 보냈다. 나도 위안을 얻기 위해서 할 만한 일이 있으면 좋겠어, 그녀는 생각했다. 만사가 시들했다. 시식이 시작되자 그녀는 먹지는 않고 그저 이 식탁에서 저 식탁으로 멍한 얼굴로 돌아다녔다. 필립이 이제 그만 털고 일어나라고 말하고 앨프레드가 목재를 보내 자기 일꾼 몇 사람을 시켜 그녀를 돕게 할 때까지도 그녀는 집을 새로 지을 의욕을 느끼지 못했다. 아직도 그녀는 매일 무엇인가 먹어야 한다는 생각이 들어야 수도원에 가서 식사를 했다. 전혀 기력이 나질 않았다. 자신을 위해, 이를테면 쓰고 남은 목재로 부엌용 의자를 만든다거나 강에서 진흙을 날라다 벽의 벌어진 틈을 메운다거나 스스로 식사를 해결하기 위해 새를 잡을 덫을 만들어야겠다는 생각이 떠오를 때마다, 그녀는 자신이 양모 상인으로 자리를 잡아보려고 얼마나 열심히 일했고 또 얼마나 순식간에 그것이 잿더미로 변하고 말았는지를 떠올리고는 그만 열이 식어버렸다. 그리하여 아침 늦게 일어나 배가 고파지면 수도원에 가서 식사를 얻어먹고, 강가에 앉아 종일토록 흘러가는 강물만 멍하니 바라보다가, 어두워지면 새로 지은 집으로 돌아가 짚을 깐 바닥에서 잠을 청하며 하루하루를 보냈다.

아무 열의도 없었음에도 그녀는 이 수확제가 단순한 겉치레가 아님을 알 수 있었다. 도시는 재건되었고, 사람들은 예전처럼 일을 하기 시작했다. 하지만 대학살이 드리운 그늘은 너무도 어두워서 행복해 보이는 사람들의 모습 이면에는 깊은 공포가 자리잡고 있었다. 그들은 만사가 잘되고 있기라도 한 것처럼 연기하는 데는 앨리에너보다 뛰어났지만, 사실은 그들도 그녀와 똑같은 것을 느끼고 있었다. 이런 상태가 지속될 수 없다는 것, 그리고 지금 무엇을 건설하든 또다시 파괴되리라는 것을.

그녀가 멍한 눈길로 식탁에 수북이 쌓인 빵을 바라보고 있을 때 동생 리처드가 도착했다. 그는 말을 달려 텅 빈 도시를 지나 다리를 건너왔다. 그는 스티븐 왕을 위해 싸우느라 대학살이 있기 전부터 집을 떠나 있었다. 그는 자신이 본 광경에 놀라움을 금치 못했다. "대체 무슨 일이 있었던 거야? 우리 집도 찾을 수가 없는데? 도시 전체가 달라졌어."

"양모시장이 열리던 날 윌리엄 햄리가 부하들을 끌고 와 도시에 불을 질렀어." 앨리에너가 대답했다.

리처드는 충격을 받아 얼굴이 창백해졌다. 그러자 오른쪽 귀의 흉터가 더욱 또렷하게 드러났다. "윌리엄!" 그가 내뱉었다. "그 악마 같은 자식."

"그렇지만 우리에겐 새 집이 생겼단다." 앨리에너가 무표정하게 말했다. "앨프레드의 일꾼들이 지어주었어. 하지만 전보다 훨씬 작아. 저 아래 새 나루터에 있어."

"누나, 무슨 일이 있었어?" 그가 그녀를 빤히 보면서 물었다. "머리는 다 벗어졌고, 눈썹도 없어졌잖아."

"머리에 불이 붙었거든."

"그놈이 설마……"

앨리에너는 고개를 가로저었다. "이번엔 아니야."

소녀 하나가 맛을 보라고 리처드에게 소금 빵을 내밀었다. 그는 빵을 조금 집어들었지만 먹지는 않았다.

"아무튼 네가 무사해서 기쁘다." 앨리에너가 말했다.

그는 고개를 끄덕였다. "스티븐 왕은 옥스퍼드로 진격하고 있어. 모드가 거기에 버티고 있거든. 전쟁은 곧 끝날 거야. 하지만 새 칼이 있어야겠어. 그래서 돈을 좀 가지러 돌아온 거야." 그는 빵을 조금 먹어보았다. 이제 그의 얼굴빛은 평상시대로 돌아와 있었다. "야, 이 빵 맛이 참 좋은데. 나중에 고기나 좀 구워줘."

갑자기 그녀는 리처드가 두려워졌다. 그녀는 동생이 곧 자기에게 화를 낼 것이고 자신에게는 그에게 맞설 힘이 없다는 것을 알고 있었다. "고기는 없는데."

"그럼 푸주간에서 좀 사오지 뭐!"

"리처드, 화내지 마라." 그녀는 떨기 시작했다.

"화낸 게 아냐." 그가 짜증스럽다는 듯이 말했다. "대체 왜 그래?"

"내 양모가 모두 불타버렸어." 앨리에너는 어느 순간 폭발해버릴지 모르는 리처드를 두려운 눈빛으로 바라보았다.

그는 눈살을 찌푸리고 그녀를 보더니, 입안에 든 것을 꿀꺽 삼키고 손에 든 빵조각을 팽개쳤다. "전부?"

"전부."

"하지만 아직 돈은 있을 거 아냐."

"없어."

"어째서? 마루 밑에 커다란 돈 상자가 있었잖아."

"5월엔 없었어. 모두 양모 사들이는 데 썼으니까. 한푼도 남기지 않고. 그러고도 가엾은 맬러카이에게서 40파운드나 빌렸어. 이젠 그 돈도 갚을 길이 없지. 난 이제 너에게 새 칼을 사줄 수 없게 됐어. 오늘 저녁에 먹을 고기 한 점 사줄 수가 없단 말이야. 우린 완전히 빈털터리가 됐어."

"그럼 난 앞으로 어떻게 하란 말이야?" 리처드가 화를 내며 외쳤다. 그의 말이 귀를 쫑긋거리며 불안하게 다리를 움직였다.

"나도 몰라!" 앨리에너가 눈물 섞인 목소리로 말했다. "소리치지 마, 말이 놀라잖아." 그녀는 울기 시작했다.

"윌리엄 햄리가 한 짓이야." 리처드가 이를 악문 채 말을 내뱉었다. "언젠가는 그놈을 살진 돼지 잡듯 멱을 따버리고 말겠어, 맹세코."

앨프레드가 그들에게 다가왔다. 그의 무성한 턱수염에는 빵 부스러기가 잔뜩 묻어 있었고, 손에는 오얏 빵 조각이 들려 있었다. "이것 좀 먹어보게." 그가 리처드에게 말했다.

"생각 없어요." 리처드가 무뚝뚝하게 대답했다.

앨프레드는 앨리에너를 보면서 말했다. "무슨 일이 있나요?"

리처드가 그에게 대답했다. "누나는 우리가 빈털터리가 됐다고 했어요."

앨프레드는 고개를 끄덕였다. "모두 조금씩 잃기는 했지만 앨리에너는 모든 것을 잃었지."

"이제 내가 어떻게 될지 알겠죠?" 리처드는 앨프레드를 향해 말하면서도 힐난하듯 앨리에너를 쏘아보았다. "난 끝장이에요. 낡은 무기를 바꿀 수도 없고, 부하를 거느릴 수도 없고, 말도 살 수 없게 됐으니까요. 스티븐 왕을 위해 싸울 수 없게 됐으니까 말이죠. 기사로서의 내 인생은 끝났어요. 셔링의 백작이 되기는 글렀단 말이에요."

앨프레드가 말했다. "앨리에너가 돈이 많은 남자와 결혼을 할 수도 있지."

그러자 리처드는 비웃음을 지었다. "누나는 그 사람들 모두에게 딱지를 놨어요."

"다시 청혼할 사람이 있을지도 몰라."

"그럴지도 모르죠." 싸늘한 미소를 지으며 리처드는 표정을 일그러뜨렸다. "누나가 거절한 모든 청혼자들에게 편지를 써서, 누나가 전 재산을 잃었으니 이제 다시 생각해보겠다고……"

"그만하게." 앨프레드가 리처드의 팔에 한 손을 얹으며 말했다. 리처드는 입을 다물었다. 앨프레드는 앨리에너에게 고개를 돌렸다. "일 년 전에 내가 한 말 아직 기억하세요? 교구조합의 첫 만찬에서 했던 말."

앨리에너는 가슴이 철렁 내려앉았다. 앨프레드가 그 말을 다시 하려 하다니 믿을 수가 없었다. 지금 그녀에게는 그 문제에 대해 이야기할 기력조차 없었다. "기억하고 있어요. 당신도 그때 내가 한 대답을 기억하고 있기를 바라요."

"난 여전히 당신을 사랑해요."

리처드는 깜짝 놀랐다.

앨프레드는 계속했다. "난 아직도 당신과 결혼하고 싶어요. 앨리에너, 내 아내가 되어주지 않겠어요?"

"싫어요!" 앨리에너는 뭐라고 더 하고 싶었다. 이런 실랑이를 끝내고 다시는 입에 올리지 못하게 할 말을 덧붙이고 싶었지만 너무 지쳐 있었다. 그녀는 앨프레드에게서 리처드에게로, 그러고는 다시 앨프레드에게로 눈길을 돌렸다. 그러자 갑자기 더 참을 수가 없었다. 그녀는 돌아서서 총총걸음으로 풀밭을 나와 시내로 향하는 다리를 건넜다.

앨프레드가 리처드 앞에서 다시 그런 식으로 청혼하자 진절머리가 났다. 그녀는 리처드가 그 사실을 모르기를 바랐다. 화재가 있은 지 벌써 석 달이나 지났다. 그런데 어째서 앨프레드는 지금에야 그 말을 꺼낸 걸까? 마치 리처드가 돌아오기만을 기다리고 있었던 것처럼 그가 오자마자 행동을 개시한 것이다.

그녀는 텅 빈 새 도로를 따라 걸어갔다. 사람들은 모두 수도원에서 빵을 맛보고 있을 것이다. 앨리에너의 집은 나루터 아래쪽, 새로 생긴 빈민구역에 있었다. 그곳의 세는 쌌지만, 그럼에도 앨리에너는 세를 치를 방법이 없었다.

말을 타고 그녀를 따라잡은 리처드는 말에서 내려 걸음을 나란히 했다. "온 도시가 싱싱한 목재 냄새로 가득하군." 리처드가 아무렇지도 않게 말했다. "모든 게 정말로 깨끗해!"

앨리에너는 새로운 도시의 모습에 이미 익숙해져 있었지만, 그는 지금 처음으로 보는 것이었다. 도시는 부자연스럽도록 깨끗했다. 화재는 옛 가옥의 습기 차고 썩은 목재들과, 여러 해 동안 음식 만드는 연기 때문에 그을음이 잔뜩 달라붙은 지붕 이엉들, 냄새가 코를 찌르는 구식 마구간, 악취 풍기는 거름 더미를 쓸어가버렸다. 새로운 목재, 새로운 이엉, 새 골풀이 깔린 바닥, 심지어는 조금 넉넉한 집 벽에 새로 바른 하얀 회반죽 등 온통 새것이 풍기는 냄새뿐이었다. 화재로 땅이 비옥해지기라도 한 듯 외진 모퉁이에서는 들꽃이 자라기도 했다. 화재가 있은 후 병자가 거의 생기지 않는다고 말하는 사람도 있었다. 많은 철학자들이 주장하듯 질병이란 악취 나는 증기에서 발생한다는 설을 확인시켜주는 것 같았다.

그녀는 심란한 마음에 리처드가 한 말을 듣지 못했다. "뭐라고?" 그녀가 되물었다.

"앨프레드가 작년에 누나에게 청혼했다는 걸 난 전혀 모르고 있었다고."

"그때 넌 더 중요한 일에 골몰해 있었어. 글로스터의 로버트가 사로잡혔을 무렵의 일이야."

"누나에게 집을 지어주다니 앨프레드는 친절한 사람이야."

"그래, 그랬지. 자, 여기가 우리 집이야." 그녀는 집을 보고 있는 동생을 쳐다보았다. 리처드는 낙담했다. 그에게 미안한 생각이 들었다. 리처드는 백작의 성에서 자라서, 화재가 나기 전까지 둘이 살았던 커다란 도시 주택도 그에게는 쇠락을 의미했다. 그런데 이제 그는 일꾼이나 과부들이 사는 집에 익숙해져야 했다.

앨리에너는 동생의 말고삐를 받아 쥐었다. "들어가. 뒷마당에 말을 매어둘 데가 있어." 그녀는 거대한 짐승을 이끌고 단칸방뿐인 집 안을 지나 뒷문으로 나갔다. 뒷마당에는 엉성하게 짠 나지막한 울타리가 둘러쳐져 있었다. 그녀는 말을 울타리 말뚝에 묶은 다음 무거운 나무 안장을 끌어내리기 시작했다. 어디에선가 날아든 풀과 잡초 씨가 불탄 흙에 싹을 틔우고 있었다. 다른 사람들은 마당에 변소를 파고, 채소를 심고, 돼지우리나 닭장을 지었지만, 앨리에너는 마당에 아직 손도 대지 않은 채였다.

리처드는 어슬렁거리며 집 안에 발을 들여놓았지만 별로 볼 것이 없자 잠시 후 앨리에너가 있는 뒷마당으로 나왔다. "집 안이 텅 비었네. 가구도, 항아리도 사발도 없이……"

"돈이 한푼도 없으니까." 앨리에너가 무감각하게 말했다.

"마당에 아무것도 해놓지 않았잖아." 주위를 둘러보는 그는 불만스럽다는 투였다.

"그럴 힘도 없었어." 그녀는 부루퉁하게 말하며 커다란 말안장을 내민 다음 집 안으로 들어갔다.

그녀는 바닥에 앉아 등을 기댔다. 집 안은 싸늘했다. 리처드가 마당에서 말 어르는 소리가 들려왔다. 한동안 멍하니 앉아 있던 그녀의 눈에 짚 속을 헤집고 주둥이를 내밀고 있는 쥐 한 마리가 들어왔다. 수천 마리의 쥐들이 불길에 싸여 죽었을 텐데도, 벌써 여기저기 쥐들이 눈에 띄기 시작했다. 그녀는 쥐를 잡을 만한 것을 찾아 주위를 둘러보았지만 아무것도 없었다. 아무튼 쥐는 다시 사라져버렸다.

난 무엇을 해야 하나? 남은 인생을 이렇게 살 수는 없어, 그녀는 생각했다. 한때 그녀는 자신과 남동생을 궁핍으로부터 구한 적이 있었지만, 이제는 그녀의 모든 활력은 탕진되었고 다시 일어설 여력도 없었다. 그녀는 다른 누군가의 지배를 받는 수동적 인생을 살아갈 방도를 찾아야 할 것이다. 그래야 결정을 내리거나 주도권을 잡지 않고도 살아갈 수 있을 터였다. 그녀는 윈체스터의 케이트 마담을 떠올려보았다. 케이트는 그녀에게 키스를 하고 그녀의 젖가슴을 움켜쥐면서 말했다. '얘야. 이제 넌 돈이든 뭐든 부족하지 않게 살 수 있어. 나를 위해 일해주기만 하면 우린 둘 다 부자가 될 수 있어.' 안 돼, 그건 안 돼, 절대로. 앨리에너는 생각했다.

리처드가 안장주머니를 들고 들어왔다. "누나가 스스로를 돌볼 수 없다면 돌봐줄 사람을 찾는 편이 좋을 거야."

"내 곁엔 언제나 네가 있잖아."

"난 누나를 돌봐줄 수 없어!" 리처드가 대들 듯이 말했다.

"어째서 못 한다는 거지?" 분노가 그녀의 눈에서 불똥처럼 튀었다. "난 널 자그마치 육 년 동안이나 뒷바라지했어!"

"난 싸움터에 나가 있었어. 누나가 한 일이라곤 양모를 판 것밖에 없어."

그리고 범법자를 칼로 찌르기도 했지, 그녀는 생각했다. 부정직한 사제를 바닥에 내동댕이치기도 했고, 네가 겁에 질려 손가락만 빨고 있을 때 난 널 먹이고 입히고 지켜주었어. 그러나 눈에 튀던 불꽃은 사라지고 분노도 가라앉았다. 그녀는 다만 이렇게만 말했다. "그래, 그냥 해본 소리야."

그는 이 말에 화를 내야 할지 말아야 할지 몰라 투덜댔다. 그리고 짜증이 난다는 듯 고개를 저으면서 말했다. "어쨌거나 앨프레드를 그렇게 빨리 거절하지 말아야 했다고."

"제발 그 입 좀 다물렴."

"그가 어디가 어떻다는 거야?"

"앨프레드가 어떻다는 게 아니야. 못 알아듣겠어? 문제는 바로 나한테 있단 말이야."

리처드는 안장을 내려놓다가 손가락으로 그녀를 똑바로 가리켰다. "맞아. 난 그게 뭔지 알아. 누나는 철저히 이기적이야. 누나는 자기 자신만 생각하고 있다고."

너무도 어처구니없는 말이라 그녀는 화를 낼 수조차 없었다. 눈물이 솟아나왔다. "어떻게 그런 말을 할 수 있니?" 그녀는 비참한 심정으로 항의했다.

"누나가 앨프레드하고 결혼만 한다면 모든 게 잘될 텐데 끝까지 고집만 부리니까 하는 말이야."

"내가 앨프레드하고 결혼해도 너한테 좋을 건 하나도 없어."

"아니, 도움이 될 거야."

"어떻게?"

"앨프레드는 내가 계속 전투에 나갈 수 있도록 도와주겠다고 했어. 내가 자기 처남이 된다면 말이야. 난 경비를 조금 삭감해야겠지. 그가 내 부하들 모두를 돌봐줄 형편은 못 될 테니까. 하지만 군마를 사고 새 무기를 구하고 종자를 거느릴 만큼은 해주겠다고 약속했어."

"언제?" 그녀는 깜짝 놀랐다. "그가 언제 그런 말을 했어?"

"방금, 수도원에서."

앨리에너는 수치심을 느꼈다. 리처드도 체면이 상했는지 조금 얼굴을 붉혔다. 두 남자는 말장수처럼 그녀를 사이에 두고 흥정을 한 것이었다. 그녀는 더 아무 말도 않고 일어서서 집을 나왔다.

그녀는 수도원 쪽으로 걸어올라가 낡은 물방앗간 곁을 흐르는 도랑을 건너뛰어 남쪽 경내로 들어섰다. 휴일이라 방앗간은 조용했다. 펠트 작업을 하기 위해 옷감 두드리는 망치 소리를 들을 때마다 머리가 지끈거려서 방앗간이 가동중이었다면 여기로 오지 않았을 것이다.

예상했던 대로 수도원 경내에는 아무도 없었다. 수사들이 공부를 하거나 쉬는 시간이었고, 다른 이들도 오늘은 모두 풀밭에 나가 있었다. 그녀는 경내를 가로질러 공사장 북쪽 묘지로 걸음을 옮겼다. 정성껏 손질된 무덤, 깨끗한 나무십자가와 아직 시들지 않은 꽃다발들이 이곳이 여전히 대학살의 악몽에서 벗어나지 못했음을 말해주고 있었다. 그녀는 잭이 새긴 수수한 대리석 천사로 장식된 톰의 묘비 앞에서 걸음을 멈추었다. 칠 년 전 아버지는 나를 위해 아주 그럴듯한 혼사를 마련해주셨지, 그녀는 생각했다. 윌리엄 햄리는 늙지도 않았고, 못생기지도 않았고, 가난뱅이도 아니었지. 나 같은 처지의 처녀라면 누구나 안도하며 받아들일 그런 남자였어. 하지만 난 그 사람을 거절했고, 그것 때문에 소동이 일어났지. 우리 성은 공격을 받고, 아버지는 감옥에 갇히고, 남동생과 나는 알거지가 됐어. 킹스브리지가 불타고 톰이 죽은 것도 모두 내 고집 탓이야.

아무튼 톰의 죽음은 다른 무엇보다 슬픈 일이었다. 그가 그처럼 많은 사람들에게서 사랑받았고, 잭이 두번째로 잃어버린 아버지이기 때문이었다.

그리고 지금 나는 또다시 그럴싸한 청혼을 거절하고 있어, 그녀는 생각했다. 대체 난 뭘 믿고 아이처럼 별나게 구는 걸까? 내 까다로운 성격 때문에 이미 많은 문제가 벌어졌어. 이제 그만 앨프레드를 받아들이고 마담 케이트와 함께 일하지 않게 된 것에 감사해야 할 거야.

그녀는 톰의 무덤에서 발길을 돌려 공사장 쪽으로 걸어갔다. 그러고는 앞으로 교차부가 될 자리에 서서 성단소를 바라보았다. 성단소는 지붕만 남겨놓고 모든 공사가 끝났고, 건축장이들은 그다음 단계로 익랑 공사를 준비중이었다. 이미 그녀의 양옆 바닥에는 말뚝에 맨 줄이 설계도면대로 표시되어 있었고, 기초는 벌써 파들어가기 시작한 상태였다. 눈앞에 높다랗게 치솟은 벽들이 늦은 오후의 햇빛을 받아 긴 그림자를 드리우고 있었다. 날씨는 포근했지만 대성당은 추워 보였다. 앨리에너는 줄지어 늘어선 둥근 아치를 한동안 바라보았다. 일층의 아치는 큰 반면 그 위층의 아치는 작았고, 제일 꼭대기에 있는 아치는 중간 크기였다. 아치, 기둥, 아치, 기둥의 규칙적인 리듬에서 그녀는 깊은 만족감을 느꼈다.

앨프레드가 진심으로 리처드에게 돈을 대줄 작정이라면 앨리에너에겐 아직 아버지에게 한 맹세, 리처드가 백작령을 되찾을 때까지 그를 돌봐주겠다고 한 맹세를 지킬 기회가 있는 셈이었다. 마음속으로는 이미 앨프레드와 결혼해야 한다는 걸 알고 있었다. 다만 그것을 받아들일 엄두가 나지 않을 뿐이었다.

그녀는 손으로 벽을 더듬어 석공의 날카로운 끌질로 얇게 파인 홈을 손톱으로 쓸어가며 석재의 거친 결을 느끼면서 남쪽 측랑을 따라 걸어갔다. 이곳 측랑의 창문 아래쪽 벽은 블라인드 아케이드*로 꾸며져 있었다. 앨리에너는 건물을 바라보면서 이 아케이드 장식이 실용성은 없으나 조화미를 더해준다고 생각했다. 톰의 대성당에서는 모든 것이 일정한 의도를 갖고 있는 듯했다. 어쩌면 그녀의 삶도 바로 그와 같은지도 몰랐다. 모든 것이 어떤 큰 의도에 따라 정해져 있는데도, 정작 자신은 어리석은 건축장이처럼 성단소에 폭포를 만들어 넣으려고 애쓰고 있는 건지도 몰랐다.

성당 남동쪽 모퉁이에는 좁은 나선형 층계로 통하는 나지막한 문이 나 있었다. 앨리에너는 충동적으로 그 문을 열고 들어가 계단을 올라갔다. 문도, 층계의 꼭대기도 보이지 않는 지점까지 올라갔을 때 그녀는 묘한 기분을 느끼기 시작했다. 그 층계가 소용돌이 모양으로 영원히 위로 올라갈 것만 같았다. 이윽고 빛이 보였다. 계단을 밝히기 위해서인 듯 탑 모양 벽에 쪽창이 나 있었다. 마침내 그녀는 측랑 위의 넓은 통로로 들어섰다. 그곳에는 바깥을 내다볼 수 있는 창이 없었지만 안쪽으로 지붕 없는 성당이 내려다보였다. 그녀는 안쪽 아치 턱에 걸터앉아 기둥에 몸을 기댔다. 차가운 돌이 뺨에 닿았다. 이 기둥도 잭이 조각한 걸까, 그녀는 생각했다. 그리고 문득 여기서 떨어지면 그대로 죽겠지 하는 생

---

* 부조처럼 벽에 장식용으로 설치한 아케이드로, 여느 아케이드처럼 그 사이로 지나다닐 수는 없다.

각이 떠올랐다. 그러나 그럴 만큼 높지는 않았다. 기껏해야 다리나 부러질 거고, 신음하며 쓰러져 있다가 수사들에게 발견될 것이다.

그녀는 명층에 올라가보기로 마음먹었다. 다시 작은 탑 속의 층계로 들어가 위로 올라갔다. 층계는 짧았는데도 겁이 났고, 꼭대기에 도달했을 때에는 심장이 사정없이 두방망이질했다. 그녀는 명층의 통로에 들어섰다. 벽 안에 난 좁은 터널이었다. 그녀는 통로를 따라 조금씩 걸어가 명층 창문의 안쪽 턱에 이르렀다. 그녀는 창문을 분할하고 있는 기둥을 단단히 붙잡았다. 20미터가 넘는 아래를 내려다보자 몸이 떨려왔다.

그때 탑 속 층계에서 발소리가 들렸다. 그녀는 마치 한바탕 뜀박질을 하고 난 것처럼 자기도 모르게 숨을 거칠게 몰아쉬었다. 여기까지 오는 동안 아무도 눈에 띄지 않았다. 누군가 몰래 뒤따라온 걸까? 이제 그 발소리는 명층 통로로 들어서고 있었다. 그녀는 기둥에서 손을 떼고 가장자리에 선 채 멈칫했다. 문턱에 사람 형체가 나타났다. 잭이었다. 그녀의 심장이 너무나 크게 뛰어 그 소리가 들릴 수 있을 정도였다.

"여기서 뭘 하고 있어요?" 그가 조심스럽게 물었다.

"나는…… 당신의 대성당이 어떻게 되어가는지 보고 있었어요."

잭은 그녀 머리 위의 기둥머리를 가리켰다. "저건 내가 만든 거예요."

그녀는 위를 올려다보았다. 아치의 무게를 등으로 떠받치고 있는 남자의 형상이 새겨져 있었다. 남자의 온몸은 고통으로 뒤틀려 있는 듯했다. 앨리에너는 잠자코 그것을 쳐다보았다. 지금까지 그와 비슷한 건 본 적이 없었다. 무심결에 그녀의 입에서 이런 말이 흘러나왔다. "지금 내 기분도 저와 같아요."

앨리에너가 다시 잭을 바라보자, 그가 곁으로 다가와 그녀의 팔을 부드럽게 그러나 꼭 붙잡았다. "나도 알아요."

그녀는 지면과의 거리를 내려다보았다. 이런 높이에서 떨어진다고 생각하자 덜컥 겁이 났다. 그가 그녀의 팔을 당겼다. 그녀는 그가 이끄는 대로 명층 통로를 나왔다.

그들은 층계를 내려와 지상으로 나섰다. 잭은 앨리에너 쪽으로 돌아서더니 덤덤하게 말했다. "클로이스터에서 책을 읽다 고개를 들어보니 당신이 명층에 있더군요."

그녀는 젊은 잭의 얼굴을 바라보았다. 그 얼굴은 염려와 다감함으로 가득 차 있었다. 순간 그녀는 자기가 사람들을 피해서 홀로 이곳까지 오게 된 이유를 상기했다. 그녀는 그와 키스를 하고 싶었다. 잭 역시 그러기를 갈망하고 있음을 눈빛으로 알 수 있었다. 그녀의 온몸이 그의 품에 안길 것을 명하고 있었지만, 그녀는 무엇을 해야 하는지 잘 알고 있었다. 그녀는 당신을 폭풍처럼, 사자처럼, 어쩔 수 없는 분노처럼 사랑해요라고 말하고 싶었지만 대신 이렇게 말했다. "아무래도 앨프레드와 결혼해야 할 것 같아요."

그는 그녀를 뚫어져라 바라보았다. 충격을 받은 듯했다. 이윽고 그의 얼굴에 슬픔이 떠올랐다. 나이를 뛰어넘는 성숙하고 분별 있는 슬픔의 표정이었다. 앨리에너는 잭이 눈물을 흘릴 거라고 생각했지만 그는 울지 않았다. 오히려 그의 두 눈에는 분노의 빛이 서렸다. 그는 무슨 말을 할 것처럼 입을 열었다가 이내 마음을 바꾼 듯 잠시 주저하더니 마침내 입을 열었다.

싸늘한 북풍 같은 목소리였다. "저 명층에서 뛰어내리는 편이 훨씬 나았겠군요."

그러고는 그녀에게서 돌아서서 수도원으로 들어가버렸다.

난 영원히 그를 잃은 거야, 앨리에너는 생각했다. 가슴이 찢어질 것만 같았다.

2

잭은 수확제 날 수도원을 몰래 빠져나가다 들키고 말았다. 그리 대단한 위법 행위는 아니었으나, 전에도 몇 번이나 들킨 적이 있었고 이번에는 미혼 여자와 이야기를 하려고 빠져나가려 했다는 사실 때문에 문제가 불거진 것이었다. 그의 위법 행위는 다음날 회의에서 논의되었고, 그에게는 근신 처분이 내려졌다. 그는 수도원 건물과 클로이스터와 지하 성당 안에만 머물러야 했고, 한 건물에서 다른 건물로 가려면 반드시 누군가와 동행해야 했다.

잭은 그런 처벌에 거의 개의치 않았다. 앨리에너에게서 그런 말을 듣고 이미 마음이 황폐해진 지금으로서는 어찌되든 상관없는 일이었다. 감금 대신 체형을 당했다 하더라도 크게 개의치 않았을 거라고 그는 생각했다.

성당 공사에는 물론 아무 문제도 없었지만 앨프레드가 주도권을 잡게 된 후로 많은 즐거움이 사라져버렸다. 이제 그는 자유로운 오후 시간을 독서로 보냈다. 그의 라틴어는 급속히 발전했고, 속도는 느리지만 무엇이든 읽을 수 있었다. 그가 책을 읽는 것은 다른 목적이 있어서가 아니라 오직 라틴어 실력을 늘리기 위해서였기에 마음에 드는 책은 얼마든지 읽도록 허락받았다. 도서관 규모는 작았으나 철학책과 수학책이 몇 권 있었기에 잭은 그 책들 속으로 흠뻑 빠져들었다.

그가 읽은 책은 대부분 실망스러운 내용이었다. 계보가 몇 페이지씩 나열되고, 벌써 오래전에 죽은 성인들이 행한 기적이 거듭해서 기록되고, 신학적 사변이 끝없이 이어졌다. 진정으로 잭의 흥미를 끈 최초의 책은 천지창조로부터 킹스브리지 수도원의 설립에 이르기까지의 세계사 전체를 기록한 것이다. 그 책을 다 읽었을 때 그는 지금까지 일어난 모든 일을 알게 된 듯한 기분이었다. 얼마 후 그는 한 권의 책에서 모든 일을 다 다룬다는 것은 불가능한 일임을 깨달았다. 언제 어느 곳에서나, 킹스브리지와 잉글랜드뿐 아니라 노르망디, 앙주, 파리, 로마, 에티오피아, 예루살렘에서도 항상 무슨 일인가 일어나고 있기에 저자는 많은 부분을 과감히 버려야 했다. 그럼에도 불구하고 그 책은 전에는 경험하지 못한 느낌을 선사했다. 다시 말해 과거는 하나의 이야기와도 같아 그 속에서는 사건이 꼬리에 꼬리를 물고 있고, 이 세계는 무한한 신비가 아니라 인간이 이해할 수 있는 유한한 무엇이라는 깨달음을 얻은 것이었다.

한층 호기심을 끄는 것은 수수께끼였다. 어느 철학자는 나약한 인간이 육중한 돌을 지렛대로 움직일 수 있는 것은 무엇 때문인가 묻고 있었다. 지금까지는 당연한 일로만 여겨왔던 일에 대해 잭은 머리를 쥐어짰다. 그는 한 번에 몇 주씩 채석장에서 보냈는데, 그때 어떤 돌덩이를 30센티미터 길이의 쇠지렛대로 움직일 수 없을 때엔 60센티미터짜리 지렛대를 사용하면 대개는 움직일 수 있었던 것을 상기했다. 어째서 같은 사람이 짧은 지렛대로는 들 수 없는 돌을 긴 지렛대로는 들 수 있을까?

의문은 또다른 의문을 낳았다. 성당 건축 책임자는 커다란 도르래를 이용해 거대한 돌덩이와 목재를 지붕으로 들어올렸다. 밧줄 끝에 매달아 놓으면 너무 무거워 한 사람이 두 손으로 들어올릴 수조차 없지만, 밧줄을 감는 도르래를 이용하면 들어올릴 수 있었다. 어떻게 그것이 가능할까?

그런 생각에 잠시 마음을 빼앗겨도 그의 생각은 언제나 앨리에너에게 되돌아갔다. 종종 그는 묵직한 책이 놓인 클로이스터 독서대 앞에 우두커니 서서, 낡은 방앗간에서 그녀에게 키스했던 그날 아침을 회상했다. 그는 그 키스의 한 순간 한 순간을, 처음 두 입술이 부드럽게 맞닿던 순간부터 그녀의 혀가 그의 입안으로 들어오던 그 짜릿한 순간까지 모두 기억할 수 있었다. 그의 허벅지부터 어깨까지가 그녀를 누르고 있어서 그녀의 젖가슴과 엉덩이의 굴곡이 온전히 느껴졌다. 그 기억이 너무도 강렬해 그 모든 것을 다시 한번 경험하고 있는 기분이었다.

그녀는 왜 변한 걸까? 그는 지금도 그 키스가 진실이고, 그후 그녀가 보여준 쌀쌀맞은 태도가 거짓이라고 믿고 있었다. 그는 자기가 그녀를 잘 알고 있다고 생각했다. 그녀는 사랑스럽고 육감적이고 낭만적이고 상상력이 풍부하고 따뜻한 사람이었다. 또한 제멋대로고 거만하고 강인함이 몸에 배어 있었다. 그러나 차갑거나 잔인하거나 무정한 사람은 아니었다. 앨리에너는 돈 때문에 사랑하지도 않는 남자와 결혼하는 것과는 어울리지 않는 여자였다. 그녀는 불행해질 것이고, 그 결혼을 후회할 것이고, 비참한 신세가 되고 말 것이다. 잭은 그것을 알고 있었고, 그녀 역시 마음속으로는 알고 있음에 분명했다.

어느 날 필사실에 있는데 마루를 쓸던 수도원 하인이 잠시 쉬는 동안 빗자루에 기대서서 말했다. "이제 곧 수사님 가족에게 크게 축하할 일이 있겠군요."

잭은 커다란 양피지에 그려진 세계지도를 들여다보고 있던 중이었다. 그는 고개를 들었다. 그에게 말을 건넨 사람은 온몸이 굽어 이제는 더 힘든 일을 감당하지 못하는 노인이었다. 아마 잭과 다른 사람을 혼동한 모양이었다. "무슨 말이죠, 조지프 영감?"

"몰랐어요? 수사님 형님이 결혼한다던데."

"내겐 형이 없어요." 잭은 반사적으로 대답했지만 가슴이 서늘해졌다.

"그럼, 의붓형이라고 하지요."

"아니, 난 몰랐어요." 질문을 던지지 않을 수 없었다. 그는 이를 악물었다. "누구하고 결혼한답니까?"

"앨리에너라지요."

마침내 그녀가 결심한 것이었다. 그동안 잭은 은근히 그녀가 마음을 바꿀지 모른다는 희망을 품었다. 그는 조지프에게 절망한 기색을 들키지 않으려고 고개를 돌렸다. "그것 참 놀라운데요." 잭은 부러 무심한 목소리를 내려 애썼다.

"그러게 말입니다. 화재로 모든 걸 잃어버리기 전까지만 해도 그리도 콧대가 높은 여자였는데."

"언제…… 언제 결혼한다던가요?"

"내일이라지요. 앨프레드가 지은 새 교구 성당에서 결혼식을 올린다더군요."

내일이라니!

앨리에너가 내일 앨프레드와 결혼을 한다. 지금까지 잭은 그런 일이 정말로 일어나리라곤 믿지 않았다. 이제 현실이 벽력처럼 그를 내리쳤다. 내일이면 앨리에너는 남의 아내가 된다. 그리고 잭의 인생도 내일이면 끝날 것이다.

그는 앞에 놓인 지도를 내려다보았다. 세계의 중심이 예루살렘이면 어떻고 윌링퍼드면 어떻단 말인가? 지렛대가 작용하는 이치를 안다고 해서 더 행복해질까? 그는 앨리에너에게 앨프레드와 결혼하느니 차라리 명층에서 뛰어내리는 편이 나을 거라고 말했다. 그러나 기실 그곳에서 뛰어내려야 할 사람은 그녀가 아닌 그 자신이었다.

그는 수도원을 경멸했다. 수사가 된다는 것은 정말 어리석은 일이었다. 성당 건축 일을 할 수 없고 앨리에너마저 다른 누군가와 결혼을 해버린다면 삶에 아무런 희망이 없었다.

앨프레드와 살면 그녀가 얼마나 철저히 비참해질지를 잘 알고 있었기에 그는 더욱 괴로웠다. 비단 그가 앨프레드를 미워하기 때문만은 아니었다. 앨프레드와 결혼하면 어느 정도 흡족하게 여길 여자들도 있었는데, 이를테면 잭이 자신은 돌을 조각하는 일이 좋다고 하자 킥킥거리며 웃었던 이디스가 그랬다. 이디스는 앨프레드에게서 많은 것을 기대하지는 않겠지만 그가 부를 유지하고 아이들을 아껴주기만 한다면 기꺼이 그가 듣기 좋은 말을 하며 순종할 것이다. 그러나 앨리에너는 매순간 그를 증오할 것이다. 그녀는 앨프레드의 거친 육체를 혐오할 것이고, 그의 으스대는 듯한 태도를 경멸할 것이며, 그 상스러움에 넌더리를 낼 것이고, 그 우둔함에 미치고 말 것이다. 앨프레드와의 결혼생활은 그녀에게 지옥이 될 것이다.

어째서 그녀는 그런 것들을 내다보지 못하는가? 잭은 알 길이 없었다. 대체 그녀는 무슨 생각인 걸까? 사랑하지 않는 남자와의 결혼보다 최악인 것은 없었다. 칠 년 전 윌리엄 햄리와의 결혼을 거절해 물의를 일으켰던 그녀가 이제 와서 그때만큼이나 어울리지 않는 사람의 청혼에 순순히 응한 것이다. 대체 무슨 생각인 걸까?

잭은 알아야 했다.

수도원이야 어떻게 되든 간에 그녀와 얘기를 해야 했다.

잭은 지도를 말아 서가에 다시 갖다두고 문 쪽으로 갔다. 조지프는 아직도 빗자루에 기대서 있었다. "나가려고요?" 조지프가 잭에게 물었다. "규율 담당 수사님이 오실 때까지 여기 있어야 할 텐데요."

"규율 담당 수사더러 엿이나 먹으라고 해요." 잭은 그렇게 말하고 밖으로 나왔다.

클로이스터의 동쪽 보도로 나섰을 때 그는 건축 공사장에서 북쪽으로 가고 있던 필립과 눈이 마주쳤다. 잭은 재빨리 돌아섰지만 필립이 등 뒤에서 외쳤다. "잭! 대체 뭘 하려는 건가? 자넨 근신하고 있어야 하지 않나!"

잭은 이제 수도원의 규율 같은 건 참을 수가 없었다. 그는 필립의 말을 무시하고 작은 가옥들이 들어선 새 나루터 부근의 동네로 통하는 다른 쪽 길로 걸어갔다. 그러나 운이 없었다. 그 순간 규율 담당인 피에르 형제가 두 조수를 데리고 통로에서 걸어나온 것이다. 그들은 잭을 보자 그 자리에 멈춰섰다. 피에르의 달덩이 같은 얼굴에 놀라고 분개한 표정이 번졌다.

필립이 외쳤다. "규율 담당 형제, 그 수련수사를 가지 못하게 해요!"

피에르는 잭을 멈춰세우려고 한 손을 내밀었다. 잭은 그를 옆으로 밀쳤다. 피에르는 얼굴을 붉히면서 잭의 팔을 잡았다. 잭은 그 팔을 비틀어 떼어내고 그의 코에 주먹을 날렸다. 피에르는 아픔보다는 분노가 앞서서 소리를 질렀다. 그때 두 조수가 잭에게 달려들었다.

잭이 미친 사람처럼 발버둥치면서 그들을 거의 뿌리쳤을 때, 코를 얻어맞은 충격에서 벗어난 피에르까지 가세했다. 그들 세 사람은 잭을 땅바닥에 쓰러뜨려 내리눌렀다. 그는 계속 몸부림을 치면서 이 하찮은 수도원 때문에 앨리에너와의 대화라는 중차대한 일이 방해를 받자 격분했다. 그는 계속 소리쳤다. "놔줘, 이 바보 같은 놈들아!" 두 조수가 그를 깔고 앉았다. 피에르는 일어서서 수사복 소맷자락으로 코피를 닦았다. 필립이 다가왔다.

그 자신이 분노에 사로잡혀 있었음에도 잭은 필립 역시 격분해 있다는 걸 알 수 있었다. 그처럼 노한 필립은 지금까지 한 번도 본 적이 없었다. "누구든 이런 짓을 한 자는 용서할 수 없다." 필립이 차가운 목소리로 말했다. "자넨 수련수사야. 자넨 나에게 복종하게 될 것이야." 그는 피에르 쪽으로 몸을 돌렸다. "이 녀석을 복종실에 넣게."

"안 돼!" 잭이 소리쳤다. "그건 안 돼요!"

"그렇게 해주고말고." 필립은 격노해서 말했다.

복종실은 숙사 아래 천장이 둥근 지하실에 위치한 창문도 없는 작은 감방으로, 수도원의 남쪽 끝, 변소 옆에 있었다. 그곳은 주로 수도원 법정의 재판을 기다리는 위법자를 가두는 데 쓰였는데, 때로는 셔링 셰리프의 감방으로 전용되는 경우도 있었다. 하지만 종종 수도원 하인이나 불순한 짓을 저질러 규율을 심각하게 위반한 수사에 대한 처벌실로도 사용되었다.

두려운 건 홀로 감금되는 게 아니라 앨리에너를 만나러 나가지 못하게 되리라는 것이었다. "원장님은 몰라요!" 잭이 필립을 보며 외쳤다. "앨리에너를 만나 이야기를 해야 한단 말이에요."

그의 입장에서는 결코 해서는 안 될 말이었다. 필립은 더욱 격노했다. "자넨 이미 그 여자와 이야기를 나눈 죄로 처벌을 받고 있는 중이야."

"하지만 해야 해요."

"자네가 해야 할 일은 오직 하느님을 경외하는 것을 배우고 윗사람에게 순종하는 것뿐이야."

"멍청한 당나귀 같으니, 당신은 내 윗사람이 아니야! 당신은 내게 아무것도 아니라고. 날 보내줘, 이 빌어먹을 자식들아!"

"데려가게." 필립이 모질게 말했다.

그러는 사이에 사람들이 모여들었다. 수사 몇 사람이 잭의 팔다리를 잡고 들어올렸다. 잭은 낚싯바늘에 걸린 물고기처럼 발버둥쳤으나 너무 많은 사람들이 잡고 있어 뿌리칠 수가 없었다. 그는 지금 자기가 당하고 있는 일을 믿을 수가 없었다. 수사들은 발로 차고 팔을 휘젓는 그를 번쩍 들고 통로를 걸어가 복종실 문 앞에 당도했다. 누군가 문을 열었다. 피에르가 악의에 찬 소리로 말했다. "던져넣어." 수사들은 잭을 든 채 팔을 뒤로 당겼다가는 힘껏 내던졌다. 잭은 돌바닥에 엉덩방아를 찧었다. 그는 아픈 줄도 모르고 벌떡 일어나 문 쪽으로 돌진했지만, 그 앞에 닿자마자 문은 쾅 닫히고 이어 바깥에서 육중한 쇠빗장이 걸리는 소리와 함께 자물쇠가 잠겼다.

잭은 있는 힘을 다해 문을 두드렸다. "꺼내줘!" 그가 발작적으로 외쳤다. "그녀의 결혼을 막아야 한단 말이야!"

바깥에서는 아무 소리도 들리지 않았다. 그는 계속 소리쳤으나 차츰 그의 요구는 간청으로 바뀌고 외침은 속삭임이 되었다. 마침내 잭은 좌절감과 분노로 눈물을 흘렸다.

이윽고 눈물이 마르자 더 울 수도 없었다.

그는 문에서 돌아섰다. 감방 안은 칠흑처럼 어둡지는 않았다. 문 밑으로 희미한 빛이 새어들어와 어렴풋이나마 주위를 알아볼 수 있었다. 그는 손으로 벽을 짚어보며 한 바퀴 돌았다. 돌덩이에 새겨진 끌자국의 형태로 보아 이 감방이 오래전에 생긴 것임을 알 수 있었다. 거의 아무런 특징도 없는 방이었다. 약 2제곱미터 넓이에 한쪽 구석엔 기둥이 있고 천장은 위쪽으로 휜 아치형이었다. 본래 넓은 방의 일부였다 감방으로 사용하기 위해 칸막이를 친 게 분명했다. 한쪽 벽에는 원래 쪽창이 있었던 것처럼 빈 공간이 있었으나 지금은 단단히 막혀 있었고, 또 설혹 그

부분을 뚫는다 해도 너무 좁아 사람이 빠져나가기는 불가능해 보였다. 돌바닥은 축축했다. 이윽고 잭은 무언가 끊임없이 흘러가는 소리를 들었고, 물방아용 저수지에서 변소로 이어진 수로가 감방 밑을 통과하고 있음을 알아차렸다. 감방 바닥이 흙이 아니라 돌인 까닭도 그 때문일 것이다.

잭은 맥이 탁 풀렸다. 그는 벽에 등을 기댄 채 바닥에 앉아 문 밑으로 새어들어오는 빛줄기를 바라보았다. 그 빛은 그가 가고 싶은 곳을 애타게 상기시켰다. 어쩌다 이런 곤경에 빠진 걸까? 그는 수도원을 결코 믿지 않았고 하느님께 일생을 바칠 생각도 없었다. 그는 하느님을 진정으로 믿지 않았다. 당면한 문제를 해결하기 위해, 킹스브리지에, 자기가 사랑하는 것들 가까이에 머물러 있기 위한 방도로 수련수사가 된 것이다. 그리고 언제든 원하기만 하면 떠날 수 있으리라고 생각했다. 그러나 떠나기를 원하는 지금, 그동안 상상해왔던 것보다 훨씬 더 간절히 떠나고 싶은 지금 떠날 수가 없었다. 그는 죄인이 되어 갇혀 있었다. 이곳에서 나가기만 하면 교수형을 당하는 한이 있더라도 필립 수도원장의 목을 졸라버릴 테다, 그는 생각했다.

그러자 자신이 언제 석방될지 궁금해지기 시작했다. 저녁식사 시간을 알리는 종소리가 들려왔다. 그들은 분명 밤새 그를 이곳에 가둬둘 모양이었다. 아마 지금쯤 그 문제를 두고 의논하고 있을 것이다. 수사들 가운데 가장 지독한 이들은 일주일 동안 감금해야 한다고 주장할 것이다. 엄격한 징계를 요구하고 있을 피에르와 레미기우스의 모습이 눈에 선했다. 잭에게 호감을 갖고 있는 다른 수사들은 하룻밤이면 충분하다고 할지도 모른다. 필립은 뭐라고 할까? 그는 잭을 좋아하지만 지금은 몹시 화가 나 있을 것이다. 잭은 그에게 '멍청한 당나귀 같으니, 당신은 내 윗사람이 아니야! 당신은 내게 아무것도 아니라고!' 라고까지 했다. 필립이 강경론자들이 하자는 대로 내버려두기 쉬웠다. 한 가지 희망이 있다면 그들이 잭을 즉시 수도원에서 추방하려 할지도 모른다는 것뿐이었다. 그들로서는 그것이 더 혹독한 선고라고 여길 것이다. 그렇게 되기만 한다면 결혼식을 올리기 전에 그녀와 이야기를 할 수 있다. 그러나 필립이 추방에 반대할 것이 분명했다. 필립으로서는 잭을 추방한다는 것이 패배를 인정하는 셈이 될 터였다.

문 밑으로 새어들어오는 빛이 점점 희미해졌다. 날이 어두워지고 있었다. 잭은 죄수들이 어떤 방법으로 대소변을 보는지 궁금했다. 감방에는 변기도 없었다. 하지만 수사들이 이 같은 세부사항을 소홀히 했을 리 만무했다. 그들은 설혹 죄인이라 할지라도 청결해야 한다고 믿을 터였다. 다시 한번 바닥을 차근차근 살펴보던 잭은 가까운 한쪽 구석에서 작은 구멍을 발견했다. 그곳에서는 물소리가 더 크게 들려왔다. 잭은 그 구멍이 곧바로 지하 수로와 통하리라고 짐작했다. 아마도 변소인 모양이었다.

그것을 발견한 직후 작은 덧문이 열렸다. 잭은 벌떡 일어섰다. 사발 하나와 빵 한 조각이 문턱에 놓여 있었다. 잭은 그것을 넣어준 사람의 얼굴은 볼 수 없었다. "누구시죠?"

"난 자네와 이야기하지 못하도록 되어 있네." 상대방이 덤덤하게 말했다. 잭은 그 목소리를 잘 알고 있었다. 그는 루크라는 나이 든 수사였다.

"루크 형제, 전 언제까지 이곳에 있어야 하죠?" 잭이 소리쳤다.

이번에도 똑같은 대답이 돌아왔다. "난 자네와 이야기하지 못하도록 되어 있네."

"루크 형제, 제발 말 좀 해주세요!" 잭이 애원했다. 자기 목소리가 애처롭게 들리는 것 따위는 개의치 않았다.

루크가 속삭였다. "피에르는 일주일이라고 우겼지만 필립 원장이 이

틀로 정했어." 덧문이 쾅 하고 닫혔다.

"이틀이라고!" 잭은 절망에 차서 말했다. "그땐 그녀가 이미 결혼을 한 뒤라고요!"

아무 대답이 없었다.

잭은 가만히 선 채 멍하니 허공만 바라보았다. 조금 전, 열린 문으로 들어온 빛이 거의 어둠에 가까운 실내에 비해 너무 밝아 한동안 아무것도 보이지 않았으나, 이윽고 그의 눈은 다시 원상태로 되돌아왔다. 그러나 두 눈에 눈물이 가득 고이자 또다시 앞이 보이지 않았다.

그는 바닥에 누웠다. 이제는 어찌해볼 방법이 없었다. 월요일까지 꼼짝없이 이곳에 갇혀 있어야 했고, 월요일이면 앨리에너는 이미 앨프레드의 아내가 되어 그의 씨를 배 속에 품은 채 그의 침대에서 잠이 깰 것이다. 그 생각을 하자 욕지기가 치밀어올랐다.

감방 안은 곧 칠흑처럼 어두워졌다. 그는 방 안을 더듬어 문턱으로 가서 사발 안에 든 것을 마셨다. 맹물이었다. 빵조각을 조금 떼어 입에 넣었으나, 배가 고프지 않아 거의 삼킬 수가 없었다. 그는 남은 물을 마저 마시고 다시 바닥에 누웠다.

곤한 잠을 잘 수는 없었지만 혼수상태 같은 선잠 속으로 빠져들었다. 그는 지난여름 앨리에너와 함께 보냈던 일요일 오후, 공주를 사랑한 종자가 보석이 주렁주렁 열리는 포도덩굴을 찾으러 떠난 이야기를 그녀에게 들려주었던 시간을, 꿈인지 공상인지 알 수 없는 가운데 다시 한번 되새겨보았다.

그를 선잠에서 깨워준 것은 자정의 종소리였다. 잭은 이미 수도원 일과에 익숙해져 있었고 오후에는, 그것도 점심 때 고기라도 먹은 날이면 몹시 졸렸지만 자정이 되면 완전히 잠에서 깨어 있었다. 수사들은 지금 잠자리에서 빠져나와 행렬을 이루며 숙사에서 성당으로 가고 있을 것이다. 그들은 바로 잭의 머리 위에 있었지만 그에게는 아무 소리도 들리지 않았다. 감방에는 모든 소리가 차단되었던 것이다. 다시 종소리가 울려 새벽 한시에 올리는 새벽기도 시간을 알렸는데, 잭에게는 그때가 자정 직후처럼 느껴졌다. 내일이면 앨리에너가 결혼하기 때문인지 시간이 빠르게, 너무도 빠르게 지나가고 있었다.

얼마 동안 그는 자신의 불행을 잊고 잠이 들었다.

그는 깜짝 놀라 잠에서 깨어났다. 감방 안에 자기 말고 누군가 있었던 것이다.

무서웠다.

감방 안은 칠흑처럼 어두웠다. 물소리가 전보다 더 크게 들렸다. "누구요?" 그가 떨리는 목소리로 물었다.

"나다. 겁내지 마라."

"어머니!" 그는 안도감으로 기절이라도 할 것 같았다. "제가 여기 있는 줄 어떻게 아셨어요?"

"조지프 영감이 와서 무슨 일이 있었는지 말해주더구나." 어머니는 평소와 다름없는 목소리였다.

"조용히 하세요! 수사들이 들을지도 몰라요."

"아니야, 들리지 않을 거야. 여기서 노래를 부르고 고함을 질러도 위에선 들리지 않아. 이 어미는 안다. 전에도 해봤거든."

머릿속이 온갖 의문으로 가득 차 무엇부터 물어야 할지 알 수가 없었다. "어떻게 여기로 들어오셨어요? 문이 열려 있던가요?" 그는 두 손을 앞으로 내밀며 어머니에게 다가갔다. "이런 흠뻑 젖었잖아요!"

"바로 이 밑으로 수로가 지나간단다. 바닥에 헐거운 돌이 하나 있지."

"그걸 어떻게 아셨어요?"

"네 아버지도 이 감방에 열 달이나 갇혀 있었거든." 어머니의 목소리에는 여러 해 동안 겪은 쓰라린 고통의 흔적이 배어 있었다.

"아버지가요? 바로 이 감방에? 열 달 동안이나요?"

"내게 그 많은 이야기들을 들려준 것도 그때였지."

"무엇 때문에 아버지가 여기에 갇히셨어요?"

"우린 끝내 그 이유를 알 수 없었어." 그녀가 분개하듯 말했다. "네 아버지는 노르망디에서 납치당했거나 체포당한 거야. 어느 쪽이 사실인지 끝내 알지 못했지만. 그리고 이곳으로 끌려왔어. 그는 영어도 라틴어도 할 줄 몰랐고, 자기가 어디에 와 있는지도 알지 못했단다. 한두 해 마구간에서 일을 했지. 그래서 나와 만날 수 있었던 거야." 그녀의 목소리는 추억에 젖은 듯 부드러워졌다. "난 네 아버지와 눈이 마주친 순간부터 그를 사랑했어. 그는 매우 온순했고 잔뜩 겁에 질린데다 불행해 보였지만, 새처럼 노래할 줄 알았지. 몇 달 동안 아무도 그에게 말을 걸지 않았단다. 내가 프랑스어로 몇 마디 건네자 그는 몹시 기뻐했단다. 바로 그 때문에 날 사랑하게 된 것 같아." 다시금 분노가 치밀어 그녀의 목소리가 딱딱해졌다. "얼마 후 그는 이 감방에 갇혔어. 그리고 난 여기로 들어오는 길을 찾아낸 거야."

자신이 바로 이 싸늘한 돌바닥에서 잉태되었을지도 모른다는 생각이 퍼뜩 잭의 머리를 스치고 지나갔다. 그렇게 생각하자 그는 몹시 당황해 어둠 때문에 서로 얼굴을 볼 수 없다는 것을 오히려 다행으로 여겼다. 잭이 말했다. "하지만 아버지가 무슨 일인가를 저질렀으니 그렇게 감금된 게 아닐까요?"

"네 아버지는 그 이유를 전혀 알지 못했단다. 그리고 마침내 그자들이 죄를 만들어냈어. 누군가 그에게 보석이 박힌 성배를 주면서 이젠 가도 좋다고 말했어. 네 아버지는 1, 2킬로미터도 못 가서 붙잡혔지. 그러고는 성배를 훔쳤다는 죄로 고발되어 교수형을 당한 거야." 어머니는 울고 있었다.

"대체 누가 그런 짓을 꾸몄어요?"

"셔링의 셰리프, 킹스브리지의 수도원장…… 하지만 누가 그랬는지는 중요치 않아."

"아버지의 가족은 어떻게 됐어요? 부모나 형제자매가 있었을 게 아니에요?"

"그래, 그에겐 프랑스에 대가족이 있었어."

"왜 탈출해서 고향으로 돌아가지 않았나요?"

"한 번 탈출하려 했지. 하지만 곧 붙잡혀 다시 끌려왔어. 그때 이 감방에 갇힌 거야. 물론 또다시 탈출할 수도 있었지. 우린 이곳을 빠져나갈 길을 찾아냈으니까. 하지만 그는 집으로 가는 길도 몰랐고, 영어는 단 한마디도 못하는데다 돈 한푼 없었어. 성공할 가망이 거의 없었지. 지금 와서 생각해보면 어쨌든 그때 도망쳤어야 했는데. 하지만 당시엔 교수형까지 당할 거라곤 생각조차 못했단다."

잭은 두 팔로 어머니를 감싸안고 위로해주었다. 그녀는 흠뻑 젖은 채 떨고 있었다. 어서 밖으로 나가 몸을 말려야 할 것 같았다. 어머니가 빠져나갈 수 있다면 자기도 나갈 수 있으리라는 생각이 퍼뜩 들었다. 어머니가 아버지 이야기를 들려주는 동안 앨리에너를 거의 잊고 있었지만, 이제는 소망을 이룰 수 있으리라는 걸 알 수 있었다. 앨리에너가 결혼식을 올리기 전에 그녀와 이야기를 나눌 수 있을 것이다. "나가는 길을 가르쳐주세요." 그가 다급하게 말했다.

엘렌은 코를 훌쩍이며 눈물을 닦았다. "내 팔을 잡고 따라오너라."

두 사람은 감방을 가로질렀다. 잠시 후 그는 어머니가 땅 밑으로 내려가는 것을 느낌으로 알았다. "수로로 내려서기만 하면 돼. 숨을 크게 들이쉬고 머리를 밑으로 집어넣으렴. 그리고 수로를 거슬러 기어가야 해.

물이 흐르는 방향으로 가면 안 된다. 그러면 수사들의 변소에 빠져버릴 테니까. 나갈 때까지 숨이 좀 찰 거다. 하지만 소리내지 말고 기어나가기만 하면 된단다." 어머니가 더 아래로 내려서자 그는 어머니와 떨어지게 되었다.

잭은 구멍을 확인한 다음 안으로 들어갔다. 곧 물에 발이 닿았다. 수로 바닥을 딛고 섰을 때에도 어깨는 아직 감방 안에 있었다. 몸을 더 낮추기 전에 돌덩이를 찾아 제자리에 다시 끼우면서, 그는 감방이 텅 비어버린 걸 발견하고 수사들이 어리둥절해할 광경을 장난스럽게 떠올렸다.

물은 차가웠다. 그는 숨을 한 번 깊이 들이마신 다음 무릎을 꿇은 자세로 두 손으로 땅바닥을 짚고 물길을 거슬러 기어가기 시작했다. 할 수 있는 한 빨리 기었다. 기어가는 동안 자기 위에 있는 건물들을 머릿속에 그려보았다. 그는 통로 아래를 지나고 식당과 취사장과 제빵소 밑을 지났다. 먼 길은 아니었지만 영원히 기어가야 할 것만 같았다. 그는 물 밖으로 머리를 내밀려고 했지만 수로 터널의 천장에 부딪치고 말았다. 그 순간 겁이 더럭 났지만 어머니가 일러준 말이 떠올랐다. 이제 거의 다 왔을 것이다. 잠시 후 눈앞에 빛이 보였다. 모자가 감방에서 이야기를 나누는 사이에 동이 튼 것이었다. 그는 빛이 머리 위에 올 때까지 기어간 다음 일어서서 고마운 마음으로 허겁지겁 맑은 공기를 들이마셨다. 그러고는 숨을 고른 뒤 도랑에서 기어나왔다.

어머니는 이미 옷을 갈아입고 있었다. 그녀는 깨끗하고 잘 마른 옷을 입고 젖은 옷을 쥐어짜고 있었다. 어머니는 그가 입을 마른 옷도 가지고 왔다. 도랑 둑에는 그가 거의 반년 동안 입어보지 못했던 옷가지들, 리넨 셔츠며 초록색 모직 튜닉, 회색 양말과 가죽장화 따위가 잘 개켜져 있었다. 잭이 무거운 수사복과 샌들을 벗어버리고 재빨리 옷을 갈아입는 동안 어머니는 아들에게서 등을 돌리고 있었다.

잭은 수사복을 도랑에 던져버렸다. 다시는 그것을 입지 않을 것이다.

“이제 어떻게 할 거니?” 어머니가 물었다.

“앨리에너한테 가겠어요.”

“지금 당장? 아직은 일러.”

“더 기다릴 수가 없어요.”

그녀는 고개를 끄덕였다. “잘 대해주거라. 그애는 지금 몹시 상심해 있을 테니까.”

잭은 고개를 숙여 어머니에게 키스한 다음 충동적으로 그녀를 껴안았다. “어머니께서 저를 감옥에서 꺼내주었어요.” 그렇게 말하면서 그는 소리내어 웃었다. “정말 굉장한 어머니세요!”

엘렌은 미소 지었지만 눈은 젖어 있었다.

그는 작별 인사로 어머니를 한 번 더 껴안고는 걸음을 옮겼다.

사방은 벌써 환해졌지만 사람은 눈에 띄지 않았다. 일요일이었던 것이다. 일을 하지 않아도 되었기에 사람들은 해가 중천에 떠오를 때까지 늦잠을 잘 것이다. 잭은 사람들 눈에 띌까 두려워할지 말지 알 수 없었다. 도망간 수련수사를 추적해 도로 끌고 갈 권리가 필립 수도원장에게 있을까? 그런 권리가 있다 하더라도 원장은 과연 그런 일을 하고 싶어 할까? 잭으로서는 알 수 없는 일이었다. 그러나 필립은 곧 킹스브리지의 법이었고, 잭은 그런 그에게 반항했으므로 어떤 식으로든 문제가 일어날 것이다. 어쨌든 잭은 지금 당장 눈앞에 닥친 일들만 생각할 수밖에 없었다.

그는 앨리에너의 작은 집에 이르렀다. 리처드가 있을지 모른다는 생각이 얼핏 뇌리를 스쳤다. 리처드가 없기를 바랐다. 하지만 있다 하더라도 달리 어찌해볼 방도가 없었다. 그는 문으로 다가가 조심스럽게 두드렸다.

잭은 머리를 곧추세운 채 귀를 기울였다. 안에서는 인기척이 없었다. 이번에는 조금 더 세게 문을 두드렸다. 누군가 움직이는 듯 밀짚이 바삭거리는 소리가 들려왔다. "앨리에너!" 그는 목소리를 나지막하게, 그렇지만 한껏 돋우어서 그녀를 불렀다.

앨리에너가 문 쪽으로 다가오는 소리가 들렸다. 놀란 목소리로 그녀가 물었다. "누구세요?"

"문 열어요!"

"누구세요?"

"잭이에요."

"잭이라고요!"

잠시 아무 반응이 없었다. 잭은 기다렸다.

앨리에너는 절망감으로 두 눈을 감고 쓰러지듯 문에 몸을 기댔다. 거친 나무판자가 뺨에 닿았다. 안 돼요, 잭. 오늘은 안 돼, 지금은 안 된단 말이에요.

다시 낮고 다급한 그의 음성이 들려왔다. "앨리에너, 제발. 문을 열어요, 빨리. 이대로 붙잡히면 다시 감방에 처박힐 거예요!"

그가 갇혔다는 소식은 그녀도 들었다. 그 소식은 온 마을에 퍼져 있었다. 분명 그는 도망쳐나왔으리라. 그리고 곧바로 자기에게 달려왔으리라. 그녀의 가슴이 터질 듯이 두근거렸다. 그를 돌려보낼 수가 없었다.

앨리에너는 빗장을 올리고 문을 열었다.

그는 목욕이라도 한 듯 붉은 머리칼이 이마에 착 달라붙어 있었고, 수사복이 아닌 평상복 차림이었다. 마치 그녀를 바라보는 것이 세상에서 가장 기쁜 일이라는 듯 앨리에너를 보자 그는 환한 미소를 지었다. 그러더니 바로 눈살을 찌푸렸다. "울고 있었군요."

"여긴 왜 왔어요?"

"당신을 만나야 하니까요."

"난 오늘 결혼할 거예요."

"알아요. 들어가도 되죠?"

그를 불러들인다는 것은 옳지 못한 일임을 앨리에너는 잘 알고 있었다. 그러나 내일이면 자신은 앨프레드의 아내가 되어 있을 거고, 잭과 단둘이 이야기를 나눌 기회는 지금뿐일지도 모른다는 생각이 들었다. 옳지 못한 일이라도 상관없어. 그녀는 문을 열어주었다. 잭이 안으로 들어섰다. 그녀는 문을 닫고 빗장을 질렀다.

두 사람은 마주 보고 섰다. 앨리에너는 몹시 당황했다. 목말라 죽어가는 사람이 폭포수를 바라보듯 그녀를 바라보는 잭의 눈빛은 열렬한 갈망으로 가득 차 있었다. "날 그런 눈으로 보지 말아요." 그녀가 얼굴을 돌렸다.

"그와 결혼하지 말아요."

"하지 않을 수가 없어요."

"당신은 비참해질 거예요."

"난 이미 비참해요."

"날 봐요, 제발."

앨리에너는 잭에게 얼굴을 돌리고 눈을 들었다.

"왜 이러는지 말해줘요." 그가 말했다.

"내가 말해야 할 이유라도 있나요?"

"당신이 그 낡은 방앗간에서 그처럼 내게 키스를 했으니까요."

그녀는 눈길을 떨어뜨렸고, 자기도 모르게 얼굴이 뜨겁게 달아올랐다. 그녀는 그날의 일을 모른 체해왔고, 그후 내내 스스로를 부끄럽게 여겼다. 그런데 잭이 그 일을 다시 상기시키는 것이었다. 그녀는 아무 말도 하지 않았다. 변명할 말이 없었다.

잭이 말했다. "그날 이후 당신은 차갑게 변했어요."

그녀는 계속 눈을 내리깔고 있었다.

"우린 그때 가까웠지요." 그가 무자비하게 말을 이었다. "그 여름 내내, 그 숲속의 빈터, 폭포 곁에서…… 난 이야기를 들려줬고…… 우린 정말 행복했어요. 거기서 난 당신에게 키스했죠. 기억나요?"

그런 일이 없었던 것처럼 스스로를 기만해왔지만 그녀는 물론 기억하고 있었다. 이제 그 기억이 그녀의 마음을 녹여주었다. 앨리에너는 눈물 어린 눈으로 잭을 바라보았다.

"그리고 난 방앗간에서 당신이 펠트 작업을 할 수 있도록 해주었지요. 당신을 돕게 되어 정말 기뻤어요. 당신은 그걸 보고 감격했어요. 그리고 우린 또다시 키스를 했지요. 하지만 그건 처음처럼 가벼운 키스가 아니었어요. 이번에는…… 격렬했지요." 그래요, 정말 그랬어요, 그녀는 생각했다. 그리고 다시 얼굴을 붉혔다. 숨이 가빠졌다. 그가 이제 그만해주기를 바랐지만 그는 말을 이었다. "우린 서로 꼭 껴안았어요. 우린 오래도록 키스를 나누었어요. 당신은 입술을 열고……"

"그만해요!" 그녀는 울먹였다.

"왜요?" 그가 사납게 물었다. "틀린 말인가요? 그런데 어째서 그처럼 쌀쌀해진 거죠?"

"겁이 났어요." 앨리에너는 불쑥 말하고 눈물을 쏟았다. 그리고 두 손에 얼굴을 묻고 흐느꼈다. 들먹이는 두 어깨에 그의 두 손이 닿는 것을 느꼈다. 그녀는 가만히 있었다. 잠시 후 그는 두 팔로 그녀를 부드럽게 안았다. 그녀는 얼굴에서 손을 떼고 그의 초록색 튜닉에 얼굴을 묻고 울었다.

얼마 후 그녀는 그의 허리에 팔을 둘렀다.

잭은 꼴사납고 짧은데다 화재로 탄 후로 아직 자라지 않은 볼품없는 그녀의 머리칼에 뺨을 대고 아기에게 하듯 그녀의 등을 쓰다듬어주었다. 그녀는 영원히 그런 자세로 있고 싶었다. 하지만 그가 그녀의 얼굴을 보기 위해 몸을 떼더니 말했다. "어째서 겁이 났다는 건가요?"

그녀는 차마 그 말을 할 수 없어 고개를 가로저으며 한 걸음 뒤로 물러났다. 하지만 잭은 앨리애너가 몸을 떼지 못하도록 그녀의 팔을 잡았다.

"이봐요, 앨리에너. 그동안 내가 그 일로 얼마나 괴로워했는지 알려주고 싶어요. 당신은 나를 사랑하는 듯하면서도 다음 순간에는 나를 미워하는 것 같았어요. 그리고 이제 당신은 내 의붓형과 결혼하려고 해요. 난 이해할 수가 없어요. 아무것도 알 수가 없어요. 난 한 번도 사랑을 해본 적이 없어요. 그래서 괴로움에 가슴이 찢어지는 것 같아요. 얼마나 괴로운지 말로는 설명할 수도 없어요. 내가 왜 그렇게 괴로워해야 하는지 적어도 내게 설명은 해줘야 하지 않겠어요?"

그녀는 심한 가책을 느꼈다. 그를 너무도 사랑하면서도 그토록 상처를 입혔다니. 그녀는 잭에 대한 자신의 태도가 부끄러웠다. 그가 자기에게 친절하게 대해주었을 뿐인데도 그녀는 그의 삶을 망쳐놓았다. 그는 설명을 들을 자격이 있었다. 그녀는 마음을 다잡았다. "잭, 오래전에 내게 어떤 일이 있었어요. 정말 끔찍한 일이었어요. 난 그 일을 잊으려고 오랫동안 애를 썼어요. 다시는 생각하고 싶지 않았으니까요. 그런데 당신이 키스했을 때 그 모든 것이 다시 생각났어요. 난 견딜 수가 없었어요."

"그게 뭔데요? 어떤 일이 일어났다는 거예요?"

"아버지가 감옥에 갇힌 뒤 우리는 성에서 살았어요. 리처드와 나와 매슈라는 하인 셋이서요. 그런데 어느 날 밤에 윌리엄 햄리가 와서 우릴 내쫓았어요."

그가 두 눈을 가늘게 떴다. "그래서요?"

"그들은 가엾은 매슈를 죽였어요."

그는 그녀가 모든 사실을 말하지 않고 있다는 걸 알 수 있었다. "왜죠?"

"무슨 뜻이에요?"

"왜 그들이 하인을 죽였느냐고요?"

"그가 그들을 제지하려 했거든요." 이제 앨리에너의 얼굴에서는 눈물이 줄줄 흘러내리고 있었고, 매번 말이 목에 걸리는 듯 목을 움츠렸다. 그녀는 힘없이 고개를 저으며 몸을 돌리려 했지만 잭이 놓아주지 않았다.

키스처럼 부드러운 목소리로 그가 말했다. "그들이 무슨 짓을 하려고 했나요?"

갑자기 그녀의 입에서 말이 거침없이 흘러나왔다. "그들은 나를 범하려 했지요. 윌리엄의 하인이 나를 바닥에 내리누르는 동안 윌리엄은 내 몸 위로 올라탔어요. 하지만 난 완강하게 버텼지요. 그러자 그들은 리처드의 귀에서 살점을 잘라냈어요. 말을 듣지 않으면 더 자르겠다고 했어요." 그녀는 마침내 그 말을 할 수 있게 되어 이루 말할 수 없는 고마움을 느끼며 안도감으로 흐느꼈다. 그녀는 잭의 눈을 들여다보며 말했다. "그래서 난 허락할 수밖에 없었어요. 윌리엄이 내게 그 짓을 하는 동안 윌리엄의 하인은 리처드에게 억지로 그 장면을 보게 했어요."

"미안해요." 잭이 속삭였다. "소문은 들었지만 정말일 거라곤 생각 못했어요…… 앨리에너, 어떻게 그런 일이 일어났던 거죠?"

그녀는 모든 것을 다 말해버려야 했다. "윌리엄이 내게 그 짓을 하고 나서 그 하인도 똑같은 짓을 했어요."

잭은 눈을 감았다. 그의 얼굴은 하얗게 질려 굳어 있었다.

앨리에너가 말했다. "그때, 당신과 키스하자 그걸 하고 싶어졌어요.

그런데 윌리엄과 그의 하인이 생각났어요. 그래서 무섭고 겁이 나서 도망을 간 거예요. 당신에게 그토록 심술궂게 대하고 비참하게 만든 것도 그 때문이에요. 미안해요."

"괜찮아요." 잭이 속삭였다. 그는 그녀를 끌어당겼다. 그러고는 다시 한번 그녀를 껴안았다. 그의 품에 안기자 그녀는 위로를 느꼈다.

앨리에너는 잭이 몸을 떨고 있는 것을 느꼈다. 걱정스러웠다. "나 때문에 화났어요?"

그는 그녀를 바라보았다. "당신을 사랑해요." 그는 고개를 숙여 그녀에게 키스했다.

그녀는 얼어붙었다. 이걸 원한 것은 아니었다. 그는 얼굴을 조금 뗐다가 다시 한번 키스했다. 그녀의 입술에 닿는 그의 입술은 아주 부드러웠다. 고마운 마음에서, 그리고 다정한 마음에서 그녀는 그의 키스에 대한 희미한 메아리처럼 입술을 아주 조금 오므렸다 다시 열었다. 그러자 용기를 얻은 듯 그는 그녀의 입술을 더듬었다. 그녀는 그의 따스한 숨결을 느낄 수 있었다. 그는 입술을 아주 조금 열었다. 그러자 그녀는 재빨리 그에게서 얼굴을 떼었다.

그는 기분이 상한 듯했다. "싫어요?"

사실대로 말하면, 앨리에너는 이제 전처럼 겁이 나지는 않았다. 그녀는 끔찍한 사실을 그에게 말했고, 그것을 듣고도 그는 전혀 불쾌해하지 않았다. 그는 지금까지 그래왔듯이 여전히 부드럽고 친절했다. 그녀가 고개를 수그리자 그는 다시 키스를 했다. 이제는 무섭지 않았다. 두려움에 떨 일이라고는 전혀 없었고, 억제하기 어려운 격한 감정도 없었다. 강압적인 것도, 그녀가 증오할 것도, 그녀를 지배하려는 것도 없었다. 오히려 그 반대였다. 그것은 기쁨을 함께 나누는 키스였다.

잭의 입술이 열리자 그의 혀끝이 느껴졌다. 앨리에너의 몸이 긴장했다. 그의 혀끝이 그녀의 입술을 파고들었다. 그녀의 몸이 다시금 풀어졌다. 그는 부드럽게 그녀의 아랫입술을 빨았다. 그녀는 정신이 조금 아찔해지는 것을 느꼈다.

그가 말했다. "지난번처럼 해보겠어요?"

"어떻게 했는데요?"

"가르쳐줄게요. 입을 조금만 벌려봐요."

그녀는 그가 하라는 대로 했다. 그의 혀가 다시 그녀의 입술에 닿고 벌어진 이 사이를 지나 그녀의 입 속에 들어와 혀에 닿는 것을 느꼈다. 그녀는 얼굴을 떼었다.

"그거예요." 그가 말했다. "당신은 그때 그렇게 했어요."

"내가 그랬어요?" 그녀는 깜짝 놀라는 것 같았다.

"그래요." 그는 미소 지었다. 그러고는 갑자기 엄숙한 표정을 지었다. "당신이 다시 한번 그렇게 해준다면 지난 아홉 달 동안의 슬픔도 보상될 것 같아요."

그녀는 다시 얼굴을 뒤로 젖히며 눈을 감았다. 잠시 후 그녀는 그의 입이 닿는 것을 느꼈다. 그녀는 입술을 열고 조금 주저하다가 혀를 그의 입 속으로 밀어넣었다. 그러면서 낡은 방앗간에서의 그 순간을 떠올렸고, 그러자 그 황홀한 느낌이 되살아났다. 그녀는 그를 껴안고, 그의 살갗과 머리카락을 애무하고, 근육과 뼈를 모두 느껴보고, 그에게 안겨 그가 자기 몸속으로 들어오게 하고픈 욕망에 휩싸였다. 그의 혀가 자신의 혀와 만나자 당황해 거부감이 일어나기는커녕, 혀와 혀가 맞닿는 너무도 친밀한 행위에 온몸에 소름이 돋았다.

이제 두 사람은 숨을 거칠게 몰아쉬고 있었다. 잭은 두 손으로 그녀의 머리를 감싸안았다. 그녀는 그의 두 팔과 등과 엉덩이의 탄탄하고 불룩한 근육들을 차근차근 애무했다. 가슴속에서 심장이 미친 듯이 뛰고 있었다. 마침내 그녀는 숨이 막혀 키스를 멈추었다.

그녀는 그를 바라보았다. 그는 상기된 채 숨을 헐떡였고, 그의 얼굴은 욕망으로 빛나고 있었다. 잠시 후 그는 다시 몸을 숙였으나 이번에는 그녀의 입에 키스하는 대신 턱을 들어올려 그녀의 민감한 목덜미에 키스했다. 그녀는 자기도 모르게 기쁨의 신음을 내뱉었다. 그의 머리가 더 아래로 내려가면서 그녀의 둥그런 젖가슴을 입술로 더듬었다. 거친 올로 짠 리넨 잠옷 밑에서 그녀의 젖꼭지가 부풀어올랐고, 그것들은 견딜 수 없을 만큼 아릿한 느낌에 휩싸였다. 그의 입술이 한쪽 젖꼭지를 덮었다. 그녀는 살에 와닿는 그의 뜨거운 입김을 느꼈다. "부드럽게 해요." 그녀가 두려움에 떨면서 말했다. 그는 그녀의 옷 사이로 젖꼭지에 키스를 했다. 그의 입술은 더없이 부드러웠으나 그녀는 마치 깨물리기라도 한 것 같은 날카로운 쾌감을 느끼고 숨을 몰아쉬었다.

그는 그녀 앞에 무릎을 꿇고 앉았다.

그리고 그녀의 무릎 사이로 얼굴을 들이밀었다. 지금 이 순간까지는 모든 쾌감이 젖가슴에 머물러 있었으나 이제 갑자기 그 흥분의 물결은 다리 사이로 옮아갔다. 그는 그녀의 잠옷 솔기를 찾아 허리까지 걷어올렸다. 앨리애너는 그가 어떤 반응을 보일지 겁이 나 그를 내려다보았다. 그녀는 그곳에 너무 털이 무성해서 언제나 부끄럽게 여겼다. 그러나 그는 불쾌감을 느끼는 것 같지 않았다. 오히려 앞으로 몸을 기울이더니, 마치 이 세상에서 가장 좋은 것이라는 듯이 바로 그곳에 부드럽게 키스했다.

그녀는 그의 앞에 무릎을 꿔었다. 이제는 1킬로미터를 달려온 사람처럼 헐떡이고 있었다. 그녀는 그를 간절히 원했다. 그녀의 목은 욕망으로 바싹 타올랐다. 그녀는 두 손을 그의 무릎에 얹으며 한 손을 그의 옷자락 밑으로 넣었다. 그녀는 지금껏 남자의 성기를 만져본 적이 없었다.

그것은 뜨겁고 말라 있었고 널빤지처럼 딱딱했다. 그녀가 마치 길이라도 재듯 손가락 끝으로 더듬자, 잭은 눈을 감고 목구멍 깊은 곳에서 나오는 신음을 내뱉었다. 그가 그녀의 그곳에 키스했듯이 그녀도 그의 옷자락을 들어올리고 몸을 굽혀 그것을 입술로 부드럽게 쓸면서 키스했다. 그러자 그의 성기 끝이 북처럼 팽팽하게 부풀어오르며 액체 같은 것이 흘러나와 축축해졌다.

문득 그녀는 자신의 가슴을 보여주고 싶은 욕망에 사로잡혀 다시 일어섰다. 그가 눈을 떴다. 그녀는 그를 똑바로 바라보면서 머리 위로 재빨리 잠옷을 벗어 옆으로 던져버렸다. 이제 그녀는 완전히 알몸이 되었다. 그 순간 심한 부끄러움을 느꼈지만 그것은 쾌감이자 외설적 기쁨이었다. 잭은 황홀한 눈으로 그녀의 가슴을 쳐다보았다. "정말 아름다워요."

"정말 그렇게 생각해요? 난 언제나 너무 크다고 생각했어요."

"너무 크다니요!" 그는 그녀의 말이 터무니없다는 듯 말하고는 오른손을 뻗어 그녀의 왼쪽 가슴을 만졌다. 그리고 그녀의 살갗을 손가락 끝으로 부드럽게 어루만졌다. 그녀는 그의 행동을 내려다보았다. 잠시 후 그가 좀더 세게 쥐어주었으면 좋겠다고 생각했다. 그녀는 그의 두 손을 자기 가슴에 갖다대고 눌렀다. "더 세게 해주세요." 그녀는 잠긴 목소리로 말했다. "당신을 좀더 느끼고 싶어요."

그 말을 듣는 순간 그는 불이 붙어 그녀의 가슴을 움켜쥐고 손가락으로 젖꼭지를 잡고 아픔을 느낄 정도로 세게 비틀었다. 그 느낌이 그녀를 미치게 했다. 마음속에서 모든 생각이 빠져나가고 그의 몸과 자신의 몸 이외에는 아무것도 의식할 수가 없었다. "옷을 벗어요." 그녀가 말했다. "당신 몸을 보고 싶어요."

그는 튜닉과 속옷, 장화, 양말을 모두 벗고 다시 그녀 앞에 꿇어앉았다. 젖었던 붉은 머리가 마르면서 제멋대로 구불구불해졌다. 그는 날씬하고 하얀 몸에 어깨와 엉덩이는 앙상했다. 그의 육체는 강하고 민첩해 보였고 젊고 기운찼다. 그의 성기가 다리 사이의 다갈색 음모 속에 한 그루 나무처럼 불뚝 솟아올라 있었다. 갑자기 그녀는 그의 가슴에 키스를 하고 싶었고, 앞으로 몸을 숙여 밋밋한 남자의 젖꼭지에 입술을 문질렀다. 그녀의 젖꼭지처럼 그것들도 오그라들었다. 그가 자기에게 주었던 쾌감을 그 역시 느끼기를 바라며 그것을 부드럽게 빨았다. 그는 그녀의 머리를 쓰다듬었다.

그녀는 그가 지금 당장 자기 몸 안으로 들어오기를 원했다.

하지만 그가 다음에 어찌해야 할지 모르고 있다는 걸 알아차렸다. "잭, 처음이에요?"

잭은 조금 바보 같은 표정을 지으면서 고개를 끄덕였다.

"기뻐요, 정말 기뻐요." 그녀가 뜨겁게 달아오른 목소리로 말했다.

그녀는 그의 손을 잡아 자기 다리 사이에 갖다댔다. 그곳은 부풀고 아주 민감해져 있어서 그의 손이 닿자 마치 감전이라도 된 것 같았다. "만져봐요." 그녀가 말했다. 그가 손가락으로 그곳을 더듬었다. "안으로 넣어봐요." 그녀가 다시 말했다. 그는 머뭇거리면서 그녀의 몸 속으로 손가락을 밀어넣었다. 욕망에 무르익은 그녀의 몸 안은 미끌거렸다. "거기예요." 그녀는 만족스럽게 숨을 내쉬며 말했다. "거기로 들어가는 거예요." 그녀는 그의 손을 뗀 다음 짚바닥에 누웠다.

그는 한쪽 팔꿈치를 짚은 자세로 그녀 위에 엎드리면서 그녀의 입에 키스했다. 그녀는 그가 조금 들어오다가 멈추는 것을 느꼈다. "왜 그래요?"

"너무 좁은 것 같아. 당신이 아플까봐 겁이 나요."

"힘껏 밀어넣어요. 아파도 상관없어요. 넣어줘요."

그녀는 그가 밀고 들어오는 것을 느꼈다. 생각했던 것보다 아팠지만 그것은 한순간뿐이었고, 다음 순간 자신의 몸이 놀랍도록 가득 차는 느낌이 들었다. 그녀는 그를 바라보았다. 그는 조금 물러섰다가 다시 밀었고 그녀도 그에 응해 되밀었다. 그녀가 그에게 미소를 지어 보였다. "이렇게 좋을 줄은 정말 몰랐어요." 그녀가 이상하다는 듯이 말했다. 그는 이 행복을 그대로 감당하기 어렵다는 듯 두 눈을 감았다.

잭은 율동적으로 몸을 움직이기 시작했다. 그가 몸을 한 번 밀칠 때마다 그녀의 다리 사이 어딘가에 쾌감의 파동이 한 겹씩 쌓여갔다. 두 사람의 몸이 맞닿을 때마다 그녀는 자신도 모르게 흥분으로 헐떡이는 소리를 냈다. 그는 윗몸을 숙여 자신의 가슴이 그녀의 젖꼭지에 닿게 했다. 그녀는 그의 뜨거운 숨결을 느낄 수 있었다. 그녀의 손톱이 그의 단단한 등을 파고들었다. 그녀의 규칙적인 헐떡임은 이제 신음으로 변했다. 갑자기 그녀는 그에게 키스를 하고 싶어졌다. 그녀는 두 손을 곱슬거리는 그의 머리칼에 파묻고 머리를 끌어당겼다. 그리고 그의 입술에 힘껏 키스한 후 혀를 그의 입 속에 밀어넣고는 몸을 점점 더 빠르게 움직였다. 그의 성기가 자신의 성기 안에 들어와 있고, 자신의 혀가 그의 입 속에 들어가 있게 되자 쾌감으로 정신이 아득해질 지경이었다. 환희의 격한 발작이 한 차례 그녀의 몸을 흔들었다. 너무도 강렬해서 마치 달리는 말에서 떨어져 땅바닥에 내팽개쳐진 것과도 같은 느낌이었다. 그녀는 자기도 모르게 큰 소리로 비명을 질렀다. 그녀는 눈을 뜨고 그의 두 눈을 들여다보면서 그의 이름을 불렀고, 그러자 또다른 물결이 연거푸 그녀를 덮쳤다. 마침내 그녀는 그의 몸이 경련을 일으키는 것을 느꼈다. 그 역시 비명을 질렀다. 그 순간 뜨거운 것이 그녀의 몸 안에서 분사되는 것이 느껴졌다. 그러자 그녀는 헤아릴 수도 없을 만큼 잇따른 쾌감으로 거듭 몸을 떨었다. 흥분이 가라앉으면서 그녀는 서서히 늘어지더니 이윽고 잠잠해졌다.

그녀는 너무 지쳐서 말을 할 수도 몸을 움직일 수도 없었지만, 자신의 몸 위로 늘어져 있는 잭의 묵직한 몸을 느낄 수 있었다. 그의 골반이 자신의 골반 위에 있었고, 그의 밋밋한 가슴이 자신의 부드러운 젖가슴을 눌렀고, 그의 입은 자신의 귓가에 있었고, 그의 손가락은 자신의 머리카락을 감아쥐고 있었다. 몽롱한 의식 한구석에서 그녀는 생각했다. 남자와 여자 사이에 있다는 일이 바로 이것이었구나. 그래서 모두 이것 때문에 그처럼 법석을 떠는 거야. 남편과 아내가 서로를 그렇게 사랑하는 것도 모두 이것 때문이야.

잭의 숨결이 차츰 가볍게 규칙적으로 가라앉으면서 몸도 점점 풀어졌고 마침내 축 늘어지고 말았다. 잠이 든 것이었다.

앨리에너는 고개를 돌려 그의 얼굴에 키스했다. 잭은 그리 무겁지 않았다. 그녀는 그가 자신의 몸 위에 누워 잠든 채로 영원히 있어주었으면 좋겠다고 생각했다.

그러자 비로소 기억이 되살아났다.

오늘은 그녀가 결혼하는 날이었다.

맙소사 내가 무슨 일을 저지른 거지, 그녀는 생각했다.

그녀는 울기 시작했다.

잠시 후 잭이 깨어났다.

그는 눈물로 흠뻑 젖은 그녀의 뺨에 견딜 수 없을 정도로 부드럽게 키스했다.

그녀가 말했다. "오, 잭. 난 당신과 결혼하고 싶어요."

"이제 우리가 해야 할 일이 바로 그거예요." 그가 깊은 만족감이 어린 목소리로 말했다.

그는 그녀의 말을 오해했고, 그것이 사태를 더 악화시켰다. "하지만 우린 결혼할 수 없어요." 그녀가 말했다. 그녀의 눈물이 더 빨리 흘러내렸다.

"하지만 이젠……"

"알아요……"

"이제 당신은 나와 결혼해야 해요!"

"우린 결혼할 수 없어요. 난 돈을 모두 잃었고 당신에겐 아무것도 없잖아요."

그는 팔꿈치로 바닥을 짚으며 몸을 일으켰다. "내겐 이 두 손이 있어요." 그가 사납게 말했다. "난 이 근방 최고의 조각사예요."

"당신은 쫓겨났어요……"

"그건 아무 문제도 아니에요. 난 이 세상 어느 공사장에서도 일할 수 있어요."

그녀는 참담한 표정으로 고개를 가로저었다. "그것만으로는 부족해요. 난 리처드를 생각해야 해요."

"어째서요?" 그가 화를 내며 말했다. "이 모든 게 리처드와 무슨 상관이 있죠? 그는 자기 힘으로 살아갈 수 있어요."

그 순간 그녀는 잭이 어린아이처럼 보였다. 앨리에너는 그들 사이의 나이 차를 느꼈다. 그는 그녀보다 다섯 살이나 어렸고, 아직도 행복을 누릴 권리만을 생각하고 있었다. "난 아버지께 맹세했어요. 그분이 돌아가실 때요. 리처드가 셔링의 백작이 될 때까지 돌봐주겠다고 했어요."

"하지만 그건 불가능해요!"

"맹세는 맹세예요."

잭은 궁지에 몰린 것 같았다. 그는 몸을 굴려 그녀에게서 떨어졌다. 부드러워진 그의 성기가 그녀에게서 빠져나가자 그녀는 고통 같은 상실감을 맛보았다. 이제 다시는 그가 내 몸 안으로 들어오는 걸 느낄 일은 없겠지, 그녀는 슬픔에 잠겨 생각했다.

그가 말했다. "농담이겠지요. 맹세란 단지 말에 지나지 않아요! 그건

이 일에 비하면 아무것도 아니에요. 이건 현실이고, 바로 당신과 나 사이의 일이에요." 그는 그녀의 젖가슴을 바라보다가 손을 뻗어 그녀의 다리 사이에 난 곱슬곱슬한 털을 쓰다듬었다. 그 느낌이 너무도 짜릿해 그녀는 그의 손길이 마치 채찍처럼 느껴졌다. 그녀가 몸을 움찔하자 그는 손을 멈추었다.

한동안 그녀는 '그래요, 좋아요. 지금 당장 같이 도망가요' 하고 말하고 싶어 견딜 수 없었다. 그가 계속 그녀를 쓰다듬었다면 그렇게 말해버렸을지도 몰랐다. 하지만 정신을 차린 그녀가 말했다. "난 앨프레드와 결혼할 거예요."

"말도 안 되는 소리 하지 말아요."

"그 길밖엔 없어요."

그는 그녀를 물끄러미 바라보았다. "당신의 말을 믿을 수가 없어요."

"진심이에요."

"난 당신을 포기할 수 없어요. 난 못해요, 못한다고요." 그의 목소리가 잠겼다. 가까스로 울음을 참는 것이었다.

앨리에너는 냉정해지려고 애썼다. 그녀는 그를 설득해야 했을 뿐 아니라 자기 자신도 설득해야 했다. "당신에게 결혼을 맹세하기 위해 아버지에게 한 맹세를 깬다면 무슨 의미가 있겠어요? 첫번째 맹세가 깨진다면 두번째 맹세는 하나마나예요."

"난 상관하지 않아요. 난 당신에게 맹세 같은 건 바라지도 않아요. 난 그저 우리가 언제나 함께 있으면서 원할 때마다 사랑을 나누고 싶은 것뿐이에요."

그건 열여덟 살짜리나 생각하는 결혼이야, 앨리에너는 그렇게 생각했지만 입 밖에 내어 말하지는 않았다. 자유롭기만 하다면 그녀도 기쁘게 그러한 결혼을 받아들였을 것이다. "난 내가 원하는 대로만 살 수가 없어요." 그녀가 슬프게 말했다. "내 운명은 그런 것이 아니에요."

"당신은 잘못하고 있어요. 내 말은 당신이 '죄를 짓고 있다'는 거예요. 이런 식으로 행복을 포기하는 건 보석을 바다에 던져버리는 거나 마찬가지예요. 그건 그 어떤 죄보다 무거워요."

문득 그녀는 어머니라면 이 말에 찬성했으리라는 생각이 떠올랐다. 왜 그런 생각이 드는지는 알 수 없었다. 그러나 그 생각을 떨쳐냈다. "당신하고 산다고 하더라도 난 행복해질 수 없을 거예요. 아버지와의 약속을 어겼다는 생각이 떠나지 않을 테니까요."

"당신은 나보다 당신 아버지와 동생을 더 생각하는군요." 잭은 처음으로 토라진 목소리로 말했다.

"그건 아니에요……"

"그럼 뭐죠?"

그는 단지 시비를 거는 심정으로 말했지만 그녀는 질문을 진지하게 받아들였다.

"내 말은 아버지한테 한 맹세가 당신을 사랑하는 내 마음보다 더 중요하다는 거예요."

"그래요?" 그가 믿을 수 없다는 듯 물었다. "그게 정말인가요?"

"그래요." 그녀는 무거운 마음으로 대답했다. 자신의 목소리가 조종弔鐘 소리처럼 들렸다.

"그럼 더 말할 게 없군요."

"그저…… 미안할 뿐이에요."

잭은 일어섰다. 그러고는 등을 돌리고 선 채 속옷을 집어들었다. 그녀는 그의 길고 날씬한 알몸을 바라보았다. 그의 다리엔 불그스레한 금빛 털이 무성했다. 그는 재빨리 셔츠와 튜닉을 입고, 양말을 신은 다음 장화를 꿰어신었다. 모든 일이 너무도 빨리 이루어졌다.

"당신은 정말로 불행해질 거예요."

잭은 그녀에게 거칠게 말하려 했으나 마음먹은 대로 되지 않았다. 그의 목소리에 연민의 정이 배어 있는 걸 그녀는 느낄 수 있었다.

"그래요. 그렇게 되겠지요. 하지만 당신은…… 당신은 적어도 내가 잘 결정한 거라고 말해줄 수는 없나요?"

"그럴 수 없어요." 그는 주저 없이 대답했다. "당신의 그 결심을 경멸하니까요."

그녀는 알몸으로 그 자리에 앉아 그를 바라보았다. 그리고 흐느끼기 시작했다.

"난 가는 게 좋겠어요." 그의 말끝은 갈라져 나왔다.

"그래요, 가세요." 그녀가 울먹이며 말했다.

그는 문으로 갔다.

"잭!"

그는 문 앞에서 고개를 돌렸다.

"내게 행운을 빌어주시지 않겠어요, 잭?"

그는 빗장을 들어올렸다. "행운을……" 차마 말이 이어지지 않았다. 그는 바닥을 내려다보다가 고개를 들고 그녀를 바라보았다. 이번에 그의 목소리는 속삭임이 되어 나왔다. "행운을 빌어요."

그러고는 나가버렸다.

한때는 톰의 집이었던 그 집은 지금은 엘렌의 집이자 앨프레드의 집이었다. 오늘 아침 집 안은 혼인잔치를 준비하는 사람들로 북적였다. 앨프레드의 열세 살 난 여동생 마사가 일을 주도했고, 잭의 어머니는 수심에 잠긴 얼굴이었다. 앨프레드는 손에 수건을 들고 막 강으로 목욕을 하러 나가는 참이었다. 여자들은 한 달에 한 번, 그리고 남자들은 부활절과 성 미카엘 축일 때나 목욕을 했지만, 결혼식 날 아침에는 목욕을 하는 것이 관습이었다. 잭이 걸어들어오자 집 안이 조용해졌다.

앨프레드가 물었다. "여긴 왜 왔어?"

"결혼식 취소해." 잭이 말했다.

"개 같은 소리 집어치워."

잭은 말을 잘못 시작했음을 알아차렸다. 이 일 때문에 그와 맞서는 일이 생겨서는 안 됐다. 알아듣게만 된다면 그가 말하려는 것은 앨프레드에게도 득이 될 것이다. "앨프레드, 앨리에너는 형을 사랑하지 않아." 잭이 할 수 있는 한 부드럽게 말했다.

"네가 사랑에 대해 뭘 안다고 그래, 꼬마야."

"난 알아." 잭이 고집스럽게 말했다. "앨리에너는 당신을 사랑하지 않는다니까. 그녀가 당신과 결혼하는 건 리처드를 위해서야. 이 결혼으로 행복해질 사람은 오직 리처드뿐이라고."

"수도원으로 돌아가기나 해." 앨프레드가 경멸조로 말했다. "대체 수사복은 어디다 팔아먹은 거야?"

잭은 숨을 크게 들이쉬었다. 이젠 그에게 진실을 말해주는 것 말고는 달리 방도가 없을 듯싶었다. "앨프레드, 그녀가 사랑하는 사람은 바로 나야."

그는 앨프레드가 화를 내리라고 생각했으나 뜻밖에도 앨프레드는 그저 음흉한 미소만 지을 뿐이었다. 잭은 당황했다. 저 웃음의 의미는 뭐지? 잭은 차츰 그 의미를 알아차리기 시작했다. "이미 알고 있었군." 잭이 믿기지 않는다는 듯 말했다. "형은 그녀가 날 사랑한다는 걸 알면서도 상관없다는 거로군! 그녀가 형을 사랑하든 말든 상관없이 그녀를 원하는 거야. 그저 그녀를 차지하고만 싶은 거지."

앨프레드의 은밀한 미소는 한층 또렷해지면서 더욱 악의를 띠었다.

잭은 자신이 한 말이 모두 사실임을 깨달았다. 그러나 앨프레드의 얼굴에는 또다른 무언가 나타나 있었다. 잭의 마음속에 불쑥 의혹이 솟아났다. "형은 무엇 때문에 앨리에너를 원하는 거야? 단지 나한테서 빼앗으려고 그녀와 결혼하는 거야?" 분노로 잭의 목소리가 높아졌다. "나에 대한 앙갚음으로 그녀와 결혼하겠다는 거야?" 그러자 앨프레드의 멍청한 얼굴에 의기양양하면서도 교활한 표정이 번졌다. 잭은 자신의 짐작이 옳았다는 걸 확인했다. 억장이 무너지는 것 같았다. 잭은 앨프레드가 앨리에너에게 품음직한 욕망 때문이 아니라 순전히 악의에서 이 모든 짓을 저지르고 있다고 생각하자 참을 수가 없었다. "이 빌어먹을 자식, 그녀를 그렇게 대해서는 안 돼!" 그가 소리쳤다.

앨프레드는 웃음을 터뜨렸다.

앨프레드의 궁극적 목적이 앙갚음이라는 걸 깨달은 잭은 한 대 얻어맞은 것 같았다. 앨프레드에게는 그녀를 잘 대해주겠다는 생각 따위는 아예 없었다. 앨리에너와의 결혼은 그가 잭에게 가하는 결정적 복수가 될 것이다. 앨프레드는 앨리에너와 결혼함으로써 그녀를 비참하게 만들 작정이었다. "이 더러운 자식." 잭이 모질게 말했다. "이 너절한 놈. 똥 같은 놈. 추잡하고, 어리석고, 사악하고, 구역질나는 짐승."

결국 더 참을 수 없게 된 앨프레드가 수건을 내던지고는 주먹을 쥐고 잭에게 달려들었다. 이미 각오하고 있던 잭이 상대보다 먼저 후려치려고 한 걸음 나섰다. 그때 잭의 어머니가 두 사람 사이에 들어섰다. 그녀는 두 사람보다 훨씬 작았지만 한마디로 둘을 제지했다.

"앨프레드, 넌 가서 목욕을 해라."

앨프레드는 곧 침착함을 되찾았다. 오늘의 승리가 이미 자기 것인 이상 잭과 싸울 필요가 없다는 걸 깨달은 것이었다. 그런 생각은 밉살스러운 얼굴에 그대로 드러났다. 그는 밖으로 나갔다.

어머니가 말했다. "잭, 대체 어쩌자는 거냐?"

잭은 자기도 모르는 사이에 격심한 분노로 몸을 떨고 있었다. 그는 몇 번 숨을 몰아쉰 다음에야 겨우 입을 열었다. 그는 이 결혼을 막을 수 없음을 깨달았다. 하지만 그것을 눈으로 보고 있을 수도 없었다. "킹스브리지를 떠나겠어요."

그는 어머니의 얼굴에 슬픔이 번지는 것을 보았다. 그러나 어머니는 고개를 끄덕였다. "그 말이 나올까 얼마나 두려웠는지. 하지만 네 생각이 옳은 것 같구나."

수도원에서 종이 울리기 시작했다. "이젠 제가 달아났다는 걸 알 거예요."

어머니가 목소리를 낮췄다. "어서 가거라. 다리 근처 강가에 몸을 숨기고 있어. 몇 가지 갖다줄 게 있으니까."

"알았어요." 잭은 몸을 돌렸다.

그와 문 사이에 마사가 눈물범벅이 된 얼굴로 서 있었다. 잭은 마사를 안아주었다. 그녀도 그를 껴안았다. 그녀의 어린 몸은 마치 사내아이처럼 밋밋하고 앙상했다. "꼭 돌아와야 해." 마사가 감정이 북받친 어조로 말했다.

잭은 그녀에게 재빨리 입을 맞추고 밖으로 나갔다.

바깥에서는 이미 많은 사람들이 물을 나르거나 다사로운 가을 아침을 즐기고 있었다. 대부분의 사람들은 잭이 수련수사가 됐다는 사실을 알고 있었다. 이 도시는 아직 규모가 작아서 모두가 다른 사람들의 일을 환히 알고 있었다. 사람들은 평복을 하고 있는 그를 놀란 표정으로 바라보았지만 어찌된 일이냐고 묻는 사람은 없었다. 그는 재빨리 언덕을 내려가 다리를 건넌 다음 강둑을 따라 걸었다. 이윽고 갈대숲에 이르자 몸을 웅크리고 다리 쪽을 내다보며 어머니를 기다렸다.

잭은 어디로 가야 할지 알 수 없었다. 십중팔구 그저 발길 닿는 대로 가다가 대성당 공사가 있는 도시에 당도해 눌러앉게 되리라. 일자리를 찾는 문제에 관해 앨리에너에게 한 말은 사실이었다. 그는 자신이 어느 곳에서도 고용될 만큼 솜씨가 훌륭하다는 걸 잘 알았다. 설혹 공사장 일자리가 이미 만원이라 하더라도 건축 책임자에게 조각 솜씨를 보여주기만 하면 고용될 것이다. 하지만 이제는 그것도 소용없어 보였다. 앨리에너를 경험한 그는 이제 다른 여자를 사랑하지 않을 것이고, 킹스브리지 대성당에 대한 감정도 마찬가지였다. 그는 다른 곳이 아닌 바로 이곳에서 일하고 싶었다.

어쩌면 그저 숲으로 들어가 한적한 곳에 누워 그대로 죽어갈지도 몰랐다. 아주 그럴싸한 생각 같았다. 날씨는 포근했고 숲에는 단풍이 들어 있었다. 그는 평화롭게 최후를 맞을 수 있을 것이다. 단 한 가지 회한이 있다면 죽기 전에 아버지에 대해 더 알아내지 못했다는 것뿐이리라.

가을의 낙엽 더미 위에 누워 천천히 죽어가는 자신의 모습을 그려보고 있을 때 다리를 건너오는 어머니가 보였다. 어머니는 말을 끌고 오고 있었다.

잭은 벌떡 일어나 어머니에게 달려갔다. 어머니가 늘 타고 다니던 밤색 암말이었다. "내 말을 타고 가거라."

잭은 감사한 마음으로 어머니의 손을 꼭 잡았다.

엘렌의 눈에 눈물이 고였다. "널 한 번도 제대로 돌봐주지 못했구나. 처음에는 너를 들짐승처럼 키웠지. 그러다가 톰 아저씨를 만나 널 굶겨 죽일 뻔했고, 다음엔 너와 앨프레드를 함께 살도록 했지."

"어머니는 저를 잘 보살펴주셨어요. 오늘 아침 앨리에너와 사랑을 나눴어요. 이제 행복하게 죽을 수 있어요."

"이 몹쓸 놈아. 어쩜 나를 이렇게 꼭 닮았느냐. 넌 자신이 바라는 사랑을 얻지 못하면 다른 어떤 여자도 사랑할 수 없겠지."

"정말 어머니도 그랬어요?"

그녀는 고개를 끄덕였다. "네 아버지가 저세상으로 간 후, 난 그 사람보다 못한 남자를 택하지 않고 혼자 살았다. 톰 아저씨를 만날 때까진 그 어떤 남자도 원치 않았단다. 내가 톰을 만난 건 십일 년이나 지나서였어." 그녀는 잭의 손에서 손을 뺐다. "내가 이런 말을 하는 데는 이유가 있단다. 십일 년보다 더 오래 걸릴지도 모르지만 언젠가는 너도 다른 여자를 사랑하게 될 거다. 꼭 그렇게 될 거야."

잭은 고개를 저었다. "그런 일은 없을 거예요."

"이 어미는 안다." 그녀는 불안한 듯 어깨 너머로 마을을 돌아보았다. "어서 가야겠다."

그는 말 쪽으로 걸음을 옮겼다. 불룩한 안장주머니 두 개가 말에 실려 있었다. "여기엔 뭐가 들었어요?"

"이쪽에는 먹을 것과 돈, 그리고 포도주 부대 하나를 넣었다. 또 여기에는 톰 아저씨가 쓰던 연장이 들었어."

잭은 가슴이 뭉클했다. 지금까지 어머니는 고집스럽게 톰의 연장을 유품으로 간직하고 있었다. 그런데 이제 그것을 잭에게 물려준 것이다. 그는 어머니를 껴안았다. "고마워요."

"어디로 갈 생각이니?"

잭은 다시 한번 아버지를 생각해보았다. "음유시인들이 이야기를 들려주는 곳이 어디죠?"

"산티아고로 가는 순례길이지."

"그곳 음유시인들이 잭 셰어버그를 기억하고 있을까요?"

"아마 그럴 거야. 너처럼 생긴 분이라고 말해보렴."

"산티아고는 어디죠?"

"스페인에 있지."

"그럼 전 스페인으로 가겠어요."

"먼 길이란다, 잭."

"시간은 얼마든지 있어요."

그녀는 두 팔로 아들을 힘껏 안아주었다. 그는 지난 열여덟 해 동안 어머니가 얼마나 많이 자기를 안아주었던가를 생각했다. 무릎이 까지거나 장난감을 잃어버렸을 때 철부지처럼 투정을 부리는 그를 안아주며 달래주었던 어머니가 이제 너무도 어른다운 슬픔으로 괴로워하는 그를 달래주고 있었다. 숲속에서 그를 키우던 일에서부터 오늘 아침 감방에서 꺼내준 일에 이르기까지, 잭은 어머니가 해준 그 모든 일을 다시 한번 생각해보았다. 엘렌은 아들을 위해서라면 언제든 기꺼이 고양이처럼 싸울 태세가 되어 있었다. 그런 생각을 하자 어머니를 남겨두고 떠나기가 괴로웠다.

어머니가 놓아주자 잭은 훌쩍 말에 올라탔다.

그는 킹스브리지를 돌아보았다. 처음 왔을 때 이곳은 쓰러져가는 낡은 성당이 있는 한적한 마을이었다. 그는 자기 손으로 옛 성당에 불을 질렀지만 그걸 아는 사람은 자기 말고는 아무도 없었다. 이제 킹스브리지는 분주하고 자부심 넘치는 소도시가 되어 있었다. 어쨌든 이 세상에는 이런 곳이 얼마든지 있을 것이다. 떠난다는 것은 가슴 아픈 일이었지만, 이제 그는 미지의 세계 초입에서 모험의 길로 한 발짝 내디디려는 참이었다. 그렇게 생각하니 사랑하는 그 모든 것을 두고 떠나는 슬픔이 조금은 덜어졌다.

"훗날 꼭 돌아오너라, 잭."

"돌아올게요."

"약속하겠니?"

"약속하겠어요."

"일자리를 찾기 전에 돈이 떨어지거든 그 말을 팔거라. 연장은 팔면 안 돼."

"사랑해요, 어머니."

엘렌은 눈물을 흘렸다. "몸조심하거라, 얘야."

잭이 옆구리를 걷어차자 말은 걸음을 떼어놓았다. 그는 뒤를 돌아보며 손을 흔들었다. 어머니도 그에게 손을 흔들어주었다. 잭은 한 번 더 박차를 가해 속보로 말을 몰았다. 그는 뒤를 돌아보지 않았다.

리처드는 결혼식에 맞춰 집에 돌아왔다.

스티븐 왕이 너그럽게도 이틀간의 휴가를 주었노라고 그는 설명했다. 왕의 군대는 지금 모드가 진을 치고 있는 옥스퍼드 성을 포위중이라 기사들에겐 별로 할 일이 없었다. "누나 결혼식인데 참석하지 않을 수는 없지." 그러나 앨리에너는 떨떠름할 따름이었다. 넌 단지 거래가 확실히 이루어지는지 확인하고 싶은 거겠지. 앨프레드가 네게 주겠다고 약속한 걸 받아내려고.

그러면서도 그녀는 자기를 성당으로 데리고 가 신랑에게 넘겨줄 사람이 있어 다행이라고 생각했다. 리처드가 오지 않았다면 그녀에게는 정말 아무도 없었을 것이다.

그녀는 새로 지은 리넨 속옷 위에 요즘 유행하는 하얀 드레스를 입었다. 엉망이 되어버린 머리는 손질해볼 방도가 많진 않았지만, 가장 긴 부분들을 여러 다발로 땋아 최근 유행하는 흰 비단 싸개로 씌웠다. 이웃 사람이 거울을 빌려주었다. 그녀의 얼굴은 창백했고 눈에는 지난밤 제대로 자지 못한 기색이 역력했다. 어쨌든 그녀로서는 어찌해볼 도리가 없었다. 리처드가 그녀를 물끄러미 바라보았다. 그는 죄책감을 느끼는 듯 조금 풀 죽은 표정을 짓고 있었는데, 한편으로는 초조한 듯 안절부절못하고 있었다. 어쩌면 앨리에너가 최후의 순간 모든 것을 취소해버리지나 않을까 두려워하는지도 모를 일이었다.

정말 그렇게 해버리고 싶은 마음이 불쑥불쑥 들었다. 그녀는 옛 맹세와 이미 죽은 부모와의 사슬을 끊어버리고, 잭과 함께 킹스브리지를 떠나 어딘가에서 정직한 노동으로 단순하게 살아가는 새 삶을 시작하는 자신의 모습을 마음속으로 그려보았다. 그러나 어리석은 꿈이었다. 남동생을 저버린다면 자신은 결코 행복할 수 없으리라.

그런 결론에 도달하자 이번에는 강물에 뛰어드는 자신을 상상해보았다. 그러자 물에 젖은 웨딩드레스에 싸여 얼굴을 위로 한 채 하류로 떠내려가는 자신의 모습이, 얼굴 주위에 풀어헤쳐져 둥둥 뜬 머리카락이 보였다. 그보다는 앨프레드와 결혼하는 편이 나았다. 다시 처음으로 돌아온 앨리에너는 이 결혼이 모든 문제에 대한 최선의 해결책이라고 생각했다.

이런 생각을 하고 있다는 걸 안다면 잭은 그녀를 마음껏 비웃으리라.

성당 종이 울렸다.

앨리에너는 일어섰다.

자신의 결혼식이 이런 식으로 이루어지리라곤 꿈에도 생각지 못했다. 소녀 시절 꿈꾼 결혼식에서 그녀는 아버지의 팔짱을 끼고 본성에서 걸어나와 도개교를 건너 성당으로 걸어갔고, 아버지의 기사와 군사와 하인과 소작인들은 성 경내를 가득 메우고 환호하면서 축복해주었다. 그 꿈속에선 성당에서 기다리고 있는 젊은이의 모습이 언제나 또렷하지는 않았지만, 그녀는 그가 자기를 열렬히 사랑하고 만족시켜줄 정말 멋진 남자일 거라고 생각했다. 아무튼 그녀의 인생은 기대와는 딴판으로 흘러만 갔다. 리처드가 단칸방뿐인 작은 집의 문을 열어주자 그녀는 거리로 나섰다.

놀랍게도 이웃 사람 몇 명이 문간에 나와 그녀를 배웅해주었다. 어떤 이들은 그녀가 지나가자 "하느님의 축복이 있기를" "행운을 빌어요!" 하고 말해주기도 했다. 그녀는 그들에게 진심으로 감사했다. 거리를 지나가면서는 옥수수 알로 축하 세례를 받았다. 옥수수는 다산多産을 의미했다. 그녀는 아이들을 낳을 것이고, 그 아이들은 그녀를 사랑할 것이다.

교구 성당은 읍내 맞은편 끝 부유한 구역에 있었다. 그녀는 오늘 밤부터 그 구역에서 살 것이다. 일행은 수도원을 지났다. 수사들은 지금 지하성당에서 미사를 보고 있겠지만, 수도원장 필립은 혼인잔치에 나와 이 행복한 한 쌍에게 축복을 빌어주겠다고 약속했다. 앨리에너는 그가 약속대로 해주기를 바랐다. 육 년 전 윈체스터에서 그녀의 양모를 사준 날 이후, 그는 그녀의 삶에서 중요한 자리를 차지해오고 있었다.

일행은 새로 지은 성당에 도착했다. 앨프레드가 톰의 도움을 받아 지은 건물이었다. 성당 밖에는 하객들이 모여 있었다. 성당 현관에서 영어로 결혼식을 올린 다음, 성당 안에서 라틴어로 미사를 드릴 예정이었다. 앨프레드 밑에서 일하는 사람들은 모두 와 있었고, 지난날 앨리에너에게 고용되어 옷감을 짰던 사람도 대부분 와 있었다. 앨리에너가 도착하자 그들은 일제히 환호성을 질렀다.

앨프레드는 여동생 마사와 수하의 석공 댄과 함께 기다리고 있었다. 새 주홍색 튜닉 차림에 말끔한 부츠를 신었는데, 길고 윤기 있는 검은 머리칼은 엘렌의 머리와 비슷했다. 앨리에너는 엘렌이 그 자리에 없다는 걸 알아채고는 실망했다. 앨리에너가 마사에게 계모가 어디 있느냐고 물어보려는 참에 사제가 나와 예식이 시작되었다.

앨리에너는 육 년 전 아버지께 맹세했을 때 자신의 삶이 새로운 길로 들어서게 되었음을 되새겨보았다. 이제 그녀는 한 남자에게 또 한 번의 맹세를 함으로써 전혀 새로운 삶의 길로 들어서려 하고 있었다. 그녀는 지금까지 스스로를 위해서는 거의 어떤 일도 하지 않았다. 다만 오늘 아침 잭과 더불어 경험한 그 일은 충격적일 정도로 예외였다. 자신이 했던 그 일을 다시 떠올렸을 때 그 일이 정말로 일어났다는 걸 믿을 수가 없었다. 자신의 현실과는 아무 상관 없는 꿈이거나, 잭이 들려주었던 공상 속 이야기 한 토막 같았다. 그녀는 그 사실을 아무에게도 말하지 않을 작정이었다. 그것은 그녀 혼자만이 간직하면서, 마치 수전노가 숨겨놓은 보물을 한밤중에 꺼내 확인하듯 이따금 되새겨볼 달콤한 비밀이 될 것이다.

혼인서약을 할 차례가 되었다. 사제가 손짓을 하자 앨리에너가 말했다. "건축가 톰의 아들 앨프레드, 나는 그대를 남편으로 맞아들여 언제까지나 믿고 따를 것을 서약합니다." 그렇게 말하면서 그녀는 울고 싶었다.

앨프레드도 그녀의 뒤를 이어 서약을 했다. 그가 서약하고 있는데 하객들 바깥쪽에서 웅성거리는 소란이 일어났고, 몇 사람이 뒤를 돌아보았다. 앨리에너가 마사와 눈길이 마주쳤을 때 마사가 조그만 소리로 속삭였다. "새엄마예요."

사제는 잔뜩 이맛살을 찌푸린 채 말했다. "하느님께서 보시는 앞에서 이제 앨프레드와 앨리에너는 부부가 되었습니다. 축복이……"

그는 채 말을 끝내지 못했다. 앨리에너의 등 뒤에서 누군가 큰 소리로 말했던 것이다. "나는 이 결혼을 저주하노라!"

엘렌이었다.

하객들 사이에서 공포에 질린 소리가 들려왔다.

사제는 말을 계속하려고 했다. "축복이……" 그러다 말을 끊고 하얗게 질려 성호를 그었다.

앨리에너는 뒤를 돌아보았다. 엘렌은 그녀의 뒤에 서 있었다. 하객들은 주춤거리며 엘렌에게서 물러났다. 그녀는 한 손에는 아직도 살아 있는 수탉을, 다른 한 손에는 길쭉한 단도를 들고 있었다. 칼에는 피가 묻어 있었고, 잘려나간 닭의 목에서는 피가 솟구치고 있었다. "나는 이 결혼이 불행해지도록 저주한다." 앨리에너는 심장이 얼어붙는 것 같았다. "나는 이 결혼이 불모가 되도록 저주한다. 고통과 증오와 사별과 후회가 되도록 저주한다. 성불능이 되도록 저주한다." 성불능이란 말을 하면서 그녀는 피 흘리는 수탉을 공중으로 던졌다. 몇 사람이 비명을 지르며 고개를 움츠렸다. 앨리에너는 그 자리에 못박힌 듯이 서 있었다. 수탉은 피를 흩뿌리며 허공을 날아 앨프레드에게로 떨어졌다. 그는 겁에 질려 황급히 뒷걸음을 쳤다. 그 소름 끼치는 물체는 땅바닥에 털썩 떨어져 여전히 피를 쏟았다.

사람들이 눈을 들었을 때 엘렌은 이미 사라지고 없었다.

마사는 침대에 깨끗한 리넨 시트를 깔고 새로 사온 양모 담요를 갖다 놓고 왔다. 깃털로 속을 채운 커다란 침대는 한때 엘렌과 톰이 쓰던 것이었으나 이제는 앨프레드와 앨리에너가 쓰게 되었다. 엘렌은 결혼식 이후 종적을 감추어버렸다. 결혼잔치는 추운 날 소풍이라도 나온 것처럼 침울한 분위기에서 치러졌다. 사람들은 달리 할 일이 없었으므로 그저 묵묵히 먹고 마시기만 했다. 신혼부부의 첫날밤을 두고 입에 올리는 짓궂은 농담 한마디 없이 하객들은 해가 저물 무렵 모두 돌아갔다. 지금 마사는 다른 방에 있는 그녀의 작은 침대에 누워 있었다. 리처드는 앨리에너의 작은 집으로 돌아갔다. 이제 그 집은 리처드 차지가 되었다.

앨프레드는 내년 여름에는 가족을 위해 석조주택을 짓겠노라고 했다. 그는 잔치가 벌어지는 동안 리처드에게 자랑이라도 하듯 내내 그 이야기를 늘어놓았다. "침실과 거실 그리고 천장이 둥근 지하실을 갖출 거야. 은세공인 존의 아내가 그걸 보면 똑같은 집을 갖고 싶어할걸. 그리고 이내 도시의 돈 많은 사람들은 누구나 석조주택을 지으려 하겠지."

"설계는 해봤나요?" 리처드가 물었다. 다른 사람들은 아무도 알아차리지 못한 것 같았지만 앨리에너는 그 말에서 의심의 기미를 느꼈다.

"아버지가 옛날에 피지에 잉크로 그려놓은 것들이 몇 장 있어. 그중엔 앨리에너와 윌리엄 햄리를 위해 공사를 했던 집의 설계도도 있지. 난 그 설계도대로 지을 거야."

앨리에너는 정이 떨어져 그 두 사람 옆을 떠났다. 하필이면 결혼식 날 그런 이야기를 꺼내다니, 어쩌면 그렇게 우둔할 수가 있을까? 앨프레드는 오후 내내 한껏 뽐내면서 포도주를 따르고 농담을 하고 동료들과 음흉한 눈짓을 주고받았다. 그는 아주 행복해 보였다.

이제 그는 침대 모서리에 걸터앉아 부츠를 벗었다. 앨리에너도 머리에 맨 리본을 풀었다. 그녀는 엘렌의 저주를 어떻게 받아들여야 할지 알 수 없었다. 그녀는 충격을 받았고, 대체 엘렌이 무슨 생각으로 그랬는지 짐작할 수도 없었다. 어쨌든, 자신은 다른 사람들처럼 놀라지는 않았다.

앨프레드의 경우는 전혀 달랐다. 목이 잘린 수탉이 자기에게 떨어지자 정신을 잃고 알아들을 수 없는 말을 중얼거렸다. 그래서 리처드가 정신을 차리게 하려고 그의 옷자락을 잡고 흔들어야 할 정도였다. 그는 곧 제정신으로 돌아왔고, 잔치가 벌어지는 동안 아무렇지도 않다는 듯이 사람들의 등을 툭툭 치거나 맥주를 들이켜며 호기를 부렸지만, 사실은 겁에 질렸기 때문에 나온 행동이었다.

앨리에너는 이상하리만큼 침착해졌다. 이제 하게 될 그 일이 즐거우리라고는 생각하지 않았지만 적어도 강간은 아닐 것이다. 썩 내키지 않는 일이지만 그렇다고 수치스러울 것도 없었다. 남자는 한 사람뿐이고 그들을 훔쳐볼 사람도 없을 터였다.

그녀는 드레스를 벗었다.

앨프레드가 말했다. "세상에, 그런 긴 단검도 있나."

그녀는 왼쪽 팔꿈치 아래에 차고 있던 칼집을 풀었다. 그러고는 속옷 차림으로 침대로 들어갔다.

앨프레드가 마침내 부츠와 양말을 벗고 똑바로 섰다. 그러고는 음탕한 눈빛으로 그녀를 바라보았다. "속옷도 벗어. 난 내 아내의 젖꼭지를 봐야겠어."

앨리에너는 망설였다. 어쨌든 벌거벗는다는 건 내키지 않는 일이었다. 하지만 그의 첫 요구를 거절한다는 것은 어리석은 일이리라. 그녀는 순순히 일어나 앉아 속옷을 머리 위로 끌어올렸다. 오늘 아침 잭을 위해서 이 일을 했을 때는 얼마나 다른 기분이었는지 생각지 않으려고 갖은 노력을 다해야 했다.

"정말 아름다운 젖가슴이로군." 그는 앞으로 다가와 침대 곁에 서더니 그녀의 오른쪽 젖가슴을 쥐었다. 그의 커다란 손은 몹시 거칠었고 손톱 밑에는 때가 끼어 있었다. 그가 너무 세게 움켜쥐는 바람에 그녀는 몸을 움찔했다. 그는 껄껄 웃으며 손을 놓았다. 그리고 뒤로 물러서서 웃옷을 벗어 고리에 걸었다. 그리고 다시 침대로 와 그녀가 덮은 시트를 끌어내렸다.

앨리에너는 침을 꿀꺽 삼켰다. 그의 시선 앞에 알몸이 고스란히 드러나자 상처를 입는 것 같은 기분이 들었다. "맙소사, 이 털 좀 봐." 그는 손을 아래쪽으로 가져가더니 그녀의 다리 사이를 만졌다. 그녀는 몸이 뻣뻣하게 굳었지만 이내 힘을 빼고 다리를 벌려주었다. "좋아." 앨프레드가 손가락 하나를 그녀의 몸 속으로 집어넣었다. 몹시 아팠다. 그녀의 몸속은 바짝 말라 있었다. 그녀는 이해할 수가 없었다. 오늘 아침 잭과 함께였을 때는 이미 젖어서 미끄러울 정도였다. 앨프레드는 툴툴거리면서 손가락을 억지로 더 깊이 쑤셔넣었다.

그녀는 울고 싶었다. 이 일에서 별다른 즐거움을 느끼지 못하리라는 것은 이미 짐작했지만 이처럼 아무 느낌도 없을 줄은 몰랐다. 그는 아직 키스조차 하지 않았다. 이 사람은 나를 사랑하지 않아. 날 좋아하지도 않는 거야, 나는 그가 이제 막 올라타려고 하는 젊고 멋진 말인 거야, 그녀는 생각했다. 사실 그는 말이라 하더라도 이보다는 더 잘 다루었을 것이다. 자기와 친숙해지도록 토닥거리며 쓰다듬어주었을 것이고, 마음을 진정시키려고 부드럽게 말을 걸었을 것이다. 그녀는 쏟아지려는 눈물을 억지로 참았다. 이건 내가 선택한 일이야, 아무도 그와 결혼하라고 강요한 사람은 없었어, 그러니 참고 견뎌야 해.

"톱밥 구덩이처럼 말랐잖아." 앨프레드가 투덜거렸다.

"미안해요." 앨리에너가 나직이 말했다.

그는 손을 떼어 그 위에 두 번 침을 뱉은 다음, 그 침을 그녀의 다리 사이에 문질렀다. 정말 비열한 짓이었다. 그녀는 입술을 깨물고 고개를 돌렸다.

그는 그녀의 허벅지 사이를 벌렸다. 그녀는 눈을 감았다가 다시 뜨고 억지로 그를 쳐다보면서 생각했다. 넌 여기에 익숙해져야 해, 평생 이런 식일 테니까. 그는 침대에 올라와서 그녀의 다리 사이에 무릎을 꿇었다. 얼굴을 잔뜩 찌푸리고 있었다. 그는 한 손을 그녀의 허벅지 사이에 넣어 그곳을 벌리면서 다른 한 손을 자기 속옷 속으로 집어넣었다. 그녀는 속옷 밑에서 그의 손이 움직이는 것을 볼 수 있었다. 그의 얼굴이 더욱 찌푸려졌다. "빌어먹을! 너는 꼭 나무 토막 같아. 그러니 어디 할 마음이 나느냔 말이야. 꼭 시체하고 하는 기분이야."

그녀를 나무라다니, 정말 부당한 처사였다. "나도 어떻게 해야 할지 모르겠어요!" 그녀가 눈물 어린 목소리로 말했다.

"어떤 계집애들은 이런 걸 즐긴다고."

즐긴다고! 말도 안 되는 소리! 그러자 바로 그날 아침 기쁨에 못 이겨 신음하고 비명을 질렀던 순간이 떠올랐다. 하지만 그때와 지금 하는 일 사이엔 아무런 관계도 없는 것 같았다.

어리석은 생각이었다. 그녀는 일어나 앉았다. 앨프레드는 속옷 속에서 자신의 성기를 문지르고 있었다. "내가 해볼게요." 그녀가 한 손을 그의 다리 사이로 밀어넣었다. 그것은 축 늘어진 채 꼼짝도 하지 않았다. 앨리에너는 그것을 어떻게 해주어야 할지 알 수 없었다. 그녀는 그것을 한번 부드럽게 쥐었다가 손가락으로 어루만졌다. 그리고 그의 얼굴에 반응이 있는지 살폈다. 그녀는 계속 손을 움직였지만 아무 효과도 없었다.

"더 세게 해봐."

그녀는 그것을 힘껏 문지르기 시작했다. 그래도 여전히 그것은 물렁물렁했지만 그는 기분이 조금 나아진 듯 엉덩이를 들썩였다. 그것에 용기를 얻어 그녀는 좀더 세게 문질렀다. 갑자기 그가 비명을 지르며 몸을 뒤로 뺐다. 너무 세게 문질렀던 것이다. "이 바보 같은 년!" 그가 손등으로 얼굴을 후려치자 그녀는 옆으로 쓰러졌다.

침대에 쓰러진 앨리에너는 아프고 무서워서 훌쩍였다.

"넌 형편없는 년이야. 넌 저주를 받은 거야!" 그가 사납게 을러댔다.

"난 하는 데까지 했어요!"

"넌 아무짝에도 쓸모가 없어." 그는 두 팔을 잡아 그녀를 일으킨 다음 침대 밑으로 밀어버렸다. 그녀는 짚바닥으로 쓰러졌다. "모두 그 마녀 엘렌 때문이야. 그 여잔 언제나 날 미워했어."

앨리에너는 몸을 바로잡고 바닥에 무릎을 세운 자세로 앉아서 그를 쳐다보았다. 다시 그녀를 때릴 것 같지는 않았다. 이제 화는 가라앉아, 그저 씁쓸한 기분인 듯했다. “이 방에서 나가라고 하지는 않겠어. 넌 아내로서는 쓸모없는 여자니 내 침대에 들어올 수는 없어. 넌 개처럼 땅바닥에서 자는 거야.” 그는 잠시 말을 끊었다. “그렇게 빤히 쳐다보지 마!” 좀 당황한 목소리였다. 그는 촛불을 찾아 주먹을 휘둘렀다. 초가 땅바닥에 떨어졌다.

앨리에너는 꼼짝도 않고 어둠 속에 앉아 있었다. 앨프레드가 침대에 누워 담요를 당겨 덮고 베개를 고쳐 베는 소리가 들렸다. 그녀는 무서워서 숨도 제대로 쉴 수 없었다. 그는 한동안 침대 위에서 이리저리 뒤척였지만 다시 일어나지도, 그녀에게 말을 걸지도 않았다. 이윽고 그는 잠잠해졌고 고른 숨소리를 냈다. 그가 잠든 것을 확인한 그녀는 밀짚이 부스럭거리지 않도록 조심조심 방 저편 구석으로 기어갔다. 그리고 몸을 잔뜩 웅크린 채 뜬눈으로 누워 있었다. 마침내 그녀는 울기 시작했다. 그를 깨울까봐 울지 않으려고 애를 썼지만 더는 눈물을 억누를 수 없었으므로 작은 소리로 흐느꼈다. 그 소리에 잠이 깬다 하더라도 그는 모른 척할 것이다. 앨리에너는 방 한쪽 구석 밀짚 위에 누운 채, 소리 죽여 울다가 자신도 모르는 사이에 잠이 들었다.

12장

1

앨리에너는 그 겨울 내내 앓았다.

그녀는 밤마다 외투로 몸을 감싼 채 앨프레드의 침대 발치 바닥에서 불편하게 잠을 잤고, 낮에는 모든 희망을 잃고 권태에 사로잡혀 있었다. 종종 치솟는 구역질 때문에 거의 음식을 먹을 수가 없었는데도 몸은 점점 무거워지는 듯했다. 그녀는 확실히 자신의 젖가슴과 엉덩이가 더 커지고 허리에 살이 붙어가는 것을 알 수 있었다.

그녀가 가사를 돌보아야 할 터였지만 실제로는 대부분 마사가 했다. 그들 세 사람은 딱하게도 한 가족으로 살아가고 있었다. 마사는 오빠를 결코 좋아하지 않았고, 이제 앨리에너는 그가 싫어서 울화가 치밀 정도였다. 그러므로 앨프레드가 낮에는 공사장에서, 저녁이면 선술집에서 가능한 한 오래 죽치고 있으려는 것도 놀랄 일은 아니었다. 마사와 앨리에너는 식료품을 사다가 건성으로 요리를 해 먹었고 저녁이면 옷을 만들었다. 앨리에너는 봄을 기다렸다. 다시 날씨가 따뜻해지면 일요일 오후 숲속의 그 비밀 장소로 나가볼 생각이었다. 그곳에서라면 평화롭게 누워 잭을 생각할 수 있을 것이다.

그 와중에 그녀의 유일한 위안은 리처드였다. 리처드는 힘에 넘치는 검은 군마와 새 칼, 그리고 조랑말을 탄 종자를 거느렸고, 비록 부하의 수는 줄었지만 스티븐 왕을 위해 다시 한번 싸우고 있었다. 전쟁은 새해까지 계속되었다. 모드는 옥스퍼드 성에서 탈출해 스티븐의 수중에서 빠져나갔고, 그녀의 이복오빠인 글로스터의 로버트는 웨어햄을 탈환했다. 그렇게 양편이 조금 얻었다가 다시 잃는 지루한 공방전은 계속 이어졌다. 그러나 앨리에너는 맹세를 지켰고, 그 점에서만은 만족을 느꼈다.

새해 첫 주에 마사는 초경을 맞았다. 앨리에너는 시누이에게 차와 꿀을 넣은 뜨거운 음료를 만들어주어 복통을 덜어주고 여자의 월경에 대한 질문에 답해주었다. 그녀는 자신이 쓰려고 마련해놓은 생리대 상자를 찾아보았다. 그러나 그 상자는 집에 없었고, 그녀는 결혼하면서 이전에 살던 집에서 가져오지 않았음을 깨달았다.

그것은 석 달 전 일이었다.

그리고 그녀가 석 달 동안 월경을 하지 않았다는 의미였다.

결혼식 날 이후 월경을 하지 않았다.

잭과 사랑을 나눈 날 이후로 생리가 없었다.

그녀는 마사를 부엌의 화로 옆에 앉혀 꿀물을 마시며 발을 녹이게 한 다음, 도시를 가로질러 이전에 살던 집으로 갔다. 리처드는 없었지만 그녀에게는 열쇠가 있었다. 그녀는 상자를 쉽게 찾아냈지만 곧바로 집으로 돌아가지 않았다. 대신 불기 없는 난로 옆에 앉아서 외투로 몸을 감싸고 깊은 생각에 잠겼다.

그녀는 성 미카엘 축일에 앨프레드와 결혼했다. 지금은 크리스마스도 지났으니 삼 개월이 지난 셈이다. 그동안 세 번의 만월이 있었다. 따라서 세 번 월경을 했어야 했다. 그러나 생리대 상자는 리처드가 부엌칼을 갈 때 쓰는 작은 숫돌과 나란히 높은 선반 위에 놓여 있었다. 이제 그 상자는 그녀의 무릎 위에 있었다. 거친 나무 표면을 손가락으로 쓸어보았다. 손가락이 먼지로 더러워졌다. 상자는 먼지에 덮여 있었다.

가장 나쁜 것은, 그녀가 앨프레드와 한 번도 관계를 갖지 못했다는 사실이었다.

그 끔찍한 첫날밤 이후 그는 그 일을 세 번 더 시도했다. 한 번은 그다음 날 밤에, 그다음 번은 일주일 후에, 한 달 후 특히 심하게 술에 취해 집에 돌아온 날 세번째로 시도했다. 하지만 그는 너무나 무력했다. 처음에 앨리에너는 의무감에서 그를 격려해주었다. 그러나 실패할 때마다 그가 점점 더 화를 냈으므로 겁이 났다. 차라리 그의 눈에 띄지 않도록 수수한 차림을 하고 옷을 벗는 장면을 보지 못하게 해서 그로 하여금 그 일을 잊게 하는 편이 더 안전할 듯했다. 지금에 와서야 자신이 좀더 노력했어야 했던 건 아닐까 하는 생각이 들었다. 그러나 사실 그랬다 해도 가망 없는 일이었다. 그녀는 이유를 확실히 알 수 없었다. 엘렌의 저주 때문일까, 앨프레드가 성 불구이기 때문일까, 그도 아니면 잭에 대한 기억 때문일까, 그럴지도 몰랐다. 그녀는 앨프레드가 이제 다시는 그녀와 관계를 갖지 않으리라고 확신했다.

그러므로 앨프레드는 자기 아이가 아니라는 것을 알게 될 것이다.

앨리에너는 왜 자신은 항상 불운할까 생각하며, 리처드가 오래전에 피웠던 차갑게 식은 난로의 재를 참담한 마음으로 응시했다. 이제 그녀는 잘못된 결혼이나마 최선을 다하려 했는데 단 한 차례의 행위로 다른 남자의 아이를 가졌다는 것은 불운이 아닐 수 없었다.

자기 연민에 빠져 있을 시간이 없었다. 무엇을 해야 할지 결정해야 했다.

그녀는 배에 손을 갖다댔다. 이제 비로소 왜 몸무게가 불었는지, 어째서 줄곧 속이 메슥거렸는지, 왜 언제나 그토록 피곤했는지 알 수 있었다. 배 속에 어린 생명이 들어 있었다. 그녀는 혼자 미소 지었다. 아기를 갖다니, 얼마나 좋은 일인가.

그러나 곧 고개를 저었다. 그것은 좋은 일이 아니었다. 앨프레드는 미친 황소처럼 날뛸 것이다. 그가 무슨 일을 할지, 그녀를 죽일지, 내쫓을지, 혹은 아기를 죽일지…… 알 수 없었다. 그녀는 문득 그가 자신의 배를 걷어차 태어나지도 않은 아기에게 해를 입히려 들지 모른다는 끔찍한 예감에 휩싸였다. 그녀는 이마의 식은땀을 닦았다.

그에게 말하지 않겠어, 그녀는 생각했다.

임신한 사실을 숨길 수 있을까? 아마 가능할 것이다. 그녀는 이미 모양 없는 헐렁한 옷을 입어왔다. 또, 배가 그렇게 많이 부르지 않을지도 몰랐다. 그런 여자들도 있으니까…… 앨프레드는 관찰력이 아주 둔한 남자였다. 물론 시내의 여자들은 짐작하겠지만, 그들에게 비밀을 지켜달라고 부탁하거나 적어도 남자들에게만은 말하지 말아달라고 할 수 있을 것이다. 그래, 아기가 태어날 때까지 그가 눈치채지 못하게 할 수 있을 거야. 그녀는 이 사실을 숨기기로 결심했다.

그다음에는 어떻게 할 것인가? 아무튼 아기는 안전하게 이 세상에 태어날 것이다. 앨프레드가 걷어찬다고 하더라도 아기를 죽이지는 못할 것이다. 그러나 그 아기가 자기 아이가 아니라는 것은 알게 되리라. 그는 분명 그 가엾은 아기를 증오할 것이다. 그의 남자다움에 영원한 치욕이 될 테니까. 그녀는 지옥 같은 대가를 치러야 하리라.

앨리에너는 그처럼 먼 앞날까지 생각할 여유가 없었다. 앞으로 여섯 달 동안 가장 안전하게 지낼 방법을 결정해야 했다. 아기가 태어난 다음에 어떻게 할지는 그동안 생각해볼 것이다.

문득 아기가 사내아이인지 여자아이인지 궁금했다.

앨리에너는 마사가 첫 월경 기간에 쓸 깨끗한 생리대가 든 상자를 들고 일어섰다. 안됐구나, 마사, 너도 앞으로 이 모든 일을 겪게 될 거야, 그녀는 피로에 지쳐 생각했다.

필립은 여러 걱정거리에 속을 끓이며 그 겨울을 보냈다.

미사중에 성당 현관에서 엘렌이 내뱉은 그 이단적인 저주에 그는 새파랗게 질렸다. 이제는 그녀가 마녀라는 사실을 믿어 의심치 않았다. 여러 해 전 성 베네딕투스 규율서를 모욕한 그녀를 용서해준 일은 얼마나 어리석은 행동이었던가. 그저 후회스러울 뿐이었다. 그런 짓을 할 수 있는 여자라면 결코 진정으로 회개하지 않으리라는 걸 알아야 했다. 하지만 그런 끔찍한 일이 일어난 후 단 하나 다행스러운 결과는, 엘렌이 또다시 킹스브리지를 떠나 그 뒤로 나타나지 않는다는 것이었다. 필립은 그녀가 영원히 돌아오지 않기만을 간절히 바랐다.

앨리에너는 분명 앨프레드의 아내로서 불행하게 지내고 있었지만, 필립은 그 이유가 엘렌의 저주 때문이라고는 생각지 않았다. 필립은 결혼생활에 대해서는 거의 아는 바가 없었지만, 앨리에너처럼 총명하고 지각 있고 생기 있는 사람이 앨프레드처럼 머리가 둔하고 속 좁은 사람과 남편과 아내로서든, 혹은 다른 관계로든 함께하는 것은 불행이리라는 것 정도는 짐작할 수 있었다.

앨리에너는 물론 잭과 결혼했어야 했다. 필립은 이제 비로소 그렇다는 것을 알 수 있었다. 그는 잭에 대한 자신의 계획에 너무 몰두한 나머지 그 아이에게 진정 필요한 것이 무엇인지를 깨닫지 못했고 이제 죄의식을 느꼈다. 잭은 수도원에서 평생을 보내기에 적당한 인물이 결코 아니었는데, 필립은 그를 억지로 수도자의 길로 밀어넣으려 했다. 그것은 잘못이었다. 이제 잭의 총명함과 활기는 킹스브리지에서 사라지고 말았다.

양모시장의 재난 이후로 모든 일이 틀어진 것 같았다. 수도원은 그 어느 때보다 많은 빚을 지고 있었다. 임금 지불 능력이 없어진 필립은 건축 인부의 절반을 해고해야 했다. 그 결과 도시 인구가 줄어들었고, 그것은 일요시장이 한산해져서 자릿세 수입이 떨어지는 것을 의미했다. 킹스브리지는 쇄락의 소용돌이에 빠져들고 있었다.

문제의 핵심은 시민들의 사기에 있었다. 집을 새로 짓고 소규모 장사를 새로 시작했음에도 그들은 미래에 대한 확신을 갖지 못했다. 그들이 어떤 계획을 세우고 무엇을 짓든 윌리엄 햄리가 다시 쳐들어오면 단 하루 만에 쓸려나갈 수 있었다. 모든 사람들의 마음속에 잠재된 이런 불안 때문에 대규모 사업은 죄다 마비되었다.

필립은 마침내 이 하락세를 멈추기 위해 무언가 해야 한다는 것을 깨달았다. 전체적으로는 온 나라에, 부분적으로는 시민들에게 킹스브리지가 온갖 어려움에 맞서 싸우고 있음을 알려줄 극적인 제스처가 필요했다. 그는 적절한 방법을 결정하기 위해 기도와 명상으로 많은 시간을 보냈다.

기실 그에게 필요한 것은 기적이었다. 성 아돌푸스의 유골이 역병을 앓는 공주를 치유해주거나 소금기 있는 샘물을 단물로 바꾸어놓는다면 킹스브리지에는 순례 인파가 몰려들 것이다. 그러나 성인은 지난 몇 년 동안 기적을 행하지 않았다. 필립은 때때로 수도원을 다스리는 자신의 꾸준하고 실용적인 방식이 성인의 마음에 들지 않았던 건 아닐까 생각했다. 기적이라는 것은 규율이 좀더 해이한 곳이나, 순전한 광란까지는 아니더라도 종교적 열정으로 충만한 분위기에서 빈번히 일어나는 듯 보였다. 그러나 필립은 실용적인 교파의 교육을 받은 사람이었다. 그가 처음으로 몸담았던 수도원의 대수도원장 피터는 다음과 같이 말했다. "기적을 구하여 기도하되, 한편으로 양배추를 심어라."

킹스브리지의 생명과 활력의 상징은 대성당이었다. 그 성당이 기적에 힘입어 완공될 수만 있다면! 한때는 그러한 기적을 구해 한밤 내내 기도했지만, 아침이면 성단소는 여전히 지붕이 날아가버린 모습으로 하늘 아래 무방비로 노출되어 있었고, 익랑의 벽들과 만날 성단소의 높은 벽들도 들쭉날쭉한 상태 그대로였다.

필립은 아직 새 건축 책임자를 고용하지 못했다. 그들이 요구하는 임금은 충격적이리만치 무척 높았다. 그동안 톰이 얼마나 싼 임금을 받고 일했는지 몰랐던 것이다. 어쨌든 앨프레드는 큰 어려움 없이 줄어든 인원으로 공사를 진행했다. 결혼한 앨프레드는 많은 경쟁자들을 물리치고 왕이 되긴 했지만 왕위가 힘겨운 짐이라는 것을 깨달은 사람처럼 다소 침울해졌다. 그렇지만 그는 권위 있었고 과단성도 있었기에 다른 사람들에게 존경받았다.

그러나 톰의 자리는 결코 메워질 수 없는 공백처럼 남아 있었다. 필립은 건축 책임자 톰뿐만 아니라 한 개인으로서의 톰이 그리웠다. 톰은 성당들이 어째서 다른 방식이 아닌 일정한 방식으로 건축되어야 하는지에 관심을 갖고 있었다. 필립은 톰과 함께 무엇 때문에 어떤 건물은 견고하게 서 있고 또 어떤 건물은 붕괴하는지에 대해 즐겨 의견을 나누었다. 톰은 특별히 신심이 깊은 사람은 아니었지만 때때로 필립에게 신학에 관한 질문을 던지기도 했다. 그 질문들은 그가 건축에 깊은 통찰력을 갖고 있듯이 종교에도 그러하다는 것을 드러냈다. 톰의 두뇌는 어느 정도 필립의 두뇌에 필적할 만했다. 살아오는 동안 필립은 그러한 사람들을 거의 만나지 못했다. 나이는 자기보다 어려도 잭 역시 그런 부류였고 그 점은 앨리에너도 마찬가지였지만, 그녀는 딱하게도 결혼생활 속으로 모습을 감춰버렸다. 흰머리 커스버트는 이제 점점 늙어가고 있었고, 회계관 밀리우스는 양목장을 돌아다니며 면적과 암양의 수와 양모 자루의 수를 헤아리느라 수도원 밖에서 대부분의 시간을 보냈다. 언젠가 이 수도원은 번성하는 대성당 도시 안에서 활기차고 분주한 모습으로, 승리를 거두고 있는 군대가 전사를 끌어들이듯이 학자들을 끌어모을 것이다. 필립은 그런 시절이 오기를 바랐다. 그러나 킹스브리지에 다시 활력을 불어넣을 방법을 찾지 못한다면 그런 날은 결코 오지 않을 것이다.

"올겨울은 날씨가 푹한데요." 크리스마스에서 며칠 지난 어느 날 아침 앨프레드가 말했다. "예년보다 일찍 일을 시작할 수 있겠습니다."

그 말에 필립은 생각에 잠겼다. 궁륭은 이번 여름에 세워질 것이다. 그것이 완성되면 성단소를 사용할 수 있고 그러면 킹스브리지에도 대성당이 들어선 셈일 터였다. 성단소는 성당의 핵심이었다. 높은 제단과 성스러운 유골은 성전聖殿이라 불리는 동쪽 맨 끝부분에 자리잡고, 대부분의 미사는 수사들이 앉는 성가대석에서 거행된다. 성당의 나머지 부분은 오직 일요일과 축일에만 사용된다. 일단 성단소가 봉헌되면 비록 불완전하더라도 그동안 건축 공사장이었던 장소는 성당으로 변신하게 된다.

그렇게 되기까지 거의 일 년을 더 기다려야 한다는 것은 애석한 일이었다. 앨프레드는 올해 공사철이 끝날 때까지는 궁륭을 완성하겠다고 약속했다. 공사철은 날씨에 따라 다르지만 대개 11월에 끝났다. 그런데 앨프레드가 일찍 공사를 시작할 수 있다고 하자 필립은 완공 시기도 그만큼 앞당겨지는 걸까 생각했다. 이번 여름에 성당을 이용할 수 있게 되면 모두가 경악하리라. 그것이야말로 필립이 추구해온 바로 그것, 이 지방 전체를 놀라게 하고, 킹스브리지가 오래도록 침체에 빠져 있을 수는 없음을 만방에 과시할 그 무엇이었다.

"성령강림 축일까지 일을 끝낼 수 있을까?" 필립이 불쑥 물었다.

앨프레드는 이 사이로 숨을 들이쉬더니 회의적인 표정을 지었다. "궁륭을 만드는 데는 아주 숙련된 기술이 필요합니다. 절대로 서둘러서는 안 되는 작업이지요. 견습공들한테 시킬 일이 아닙니다."

그의 아버지라면 된다, 안 된다 분명히 답했을 것이다. 필립은 약간 짜증이 났다. "내가 별도의 일꾼을 좀 지원해줄 수도 있는데. 수사들 말일세. 그러면 어느 정도나 도움이 될까?"

"조금은 도움이 되겠지만, 정말 필요한 건 석공들이에요."

"한두 사람은 더 대줄 수 있을지 모르겠네." 필립은 성급하게 말했다. 따뜻한 겨울 날씨 덕분에 양털깎기도 일찍 시작될 것이니 이제 곧 예년보다 일찍 양모를 팔 수 있으리라는 희망에서 나온 말이었다.

"그 정도까지는 확실히 말씀드릴 수가 없습니다." 앨프레드는 여전히 비관적인 표정이었다.

"석공들에게 특별 수당을 지급하는 건 어떨까? 궁륭이 성령강림 축일 이전에 완공된다면 일주일분의 임금을 별도로 준다고 하는 거지."

"그런 말은 들어본 적도 없는데요." 앨프레드는 전혀 경우에 맞지 않는 제의를 받았다는 표정이었다.

"이보게, 무슨 일이든 처음 부딪치는 경우가 있지 않나?" 필립이 퉁명스럽게 말했다. 앨프레드의 지나친 신중함이 신경에 거슬렸다. "자넨 어떻게 생각하나?"

"지금으로서는 가부를 확실히 말씀드릴 수 없습니다." 앨프레드가 우둔한 얼굴로 대답했다. "일꾼들하고 의논해보지요."

"오늘 의논하겠나?" 필립이 더 참지 못하고 물었다.

"예, 오늘이요."

필립은 그 정도 대답에 만족해야 했다.

윌리엄 햄리와 그의 기사들은 양모 자루를 가득 실은 황소 달구지 뒤를 바짝 따라 웨일런 주교의 관저에 도착했다. 새해의 양털깎기가 시작된 것이다. 윌리엄과 마찬가지로 웨일런도 농부들로부터 지난해 가격으로 양모를 사서 상당히 오른 가격으로 되팔기를 바랐다. 그들 모두 큰 어려움 없이 소작인들로 하여금 자신들에게 양모를 팔도록 할 수 있었다. 규제에 반발한 몇몇 농부를 쫓아내고 그들이 살던 농장 내 가옥을 불태워버리자 아무도 반발하지 못했다.

윌리엄은 관저의 정문을 지나며 언덕을 힐끗 바라보았다. 주교가 짓다 만 성곽은 칠 년 동안 언덕 위에 선 채, 웨일런이 그동안 필립 수도원장에게 얼마나 쓰라리게 선수를 빼앗겼는지를 끊임없이 환기시켜주었다. 아마도 웨일런은 양모사업으로 이익을 얻기 시작하는 대로 공사를 재개하리라. 선왕 헨리 시절에는 주교에겐 관저를 둘러싼 작은 해자 뒤의 간단한 목책으로 충분했다. 그러나 내전이 오 년이나 계속되자 백작이나 주교가 아닌 사람들까지도 견고한 성을 쌓았다.

웨일런은 일이 잘 풀려가는군, 윌리엄은 마구간으로 가 말에서 내리면서 씁쓸하게 생각했다. 웨일런은 윈체스터의 헨리 주교가 충성의 대상을 바꾸었음에도 여전히 그에게 충실했기 때문에 헨리의 가장 절친한 동맹자로 남아 있었다. 웨일런은 지난 몇 년 동안 계속해서 부와 특권을 누리면서 부유해졌고, 로마도 두 차례나 방문했다.

윌리엄에게는 그러한 행운이 따르지 않았다. 바로 그래서 기분이 씁쓸했다. 웨일런이 충성의 대상을 바꿀 때마다 그를 따라 행동하고 내전 중에는 양편에 대규모 군대를 지원했는데도, 윌리엄은 여전히 셔링의 백작으로 승인받지 못했다. 전투가 소강상태에 빠져 있는 요즘 그 문제를 곰곰이 생각해본 윌리엄은 너무 화가 치밀어 웨일런과 담판을 짓기로 결심했다.

그가 홀 입구의 층계를 오르자 월터와 다른 기사들이 뒤를 따랐다. 전시라는 것을 나타내는 또다른 표시로, 실내를 지키는 집사도 무장을 하고 있었다. 웨일런 주교는 언제나처럼, 마치 누군가 그 자리에 되는대로 떨어뜨려놓기라도 한 것처럼 앙상한 팔다리를 사방으로 뻗은 자세로 방 한가운데 있는 큰 의자에 앉아 있었다. 이제 부주교가 된 볼드윈이 그 곁에 서 있었는데, 자세로 보아 무슨 지시를 기다리고 있는 듯했다. 깊은 생각에 잠겨 난롯불을 응시하고 있던 웨일런은 윌리엄이 다가가자 날카로운 시선을 들었다.

웨일런에게 인사를 하고 자리에 앉으면서 윌리엄은 여느 때처럼 강한 혐오감을 느꼈다. 웨일런의 앙상하고 마른 손과 길고 쭉 뻗은 머리칼, 핏기 없이 새하얀 피부와 악의 서린 창백한 눈빛을 보자 절로 몸이 근질거렸다. 그는 윌리엄이 증오하는 모든 특징을 갖고 있었다. 사악하고 신체적으로 허약했으며, 오만하고 머리가 좋았다.

웨일런도 마찬가지 감정을 품고 있다는 걸 윌리엄은 분명히 알 수 있었다. 윌리엄이 걸어들어가자 웨일런은 혐오를 감추지 못했다. 그는 몸을 세우고 팔짱을 낀 자세로 입술을 약간 비틀고 소화불량에서 오는 통증에 시달리듯 살짝 얼굴을 찌푸렸다.

그들은 한동안 전쟁에 관한 이야기를 나누었다. 딱딱하고 어색한 이야기였으므로, 전령이 밀랍으로 봉인된 양피지 두루마리 서한을 가져와 자연스레 대화가 중단되자 윌리엄은 안도감을 느꼈다. 웨일런은 식사를 하라며 전령을 취사장으로 보냈다. 그는 편지를 뜯지 않았다.

윌리엄은 화제를 바꿀 기회를 얻은 셈이었다. "내가 여기 온 건 전투 소식이나 교환하기 위해서가 아닙니다. 내 인내심이 한계에 이르렀다는 말을 하러 왔습니다."

웨일런은 눈썹을 치켜세웠지만 아무 말도 하지 않았다. 달갑지 않은 문제에는 예의 그런 침묵으로 반응했다.

윌리엄이 말을 계속했다. "내 부친이 돌아가신 지 벌써 삼 년이 되었습니다. 그런데도 스티븐 왕은 아직도 날 백작으로 승인하지 않고 있어요. 이건 언어도단입니다."

"물론 나도 그렇게 생각하오." 웨일런이 성의 없이 대꾸했다. 그는 두루마리를 만지작거리며 봉인이 잘되어 있는지 보는가 하면 리본을 잡아 당기기도 했다.

"좋아요. 그렇다면 주교께서 그 문제에 관해 뭔가 해야 하지 않겠습니까."

"이봐요, 윌리엄. 난 당신을 백작으로 만들어줄 수가 없소."

윌리엄은 웨일런이 그렇게 나오리라고 이미 짐작했고, 그런 반응을 용납할 생각이 없었다. "전하의 동생께 직접 얘기해볼 수 있잖습니까."

"그렇지만 내가 그분께 무슨 말을 할 수 있겠소. 윌리엄 햄리가 왕께 충실히 봉사했다고? 그게 사실이라면 왕께서도 마땅히 알고 계실 테고, 그게 사실이 아니라 해도 왕께서는 알고 계실 게 아니오."

윌리엄은 논리에서는 웨일런의 적수가 되지 못했으므로 논쟁을 간단히 무시해버렸다. "웨일런 바이가드 주교, 당신은 내게 빚이 있습니다."

웨일런은 약간 화가 난 듯했다. 그는 두루마리를 손에 쥐고 윌리엄을 가리켰다. "난 당신에게 아무 빚도 없소. 당신이 내가 바라는 행동을 했다 하더라도 그건 어디까지나 당신 자신의 이익을 위해서였소. 우리 사이엔 빚도 없고 감사할 것도 없는 거요."

"분명히 말하건대, 난 더 기다리지 않겠습니다."

"그래서 어쩌겠다는 거요?" 웨일런이 조롱조로 말했다.

"우선 헨리 주교를 직접 만나보겠습니다."

"그래서?"

"당신이 내 탄원에 전혀 귀를 기울이지 않기 때문에 마음을 바꿔 모드 황후에게 충성하겠다고 말해야죠." 웨일런의 표정이 바뀌는 것을 보고 윌리엄은 기분이 좋아졌다. 웨일런의 얼굴에는 창백한 그림자가 드리워졌다. 그는 약간 놀란 듯했다.

"다시 충성의 대상을 바꾼다는 거요?" 웨일런이 회의적인 어조로 말했다.

"당신보다 겨우 한 번 더 바꾸는 셈인데요." 윌리엄이 단호하게 말했다.

남을 우습게 아는 웨일런의 무심한 태도는 그 말에 흔들리기는 했어도 크게 동요하진 않았다. 그동안 웨일런은 윌리엄과 그의 기사들을 헨리 주교가 원하는 편에 때맞춰 가담시킴으로써 경력에 적잖은 도움을 받았다. 그런 윌리엄이 갑자기 독자적인 태세로 돌변한다면 타격이 될 테지만, 치명적일 정도는 아니었다. 윌리엄은 웨일런이 자신의 협박에 대해 이리저리 궁리하는 동안 그의 얼굴을 살펴보았다. 윌리엄은 상대의 마음을 읽을 수 있었다. 웨일런은 여전히 윌리엄이 충성을 다하길 바라지만 그러도록 하기 위해서 자신이 얼마나 많은 노력을 기울여야 하는지를 가늠하고 있었다.

웨일런은 시간을 끌기 위해 편지의 봉인을 뜯고 두루마리를 풀었다. 편지를 읽는, 물고기살처럼 하얀 그의 뺨에 희미한 분노의 기운이 떠올랐다. "빌어먹을." 그가 이를 갈았다.

"무슨 일이죠?"

웨일런이 편지를 내밀었다.

윌리엄은 그것을 받아들어 읽기 시작했다. "성스럽고…… 인자하신…… 주교님께……"

윌리엄이 느릿느릿 읽는 데 조바심이 난 웨일런이 다시 편지를 낚아챘다. "필립 수도원장한테서 온 거요. 새로 지은 대성당의 성단소가 성령강림 축일까지는 완공된다는 소식이오. 뻔뻔스럽게도 그 미사를 날더러 집전해달라는 거요."

윌리엄은 깜짝 놀랐다. "어떻게 그렇게 빨리 지을 수 있었죠? 건축장이들을 절반이나 내보낸 걸로 아는데!"

웨일런이 고개를 흔들었다. "무슨 일이 일어나건 그자는 다시 튀어오르는군." 그는 생각에 잠긴 시선으로 윌리엄을 바라보았다. "그는 물론 당신을 증오하오. 당신을 악마의 화신이라고 생각하겠지."

윌리엄은 지금 웨일런의 사악한 마음속에 무슨 생각이 들어 있는지 궁금했다. "그래서 어쨌다는 거죠?"

"성령강림 축일에 당신이 백작으로 승인받는다면 필립에게는 상당한 타격이 될 거란 말이오."

"당신은 나를 위해서가 아니라 필립에게 복수하기 위해 그 일을 하겠다는 거로군요." 윌리엄은 부루퉁하게 말했지만, 마음은 희망으로 차오르고 있었다.

"내 능력 밖의 일이오. 하지만 헨리 주교님께 말해보겠소." 웨일런은 기대에 찬 눈빛으로 윌리엄을 올려다보았다.

윌리엄은 망설였다. 이윽고 그는 마지못해 중얼거렸다. "고맙소."

그해 봄은 춥고 음산했다. 성령강림 축일 아침에는 비가 내리고 있었다. 앨리에너는 밤중에 등이 아파서 잠이 깼는데, 지금까지도 간헐적으로 쑤셔오는 통증으로 시달리고 있었다. 그녀가 추운 부엌에 앉아 성당에 갈 마사의 머리를 땋아주는 동안, 앨프레드는 흰 빵과 부드러운 치즈, 독한 맥주로 푸짐한 아침식사를 했다. 다른 때보다 더 날카로운 통증이 등에 느껴지자 그녀는 잠시 주춤하며 몸을 일으켜세웠다. 마사가 눈치를 채고 물었다. "무슨 일이에요?"

"허리가 아파서요." 앨리에너가 짤막하게 대답했다. 그 문제에 대해 말하고 싶지 않았다. 통증의 원인은 분명 바람이 새어들어오는 뒷방 바닥에서 잔 데 있을 터였기 때문이었다. 그러나 어느 누구도, 심지어 마사조차 그 사실을 모르고 있었다.

마사는 자리에서 일어나 화덕에서 뜨거운 돌 하나를 집어들었다. 앨리에너는 자리에 앉았다. 마사는 그 돌을 낡고 그을린 가죽에 싸서 앨리에너의 등에 대주었다. 그러자 통증이 한결 덜어지는 듯했다. 이번에는 마사가 앨리에너의 머리를 땋기 시작했다. 불에 타버린 이후 다시 길게 자란 그녀의 암갈색 머리칼은 전처럼 제멋대로 곱실곱실하고 풍성해졌다. 앨리에너는 고통이 가라앉는 것을 느꼈다.

엘렌이 떠나고 그녀와 마사는 아주 가까워졌다. 가엾은 마사. 그애는 친어머니를 잃은데다 계모까지 잃었다. 앨리에너는 자신이 어머니 역할을 대신하기에는 역부족이라는 걸 느꼈다. 그녀는 마사보다 겨우 열 살 많을 뿐이어서 실제로는 언니 역할을 하고 있었다. 이상한 것은 마사가 가장 그리워한 사람이 의붓오빠 잭이라는 점이었다.

그러고 보면 모든 사람이 잭을 그리워했다.

앨리에너는 지금 그가 어디에 있을지 궁금했다. 어쩌면 아주 가까운 곳, 글로스터나 솔즈베리의 대성당에서 일하고 있을지도 몰랐다. 노르망디로 갔을 가능성은 더 높았다. 어쩌면 훨씬 더 먼 곳, 파리나 로마, 예루살렘이나 이집트까지 갔을지도 모른다. 그처럼 먼 곳을 왕래한 순례자들 이야기를 떠올리면서 그녀는 모래뿐인 사막, 작열하는 햇빛 아래서 사라센의 요새를 짓기 위해 돌을 쪼는 잭의 모습을 마음속에 그려보았다. 그도 지금 내 생각을 하고 있을까?

바깥에서 말발굽 소리가 들려오는 바람에 그녀는 정신을 차렸다. 잠시 후 동생 리처드가 말을 끌고 들어섰다. 그와 말은 모두 흠뻑 젖은데다 진흙투성이였다. 앨리에너는 얼굴과 손을 씻도록 화덕에서 더운 물을 가져다주었고, 마사는 말을 끌고 뒷마당으로 갔다. 앨리에너는 식탁 위에 빵과 차가운 쇠고기를 차려놓고 맥주를 한 잔 따라주었다.

앨프레드가 말했다. "전쟁 소식 좀 들려주게."

리처드는 낡은 수건으로 얼굴을 닦으며 아침식사를 하려고 자리에 앉았다. "우린 윌턴에서 패했어요."

"그럼 스티븐 왕이 포로가 됐나?"

"아뇨, 탈출했어요. 모드 황후가 옥스퍼드에서 탈출한 것처럼요. 지금 스티븐 왕은 윈체스터에 있고 모드 황후는 브리스틀에 있어요. 둘 다 상처를 치료하며 자신들이 장악한 지역의 수비를 강화하고 있죠."

언제나 똑같은 소식이군, 앨리에너는 생각했다. 어느 한쪽 혹은 양쪽 모두 소규모 승리를 주고받을 뿐 전쟁은 끝날 기미가 안 보였다.

리처드가 그녀를 보면서 말했다. "누나 살 좀 찐 것 같은데."

그녀는 고개만 끄덕였을 뿐 아무 말도 하지 않았다. 그녀는 임신 팔 개월이었지만 아무도 그 사실을 모르고 있었다. 다행스럽게도 날씨가 추워져서 계속해서 헐렁한 겨울옷을 겹쳐 입어 몸매를 감출 수 있었다. 이제 한두 주 후면 아기가 태어날 테고 사실이 밝혀질 것이다. 그다음엔 어떻게 할지 아무 대책이 없었다.

미사 참례를 알리는 종소리가 울렸다. 앨프레드는 부츠를 당겨신으며 뭔가 기대하는 시선으로 앨리에너를 바라보았다.

"난 갈 수 없을 것 같아요. 몸이 너무 안 좋아요."

앨프레드는 무심한 태도로 어깨를 으쓱하고 난 뒤 처남 쪽으로 고개를 돌렸다. "리처드, 자네는 가야 해. 오늘은 모두 올 거야. 새 성당에서 열리는 첫 미사거든."

리처드는 깜짝 놀랐다. "벌써 천장이 완성됐어요? 올해 말까지 걸릴 거라고 생각했는데."

"급하게 밀어붙였지. 필립 수도원장이 오늘까지 공사를 끝내면 일주일치 임금을 별도로 주겠다고 제의했거든. 모두 어찌나 빨리 일했는지 감탄스러울 지경이야. 그렇다고 해도 겨우겨우 기한에 맞춘 셈이지. 오늘 아침에야 가설물을 떼어냈으니까."

"가서 봐야겠군." 리처드는 남은 빵과 쇠고기를 한입에 가득 털어넣고 일어섰다.

마사가 앨리에너에게 물었다. "내가 곁에 있어줄까요?"

"아녜요. 고맙지만 난 괜찮아요. 아가씬 가세요. 난 좀 누워 있을래요."

세 사람은 저마다 외투를 입고 밖으로 나갔다. 앨리에너는 가죽에 싼 돌을 들고 뒷방으로 들어갔다. 그녀는 돌을 등 밑에 깔고 앨프레드의 침대에 누웠다. 결혼 후 그녀는 끔찍스러울 정도로 무기력해져 있었다. 예전에는 한 집안을 이끌어나갔을 뿐 아니라 이 지방에서 가장 분주하게 활동하는 양모 상인이었던 그녀가 이제는 아무 일도 하지 않은 채 오로지 앨프레드를 위해 집안일을 꾸려나가는 것만으로도 힘겨워하고 있었다.

그녀는 잠시 비애감에 잠긴 채 잠이 오기를 바라며 누워 있었다. 갑자기 허벅지 안쪽으로 더운 물이 조금씩 흘러나오는 느낌이 들었다. 그녀는 충격을 받았다. 마치 오줌을 싸고 있는 것 같은 느낌이지만, 그게 아니었다. 잠시 후 새어나오던 물방울이 철철 흘러나오기 시작했다. 똑바로 일어나 앉았다. 그녀는 이것이 무슨 뜻인지 알아차렸다. 양수가 터진 것이다. 아기가 나오고 있었다.

그녀는 왈칵 겁에 질렸다. 도움이 필요했다. 그녀는 목청껏 소리쳐서 이웃 사람을 불렀다. "밀드리드! 밀드리드! 이리 좀 와주세요!" 다음 순간 사람들이 집에 있지 않으리라는 걸 떠올렸다. 모두 성당에 가고 없었다.

양수는 천천히 흘러나와 앨프레드의 침대를 적셨다. 엄청 화를 낼 거야, 그녀는 겁에 질려 생각했다. 어쨌든 그가 분통을 터뜨릴 수밖에 없을 터였다. 자신의 아이가 아니라는 걸 알게 될 테니까. 오, 하느님. 어떻게 해야 하죠?

등의 통증이 다시 시작되자, 그녀는 진통이 시작되었음을 깨달았다. 그녀는 앨프레드에 대한 생각은 잊었다. 자신은 지금 아이를 낳으려 하고 있었다. 그런데 너무 겁이 나서 혼자 그 일을 해낼 수 없었다. 누군가 도와줘야 했다. 그녀는 성당으로 가기로 결심했다.

그녀는 다리를 빙 돌려 침대에서 내려섰다. 또다시 경련이 엄습하자 그녀는 잠시 멈추고 고통으로 얼굴을 찌푸린 채 진통이 물러가기만 기다렸다. 이윽고 그녀는 침대에서 빠져나와 집 밖으로 나왔다.

진흙투성이 길을 따라 비틀거리며 걷는 그녀는 완전히 혼란에 빠져 있었다. 겨우 수도원 정문에 이르렀을 때 다시 한번 진통이 왔다. 그녀는 담에 기대어 진통이 지나갈 때까지 이를 악물었다. 그런 다음 문 안으로 들어섰다.

대부분의 시민들이 성단소 위쪽 통로와 아래쪽 양편에 있는 측랑 통로에 들어차 있었다. 제대는 동쪽 끝에 있었다. 새 성당은 외관이 독특했다. 석조궁륭은, 나중에 그 위로 삼각형 나무지붕이 얹히겠지만, 지금은 모자를 쓰지 않은 대머리처럼 아무런 덮개도 없는 모습이었다. 신자들은 앨리에너에게서 등을 돌리고 서 있었다.

그녀가 대성당을 향해 비틀거리며 걸어가고 있을 때, 웨일런 바이가드가 강론을 하기 위해 자리에서 일어섰다. 그녀는 마치 악몽처럼 그의 곁에 윌리엄 햄리가 서 있는 것을 보았다. 웨일런 주교의 말은 그녀의 통증을 꿰뚫고 들어오는 것 같았다. "……저는 스티븐 왕께서 윌리엄

경을 셔링의 백작으로 승인하셨음을 여러분께 알리게 되어 커다란 자부심과 기쁨을 느끼는 바입니다."

이미 고통과 두려움에 휩싸여 있었음에도 앨리에너는 그 말을 듣자 온몸이 오싹해졌다. 윈체스터의 감옥에서 아버지를 만난 그 끔찍한 날 이후 육 년 동안, 그녀는 가족의 재산을 되찾는 데 자신의 삶을 바쳐왔다. 그녀와 리처드는 강도와 강간, 화재와 내전 속에서도 살아남았다. 몇 번인가 그 대가가 수중에 들어올 것 같기도 했다. 하지만 그것은 연기처럼 사라져버렸다.

신자석에서 분노의 웅성거림이 일어났다. 그들은 모두 윌리엄의 손에 고통받았고 여전히 그를 두려워하며 살고 있었다. 마땅히 자신들을 보호해주어야 할 왕이 오히려 그에게 작위를 주었으니 불만스러울 수밖에 없었다. 앨리에너는 리처드를 찾아 그가 이 최후의 일격을 어떻게 받아들이고 있는지 보려고 주위를 둘러보았지만 찾아낼 수가 없었다.

필립 수도원장이 화난 얼굴로 일어서더니 성가를 시작했다. 신자들은 건성으로 성가를 따라부르기 시작했다. 또 한 번의 수축이 온몸을 엄습해 그녀는 곁에 있는 기둥에 기대섰다. 그녀는 군중의 맨 뒤에 있어서 아무도 그녀의 존재를 알아채지 못했다. 한편으로 그 나쁜 소식에 어느 정도 마음이 가라앉았다. 난 그저 아기를 낳는 것뿐이야. 이건 매일매일 일어나는 일인걸. 마사와 리처드만 찾으면 되는 거야, 그다음엔 그들이 다 알아서 해줄 거야.

진통이 지나가자 그녀는 신자들을 헤치고 들어가 마사를 찾았다. 북쪽 측랑의 낮은 쪽 통로에 한 무리의 여자들이 보여서 그녀는 그들을 향해 걸음을 옮겼다. 사람들은 그녀를 호기심 어린 눈길로 바라보았지만 그들의 주의는 곧 다른 것 때문에 흩어지고 말았다. 우르르 울리는 듯한 이상한 소리가 들려오고 있었던 것이다. 처음에 그 소리는 노랫소리에 파묻혀 거의 분간할 수 없었지만, 굉음이 더 커짐에 따라 노랫소리는 순식간에 파묻혀버렸다.

앨리에너는 여자들이 있는 곳에 이르렀다. 그들은 불안한 표정으로 소리가 어디서 들려오는지 알기 위해 주위를 두리번거렸다. 앨리에너는 그중 한 여자의 어깨를 두드리며 물었다. "제 시누이 마사 못 봤어요?"

여자가 그녀 쪽을 돌아보았다. 무두장이의 아내 힐다였다. "마사는 저쪽에 있는 것 같은데." 다음 순간 우르르 소리가 귀가 먹먹해질 정도로 크게 들려오자 힐다는 고개를 돌렸다.

앨리에너는 그녀가 바라보는 쪽을 향해 고개를 돌렸다. 성당 한가운데서는 모든 사람들이 벽 꼭대기를 올려다보고 있었다. 양편 측랑에 있는 사람들은 아케이드의 아치 너머를 살펴보기 위해 목을 길게 뺐다. 누군가 비명을 질렀다. 앨리에너는 저편 벽에 균열이 생기면서 인접한 명층의 두 창문 사이가 갈라지고 있는 것을 보았다. 그 순간 거대한 돌덩이 몇 개가 성당 한가운데에 있는 사람들 머리 위로 떨어졌다. 성당은 비명과 외침이 난무하는 아수라장으로 변했다. 모두 몸을 돌려 빠져나가려고 했다.

그녀의 발밑이 진동하고 있었다. 성당 밖으로 나가려고 사람들을 밀치는 순간에도 그녀는 높은 벽의 꼭대기가 갈라지고 천장의 둥근 면에 금이 가는 것을 볼 수 있었다. 무두장이의 아내 힐다가 그녀 앞에서 넘어지는 바람에 앨리에너는 쓰러진 그녀의 몸에 발이 걸려 넘어지고 말았다. 그녀가 일어나려는 순간 작은 돌들이 소나기처럼 쏟아져내렸고 이어서 측랑의 낮은 지붕이 무너져내렸다. 무엇인가 그녀의 머리를 강타했고 마침내 사방이 캄캄해졌다.

필립은 긍지와 감사에 찬 마음으로 미사를 시작했다. 아주 빠듯하긴 했어도 궁륭은 제때 완성되었다. 사실은 성단소의 네 기둥사이 중 세 기둥사이에만 천장이 얹혔다. 네번째 기둥사이에는 교차부가 만들어지고 울퉁불퉁한 성단소의 벽 끝이 익랑과 연결될 때까지는 천장을 얹을 수가 없었던 것이다. 하지만 세 기둥사이만으로도 충분했다. 연장, 석재와 목재 더미, 가설물용 장대와 바자울, 깨진 돌조각 더미와 쓰레기 등등 건축장이들이 사용하던 장비들은 말끔히 치워졌다. 성단소는 깨끗하게 청소되었다. 수사들은 돌로 된 구조물을 하얗게 닦아내고 관례에 따라 회반죽에는 줄을 맞춰 붉은 칠을 해 접촉부가 실제보다 더 깨끗하게 보이도록 했다. 그리고 지하성당에서 제대와 주교좌를 옮겨왔다. 하지만 돌로 된 작은 상자에 담긴 성인의 유골은 그대로 두었다. 그것을 옮기는 일은 이전이라고 불리는 경건한 의식으로, 오늘 미사의 절정이 될 것이다. 주교가 그의 자리에 앉고 새 옷을 입은 수사들이 제대 뒤에 나란히 도열하고 시민들이 성당 본채와 측랑에 들어찬 가운데 미사가 시작되자 필립은 충만감을 느꼈고, 대성당 재건축에 결정적인 첫 단계를 성공적으로 이룰 수 있게 해주신 하느님께 감사드렸다.

웨일런이 윌리엄의 백작 등극을 발표했을 때 필립은 격분했다. 이 행사의 기쁨을 망치고, 시민들이 여전히 야만적인 군주의 처분에 내맡겨져 있음을 상기시키려고 때맞추어 발표된 것이 분명했다. 그가 분통 터지는 심정으로 적절히 대응할 방법을 생각하고 있을 때 우르르 하는 소리가 들려왔다.

그것은 필립이 때때로 꾸었던 악몽과도 같았다. 꿈속에서 그는 안전을 확신하며 까마득히 높은 비계 위를 걷고 있었다. 그러다 비계용 장대들을 한데 묶어놓은 밧줄 하나가 느슨해진 것을 발견한다. 그다지 심각한 것은 아니지만 그 매듭을 조여 매려고 몸을 굽힐 때 발밑의 바자가 약간 흔들리는 것을 느낀다. 처음에는 대단치 않았으므로 몸을 비틀거리는 데 그치지만, 다음 순간 그는 대성당의 거대한 성단소 공간으로 떨어진다. 추락하는 그 아찔한 느낌 속에서 그는 자신이 곧 죽게 되리라 생각했다.

우르르 소리는 처음에는 신비스럽게 들렸다. 한순간 필립은 그것이 천둥소리라고 생각했다. 다음 순간 그 소리가 너무도 커져서 사람들은 노래를 멈추었다. 그때까지도 필립은 그것이 설명하기 어려운 기이한 현상에 불과한 것이라고 생각했다. 최악의 결과 미사가 중단되는 정도일 것이다. 그는 위를 올려다보았다.

오늘 아침에야 가설물을 떼어낸 세번째 기둥사이, 명층부의 높은 벽에 새겨놓은 석조물에서 균열이 나타나고 있었다. 그 균열들은 갑자기 나타나 하나의 명층 창문에서 다음 창문으로, 마치 뱀이 지나가듯 벽을 가로질러 번져갔다. 그것을 본 필립의 첫 반응은 낙담이었다. 그는 성단소가 완성된 것을 기뻐했지만 이제는 수리하지 않을 수 없을 것이고, 건축장이들의 작업에 큰 감명을 받았던 모든 사람들은 '급할수록 천천히 하라'고들 충고할 것이다. 다음 순간, 벽의 꼭대기 부분이 바깥으로 기울어지는 듯했다. 그는 끔찍한 공포 속에서 이것이 단지 미사 중단 정도가 아닌 대재난이 되리라는 것을 깨달았다.

둥근 아치 천장에도 균열이 나타났다. 커다란 돌덩이 하나가 거미줄처럼 짜맞춘 석조천장에서 떨어져 허공을 가르며 천천히 떨어졌다. 사람들이 비명을 지르며 필사적으로 돌덩이를 피했다. 필립이 중상을 입은 사람은 없는지 확인해보기도 전에 더 많은 돌들이 떨어지기 시작했다. 광란에 휩싸인 회중은 떨어지는 돌들을 피하려다가 서로 밀어붙이고 짓밟고 있었다. 필립은 이것이 윌리엄 햄리가 자행하는 일종의 습격은 아닐까 하는 말도 안 되는 생각마저 했다. 그는 눈으로 윌리엄 햄리를 찾았다. 그리고 신자들 앞쪽에서 탈출하려고 필사적으로 주위 사람들을 난타하고 있는 그를 보고, 필립은 이것이 윌리엄이 저지른 일이 아님을 깨달았다.

사람들은 제대에서 벗어나 트여 있는 서쪽 끝을 통해 대성당에서 빠져나가려 하고 있었다. 그러나 지금 붕괴되고 있는 곳이 바로 거기였다. 문제가 되는 곳은 세번째 기둥사이였다. 필립이 있는 두번째 기둥사이에서는 천장이 그런대로 지지되고 있는 것 같았고, 그의 뒤쪽 수사들이 줄지어 있는 첫번째 기둥사이는 견고해 보였다. 그쪽 끝부분은 맞은편 벽들이 성당 동쪽 정면에 맞물려 지탱되어 있었다.

그는 북쪽 측랑 끝에 팔푼이 자니가 어린 조너선과 함께 사람들 사이에 있는 것을 보았다. 그곳이라면 다른 어느 곳보다 안전하리라고 필립은 생각했다. 다음 순간 그는 나머지 양떼들을 안전하게 피신시켜야 한다는 걸 깨달았다. "이쪽으로 오시오!" 그가 소리쳤다. "모두 이쪽으로 오시오!" 사람들은 그의 말을 들었는지 못 들었는지 아무런 반응도 보이지 않았다.

세번째 기둥사이 벽의 꼭대기 부분이 무너지면서 바깥쪽으로 떨어져 내리자, 궁륭 전체가 붕괴되었다. 크고 작은 돌덩이들이 광란에 싸인 신자들 위로 죽음의 우박처럼 쏟아져내렸다. 필립은 앞으로 내달아 한 시민을 붙잡았다. "뒤로 돌아가시오!" 필립이 소리를 지르며 동쪽 끝을 향해 그 사람을 밀었다. 그 사람은 깜짝 놀라 수사들이 저편 벽에 몸을 기대고 몰려 있는 것을 보고 달려가 그들과 합류했다. 필립은 두 여인에게도 그쪽으로 가라고 말했다. 그들 주위에 있던 사람들이 그가 하는 말을 알아듣고 자발적으로 동쪽으로 몸을 돌렸다. 다른 사람들도 같은 생각을 하게 되면서, 신자석 앞쪽에 있던 사람들은 대부분 동쪽을 향해 움직이기 시작했다. 한순간 위를 올려다본 필립은 두번째 기둥사이마저 붕괴되고 있는 것을 보고 소스라쳤다. 명층을 가로질러 똑같은 균열이 꿈틀거리며 번져갔고, 이제 자신의 머리 위에서 궁륭이 얼음처럼 쩍 갈라졌다. 그는 그쪽이라면 안전하리라고 생각하여 계속해서 사람들을 동쪽 끝으로 보냈다. 부서진 회반죽들이 빗줄기처럼 그의 삭발한 머리 위로 쏟아져내렸고, 이어서 돌덩이들이 떨어지기 시작했다. 사람들이 사방으로 흩어졌다. 일부는 양쪽 측랑 은신처로 몸을 피했고, 또 일부는 동쪽 벽으로 몰렸다. 웨일런 주교도 사람들 틈에 몸을 붙이고 서 있었다. 몇몇 사람들은 여전히 트인 서쪽 끝으로 나가려고 세번째 기둥사이에 떨어진 돌덩이와 사람들의 몸을 타넘었다. 돌 하나가 필립의 어깨에 떨어졌다. 정통으로 맞지는 않았지만 상당히 아팠다. 그는 손으로 머리를 싸쥐고 미친 듯이 주위를 두리번거렸다. 그는 혼자 두번째 기둥사이의 한가운데 남아 있었다. 다른 사람들은 모두 위험지대에서 벗어나 가장자리에 가 있었다. 그는 최선을 다한 것이다. 그는 동쪽 끝을 향해 달렸다.

거기서 필립은 다시 몸을 돌려 위를 바라보았다. 두번째 기둥사이의 명층이 이제 막 붕괴되고 있었고, 세번째 기둥사이에서 일어난 것과 똑같이 궁륭이 성단소로 무너져내리고 있었다. 그러나 희생자 수는 훨씬 적었다. 사람들이 기회를 보아 빠져나간데다, 세번째 기둥사이에서는 양쪽 측랑 지붕이 무너져내린 반면 이번에는 지탱되고 있는 듯했기 때문이다. 동쪽 끝에 모여 있던 사람들은 뒤로 움직이면서, 첫번째 기둥사이까지 붕괴가 확산될지 가늠하기 위해 저마다 고개를 젖혀 천장을 쳐다보며 벽에 몸을 붙였다. 석조물이 무너져내리는 소리는 한결 낮아졌지만 성당 안은 먼지와 작은 돌 조각들 때문에 안개가 낀 듯 자욱해 앞을 분간할 수 없었다. 필립은 숨을 죽였다. 먼지가 걷히자 다시 궁륭이 보였다. 바로 위, 첫번째 기둥사이의 가장자리가 붕괴되었지만 이젠 멈춘 듯했다.

먼지가 가라앉았다. 모든 것이 조용해졌다. 필립은 폐허가 된 자신의 성당을 넋을 잃고 보았다. 오직 첫번째 기둥사이만이 무사했다. 두번째 기둥사이의 벽은 갤러리가 있는 층까지 남았지만, 세번째와 네번째 기둥사이에는 양쪽 측랑만 남았고, 그쪽 측랑 역시 심하게 손상되어 있었다. 성당 바닥은 돌더미로 뒤덮여 있었고, 그 사이에는 꼼짝 않고 있는 시신들과 힘없이 움직이는 부상자들이 흩어져 있었다. 끔찍한 한순간에 칠 년 동안의 작업과 수백 파운드의 돈이 물거품이 되었고, 수십 명, 어쩌면 수백 명에 이르는 사람들이 죽은 것이다. 필립의 마음은 수포로 돌아간 작업과 잃어버린 생명들, 과부와 고아가 된 사람들에 대한 생각으로 찢어질 듯 아팠고, 그의 두 눈은 쓰라린 고통의 눈물로 가득 찼다.

그의 귀에 대고 말하는 잔인한 목소리가 들렸다. "이건 당신의 그 빌어먹을 오만 때문에 생긴 일이오, 필립!"

필립은 고개를 돌려 먼지로 뒤덮힌 검은 옷 차림으로 의기양양하게 자신을 노려보고 있는 웨일런 주교를 보았다. 칼에라도 찔린 것 같은 느낌이었다. 이 같은 비극을 보는 것만으로도 가슴이 찢어질 듯 아픈데, 그런 비난까지 들어야 하다니 참기 힘들었다. 난 최선을 다하려 했을 뿐이오!라고 쏘아붙이고 싶었지만, 그 말이 입 밖으로 나오지 않았다. 목구멍이 조여와 말을 할 수가 없었다.

측랑 밑 피신처에서 나오는 팔푼이 자니와 어린 조너선에게 눈길이 머물자 그는 문득 자기의 책임을 상기했다. 비난받아야 할 사람이 누구인가를 두고 번민할 시간은 나중에 얼마든지 있을 것이다. 지금 이 순간 많은 사람들이 부상당했고, 그 이상의 사람들이 돌더미 속에 갇혀 있을 것이다. 구조작전을 세워야 했다. 그는 웨일런 주교를 노려보며 사납게 말했다. "길을 비키시오!" 주교가 깜짝 놀라 옆으로 물러서자 필립은 제대 위로 뛰어올라갔다.

"내 말을 들으시오!" 필립이 목청껏 소리쳤다. "우리는 부상자를 돌보고 갇힌 사람들을 구해야 합니다. 그런 다음 죽은 사람을 매장하고 그들의 영혼을 위해 기도해야 합니다. 이제 이 일을 주도할 사람 셋을 뽑겠습니다." 그는 주위에 있는 사람들을 둘러보면서 누가 무사히 살아남았는지를 확인했다. 그는 앨프레드와 눈길이 마주쳤다. "건축 책임자 앨프레드는 돌더미를 치우고 갇혀 있는 사람들을 구조하는 일을 맡을 것이오. 모든 석공들과 인부들도 그를 도와 일하기 바랍니다." 수사들 쪽을 둘러본 그는 가장 믿을 만한 친구인 밀리우스가 상처 하나 없이 무사한 것을 보고 안도했다. "회계관 밀리우스는 사망자와 부상자들을 성당 밖으로 옮기는 책임을 맡을 것입니다. 힘센 젊은이들은 그를 도우십시오. 진료수사 랜돌프는 일단 부상자들이 성당 밖으로 나오면 그들을 돌보십시오. 나이 든 사람들과 부녀자들은 그를 도우십시오. 자, 시작합시다." 그는 제대에서 뛰어내렸다. 사람들이 지시를 내리고 질문을 하기 시작하자 일순 왁자지껄해졌다.

필립은 겁에 질려서 부들부들 떨고 있는 앨프레드에게로 다가갔다. 이 일로 누군가 비난받아야 한다면 그 사람은 당연히 건축 책임자인 앨프레드일 테지만 지금은 책망할 때가 아니었다. 필립이 말했다. "사람들을 나누어 일할 구역을 할당하게."

앨프레드는 한동안 멍한 표정이었다가 다음 순간 표정이 밝아졌다. "예, 그렇게 하겠습니다. 서쪽 끝에서 시작해 트인 곳으로 돌더미를 치우겠습니다."

"좋아." 필립은 그에게서 돌아서서 사람들 사이를 헤치고 밀리우스에게 갔다. 그는 밀리우스가 지시를 내리는 소리를 들었다. "부상자들을 아주 조심해서 성당 밖으로 들어내어 풀밭에 눕히시오. 시신은 북쪽으로 내가시오." 언제나처럼 믿음직하게 일을 처리하는 밀리우스를 보고 그는 흡족한 마음으로 걸음을 옮겼다. 그때 돌더미 위로 기어오르는 진료수사 랜돌프가 보이자 필립은 빠른 걸음으로 그쪽으로 향했다. 두 사람은 폐허가 된 석조물 더미를 더듬거리며 길을 찾아 가로질렀다. 서쪽 끝 성당 밖에는 최악의 상태로 붕괴되기 직전에 무사히 빠져나온 사람들이 무리지어 서 있었다. "이 사람들과 함께 일하시오." 필립이 랜돌프에게 말했다. "진료소에 사람을 보내 장비와 약품을 가져오게 하시오. 그리고 취사장에 한두 명을 보내 물을 끓이게 하시오. 저장실 관리인에게 독한 포도주를 달라고 해서 원기를 돋워야 할 사람들에게 주시오. 사망자들과 부상자들은 사이를 두고 가지런히 눕혀야 합니다. 그래야 당신을 도와 일하는 사람들이 걸려서 넘어지지 않을 테니까요."

그는 주위를 둘러보았다. 살아남은 사람들이 일을 시작하고 있었다. 손상되지 않은 동쪽 끝으로 대피했던 사람들은 필립의 뒤를 따라 돌더미를 가로질러와 시신들을 치우기 시작했다. 부상자 중 한두 사람은 너무 놀라 잠시 정신만 잃었던 사람들이라 혼자 힘으로 일어섰다. 필립은 어리둥절한 표정으로 바닥에 앉아 있는 노파를 발견했다. 그녀는 은세공인의 과부인 모드 실버였다. 그는 그녀를 부축해 일으켜세우고는 폐허 밖으로 빠져나오도록 이끌어주었다. "이게 무슨 일이지요?" 그녀가 그를 보지도 않고 물었다. "도대체 무슨 일인지 난 모르겠어요."

"나도 모르겠어요, 모드."

그가 다시 누군가를 도우려고 돌아섰을 때 웨일런 주교의 말이 마음속에서 되살아났다. 이건 당신의 그 빌어먹을 오만 때문에 일어난 일이오, 필립. 그 비난은 아픈 곳을 찔렀다. 어쩌면 사실일지도 몰랐다. 그는 언제나 더 많이, 더 낫게, 더 빨리 하라고 독촉해왔다. 양모시장을 열려고 서두르고 셔링 백작의 채석장에서 돌을 캐기 위해 서둘렀던 것처럼, 앨프레드에게도 궁륭을 완공시키라고 독촉했다. 그럴 때마다 비극이 일어났다. 채석공들은 학살당했고 킹스브리지는 불탔고 이제는 이런 일까지 벌어진 것이다. 분명 그의 야심은 비난받아야 했다. 수사라면 응당 이승의 시련과 좌절을 하느님께서 주신 인고의 교훈으로 받아들이며 인종忍從의 삶을 영위하는 편이 더 나았다.

신음하는 부상자들과 아무런 반응도 보이지 않는 시신을 폐허가 된 대성당 밖으로 옮기는 일을 거들면서, 필립은 이제 앞으로는 야심차게 일을 밀어붙이는 것은 하느님께 맡기고, 자신은 그 무슨 일이 일어나든 수동적으로 받아들이리라는 결론에 도달했다. 대성당을 원하신다면 하느님께서는 채석장을 주실 것이고, 이 도시가 불타버린다면 그것은 하느님께서 양모시장을 원하지 않으신다는 표시로 받아들여야 할 것이다. 따라서 필립은 무너진 성당을 재건축하지 않을 것이다.

막 그런 결정을 내린 순간 윌리엄 햄리가 보였다.

셔링의 새 백작은 북쪽 측랑 근처, 세번째 기둥사이의 바닥에서 커다란 돌덩이에 한쪽 발이 깔린 채 통증 때문에 얼굴이 창백하게 질려 몸을 떨고 있었다. 그를 돕느라 돌덩이를 굴리면서, 필립은 어째서 하느님께서는 그렇게 선량한 많은 사람들을 죽게 하시면서 이 짐승 같은 자의 목숨은 살려두시는지 회의하지 않을 수 없었다.

윌리엄은 발이 아프다고 법석을 떨었지만 다른 부분은 멀쩡했다. 사람들이 그가 일어나도록 부축했다. 윌리엄은 자기와 몸집이 비슷한 건장한 남자의 어깨에 기댄 채 절뚝거리며 걸어나갔다. 그 순간 아기 울음소리가 들려왔다.

모두 그 소리를 들었다. 하지만 아기는 보이지 않았다. 사람들은 혼란스러운 표정으로 주위를 둘러보았다. 다시 울음소리가 들려오자 필립은 그 소리가 측랑의 거대한 돌더미 아래에서 나고 있다는 것을 알았다.

"저쪽이오!" 필립이 외쳤다. 그는 앨프레드와 눈길이 마주치자 손짓으로 그를 불렀다. “저 밑에 아기가 살아 있네.”

울음소리는 계속해서 들려왔다. 태어난 지 채 한 달도 안 된 듯한 갓난아기의 울음소리 같았다. “맞아요. 큰 돌덩어리를 몇 개 들어내봅시다.” 그는 사람들을 데리고 세번째 기둥사이의 아치를 완전히 메워버린 돌더미를 치우기 시작했다. 필립도 그들에게 합세했다. 지난 몇 주 동안 이 도시의 어느 여인이 아기를 낳았는지 그는 알지 못했다. 물론 그가 아기가 태어나는 일까지 관심을 가질 수는 없었다. 지난해 도시 규모가 축소되기는 했어도 수도원장이 그런 일상적인 일까지 일일이 알 수는 없는 일이었다.

갑자기 울음소리가 멎었다. 사람들은 모두 가만히 서서 귀를 기울였으나 소리는 다시 들려오지 않았다. 근심 어린 표정으로 그들은 다시 돌을 치우기 시작했다. 위험한 작업이었다. 돌 하나를 들어내는 순간 다른 돌들이 무너져내릴 수도 있었다. 그런 이유로 필립은 이 작업을 앨프레드에게 맡긴 것이다. 하지만 앨프레드는 필립의 기대와는 달리 그다지 조심성이 없었으며, 나서는 사람이면 아무에게나 일을 맡기면서 계획 없이 돌을 들어내는 듯 보였다. 한순간 돌더미 전체가 위험스럽게 흔들리자 필립이 외쳤다. “잠깐 기다리시오!”

모두 하던 일을 멈추었다. 필립은 앨프레드가 아직 붕괴의 충격에서 벗어나지 못한 사람들에게 제대로 일을 시키지 못하고 있음을 깨달았다. 자신이 직접 그 일을 해야 하리라. “저 아래 사람이 있다면 무엇인가 그들을 받쳐주고 있을 것이오. 우리가 이 돌더미를 흔들면 그 지지대를 잃을 수도 있소. 그러면 우리의 노력으로 도리어 사람을 죽이게 되는 셈이오. 조심스럽게 합시다.” 그는 같이 서 있는 석공들을 가리켰다. “당신들 세 사람은 쌓인 더미 위로 올라가 꼭대기부터 돌을 들어내시오. 직접 돌을 나르지 말고 우리에게 하나씩 건네주기만 하시오. 그러면 우리가 그것들을 치우겠소."

그들은 필립의 계획에 따라 다시 작업에 착수했다. 그 방법이 훨씬 빠르고 안전한 것 같았다.

이제 아기가 더 울지 않았으므로 어느 방향으로 돌을 치워야 할지 잘 알 수 없었다. 그래서 그들은 기둥사이의 폭에 해당하는 넓은 면적 전체를 골고루 치워나갔다. 돌더미 중에는 궁륭에서 떨어진 것도 있었지만, 측랑 지붕도 일부 무너진 터라 돌과 회반죽뿐 아니라 목재와 지붕의 석판조각도 섞여 있었다.

필립은 피곤한 줄도 모르고 일했다. 아기가 살아 있기만을 바랄 뿐이었다. 이미 수십 명이 죽어나갔지만 왠지 그 아기는 훨씬 더 소중하게 여겨졌다. 아기가 구조된다면 여전히 미래에 대한 희망을 품을 수 있을 것 같아서였다. 먼지 때문에 기침을 쿨럭이며 반쯤 앞이 안 보이는 가운데 돌을 들어내면서 그는 아기가 산 채로 발견되기를 간절히 기도했다.

마침내 돌더미 위로 측랑 바깥벽과 깊이 파인 창문 일부가 보였다. 돌더미 뒤에 공간이 있는 것 같았다. 어쩌면 그곳에 누군가 살아 있을지 몰랐다. 석공 한 사람이 조심스럽게 돌더미 위로 올라가 그 공간을 내려다보았다.

"하느님 맙소사!" 그 석공이 외쳤다.

필립은 일단 그 불경한 말을 눈감아주기로 했다. "아기는 괜찮은가?"

"잘 모르겠습니다."

필립은 무엇을 보았는지 묻고 싶었고 그보다 자신이 직접 보고 싶었다. 하지만 석공이 새로 힘이 솟은 듯 돌을 치우기 시작해 필립은 호기심에 몸이 단 채로 도와주는 수밖에 없었다.

돌더미의 높이가 급격히 낮아졌다. 바닥 가까이에는 세 사람이 겨우 움직일 수 있을 정도로 커다란 돌덩이가 있었다. 그것을 굴려넘기자 필립의 눈에 아기가 보였다.

아기는 아무것도 입지 않은 갓난아기였다. 피부는 피와 건물이 무너질 때 생긴 먼지로 더럽혀져 있었지만 그는 아기의 머리카락이 놀랄 만큼 선명한 당근빛임을 알 수 있었다. 좀더 가까이 들여다보니 사내아이였다. 아기는 한 여자의 가슴 위에서 젖을 빨고 있었다. 그는 여자를 바라보았다. 그녀 역시 살아 있었다. 그녀는 그와 눈이 마주치자 지쳤으면서도 행복에 찬 미소를 지었다.

그 여자는 다름 아닌 앨리에너였다.

그후 앨리에너는 앨프레드의 집으로 돌아가지 않았다.

앨프레드는 모든 사람들에게 그 사내아기가 자기 아이가 아니라고 말하고, 그 증거로 잭의 머리카락과 똑같은 빛깔인 아기의 붉은 머리카락을 지적했다. 그는 두 모자를 자기 집에 들이지 않겠노라고 말했을 뿐 아기나 앨리에너에게 해를 가하려 하지는 않았다.

앨리에너는 동생 리처드와 함께 빈민구역에 있는 단칸방 집으로 다시 이사했다. 그녀는 앨프레드의 복수가 그처럼 가벼운 데에 안도했다. 이제는 앨프레드의 침대 발치 바닥에서 개처럼 자지 않아도 되어 기뻤다. 그러나 무엇보다도 그녀가 전율과 자부심을 느끼는 것은 사랑스러운 아기 때문이었다. 붉은 머리에 푸른 눈동자, 새하얀 피부의 아기는 잭의 모습을 선연하게 상기시켜주었다.

성당이 붕괴한 이유는 아무도 알지 못했다. 그렇지만 온갖 추측이 난무했다. 몇몇 사람들은 앨프레드가 건축 책임자가 될 능력이 없다고들 했다. 또 어떤 사람들은 성령강림 축일까지 궁륭을 완성하라고 몰아친 필립을 비난했다. 석공들 중 몇몇은 회반죽이 제대로 마르기도 전에 가설물을 치웠기 때문이라고 말했다. 한 나이 든 석공은 애초에 벽들이 둥근 돌 천장의 무게를 견딜 수 없게 되어 있었다고 주장하기도 했다.

부상을 당했다가 끝내 목숨을 잃은 사람들을 포함해 모두 일흔아홉 명이 죽었다. 사람들은 필립 수도원장이 그렇게 많은 사람들을 동쪽 끝으로 인도하지 않았다면 사망자 수는 더 늘어났을 거라고 입을 모았다. 수도원 묘지는 지난해 양모시장 화재 때문에 이미 꽉 찼으므로, 대부분의 사망자들은 교구 성당 묘지에 묻혔다. 사람들은 대성당이 저주를 받았다고 수군댔다.

앨프레드는 자기 석공들을 모두 데리고 셔링으로 떠나, 그곳에서 부유한 시민들을 위한 석조주택을 지었다. 다른 장인들도 킹스브리지를 떠났다. 아무도 해고당하지 않았고 필립은 계속 임금을 지불했지만, 돌더미를 치우는 일 말고는 할 일이 없었으므로 몇 주 지나지 않아 모든 장인들이 떠났다. 일요일에도 일하러 오는 자원자가 없었다. 시장도 축소되어 활기 잃은 진열대 한두 개만 놓여 있을 뿐이어서, 맬러카이는 네 마리 황소가 끄는 커다란 달구지에 가족과 재산을 꾸려 보다 활기 있는 터전을 찾아 이 도시를 떠났다.

리처드는 자신의 멋진 검은색 종마를 농부에게 대여해 그 수입으로 앨리에너와 함께 생활을 꾸렸다. 앨프레드의 지원 없이는 기사 생활을 지속할 수 없었는데, 윌리엄이 백작이 된 지금 그런 문제는 중요하지 않았다. 앨리에너는 여전히 아버지에게 했던 맹세에서 벗어날 수 없었지만, 지금으로서는 그 맹세를 완수하기 위해서 할 수 있는 일은 아무것도 없어 보였다. 리처드는 권태에 빠졌다. 그는 늦게 일어나서 하루 종일 햇볕이나 쬐며 앉아 있었고 저녁이면 선술집으로 갔다.

마사는 여전히 나이 든 여자 하인과 단둘이서 그 큰 집에서 살았지만 대부분의 시간을 앨리에너와 함께 보냈다. 그녀는 아기 돌보는 일을 무척 좋아했는데, 특히 아기가 자신이 열렬히 좋아하는 잭과 너무도 닮았기 때문이었다. 그녀는 아기를 잭이라고 불렀으면 했지만 앨리에너는 한사코 아기 이름을 지으려 하지 않았다. 왜 그런지는 그녀 자신도 알 수 없었다.

앨리에너는 그해 여름 어머니로서의 행복을 만끽했다. 그러나 추수철이 되면서 날씨가 선선해지고 낮이 짧아지자 불안해졌다.

미래를 생각할 때마다 마음속에 잭이 떠올랐다. 그는 가버렸고, 그곳이 어디인지 그녀는 알 수가 없었다. 어쩌면 결코 돌아오지 않을지도 몰랐지만, 그는 여전히 그녀와 함께 있는 셈이었다. 생명과 활력으로 가득 차서, 마치 어제 본 사람처럼 선명하고 생생한 모습으로 그녀의 마음을 차지하고 있었다. 그녀는 다른 도시로 이사를 가서 과부인 체하고 살아 볼까, 리처드를 설득해 어떻게든 생활비를 벌어오도록 해볼까도 생각했다. 또 천 짜는 일을 하거나, 세탁부 자리를 얻거나, 아직 하인을 둘 수 있는 몇 안 되는 부유한 시민들의 하인으로 일해볼까도 생각했다. 새로운 계획이 설 때마다 머릿속에 상상의 잭이 나타나 냉소를 보냈다. '내가 없이는 그 어떤 일도 즐겁지 않을 거예요.' 앨프레드와 결혼하던 날 아침 잭과 사랑을 나눈 일은 그녀의 죄 중에서 가장 큰 죄였고, 지금 자신은 그 때문에 벌을 받는 거라고 그녀는 생각했다. 그러나 전 생애를 통해 그것이 유일하게 잘한 일이라는 생각에 빠질 때도 있었다. 아기를 바라볼 때면 그 일을 절대 후회할 수가 없었다. 그럼에도 불구하고 그녀는 안절부절못했다. 아기만으로는 충분치 않았다. 그녀는 자신이 불완전하다는 느낌, 충만하지 않다는 느낌을 받았다. 집은 너무 좁은 것 같았고, 킹스브리지도 반쯤 죽어버린 도시 같았으며, 삶은 너무도 무미건조했다. 그녀는 아기에게 신경질을 냈고 마사에게도 퉁명스럽게 대했다.

여름이 지나갈 무렵 농부는 말을 도로 가져왔다. 이제는 말이 필요하지 않다면서. 하루아침에 앨리에너와 리처드는 수입이 끊겼다. 초가을 어느 날 리처드는 무기를 팔기 위해 셔링으로 갔다. 그가 없는 동안 돈을 아낄 셈으로 앨리에너가 저녁 대신 사과 몇 개를 먹고 있는데 잭의 어머니가 집 안으로 들어왔다.

"엘렌 아주머니!" 앨리에너가 외쳤다. 그녀는 그저 놀랐을 뿐 아니라 당황하기까지 했다. 엘렌이 성당에서 치러진 결혼식을 저주했는데 필립 수도원장은 그 문제로 아직 그녀를 벌하지 않았을 것이기 때문이었다.

"내 손자를 보러 온 거야." 엘렌이 차분하게 말했다.

"하지만 어떻게 아셨는지……?"

"숲속에서도 소식은 다 들을 수 있지." 그녀는 구석에 놓인 요람으로 가 자고 있는 아기를 들여다보았다. 그녀의 표정이 부드럽게 풀렸다. "그래, 그래. 이 아기가 누구 아이인지는 의심할 여지가 없구나. 아기는 잘 지내니?"

"특별히 나쁜 일은 없었어요. 작지만 튼튼한 아이랍니다." 앨리에너가 자랑스럽게 말했다. 그러고는 덧붙였다. "할머니를 닮아서 그런가봐요." 그녀는 엘렌을 살펴보았다. 엘렌은 이곳을 떠날 때보다 좀더 마르고 얼굴도 볕에 그을었고 짧은 가죽 튜닉 아래로는 볕에 그을린 종아리가 드러나 있었다. 그녀는 맨발이었는데 젊고 튼튼해 보였다. 숲속 생활이 잘 맞는 것 같았다. 앨리에너의 계산에 의하면 엘렌의 나이는 서른다섯 살일 터였다. "아주 좋아 보이시네요."

"모두 보고 싶었단다. 너도 보고 싶었고, 마사도 그렇고 네 동생 리처드까지도. 잭이 보고 싶고, 톰도 그립단다." 그녀는 슬퍼 보였다.

앨리에너는 여전히 그녀의 안전을 염려하지 않을 수 없었다. "여기로 들어오는 것을 본 사람이 없나요? 수사들이 여전히 아주머니께 벌을 내리려 들지 몰라요."

"킹스브리지에는 나를 붙잡을 만큼 배짱이 두둑한 수사가 없단다."

엘렌은 싱긋 웃었다. "그렇지만 어쨌든 조심은 했지. 아무도 날 보지 못했단다." 잠시 말이 끊겼다. 엘렌은 앨리에너를 주시했다. 엘렌의 독특한 꿀빛 눈이 꿰뚫을 듯 응시하자 앨리에너는 약간 당황하지 않을 수 없었다. 마침내 엘렌이 말했다. "넌 인생을 낭비하고 있어."

"무슨 말씀이세요?" 말은 그렇게 했지만, 그 말을 듣는 순간 정곡이 찔리는 느낌이었다.

"넌 잭을 찾으러 가야 해."

그 말에 앨리에너는 거의 고통과도 같은 감미로운 희망에 사로잡혔다. "하지만 그럴 수가 없어요."

"왜 못한다는 거지?"

"그가 어디 있는지 모른다는 것도 이유 중 하나예요."

"내가 안단다."

앨리에너의 심장이 빠르게 뛰었다. 잭이 어디로 갔는지 아무도 모르리라고 생각했다. 그는 마치 이 세상에서 사라져버린 듯했다. 그러나 이제는 실재하는 어느 곳에 있는 잭을 그려볼 수 있게 된 것이다. 그 사실이 모든 것을 바꿔놓았다. 어쩌면 가까운 곳에 있을지도 몰랐다. 그녀는 그에게 아기를 보여줄 수 있을지도 몰랐다.

"적어도 그애가 어디를 향해 갔는지는 알고 있단다."

"그게 어디죠?" 앨리에너가 다급하게 물었다.

"산티아고."

"오, 하느님." 그녀는 가슴이 철렁 내려앉았다. 절망으로 낙심하지 않을 수 없었다. 산티아고는 사도 야고보*가 묻혀 있는 스페인의 도시였다. 그곳까지 가려면 몇 달 동안이나 여행해야 할 것이다. 잭은 이 세상

---

* 성서의 '야고보'는 영어로는 제임스, 프랑스어로는 자크, 스페인어로는 디에고이다. 산티아고는 성 디에고에서 유래한 지명이다.

끝까지 갔을지도 몰랐다.

"그애는 길에서 음유시인들을 만나 자신의 아버지에 대해 뭔가 알아내고 싶어했단다."

앨리에너는 수심에 잠겨 고개를 끄덕였다. 그럴 수 있는 일이었다. 잭은 언제나 아버지에 대해 아는 게 거의 없다는 사실에 분노에 가까운 감정을 품고 있었다. 어쩌면 다시 돌아오지 않을지도 몰랐다. 잭은 그 긴 여행길에서 틀림없이 일하고 싶은 대성당을 발견하고 그곳에 자리를 잡을 터였다. 그는 아버지를 찾으려다가 어쩌면 자기 아들을 잃을지도 몰랐다.

"너무 먼 곳이에요. 저도 뒤따라가고는 싶지만."

"왜 못 간다는 거지? 수많은 사람들이 그곳으로 순례를 떠나는데 왜 너는 못한다는 거지?"

"전 리처드가 백작이 될 때까지 그애를 보살펴주겠노라고 아버지께 맹세했어요. 리처드를 이대로 두고 갈 수는 없어요."

엘렌이 미심쩍다는 표정을 지었다. "너는 지금 이 상태에서 리처드를 도와줄 수 있을 거라고 생각하니? 너는 빈털터리고 윌리엄이 새 백작이 됐어. 리처드는 백작 작위를 되찾을 기회를 모두 잃어버렸어. 네가 킹스브리지에 있든 산티아고에 있든 네 동생에게 더는 아무 도움도 되지 못하잖아. 넌 네 삶을 그 지긋지긋한 맹세를 지키기 위해 바쳤어. 그러나 이제 더 할 수 있는 일이 없어. 네 아버지께서도 너를 비난하지 않을 거야. 네가 나에게 묻는다면, 네가 리처드에게 해줄 수 있는 가장 큰 배려는 한동안 그애를 혼자 두고 독립적으로 살아가는 법을 배울 기회를 주는 거란다."

지금으로서는 내가 킹스브리지에 있든 그렇지 않든 리처드에게 아무 도움도 되지 못한다는 건 사실이다, 앨리에너는 생각했다. 자유롭게 된다, 그게 가능한 일일까? 자유롭게 잭을 찾으러 갈 수 있을까? 그 생각만으로도 가슴이 뛰었다. "하지만 내겐 순례를 떠날 돈 한푼 없는걸요."

"그 커다란 말은 어떻게 됐지?"

"아직 갖고 있지만……"

"그것을 팔렴."

"제가 어떻게 그럴 수 있겠어요? 그건 리처드의 말이에요."

"맙소사, 도대체 그 말을 산 사람이 누구니?" 엘렌이 성을 냈다. "리처드가 양모사업을 궤도에 올리기 위해 몇 년 동안 열심히 일하기라도 했니? 리처드가 탐욕스러운 농부들과 콧대 높은 플랑드르 상인들하고 흥정이라도 했단 말이니? 리처드가 양모를 사모아서 간수했다가 점포를 세워 팔았니? 그 말이 리처드의 것이라는 소린 하지도 마라."

"그애가 몹시 화를 낼……"

"그게 오히려 좋아. 그애가 화가 나서 생전 처음으로 무슨 일인가 하게 되기를 기대하자."

앨리에너는 반박하려고 입을 열었다가 다물었다. 엘렌의 말이 옳았다. 리처드는 언제나 모든 것을 그녀에게 의존했다. 그가 아버지로부터 물려받았어야 할 재산을 되찾기 위해 싸우는 동안, 그녀는 그를 뒷바라지해주어야 했다. 그러나 이제 리처드는 무엇을 위해서도 싸우지 않고 있었다. 그녀에게 더 무언가를 요구할 자격이 없었다.

그녀는 다시 잭을 만나는 장면을 상상했다. 자신에게 미소를 보내는 그 얼굴을 눈앞에 그려보았다. 그들은 키스를 할 것이다. 그러자 아랫도리에서 쾌감이 느껴졌다. 단지 그를 생각하는 것만으로도 흥분이 됐다.

"물론 여행에는 많은 위험이 따르기는 하지."

앨리에너는 미소 지었다. "그런 건 조금도 걱정되지 않아요. 전 열일곱 살 때부터 줄곧 여행했는걸요. 제 한 몸은 건사할 수 있어요."

"어쨌든 산티아고로 가는 많은 사람들이 있을 거야. 넌 대규모 순례단과 합류할 수도 있어. 혼자서 여행하게 되지는 않을 거다."

앨리에너는 한숨을 쉬었다. "아시겠지만 아기만 없다면 그렇게 할 수도 있을 거예요."

"바로 그 아기 때문에 네가 가야 하는 거야. 아기에겐 아버지가 필요하단다."

앨리에너는 이 일을 그런 쪽으로는 생각해보지 않았다. 이 여행을 순전히 이기적인 동기에서 생각하고 있었다. 이제 그녀는 자신에게 잭이 필요한 것만큼 아기에게도 아버지가 필요하다는 사실을 깨달았다. 날마다 아기를 돌보아야 한다는 강박 속에서도 그 아기의 장래는 생각해보지 않았다. 문득 아기가 영리하고 독특하며 놀라운 천재성을 지닌 아버지를 알지 못한 채 자라는 건 말도 안 되는 부당한 일로 여겨졌다.

그녀는 그녀 자신이 떠나야겠다고 여기고 있음을 깨닫고 불안으로 몸이 떨려왔다.

그때 한 가지 장애가 있다는 게 떠올랐다. "아기를 데리고 산티아고까지 갈 수는 없어요."

엘렌은 어깨를 으쓱했다. "아기는 스페인과 잉글랜드의 차이를 느끼지 못할 거야. 하지만 꼭 아기를 데리고 가지 않아도 된단다."

"달리 무슨 방법이 있겠어요?"

"아기를 내게 맡기렴. 양젖과 야생벌꿀을 먹여 키울 수 있을 거야."

앨리에너는 고개를 저었다. "아기와 떨어질 수는 없어요. 난 아기를 너무도 사랑해요."

"네가 아기를 사랑한다면, 가서 아기의 아버지를 찾으렴."

2

앨리에너는 웨어햄에서 배를 타게 되었다. 소녀 시절 아버지와 함께 프랑스로 건너갔을 때는 노르만 전함을 타고 갔다. 그 전함들은 길고 폭이 좁은 배로, 앞뒤가 구부러져 올라가 높고 날카로운 끝을 이루었다. 그 배에는 양편에 나란히 노가 줄지어 있었고 장방형 가죽 돛이 달려 있었다. 이제 그녀를 노르망디까지 데려다줄 배도 그 전함과 비슷했지만, 중앙부 상갑판이 더 넓고 깊어서 짐을 싣게 되어 있었다. 그 배는 보르도에서 출항할 예정이었다. 그녀는 맨발의 선원들이 부자들의 저장실로 갈 커다란 포도주통들을 부리는 광경을 지켜보았다.

앨리에너는 아기를 떼어놓아야 한다는 걸 알고 있었지만 생각만 해도 가슴이 찢어지는 일이었다. 그녀는 아기를 바라볼 때마다 떠날 수 없는 온갖 이유를 되풀이했고, 그러고 나서는 가야 한다고 다시 결심했다. 그런다고 달라지는 것은 없었다. 그녀는 아기와 떨어져 있고 싶지 않았다.

엘렌은 그녀와 함께 웨어햄까지 왔다. 그곳에서 앨리에너는 노르망디에 있는 소유지를 방문하러 가는 글래스톤베리 대수도원의 두 수사와 합류했다. 배에는 그들 외에 세 사람이 더 있었다. 영국에 있는 친척집에서 사 년을 보내고 툴루즈에 있는 부모님 댁으로 돌아가는 젊은 종자 한 사람과, 바다 건너에서는 노임도 더 많이 받을 수 있고 여자들도 예쁘다는 소문을 듣고 떠나는 두 명의 젊은 석공들이었다. 출항하는 날 아침, 선원들이 무거운 콘월산 주석 덩어리를 배에 싣는 동안 그들은 모두 선술집에서 기다렸다. 석공들은 맥주를 몇 단지 마셨지만 취한 것 같지는 않았다. 앨리에너는 아기를 품에 안고 소리 죽여 울었다.

이윽고 배가 출항 채비를 갖추었다. 앨리에너가 셔링에서 산 튼튼한 회색 암말은 바다를 본 적이 없는 듯 트랩으로 올라서려 하지 않았다. 그렇지만 종자와 석공들이 힘을 합해 겨우 갑판에 올려주었다.

앨리에너가 엘렌에게 아기를 건네주는데 눈물이 앞을 가렸다. 엘렌은 아기를 받아들었다. "이래선 안 돼. 이런 제안을 한 내가 나빴다."

앨리에너는 좀더 심하게 흐느꼈다. "그렇지만 잭이 그곳에 있잖아요. 잭 없이는 살 수 없어요. 그럴 수 없다는 걸 알아요. 난 잭을 찾아야 해요."

"오, 그렇고말고. 내 말은 이 여행을 포기하라는 게 아니란다. 하지만 아기를 뒤에 남겨두고 갈 순 없어. 아기를 데려가거라."

앨리에너는 고마움에 겨워 더욱더 흐느꼈다. "정말 그래도 괜찮을 거라고 생각하세요?"

"너와 함께 여기까지 오면서 내내 아기는 더없이 행복해 보였어. 나머지 여행길에서도 마찬가지일 거다. 이 아기는 염소젖은 그다지 좋아하지 않을 것 같구나."

선장이 말했다. "숙녀분들, 어서 타시오. 조류가 바뀌고 있다오."

앨리에너는 다시 아기를 받아들고 엘렌에게 키스를 했다. "고마워요.

정말 기뻐요."

"행운이 함께하기를."

앨리에너는 몸을 돌려 트랩을 뛰어올라 배에 올랐다.

배는 즉시 출발했다. 앨리에너는 부둣가에 선 엘렌의 모습이 점이 될 때까지 손을 흔들었다. 배가 풀poole 항구를 지나면서 비가 내리기 시작했다. 비를 막을 지붕이 없었으므로, 앨리에너는 말과 짐이 들어찬 배 밑바닥에 앉았다. 노 젓는 선원들이 앉아 있는 머리 윗부분 갑판이 바깥 날씨로부터 완벽하게 보호해주지는 못해서 그녀는 아기를 외투로 감싸 비에 젖지 않게 했다. 배의 진동에 익숙해졌는지 아기는 잠이 들었다. 어둠이 내리고 배가 닻을 내리자 앨리에너는 기도를 드리는 수사들 편에 합류했다. 그런 다음 아기를 팔에 안은 채 몸을 세우고 앉아서 잠깐씩 눈을 붙였다.

다음 날 그들은 바플뢰르에 닿았다. 앨리에너는 가장 가까운 도시인 셰르부르에 숙소를 잡았다. 다음 날 여관 주인이나 건축장이들에게 불타는 붉은 머리를 한 젊은 영국인 석수를 기억하는지 물으면서 도시를 돌아다녔다. 잭을 아는 사람은 없었다. 붉은 머리를 한 노르만인은 너무 흔했기 때문에 그에게 특별히 주목하지 않은 건지도 몰랐다. 그게 아니라면 잭이 대양을 가로질러 다른 항구에 내렸을 가능성도 있었다.

사실 잭의 행적을 그렇게 빨리 찾아낼 수 있으리라고 기대는 하지 않았지만, 앨리에너는 낙심하지 않을 수 없었다. 다음 날 그녀는 남쪽을 향해 길을 떠났다. 그녀는 한 칼장수와 명랑하고 뚱뚱한 아내, 그리고 네 아이와 일행이 되었다. 그들은 아주 천천히 이동했으므로 앨리에너는 그들과 보조를 맞춰 말의 기운을 아끼게 된 것을 다행으로 여겼다. 그 말은 그녀를 태우고 아주 먼 길을 가야 했다. 가족과 함께 여행함으로써 어느 정도 위험에서 벗어나게 되었음에도 그녀는 날카롭고 날이

긴 칼을 왼쪽 소매 밑에 끈으로 묶어두었다. 그녀는 부자처럼 보이지도 않을 터였다. 그녀의 옷은 따뜻했지만 좋은 것은 아니었고, 말 또한 기운차다기보다는 튼튼한 정도였다. 그녀는 편하게 꺼내 쓸 수 있도록 동전 몇 닢을 지갑에 넣어둘 만큼 세심하게 신경을 썼다. 누구에게도 튜닉 아래에 둘러맨 묵직한 전대를 보이지 않았다. 또한 낯선 남자들이 자신의 젖가슴을 보지 못하도록 조심해서 아기에게 젖을 먹였다.

그날 밤 뜻밖의 멋진 행운이 닥쳐와 그녀는 한껏 즐거움에 젖었다. 그들 일행은 레세라고 불리는 작은 마을에서 짐을 풀었는데, 그곳에서 앨리에너는 대수도원 성당에서 새롭고 혁신적인 늑재궁륭*에 매료당한 젊은 영국인 석공을 생생하게 기억하는 수사를 만난 것이다. 앨리에너는 뛸 듯이 기뻤다. 그 수사는 잭이 옹플뢰르에서 하선한 것까지 기억하고 있었다. 셰르부르에서 그의 행적을 찾을 수 없었던 이유가 설명되는 셈이었다. 일 년 전 일이었는데도 잭에 대해 많은 것을 기억하는바, 그 수사는 분명 잭에게 매혹된 듯했다. 앨리에너는 그를 보았다는 누군가와 이야기를 하게 되어 전율을 느꼈다. 그것은 그녀가 그의 행적을 제대로 추적하고 있음을 확인해주었다.

마침내 앨리에너는 수사와 헤어져 잠을 자기 위해 대수도원 객사의 바닥에 몸을 누였다. 잠 속으로 빠져들면서 그녀는 아기를 꼭 껴안으며 그 작은 분홍빛 귀에 대고 속삭였다. "우린 곧 아빠를 찾게 될 거야."

아기가 투르에서 병이 났다.

투르는 부유했지만 비위생적이고 사람들로 북적거리는 도시였다. 루아르 강변의 거대한 곡물가게 주위로는 쥐떼가 돌아다녔다. 순례자들

---

* 천장 무게를 줄이기 위해 교차시킨 두 개의 늑재(rib) 아래 네 개의 아치를 덧붙인 구조의 궁륭.

또한 온 도시에 가득 차 있었다. 투르는 전통적으로 산티아고로 가는 순례길의 출발지였다. 게다가 투르의 첫 주교였던 성 마르탱의 축일이 임박해 많은 사람들이 성인의 무덤을 방문하기 위해 대수도원 성당을 찾았다. 마르탱 성인은 자신의 옷을 두 조각으로 잘라 그중 하나를 헐벗은 거지에게 준 것으로 유명했다. 그 축일 때문에 투르의 여관과 하숙집들은 손님으로 가득 차 있었다. 그녀는 늙고 기력이 다해 집 안을 깨끗하게 유지하지 못하는 늙은 자매가 운영하는 선창가의 다 쓰러져가는 여인숙에 묵었다.

처음에는 숙소에서 많은 시간을 보내지 않았다. 아기를 안고 잭의 소식을 물으며 거리를 돌아다니는 데 시간을 썼다. 얼마 지나지 않아 그녀는 이 도시가 끊임없이 방문객들로 가득 차서 여관 주인들이 일주일 전의 손님조차 기억하지 못한다는 것을 알았다. 그러므로 일 년 전에 이곳에 있었을지도 모르는 누군가에 대해 묻는 것은 부질없는 일이었다. 그렇지만 그녀는 건축 공사장마다 발을 멈추고 잭이라 불리는 붉은 머리의 젊은 영국인 석공이 일한 적이 있는지 물었다. 그를 아는 사람은 아무도 없었다.

실망스러웠다. 레세를 떠난 이후 그녀는 그에 대해 아무 소식도 듣지 못했다. 만약 산티아고로 가려는 계획을 고수했다면 그는 틀림없이 투르에 왔을 것이다. 그녀는 그가 마음을 바꾸지나 않았을지 걱정이 되기 시작했다.

앨리에너도 다른 사람들과 마찬가지로 성 마르탱 성당에 갔다. 그곳에서 건축장이들이 대대적인 보수작업을 하는 것을 보았다. 그녀는 건축 책임자를 찾았다. 그는 몸집이 작고 머리숱이 적은 괴팍한 사람이었다. 그녀는 그에게 영국인 석공을 고용한 적이 있는지 물었다.

"난 절대로 영국인을 고용하지 않소." 그녀가 말을 마치기도 전에 그는 퉁명스럽게 대답했다. "영국인 석공들은 쓸 만하질 못하단 말이오."

"그 사람은 꽤 쓸 만하답니다. 게다가 프랑스어를 잘해서 영국인이라는 걸 모르셨을 수도 있어요. 그는 붉은 머리에……"

"아니, 그런 사람은 본 적이 없소." 건축 책임자는 무뚝뚝하게 말한 다음 그녀를 외면했다.

앨리에너는 풀이 죽어 숙소로 돌아왔다. 이유 없이 불쾌한 취급을 받아 몹시 의기소침해졌다.

그날 밤에는 복통 때문에 전혀 잠을 이룰 수가 없었다. 다음 날은 너무 몸이 아파서 외출할 수가 없어 창문으로는 강의 악취가 들어오고 엎질러진 포도주나 음식 만드는 기름 냄새가 층계 위까지 올라오는 여인숙 침대에 종일 누워 있었다. 다음 날 아침에는 아기까지 병이 나고 말았다.

그녀는 아기 울음소리에 잠에서 깼다. 평소처럼 무엇인가를 요구하는 기운찬 울음소리가 아니라 가냘프고 약하고 애처로운 칭얼거림이었다. 아기 역시 앨리에너처럼 복통에 시달렸고 열이 높았다. 평소에 초롱초롱하던 푸른 눈은 고통으로 꼭 감겨 있었고, 조그만 손은 주먹을 꼭 쥐고 있었다. 아기 피부는 붉게 달아오르고 여기저기 반점이 돋았다.

여태 아기가 한 번도 아팠던 적이 없었으므로 앨리에너는 무엇을 어떻게 해야 할지 알 수 없었다.

그녀는 아기에게 젖을 물렸다. 아기는 한동안 정신없이 젖을 빨다가는 다시 울음을 터뜨렸고 그런 다음 다시 젖을 빨았다. 젖은 잘 소화됐지만 아기의 고통을 덜어주지는 못하는 것 같았다.

여인숙에는 명랑한 성격의 젊은 하녀가 한 사람 있었다. 앨리에너는 그 여자에게 대수도원에 가서 성수를 좀 사다달라고 부탁했다. 의사를 불러올까도 생각해봤지만, 의사들은 항상 환자의 몸에서 피를 뽑으려

들었는데 방혈防血이 아기에게 도움이 될 것 같지 않았다.

처녀는 자신의 어머니를 데리고 돌아왔다. 하녀의 어머니는 쇠그릇에 말린 약초를 한 다발 태웠다. 그러자 매운 연기가 피어올라 나쁜 냄새를 모두 빨아들이는 것 같았다. "아기가 목말라할 거예요. 원할 때마다 자주 젖을 주세요." 여인이 말했다. "당신도 마실 것을 많이 마셔요. 그래야 젖이 충분할 테니까. 당신이 할 수 있는 건 그게 전부예요."

"아기는 괜찮을까요?" 앨리에너가 걱정스럽게 물었다.

그 여인은 안됐다는 표정을 지었다. "나도 모른답니다, 아기 엄마. 이렇게 어린 아기에 대해서는 장담할 수가 없지요. 대개 이런 상태라면 살아나지요. 때때로 그렇지 않은 경우도 있지만요. 첫 아기인가요?"

"예."

"당신은 언제라도 다시 아기를 가질 수 있다는 것만 기억해두세요."

하지만 이 아기는 잭의 아이이고 난 잭을 잃었잖은가. 앨리에너는 생각을 감추고 여인에게 고맙다는 말을 건넨 다음 약초 값을 치렀다.

그들이 가고 나서 그녀는 성수에 맹물을 탄 다음 수건에 적셔 아기의 이마를 식혀주었다.

날이 밝아오면서 아기의 병세는 더욱 심해지는 것 같았다. 앨리에너는 아기가 울 때는 젖을 물리고, 깨어 있을 때는 노래를 불러주고, 잠이 들었을 때는 성수로 열을 식혀주었다. 아기는 끊임없이, 그러나 단속적으로 젖을 빨았다. 다행히 젖은 충분했다. 언제나 그랬다. 자신도 아직 앓고 있었으므로 그녀는 마른 빵과 물탄 포도주를 계속 먹었다. 시간이 흐르면서 그녀는 자신이 묵고 있는 그 방이 지긋지긋해졌다. 벽지조차 없는 벽은 너무도 불결했고, 바닥은 거친 널빤지 그대로였다. 문짝은 잘 맞지 않는데다 창문도 작고 너절했다. 가구라고는 흔들거리는 침대와 다리가 셋 달린 등받이 없는 의자, 옷걸이, 꽂는 자리는 세 개지만 초 하나만 꽂혀 있는 촛대, 그렇게 정확히 네 개뿐이었다.

어둠이 내리자 하녀가 와서 초에 불을 붙였다. 하녀는 침대에 누워 팔다리를 버둥대며 애처롭게 칭얼대는 아기를 바라보았다. “어린것이 불쌍도 하지. 자기가 왜 그렇게 아픈지도 알지 못할 거 아녜요.”

앨리에너는 등받이 없는 의자에서 일어나 침대로 갔지만 아기를 살펴보기 위해 촛불은 그대로 켜두었다. 그날 밤 내내 그녀와 아기는 둘 다 잠깐씩 선잠을 잤다. 새벽이 가까워지면서 아기의 숨결이 약해지더니 더는 울지도 움직이지도 않았다.

앨리에너는 소리 죽여 울기 시작했다. 잭의 행적을 잃은데다 아기는 집에서 멀리 떨어진 도시, 낯선 사람들로 가득 찬 여인숙에서 죽어가고 있었다. 잭을 대신할 사람은 결코 존재하지 않을 것이고, 앨리에너 역시 다시는 아기를 갖지 않을 것이다. 어쩌면 그녀 역시 죽을지 몰랐다. 또 그것이 최선의 길일지도 모를 노릇이었다.

날이 밝자 그녀는 촛불을 불어 끄고 지쳐 잠 속으로 빠져들었다.

앨리에너는 아래층에서 들려오는 시끄러운 소리에 퍼뜩 잠에서 깨어났다. 해는 중천에 떠 있었고 창문 아래 강변은 시끌시끌 붐비고 있었다. 아기는 여전히 죽은 듯이 누워 있었는데 이제는 얼굴이 평온해 보였다. 서늘한 공포가 엄습했다. 그녀는 아기 가슴에 손을 대보았다. 뜨겁지도 차갑지도 않았다. 그녀는 놀라서 숨을 몰아쉬었다. 다음 순간 아기가 몸서리를 치며 길게 숨을 토하더니 눈을 떴다. 앨리에너는 너무나 안도한 나머지 하마터면 실신할 뻔했다.

엄마가 덥석 끌어안는 바람에 아기가 원기왕성하게 울어대기 시작했다. 그녀는 아기가 완전히 회복되었다는 것을 깨달았다. 체온은 정상이었고 아기는 고통스러워하지도 않았다. 젖을 물리자 허겁지겁 젖을 빨았다. 한쪽 젖이 마르자 아기는 다른 쪽 젖을 빨았다. 그런 다음 깊고 만족스러운 잠에 빠져들었다.

앨리에너는 온몸의 힘이 하나도 없었지만 자신에게서도 아픈 증상이 사라졌음을 깨달았다. 그녀는 한낮이 되도록 아기 곁에서 잠을 잔 다음 아기에게 젖을 먹였다. 그러고 나서 여인숙의 공동식당으로 내려가 염소젖 치즈를 곁들인 신선한 빵과 작은 베이컨 조각으로 식사를 했다.

아기는 성 마르탱의 성수 덕에 나은 것 같았다. 그날 오후 그녀는 성 마르탱 묘지로 가서 성인에게 감사기도를 드렸다.

그녀는 거대한 대수도원 성당에서 작업중인 건축장이들을 바라보면서 결국 잭이 자신의 아들을 만나게 되리라고 생각했다. 그녀는 그가 애초의 여정을 바꾼 것이 아닐까 생각했다. 어쩌면 파리에서 새 대성당에 쓰일 돌을 조각하고 있을지도 몰랐다. 잭을 생각하던 그녀의 눈길이 건축장이들이 새로 내쌓기를 한 부분에 머물렀다. 거기에 등에 기둥의 무게를 떠받치고 있는 남자의 모습이 조각되어 있었다. 그녀는 거칠게 숨을 몰아쉬었다. 그것을 본 순간 추호도 의심 없이, 그 고통에 찌푸린 얼굴 형상을 조각한 사람이 다름 아닌 잭이라는 걸 깨달은 것이었다. 그렇다면 그는 이곳에 있었던 것이다!

흥분으로 가슴이 두근거리는 걸 느끼며 그녀는 작업중인 사람들에게 다가갔다. "저 내쌓기를 한 부분 말인데요." 그녀가 숨 돌릴 겨를도 없이 말했다. "저것을 조각한 사람은 영국인이지요, 그렇죠?"

코끝이 찌그러진 늙은 일꾼이 그녀의 말에 대답했다. "맞아요. 잭 피츠잭*이 조각했지요. 내 평생 저런 건 본 적이 없답니다."

"그가 언제 이곳에 있었나요?" 노인이 때에 절은 모자 속으로 손을 넣어 희끗희끗한 머리를 긁적이는 동안 그녀는 숨을 죽였다. "분명 일

* '잭의 아들 잭'이라는 뜻의 이름. 앞의 '잭 잭슨'과 같은 뜻이다.

년쯤 전일 거요. 그 사람은 이곳에 오래 머물지 않았소. 책임자가 그를 좋아하지 않았으니까." 그러더니 노인은 목소리를 낮추었다. "사실 잭은 솜씨가 아주 좋았다오. 책임자보다 더 뛰어났지요. 그래서 떠나지 않을 수 없었던 거라오." 그는 다른 사람들에게는 말하지 말라는 표시로 손가락을 코 옆에 댔다.

앨리에너는 흥분했다. "그가 어디로 간다던가요?"

노인은 그녀의 아기를 바라보았다. "그 사람의 아이로구먼. 머리 색깔을 보니 말이오."

"예, 그의 아이예요."

"잭이 당신을 만나면 기뻐할 거라고 생각하오?"

앨리에너는 그 늙은 일꾼이 잭이 그녀를 버리고 도망쳤을지도 모른다는 생각을 하고 있음을 깨달았다. 그녀는 실소했다. "오, 그럼요. 절 만나면 기뻐할 거예요."

그는 어깨를 으쓱했다. "산티아고로 가겠다고 했소. 그럴 만한 가치가 있으니까 말이오."

"고맙습니다." 앨리에너는 기쁨에 넘쳐 노인이 깜짝 놀라는데도 아랑곳 않고 그에게 키스했다.

프랑스를 가로지르는 몇 가닥 순례의 길은 피레네 산맥 기슭에 있는 오스타바에서 합쳐졌다. 그곳에서 앨리에너와 함께 여행했던 이십여 명의 순례단은 약 칠십여 명으로 늘어났다. 그들 무리는 발이 상처투성이가 되었는데도 아랑곳 않고 즐거워했다. 순례단은 부유한 시민 몇 사람, 아마도 법의 처벌을 피해 도망하고 있는 듯한 몇 사람, 주정꾼 한두 명과 수사와 성직자 몇 명으로 구성되어 있었다. 하느님의 사람들은 신앙심 때문에 그곳에 왔지만 다른 사람들은 대부분 즐거운 시간을 보내는

데 골몰하는 듯했다. 플랑드르 말, 독일 방언, 오크라고 불리는 남부 프랑스어 등 몇 가지 언어가 쓰였다. 그럼에도 불구하고 의사소통은 불편하지 않았고 피레네 산맥을 넘을 때까지도 사람들은 함께 노래를 부르고 놀이를 즐기고 이야기를 들려주었으며, 어떤 경우에는 사랑을 나누기까지 했다.

불행히도 투르를 지나고부터는 잭을 기억하고 있는 사람을 찾아내지 못했다. 앨리에너는 프랑스를 가로지르면서 생각했던 것만큼 많은 음유시인을 만나지는 못했다. 전에도 그런 여행을 한 적이 있다는 플랑드르 순례자에 따르면, 스페인 쪽의 피레네 산맥에는 그런 사람들이 좀더 많을 터였다.

그의 말은 옳았다. 팜플로나에서 앨리에너는 자기 아버지에 대해 묻고 다니던 붉은 머리 젊은 영국인과의 대화를 기억하는 한 음유시인을 만나 전율했다.

피곤에 지친 순례 행렬이 스페인 북부를 가로질러 해변을 향해 천천히 움직여가는 동안 몇 명의 음유시인을 더 만났는데, 그들 대부분은 잭을 기억했다. 그들이 모두 잭이 산티아고로 향하고 있었다고 말하자 그녀는 흥분으로 몸이 달아올랐다. 돌아오는 그를 만난 사람은 아무도 없었다.

잭이 아직 그곳에 있다는 의미였다.

몸이 힘들수록 그녀는 더욱 기운이 솟았다. 여행이 막바지에 이르자 그런 낙관적인 느낌을 감출 수가 없었다. 한겨울이었지만 날씨는 따뜻하고 화창했다. 이제 여섯 달이 된 아기는 튼튼하고 명랑했다. 그녀는 산티아고에서 잭을 찾을 수 있으리라고 확신했다.

순례단은 크리스마스에 그곳에 도착했다.

그들은 곧바로 대성당으로 가서 미사에 참석했다. 당연히 성당 안은 인산인해였다. 앨리에너는 신자석 사이를 계속 돌면서 살펴보았으나 잭은 없었다. 물론 그는 신앙심 깊은 사람은 아니어서 일할 때를 제외하고는 결코 성당에 가지 않았다. 그녀가 숙소를 찾았을 때는 날이 어두워져 있었다. 그녀는 잠자리에 누웠으나, 어쩌면 잭이 자신이 누운 곳에서 몇 발짝 안 되는 곳에 있을지도 모르고, 내일이면 그를 만나 키스를 하고 아기를 보여줄 수도 있으리라는 생각으로 흥분해서 거의 잠을 이룰 수가 없었다.

앨리에너는 첫새벽에 일어났다. 아기는 그녀의 초조함을 알아채고 흥분해서 잇몸으로 젖꼭지를 깨물면서 품속을 파고들었다. 그녀는 서둘러 아기를 씻긴 다음 팔에 안고 밖으로 나왔다.

먼지투성이 길을 걸으며 그녀는 모퉁이를 돌아설 때마다 잭을 만나게 되리라고 기대했다. 그녀를 본다면 그가 얼마나 놀랄까! 얼마나 기뻐할까! 그렇지만 거리에서는 그를 만나지 못했고, 그래서 하숙집을 찾아보기 시작했다. 또 사람들이 일을 시작하자마자 건축 공사장으로 가서 석공들에게 그의 소식을 물었다. 그녀는 '석공'과 '붉은 머리'라는 뜻의 카스티야어*를 알았고 산티아고 주민들은 외국인에게 익숙해 있어서 의사소통에는 어려움이 없었다. 그러나 잭의 행적을 찾을 수 없었다. 앨리에너는 걱정이 되기 시작했다. 당연히 사람들은 그를 알고 있어야 했다. 그는 쉽게 지나쳐버릴 수 있는 유의 사람이 아니고, 분명 이곳에 여러 달 머물렀을 것이다. 그녀는 그가 새긴 독특한 조각을 찾아내려고 눈을 크게 뜨고 살폈으나 그런 것은 눈에 띄지 않았다.

정오가 반쯤 지났을 무렵 프랑스어를 할 줄 알고 잭을 기억하는, 가슴이 큰 중년의 여인숙 여주인을 만났다.

---

* 스페인의 카스티야 지방 언어로 우리가 아는 스페인어이다. 스페인의 다른 지방, 즉 카탈루냐, 바스크, 갈리시아 지방에서는 카스티야어와는 완전히 다른 각자의 고유 언어가 쓰인다.

"그 잘생긴 남자가 당신 남편이라고? 여하튼 이 지방 아가씨 중에 그 사람한테 접근할 수 있었던 사람은 아무도 없었다니까. 그는 여름 한철 이곳에 있었지만 그리 오래 머물지 않아 너무 서운했다오. 어디로 간다고조차 말하지 않았어요. 참 마음에 드는 청년이었는데. 그를 만나거든 내 대신 멋진 키스를 해주시구랴."

앨리에너는 숙소로 돌아와 침대에 누워 천장을 응시했다. 처음으로 아기가 보채는 것도 무시했다. 실망에 온몸의 기운이 빠지면서 고향이 그리워졌다. 부당한 일이었다. 그녀는 잭을 따라 산티아고까지 왔건만 그는 어딘가 다른 곳으로 가버렸다!

피레네 산맥 쪽으로 다시 돌아가지 않았다면, 산티아고 서쪽에는 길고 좁은 해안과 세상 끝까지 펼쳐진 대양 말고는 아무것도 없었으므로 더 남쪽으로 내려갔을 게 분명했다. 그녀는 회색 암말을 타고 아기를 팔에 안은 채 스페인 심장부를 향해 또다시 길을 떠나야 했다.

그녀는 집에서부터 얼마나 더 멀리까지 가야 자신의 순례길이 끝날지 궁금했다.

잭은 크리스마스를 톨레도에서 친구인 라시드 알하룬과 함께 보냈다. 라시드는 세례를 받은 사라센*으로, 동방으로부터 향료, 특히 후추를 수입해서 한 밑천 잡은 사람이었다. 그들은 거대한 대성당에서 거행되는 정오 미사에서 만나 따스한 겨울 햇살을 받으며 좁은 길과 좋은 냄새가 떠도는 상점가를 가로질러 부자들이 사는 구역으로 걸어 돌아왔다.

라시드의 집은 빛나는 하얀 돌로 지은 것으로 분수가 딸린 안뜰로 둘러싸여 있었다. 그림자가 드리워진 안뜰의 아케이드를 보자 잭은 킹스

---

* 중세 유럽인이 서아시아 이슬람교도를 부르던 호칭.

브리지 수도원의 클로이스터가 떠올랐다. 영국에서는 아케이드가 비바람을 막는 용도로 쓰이지만 이곳에서는 태양열을 반사시키기 위한 목적으로 쓰이고 있었다.

라시드와 그의 손님들은 낮은 식탁에서 방석이 깔린 바닥에 앉아 식사를 했다. 남자들은 부인과 딸들, 그리고 이 집 안에서의 위치가 좀 미심쩍은 하녀들의 시중을 받았다. 기독교인으로서 라시드는 오직 한 아내만을 두어야 했지만 잭은 그가 첩을 인정하지 않는 율법을 남몰래 어기고 있는지 모른다는 의심이 들었다.

대접이 후한 라시드의 집에서도 가장 마음이 끌리는 것은 여자들이었다. 여자들은 모두 아름다웠다. 그의 아내는 균형 잡힌 윤곽을 가진 우아한 여인으로, 매끄러운 다갈색 피부와 검고 윤기가 흐르는 머리칼 그리고 촉촉한 갈색 눈을 가졌다. 딸들은 어머니보다 좀더 가냘팠을 뿐 몸매는 비슷했다. 라시드에게는 딸이 셋 있었다. 큰딸은 손님 중 한 사람인 이 도시 비단 상인의 아들과 약혼한 사이였다. "우리 라야는 완벽한 딸이라네." 라시드는 손님들이 손을 담글 수 있도록 향수를 넣은 물그릇을 들고 돌아다니는 맏딸을 보고 말했다. "저 아이는 주의력이 깊고 온순하며 아름답지. 호세는 운 좋은 남자일세." 그러자 그녀의 약혼자는 자기의 행운을 알고 있다는 듯 고개를 끄덕였다.

둘째 딸은 자존심이 강하며 오만해 보이기까지 했다. 그녀는 언니가 아낌없이 칭찬을 듣자 분해하는 것처럼 보였다. 그녀는 잭의 술잔에 구리 주전자에 담긴 음료를 따르면서 그를 내려다보았다. "이게 뭐죠?" 잭이 물었다.

"박하 코디얼*이에요." 그녀가 업신여기는 투로 말했다. 그녀는 그에

* 물에 희석시켜 마시는 단 음료.

게 시중드는 것을 좋아하지 않았다. 자신은 대단한 사람의 딸이지만 그는 빈털터리 방랑객에 지나지 않았던 것이다.

잭이 가장 좋아한 사람은 셋째 딸 아이샤였다. 이곳에 머물던 석 달 동안 그녀에 대해 꽤 잘 알게 되었다. 그녀는 열대여섯 살로 몸집이 작고 활기에 넘치며 언제나 웃는 모습이었다. 잭보다 서너 살 어렸지만 아이 같지는 않았다. 그녀에게는 질문하기 좋아하는 왕성한 지식욕이 있었다. 그녀는 영국과 그곳 생활방식에 대해 끝없이 질문했다. 때때로 톨레도 사회의 풍속, 예컨대 아랍인의 속물근성과 유대인의 괴팍함, 새로 재산을 모은 기독교도의 악취미 등을 조롱함으로써 잭을 자지러지게 웃겼다. 세 자매 가운데 나이는 가장 어렸지만 그저 순진하지만은 않았다. 향료로 요리한 참새우를 식탁에 놓기 위해 몸을 기울이면서 잭을 바라보는 눈길에는 분명 방종한 기색이 드러나 있었다. 그녀는 그와 눈이 마주치자 언니의 도도한 태도를 똑같이 흉내내며 말했다. “박하 코디얼이에요.” 잭은 킥킥거렸다. 아이샤와 함께 있을 때면 그는 몇 시간이나마 앨리에너를 잊을 수 있었다.

그러나 이 집에 있는 때를 제외하면 마치 어제 헤어진 것처럼 그의 마음엔 온통 앨리에너뿐이었다. 못 본 지 일 년이 넘었는데도 그녀에 대한 기억은 고통스러울 정도로 생생했다. 앨리에너의 온갖 표정들이 금세 떠올랐다. 웃는 표정, 생각에 잠긴 표정, 의심스러워하고 걱정하고 기뻐하고 놀라는 표정, 그리고 그중에서도 가장 선명한 열정에 찬 표정. 그는 그녀의 몸 어느 한구석도 잊지 않고 있어서 부드러운 곡선의 젖가슴이 눈앞에 보이는 듯 여전히 생생했고, 허벅지 안쪽의 부드러운 피부는 만지는 듯했으며, 그녀의 키스를 맛보고 도발적인 체취를 맡는 듯했다. 그는 갈증이 날 정도로 그녀를 원했다.

때로는 채워지지 않는 욕망을 가라앉히기 위해 앨리에너가 하고 있을 일을 상상해보았다. 그는 하루가 저물면 앨프레드의 부츠를 벗겨주고 그와 한 식탁에 앉아 식사를 하고 그에게 키스를 하고 사랑을 나누고 앨프레드를 꼭 닮은 사내아기에게 젖을 먹이는 그녀를 보았다. 그러한 환상에 가슴이 찢어질 듯 아팠지만 그녀에 대한 갈망은 없어지지 않았다.

크리스마스인 오늘, 앨리에너는 백조를 구워 식탁에 내놓기 전에 깃털로 장식할 것이다. 식탁 위에는 우유에 맥주, 달걀, 육두구를 넣어 만든 우유술도 나올 것이다. 잭 앞에 놓인 음식도 크게 다를 바 없었다. 기이한 향료를 넣은 양고기와 땅콩을 섞어 지은 쌀밥, 레몬주스와 올리브 기름으로 버무린 샐러드 등이 입에 침이 고이게 했다. 오래 지나지 않아 잭은 스페인 요리에 익숙해졌다. 이곳에서는 영국에서 축일이면 먹던 고기 덩어리가 붙은 큼지막한 소뼈나 돼지다리, 사슴 엉덩잇살 요리는 나오지 않았고 빵도 두꺼운 조각으로 나오지 않았다. 스페인에는 많은 소떼가 뜯을 만큼 풀이 무성한 목장이나 밀 이삭이 물결치며 자라는 기름진 땅이 없었다. 이곳에서는 상대적으로 적은 고기로 갖가지 향료를 가미해 독창적인 방식으로 요리했고, 영국인들이 흔히 먹는 빵 대신 채소와 과일을 다양하게 조리했다.

잭은 톨레도에서 영국인 성직자들 몇 사람과 함께 살았다. 그들은 유대인과 회교도, 아랍 기독교도들이 포함된 국제학자협회의 회원들이었다. 영국인들은 아랍어로 된 수학 저서들을 라틴어로 옮기는 작업을 하고 있었는데, 기독교도들에게 그 책들을 읽히기 위해서였다. 아랍 지식의 보고를 발견하고 탐사하는 그들에게서는 열기 어린 흥분의 분위기가 감지되었다. 그들은 별다른 절차 없이 잭을 학생으로 받아들였다. 자신들이 하는 일을 이해하고 그로 인한 열정을 나눌 수 있는 사람이라면 누구든 받아들였다. 마치 척박한 토양에서 농작물을 생산해내느라 몇 년 동안 고생하다가 별안간 강가의 비옥한 충적토로 옮겨간 농부들과도 같았다. 잭은 수학을 공부하기 위해 건축을 포기했다. 아직은 돈을 벌기 위해 일을 할 필요가 없었다. 성직자들은 그에게 침대 하나와 더불어 음식을 얼마든지 제공했고, 필요하다면 옷과 샌들도 제공했을 것이다.

라시드는 그들의 후원자 중 하나였다. 국제 무역업자로서 그는 여러 나라 말을 할 줄 알았고 범세계적인 태도를 갖고 있었다. 집에서 그는 모사라베* 말이 아니라 스페인 기독교도들이 많이 사용하는 카스티야어를 썼다. 또한 그의 가족들은 모두 중요한 무역업자인 노르만인들이 쓰는 프랑스어를 말할 줄 알았다. 라시드는 상인에 지나지 않았지만 대단한 지식과 광범위한 학구열을 갖고 있었다. 그는 첫 만남에서 잭에게 호감을 가져 잭은 일주일에 몇 번씩 그의 집에서 식사를 했다.

음식을 들기 시작하면서 라시드가 잭에게 물었다. "이번주에 철학자들이 무엇을 가르쳐주었나?"

"전 유클리드의 저서를 읽고 있습니다." 유클리드의 『기하학 원리』는 최초로 번역된 책들 중 하나였다.

"유클리드라니 아랍인 치고는 기묘한 이름이군요." 라시드의 동생인 이스마일이 말했다.

"그는 그리스인입니다." 잭이 설명했다. "기원전 사람이지요. 로마인들은 그의 저술을 잃어버렸지만 이집트인들은 잘 보존했지요. 그래서 아랍어로 우리에게까지 전해진 겁니다."

"지금 영국인들이 그걸 라틴어로 번역하는 거지! 재미있는 일이야."

"그런데 그 책에서 뭘 배웠나요?" 라야의 약혼자인 호세가 물었다.

잭은 망설였다. 설명하기 어려운 것이었다. 그는 알기 쉽게 설명하려고 애썼다. "건축가였던 내 계부께서는 기하학의 어떤 원리들이 어떻게

* 이슬람교도 지배하에 있던 스페인의 기독교도.

구현되는지 내게 가르쳐주셨습니다. 하나의 선을 어떻게 정확히 반으로 나눌 수 있는지, 직각을 어떻게 그어야 하는지, 작은 사각형의 면적이 정확하게 큰 사각형의 절반이 되도록 하나의 사각형 안에 또하나의 사각형을 어떻게 그려넣을 수 있는지에 관해서 말입니다."

"그런 기술이 도대체 무엇에 쓰인다는 거요?" 호세가 말을 가로챘다. 목소리엔 냉소의 기색이 들어 있었다. 그는 책을 잘난 체하는 사람으로 간주했고, 라시드가 그런 책의 말에 관심을 기울이자 질투하고 있었다.

"그러한 원리들은 건물을 설계하는 데 꼭 필요하지요." 책은 호세의 속내를 짐짓 모르는 체하며 기분 좋게 대답했다. "이 집의 안뜰을 한번 둘러보세요. 뜰 가장자리의 지붕 덮인 아케이드의 면적은 가운데 트인 공간의 면적과 똑같습니다. 수도원의 클로이스터는 물론 대부분의 작은 안뜰을 그렇게 짓지요. 그러한 비율이 보기에 가장 쾌적하기 때문입니다. 만약 가운데가 더 넓다면 뜰은 마치 시장처럼 보이지요. 반대로 좁으면 마치 지붕에 구멍이 뚫린 것처럼 보인답니다. 비율을 정확히 하기 위해 건축가는 가운데의 트인 부분이 전체 면적의 정확히 절반이 되도록 설계를 할 수 있어야 하지요."

"그런 건 전혀 몰랐는걸!" 라시드는 뛸 듯이 기뻐했다. 그는 무엇인가 새로운 것을 배우기를 무척 좋아했다.

"유클리드는 이러한 기술이 어째서 효력이 있는지 설명해줍니다." 책은 설명을 계속했다. "예를 들어 나뉜 직선의 두 부분이 합동인 삼각형의 대변을 이룬다면 그것들의 길이는 같다는 식으로 말이죠."

"합동이라니?" 라시드가 물었다.

"완전히 똑같은 것이란 의미입니다."

"아, 이제 알겠네."

그렇지만 다른 사람들은 이해하지 못했다는 것을 책은 분명히 알 수 있었다.

호세가 말했다. "그렇지만 유클리드의 저서를 읽기 전에도 당신은 그런 기하학적 원리를 사용했잖소. 그 책을 읽었다고 해서 당신이 어떤 진보를 이루었다고는 보이지 않소."

"인간이란 항상 무엇인가를 이해함으로써 진보하는 거야." 라시드가 그 말에 반박했다.

"게다가 이제 기하학의 원리를 이해하게 되자 내 계부를 당황하게 했던 새로운 문제들에 대한 해결책을 고안해낼 수 있게 됐지요." 잭은 이런 대화가 다소 불만스럽게 느껴졌다. 유클리드는 한 줄기 계시처럼 다가왔지만 정작 그는 새로운 발견의 전율할 만한 중요성을 제대로 전달하지 못하고 있었다. 그는 약간 방법을 바꾸기로 했다. "가장 흥미로운 것은 유클리드가 사용한 방법입니다. 그는 다섯 가지 공리를 설정했습니다. 공리란 자명한 진리라는 뜻이지요. 그 공리들로부터 모든 것을 논리적으로 유추해냈습니다."

"구체적인 예를 들어주겠나?" 라시드가 물었다.

"하나의 직선은 무한히 연장될 수 있다는 것입니다."

"그럴 수는 없어요." 아이샤가 무화과 그릇을 돌리며 말했다.

손님들은 여자가 논쟁에 끼어들자 조금 놀란 듯했지만 라시드는 너그럽게 웃었다. 아이샤는 그가 귀여워하는 딸이었다. "어째서 아니라는 게냐?" 그가 물었다.

"언젠가는 끝에 닿게 되어 있잖아요?"

"하지만 상상 속에서는 무한히 뻗어나갈 수 있답니다." 잭이 대답했다.

"내 상상 속에서는 물이 언덕 위로 흘러가고 개도 라틴어를 할 수 있지요." 아이샤가 비꼬았다.

그때 그녀의 어머니가 방 안으로 들어오다가 딸의 대답을 들었다.

"아이샤!" 그녀는 엄한 어조로 말했다. "나가 있거라."

남자들은 모두 웃음을 터뜨렸다. 아이샤는 얼굴을 찌푸리더니 방에서 나갔다. 호세의 아버지가 말했다. "누구든 저애하고 결혼하면 꼼짝도 못할걸!" 그들은 다시 웃음을 터뜨렸다. 잭 역시 웃었다. 다음 순간 그는 그 농담이 마치 자기를 염두한 것인 양 사람들이 모두 자신을 주목하고 있음을 알아차렸다.

식사가 끝나자 라시드는 그가 수집한 소형 시계들을 보여주었다. 그는 물과 포도주를 혼합해서 넣으면 각각 분리되어 나오는 물통과, 놀랍도록 정확하게 하루의 시간을 알려주는 신기한 물시계, 저절로 채워지지만 결코 흘러넘치지 않는 단지 등을 갖고 있었다. 또한 눈目이 수정 같은 것으로 만들어진 작은 나무 여인상도 있었는데, 그 눈은 따뜻한 낮 동안에는 습기를 흡수했다가 서늘한 저녁이 되면 습기를 발산해 마치 눈물을 흘리는 것처럼 보였다. 잭은 라시드가 이러한 소형 기계에 매료당하는 것에 공감할 수 있었다. 무엇보다 눈물 흘리는 여인상에 가장 마음이 끌렸다. 다른 것들은 일단 설명을 듣고 나면 간단한 원리에 입각한 것임을 깨닫게 되는 반면, 그 여인상이 어떻게 작용하는지는 아무도 완전히 이해하지 못했기 때문이다.

오후에는 안뜰 주위의 아케이드에 앉아 게임을 하거나 선잠을 자고, 느긋하게 이야기를 나누기도 했다. 잭은 이처럼 누이들과 아저씨들과 인척들이 있고, 서로 방문할 집이 있고, 자그마한 도시에서 존경받는 지위에 있는 대가족의 일원이 되고 싶었다. 문득 수도원의 처벌실에서 탈출하던 날 밤 어머니와 나눈 대화가 떠올랐다. 그가 어머니에게 아버지의 친척들에 대해 묻자 어머니는 '그래, 그에겐 프랑스에 대가족이 있었단다'라고 대답했다. 잭은 자신에게도 어딘가에 이 같은 가족이 있다는 걸 깨달았다. 아버지의 형제와 누이들은 내게는 삼촌과 고모가 되지.

내 또래 사촌이 있을지도 몰라. 내가 과연 그들을 찾아낼 수 있을까?

잭은 막막한 느낌에 휩싸였다. 그는 어느 곳에서도 살아남을 수 있었지만 그 어디에도 속할 수가 없었다. 그는 조각가였고 건축장이였고 수사였고 수학자였지만, 그중 어느 것이 진정한 자신인지 알 수 없었다. 때때로 자신이 아버지처럼 음유시인이 되거나 혹은 어머니처럼 범법자가 되어야 하는 건 아닌가 하고 생각했다. 열아홉 살의 그에게는 집도 근본도 가족도 없었고, 삶의 목적도 없었다.

잭은 호세와 체스 게임을 해서 이겼다. 그러자 라시드가 다가와 말했다. "자리 좀 비켜주게, 호세. 유클리드 이야기를 더 듣고 싶네."

호세는 장차 장인이 될 라시드에게 순순히 자리를 내어주고 가버렸다. 유클리드에 대해 알고 싶은 것은 이미 충분히 들었던 것이다. 라시드는 자리에 앉아 잭에게 말했다. "그래, 만족하는가?"

"더할 나위 없는 대접입니다." 잭이 차분하게 대답했다. 그는 톨레도에서 정중하게 예의 차리는 법을 배웠다.

"고맙네. 그런데 난 유클리드에 대한 것을 물은걸세."

"예, 전 이 책의 중요성을 제대로 설명하지 못한 것 같습니다. 아시다시피—"

"이해할 수 있네. 자네처럼 나도 지식 그 자체를 위한 지식을 좋아하지."

"바로 그렇습니다."

"그렇다 하더라도 남자라면 밥벌이는 해야 하는 법이라네."

잭은 그 둘 사이에 무슨 연관이 있는지 알 수 없어 라시드의 다음 말을 기다렸다. 라시드는 눈을 반쯤 감은 채 몸을 뒤로 젖히고 앉아 있었는데, 마치 기분 좋은 침묵에 잠겨 있는 듯했다. 잭은 직업이 없고 일도 하지 않는 자신을 비난하는 건가 싶었다. 마침내 그가 말했다. "언젠가는 다시 건축으로 돌아가고 싶습니다."

"좋은 생각이네."

잭은 미소 지었다. "어머니의 말을 타고 계부께서 쓰던 연장을 작은 가방에 넣어 어깨에 둘러메고 킹스브리지를 떠날 때, 저는 성당을 짓는 데는 오직 한 가지 방법밖에 없다고 생각했습니다. 벽을 두껍게 하고 둥근 아치를 세우고 꼭대기에는 나무 천장이나 원통형의 둥근 돌 천장을 얹고 작은 창문을 내는 식으로 말입니다. 킹스브리지에서 사우샘프턴까지 오는 동안 본 대성당들에서는 제가 알던 것과 큰 차이점을 보지 못했습니다. 그러나 노르망디에서 제 삶이 바뀌었지요."

"상상이 가는군." 라시드는 졸린 듯한 목소리로 말했다. 그가 그다지 흥미를 보이지 않았으므로 잭은 말없이 그 시절을 회상했다. 옹플뢰르에서 하선한 지 몇 시간 만에 그는 쥐미에주 대수도원 성당을 보고 있었다. 그것은 여태까지 본 성당 중에서 가장 높았지만, 그것만 제외하면 둥근 아치나 나무 천장은 평범했다. 다만 사제단 회의장만은 예외로, 대수도원장 위르소는 그 건물에 혁신적인 돌 천장을 얹었다. 연속적인 매끈한 원통이나 마무리가 깔끔치 못한 궁륭 천장 대신 그곳 천장은 기둥 꼭대기에서 솟아올라 지붕의 정점에서 만나는 늑재rib*들로 이루어져 있었다. 늑재들은 굵고 튼튼했으며, 그 사이의 삼각 공간은 얇고 가벼웠다. 그 건물의 관리 수사는 다음과 같은 방법으로 건물을 지으면 더 쉬울 거라고 설명해주었다. 늑재를 먼저 세우면 그 사이의 부분은 더 간단하게 만들 수 있다는 것이다. 이와 같은 궁륭은 가볍다는 장점도 있었다. 그 수사는 영국에서의 기술혁신에 관한 소식을 듣고 싶어했으나 잭은 딱히 들려줄 말이 없었다. 하지만 잭이 둥근 서까래 천장, 즉 늑재궁륭을 분명히 이해하는 것을 보자 그는 기뻐하면서 그리 멀지 않은 레세

* 궁륭을 지탱하고 힘을 실어주는 석재아치.

에는 천장을 모두 늑재궁륭으로 만든 성당이 있다고 알려주었다.

다음 날 잭은 당장 레세로 가 경이에 찬 마음으로 궁륭을 올려다보면서 오후를 보냈다. 그곳에서 가장 눈에 띈 것은 궁륭의 정점으로부터 기둥 꼭대기까지 늑재들이 뻗어내려오는 방식이었다. 그렇게 늑재를 설치함으로써 건물 중 가장 튼튼한 부분이 지붕의 무게를 지탱하는 방식을 좀더 극적으로 보이게 한 것이다. 그 늑재들은 건축 논리를 시각적으로 확인시켜주고 있었다.

잭은 앙주 지방에 이르기까지 남쪽으로 여행을 계속했고, 투르의 대수도원 성당 보수공사 현장에서 일자리를 잡았다. 그는 별 어려움 없이 건축 책임자를 설득해 시험 작업을 해볼 수 있었다. 그가 가지고 있는 연장들은 석공의 신분증이나 마찬가지였고, 하루를 일하고 나자 책임자는 그가 훌륭한 석공이라는 걸 알아보았다. 세상 어느 곳에서라도 일자리를 얻을 수 있다고 앨리에너에게 자랑한 것이 빈말은 아니었던 것이다.

물려받은 연장 중에는 톰의 피트 자도 있었다. 오직 건축 책임자만이 가질 수 있는 연장이었기에, 사람들은 어떻게 그처럼 어린 나이에 책임자가 될 수 있었느냐고 물었다. 그는 사실 자기는 건축 책임자가 아니라고 설명할 생각이었지만 그 말을 인정하기로 결심했다. 어쨌거나 그는 수사로 있는 동안 킹스브리지의 건축 공사장을 효과적으로 운영했고, 톰만큼 훌륭한 설계도를 그릴 수 있었다. 그러나 그를 고용한 건축 책임자는 경쟁자가 될 사람을 들였다는 걸 깨닫고 화가 난 듯했다. 어느 날 잭은 건축을 관장하는 수사에게 수정을 제안하고 도판 위에 자신이 의도하는 바를 그려 보였다. 그것이 문제의 시작이었다. 건축 책임자는 잭이 자신의 자리를 노리고 있다고 확신했다. 그는 잭의 작업에서 결함을 찾아내기 시작했고, 그에게 돌을 똑바로 자르는 것 같은 단순 작업만을 맡겼다.

오래지 않아 잭은 다시 길을 떠났다. 그는 기독교세계 전역에 퍼져 있는 수도원의 본산인 클뤼니 대수도원으로 갔다. 지금은 유명해진 산티아고의 성 야고보의 묘지를 향한 순례를 선도하고 발전시킨 것은 바로 클뤼니 대수도원의 지시였다. 산티아고에 이르는 여정에는 성 야고보에게 헌정된 성당들과 순례자들을 돌보기 위한 클뤼니파 수도원들이 줄을 이었다. 잭의 아버지는 그 순례길을 따라가는 음유시인이었기에 그 역시 클뤼니 대수도원을 방문했을 터였다.

하지만 아버지는 그곳을 방문한 적이 없었다. 클뤼니에는 음유시인들이 없었다. 그곳에서 잭은 아버지에 관해 아무것도 알아내지 못했다.

그럼에도 불구하고 전혀 헛된 여행은 아니었다. 클뤼니 대수도원의 성당에 들어가기 전까지 잭이 본 모든 아치는 반원형이었다. 그리고 천장은 모두 함께 고정된 둥근 아치들로 이루어진 긴 행렬 같은 터널형이거나 두 개의 터널이 만나는 교차로처럼 궁륭형으로 되어 있었다. 클뤼니에 있는 아치들은 반원형이 아니었다.

그 아치들은 뾰족하게 솟아 있었다.

중심 아케이드 안에는 첨두아치가 세워져 있었다. 양편 측랑의 교차궁륭에도 첨두아치가 있었고, 무엇보다 놀라운 것은 신랑 위가 뾰족한 원통형 천장이라고밖에는 달리 표현할 수 없는 석조천장으로 되어 있다는 것이었다. 잭은 항상 원은 완벽하기 때문에 튼튼하고, 둥근 아치 역시 원의 일부이기에 튼튼하다고 알고 있었다. 따라서 뾰족한 아치는 약할 것이라고 생각했다. 그곳 수사들은 실제로는 뾰족한 아치가 이전의 둥근 아치들보다 훨씬 더 강하다고 말해주었다. 클뤼니 성당이 그 사실을 증명하는 듯했다. 궁륭의 엄청나게 무거운 석조부에도 불구하고 성당은 매우 높이 치솟아 굳건히 서 있었다.

잭은 클뤼니에 오래 머물지 않았다. 그는 충동이 일 때면 잠시 길에서 벗어나기도 하면서 순례길을 따라 남쪽으로 여행을 계속했다. 초여름이면 큰 도시나 클뤼니파 수도원 근처 길에서 음유시인들을 만날 수 있었다. 그들은 성당이나 성지 앞에서 순례자들에게 시로 된 이야기를 낭송해주기도 했고, 때로는 앨리에너가 얘기해준 것처럼 비올* 연주를 곁들이기도 했다. 잭은 그들 모두에게 잭 셰어버그를 아는지 물었다. 그들의 대답은 한결같이 모른다는 것이었다.

프랑스 남서부와 스페인 북부를 거쳐 여행을 계속하는 동안 본 성당들은 끊임없이 그를 놀라게 했다. 그 성당들은 영국 성당들보다 훨씬 더 높았다. 그중 어떤 성당의 석조궁륭은 띠처럼 연결된 원통형이었다. 궁륭을 가로질러 기둥에서 기둥으로 뻗어 있는 그 띠들 덕분에 전체 공정을 한 번에 실행하는 대신 기둥사이를 차례로 하나씩 지을 수 있었다. 그것들은 성당의 외관도 변화시켰다. 그 띠들에 의해 기둥사이들의 공간이 강조됨으로써, 성당은 썰어놓은 빵 덩어리처럼 동일한 모양을 한 독립 단위들이 늘어선 것처럼 보였다. 이것은 또한 거대한 실내 공간에 질서감과 논리를 부여해주었다.

한여름에 그는 산티아고 데 콤포스텔라에 머물렀다. 세상에 이렇게 더운 곳이 또 있을까 싶을 정도였다. 산티아고에도 깜짝 놀랄 정도로 높은 성당이 있었는데, 여전히 건축중인 신랑 위 천장 역시 띠로 연결된 원통형 궁륭이었다. 그곳에서 그는 더 남쪽으로 내려갔다.

스페인의 왕국들은 최근까지 사라센의 통치하에 있었다. 물론 톨레도 이남 대부분은 아직도 회교도의 지배하에 있었다. 사라센 건축은 서늘한 실내, 아치들로 이루어진 아케이드, 햇빛을 받아 눈부시게 빛나는 하얀 석조물로 잭을 매료시켰다. 그중에서도 가장 잭의 관심을 끈 것은 늑

---

* 바이올린의 전신인 중세 악기.

재궁륭과 첨두아치가 특징인 회교 건축물이었다. 아마도 프랑스인들이 거기서 새로운 착상을 얻은 것 같았다.

따뜻한 스페인의 오후, 크고 서늘한 집 안 어디에선가 어렴풋이 들려오는 여자들의 웃음소리를 듣던 잭은 앞으로 킹스브리지 대성당 같은 성당 일은 할 수 없을 거라고 생각했다. 그는 여전히 세상에서 가장 아름다운 대성당을 짓고 싶었지만, 그가 짓고자 하는 건물은 육중하고 견고한 요새 같은 구조물이 아니었다. 그는 새로운 기술들, 그러니까 늑재궁륭과 첨두아치 같은 것을 응용하고 싶었다. 그렇지만 기존 방식을 답습할 생각은 없었다. 지금까지 그가 본 성당 중 가능성이 최대한으로 구현된 것은 아직 없었다. 그의 마음속에서는 성당 하나가 형성되어가고 있었다. 세부는 모호했지만 전체적인 느낌만은 매우 강렬했다. 그것은 널찍하고 바람이 잘 통하고, 커다란 창문들을 통해 햇빛이 쏟아져들어오고 하늘에 닿을 듯 아치 천장이 높은 건물이었다.

"호세와 라야에게 새 집이 필요할걸세." 문득 라시드가 말했다. "자네가 그걸 짓는다면, 다른 일거리도 따라올걸세."

잭은 깜짝 놀랐다. 건축일 가운데 전혀 염두에 두지 않았던 것이라면 바로 주택을 짓는 일이었다. "그들이 내가 그 집을 짓기를 바랄까요?"

"그럴걸세."

다시 긴 침묵이 찾아들자, 잭은 톨레도에서 부유한 상인들을 위한 주택을 지으며 사는 삶을 생각해보았다.

마침내 라시드는 잠이 깬 것 같았다. 그는 몸을 똑바로 세우고 눈을 크게 떴다. "난 자네가 마음에 드네, 잭. 자네는 정직한 사람이고, 내가 만난 어떤 사람보다 대화를 나눌 만한 사람일세. 난 우리가 언제까지나 친구로 지내기를 바란다네."

"저도 그렇습니다." 잭은 뜻밖의 칭찬에 조금 놀라면서 대답했다.

“난 기독교도이기 때문에 회교도 형제들처럼 내 집안 여자들을 묶어 두지 않는다네. 한편으로 나는 아랍인일세. 그것은 내가 우리 집안 여자들에게…… 이런 식으로 말하는 걸 용서하게. 다른 여자들이 누리고 있는 방종을 완전히 허락하지는 않는다는 뜻이라네. 나는 그들이 집에서 남자 손님들과 만나 이야기를 나누는 것은 허락하네. 또한 관계가 우정으로 발전되는 것도 허용하지. 그러나 우정이 그 이상의 어떤 것으로 익어가기 시작할 때는 말일세, 그런 것이 젊은이들 사이에선 자연스러운 일 아니겠나, 그럴 때는 남자가 공식적인 행동을 해주길 바란다네. 그렇지 않다면 모욕이 될걸세.”

“물론 그렇겠지요.”

“자네가 내 말을 이해할 줄 알았네.” 라시드는 일어서더니 잭의 어깨에 다정하게 손을 얹었다. “난 아들을 갖는 축복을 받지 못했네. 하지만 내게 아들이 있었다면 그 아이는 자네를 닮았으리라고 생각하네.”

불쑥 잭이 대답했다. “하지만 피부는 더 검었겠지요.”

라시드는 잠시 멍한 표정을 지었다가 웃음을 터뜨렸다. 그러자 안뜰에 있던 다른 손님들이 깜짝 놀란 듯했다. “그랬겠지!” 그가 유쾌하게 말했다. “더 검었을 거라고!” 그러고 나서도 그는 여전히 너털웃음을 웃으며 집 안으로 들어갔다.

나이 든 손님들이 돌아가기 시작했다. 잭은 혼자 앉아 오후가 서늘하게 저물어가는 동안 라시드가 한 말을 곱씹어보았다. 그는 어떤 거래를 제안받은 것이었다. 의문의 여지가 없었다. 만약 아이샤와 결혼한다면 라시드는 그가 톨레도의 부유층을 위한 주택 건축자로서 일을 시작할 수 있도록 해줄 것이다. 그러나 그 제안에는 경고 또한 담겨 있었다. 만약 결혼할 의사가 없다면 그녀를 가까이하지 말라는 것이었다. 스페인 사람들은 영국 사람들보다 더 세심하게 예의를 차렸지만, 필요할 때에는 자신들의 의사를 분명히 밝힐 수 있었다.

자신이 처한 상황을 돌아보고 잭은 종종 믿기지 않는 기분에 젖었다. 이것이 나란 말인가, 그는 생각했다. 이것이 교수형으로 죽은 남자의 사생아로 숲속에서 자라나, 견습 석공이 되고 수사가 되었다가 탈출한 잭 잭슨일까? 나는 정말로 부유한 아랍 상인의 아름다운 딸과 결혼하고, 게다가 이 아늑한 도시에서 건축가로 살 수 있는 삶까지 보장받고 있는 걸까? 사실로 받아들이기에는 너무 벅찼다. 게다가 난 그 소녀를 좋아하고 있지 않은가.

해가 지고 있어 안뜰에 어둠이 드리워졌다. 아케이드 안에는 단 두 사람만이 남아 있었다. 잭과 호세였다. 라야와 아이샤가 나타나자 그는 이러한 상황이 계획된 것은 아닐까 생각했는데, 필시 그럴 터였다. 소녀들과 청년들 사이의 육체적 접촉은 형식적으로 엄격하게 금지되어 있었지만, 소녀들의 어머니는 무슨 일이 일어나는지 정확히 알고 있었고, 라시드 역시 그러할 것이다. 종종 그들은 연인들에게 잠시 호젓한 시간을 주었다. 그런 다음 그들이 심각한 일을 저지를 때가 되기 전에 소녀들의 어머니는 안뜰로 나와 몹시 화가 난 것처럼 딸들을 불러들였다.

안뜰 저쪽에서 라야와 호세는 만나자마자 키스를 하기 시작했다. 아이샤가 다가오자 잭은 일어섰다. 그녀는 발끝까지 내려오는 이집트산 면으로 지은 하얀 드레스를 입었다. 스페인에 오기 전까지 잭은 그런 옷감을 본 적이 없었다. 양모보다 부드럽고 리넨보다 결이 고운 그 옷감은 아이샤가 움직일 때마다 팔다리에 감겨들었고, 그 하얀 빛깔은 황혼빛에 물이 든 것처럼 보였다. 어스름 빛 때문에 그녀의 갈색 눈동자는 거의 검게 보였다. 그녀는 가까이 다가와 장난스러운 미소를 지었다. "뭐라고 하시던가요?"

잭은 그녀가 아버지 이야기를 하고 있음을 짐작했다. "날 주택 건축

가로 자리잡게 해주겠다고 제의하셨어요."

"근사한 결혼 지참금인데요." 그녀의 어조는 냉소적이었다. "그런 말은 믿을 수 없어요! 적어도 당신에겐 돈을 주어야 한다고요."

아이샤에겐 사라센 전통의 지극한 인내심이 없다, 그녀를 관찰하는 잭의 심정은 씁쓸했다. 그러나 그녀의 솔직함은 신선했다. "난 주택을 짓고 싶다고 생각해본 적이 없어요." 그가 말했다.

갑자기 그녀가 진지해졌다. "날 좋아하나요?"

"그렇다는 걸 당신도 알고 있잖아요."

그녀는 한 걸음 앞으로 다가오더니, 얼굴을 들어올리고 눈을 감은 채 뒤꿈치를 들고 서서 그에게 키스했다. 그녀에게서는 사향과 용연향 냄새가 났다. 그녀는 입을 열고 장난하듯 그의 입술 사이로 혀를 밀어넣었다. 그는 거의 무의식적으로 두 팔로 그녀를 감싸안았다. 그의 손은 그녀의 허리에 머물렀다. 그녀가 입고 있는 옷이 매우 얇아 거의 맨살을 만지는 느낌이었다. 그녀는 그의 손을 잡아 자신의 젖가슴으로 가져갔다. 그녀의 몸은 날씬하고 탄력 있었으며, 젖가슴은 작고 단단한 언덕처럼 밋밋했고, 젖꼭지는 작고 단단했다. 자극을 받자 그녀의 가슴이 오르락내리락 움직였다. 잭은 그녀가 손으로 자신의 다리 사이를 만지는 것을 느끼고 충격을 받았다. 그가 그녀의 젖꼭지를 손가락 끝으로 잡고 비틀었다. 그녀는 숨을 몰아쉬더니 그에게서 몸을 떼며 헐떡였다. 그는 그녀의 몸에서 손을 뗐다.

"내가 아프게 했나요?" 그가 속삭이듯 물었다.

"그런 게 아녜요!"

잭은 앨리에너를 생각하며 죄책감을 느꼈다. 그리고 다음 순간, 그것이 얼마나 어리석은 생각이었는지를 깨달았다. 왜 이미 다른 남자와 결혼해버린 여자를 배신했다고 느껴야 하지?

아이샤는 한동안 그를 바라보았다. 이제 날은 거의 어두워져 있었지만 그는 그녀의 얼굴이 욕망으로 달아올라 있음을 알 수 있었다. 그녀는 그의 손을 들어올려 자기 젖가슴에 올려놓았다. "다시 해주세요. 하지만 이번에는 더 세게." 그녀가 재촉했다.

그는 그녀의 젖꼭지를 찾으며 키스를 하려고 몸을 앞으로 기울였다. 그녀는 얼굴을 뒤로 젖히더니 자신을 애무하는 그의 얼굴을 바라보았다. 그는 그녀의 젖꼭지를 부드럽게 비틀다가 그녀의 요구대로 세차게 조였다. 그녀는 등을 활처럼 휘면서 밋밋한 젖가슴을 앞으로 내밀었다. 면으로 된 옷 아래에서 젖꼭지가 작고 단단하게 오므라들었다. 잭은 그녀의 젖가슴 위로 고개를 숙였다. 그리고 면 위로 솟아오른 젖꼭지로 입술을 가져갔다. 그런 다음 충동적으로 그것을 이로 물고 계속해서 자극했다. 그녀의 가쁜 숨소리가 들려왔다.

잭은 그녀의 몸 전체가 떨리는 것을 느꼈다. 아이샤는 그의 얼굴을 들어올린 다음 그의 몸에 자기 몸을 밀어붙였다. 그는 그녀의 얼굴을 향해 얼굴을 기울였다. 그녀는 마치 그의 얼굴을 자기 입으로 덮어버리려는 것처럼 미친 듯이 키스를 퍼붓고는, 목 안쪽에서 낮게 열광의 신음 소리를 내며 그의 몸을 바짝 끌어당겼다. 잭은 자극을 받아 어찌할 바를 몰랐고, 약간 겁이 나기도 했다. 그는 지금껏 이런 것들에 대해서는 전혀 모르고 있었다. 그는 그녀가 곧 절정에 이를 거라고 생각했다. 그러나 다음 순간 그들은 동작을 멈춰야 했다.

문간에서 그녀의 어머니 목소리가 들려왔다. "라야! 아이샤! 당장 들어와라!"

아이샤는 숨을 헐떡이며 그를 올려다보았다. 잠시 후 그녀는 다시 그의 입술에 자기 입술을 아플 정도로 밀어붙이며 진한 키스를 했다. 그리고 그에게서 몸을 뗐다. "사랑해요." 그녀가 속삭였다. 그런 다음 집 안으로 달려들어갔다.

잭은 그녀의 뒷모습을 지켜보았다. 라야는 좀더 침착한 걸음으로 그녀의 뒤를 따랐다. 그들의 어머니는 비난하는 시선으로 그와 호세를 쏘아보고는 소녀들을 따라 안으로 들어가 문을 굳게 잠갔다. 잭은 이 모든 상황을 어떻게 처리해야 하나 생각하면서 닫힌 문을 응시하며 서 있었다.

호세가 안뜰을 가로질러와 그의 상념을 방해했다. "둘 다 정말 아름다운 아가씨들이지 않소." 호세는 공모자라도 되는 양 윙크를 던졌다.

잭은 멍하니 고개를 끄덕이고 문을 향해 걸었다. 호세도 그와 나란히 걸었다. 그들이 아치 아래를 지나갈 때 하인 한 사람이 어둠 속에서 나타나더니 그들 뒤에서 대문을 닫았다.

"약혼중일 때 따르는 곤란은 다리 사이에 통증이 남는다는 거요." 잭이 아무 대답도 하지 않는데도 호세는 계속 했다. "그 통증을 달래기 위해 파티마의 집으로 내려갈지도 모르겠소." 파티마의 집이란 창녀 집이었다. 사라센식 이름을 가지고 있었지만 그곳에 있는 여자들은 거의 백인이었고, 몇 안 되는 아랍 창녀들은 화대가 몹시 비쌌다. "같이 가지 않겠소?"

"됐습니다. 내가 느끼는 통증은 좀 다르다오. 안녕히 가십시오." 잭은 빠르게 걸음을 옮겼다. 아무리 기분이 좋은 때라도 호세는 마음에 드는 상대가 아니었다. 게다가 오늘 밤 잭은 자신을 용서할 수 없는 기분이었다.

기숙사의 딱딱한 침대가 있는 대학을 향해 가는 동안 밤공기는 차갑게 식었다. 그는 자신이 기로에 서 있음을 느꼈다. 그는 편안하고 부유한 삶을 제안받았다. 그저 앨리에너를 잊고 이 세상에서 가장 아름다운 대성당을 짓겠다는 열망을 포기하기만 하면 된다.

그날 밤 그는 아이샤가 향유로 미끌거리는 나신으로 다가와 몸을 붙이고 비벼대는 꿈을 꾸었다. 하지만 그는 꿈속에서 끝내 그녀와의 사랑 행위를 허락하지 않았다.

다음 날 아침 잠에서 깼을 때 그는 결심이 서 있었다.

하인들은 앨리에너를 라시드 알하룬의 집 안으로 들여보내주지 않았다. 그녀는 대문 밖에 선 채, 먼지투성이 튜닉과 낡은 부츠 차림에 아기를 안고 있는 자신이 거지처럼 보이는 모양이라고 생각했다. "라시드 알하룬 어른께 내가 영국에서 온 그분의 친구 잭 피츠잭을 찾고 있다고 전해주세요." 앨리에너는 검은 피부의 하인들이 자신의 말을 한마디라도 알아듣는 건지 의아해하며 프랑스어로 말했다. 그들은 저희끼리 사라센어로 뭐라고 의논하더니, 하인 중에서 큰 키에 석탄빛 피부, 흑염소털 같은 머리칼을 한 사내가 집 안으로 들어갔다.

앨리에너가 안절부절못하고 애를 태우는 동안, 다른 하인들은 그녀를 노골적으로 지켜보았다. 이 지루한 순례에서도 그녀는 인내심을 배우지 못했다. 산티아고에서 실망하고 난 그녀는 스페인 내륙지방의 살라망카를 향해 길을 떠났다. 그곳에도 대성당과 음유시인에 관심이 있는 붉은 머리 청년을 기억하는 사람은 없었지만, 어느 친절한 수사가 톨레도에 영국인 학자협회가 있다는 이야기를 해주었다. 실낱같은 희망이었지만 톨레도가 그 먼지투성이 길에서 그다지 멀지 않았으므로 그녀는 걸음을 재촉했다.

그곳에서도 그녀를 애태우는 실망만 기다리고 있었다. 그랬다. 잭은 그곳에 머물렀다(얼마나 멋진 행운의 일격인가!). 그러나 안타깝게도 이미 그곳을 떠난 후였다. 그녀는 그를 뒤쫓는 중이었고, 이제 겨우 한 달 정도 뒤처져 있었다. 그러나 다시 한번, 아무도 그가 간 곳을 모르는 상황이 되고 말았다.

산티아고에서라면 분명 그가 남쪽으로 갔으리라고 짐작할 수 있었다. 왜냐하면 그녀는 동쪽에서 왔고, 북쪽과 서쪽에는 바다 말고는 아무것도 없었기 때문이다. 그런데 불행히도 이곳에는 여러 가능성이 있었다. 잭은 다시 프랑스를 향해 북동쪽으로 갔을 수도 있고, 포르투갈을 향해 서쪽으로 갔을 수도 있고, 그라나다를 향해 남쪽으로 갔거나 스페인 해안에서 로마나 튀니지, 알렉산드리아나 베이루트 행 배를 탔을 수도 있었다.

만일 그가 이곳을 떠나 어느 길로 갔는지 알 만한 징후를 발견하지 못한다면, 그를 찾는 일을 포기하리라고 그녀는 마음먹었다. 앨리에너는 극도로 지쳐 있었고 고향에서 멀리 떨어져 있었다. 이제는 힘도 결의도 거의 남아 있지 않아 실낱같은 희망에만 매달려 계속 나아갈 수가 없었다. 그녀는 방향을 바꿔 영국으로 돌아간 다음 영원히 잭을 잊어버릴 마음의 준비가 되어 있었다.

하얀 집에서 또다른 하인이 나왔다. 좀더 값비싼 옷을 입었고 프랑스어를 할 줄 아는 이였다. 그는 앨리에너를 경계의 눈빛으로 바라보았지만 공손한 어조로 물었다. "당신이 잭의 친구분입니까?"

"그렇습니다. 영국에서 온 옛 친구입니다. 라시드 알하룬 씨와 이야기를 하고 싶습니다."

하인은 힐끗 아기를 바라보았다.

앨리에너가 말했다. "전 잭의 친척입니다." 거짓말은 아니었다. 사이가 나빠지긴 했지만 그녀는 잭의 의붓형의 아내였기에 친척간이라고 할 수 있었다.

하인은 대문을 좀더 열더니 말했다. "절 따라오십시오."

앨리에너는 고마워하며 안으로 들어갔다. 만약 그녀가 이 자리에서 쫓겨났다면 여정은 그대로 끝나고 말았을 것이다.

그녀는 하인을 따라 물을 뿜는 분수를 지나고 쾌적한 안뜰을 가로질렀다. 어떤 이유로 잭이 이 부유한 상인의 집에 드나들게 됐는지 궁금했다. 그런 친구 관계는 드물었다. 잭은 이 그늘진 아케이드 안에서 이야기 시를 낭송한 걸까?

그들은 집 안으로 들어섰다. 천장이 높고 서늘한 방, 돌과 대리석이 깔린 바닥, 값비싼 장식품이 놓인 정교하게 조각된 가구들이 가득 들어찬 웅장한 집이었다. 그들은 아치 통로 두 개를 지나고 나무 문을 통과했다. 앨리에너는 여자들이 있는 내실로 들어온 느낌이었다. 하인은 그녀에게 기다리라는 손짓을 한 뒤 조그맣게 기침 소리를 냈다.

잠시 후 검은 옷을 입은, 키가 큰 사라센 여인이 미끄러지듯 방 안으로 들어섰다. 그녀는 무언중에 상대를 모욕하는 듯한 자세로 옷자락 한 귀퉁이를 들어 입 앞에 댔다. 그녀는 앨리에너를 바라보더니 프랑스어로 물었다. "당신은 누구죠?"

앨리에너는 몸을 펴고 자세를 꼿꼿이 했다.

"전前 셔링 백작의 딸 앨리에너입니다." 그녀는 할 수 있는 한 오만하게 말했다. "후추 상인 라시드 씨의 부인을 뵙게 되어 기쁘게 생각합니다." 그녀는 상대를 압도하는 일이라면 그 누구에게도 뒤지지 않을 자신이 있었다.

"무엇 때문에 이곳에 오셨나요?"

"라시드 씨를 만나러 왔습니다."

"그분은 여자 손님을 만나지 않습니다."

앨리에너는 그 여자에게서 협조를 얻어낼 가망이 없음을 깨달았다. 그렇지만 그녀는 달리 가볼 곳이 없었기에 포기할 수가 없었다. "잭의 친구라면 만나주실 겁니다." 앨리에너는 굽히지 않았다.

"잭이 당신 남편인가요?"

"아닙니다." 앨리에너는 망설이다가 말했다. "그분은 제 시동생입니다."

여자는 미심쩍은 표정이었다. 대부분의 사람들처럼 잭이 그녀를 임신시킨 다음 버리고, 그녀는 결혼과 아이 양육을 목적으로 그를 뒤쫓고 있는 거라고 생각하는 모양이었다.

여자는 몸을 반쯤 돌리더니 앨리에너가 알아들을 수 없는 말로 소리쳤다. 잠시 후 세 명의 젊은 여자가 방 안으로 들어왔다. 생김새로 보아 그녀의 딸들이 분명했다. 그녀가 조금 전과 똑같은 말로 뭐라고 말하자 세 여자는 일제히 앨리에너를 응시했다. 그런 다음 '잭'이라는 말이 자주 들리는 대화가 빠르게 이어졌다.

앨리에너는 모욕감을 느꼈다. 그대로 발길을 돌려 나가버리고 싶은 유혹에 휩싸였다. 하지만 그것은 잭을 포기하는 것을 의미했다. 이 불쾌한 사람들이 마지막 희망이었다. 그녀는 목소리를 높여 그들의 대화를 중단시켰다. "잭은 어디 있습니까?" 기운차게 말하려 했지만 실망스럽게도 그녀의 목소리는 애처롭게 들렸다.

딸들은 입을 다물었다.

그들의 어머니가 말했다. "우리는 그가 있는 곳을 몰라요."

"마지막으로 그를 본 게 언제인가요?"

그녀는 망설였다. 대답하고 싶지 않은 듯했지만 그를 마지막 본 날이 언제인지까지 모른달 수는 없는 일이었다. "크리스마스 다음 날 톨레도를 떠났어요." 그녀가 마지못해 대답했다.

앨리에너는 애써 상냥한 미소를 지었다. "혹시 그가 어디로 갈지 짐작할 수 있는, 뭐든 기억나는 게 없으신지요?"

"말했다시피 우리는 그가 지금 어디에 있는지 몰라요."

"어쩌면 당신 남편께는 뭔가 말했을지도 모르겠군요."

"아니에요. 그러지 않았어요."

앨리에너는 절망했다. 그녀는 부인이 무엇인가 알고 있다는 걸 직감했다. 하지만 부인은 그것을 말하려 들지 않았다. 앨리에너는 갑자기 힘이 빠지고 피로가 엄습해오는 것을 느꼈다. 눈물이 고인 채 그녀가 말했다. "잭은 내 아이의 아버지예요. 그가 자기 아들을 보고 싶어할 거라고 생각지 않으세요?"

세 딸 중 가장 어린 소녀가 무슨 말인가 하려 했지만 그녀의 어머니가 제지했다. 짧은 순간 격한 말이 오갔다. 어머니와 딸 둘 다 성격이 불같았지만, 결국 딸이 입을 다물었다.

앨리에너는 계속 기다렸지만 더는 아무 말도 들을 수 없었다. 그들 네 사람은 그저 그녀를 응시하고 있기만 했다. 그들은 분명 적대적으로 굴었지만 이상하게도 서둘러 그녀를 내보내려고 하지는 않았다. 그러나 그녀로서는 그곳에 더 머무를 필요가 없었다. 숙소로 돌아가 킹스브리지로 돌아갈 먼 여행을 준비할 생각이었다. 그녀는 깊게 숨을 들이쉰 다음 침착하고 안정된 목소리로 말했다. "친절하게 맞아주신 데 대해 감사드립니다."

소녀들의 어머니는 조금 부끄러운 표정을 지을 정도의 예의는 지니고 있었다.

앨리에너는 방을 나왔다.

하인은 문밖에서 얼쩡거리고 있었다. 그는 곁으로 다가오더니 앨리에너와 함께 집 안을 가로질렀다. 그녀는 속으로 눈물을 삼켰다. 한 여인이 품은 악의 때문에 길고 긴 여행이 송두리째 실패로 돌아가고 말다니, 참기 어려운 좌절감이 밀려왔다.

하인은 그녀를 인도해 안뜰을 가로질렀다. 그들이 문에 이르렀을 때 등 뒤에서 달려오는 발소리가 들렸다. 뒤를 돌아본 그녀는 막내딸이 따라오고 있다는 것을 알았다. 그녀는 걸음을 멈추고 기다렸다. 하인은 불안한 표정을 지었다.

키가 작고 가냘픈 몸매에 황금빛 피부와 검은색에 가까울 정도로 짙은 눈빛을 한 아주 예쁜 소녀였다. 소녀가 입은 새하얀 옷 때문에 앨리에너는 자신이 먼지투성이인데다 제대로 씻지도 못한 것 같은 기분이 들었다. 소녀가 서툰 프랑스어로 불쑥 물었다. "그분을 사랑하세요?"

앨리에너는 망설였다. 이윽고 자신에게 더 잃어버릴 체면 따윈 남아 있지 않다는 걸 깨달았다. "그래요, 난 그를 사랑해요." 그녀가 속마음을 털어놓았다.

"그분도 당신을 사랑하나요?"

앨리에너는 그렇다고 말하려 했다. 다음 순간 일 년 이상 그를 보지 못했음을 깨달았다. "전에는 그랬지요."

"내 생각에 그분은 지금도 당신을 사랑하고 있어요."

"무엇 때문에 그런 말을 하는 거죠?"

소녀의 눈은 눈물로 가득 차 있었다. "난 그를 원했어요. 그래서 거의 그를 가질 뻔했지요." 그녀는 아기를 바라보았다. "붉은 머리에 푸른 눈동자로군요." 소녀의 매끄러운 갈색 뺨에 눈물이 흘러내렸다.

앨리에너는 그녀를 응시했다. 자신이 어째서 적대적인 대우를 받았는지 알 수 있었다. 소녀의 어머니는 잭이 이 소녀와 결혼하기를 바랐던 것이다. 소녀는 열여섯 살이 넘지 않은 듯했지만 육감적인 몸매를 하고 있어 그보다 좀더 성숙해 보였다. 앨리에너는 잭과 소녀 사이에 정확히 무슨 일이 있었는지 궁금했다. "거의 그를 가질 뻔했다고요?"

"그래요." 소녀가 도전적인 어조로 대답했다. "그가 나를 좋아한다는 걸 난 알고 있어요. 그가 가버렸을 때 내 가슴은 찢어지는 것 같았죠. 하지만 이제는 이해해요." 소녀는 냉정을 잃었고, 얼굴은 슬픔으로 일그러졌다.

앨리에너는 책을 사랑했다가 그를 잃은 여자에게 연민을 느꼈다. 그녀는 위로의 몸짓으로 소녀의 어깨를 쓸어주었다. 하지만 동정심보다 더 중요한 것이 있었다. "그런데," 앨리에너가 다급하게 말했다. "그가 어디로 갔는지 알고 있죠?"

소녀는 눈을 들더니 흐느끼며 고개를 끄덕였다.

"말해주세요."

"파리로 갔어요."

파리였구나!

앨리에너는 기쁨에 넘쳤다. 이제 다시 추적을 계속할 것이다. 파리까지는 먼 길이었지만 그 여정은 대부분 익숙한 지역이다. 그리고 잭은 이제 겨우 한 달 앞서갔을 뿐이다. 그녀는 다시 기쁨이 솟구치는 것을 느꼈다. 난 결국 그를 찾을 거야, 그녀는 생각했다. 확신해!

"이제 파리로 가실 건가요?"

"오, 물론이죠. 난 이곳까지 먼 길을 왔어요. 이제 와서 그만둘 순 없어요. 말해줘서 고마워요. 정말 고마워요."

"그가 행복해졌으면 하는 마음뿐이에요." 소녀가 짤막하게 말했다.

하인은 불만스러운 기색으로 안절부절못하고 있었다. 자신이 이 일로 곤란해지지나 않을까 걱정하는 듯했다. 앨리에너는 소녀에게 말했다. "다른 얘긴 하지 않았나요? 어느 길로 갈지, 아니면 도움이 될 만한 어떤 얘기든지요."

"그는 파리에서 아름다운 성당들을 건축하고 있다는 말을 듣고 그곳으로 가고 싶어했어요."

앨리에너는 고개를 끄덕였다. 능히 짐작할 수 있는 일이었다.

"그리고 그는 눈물 흘리는 여인을 가지고 갔어요."

앨리에너는 소녀의 말이 무슨 뜻인지 알 수가 없었다. "눈물 흘리는 여인이라니요?"

"아버지가 그에게 눈물 흘리는 여인을 주었답니다."

"여인을요?"

소녀는 고개를 흔들었다. "정확한 표현을 모르겠네요. 여인이에요. 그녀는 눈물을 흘리고 있어요. 눈에서 말이에요."

"그림을 말하는 건가요? 여인을 그린 그림?"

"무슨 말인지 알아듣지 못하겠어요." 그녀는 불안한 듯 어깨 너머를 돌아보았다. "이젠 가봐야 해요."

눈물 흘리는 여인이 무엇이든 그리 중요한 것 같진 않았다. "도와줘서 고맙습니다."

소녀는 몸을 굽혀 아기의 이마에 키스를 했다. 그녀의 눈물이 아기의 포동포동한 뺨에 떨어졌다. 그녀는 앨리에너를 올려다보았다. "내가 당신이라면 좋겠어요." 그런 다음 몸을 돌려 집 안으로 달려들어갔다.

잭의 숙소는 센 강 좌안 제방 위에 있는 파리 교외의 푸줏간 거리에 있었다. 동틀 무렵 그는 말에 안장을 얹었다. 그 거리의 끝에서 오른쪽으로 돌아, 강 한가운데 있는 시테 섬으로 통하는 다리 프티퐁을 지키는 망루의 문을 통과했다.

다리 끝에는 양편으로 목조가옥들이 늘어서 있었다. 집들 사이의 공간에는 기다란 석조벤치들이 놓여 있었는데, 늦은 아침이면 유명한 선생들이 그곳에서 노천 강의를 했다. 다리를 건너 잭은 섬의 중심가인 유대인 거리 쥐브리로 들어섰다. 길가의 빵집들은 아침거리로 빵을 사려는 학생들로 북적댔다. 잭은 요리한 장어로 소를 채운 페이스트리를 샀다.

그는 유대교 회당인 시너고그 맞은편에서 왼쪽으로 길을 꺾은 다음, 왕궁 앞에서 오른편으로 돌아 오른쪽 제방으로 통하는 그랑퐁을 건넜다. 길 양편에서는 환전상과 금세공인들이 작지만 잘 지은 상점의 문을 열고 그날 장사를 시작할 채비를 하고 있었다. 그는 다리 끝에서 초소를 하나 더 지나 이미 활기를 띠고 있는 어시장으로 들어갔다. 잭은 사람들을 헤치고 생드니 시로 통하는 진흙길을 올라갔다.

스페인에 있을 때 여행중인 석공에게서 생드니에서 대수도원장 쉬제르가 건축중인 새 성당 이야기를 들었다. 그해 봄 프랑스를 가로질러 북쪽으로 올라가면서 그는 돈이 필요할 때마다 며칠씩 일을 했는데, 그때도 생드니 이야기를 자주 들었다. 그곳 건축장이들은 새로운 기술, 즉 늑재궁륭과 첨두아치를 사용하는 것 같은데 그 둘을 한데 조합한 결과는 상당히 인상적이라는 것이었다.

그는 들판과 포도밭을 지나 한 시간 이상 말을 달렸다. 포장도로는 아니었지만 이정표가 세워져 있었다. 길은 꼭대기에 폐허가 된 로마 사원이 있는 몽마르트르 언덕을 지나 클리냥쿠르 마을을 가로질러 뻗어 있었다. 클리냥쿠르를 지나 5킬로미터쯤 더 가서야 작은 성곽 도시인 생드니가 나왔다.

드니는 파리 초대 주교의 이름이었다. 그는 몽마르트르 언덕에서 참수형을 당했는데 다음 순간 절단된 자신의 머리를 두 손에 들고 시골 길을 가로질러 이 지점까지 와서 쓰러졌다고 한다. 한 신앙심 깊은 여인이 그의 시체를 매장했고, 그 무덤 위에 수도원이 세워진 것이었다. 그 성당은 프랑스의 왕들을 위한 장지가 되었다. 대수도원장인 쉬제르는 수도원을 개혁한 강력하고 야심찬 인물로, 이제는 성당을 현대화하고 있었다.

잭은 시내로 들어가 시장 한가운데서 말고삐를 당기고 성당의 서쪽 전면을 올려다보았다. 혁신적인 구석이라고는 전혀 없는 모습이었다. 한 쌍의 탑과 세 개의 둥근 아치 출입구가 있는, 명백히 구식 외관이었다. 기둥이 벽에서 돌출된 진취적인 방식은 그런대로 마음에 들었지만, 그것을 보자고 8킬로미터나 달려온 것은 아니었다.

성당 정면에 있는 난간 중 하나에 말을 매어두고 좀더 가까이 다가갔다. 세 개의 정문 주위에 있는 조각상은 아주 훌륭했다. 주제가 생생했고 정교했다. 잭은 안으로 들어갔다.

내부의 변화는 즉각 알아차릴 수 있었다. 신랑에 이르기 전에 키 작은 출입 통로인 나르텍스*가 있었다. 천장을 올려다본 잭은 요동치는 흥분을 느꼈다. 늑재궁륭과 첨두아치가 조화롭게 어우러져 있었다. 잭은 그 두 기술이 완벽하게 조화를 이루고 있음을 순간적으로 깨달았다. 뾰족한 아치의 우아함이 줄을 지어 서 있는 늑재들에 의해 강조되고 있었다.

그뿐이 아니었다. 이곳 건축장이는 늑재들 사이에 늘 넣는, 잡석을 섞은 회반죽 대신 벽 안에 넣듯 돌을 잘라 박아넣었다. 돌층은 튼튼하면서도 아마도 더 얇을 터이니 그만큼 더 가벼우리라는 것을 잭은 깨달았다.

잭은 목을 길게 빼고 뻐근해지도록 자세히 쳐다보면서, 이러한 조합의 결과 한층 주목할 만한 특징이 생겨났음을 깨달았다. 첨두아치들의 너비가 서로 다르더라도 아치의 곡선을 조정하기만 하면 높이를 맞출 수 있다는 사실이었다. 그럼으로써 기둥사이는 한층 더 균형 잡혀 보였다. 물론 둥근 아치로는 이룰 수 없는 미관이었다. 반원형 아치의 높이는 언제나 너비의 절반이 되어야 했기에 폭이 넓은 아치는 폭이 좁은 아치보다 높게 마련이다. 그것은 직사각형 기둥사이에서 너비가 좁은 아치는 너비가 넓은 아치보다 벽체의 훨씬 더 위쪽에서 시작되어야 한다

* 성당 정면 입구와 본당 사이에 꾸며놓은 좁고 긴 현관. 본당 안에 들어가지 못하는, 세례를 준비하는 사람들과 회개하러 온 사람들을 받아들이는 장소에서 유래했다.

는 의미였다. 그래야 아치의 꼭대기들이 같은 높이가 되어 천장이 평평해졌다. 그 결과 언제나 한쪽으로 균형이 쏠렸다. 그런데 그 문제가 사라진 것이다.

잭은 고개를 내려 잠시 목을 쉬었다. 이제 막 왕관이라도 쓴 것처럼 의기양양한 기분이었다. 이것이야말로 내가 대성당을 지을 때 쓰고 싶은 방법이야, 그는 생각했다.

그는 성당의 주요 부분을 살펴보았다. 신랑 자체는 상대적으로 길고 넓기는 했지만 분명 꽤 오래된 것이었다. 여러 해 전, 현재의 건축 책임자가 아닌 다른 사람이 지은 것으로 극히 전통적인 스타일이었다. 그러나 교차부에는 아래로 통하는 듯한 층계가 있었고(분명 지하실과 왕들의 묘지로 통하는 것이리라) 성단소로 올라가는 층계도 있는 것 같았다. 성단소는 지면에서 조금 위로 허공에 떠 있는 것처럼 보였다. 잭이 보는 각도에서는 동쪽 창문을 통해 들어오는 눈부신 햇살 때문에 어슴푸레하게만 보였다. 너무 많은 햇빛이 들어오는 까닭에, 잭은 분명 벽이 마감되지 않아 그 틈으로 햇빛이 비치는 거라고 생각했다.

그는 남쪽 측랑을 따라 교차부로 들어섰다. 성단소에 좀더 가까이 다가감에 따라 무언가 놀라운 일이 기다리고 있음을 감지할 수 있었다. 햇빛은 물론 쏟아져들어오고 있었지만, 궁륭은 완성되어 있는 듯했고 벽에는 아무 틈도 없었다. 측랑에서 성단소로 걸음을 옮겼을 때 잭은 줄지어 선 높은 유리창을 통해 햇빛이 흘러들어오는 것을 보았다. 그중 몇몇 유리창은 채색유리로 되어 있었고, 그 모든 햇빛은 성당의 넓은 공간을 온기와 빛으로 가득 채우고 있었다. 잭은 어떻게 창을 그토록 넓게 낼 수 있었는지 이해할 수 없었다. 벽의 면적보다 창문의 면적이 더 넓은 듯했다. 그는 압도당했다. 마법을 쓰지 않고 어떻게 이런 것을 만들 수 있었단 말인가?

성단소로 통하는 층계를 오르면서 그는 미신적인 외경심에 사로잡혀 전율했다. 층계 꼭대기에 이른 그는 멈춰서서 알록달록한 빛줄기들과 석조물이 뒤섞인 눈앞의 풍경을 응시했다. 문득 전에도 이런 것을 본 적이 있다는 걸 깨달았지만, 그건 상상 속에서였다. 이것은 그가 꿈꿔온 건물, 창문들은 커다랗고 아치 천장은 물결치는, 마법으로 세운 빛과 공기의 구조물이었다.

잠시 후 그는 다른 관점에서 그것을 바라보았다. 그러자 일순 모든 것이 제자리를 찾았다. 섬광처럼 번득이는 깨달음 속에서 잭은 대수도원장 쉬제르와 그의 건축가가 적용한 건축 원리를 꿰뚫었다.

늑재궁륭의 원리는 튼튼한 늑재 몇 개로 천장을 만들고 늑재들 사이의 공간을 가벼운 재료로 채운다는 것이다. 그들은 그 원리를 전체 건물에 적용했다. 성단소의 벽은 창문에 연결된 몇 개의 튼튼한 기둥들로 이루어져 있었다. 양쪽 측랑에서 성단소를 분리하는 아케이드는 벽이 아니라 첨두아치들로 연결되는 열주列柱들이었는데, 창문을 통해 들어오는 빛이 성당 한가운데까지 비출 수 있도록 넓은 공간이 남겨져 있었다. 측랑 자체는 한 줄로 늘어선 가는 기둥들에 의해 두 부분으로 분리되었다.

나르텍스에서처럼 이곳에서도 첨두아치와 늑재궁륭이 결합되어 있었지만, 나르텍스는 이 새로운 기술을 조심스레 시도한 것에 지나지 않았다. 이곳과 비교하면 나르텍스는 지나치게 뻣뻣했고, 그 늑재와 장식 쇠시리는 너무 무거웠고, 아치는 너무 작았다. 이곳에서는 모든 것이 가늘고 가볍고 정교하고 섬세했다. 달팽이처럼 돌돌 말린 모양의 단순한 쇠시리들은 모두 폭이 좁았고, 작은 기둥들은 길고 가늘었다.

벽체와 기둥이 어떻게 건물의 하중을 떠받치고 있는지 설명해주는 늑재를 보지 못했다면 이 건물이 똑바로 서 있지 못할 정도로 약하다고 생각할 것이다. 이곳은 큰 건물이라고 해서 반드시 벽이 두껍고 창문은 작고 벽체가 거대할 필요는 없음을 시각적으로 증명하고 있었다. 건물 무게가 하중을 지탱하는 뼈대에 정확하게 분산되기만 하면, 건물의 나머지는 가벼운 석조물과 유리, 혹은 빈 공간이 될 수 있었다. 잭은 넋을 잃었다. 사랑에 빠진 것 같은 느낌이었다. 유클리드는 하나의 깨달음이었지만, 이것은 아름답기까지 했으므로 단순한 깨달음 이상이었다. 이 같은 성당은 상상 속에만 존재했는데, 하늘 높이 솟은 궁륭 아래에서 실제로 그것을 보고 만지고 있는 것이었다.

그는 양쪽 측랑의 궁륭을 응시하면서 얼떨떨한 기분으로 둥글게 굽은 동쪽 끝 주위를 거닐었다. 머리 위의 늑재들이 돌 숲의 가지들처럼 휘어져 있었다. 나르텍스에서처럼 이곳 천장 늑재들 사이에는 자른 돌을 끼워넣었다. 회반죽으로 접합하는 이 돌들은 자갈이 섞인 회반죽 혼합물보다 공정은 좀더 어려웠지만 더 가벼웠다. 측랑의 바깥벽에는 첨두아치들과 어울리도록 꼭대기를 뾰족하게 만든 거대한 창문들이 쌍을 이루고 있었다. 이 혁신적인 건축술은 채색창에 의해 완성되었다. 영국에서 잭은 한 번도 채색유리를 본 적이 없었지만 프랑스에서는 우연히 여러 번 보았다. 그러나 구식 성당의 작은 유리창에서는 그 잠재력이 완전히 실현되지 못했다. 이곳의 풍부하고 다양하게 채색된 유리창을 통해 쏟아져들어오는 아침햇살의 효과는 아름다움을 넘어 매혹적이었다.

성당의 끝이 둥근 모양이었으므로, 양 측랑도 반원형 회랑이나 통로를 형성하면서 둥글게 구부러져 동쪽 끝에서 만났다. 잭은 반원을 모두 돌고는, 여전히 경이에 휩싸여 되돌아왔다. 그리고 처음 들어섰던 지점으로 되돌아왔다.

그곳에서 그는 한 여인을 보았다.

그는 그녀를 알아보았다.

그녀는 미소 지었다.

한순간 그의 심장이 멎었다.

앨리에너는 빛을 가리기 위해 손으로 그늘을 만들었다. 성당의 동쪽 끝 창문을 통해 들어오는 햇빛에 눈이 부셨다. 환상처럼, 어떤 실루엣이 채색된 햇빛의 섬광에서 나와 그녀에게 걸어오고 있었다. 그의 머리는 불타고 있는 것처럼 보였다. 그가 더 가까이 다가왔다. 잭이었다.

앨리에너는 현기증을 느꼈다.

그는 그녀 앞에 와서 멈추었다. 극도로 야윈 모습이었지만 눈만은 강렬한 감정으로 빛나고 있었다. 그들은 한동안 말없이 서로를 응시했다.

그가 입을 열었을 때 그의 목소리는 잠겨 있었다. "정말 당신이에요?"

"맞아요." 그녀의 목소리는 속삭임처럼 새어나왔다. "맞아요, 잭. 정말 나예요." 너무 긴장한 나머지 그녀는 울기 시작했다. 그는 아기를 팔에 안은 그녀를 두 팔로 감싸 끌어안고는, 마치 그녀가 아기라도 되듯 등을 토닥여주었다. "자, 자, 이젠 됐어요." 그녀는 그에게서 풍기는 익숙한 먼지 냄새를 맡으며 몸을 기댔고, 자신을 달래주는 다정한 목소리를 들으며 그의 앙상한 어깨에 눈물을 흘렸다.

이윽고 잭이 앨리에너의 얼굴을 바라보며 말했다. "여기서 뭘 하고 있는 거죠?"

"당신을 찾고 있었어요."

"나를 찾고 있었다고요?" 그가 믿을 수 없다는 듯 되물었다. "그럼…… 어떻게 날 찾았나요?"

그녀는 눈물을 닦고 코를 훌쩍였다. "당신을 따라왔어요."

"어떻게?"

"사람들에게 당신을 본 적이 있는지 물었어요. 대개 석공들에게 물었고, 수사와 하숙집 주인들에게도 물었죠."

그는 눈이 휘둥그레졌다. "그러니까 당신이 스페인에 갔다고요?"
그녀는 고개를 끄덕였다. "산티아고에 갔다가 그다음엔 살라망카, 그 다음엔 톨레도까지."

"얼마나 오래 여행을 한 건가요?"

"일 년의 사분의 삼이 걸렸어요."

"도대체 왜 그런 거죠?"

"당신을 사랑하기 때문에요."

격한 감정에 휩싸인 그의 눈에 눈물이 차올랐다. 그가 속삭였다. "나 역시 당신을 사랑해요."

"정말? 정말 아직도요?"

"물론이죠."

그녀는 그가 무슨 말을 하는지 알 수 있었다. 그녀는 얼굴을 들어올렸다. 그는 아기 위로 몸을 기울이고 그녀에게 부드럽게 키스했다. 그의 입술이 자신의 입술에 닿는 감촉에 그녀는 아찔해졌다.

아기가 울기 시작했다.

그녀는 키스를 멈추고 아기를 살살 흔들어주었다. 아기는 조용해졌다.

잭이 물었다. "아기 이름이 뭐죠?"

"아직 짓지 않았어요."

"왜 안 지었죠? 분명 한 살은 된 것 같은데!"

"당신하고 의논하고 싶었어요!"

"나하고?" 잭은 얼굴을 찌푸렸다. "앨프레드는 어떻게 하고요? 아기 이름은 아버지가 지어줘야 하는데……" 그는 말끝을 흐렸다. "그럼…… 이 아기가…… 이 아이가 내 아들인가요?"

"아기를 잘 보세요."

잭은 아기를 바라보았다. "붉은 머리…… 그 일이 있은 지 정확히 일

년하고도 아홉 달이 흘렀군요."

앨리에너는 고개를 끄덕였다.

"맙소사." 잭은 경이로워했다. "내 아들이라니." 그는 거칠게 숨을 삼켰다.

그가 이 놀라운 소식을 받아들이려고 애쓰는 동안, 그녀는 불안한 표정으로 그의 얼굴을 지켜보았다. 그가 이 사실을 청춘과 자유의 종말로 받아들이는 건 아닐까? 그의 표정이 엄숙해졌다. 대개의 남자들은 아홉 달의 기간을 두고 아버지가 된다는 생각에 익숙해졌다. 그러나 잭은 그 모든 것을 한순간에 받아들여야 했다. 그는 다시 아기를 바라보더니 마침내 미소 지었다. "우리의 아들이로군요. 정말 기뻐요."

앨리에너는 행복하게 한숨을 내쉬었다. 결국 모든 일이 제자리를 찾은 것이었다.

또다른 생각이 잭에게 떠올랐다. "앨프레드는 어때요? 그가 이 일을 아나요……"

"물론이에요. 그는 아기를 그저 바라볼 수밖에 없었지요. 그런데다가……" 그녀는 어떻게 설명해야 할지 당황스러웠다. "그런데다 당신 어머니께서 그 결혼을 저주했기 때문에 앨프레드는 할 수가 없었어요. 무슨 말인지 알겠죠, 그는 아무것도 못했어요."

잭은 큰 소리로 웃음을 터뜨렸다. "정의라는 것이 있긴 있었군요."

앨리에너는 그가 흥에 겨워 그렇게 말하는 것이 마음에 들지 않았다. "내게는 견디기 힘든 일이었어요." 그녀가 부드럽게 나무라는 어조로 말했다.

순간 그의 표정이 바뀌었다. "미안해요. 그래서 앨프레드가 어떻게 했죠?"

"아기를 보고 나를 내쫓았어요."

잭은 화가 난 것 같았다. "당신을 때렸나요?"

"그러진 않았어요."

"언제나 돼지 같은 작자였죠."

"난 그에게 내쫓겨서 차라리 기뻤어요. 당신을 찾아나설 수 있게 되었으니까요. 그리고 이렇게 난 당신을 찾았어요. 너무 행복해서 어쩔 줄 모르겠어요."

"당신은 정말 용감한 사람이에요. 아직도 이 사실을 믿을 수가 없어요. 당신이 계속 나를 따라왔다니!"

"필요하다면 다시 할 수도 있는걸요." 그녀가 열정적으로 말했다.

그는 다시 그녀에게 키스했다. 누군가 프랑스어로 말하는 소리가 들려왔다. "성당 안에서 음란한 행동을 하려면 본당 신자석에서 하시오."

젊은 수사였다. "죄송합니다, 신부님." 잭은 대답하고는 앨리에너의 팔을 잡았다. 그들은 계단을 내려가 남쪽 익랑을 가로질렀다. 잭이 말했다. "나도 수사로 지내던 적이 있어 행복한 연인들이 입을 맞추는 걸 보는 것이 수사들에게 얼마나 힘든 일인지 알지요."

행복한 연인들, 앨리에너는 생각했다. 바로 우리가 아닌가.

그들은 성당을 곧장 걸어나와 분주한 시장 구역으로 들어섰다. 앨리에너는 햇빛 속에 잭과 함께 서 있다는 게 거의 믿기지 않았다. 너무 행복해 몸을 가눌 수 없을 지경이었다.

"자 우리 이제 어떻게 하죠?"

"나도 모르겠어요." 그녀가 미소를 지으며 대답했다.

"빵 한 덩이와 포도주 한 병을 사서 말을 타고 들판으로 가서 식사부터 해요."

"꿈 같은 얘기로군요."

그들은 빵집과 포도주 가게를 들렀다가 시장의 우유장수 여인에게서 치즈를 한 조각 샀다. 그리고 곧바로 마을을 벗어나 들판으로 말을 달렸다. 앨리에너는 잭이 정말 그곳에 있고, 자신과 함께 말 달리며 숨쉬고 미소 짓는지 확인하려는 듯 줄곧 그에게서 눈을 떼지 않았다.

"앨프레드는 건축 공사장을 잘 운영해나가고 있나요?"

"아! 그 얘기를 안 했군요!" 앨리에너는 그가 얼마나 오랫동안 그곳을 떠나 있었는지를 잊고 있었다. "끔찍한 재난이 있었어요. 성당 지붕이 무너졌어요."

"뭐라고요?" 잭이 큰 소리로 외치자 그의 말이 놀라 겁을 먹고 조금 뒤뚱거렸다. 그는 말을 달랬다. "어떻게 그런 일이 일어났지요?"

"아무도 몰라요. 성령강림 축일에 맞춰 세 기둥사이의 지붕이 완성됐어요. 그런데 그 지붕이 모두 미사 중간에 무너졌죠. 정말 끔찍했어요. 일흔아홉 명이나 죽었으니까요."

"끔찍한 일이군요." 잭은 충격을 받았다. "필립 수도원장님은 그 일을 어떻게 받아들이셨나요?"

"정말 안됐어요. 그분은 성당 건축을 모두 포기했어요. 모든 의욕을 잃은 것 같아요. 요즈음엔 아무것도 하지 않죠."

잭은 그런 상태에 있는 필립을 상상할 수 없었다. 필립은 언제나 열정과 결의에 넘치는 사람이었다. "그럼 장인들은 어떻게 됐나요?"

"모두 떠났어요. 앨프레드는 지금 셔링에서 살면서 주택을 지어주고 있어요."

"킹스브리지는 분명히 반쯤 비어 있겠군요?"

"예전처럼 다시 작은 마을이 되어가고 있어요."

"앨프레드가 무슨 잘못을 저지르지 않았나 싶은데." 잭은 혼잣말을 했다. "톰 아저씨의 본래 설계도에는 궁륭이 없었어요. 하지만 앨프레드가 그 무게를 떠받치기 위해 부벽을 더 크게 했으니까, 문제가 없어야 할 텐데."

그는 그 소식을 듣고 우울해졌다. 그들은 말없이 말을 몰았다. 생드니에서 1킬로미터쯤 벗어난 곳에 이르러 느릅나무에 말을 매놓고는 작은 시냇가, 푸른 밀밭 한구석에 앉아 식사를 했다. 잭은 포도주를 한 모금 마시고 입맛을 다셨다. "영국에는 프랑스 포도주와 비길 만한 게 없어요." 그는 손으로 빵을 잘라 앨리에너에게 주었다.

앨리에너는 수줍은 몸짓으로 앞섶을 풀고 아기에게 젖을 물렸다. 그녀는 잭이 그 모습을 바라보는 것을 깨닫고 얼굴을 붉혔다. 그리고 당황한 기색을 감추려고 목청을 가다듬었다. "아기 이름을 뭐라고 하면 좋을까요?" 그녀가 어색하게 말을 꺼냈다. "잭이라고 하면 어때요?"

"글쎄요." 그는 생각에 잠긴 듯했다. "잭은 내가 본 적도 없는 아버지예요. 그분과 똑같은 이름을 우리 아들에게 붙이는 건 왠지 불길해요. 내게 가장 가까웠던 진짜 아버지는 건축가 톰이었죠."

"그럼 톰이라고 할까요?"

"그랬으면 좋겠어요."

"톰은 무척 몸집이 큰 사람이었잖아요. 그럼 토미가 어떨까요?"

잭은 고개를 끄덕였다. "토미로 해요."

이 순간이 얼마나 중요한지에는 관심도 없이 토미는 양껏 젖을 빨고 나서 어느새 잠이 들어 있었다. 앨리에너는 아기를 바닥에 눕히고 베개 대신 머릿수건을 접어 아기 머리 밑에 받쳐주었다. 그런 다음 잭을 바라보았다. 어색한 느낌이 들었다. 그녀는 그와 함께 바로 이 풀밭 위에서 사랑의 행위를 하기를 바랐지만, 그러자고 하면 그가 놀랄 것 같아 생각만 하며 그를 바라보았다.

잭이 말했다. "내가 무슨 말을 하더라도 날 나쁘게 생각하지 않겠다고 약속할 수 있어요?"

"그럼요."

그는 당황한 표정으로 말했다. "당신을 만난 다음부터 난 옷 속의 당신 육체 말고는 아무것도 생각할 수가 없었어요."

그녀는 미소 지었다. "당신을 나쁘게 생각하지 않아요. 오히려 기쁜걸요."

그는 갈망의 시선으로 그녀를 응시했다.

앨리에너가 말했다. "그런 눈빛으로 날 바라보는 것이 좋아요."

그는 마른침을 삼켰다.

그녀가 팔을 뻗자 그는 그녀에게 다가와 그녀를 껴안았다.

그들이 단 한 번 사랑을 나눈 것은 거의 이 년 전의 일이었다. 이 년 전 그날 아침 그들 둘은 욕망과 후회에 휩쓸렸다. 그러나 이제 그들은 들판에 나온 두 연인일 뿐이었다. 앨리에너는 불현듯 불안을 느꼈다. 모든 일이 잘될까? 이번에도 일이 끝난 다음 뭔가 잘못되면 얼마나 끔찍할까?

그들은 나란히 풀밭에 누워 키스를 했다. 그녀는 눈을 감고 입을 벌렸다. 그리고 그가 뜨거운 손길로 자신의 몸을 서둘러 탐색하는 것을 느꼈다. 그녀의 다리 사이에 자극이 왔다. 그는 그녀의 눈꺼풀과 코끝에 키스를 하고 말했다. "그동안 매일같이 당신 때문에 고통스러웠어요."

그녀는 그를 꼭 끌어안았다. "당신을 찾게 되어 얼마나 기쁜지 몰라요."

위에서 햇빛이 내리쪼이고 옆에서 시냇물이 졸졸 흘러가는 가운데 그들은 야외에서 부드럽고 행복한 사랑을 나누었다. 토미는 그동안 줄곧 잠을 자다가 일이 끝나자 잠에서 깼다.

나무 여인상은 스페인을 떠나온 이후로 눈물을 흘리지 않았다. 잭은 그것의 작용 원리를 이해하지 못했기에 여인상이 자기 나라를 벗어나자 눈물을 흘리지 않는 이유를 확실히 알 수 없었다. 그렇지만 밤이 되면 눈물이 흘러나오는 것은 공기가 갑자기 차가워지기 때문이라는 생각이 들었고, 북쪽 지역에서는 해가 더 서서히 진다는 것 또한 알고 있었으므로 여인상이 눈물을 흘리지 않는 건 밤이 천천히 내리는 현상과 관련이 있지 않을까 생각했다. 가지고 다니기엔 상당히 불편했지만 톨레도의 기념품으로 라시드와 (비록 앨리에너에게는 이야기하지 않았지만) 아이샤를 떠올리게 해주는 물건이었다. 그런데 생드니에서 한 석공이 동정녀 상을 조각하는 데 모델이 필요해서 잭은 그 나무 여인상을 석공의 작업장에 가져다주었다. 그것은 지금 그곳에 있었다.

그는 성당 재건축을 위해 그곳 수도원에 고용되었다. 그처럼 그를 압도했던 새 성단소는 미완성이었고, 세례 요한 축일에 열릴 헌정의식에 때맞추어 완성되어야 했다. 그러나 힘이 넘치는 대수도원장은 신랑도 그와 똑같은 혁신적인 양식으로 재건축할 채비를 갖추고 있었고, 그 때문에 미리 돌을 조각하기 위해 잭이 고용된 것이었다.

대수도원은 그에게 마을에 있는 집을 임시로 내주었다. 잭은 앨리에너와 토미를 데리고 그 집으로 이사를 했다. 새 집에서 맞은 첫날밤에는 다섯 차례나 사랑을 나누었다. 남편과 아내로서 함께 산다는 것은 이 세상에서 가장 자연스러운 일처럼 느껴졌다. 며칠이 지나자 잭은 그들이 내내 함께 살았던 것 같은 기분이 들었다. 그들의 결합이 교회의 축복을 받았는지 묻는 사람은 아무도 없었다.

생드니의 건축 책임자는 단연코 잭이 이제껏 만나본 가장 훌륭한 석공이었다. 그들이 새 성단소를 완성하고 신랑을 재건축할 준비를 하는 내내 잭은 그를 지켜보고 그가 하는 모든 일에 마음을 빼앗겼다. 이곳의 기술적 진보는 대수도원장이 아닌 건축 책임자의 노력의 결실이었다. 쉬제르는 새로운 착상을 좋아했지만 구조보다는 장식에 더 관심이 있었다. 그가 아끼는 계획은 성聖 드니와 그의 두 동료인 루스티쿠스와 엘레우테리우스의 유골을 안장할 새 무덤이었다. 그 유골들은 지하실에 보관되어 있었는데, 쉬제르는 그것을 성단소로 옮겨 온 세상 사람들에게 보여줄 심산이었다. 세 개의 관은 검은 대리석 판을 두른 돌무덤에 안장할 예정이었다. 무덤 꼭대기에는 금박을 입힌 목제 모형 성당이 있었다. 모형 성당 내의 신랑과 양편 측랑에는 세 순교자를 위한 빈 관 세 개가 각각 놓여 있었다. 그 무덤은 새 성단소 한가운데 새로 세운 높은 제대 뒤에 자리잡을 것이다. 제대와 무덤의 기초는 이미 자리를 잡았고, 모형 성당은 목수의 작업장에 있었다. 그곳에서 한 장인이 값을 매길 수 없을 만큼 비싼 금분을 정성들여 모형 성당에 입히고 있었다. 쉬제르는 일을 대충 처리하는 사람이 아니었다.

대수도원장이 일을 조직적으로 처리하는 만만찮은 사람이라는 것은 헌정식을 준비하는 동안 알 수 있었다. 쉬제르는 제법 알려진 사람이라면 누구나 그 의식에 초대했는데, 그중 명망 높은 이들로 프랑스의 국왕과 왕비, 캔터베리 대주교를 포함한 열아홉 명의 대주교와 주교 등이 있었고 대부분이 초대에 응했다. 그러한 단편적인 소식들은 성당에서 일하는 장인들의 입을 통해 조금씩 알려졌다. 잭은 손으로 짠 옷을 입고 새끼 오리들처럼 그의 뒤를 따르는 한 무리의 수사들에게 지시를 내리면서 직접 수도원을 돌아다니는 쉬제르의 모습을 자주 보았다. 그는 잭에게 킹스브리지의 필립을 연상시켰다. 필립처럼 쉬제르도 보잘것없는 배경에서 태어나 수도원에서 자라났다. 또한 필립처럼 재정을 재조직하고 수도원의 재산을 엄격하게 관리함으로써 훨씬 더 많은 수입이 들어오도록 했다. 그리고 필립과 마찬가지로 여분의 돈을 건축 공사에 사용하고 있었다. 부지런하고 정력적이고 단호한 것까지도 필립과 똑같았다.

다만 앨리에너의 말에 따르면, 필립은 이제 더는 그런 일을 하지 않는다는 것이 다를 뿐이었다.

잭은 상상하기 어려웠다. 필립이 활동하지 않는다는 것은 웨일런 바이가드가 너그러워졌다는 것만큼이나 있을 법하지 않은 일이었다. 하지만 필립은 끔찍한 좌절들을 겪었다. 우선 도시가 불탔다. 잭은 그 무시무시한 날을 회상하며 몸을 떨었다. 그 연기, 공포, 불타는 횃불을 든 무시무시한 기병, 발작적인 군중의 걷잡을 수 없는 공포가 되살아났다. 아마도 필립은 심장이 멎는 것 같았으리라. 그후 킹스브리지는 용기를 잃은 것이 분명했다. 잭은 희미하지만 분명한 부패의 냄새 같은 공포와 불확실한 분위기가 팽배해 있던 그곳을 뚜렷하게 기억하고 있었다. 틀림없이 필립은 새로운 희망의 상징으로 삼기 위해 새 성단소의 준공식을 열려 했을 것이다. 그것마저 재난으로 돌변하자 포기할 수밖에 없었으리라.

이제 건축장이들이 떠나버려 그곳 시장은 쇠퇴하고 인구도 줄고 있을 것이다. 앨리에너는 젊은 사람들이 셔링으로 옮겨가고 있다고 말했다. 물론 그것은 단지 사기에 관한 문제에 지나지 않았다. 수도원은 해마다 수백 파운드의 수입을 가져다주는 방대한 양떼를 포함해 여전히 상당한 재산을 가지고 있었기에 단순히 돈 문제라면 필립은 분명 어떤 규모로든 공사를 재개했을 것이다. 그것도 분명 쉬운 일은 아닐 것이다. 석공들은 한번 무너진 적이 있는 성당에서 일하는 것에 대해 미신적인 생각을 품었다. 그리고 사람들의 열의를 또다시 불러일으키는 것도 어려운 일이었다. 그러나 앨리에너의 말로 판단해볼 때 중요한 문제는 필립이 의지를 잃어버렸다는 것이었다. 잭은 자신이 그곳을 예전처럼 되돌려놓는 데 도움이 될 일을 할 수 있기를 바랐다.

한편 의식이 열리기 이삼 일 전부터 주교와 대주교, 공작, 백작들이 생드니에 속속 도착하기 시작했다. 명사들은 모두 안내원을 따라 건물로 인도되었다. 가장 지체 높은 방문객들은 쉬제르가 직접 따라나섰고,

좀더 지위가 낮은 손님들은 수사나 장인들이 뒤따랐다. 그들은 모두 새 건축물의 경쾌한 모습과 채색유리를 끼운 커다란 창문으로 비쳐드는 햇빛의 효과에 넋을 잃었다. 프랑스의 중요한 교회 지도자들이 모두 그 건물을 보고 있었으므로 이 새로운 양식은 널리 모방될 거라는 생각이 잭의 머리에 떠올랐다. 그렇게 되면 당연히 생드니에서 일했다고 말하는 석공들은 크게 환영받을 것이다. 여기로 온 건 생각 이상으로 현명한 행동이었다. 이곳에서의 경험은 그가 직접 대성당을 설계해 건설할 수 있는 기회를 극적으로 높여줄 것이다.

루이 왕은 토요일에 아내와 어머니와 함께 이곳에 도착해 대수도원장 관저에 여장을 풀었다. 그날 밤의 조과에서는 황혼부터 새벽까지 성가 소리가 들렸다. 해 뜰 무렵이 되자 한 무리의 농부들과 파리 시민들이 성당 밖에 모여, 일찍이 본 적 없는 가장 위대한 성직자들과 권력자들의 회합을 기대에 찬 마음으로 기다리고 있었다. 잭과 앨리에너도 토미에게 젖을 먹이자마자 군중에 합류했다. 언젠가 이 일을 토미에게도 말해줘야지, 잭은 생각했다. '기억하지 못하겠지만, 한 살 때 넌 프랑스의 왕을 보았단다.'

그들은 의식이 시작되기를 기다리는 동안 아침거리로 빵과 사과술을 사서 먹었다. 물론 일반인들에게는 성당 입장이 허락되지 않았다. 왕의 호위병들이 거리를 두고 지키고 있었다. 그러나 문이 모두 열려 있었고, 사람들은 성당 안이 들여다보이는 곳에 떼지어 모여 있었다. 신랑에는 귀족계급 남녀들이 들어차 있었다. 다행히 성단소는 그 밑에 거대한 지하실이 있어 바닥에서 몇 미터 솟아 있었으므로 잭이 서 있는 자리에서도 의식이 보였다.

신랑 저 끝에서 동요의 움직임이 일어나더니 갑자기 모든 귀족들이 절을 올렸다. 잭은 사람들 머리 위로 남쪽에서 성당으로 들어서는 국왕을 보았다. 왕의 얼굴까지 자세히 보이지는 않았지만, 교차부 중앙으로 가서 대大제대 앞에 무릎을 꿇을 때 생생하게 빛나는 그의 진홍색 튜닉은 볼 수 있었다.

뒤이어 주교와 대주교가 입장했다. 둘 다 황금 수가 놓인 눈부시도록 하얀 대례복을 입었고, 주교들은 저마다 의장용 주교장杖을 들고 있었다. 주교장은 원래 수수한 양치기 지팡이처럼 만들어야 했지만 대부분 엄청난 보석으로 치장되어 있어 햇빛을 받은 전체 행렬은 계곡물처럼 반짝거렸다.

그들은 천천히 성당을 가로질러 성단소로 통하는 층계를 오른 다음 성수반 주위에 자리를 잡았다. 준비과정을 지켜보았던 잭은 그 성수반에 성수 몇 리터가 담겨 있다는 걸 알고 있었다. 이어 기도를 드리고 성가를 부르는 동안 성당 안은 잠잠했다. 군중은 안절부절못했고 토미도 싫증이 난 것 같았다. 이윽고 주교들이 다시 행렬을 이끌고 움직이기 시작했다.

그들은 남문을 통해 성당을 나와 클로이스터 안으로 사라졌다. 구경꾼들은 크게 실망했지만, 다음 순간 행렬이 수도원 건물에서 나오더니 성당 앞을 가로질렀다. 주교들은 모두 성수채라고 불리는 작은 솔과 성수 그릇을 들고 있었다. 그들은 성가를 부르며 행진하면서 솔에 성수를 적셔 성당 벽에 흩뿌렸다. 사람들은 축복을 빌며 성직자들의 눈처럼 하얀 옷자락을 만지려고 앞으로 몰려갔다. 왕의 호위병들이 몽둥이를 휘둘러 사람들을 쫓았다. 잭은 군중 뒤편에 그대로 서 있었다. 축복을 받고 싶지도 않았고 몽둥이로부터 멀찍이 떨어져 있고 싶었다.

행렬이 당당한 모습으로 성당의 북쪽 면을 따라가자, 군중은 묘지의 무덤을 짓밟으며 그 뒤를 따랐다. 몇몇 구경꾼들은 미리 예상하고 그곳에 자리잡고 있다가, 새로 몰려온 사람들에게 밀리지 않으려고 버티기도 했다. 한두 차례 싸움이 벌어졌다.

주교들은 북쪽 현관을 지나 새로 지은 부분인 동쪽 끝의 반원을 계속 돌았다. 그곳에는 장인들의 작업장이 있었는데, 군중이 오두막 주위에 몰려들자 그 약한 목조건물들은 무너질 듯 위태로워 보였다. 행렬의 선두가 다시 대수도원 안으로 사라지기 시작하자 발작적 흥분에 휩싸인 몇 사람은 필사적으로 밀고 나아갔다. 왕의 호위병들 역시 더 거칠게 그들을 막았다.

잭은 불안해지기 시작했다. "이런 건 보고 싶지 않아요."

"나도 그 말을 하려고 했어요. 여기서 빠져나가요."

그들이 그곳을 채 빠져나가기도 전에 앞쪽에서 호위병과 일단의 청년들 사이에 실랑이가 벌어졌다. 군사들은 사납게 곤봉을 휘둘렀지만, 청년들은 위축되기는커녕 맞서 싸웠다. 행렬 맨 끝에 있던 주교들은 성단소 나머지 부분에 눈에 띄게 형식적으로 성수를 뿌리고는 서둘러 클로이스터 안으로 들어갔다. 성직자들이 시야에서 사라지자 군중은 군사들에게로 주의를 돌렸다. 누군가 돌을 던져 한 군사의 이마를 정통으로 맞혔고, 그가 쓰러지자 환호성이 일었다. 백병전은 빠르게 번져갔다. 동료들을 지키기 위해 성당 서쪽 정면에 있던 군사들이 달려왔다.

싸움은 폭동으로 변해가고 있었다.

곧 그 소동은 오늘의 의식으로도 가라앉힐 가망이 없을 지경이 되었다. 잭은 주교들과 왕이 지금 성 드니의 유골을 가져오기 위해 지하실로 내려가고 있으리라는 것을 알고 있었다. 그들은 유골을 가지고 클로이스터를 한 바퀴 돌겠지만 그것을 가지고 문밖으로 나오지는 않을 것이다. 고위층은 미사가 끝날 때까지는 모습을 드러내지 않을 것이다. 쉬제르 대수도원장은 구경 올 군중의 규모를 예상하지 못했음은 물론, 그들을 편안하게 해줄 것도 전혀 준비해두지 않았다. 해가 중천에 떠 있어날은 더웠고, 사람들은 감정을 발산하고 싶어했다.

왕의 호위대는 무장했지만 구경꾼들은 그렇지 않았으므로, 처음에는 군사들에게 유리한 상황으로 흘러갔다. 그러자 누군가 장인들의 작업장을 부수고 무기를 꺼내오자는 영리한 발상을 떠올렸다. 청년들이 석공의 작업장 문을 발로 차 부수더니 잠시 후 자루가 달린 망치를 손에 들고 나왔다. 석공 몇이 군중 사이를 비집고 작업장으로 들어가 사람들을 막으려 했지만, 버티지 못하고 한옆으로 떠밀리고 말았다.

잭과 앨리에너는 사람들 틈에서 빠져나가려고 뒷걸음을 쳤지만, 뒤에 있던 사람들이 거세게 앞으로 밀고 나왔다. 그들은 어느새 사람들 사이에 갇혔음을 깨달았다. 잭은 토미를 가슴에 꼭 껴안았다. 팔로는 아기의 등을 감싸고 손으로는 아기의 머리를 가리는 한편, 앨리에너 곁에서 떨어지지 않으려고 애썼다. 그는 왜소한 몸집에 검은 턱수염을 기른 수상한 사내가 석공 작업장에서 눈물 흘리는 여인상을 가지고 나오는 것을 보았다. 다시는 저것을 볼 수 없겠구나, 잭은 애석한 마음에 가슴이 찢어질 듯했다. 그러나 우선은 이 난리통에서 빠져나가는 것이 급선무였으므로 도둑질에 속상해할 틈이 없었다.

다음으로 사람들은 목수 작업장 문을 부수고 열었다. 장인들은 자신들의 작업장을 지키려는 희망을 포기하고 사람들을 제지하려는 시도조차 못했다. 대장간이 진입하기에 너무 튼튼하다는 걸 알게 된 군중은 지붕 올리는 장인의 작업장으로 가 약한 벽을 부수고 난입한 다음, 함석판을 깎고 다듬는 데 쓰는 묵직하고 위험할 정도로 날카로운 연장을 들고 나왔다. 이 소동이 가라앉기 전에 누군가 죽겠구나, 잭은 생각했다.

온힘을 다해 빠져나가려 했는데도 그는 싸움이 가장 격렬한 북쪽 현관을 향해 앞으로 떼밀려가고 있었다. 그는 검은 턱수염의 도둑도 같은 처지라는 걸 알아차렸다. 도둑은 잭이 토미를 안고 있는 것처럼 훔친 여인상을 가슴에 안고 빠져나가려 하고 있었지만, 그 역시 난투극이 벌어지는 쪽으로 밀려가고 있었다.

문득 좋은 생각을 떠올린 잭은 토미를 앨리에너에게 건네며 말했다. "내 곁에서 떨어지지 말아요." 그런 다음 몸집이 작은 도둑을 붙들고 여인상을 뺏으려 했다. 도둑은 한동안 저항했지만 잭이 자기보다 몸집이 큰데다 어쨌든 훔친 여인상보다는 자기 몸이 우선인지라 잠시 후 조각상을 포기해버렸다.

잭이 여인상을 머리 위로 치켜들고 소리쳤다. "마리아를 경배하시오!" 처음에는 아무도 그의 말을 알아듣지 못했다. 다음 순간 한두 사람이 그를 바라보았다. "성모님을 다치게 하지 마시오!" 그는 목청껏 외쳤다. 주위에 있던 사람들이 의심스러운 몸짓으로 물러나자 공간이 생겼다. 그는 이 주제가 마음에 들기 시작했다. "동정녀상을 모독하는 것은 죄악이오!" 그는 여인상을 머리 위로 높이 치켜들고 성당을 향해 앞으로 나아갔다. 어쩌면 정말 효과가 있을지도 모르겠는걸, 그는 희망이 솟아나는 것을 느끼며 생각했다. 점점 많은 사람들이 무슨 일인가 싶어 싸움을 멈추었다.

그는 힐끗 뒤를 돌아보았다. 앨리에너는 사람들에게 떠밀려 어쩔 줄 몰라하면서도 그의 뒤를 따라오고 있었다. 하지만 폭동은 급속도로 가라앉아갔다. 군중은 잭과 함께 앞으로 나아가며 두려움에 차서 그가 한 말을 따라했다. "이분은 주님의 어머니시다…… 마리아님을 맞이하라…… 은총이 가득하신 동정녀를 위해 길을 열어라……" 사람들이 애초에 원했던 것은 단지 구경거리였으므로, 잭이 그것을 제공해주자 싸움은 거의 끝났다. 군중 언저리 두세 곳에서만 난투가 계속되고 있었다. 잭은 엄숙하게 앞으로 걸어나갔다. 자신이 그처럼 쉽사리 폭동을 멈추게 했다는 게 오히려 놀라웠다. 앞에 있는 군중은 점점 줄어갔고, 이윽고 그는 성당 북쪽 현관에 이르렀다. 그는 숭배하는 마음이 가득한 몸짓으로 성당 출입문의 서늘한 그늘에 여인상을 내려놓았다. 여인상의 높이는 60센티미터 남짓이어서 땅바닥에 내려놓자 그렇게 커다란 인상은 주지 못했다.

군중은 무엇인가를 기다리며 출입문 주위로 몰려들었다. 잭은 어떻게 해야 할지 몰라 당황스러웠다. 사람들은 아마 설교를 원할 것이다. 잭은 여인상을 높이 들고 커다란 목소리로 경고하며 성직자 행세를 했지만 그 이상은 무리였다. 두려워졌다. 이제 군중을 실망시킨다면 무슨 일을 당할 것인가?

갑자기 사람들이 일제히 숨을 몰아쉬었다.

잭은 뒤를 돌아보았다. 미사를 드리고 있던 몇몇 귀족이 북쪽 익랑에 모여 밖을 내다보고 있었지만, 그로서는 사람들이 무엇 때문에 그토록 경악하고 있는지 판단할 수 없었다.

"기적이다!" 한 사람이 그렇게 외치자, 다른 사람들도 계속해서 소리쳤다. "기적이다! 기적이야!"

잭은 여인상을 바라보고야 그 이유를 알 수 있었다. 여인상의 눈에서 눈물이 흐르고 있었다. 처음에는 그도 사람들과 마찬가지로 위압당했다. 하지만 잠시 후 그 조각상이 남쪽 지방에서 밤이 저물었을 때 그랬던 것처럼 더운 곳에서 갑자기 서늘한 곳으로 옮겨지면 눈물을 흘리는 거라는 생각이 떠올랐다. 여인상은 한낮의 열기 속에서 서늘한 성당 북쪽 현관으로 이제 막 옮겨졌다. 그래서 눈물을 흘리는 것이지만 물론 군중은 알 리가 없었다. 모두 여인상이 눈물 흘리는 모습에 경탄하고 있었다.

앞쪽에 있던 여인 하나가 프랑스 은화인 1드니에를 던졌다. 잭은 큰 소리로 웃고 싶은 기분이었다. 나뭇조각에 돈을 바친다고 무슨 소용이 있겠는가? 그러나 사람들은 성당의 가르침에 너무도 익숙해 있었으므로 무언가 성스러운 것을 대하는 자연스러운 반응으로 돈을 바쳤다. 군중 속에서 몇몇 사람들도 여인을 따라 은화를 던졌다.

잭은 라시드가 준 인형이 돈을 벌어주리라고는 결코 생각지 못했다. 물론 잭을 위해서 돈을 벌어줄 수는 없었다. 만약 그 돈이 잭의 주머니에 들어갈 것이라고 생각한다면 사람들은 돈을 바치지 않을 것이다. 하지만 그것은 어떤 성당에든 큰 재산이 될 만했다.

그 사실을 깨닫자 문득 자신이 무엇을 해야 할지 알 수 있었다.

그 생각은 섬광처럼 머리에 떠올랐는데, 그 속뜻을 생각해보기도 전에 그는 말을 시작했다. "이 눈물 흘리는 마리아는 저의 것이 아니라 하느님의 것입니다." 그리고 다시 말을 이었다. 군중은 조용해졌다. 이것이야말로 그들이 기다리던 설교였다. 잭의 뒤편 성당 안에서는 주교들이 성가를 부르고 있었지만, 이제 그들에게 관심을 기울이는 사람은 아무도 없었다. "수백 년 동안 이 마리아상은 사라센 땅에서 고난의 삶을 보냈습니다." 그는 이 마리아상의 역사에 대해 아는 바 없었지만 그것은 별 문제가 되지 않을 듯했다. 성직자들 자신도 어떤 기적의 이야기나 성스러운 유물의 진실 여부에 대해서는 그다지 엄격하게 조사하려 하지 않았다. "이 마리아상은 먼 길을 여행했습니다. 하지만 그 여행은 아직 끝나지 않았습니다. 이 마리아상의 목적지는 영국에 있는 킹스브리지 대성당입니다."

잭은 앨리에너와 눈이 마주쳤다. 그녀는 놀란 눈으로 그를 응시하고 있었다. 그는 자신이 연기를 하고 있다는 걸 그녀에게 알려주기 위해 눈을 찡긋하고 싶은 유혹을 억눌러야 했다. "이 마리아상을 킹스브리지까지 모셔가는 것이 저의 성스러운 소명입니다. 그곳에서 그분은 쉴 곳을 찾을 것입니다. 거기서 여인상은 평화를 얻을 것입니다." 앨리에너를 바라보았을 때 그는 더없이 기지에 넘치는 마지막 영감이 떠올라 말했다. "저는 킹스브리지 성당의 건축 책임자로 임명된 사람입니다."

앨리에너의 입이 벌어졌다. 잭은 그녀에게서 눈을 돌렸다. "이 눈물 흘리는 마리아님께서는 당신을 위해 킹스브리지에 더 아름다운 새 성당을 지을 것을 명하셨습니다. 이 마리아상의 도움으로 저는 성 드니의 성스러운 유골을 모시기 위해 여기 세워진 새로운 성단소만큼이나 아름다운 성당을 창조할 것입니다."

그는 힐끗 발아래를 내려다보았다. 땅바닥에 떨어진 돈을 보자 연설을 마무리할 좋은 말이 떠올랐다. "여러분이 주신 돈은 새 성당을 짓는 데 쓰일 것입니다. 마리아님께서는 당신의 새 집을 짓는 데 도움이 되는 선물을 주신 모든 이들에게 남녀노소를 막론하고 축복을 내리실 겁니다." 잠시 침묵이 흘렀다. 이윽고 그 말을 들은 사람들이 마리아상의 발치에 은화를 던지기 시작했다. 돈을 던지면서 그들은 무슨 말인가를 외쳐댔다. "할렐루야" 혹은 "하느님을 찬미할지어다"라고 외치는 사람도 있는가 하면 축복을 비는 사람도 있었고, "로베르가 잘되게 해주소서"라든가 "안느에게 아기가 생기기를"이라든가 "풍성한 수확을 거두게 해주소서" 같은 좀더 구체적인 은총을 구하는 사람들도 있었다. 잭은 그들의 얼굴을 살펴보았다. 그들은 흥분되고 고양되어 있었고 행복해했다. 앞으로 나와 눈물 흘리는 마리아에게 남보다 먼저 돈을 던지고 싶어서로 밀쳐댔다. 잭은 발밑에 눈더미처럼 쌓여가는 돈을 감탄의 시선으로 지켜보았다.

눈물 흘리는 마리아는 셰르부르로 가는 도중에 있는 모든 도시와 마을에서도 똑같은 효과를 발휘했다. 그들이 대로를 따라 행렬을 지어 나아가면 군중이 모여들었다. 이윽고 성당 앞에서 잠시 멈추어 전체 주민들이 모일 시간을 준 다음, 여인상을 서늘한 건물 안으로 옮겼다. 그러면 여인상은 눈물을 흘렸고, 그런 다음이면 사람들은 앞을 다투어 킹스브리지 대성당의 건축을 위해 돈을 바쳤다.

여행을 시작할 때 하마터면 그 여인상을 빼앗길 뻔했다. 주교들과 대주교들이 여인상을 조사한 후 기적이 진짜라고 하자 쉬제르 대수도원장이 그것을 생드니를 위해 간직하고 싶어했던 것이다. 그는 잭에게 1파운드를 주겠다고 했다가 다음에는 10파운드, 나중에는 50파운드를 주겠다고 제안했다. 잭이 돈에 관심이 없다는 것을 깨닫자, 이번에는 강제로 여인상을 빼앗겠다고 을러댔다. 그러나 캔터베리의 대주교 테오볼드가 그를 제지했다. 테오볼드 역시 그 여인상에게 돈을 만들어내는 힘이 잠재해 있음을 알고 그것이 자신의 교구인 킹스브리지로 가기를 바랐던 것이다. 쉬제르는 야비하게도 그 기적의 진위에 어딘가 의심스러운 데가 있다면서 마지못해 그것을 포기했다.

잭은 생드니에 있는 장인들에게 자기를 따라 킹스브리지로 가고자 하는 사람은 누구든 고용하겠다고 제안했다. 쉬제르는 그 제안 역시 반기지 않았다. 실상 장인들 대부분은 제 손안의 새 한 마리가 덤불의 두 마리보다 낫다는 원칙으로 지금 있는 장소에 머물려 할 테지만, 영국에서 온 일부 장인들은 고향으로 돌아가고 싶은 유혹을 느낄 수 있었고, 그렇지 않더라도 새 공사장에 관한 소식을 동료에게 전하는 것이 모든 석공의 의무인지라 그 소식이 사방으로 퍼져나갈 것이기 때문이었다. 몇 주가 지나지 않아 지난 이 년 동안 잭이 먼 길을 여행하며 예닐곱 군데의 공사장을 떠돌았던 것처럼, 전체 기독교 제국 장인들이 킹스브리지를 향해 길을 떠날 것이다. 앨리에너는 잭에게 만약 킹스브리지 수도원이 그를 건축 책임자로 임명하지 않으면 어쩌려는지 물었다. 그는 그런 일일랑은 생각조차 않았다. 즉석에서 그런 발표를 했으므로 일이 잘못되었을 경우 아무런 대비책도 없었다.

테오볼드 대주교는 눈물 흘리는 마리아상은 영국을 위한 것이라고 주장하면서도, 잭이 그것을 갖고 가도록 그냥 내버려두지는 않았다. 그는 자신의 수행원 중 레널드와 에드워드라는 사제를 보내 잭과 앨리에너를 따라 함께 여행하도록 했다. 처음에 잭은 그러한 처사가 달갑지 않았지만 곧 그 사제들을 좋아하게 되었다. 레널드는 생기 있는 얼굴과 예리한 지성을 지닌 한창 커가는 청년으로, 잭이 톨레도에서 공부한 수학에 깊은 관심을 보였다. 에드워드는 온화하면서도 정력적인 면이 있는 노사제였다. 그들의 주요 임무는 당연히 기부금이 잭의 지갑에 들어가지 않도록 확실히 하는 것이었다. 사실상 이 성직자들은 그들의 여행 경비를 이 기부금에서 자유롭게 쓴 반면, 잭과 앨리에너는 자신들의 돈으로 경비를 지불했으므로 대주교로선 잭을 믿는 쪽이 더 나았을 터였다.

그들은 바플뢰르로 가는 도중 셰르부르에 들렀다. 바플뢰르에서 웨어햄 행 배를 탈 예정이었다. 그들이 작은 해변 도시의 중심부로 들어서기 전부터 잭은 무엇인가 잘못되어가고 있음을 알아차렸다. 사람들이 마리아상을 보지 않았던 것이다.

그들은 잭을 응시하고 있었다.

잠시 후 두 성직자도 그런 낌새를 알아차렸다. 도시로 들어갈 때면 언제나 그랬듯 그들은 여인상을 나무로 된 가대에 세워 운반하고 있었다. 군중이 그들의 뒤를 따르기 시작하자 레널드가 잭에게 낮은 목소리로 속삭였다. "무슨 일일까요?"

"나도 모르겠습니다."

"그들은 여인상보다 당신한테 더 관심이 있군요. 전에 이곳에 온 적이 있습니까?"

"없어요."

앨리에너가 말했다. "잭을 보는 사람들은 모두 나이 든 사람들이에요. 젊은 사람들은 여인상을 보고 있어요."

그녀의 말이 옳았다. 아이들과 젊은 사람들은 언제나처럼 호기심에 차서 여인상을 바라보고 있었다. 잭을 응시하는 사람들은 중년배들이었다. 그는 뒤를 돌아보고 사람들이 겁에 질려 있다는 것을 알 수 있었다. 어떤 사람은 그를 보자 성호를 긋기도 했다. "저 사람들이 왜 나를 경계하는 거지?" 그는 머릿속에 떠오른 의문을 입 밖으로 소리내어 말했다.

그러나 언제나처럼 순식간에 행렬 뒤로 사람들이 따라왔으므로, 그들은 거대한 군중을 이끌고 장터에 이르렀다. 그들은 성당 앞에 마리아상을 내려놓았다. 공기중에 소금물과 신선한 생선 냄새가 났다. 몇몇 시민들이 성당 안으로 들어갔다. 대개 그다음에는 그 지역의 성직자가 나와서 레널드와 에드워드와 더불어 대화를 나눴다. 토론과 설명이 있은 다음, 여인상을 안으로 옮기면 그곳에서 여인상은 눈물을 흘렸다. 한번은 마리아상이 눈물을 흘리지 않은 적이 있었다. 추운 날이었다. 아마 여인상이 눈물을 흘리지 않을 것이라고 잭이 경고했음에도 불구하고, 레널드는 절차대로 진행하기를 고집했다. 이제는 그들도 잭의 충고를 존중했다.

오늘은 날씨가 좋았지만 뭔가 잘못되어 있었다. 사방에 모여든 선원과 어부들의 바람에 시달린 얼굴 위에는 미신적인 공포가 서려 있었다. 젊은이들도 나이 든 사람들이 불안해하는 것을 눈치챘고, 그러자 전체 군중이 의혹에 차 막연한 적대감을 드러냈다. 아무도 가까이 다가와 여인상에 대해 질문하지 않았다. 그들은 거리를 둔 채 낮은 소리로 얘기를 나누며 무슨 일이 벌어지기를 기다리고 있었다.

이윽고 사제가 모습을 나타냈다. 다른 도시에서는 사제가 치밀한 의혹을 품은 기색으로 다가왔는데, 이곳 사제는 십자가를 방패처럼 앞에 들고 다른 손에는 성수를 담은 성작*을 든 무당 같은 모습으로 성당에서 나왔다. 레널드가 말했다. "저 신부가 무엇을 할 생각일까요? 악귀라도 쫓으려는 건가?" 그 사제는 라틴어로 뭐라고 중얼거리면서 잭에게 다가왔다. 그는 프랑스어로 말했다. "너 악령에게 명하노니 귀신의 나라로 썩 돌아가라! 성부와 성자와 성령의 이름으로……"

"난 귀신이 아니오. 이 빌어먹을 바보 같으니라고!" 잭이 불쑥 소리쳤다. 기운이 쑥 빠지는 느낌이었다.

사제는 멈추지 않았다. "성부와 성자와 성령의 이름으로……"

"우리는 캔터베리 대주교님의 명을 받들어 이곳에 왔소." 레널드가 항의조로 말했다. "우린 그분의 은총을 입고 있소."

앨리에너가 말했다. "이 사람은 귀신이 아니에요. 전 열두 살 때부터 이 사람을 알았다고요!"

신부의 얼굴에 의혹의 표정이 떠오르기 시작했다. "당신은 이십사 년 전에 이 도시에서 살았던 남자의 유령이오." 신부가 말했다. 군중 속에서 몇몇 사람들이 그 말에 동의를 표했다. 사제는 다시 기도문을 외기 시작했다.

"난 겨우 스무 살입니다. 아마도 내가 죽은 남자와 꼭 닮은 거겠지요."

그러자 군중 속에서 한 사람이 앞으로 나섰다. "그와 꼭 닮은 정도가 아니오. 당신은 바로 그 사람이오. 죽던 날의 모습과 조금도 다름이 없소."

사람들은 미신적인 공포에 사로잡혀 수군거렸다. 잭은 기운이 빠지는 것을 느끼며 그 말을 한 사람을 바라보았다. 마흔 남짓한 남자로, 희끗희끗한 턱수염이 나 있었고 성공한 장인이거나 소규모 장사를 하는 상인 차림새였다. 그는 발작을 일으킬 사람처럼 보이진 않았다. 잭은 누그러진 어조로 말했다. "내 동행들은 나를 알고 있습니다. 그중 두 사람은

---

* 미사제구의 하나로 성혈(포도주)을 담는 잔.

사제입니다. 이 여인은 내 아내이고, 이 아이는 내 아들입니다. 이들 역시 유령이란 말입니까?"

사내는 미심쩍다는 표정을 지었다.

그의 곁에 서 있던 백발 여인이 큰 소리로 말했다. "날 모르겠니, 잭?"

잭은 무엇에 찔린 것처럼 펄쩍 뛰었다. 이제 그는 겁에 질려 있었다. "어떻게 내 이름을 아셨나요?"

"난 네 어미란다."

"그렇지 않아요!" 앨리에너가 외쳤다. 잭은 그녀의 목소리에 돌연한 공포가 서려 있음을 눈치챘다. "난 이 사람의 어머니를 알아요. 당신은 이 사람의 어머니가 아니에요. 이게 대체 무슨 일이죠?"

"악마의 마법이야!" 신부가 외쳤다.

"잠깐만요." 레널드가 말했다. "여기 있는 잭과 죽었다는 그 사람과 무슨 관계가 있을지도 모르겠군요. 죽은 사람에게 아이가 있었나요?"

"없었소." 수염이 희끗희끗한 사내가 대답했다.

"분명한가요?"

"그는 결혼한 적이 없소."

"결혼과 아이는 별개 문제죠."

한두 사람이 킬킬거렸다. 사제는 웃는 사람들을 노려보았다.

희끗희끗한 턱수염을 한 남자가 말했다. "하지만 그는 스물네 해 전에 죽었고, 여기 있는 잭은 자신이 겨우 스무 살이라고 하지 않소."

"그 사람이 어떻게 죽었습니까?" 레널드가 물었다.

"물에 빠져 죽었소."

"시체를 봤습니까?"

침묵이 흘렀다. 이윽고 턱수염이 희끗희끗한 남자가 말했다. "아니요, 그의 시체를 보지는 못했소."

"누구 그의 시체를 본 사람이 있습니까?" 레널드의 목소리는 승리를 감지한 듯 고조되고 있었다.

아무도 대답이 없었다.

레널드가 잭에게 몸을 돌렸다. "당신 부친께서는 살아 계신가요?"

"그분은 내가 태어나기도 전에 돌아가셨습니다."

"뭘 하시던 분이었습니까?"

"음유시인이었습니다."

군중 속에서 헉 하는 소리가 터져나왔다. 다음 순간 백발 여인이 말했다. "내 아들 잭도 음유시인이었지."

"그러나 여기 있는 잭은 석공입니다. 난 그가 해놓은 작업을 본 적이 있지요. 그가 음유시인의 아들일 수는 있습니다." 그가 다시 잭에게로 고개를 돌렸다. "부친의 이름은 뭐였나요? 혹시 음유시인 잭이라고 불리지 않았나요."

"아뇨. 그분의 이름은 잭 셰어버그였습니다."

신부는 그 이름을 조금 다르게 발음하면서 되뇌었다. "자크 셰르부르라고?"

잭은 깜짝 놀랐다. 그는 자기 아버지의 이름을 이해할 수 없었는데, 이제 그 이유가 명확해진 것이었다. 많은 여행자들처럼 그도 자신이 태어난 도시의 이름으로 불렸던 것이다. "맞습니다." 잭이 놀라며 말했다. "그렇고말고요. 자크 셰르부르였어요." 찾기를 포기한 지 오래였던 아버지의 행적을 마침내 찾아낸 것이다. 그는 멀리 스페인까지도 갔지만 그가 원하던 것은 바로 이곳, 노르망디의 해변에 있었다. 그는 마침내 찾던 것을 얻었다. 무거운 짐을 지고 먼 길을 와 이제 짐을 내려놓은 사람처럼 만족스러운 피로감이 밀려왔다.

"그럼 이제 모든 것이 분명해졌군요." 레널드가 의기양양한 얼굴로 군중을 둘러보며 말했다. "자크 셰르부르는 물에 빠져 죽지 않고 살아 남았습니다. 그는 영국으로 가서 그곳에서 한동안 살다가 한 소녀를 임신시키고 죽은 겁니다. 그 소녀는 아들을 낳아 아버지의 이름을 아이에게 붙여주었습니다. 여기 있는 잭은 지금 스무 살이니 이십사 년 전 그의 부친과 똑같은 모습을 하고 있는 것입니다." 레널드가 신부를 바라보았다. "구마의식은 필요 없습니다, 신부님. 이건 가족이 다시 모인 것일 뿐이니까요."

앨리에너가 잭의 팔짱을 끼고 그의 손을 꼭 잡았다. 그는 정신이 멍해지는 것을 느꼈다. 묻고 싶은 것이 수백 가지였지만 어디서부터 시작해야 할지 알 수 없었다. 그는 아무거나 불쑥 물었다. "어째서 아버지가 죽었다고 그렇게 확신한 거죠?"

"화이트 십White Ship에 탔던 사람들은 모두 죽었네." 턱수염이 희끗희끗한 남자가 대답했다.

"화이트 십이라뇨?"

"나도 화이트 십을 기억하고 있어요." 에드워드가 말했다. "유명한 재난이었지요. 왕위 계승자가 물에 빠져 죽었으니까요. 그러자 모드 황후가 계승자가 됐지요. 바로 그 때문에 우리가 스티븐을 지지한 겁니다."

"하지만 왜 아버지는 그 배에 탔을까요?"

아까 그 늙은 여인이 대답했다. "그 아이는 항해중에 귀족들을 즐겁게 해주는 사람이었단다." 그녀는 잭을 바라보았다. "그렇다면 넌 그애의 아들이 틀림없구나. 넌 내 손자다. 널 유령이라고 생각했던 게 미안하구나. 그애와 너무나 똑같아서 그랬어."

"네 아버지는 내 형님이란다." 이번에는 턱수염이 희끗희끗한 남자가 말했다. "난 네 삼촌인 기욤이다."

잭은 그들이 그토록 갈망하던 가족, 아버지의 친척들이라는 것에 기뻐 몸이 달아오르는 것을 느꼈다. 이제 더는 이 세상에서 혼자가 아니었다. 그는 결국 자신의 뿌리를 찾은 것이었다.

"자, 이 아이는 제 아들 토미입니다. 이 붉은 머리를 좀 보세요."

백발 노파가 다정하게 아기를 바라보더니 충격을 받은 목소리로 말했다. "오, 맙소사. 내가 이제 증조할머니로구나!"

모두 웃음을 터뜨렸다.

잭이 말했다. "도대체 아버지는 어떻게 영국까지 가신 걸까요?"

13장

1

“그리하여 하느님께서 사탄에게 말씀하시기를, ‘나의 사람 욥을 보라. 그를 보라. 일찍이 내가 발견한 선한 사람이 있노라.’” 필립은 효과를 더하기 위하여 잠시 말을 멈추었다. 그의 강론은 물론 성서를 그대로 옮기는 것이 아니라, 성서 이야기를 자유로운 방식으로 다시 들려주는 것이었다. “‘만약 그가 온전하고 강직한 사람, 하느님을 경외하며 악을 행하지 않는 사람이 아니라면 나에게 말하라.’ 그러자 사탄은 말했습니다. ‘물론 그는 당신을 경배하고 있소. 당신은 그에게 모든 것을 주었지 않소. 그를 한번 보시오. 일곱 아들과 세 딸을 두었소. 그는 또 양 7천 마리와 낙타 3천 마리, 수소 천 마리와 당나귀 5백 마리도 갖고 있소. 그 때문에 그가 선한 자가 될 수 있었던 거요.’ 그러자 하느님께서는 말씀하셨습니다. ‘좋다. 그에게서 모든 것을 빼앗은 다음, 무슨 일이 일어나는지를 보도록 하라.’ 그래서 사탄은 욥에게서 모든 것을 빼앗았습니다.”

강론을 하는 동안 필립의 마음은 오늘 아침 캔터베리 대주교로부터 받은 종잡을 수 없는 편지에 가 있었다. 그 편지는 눈물 흘리는 기적의 마리아상을 갖게 된 것을 축하한다는 말로 시작되었다. 필립은 눈물 흘리는 성모상이 무엇인지는 몰랐지만, 자신이 그런 것을 가지고 있지 않다는 것은 확실히 알고 있었다. 대주교는 필립이 새 대성당의 건축 공사를 다시 시작하게 되었다는 소식에 기뻐하고 있었다. 필립은 그런 일은 전혀 하지 않고 있었다. 그는 무슨 일인가를 시작하기 전에 신의 계시가 내리기를 기다리고 있었고, 그동안 새로 생긴 교구의 작은 성당에서 주일 미사를 집전하고 있었다. 마지막으로 테오볼드 대주교는 생드니 성당에서 새 제대 짓는 일을 했던 사람을 건축 책임자로 임명한 그의 빈틈없는 결정을 언급했다. 물론 생드니 대수도원과 프랑스 왕국에서 가장 강력한 성직자인 그 유명한 쉬제르 대수도원장에 대한 이야기를 들은 적은 있었다. 그러나 그곳의 새 제대에 대해서는 아무것도 알지 못했고, 다른 어느 곳에서 온 사람도 건축 책임자로 임명하지 않았다. 필립은 그 편지가 실수로 자신에게 온 모양이라고 생각했다.

"이제 모든 재산을 잃고, 아이들도 죽임을 당했을 때 욥이 무슨 말을 했겠습니까? 그가 하느님을 저주했을까요? 사탄을 경배했을까요? 그렇지 않습니다! 그는 이렇게 말했습니다. '나는 맨몸으로 태어났으므로 맨몸으로 죽으리라. 주님께서 주시고 주님께서 가져가신다. 주님의 이름이여, 찬미받을지어다.' 이것이 욥이 한 말입니다 그러자 하느님께서 사탄에게 말씀하셨습니다. '내가 뭐라더냐?' 그러자 사탄이 대답했습니다. '좋소. 그렇지만 그는 아직 건강하지 않소? 인간이란 건강을 지니고 있는 동안에는 무슨 일이든 견딜 수 있는 법이오.' 그래서 하느님께서는 당신의 생각을 증명하기 위해 욥에게 더 많은 고통을 줄 수밖에 없었으므로, 다음과 같이 말씀하셨습니다. '그에게서 건강마저 빼앗은 다음 어떤 일이 일어나는지 볼지어다.' 그리하여 사탄이 욥을 병들게 해 그의 몸에는 머리끝부터 발끝까지 부스럼이 돋았습니다."

성당에서의 강론은 시간이 흐를수록 일반화되고 있었다. 필립이 어렸을 때는 강론을 들을 기회는 드물었다. 대수도원장 피터는 강론 때문에 사제들이 스스로에게 탐닉하게 된다면서 강론에 반대했다. 구식 관점에서 보면 신자들은 신비롭고 성스러운 의식을 침묵 가운데 지켜보면서 그들로서는 알아듣지 못하는 라틴어 기도 소리를 들으며 사제가 수행하는 중재의 유효성을 맹목적으로 믿는 단순한 방관자가 되어야 했다. 그러나 그런 생각들은 바뀌었다. 오늘날 진보적으로 사고하는 사람들은 신자들이 더는 신비스러운 의식을 말없이 지켜보는 사람들이어서는 안 된다고 생각했다. 교회가 그들 일상생활의 일부여야 한다는 것이 그들의 의견이었다. 교회는 세례를 받는 데서부터 결혼을 하고 아이들을 낳고 종부성사를 받고 성스러운 땅에 묻힐 때까지, 삶의 이정표가 되어야 했다. 교회란 그들의 지주이자 판관이요, 고용인이자 고객이었다. 사람들은 시간이 흐를수록 반드시 일요일뿐 아니라 매일 기독교인으로 살아야 했다. 현대적 관점에 따르면, 그들에겐 단순한 의식 이상의 것이 필요했다. 즉 설명과 계율, 격려와 권고가 필요했다.

"자, 저는 사탄이 킹스브리지에 대해 하느님과 이야기를 나누었으리라고 믿어 의심치 않습니다." 필립은 강론을 이어갔다. "하느님께서는 사탄에게 이렇게 말씀하셨을 겁니다. '나의 킹스브리지 사람들을 보아라. 선한 기독교인들이 아니냐? 그들이 일주일 내내 열심히 밭이나 일터에서 일하고, 일요일에는 나를 위해 새 대성당을 짓느라 종일 일하는 것을 보라. 그들이 선한 사람들이 아니라고 하겠느냐?' 그러자 사탄이 이렇게 말합니다. '그들은 일이 잘되고 있기 때문에 선한 거요. 당신은 그들에게 풍요로운 수확과 좋은 기후를 주었고 상점에 고객을 주었고 사악한 백작들로부터 그들을 보호해주었소. 그러나 그들에게서 그 모든 것을 빼앗아버린다면, 그들은 내 편으로 넘어올 거요.' 하느님께서 다시 이렇게 말씀하십니다. '좋다. 그것들을 태워버린 다음 무슨 일이 일어나는지 보아라.' 그래서 사탄은 윌리엄 햄리를 보내 우리의 양모시장에 불을 놓게 한 것입니다."

필립은 욥의 이야기에서 커다란 위안을 얻었다. 욥처럼 필립도 온 능력을 다해 하느님의 뜻을 실현하려고 평생 열심히 일했다. 그런 다음 욥처럼 불운과 실패와 치욕을 그 보상으로 받았다. 그러나 그의 강론의 목적은 시민들의 사기를 높이기 위한 것이었다. 필립은 강론이 효과를 발휘하지 못하고 있다는 것을 알 수 있었다. 그렇지만 이야기는 아직 끝난 것이 아니었다.

"그러자 하느님께서는 사탄에게 말씀하셨습니다. '이제 보아라! 너는 그 도시 전체를 모두 태워버렸지만, 그들은 여전히 나를 위해 새 대성당을 짓고 있지 않느냐. 아직도 그들이 선한 사람들이 아니라고 하겠느냐!' 그렇지만 사탄은 이렇게 말했습니다. '나는 그들에게 너무 관대했소. 대부분의 사람들은 그 불을 피해 달아나지 않았소. 그래서 그들은 곧 작은 판잣집을 다시 세웠던 거요. 그들에게 진짜 재난을 겪게 해주시오. 그런 다음 무슨 일이 일어나는지 보시오.' 그래서 하느님께서 한숨을 내쉰 다음 말씀하셨습니다. '그렇다면 이제 뭘 하고 싶단 말이냐?' 그러자 사탄이 대답했습니다. '난 새 성당의 지붕이 그들 머리 위로 내려앉게 하겠소.' 그러고 나서 사탄은 우리 모두가 알고 있는 그 일을 했던 것입니다."

신자들을 둘러보면서 필립은 그 끔찍한 붕괴 사고로 친척을 잃지 않은 이들이 거의 없다는 것을 알 수 있었다. 자상한 남편과 건장한 세 아들을 모두 잃은 과부 메그는 그때 이후 한마디 말도 하지 못했고 머리카락도 세어버렸다. 또다른 이들은 불구가 되기도 했다. 조랑말이라는 별

명을 가진 피터는 오른 다리가 부러져서 절름발이가 되었다. 그는 전에 마부였지만 지금은 형을 도와 안장 만드는 일을 했다. 도시에 무사한 가정은 거의 없었다. 앞쪽 바닥에는 두 다리를 못 쓰게 된 사람이 주저앉아 있었다. 필립은 얼굴을 찌푸렸다. 저 사람이 누구였더라? 저 사람은 지붕이 무너져서 다친 것이 아니었다. 필립은 전에 그를 본 적이 없었다. 다음 순간 그는 도시에서 구걸을 하며 대성당의 폐허 속에서 잠을 자는 불구자가 있다는 말을 들은 것이 생각났다. 필립은 그에게 객사의 침대를 하나 내주라고 지시한 적이 있었다.

마음이 다시 산란해진 그는 강론에 집중했다. "자, 욥이 어떻게 했을까요? 그의 아내가 말했습니다. '하느님을 저주하세요. 그러면 죽겠지요.' 욥이 그렇게 했을까요? 그러지 않았습니다. 그가 신앙을 잃었을까요? 그러지 않았습니다. 사탄은 욥에게서 뜻한 바를 이루지 못했습니다. 그래서 저는 여러분께 말합니다." 필립은 이 부분을 강조하기 위해 극적인 몸짓을 하며 손을 들어올렸다. "저는 여러분께 말합니다. 사탄은 킹스브리지 사람들에게서 뜻한 바를 이룰 수 없을 것입니다! 왜냐하면 우리는 욥이 온갖 시련 속에서 그랬던 것처럼 계속해서 진실하신 하느님을 경배하고 있기 때문입니다."

그는 신자들이 그의 말을 되새기도록 다시 말을 멈추었지만 그들을 감동시키지 못했음을 알 수 있었다. 그를 올려다보는 얼굴들에는 흥미는 있었지만 감동은 없었다. 사실 그는 감화를 주는 설교자는 못 되었고 현실적인 사람이었다. 인품의 힘으로 회중을 사로잡는 것은 역부족이었다. 사람들이 그를 깊이 신뢰한 것은 사실이지만, 즉각 그렇게 된 것은 아니었다. 그러한 신뢰는 그가 어떻게 살고 무엇을 성취했는가를 그들이 이해함에 따라 시간을 두고 천천히 형성되었다. 그의 업적은 때때로 사람들을 고양시키기도 했다. 그것도 오래전 일이었다. 하지만 말言로는 그런 적이 없었다.

강론은 이제 가장 중요한 부분에 이르렀다. "사탄이 최악의 재앙을 내린 후 욥에게 무슨 일이 일어났을까요? 자, 하느님께서는 그가 애초에 가졌던 것 이상을 주셨습니다. 두 배 이상을 말입니다! 7천 마리의 양에게 풀을 뜯겼으나 그는 이제 만 4천 마리의 양을 갖게 되었습니다. 잃어버린 3천 마리의 낙타들은 6천 마리로 불어나 되돌아왔습니다. 또한 일곱 명의 아들과 세 딸을 더 두게 되었습니다."

사람들은 무관심해 보였다. 필립은 강론을 계속했다. "그러므로 킹스브리지도 언젠가는 다시 번성할 것입니다. 과부들은 다시 결혼할 것이고, 홀아비들도 아내를 찾을 것입니다. 자식이 죽은 이들은 다시 아기를 가질 것입니다. 또한 우리 거리에는 사람들이 넘치고 상점에는 빵과 포도주, 가죽과 놋쇠 제품, 버클과 신발 등이 들어찰 것입니다. 그리고 언젠가 우리는 대성당을 다시 지을 것입니다."

문제는 필립 스스로도 그것을 확신하지 못한다는 데 있었다. 따라서 그러한 말을 신념에 차서 할 수 없었다. 신자들이 감동하지 않는 것도 이상한 일이 아니었다.

그는 앞에 놓인 무거운 책을 내려다보며 라틴어를 영어로 옮겨 말했다. "그리하여 욥은 백사십 년을 더 살면서, 아들과 손자는 물론 증손자까지 보았습니다. 그리고 수명이 다하여 죽었습니다." 그는 책을 덮었다.

그때 작은 성당 뒤편에서 소동이 일어났다. 필립은 애가 타서 그쪽을 바라보았다. 자신의 강론이 기대만큼의 효과를 불러일으키지 못했다는 것은 의식하고 있었지만, 그렇다 하더라도 강론이 끝날 때까지 몇 분만 더 조용히 해주기를 바랐다. 성당 문이 열려 있었는데, 뒤편에 앉아 있던 사람들이 모두 밖을 내다보고 있었다. 필립은 성당 밖에 많은 군중이 모여 있는 것을 보았다. 성당에 오지 않은 킹스브리지 사람들 모두가 거기 있는 게 분명했다. 무슨 일이 벌어지고 있는 것일까?

몇 가지 가능성이 마음속에 떠올랐다. 싸움이나 화재, 누군가 죽어가거나, 기병들이 큰 무리를 이루어 다가오고 있을 수도 있었다. 무슨 일이 일어나든 그는 완전히 무방비 상태였다. 두 사제가 수놓은 제대보로 덮은 판 위에 놓인 조각상을 들고 들어왔다. 그들의 태도가 엄숙한 것으로 미루어 그 조각상이 성인상이거나 성모상이라는 것을 알 수 있었다. 사제들 뒤로 두 사람이 더 따라 들어왔는데, 그것은 조각상보다 더 큰 놀라움을 불러일으켰다. 한 사람은 앨리에너였고, 또 한 사람은 잭이었던 것이다.

필립은 분노와 애정이 섞인 눈길로 잭을 바라보았다. 저 아이가 처음 이곳에 오던 날 이전 성당이 불타 쓰러졌지, 필립은 생각했다. 그후로 그와 관계된 일은 모두 상궤를 벗어나는 것이었다. 그러나 필립은 잭이 들어서는 것을 보고 성가심보다는 기쁨을 느꼈다. 그가 야기했던 모든 말썽에도 불구하고, 그 아이는 삶을 재미있게 해주었다. 아이라고? 필립은 다시 잭을 바라보았다. 잭은 이제 아이가 아니었다. 그는 겨우 이 년 동안 킹스브리지를 떠나 있었을 뿐이지만, 열 살은 더 들어 보였고, 지친 그의 눈빛에는 뭐든 다 알고 있다는 표정이 깃들어 있었다. 대체 그동안 어디에 가 있었던 것일까? 그리고 앨리에너는 어떻게 그를 찾아냈을까?

행렬은 성당 한가운데로 다가왔다. 필립은 무슨 일이 일어나는지 그저 지켜보기로 마음먹었다. 사람들이 앨리에너와 잭을 알아보자 흥분에 찬 소란이 일었다. 다음 순간 두려움에 찬 중얼거림 같은 소리가 다시 들려왔다. 누군가 말했다. "성모상이 눈물을 흘린다!"

다른 사람들도 호칭기도*라도 하듯 되뇌었다. "성모상이 눈물을 흘린다! 눈물을 흘린다!" 필립은 그 조각상을 응시했다. 분명히 눈에서 물이 흘러나오고 있었다. 문득 눈물 흘리는 기적의 성모상에 대한 대주교의 종잡을 수 없는 편지가 떠올랐다. 그러니까 이것이 바로 그 성모상이었다. 눈물을 흘리는 일이 기적인지 아닌지에 대해서 필립은 판단을 유보하기로 했다. 조각상의 눈은 돌이나 일종의 수정으로 되어 있는 반면, 나머지 부분은 나무로 되어 있었다. 조각상이 흘리는 눈물은 그런 것과 관련이 있을지도 몰랐다.

사제들은 몸을 돌려 성모상이 신자들과 마주보도록 판을 바닥에 내려놓았다. 이윽고 잭이 말을 시작했다.

"눈물 흘리는 마리아는 멀고 먼 나라에서 제게 왔습니다."

필립은 그가 미사의식을 잇는 데 분개했지만, 다짜고짜 다그치지는 않기로 마음먹었다. 잭이 할 말을 하도록 내버려두었다. 어쨌든 호기심에 끌렸던 것이다. "세례를 받은 한 사라센이 제게 이 성모상을 주었습니다." 잭은 말을 이어갔다. 신자들은 놀라서 수군거리고 있었다. 사라센은 대개 이야기 속에나 나오는 검은 얼굴의 야만스러운 적들이었으므로, 그들 중 몇몇이 실제로 기독교인이라는 것을 아는 사람은 거의 없었던 것이다. "처음에 저는 왜 성모상이 제게 왔는지 의아했습니다. 그럼에도 불구하고 저는 성모상을 가지고 먼 길을 돌아다녔지요." 잭은 신자들을 넋 잃게 하고 있었다. 나보다 훨씬 강론을 잘하는군, 필립은 비참한 심정으로 생각했다. 벌써 긴장이 감도는 것을 느낄 수 있어. "결국 저는 성모상이 쉴 곳으로 가고 싶어한다는 것을 알았습니다. 그렇지만 성모상이 쉴 곳이 어디일까요. 마침내 저는 그것을 깨달았습니다. 성모상은 킹스브리지로 오기를 원했던 것입니다."

신자들은 탄성을 터뜨렸다. 필립은 회의적인 느낌이 들었다. 하느님

---

* 하느님과 모든 성인들에게 도움을 청하는 기도로, 사제들이 선창을 하고 신자들이 응답하는 형식이다.

이 역사하는 방법과 잭이 행동하는 방식 사이에는 차이가 있었고, 이건 잭의 방식이었다. 그러나 필립은 가만히 있었다.

"그러나 다음 순간 저는 생각하지 않을 수 없었습니다. 어디로 성모상을 모시고 갈 것인가? 성모상은 킹스브리지의 어느 묘에 있고자 하실까? 성모상은 어느 성당에서 안식을 찾을 것인가?" 그는 마치 이곳은 분명 아니라고 말하듯 교구 성당의 하얗게 칠한 평범한 내부를 둘러보았다. "마치 성모상은 큰 소리로 제게 말씀하시는 것 같았습니다. '그대, 잭 잭슨은 나를 위하여 묘를 만들고 성당을 지을지어다.'"

필립은 잭이 뜻하는 바를 알 수 있었다. 저 마리아상은 새 대성당 건축을 위한 사람들의 열의에 불을 댕기는 불꽃이 될 것이다. 그것은 필립이 욥에 대한 강론을 통해 하려다 실패한 일이었다. 그러나 아직도 필립은 스스로에게 묻지 않을 수 없었다. 이것이 하느님의 뜻일까, 아니면 단지 잭의 술수에 지나지 않는 것일까?

"그래서 저는 성모상께 물었습니다. '무엇을 가지고 성당을 짓습니까? 제겐 돈이 없습니다.' 그러자 성모상께서는 대답하셨습니다. '그 돈은 내가 주리라.' 그래서 우리는 캔터베리 테오볼드 대주교의 축복을 받으며 길을 떠난 것입니다." 잭은 대주교의 이름을 언급하면서 힐끗 필립을 올려다보았다. 그는 무언가 내게 말하고 있어, 필립은 생각했다. 그는 이 일에 대해 자신이 강력한 배경을 갖고 있다고 말하는 거야.

잭은 다시 신자들에게 시선을 돌려 그들을 둘러보았다. "그래서 파리에서 시작해 노르망디를 지나고 바다를 건너 킹스브리지로 오는 동안 줄곧 독실한 기독교인들이 눈물 흘리는 마리아님께서 안식을 취하실 묘의 건축을 위해 돈을 기부했습니다." 그와 동시에 잭은 밖에 있던 누군가를 손짓으로 불렀다.

다음 순간 머리에 터번을 쓴 두 명의 사라센이 쇠테를 두른 궤를 어깨에 짊어지고 엄숙하게 성당 안으로 들어왔다.

시민들은 겁에 질려 그들을 피해 뒤로 물러섰다. 필립까지도 놀랐다. 그는 사라센들의 피부가 갈색이라는 것을 지식으로는 알고 있었지만, 그런 사람들을 한 번도 본 적이 없었으므로 실제로 그들을 보자 놀라지 않을 수 없었다. 그들의 현란하고 밝은 빛깔의 옷 또한 마찬가지로 충격적이었다. 그들은 압도당한 신자들 사이를 지나 공손하게 궤를 바닥에 내려놓고 무릎을 꿇었다.

잭이 커다란 열쇠로 궤를 열고 뚜껑을 들어올리자, 숨죽인 침묵이 흘렀다. 사람들은 상자 안을 보려고 목을 길게 뺐다. 갑자기 잭은 그 궤를 엎었다.

폭포 같은 소리와 함께 수백, 수천 개의 은화가 쏟아져나왔다. 사람들은 주위에 몰려들어 그것을 응시했다. 어느 누구도 그렇게 많은 돈을 본 적이 없었다.

사람들이 웅성대는 가운데서도 들릴 수 있도록 잭은 목소리를 높였다. "저는 성모상을 쉴 곳으로 모셔왔습니다. 이제는 성모상을 위해 새 대성당을 지을 것입니다." 이윽고 그는 몸을 돌려 필립을 똑바로 바라보며, 이제 당신에게 공을 넘긴다는 듯 가볍게 고개를 숙여 인사했다.

필립은 이 같은 조작을 극히 싫어했지만, 일이 교묘하게 진행되었다는 것을 즉각 알 수 있었다. 그렇지만 필립이 항복한 건 아니었다. 사람들은 눈물 흘리는 성모상을 환호하며 맞아들일 테지만, 오직 필립만이 그 성모상을 킹스브리지 대성당 안의 성 아돌푸스 유골과 나란히 안치할지를 결정할 수 있었다. 그는 아직도 그 점을 확신하지 못하고 있었다.

시민 중 몇 명이 사라센들에게 질문을 던지고 있었다. 필립은 설교단에서 내려와 그들의 대화를 들으려고 가까이 다가갔다. "저는 멀고 먼 나라에서 왔습니다." 그들 중의 하나가 말했다. 필립은 그가 마치 도싯 지방* 어부처럼 영어로 하는 말을 듣고 깜짝 놀랐다. 이곳 시민들은 대부분 사라센이 고유의 언어를 가지고 있다는 것조차 알지 못했다.

"당신 나라의 이름이 뭐요?" 누군가 물었다.

"우리나라는 아프리카라고 불립니다." 한 사라센이 대답했다. 당연히 아프리카에 있는 나라가 하나뿐이 아니라는 것을 필립은 알고 있었다. 하지만 시민들은 그 사실조차 모르고 있었다. 그래서 필립은 이 사라센이 어느 나라 출신인지 궁금했다. 성서에서 언급되는 이집트나 에티오피아 같은 나라에서 왔다면 얼마나 흥미 있는 일인가?

어린 소녀 하나가 시험 삼아 손가락을 내밀어 사라센의 다갈색 손등에 댔다. 사라센은 소녀에겐 미소를 지어 보였다. 피부색만 제외하면 다른 사람들과 아무 차이가 없군, 필립은 생각했다. 그의 미소에 용기를 얻은 소녀가 물었다. "아프리카에는 어떤 것들이 있나요?"

"광대한 사막과 무화과나무들이 있단다."

"무화과라는 게 뭐예요?"

"그건…… 그건 딸기처럼 생기고 배 맛이 나는 과일이란다."

필립은 갑자기 강한 의심이 들어 질문을 던졌다. "말해보시오, 사라센 양반. 당신은 어느 도시 출신이오?"

"다마스쿠스입니다."

필립의 의심은 들어맞았다. 화가 났다. 그는 잭의 팔을 툭툭 쳐서 그를 한옆으로 이끌었다. 나지막했지만 화가 난 목소리로 그가 물었다. "지금 무슨 장난을 하고 있는 건가?"

"무슨 말씀이신지요?" 잭은 아무것도 모르는 척 되물었다.

"저 두 사람은 사라센이 아니야. 얼굴과 손에 갈색 물을 들인 웨어햄

* 잉글랜드 남서부에 위치한 카운티. 남쪽으로 영국해협에 면한 기름진 땅이다.

출신 어부들이라고."

잭은 자신의 속임수가 들통난 것에 개의치 않는 듯했다. 그는 씩 웃더니 말했다. "어떻게 눈치채셨죠?"

"저 사람은 무화과 열매를 본 적이 없는 것 같네. 그리고 다마스쿠스는 아프리카에 있는 도시가 아니야. 왜 이런 부정한 일을 하고 있는 거지?"

"해가 안 되는 속임수인걸요." 잭은 예의 그 매력적인 미소를 지었다.

"해가 되지 않는 속임수란 없는 법이야." 필립이 냉정하게 말했다.

"맞습니다." 잭은 필립이 화가 났음을 깨닫고는 진지해졌다. "사람들을 깨우치기 위해 성서 갈피에 그려진 그림과 같은 목적에서 이런 일을 한 겁니다. 진실은 아니지만 하나의 삽화라고나 할까요. 얼굴에 갈색 물을 들인 저 도싯 사람들은 눈물 흘리는 성모상이 사라센 땅에서 왔다는 분명한 사실을 극화하고 있는 거지요."

두 사제와 앨리에너가 마리아상 주변에 몰려 있는 사람들 곁을 떠나 필립과 잭이 있는 곳으로 왔다. 필립은 짐짓 그들을 못 본 체하고 잭에게 말했다. "뱀의 그림을 보고 놀라지는 않네. 삽화는 거짓이라고 할 수가 없지. 하지만 자네가 꾸민 저 사라센들은 삽화가 아니라 사기꾼일세."

"우리는 저 사라센들을 등장시킨 후 더 많은 기부금을 모았습니다."

필립은 바닥에 쌓여 있는 은화들을 바라보았다. "시민들은 아마도 저 돈이면 충분히 새 대성당 전체를 지을 거라고 생각하겠지. 내게는 1백 파운드 정도밖에는 안 되어 보이네. 그것으로는 일 년 동안의 건축비도 댈 수 없다는 걸 자네도 알걸세."

"저 돈은 이 사라센들과 같은 겁니다. 상징적인 거죠. 원장님은 건축을 시작할 돈을 갖게 되었다는 걸 모르세요?"

그것은 사실이었다. 필립이 건축을 재개할 수 없도록 가로막는 것은 아무것도 없었다. 마리아상은 단순히 킹스브리지에 활기를 되돌리기 위한 일종의 필수품이었다. 이 도시에 사람들을 끌어들이고 순례자들과 학자들뿐 아니라 호기심에 찬 일 없는 사람들까지도 모여들 것이다. 시민들의 기운도 다시 솟을 것이다. 멋진 전조처럼 보였다. 필립은 하느님의 계시를 기다려왔으므로, 이 사건이 바로 기다려온 그 계시라고 믿고 싶은 마음이 간절했다. 그러나 이 일은 하느님의 계시로 느껴지지 않았다. 책의 재간이라는 느낌이었다.

두 사제 중 젊은 사제가 말했다. "저는 레널드라고 하고, 이분은 에드워드 신부입니다. 저희는 캔터베리 대주교님 밑에서 일하고 있습니다. 그분은 눈물 흘리는 마리아상을 수행하라고 우리를 보내셨습니다."

필립이 말했다. "당신들이 캔터베리 대주교의 축복을 받았다면, 왜 굳이 그럴싸한 사라센 두 명을 데리고 와 마리아상을 정당화해야 하는 겁니까?"

에드워드는 약간 부끄러워하는 표정을 지었다. 레널드가 대답했다. "그건 책의 생각이었습니다. 하지만 저 역시 해로울 것은 없다고 생각했다는 걸 고백해야겠군요. 설마 마리아상에 대해서도 의심을 품고 계신 건 아니겠지요, 필립?"

"내게 신부님이라고 불러야 하지 않겠소?" 필립이 그의 말을 가로챘다. "대주교님 밑에서 일한다고 해서 당신이 연장자를 낮추어볼 권리를 갖는 것은 아니지 않소? 그리고 당신의 질문에 대한 내 대답은 그렇다요. 나는 저 마리아상에 대해 의혹을 갖고 있소. 내가 저 여인상이 성물聖物이라는 것을 확신하기 전까지는 그것을 킹스브리지 대성당 경내에 안치시키지 않을 것이오."

"나무로 된 조각상이 눈물을 흘립니다. 그보다 더 큰 기적을 원하십니까?"

"눈물 흘린다는 사실을 설명할 수는 없소. 그렇지만 그것이 기적이라고는 할 수 없소. 액체 상태의 물이 단단한 얼음으로 변하는 것 역시 설명할 수 없지만 그것을 기적이라고 하지는 않소."

"마리아상을 거절하신다면 대주교님께서는 크게 실망하실 겁니다. 그분은 쉬제르 대수도원장이 그 마리아상을 생드니 성당에 두려고 빼앗다시피 하는 것을 싸워서 제지하셨거든요."

필립은 자신이 협박 당하고 있음을 깨달았다. 젊은 사제 레널드는 이보다 더 거칠게 나를 협박할 수도 있을 것이다, 그렇게 생각한 필립은 부드럽게 말했다. "대주교님께서 성모상의 정당성에 관한 관례적 조치도 거치지 않고 내게 받아들이라고 하지는 않을 거라고 확신하오."

그들의 발치에서 무엇인가 움직였다. 필립은 고개를 숙여 강론중에 본 불구자를 바라보았다. 그 불행한 사람은 마비된 두 다리를 끌어 마리아상 곁으로 다가가기 위해 몸을 질질 끌며 바닥을 가로지르고 있었다. 그는 몸을 돌릴 때마다 사람들과 부딪쳤다. 무의식적으로 필립은 그가 지나갈 수 있도록 옆으로 비켜섰다. 사라센들은 사람들이 마리아상을 만지지 못하게 하고 있었지만 그 불구자는 그들의 눈에 띄지 않게 마리아상 곁으로 다가갔다. 필립은 남자가 손을 뻗는 것을 보았다. 보통 때라면 필립은 누군가 성스러운 물건에 손을 대는 것을 막았겠지만, 그 조각상이 성물이라는 것을 아직 인정할 수 없었으므로 아무런 제지도 하지 않았다. 그 불구자는 나무로 된 여인상의 옷자락을 만졌다. 그러더니 갑자기 승리에 찬 외침을 내질렀다. "나는 느껴! 느낄 수 있다고!"

모두 그를 바라보았다.

"힘이 돌아오는 것이 느껴진다고요!"

필립은 그다음에 무슨 일이 일어날지 알면서도 회의적인 시선으로 그를 응시했다. 남자는 한쪽 다리를 구부리더니 다음 순간 다른 쪽 다리도 구부리는 것이었다. 그 광경을 바라보던 사람들 가운데서 일제히 헉 하는 소리가 터져나왔다. 그가 손을 내밀자 누군가 그 손을 잡아주었다. 그는 애를 쓰면서 몸을 똑바로 일으켜세웠다.

사람들은 흥분에 찬 신음 소리를 내질렀다.

누군가 외쳤다. "걸어봐요!"

조금 전에 그를 도와준 사람의 손을 아직도 잡고 있던 남자는 시험 삼아 한 걸음을 떼더니 또 한 걸음을 떼놓았다. 사람들은 숨을 죽인 채 그를 바라보고 있었다. 그가 세번째 걸음을 떼놓다가 비틀거리자 사람들은 한숨을 내쉬었다. 그러나 남자는 다시 균형을 잡고 걷기 시작했다.

사람들이 환호성을 질렀다.

그가 본당 신자석으로 내려가자 사람들은 그의 뒤를 따랐다. 몇 걸음 더 걸은 다음 그는 갑자기 내달렸다. 그가 성당 문을 지나 햇빛 속으로 나서자, 대부분의 신자들은 점점 크게 환호성을 지르며 그를 따라갔다.

필립은 두 사제를 바라보았다. 레널드는 위압당한 듯했고 에드워드의 얼굴에는 눈물이 흘러넘치고 있었다. 분명 그들은 이 일과 관련이 없었다. 필립은 잭에게로 몸을 돌려 격노한 어조로 말했다. "어떻게 감히 그런 속임수를 쓸 수가 있나?"

"속임수라뇨? 무슨 속임수 말인가요?"

"저 남자는 며칠 전까지만 해도 이 지역에서 볼 수 없던 사람이네. 하루나 이틀 안에 자네에게서 받은 돈을 주머니 가득 넣은 채 이곳에서 자취를 감춰 다시는 볼 수 없겠지. 자네가 어떻게 그런 일을 했는지 나는 아네, 잭. 애석하게도 기적을 날조해낸 건 자네가 처음은 아니거든. 그 사람의 다리에는 아무 문제도 없었지 않나? 그는 또 한 사람의 웨어햄 어부일 테지."

필립의 비난은 잭의 죄지은 듯한 표정으로 입증되었다.

앨리에너가 말했다. "잭, 그러지 말아야 한다고 했잖아요."

두 사제는 얼빠진 표정이었다. 완전히 속은 것이었다. 레널드는 격노해서는 잭을 향해 몸을 돌렸다. "당신에겐 이런 짓을 할 권리가 없소." 그가 흥분해서 외쳤다.

필립은 화가 나기도 했고 서글프기도 했다. 마음속으로는 이 마리아상이 정당한 것으로 입증되기를 바라고 있었던 것이다. 그 마리아상으로 수도원과 이 도시에 다시 활기를 불어넣을 방법을 알았기 때문이었다. 그러나 그렇게 되지는 않을 것이다. 그는 작은 교구 성당을 둘러보았다. 몇 안 되는 신자들만이 남아 여전히 조각상을 응시하고 있었다. 그는 잭에게 말했다. "자네 이번엔 너무 지나쳤네."

"눈물은 진짜입니다. 거기엔 아무 속임수도 없어요. 하지만 그 불구자 일은 제 실수였습니다. 인정합니다."

"그건 실수 이상으로 나쁜걸세." 필립은 화가 나서 말했다. "사람들이 사실을 알게 될 땐, 모든 기적에 대한 믿음이 흔들리게 된단 말이네."

"왜 사람들이 사실을 알아야 하죠?"

"내가 사람들에게 그 마리아상을 대성당 안에 안치할 수 없는 이유를 설명해야 하기 때문이지. 이제 내가 그 마리아상을 받아들일 수 없다는 데는 의문의 여지가 없네."

레널드가 말했다. "제 생각엔 그건 좀 성급한……"

"자네 의견이 필요할 때는 따로 부탁하겠네, 젊은이." 필립이 그의 말을 가로막았다.

레널드는 입을 다물었지만 잭은 주장을 굽히지 않았다. "원장님은 이 사람들에게서 마리아상을 빼앗을 권리가 있다고 확신하십니까? 저들을 보십시오." 그는 뒤에 남아 있는 몇 명의 신자들을 가리켰다. 그중에는 과부 메그도 있었다. 그녀는 조각상 앞에 무릎을 꿇고 있었는데, 그녀의 얼굴에는 눈물이 흘러넘치고 있었다. 문득 앨프레드가 지은 지붕이 붕괴되었을 때 메그가 온 가족을 잃었다는 걸 잭이 모른다는 데 생각이 미쳤다. 그녀의 감격이 필립을 감동시켰다. 결국 잭이 옳은지도 모른다는 생각이 들었다. 왜 사람들에게서 이 마리아상을 빼앗아야 하는가? 왜냐하면 그것이 부정직한 것이기 때문이다, 필립은 엄하게 자신에게 진실을 환기시켰다. 사람들은 날조된 기적을 보았기 때문에 이 여인상을 믿고 있었다.

잭은 메그 곁에 무릎을 꿇고 앉아 그녀에게 말을 걸었다. "왜 그렇게 눈물을 흘리십니까?"

"그녀는 말을 못하네." 필립이 그에게 말해주었다.

다음 순간 메그가 말문을 열었다. "내가 고통스러운 것처럼 마리아님께서도 고통을 받아오셨기 때문이죠. 성모님께서는 다 이해하고 계신답니다."

필립은 충격을 받았다.

"보셨지요? 마리아상이 이 여인의 고통을 가라앉혀주고 있어요. 뭘 그렇게 뚫어져라 보세요?"

"저 여인은 말 못하는 사람일세. 일 년이 넘도록 한마디도 한 적이 없어."

"그랬어요!" 앨리에너가 말했다. "메그는 성당 지붕이 무너졌을 때 남편과 아들이 죽은 후로 갑자기 벙어리가 됐죠."

"이 여인이요? 하지만 이 여인은 방금……"

레널드는 어쩔 줄 몰라했다. "이게 기적이란 말이죠? 진짜 기적이 일어난 겁니까?"

필립은 잭의 얼굴을 바라보았다. 그는 누구보다 큰 충격을 받고 있었다. 여기에는 아무 속임수도 없었다.

필립도 깊이 감동했다. 그는 하느님의 손이 움직여 기적을 이루시는 것을 본 것이었다. 약간 몸이 떨려왔다. "이보게, 잭." 그가 떨리는 목소리로 말했다. "자네가 저 눈물 흘리는 마리아상을 믿지 못하도록 온갖 일을 꾸민 것은 사실이지만, 어쨌든 하느님께서 저 성모상을 통해 역사하시는 것 같네."

이번만은 잭도 할 말을 잃었다.

필립은 그에게서 몸을 돌려 메그에게로 갔다. 그는 그녀의 손을 잡고 부드럽게 그녀를 일으켜세웠다. "하느님께서 당신을 치유해주셨습니다, 메그." 그의 목소리는 감동으로 떨리고 있었다. "이제 당신은 새 삶을 시작할 수 있습니다." 그는 아까 한 욥에 관한 강론이 생각났다. 성서 말씀들이 다시 떠올랐다. '그리하여 주께서는 욥의 말년을 그의 처음보다 더욱 축복하셨나니……' 그는 킹스브리지 사람들에게 같은 일이 정말로 일어날 거라고 말했다. 환희에 넘쳐, 눈물로 얼룩진 메그의 얼굴을 바라보며 그는 생각했다. 어쩌면 이것이 그러한 일의 시작일지도 모른다고.

잭이 새 대성당을 위한 설계도를 제시하자 회의에서는 소란이 일어났다.

필립은 잭에게 이미 말썽이 생길 거라고 경고했다. 물론 필립은 먼저 그 설계도를 보았다. 잭은 어느 날 아침 일찍 수도원장 사택으로 나무 테두리를 두른 석고판 위에 그린 도면과 입면도를 가져왔다. 이른 아침의 깨끗한 빛살 아래서 그것들을 함께 살펴보면서 필립이 잭에게 말했다. "잭, 이건 영국에서 가장 아름다운 성당이 될걸세. 하지만 수사들과는 말썽이 생길걸세."

잭은 수련수사였을 때부터, 레미기우스와 그의 친구들이 (필립이 선거에서 레미기우스를 이긴 지 팔 년이나 지났는데도) 필립이 마음에 들어하는 거라면 무엇이든 기계적으로 반대한다는 것을 알고 있었다. 그들이 다수 형제들의 광범위한 지지를 획득하는 것은 드문 일이었지만, 수사들은 너무도 보수적이었기에 이번 경우 필립은 불안을 느꼈다. 그들은 혁신적인 설계도를 보고 겁에 질릴 수도 있었다. 그렇지만 그들에게 설계도를 보이고 설득하는 수밖에 달리 방법이 없었다. 필립은 다수 수사들의 성심 어린 지원 없이는 일을 추진하지도 대성당을 지을 수도 없다는 걸 잘 알고 있었다.

그다음 날 잭은 회의에 참석해 도면을 제시했다. 설계도는 벽에 기대 놓은 긴 의자 위에 비스듬히 세워져 있었고, 수사들은 그 주위에 모여서서 그것을 살펴보았다. 세부를 살펴봄에 따라 낮은 소리로 토론이 일어나더니 곧 소리가 높아지며 소동이 벌어졌다. 잭은 낙심했다. 그들의 어조가 격노에 가까운 불만이었기 때문이다. 일부는 설계도를 비난하고 일부는 옹호하는 가운데, 그들끼리 서로 논쟁을 벌임에 따라 소리는 더욱 높아졌다.

잠시 후 필립이 질서를 지키라고 하자 그들은 조용해졌다. 회계관 밀리우스가 수사들의 질문을 모아 물었다. "어째서 아치들이 뾰족한 겁니까?"

"그것은 프랑스에서 사용되고 있는 새로운 기법입니다." 잭이 대답했다. "저는 여러 성당에서 그런 것을 보았습니다. 뾰족한 아치는 더 튼튼해서 그걸 사용하면 성당을 아주 높게 지을 수 있습니다. 이 성당의 신랑은 아마도 영국에서 가장 높을 것입니다."

수사들은 분명 그런 것을 좋아하리라고 잭은 확신했다.

다른 누군가가 말했다. "창문이 너무 큽니다."

"두꺼운 벽은 불필요합니다. 프랑스에서는 그 점이 입증됐지요. 건물을 떠받치는 것은 기둥들, 특히 아치 모양의 늑재가 뻗어올라가는 기둥들입니다. 그리고 커다란 창문의 효과는 깜짝 놀랄 만합니다. 생드니 대수도원장은 그 창에 채색유리를 끼워넣었습니다. 그 결과 성당은 음울하고 어두운 대신 햇빛이 환하고 공기가 잘 통하는 곳이 되었지요."

수사 중 몇몇이 동의한다는 듯 고개를 끄덕였다. 어쩌면 그들은 그가 생각했던 것만큼 보수적이지 않은지도 몰랐다.

그러나 다음 차례로 성구 관리인 앤드루가 말했다. "이 년 전 자네는 우리와 함께 지내던 수련수사였지. 자넨 수도원장과 충돌해 징계를 받자 그것을 피해 달아났네. 그런데 이제 우리의 대성당을 어떻게 지을지 말해주려고 돌아왔군그래."

잭이 미처 뭐라고 대답하기도 전에 젊은 수사 하나가 그 말에 반박했다. "그건 이 일과 아무 관계도 없습니다. 우린 잭의 과거에 대해서가 아니라 성당의 설계를 토론하고 있는 겁니다."

몇 명의 수사들이 동시에 말을 했고, 그중 몇몇은 고함을 질렀다. 필립은 모두 조용히 하라고 제지한 다음 잭에게 대답을 요구했다.

잭은 이 같은 일이 일어나리라고 예상한 바 준비해놓은 답변이 있었다. "저는 그에 대한 참회로 산티아고로 순례를 떠났던 겁니다, 앤드루 신부님. 그리고 눈물 흘리는 마리아상을 신부님께 가져온 것으로 제 잘못된 행동을 보상드리고 싶습니다." 잭이 온순하게 말을 이었다. "저는 수사가 될 운명은 아니지만, 다른 방법으로 하느님께 봉사하고 싶습니다. 하느님의 건축가로 말입니다."

그들은 그 말을 받아들이는 듯했지만 앤드루는 물러나려 하지 않았다. "자네 몇 살인가?" 앤드루는 분명 그의 나이를 알고 있는데도 물었다.

"스무 살입니다."

"건축 책임자가 되기엔 너무 어린 나이네."

"이곳의 모든 사람들이 저를 알고 있습니다. 아이 때부터 저는 이곳에서 살았습니다." 바로 내가 당신들의 성당에 불을 질렀을 때부터지, 그는 죄의식을 느끼며 생각했다. "저는 원래 있던 건축 책임자 아래서 견습공 기간에 봉사했습니다. 저의 석조 작업들을 보셨겠지요. 수련수사였을 때 저는 작업의 서기로서 필립 수도원장님이나 건축가 톰과 함께 일했습니다. 겸손하게 형제들에게 요청하건대, 제 나이가 아니라 저의 작업을 가지고 판단해주십시오."

이것 역시 준비해둔 연설이었다. 그는 수사 중 하나가 그의 '겸손하게'라는 말에 피식 웃는 것을 보고 그 말이 실수였음을 깨달았다. 잭에게는 그 무엇보다 겸손의 자질이 없다는 것은 그들 모두 알고 있었다.

앤드루는 재빨리 잭의 실수를 이용했다. "겸손하게?" 그는 모욕이라도 당했다는 듯이 얼굴을 붉혔다. "자네가 석 달 전에 이미 이곳 건축 책임자로 임명되었다고 파리의 석공들에게 말한 것은 결코 겸손한 태도가 아니네."

다시 한번 수사들이 분개하면서 소란이 일었다. 잭은 속으로 투덜거렸다. 도대체 앤드루는 그런 사소한 소식은 또 어떻게 알게 된 거야? 분명 레널드나 에드워드가 경솔하게 말했을 것이다. 그는 애써 어깨를 으쓱했다. "저는 그곳에 있는 장인 몇 명을 킹스브리지로 끌어오고 싶었습니다." 그의 말에 소란이 가라앉았다. "누가 이곳 책임자로 임명되든 그들은 유용할 것입니다. 그런 제 짐작이 해가 되리라고는 생각지 못했습니다." 그는 애써 매력적으로 씩 웃었다. "하지만 제가 좀더 겸손한 사람이 못 된 건 유감스러운 일이긴 합니다."

회계관 밀리우스가 수사들의 생각을 모은 또다른 질문을 던져 곤경에서 그를 구해주었다. "부분적으로 무너진 채 남아 있는 성단소는 어떻게 할 작정이오?"

"제가 세밀하게 확인해보았습니다. 수리가 가능합니다. 여러분이 오늘 저를 건축 책임자로 임명해주신다면 일 년 안으로 다시 사용할 수 있도록 해놓겠습니다. 나아가 제가 새 설계에 따라 익랑과 신랑을 짓는 동안 여러분은 그곳을 계속 사용하실 수 있습니다. 신랑이 완성되면 그 성단소를 허물고 새 성당의 나머지 부분에 어울리는 성단소를 새로 짓는 것이 어떨까 합니다."

앤드루가 말했다. "하지만 이전 성단소가 다시 무너지지 않는다고 어떻게 보장할 수 있단 말인가?"

"지붕이 붕괴된 것은 앨프레드가 지은 궁륭이 원래 설계에는 없었기 때문입니다. 벽들이 지붕을 떠받칠 만큼 강하지 않았던 거지요. 제 생각으로는 톰 아저씨께서 한 설계로 돌아가 나무 천장을 만드는 것이 좋을 것 같습니다."

수사들이 놀라 웅얼댔다. 왜 지붕이 무너졌는가 하는 의문은 줄곧 논쟁거리가 되어왔던 것이다. 앤드루가 말했다. "하지만 앨프레드는 여분의 무게를 지지하기 위해 버팀벽의 크기를 키웠네."

잭도 그 문제로 골머리를 앓았지만 자신이 해답을 찾았다고 생각했다. "그래도 버팀벽들이 충분히 튼튼하지 못했던 겁니다. 특히 꼭대기 부분이 그랬지요. 만일 그 폐허를 살펴보시면 떨어져나간 구조물의 일부가 명층이라는 것을 아실 수 있을 겁니다. 그 층에 너무 약한 보강재를 썼던 거지요."

수사들은 그의 답변에 만족한 것 같았다. 잭은 확신에 찬 답변 덕분에 건축 책임자로서 자신의 지위가 강화되는 느낌을 받았다.

레미기우스가 일어섰다. 잭은 그가 언제 일어날까 궁금하던 중이었다. "저는 회의에 모인 형제들에게 성서의 한 구절을 읽어드리고 싶은 마음을 누를 수가 없군요." 그가 극적인 어조를 써가며 말했다.

그는 필립을 바라보았고, 필립은 동의한다는 뜻으로 고개를 끄덕였다.

레미기우스는 낭독대로 가서 커다란 성서를 펼쳤다. 잭은 그를 유심히 관찰했다. 그의 얇은 입술은 신경질적으로 움직이고 있었고, 물기가 번득이는 푸른 눈은 약간 튀어나와 언제나 분개하고 있는 듯 보였다. 그는 원한의 화신이었다. 오래전 스스로 지도자가 될 운명이라고 믿었지만 나약한 성격의 소유자였던 그는 이제 자기보다 뛰어난 사람들을 상대로 말썽이나 일으키며 좌절 속에서 여생을 보내야 할 운명이었다. "출애굽기입니다." 레미기우스가 양피지를 넘기며 힘주어 말했다. "24장 14절입니다." 잭은 무슨 일이 일어나고 있는지 의아했다. 레미기우스가 그 구절을 읽었다. "너희는 간음하지 말지어다." 그는 책을 소리나게 덮고 자기 자리로 돌아왔다.

약간 화가 난 어조로 필립이 물었다. "레미기우스 형제, 우리가 건축 도면을 놓고 한창 토론하고 있는 중에 형제가 왜 그 구절을 선택해 읽었는지 말해주어야 할 거요."

레미기우스는 비난하듯 손짓으로 잭을 가리켰다. "그것은 우리의 건축 책임자가 되고자 하는 저 사람이 죄 속에서 살고 있기 때문이오!" 그가 벽력같이 소리쳤다.

잭은 그가 제정신인지 의심스러웠다. 그가 벌컥 화를 냈다. "저와 앨리에너의 결합이 특별한 상황 때문에 교회의 축복을 받지 못한 것은 사실입니다만 우리는 언제라도 결혼식을 할 것입니다."

"그럴 수는 없을걸세." 레미기우스는 의기양양하게 말했다. "앨리에너는 이미 결혼을 했거든."

"그러나 그 결합은 결코 완전한 것이 아니었습니다."

"그렇지만 그 부부는 교회에서 결혼을 했네."

"하지만 그녀와 결혼하지 못하게 한다면 어떻게 제가 간음죄를 저지르지 않을 수 있겠습니까?"

"이제 됐네." 필립의 목소리였다. 잭은 그를 바라보았다. 필립은 격노한 것 같았다. 그가 말했다. "잭, 자네는 형의 아내와 함께 사는 죄를 짓고 있는 건가?"

잭은 깜짝 놀랐다. "모르셨습니까?"

"물론 난 몰랐네! 내가 그걸 알았다면 가만있었으리라고 생각하나?"

침묵이 흘렀다. 필립이 소리를 지르는 일은 드물었다. 잭은 자신이 정말 곤경에 처했음을 깨달아야 했다. 물론 그의 잘못은 절차상의 문제였지만, 수사들은 그러한 문제에 관해서는 엄격했다. 불운하게도, 그가 앨리에너와 함께 살고 있다는 사실을 필립이 몰랐기 때문에 사태는 더 악화되었다. 레미기우스는 필립을 놀라게 한데다 바보로 만들었다. 이제 필립은 자신이 엄격한 사람이라는 것을 증명하기 위해 단호한 태도를 취할 터였다.

잭이 애처롭게 말했다. "하지만 단지 저를 벌하기 위해서 성당을 잘못되게 하실 수는 없으시겠죠."

레미기우스는 고소하다는 듯 말했다. "자네는 그 여자와 헤어져야 하네."

"꺼져버리시오, 레미기우스. 그녀는 내 아이를 데리고 있소. 아이가 한 살이란 말이오."

레미기우스는 흡족한 표정으로 다시 자리에 앉았다.

필립이 말했다. "잭, 회의에서 그런 말을 하려면 여기서 나가주게."

잭은 마음을 가라앉혀야 한다는 것을 알고 있었지만 그럴 수가 없었다. "하지만 이건 어이없는 일이라고요! 아내와 아이를 버리라고 말하고 있단 말입니다! 이런 건 도덕이 아니라 궤변입니다."

필립의 화가 어느 정도 가라앉자, 잭은 그의 연푸른 눈에서 좀더 친숙한 연민의 빛을 보았다. 필립이 말했다. "잭, 자네는 하느님의 율법에 실용적으로 접근할 수도 있겠지만 우리는 그것은 엄격히 지켜야 하네. 우리가 수사이기 때문이지. 그래서 우리는 자네가 간음을 하며 지내는 한 자네를 건축 책임자로 임명할 수 없네."

잭은 성서의 한 구절이 생각났다. "예수님께서는 말씀하셨죠. '너희 중에 죄 없는 자가 그에게 먼저 돌을 던져라.'"

필립이 말했다. "맞네, 하지만 예수님께선 간음한 여자에게 말씀하셨네. '가서 더 죄를 짓지 마라'고." 그는 레미기우스에게 몸을 돌렸다. "잭이 더는 간음하지 않는다면 형제는 반대를 철회하는 것으로 보겠소."

"물론이오!"

화가 나고 비통했지만 잭은 필립이 교묘한 수를 냈다는 것을 알았다. 그는 간음을 결정적 문제로 삼음으로써 새 설계에 대한 전체 쟁점을 제쳐놓은 것이었다. 그러나 잭은 그 결정을 따를 마음의 준비가 되어 있지 않았다. "나는 그녀와 헤어지지 않을 겁니다!"

"오랜 기간은 아닐걸세."

잭은 멈칫했다. 그 말을 듣고는 놀라움에 휩싸였다. "무슨 말씀이신지요?"

"앨리에너의 첫 결혼이 무효가 되면 자네는 앨리에너와 결혼할 수 있네."

"그럴 수 있을까요?"

"자네의 말대로 그 결혼이 결코 완전한 것이 아니었다면 자동적으로 그리되어야 하네."

"제가 뭘 해야 하죠?"

"교회 재판소에 청원하게. 대개는 웨일런 주교의 재판소가 될 테지만 이 경우 자네는 캔터베리 대주교께 직접 갈 수도 있을걸세."

"그러면 대주교께서 허락하실까요?"

"공정하다면 그럴걸세."

확실치 않은 대답이라는 것을 잭은 알아차렸다. "하지만 우리는 그동안 헤어져 살아야 하지 않습니까?"

"자네가 킹스브리지 대성당의 건축 책임자로 임명받고자 한다면, 그렇다네."

"원장님께선 제가 세상에서 가장 좋아하는 두 가지 가운데 하나만 선택하라고 요구하고 계신 겁니다."

"그리 긴 시간은 아닐걸세."

잭은 눈을 들었다. 그의 어조에는 진정한 연민이 깃들어 있었다. 잭은 필립이 그럴 수밖에 없게 되어 진심으로 애석해하고 있음을 깨달았다. 그 때문에 화가 좀 가라앉았고 슬픔이 더욱 사무쳤다. "얼마나 오래 떨어져 있어야 하죠?"

"일 년 정도는 걸릴걸세."

"일 년이라고요!"

"자네들은 다른 마을에서 살 필요는 없네. 자네는 계속 앨리에너와 아이를 볼 수 있을걸세."

"원장님께서는 그녀가 나를 찾으러 스페인까지 갔던 것을 아십니까? 그런 일을 상상하실 수 있습니까?" 하지만 수사들은 남녀의 사랑에 관해 아무것도 몰랐다. 잭은 쓰라린 심정으로 말했다. "그런데 이제 내가 그녀와 떨어져 살아야 한다고 말해야 하다니요."

필립은 일어나 잭의 어깨에 손을 얹었다. "시간은 생각보다 빨리 흐를걸세. 내 약속하지. 그리고 자네는 분주해질걸세. 새 대성당을 짓는 일로 말이네."

2

팔 년 사이에 숲은 울창해지고 달라져 있었다. 잭은 자신이 손바닥처럼 훤히 알고 있던 지역에서 길을 잃는 일 따위는 없으리라고 생각했지만 오산이었다. 오래된 오솔길은 잡초로 뒤덮이고 관목 아래로 사슴과 수퇘지, 야생 조랑말들이 밟고 다닌 길이 새로 나 있었다. 작은 시내들은 물길이 바뀌었고 고목은 쓰러졌고 어린 나무들은 훨씬 더 크게 자랐다. 모든 것이 축소되어 있었다. 거리는 더 줄어든 듯했고 언덕 역시 그렇게까지 가파르게 느껴지지 않았다. 그중에서도 가장 충격적인 것은 자신이 이곳에서 이방인 같은 느낌이 들었다는 것이다. 빈터 저편에서 어린 사슴 한 마리가 놀란 눈으로 그를 빤히 응시했을 때도 잭은 그 사슴이 어느 무리에 속한 것인지, 어미 사슴은 어디 있는지 짐작도 할 수 없었다. 한 떼의 오리들이 날아오를 때도 그는 오리들이 날아오른 물가가 어디인지, 또 왜 오리들이 그처럼 날아오른 것인지 즉각 알지 못했다. 또 범법자들이 어디에 있을지 전혀 알 수 없었으므로 신경이 곤두섰다.

그는 킹스브리지에서 이곳으로 오는 동안 대부분 말을 탔지만 큰길에서 벗어나자마자 말에서 내려야 했다. 나무들이 오솔길 위로 너무 낮게 가지를 드리우고 있어 말을 타고는 나아갈 수가 없었다. 어린 시절 살았던 곳으로 되돌아온 그는 설명할 수 없는 슬픔을 느꼈다. 그때는 그 삶이 얼마나 순수한 것인지 깨닫지 못했기에 그 진가를 알지 못했다. 그 시절 그가 가장 열광했던 것은 딸기였고, 매년 여름 숲 바닥에는 며칠 동안이고 양껏 먹을 수 있을 만큼 많은 딸기가 열린다는 것도 알고 있었다. 그런데 이젠 모든 것이 문제였다. 필립 수도원장과의 투쟁에 가까운 우정도 그랬고, 앨리에너에 대한 욕구불만에 찬 사랑도 그랬고, 세상에서 가장 아름다운 대성당을 짓고자 하는 그의 엄청난 야망도, 부친에 대한 진실을 알아내고픈 절박함도 그랬다.

그는 자신이 떠나 있던 이 년 동안 어머니가 얼마나 변했을지 궁금했다. 어머니를 다시 만나기를 간절히 바라고 있었다. 물론 그는 자기 힘으로 아주 잘 맞서왔지만, 언제든 자신을 위해 싸워줄 준비가 되어 있는 누군가가 있다는 것은 마음 든든한 일이었고, 그런 편안한 느낌이 그리웠다.

어머니와 살았던 숲의 어느 한 곳에 이르는 데는 종일이 걸렸다. 짧은 겨울 오후가 지나자 날은 순식간에 어두워졌다. 이제 시간이 더 가기 전에 옛날에 살던 동굴 찾기를 포기하고 밤을 지낼 만한 은신처를 찾는 데 힘을 쏟아야 했다. 날씨는 추워질 터였다. 왜 내가 걱정을 하고 있지, 그는 생각했다. 나는 매일 숲에서 밤을 보내지 않았는가.

결국 어머니가 그를 발견했다.

그는 포기하려던 참이었다. 오소리나 여우들만 지나다녔을, 거의 눈에 띄지 않게 초목 사이로 난 좁다란 길이 뒤엉킨 덤불 속으로 사라져버린 것이었다. 발길을 돌리는 수밖에 달리 방법이 없었다. 말을 빙글 돌리는 순간 그는 하마터면 어머니와 부딪칠 뻔했다.

"숲속에서 조용히 움직이는 법까지 잊어버렸구나. 네가 1킬로미터 밖에서 내는 소리가 어찌나 요란한지 여기서도 들리더라."

잭은 미소 지었다. 어머니는 변하지 않았다. "잘 지내셨어요, 어머니." 그는 어머니의 뺨에 키스한 다음 솟구치는 애정으로 어머니를 끌어안았다.

어머니는 그의 얼굴을 어루만졌다. "예전보다 더 말랐구나."

그는 어머니를 바라보았다. 어머니는 햇볕에 그을어 건강해 보였고, 머리카락은 아직도 흰머리 하나 없고 숱이 많았다. 그녀의 눈동자는 언제나처럼 황금빛이었고 여전히 잭을 꿰뚫어보는 듯했다. "어머니는 하나도 안 변하셨군요."

"어딜 갔다 온 거니?"

"산티아고까지 갔다가 더 멀리 톨레도까지 갔어요."

"앨리에너가 너를 쫓아갔는데……"

"그녀가 절 찾아냈어요, 고마워요."

"나도 기쁘단다." 그녀는 마치 감사기도라도 드리는 듯 눈을 감았다. "정말 기뻐."

어머니는 잭을 이끌고 숲을 가로질러 그곳에서 채 1킬로미터도 안 떨어진 동굴로 갔다. 결국 그의 기억이 전혀 틀린 건 아닌 셈이었다. 통나무는 활활 타오르고 있었고, 세 개의 골풀 초가 바지직 소리를 내며 타들어가고 있었다. 그녀는 잭에게 야생 능금과 야생 꿀로 만든 음료수를 한 잔 주었다. 밤도 몇 알 구웠다. 잭은 숲에서 사는 사람이 자급할 수 없는 품목을 기억하고 있었으므로 어머니를 위해 칼과 밧줄, 비누, 소금을 가지고 왔다. 그녀는 냄비에 넣고 요리하려고 토끼 가죽을 벗기기 시작했다. 잭이 물었다. "어떻게 지내세요?"

"잘 지내고 있지." 다음 순간 그녀는 잭을 바라보고 그 질문이 진지한 것임을 깨달았다. "톰 때문에 마음이 아프단다. 하지만 그는 죽었고, 난 다른 남편을 구하고 싶은 생각이 없구나."

"이곳에서 지내시는 게 행복하세요?"

"그렇기도 하고 아니기도 하지. 난 숲에서 사는 데 익숙해 있어. 혼자 있는 게 좋구나. 내 행동 방식에 참견하기 좋아하는 신부들을 도무지 참을 수가 없어. 하지만 너와 마사, 그리고 앨리에너는 그립단다. 또 내 손자를 좀더 자주 볼 수 있었으면 좋겠지." 그녀는 미소 지었다. "하지만 다시는 킹스브리지로 돌아가서 살 수는 없을 거다. 기독교식 결혼을 저주했으니까. 필립 수도원장은 그 일로 날 결코 용서하지 않을 거야. 하지만 그리 법석을 떨어서 너와 앨리에너를 결국 함께 살도록 했다면 그것으로 충분한 가치가 있지." 그녀는 하던 일에서 눈길을 떼고 흐뭇한 미소를 지으며 아들을 바라보았다. "그래 결혼생활은 마음에 드니?"

"그런데요." 그가 머뭇거리며 말했다. "우린 결혼한 게 아니에요. 교회의 관점에서는 앨리에너가 아직 앨프레드의 아내거든요."

"멍청한 소리 말거라. 교회가 그런 것에 대해 뭘 안다니?"

"그래도 교회 사람들은 자기들이 누구를 결혼시켰는지는 알고 있잖아요. 그래서 내가 다른 사람의 아내와 함께 사는 동안은 내게 새 대성당 건축을 맡기지 않겠대요."

그녀의 눈이 분노로 타올랐다. "그래서 그애와 헤어졌단 얘기니?"

"예, 그녀가 결혼 무효 선언을 받을 때까지요."

어머니는 토끼 가죽을 한쪽으로 치웠다. 그녀는 피 묻은 손에 날카로운 칼을 잡고 고기를 뼈마디째 끊어내 불 위에서 끓고 있는 냄비 안에 집어넣었다. "필립 수도원장은 언젠가 내가 톰과 지낼 때도 그런 짓을 했지." 그녀는 재빠른 솜씨로 날고기를 얇게 썰었다. "그가 왜 사랑하고 있는 사람들에 대해 그렇게 필사적으로 날뛰는지 알지. 스스로 그 일을 하지 못하도록 되어 있기 때문이야. 자신에게 금지되어 있는 것을 자유롭게 누리는 사람들에게 분개하는 거지. 물론 교회의 인정을 받아 결혼한 사람들에게는 어떻게 해볼 수가 없어. 하지만 그렇지 않은 이들을 망칠 기회를 얻는 셈이지. 그러면 기분이 좋아지는 거야." 그녀는 토끼의 발을 잘라내 쓰레기로 가득 찬 나무통에 던져넣었다.

잭은 고개를 끄덕였다. 어쩔 수 없이 처분을 받아들이기는 했지만, 앨리에너에게 잘 자라는 인사를 하고 그녀의 집에서 걸어나올 때면 언제나 필립 신부에게 화가 났기에 어머니의 집요한 원한을 이해할 수 있었다. "그렇지만 계속되지는 않을 거예요."

"앨리에너는 그 일을 어떻게 생각하니?"

잭은 얼굴을 찌푸렸다. "좋지 않게 생각하죠. 하지만 그녀는 처음에 앨프레드와 결혼한 것이 자기 잘못이라고 생각하고 있어요."

"그건 그렇지. 그런데 성당을 짓겠다고 결정한 건 네 잘못이란다."

잭은 어머니가 자신의 비전에 공감하지 못하는 것에 서운했다. "어머니, 그건 다른 어떤 집을 짓는 것과는 달라요. 성당이란 더 크고 높고 아름다우며, 짓기도 어렵지요. 또한 다른 어떤 건축물보다 장식과 조각이 많아요."

"그럼 넌 그보다 작은 일에는 만족할 수가 없단 말이니?"

"네."

그녀는 당혹한 표정으로 고개를 흔들었다. "네가 큰일을 하게 될 운명이라는 생각을 어디서 갖게 됐는지 난 도대체 모르겠구나." 그녀는 나머지 고기를 냄비에 넣고 토끼 가죽 안쪽을 깨끗이 닦아내기 시작했다. 그 털을 쓰려는 것이었다. "넌 분명 조상으로부터 그런 것을 물려받지는 않았을 텐데."

바로 그가 기다리던 신호였다. "어머니, 외국에 있을 때 우리 조상에 대한 사실을 좀더 알게 됐어요."

그녀는 가죽을 문지르던 손을 멈추고 잭을 바라보았다. "도대체 무슨 말이니?"

"아버지의 가족을 찾았어요."

"세상에!" 그녀는 토끼 가죽을 떨어뜨렸다. "어떻게? 그분들이 어디 계시던? 어떤 사람들이니?"

"노르망디에 셰르부르라는 마을이 있어요. 그곳이 아버지의 고향이었어요."

"어떻게 그걸 확신하지?"

"제가 아버지하고 똑같이 생겼나봐요. 저를 유령이라고 생각하더라고요."

어머니는 의자에 털썩 주저앉았다. 잭은 어머니에게 그토록 심한 충격을 준 것에 죄책감을 느꼈다. 하지만 이 소식에 어머니가 그토록 흔들리리라고는 예상하지 못했다. "어떻게…… 그분 가족들은 어떻게 지내던?"

"할아버지는 돌아가셨지만 할머니께선 아직 살아 계셔요. 할머니께선 일단 내가 아버지의 유령이 아니라는 걸 확인하시자 자상하게 대해 주셨어요. 아버지의 형님은 목수로, 아내와 세 아이가 있더군요. 내 사촌들이죠." 그는 미소 지었다. "멋지지 않아요? 우리에게도 친척이 있다는 게 말이에요."

그런 생각에 그녀는 당황한 듯 괴로운 표정을 지었다. "오, 잭. 너를 평범하게 키우지 못해 미안하구나."

"전 괜찮아요." 그가 부드럽게 말했다. 그는 어머니가 가책을 드러낼 때면 당황스러웠다. 어머니의 성격과 전혀 어울리지 않았기 때문이다.

"하지만 사촌들을 만나서 기뻤어요. 심지어 다시는 그들을 만나지 못한다 해도, 그들이 거기 살고 있다는 걸 알기만 해도 좋은 일이에요."

그녀는 슬픈 듯 고개를 끄덕였다. "이해할 수 있어."

잭은 깊이 숨을 들이쉬었다. "그분들은 이십사 년 전 배가 난파되었을 때 아버지가 물에 빠져 돌아가신 걸로 생각하고 있었어요. 아버지는 화이트 십이라는 배에 타셨는데 그 배는 바플뢰르에서 출항하자마자 난파되었대요. 그 배에 탄 모든 사람들이 죽은 걸로 알고 있어요. 분명히 아버지께서는 살아나셨지요. 하지만 그분들이 그걸 몰랐던 건 아버지가 다시는 셰르부르로 돌아가지 않으셨기 때문이에요."

"그는 킹스브리지로 갔지."

"그런데 어째서요?"

그녀는 한숨을 쉬었다. "그는 통에 매달려 성 근처의 해변으로 떠내려갔단다. 그 성에는 몇몇 권세 있는 귀족들이 있었는데 그가 나타나자 몹시 당황했다더구나. 그들은 그를 체포해 영국으로 데려왔단다. 그리고 몇 주인지 몇 달인지 그도 정확히 기억하지 못했지만, 어느 정도 세월이 흐른 후 킹스브리지에서 생을 마치게 된 거란다."

"아버지가 그 사건에 대해 다른 말을 하진 않았나요?"

"배에 구멍이라도 뚫린 것처럼 급속도로 가라앉았다는 말만 하더구나."

"그 얘기를 들으니, 사람들이 아버지를 제거할 필요가 있었던 게 아닌가 싶은데요."

그녀는 고개를 끄덕였다. "그래서 자신들이 그를 영원히 감금해둘 수 없다는 걸 깨닫고 죽인 거지."

잭은 어머니 앞에 무릎을 꿇고 앉아 어머니가 그의 눈길을 피하지 못하게 했다. 감정이 격해져서 떨리는 목소리로 그는 물었다. "그런데 그 자들이 누구인가요, 어머니?"

"너는 전에도 그걸 물었지."

"그리고 어머니는 말해주지 않으셨지요."

"아버지의 죽음에 대한 복수로 네 일생을 허비하게 하고 싶지 않아서란다."

잭은 어머니가 여전히 그를 아이처럼 생각해 그에게 도움이 되지 않을 정보는 주지 않으려 한다는 것을 느꼈다. 그는 침착하고 어른스럽게 보이려 했다. "전 킹스브리지 대성당을 짓는 한편 앨리에너와 아이들을 낳고 살고 싶어요. 하지만 왜 그자들이 아버지를 목매달았는지는 알아야겠어요. 그 대답을 해줄 수 있는 사람들은 오직 아버지에게 불리한 거짓 증언을 한 사람들뿐이에요. 그래서 전 그들이 누구인지 알아야 해요."

"당시 나는 그들의 이름을 몰랐어."

그는 어머니가 둘러대려 한다는 것을 알고 화가 났다. "그렇지만 지금은 알고 계실 거 아녜요!"

"그래, 알고 있지." 그녀의 눈에는 눈물이 가득했다. 잭은 이 이야기가 그의 마음을 아프게 하듯이 어머니를 고통스럽게 하는 것임을 깨달았다. "말해주마. 네가 결코 그 질문을 포기하지 않으리라는 걸 알고 있으니까." 엘렌은 코를 훌쩍이고 눈물을 닦았다.

"그들은 모두 세 사람이다. 한 사람은 수사, 또 한 사람은 사제, 나머지 하나는 기사란다."

잭은 어머니의 얼굴을 바짝 들여다보았다. "그들의 이름은 뭐죠?"

"그들에게 왜 거짓 증언을 했는지 물으려는 거지?"

"예."

"그러면 그들이 바른말을 할 거라고 생각하니?"

"아마 그렇지 않겠지요. 하지만 질문하면서 그들의 눈빛을 볼 거예요. 그러면 제가 알고자 하는 걸 알 수 있을 거예요."

"불가능한 일일 거다."

"시도는 해보고 싶어요, 어머니!"

그녀는 한숨을 쉬었다. "그 수사는 킹스브리지의 수도원장이었다."

"필립이라고요?!"

"아냐, 필립은 아니야. 필립이 부임하기 전의 일이었어. 그 사람은 필립의 전임자였던 제임스였다."

"그렇지만 그는 이미 죽었어요."

"그들에게 물어보는 게 불가능할 거라고 했잖니."

잭은 미간을 좁혔다. "다른 사람들은 누구죠?"

"그 기사는 셔링의 백작인 퍼시 햄리였다."

"윌리엄의 아버지군요."

"그렇단다."

"그 역시 죽었잖아요!" 잭은 그 세 사람이 모두 죽은 것으로 판명되어, 그 비밀이 그들의 뼈와 함께 묻혀버렸을지도 모른다는 생각에 끔찍하게도 괴로웠다. "그렇다면 사제는 누구죠?" 그가 다급하게 물었다.

"그의 이름은 웨일런 바이가드. 현재 킹스브리지의 주교지."

잭은 안심이 된 나머지 깊이 숨을 내쉬었다. "그렇다면 그는 아직 살아 있군요."

웨일런 주교의 성은 크리스마스에 완공되었다. 윌리엄 햄리와 그의 어머니는 새해의 화창한 이른 아침 그곳으로 말을 달렸다. 그들은 멀리 계곡 너머에 서 있는 성을 보았다. 맞은편 능선 맨 꼭대기에 자리잡은 성은 험상궂은 시선으로 주변을 내려다보고 있는 것처럼 보였다.

계곡을 가로지르며 그들은 이전의 주교 관저를 지나쳤다. 그곳은 지금 양모 보관 창고로 사용되고 있었다. 양모에서 나오는 수입은 새 성을 짓는 데 드는 상당한 비용을 충당해주었다.

그들은 계곡 맨 끝을 따라 속보로 말을 몰며 완만한 능선을 올라갔다. 흙으로 쌓은 성루를 통과해 돌을 쌓아 만든 성벽에 난 성문을 향해 물이 마른 깊은 해자를 건넜다. 성루와 해자, 게다가 돌로 만든 성벽을 갖춘 이 성은 윌리엄의 성은 물론이고 왕의 성보다 견고했다.

성의 안쪽 뜰에는 삼층 높이의 거대한 장방형 본성이 솟아 있었는데, 그 성채 때문에 그 옆의 석조성당이 왜소해 보일 지경이었다. 윌리엄은 어머니가 말에서 내리는 것을 도왔다. 그들은 기사들에게 마구간에 말을 넣도록 지시하고 본성의 홀로 통하는 층계를 올랐다.

정오라 홀 안에서는 웨일런의 하인들이 식탁을 차리고 있었다. 웨일런의 부주교들과 교구 주임신부, 고용인들과 부하 몇 명이 주위에 선 채 식사를 기다리고 있었다. 집사가 주교의 내실로 올라가 자신들의 도착을 알리는 동안 윌리엄과 리건은 그곳에서 기다렸다.

윌리엄은 극심하고 고통스러운 질투로 속이 타들어가고 있었다. 앨리에너는 사랑에 빠졌고 온 세상이 그 사실을 알고 있었다. 그녀가 애인의 아이를 낳자 그녀의 남편은 그녀를 집에서 내쫓았다. 아기를 품에 안고 그녀는 사랑하는 남자를 찾아 길을 떠났고, 기독교 제국의 반을 돌아다닌 끝에 그를 찾아냈다. 그 이야기는 입에서 입으로 전해져 이곳 잉글랜드 남부 어디서나 들을 수 있었다. 그 이야기를 들을 때마다 윌리엄은 증오로 속이 메스꺼워졌다. 그러나 그는 복수할 방법을 생각해두고 있었다.

그들은 층계를 올라 웨일런의 방으로 안내되었다. 이제 부주교가 된 볼드윈과 함께 식탁에 앉아 있는 웨일런이 보였다. 두 성직자는 바둑판무늬 천 위에 열두 개씩 쌓아올린 은화를 검은 네모 칸에서 흰 칸으로 옮겨놓으며 돈을 헤아리고 있었다. 볼드윈은 일어나 리건 부인에게 인사를 건넨 다음 재빨리 천과 은화들을 치웠다.

웨일런은 탁자에서 일어나 벽난로 옆에 놓인 의자로 갔다. 그는 거미처럼 재빨리 움직였는데, 윌리엄은 그런 그에게 익숙한 혐오감을 느꼈다. 그럼에도 그는 상대를 부드럽게 대할 작정이었다. 최근 해리퍼드 백작의 무시무시한 죽음에 대한 이야기를 들었는데, 그는 해리퍼드의 주교와 싸운 적이 있었으므로 파문당한 상태에서 죽었다. 결국 그의 시신은 성스럽지 못한 땅에 묻히고 말았다. 자신의 몸이 보호받지 못할 땅에 눕혀져 저승에 사는 모든 도깨비와 괴물의 공격을 당하는 꼴을 상상하니 윌리엄은 공포로 몸이 떨렸다. 그는 절대로 담당 주교와 싸우지 않을 것이다.

웨일런은 언제나처럼 마르고 창백한 모습이었고, 검은 옷은 마치 나무에 널어놓은 빨래처럼 그의 몸에 걸려 있었다. 그는 절대로 변할 것 같지 않았다. 윌리엄은 자신이 변했다는 것을 알고 있었다. 그는 음식과 포도주에서 주된 기쁨을 찾았으므로, 활동적인 생활을 하는데도 매년 조금씩 살이 쪄서 스물한 살 때 맞춘 비싼 쇠사슬 갑옷을 이후 칠 년 동안 두 번 이상 바꾸어야 했다.

웨일런은 요크에서 돌아온 참이었다. 그는 거의 반년 동안 요크에 가 있었다. 윌리엄은 공손한 태도로 물었다. "좋은 여행이었습니까?"

"그렇지 못했소. 헨리 주교가 날 그곳에 보낸 이유는 누구를 요크의 대주교로 삼을지 사 년 동안 끌어온 논란을 끝낼 목적에서였소. 난 그 일을 해내지 못했고. 싸움은 계속되고 있소."

그 문제에 대해서는 입에 올리지 않는 편이 낫겠군, 윌리엄은 생각했다. "주교께서 없는 동안 이곳에서는 많은 변화가 있었습니다. 특히 킹스브리지에."

"킹스브리지에?" 웨일런이 놀랐다. "그 문제라면 예전에 해결됐다고 생각했는데."

윌리엄은 고개를 흔들었다. "그들은 눈물 흘리는 마리아상을 차지했어요."

웨일런은 짜증스러운 표정을 지었다. "도대체 무슨 말을 하는 거요?"

윌리엄의 어머니가 대답했다. "행렬할 때 쓰는 목제 성모상이요. 이따금 그 성모상의 눈에서 눈물이 솟아난다는군요. 사람들은 그걸 기적이라고 생각하고 있어요."

"기적이 일어나고 있는 겁니다." 윌리엄이 말했다. "조각상이 눈물을 흘린다니까요!"

웨일런이 비웃는 시선으로 윌리엄을 바라보았다.

리건이 말했다. "기적이든 아니든 최근 몇 달도 안 되는 기간에 수천 명의 사람들이 그것을 보러 갔어요. 필립 수도원장은 건축을 다시 시작했고요. 그들은 성단소를 보수하고 그 위에 새 목조천장을 얹은 다음 성당의 나머지 부분을 공사하기 시작했지요. 지금은 교차부를 만들 기초를 파고 있고, 새 석공 몇 명이 파리에서 도착했다더군요."

"파리에서요?"

"지금 그 성당은 그게 뭔진 모르지만, 생드니 성당 양식으로 지어질 거라고들 합니다."

웨일런이 고개를 끄덕였다. "뾰족한 아치들을 세우겠다는 거로군. 요크에서 그런 이야길 들었지."

윌리엄은 킹스브리지 대성당이 어떤 양식이 되든 관심이 없었다. 그는 말했다. "중요한 건 젊은이들이 우리 농장에서 떠나 일꾼으로 일하기 위해 킹스브리지로 가고 있고, 킹스브리지 시장이 일요일마다 다시 열려 셔링의 경기를 빼앗아가고 있다는 겁니다…… 전과 똑같은 이야기예요." 윌리엄은 두 사람 중 하나라도 자신의 저의를 눈치채지 않을까 싶어 불안한 시선으로 그들을 힐끗 쳐다보았다. 그렇지만 둘 다 의심하는 기색은 없었다.

웨일런이 말했다. "내가 한 일 중 가장 큰 실수는 필립이 수도원장이 되도록 도운 거요."

"그들은 그런 일을 할 수 없다는 걸 알게 될 겁니다." 윌리엄이 말했다.

웨일런은 생각에 잠긴 시선으로 그를 바라보았다. "무슨 일을 하려는 게요?"

"그 도시를 다시 약탈하겠습니다." 그렇게 해서 앨리에너와 그녀의 애인도 죽여버리겠어, 그는 생각했다. 그리고 어머니가 자신의 눈을 보고 생각을 읽지 못하게 하려고 난로 쪽으로 시선을 돌렸다.

"난 당신이 해낼 수 있을지 확신할 수 없소."

"전에도 했던 일인데, 왜 못할 거라는 거죠?"

"지난번에는 좋은 구실이 있었소. 양모시장이라는."

"이번에도 구실은 시장입니다. 그들은 그 시장을 여는 데 스티븐 왕의 허가를 받은 적이 없어요."

"그건 좀 다르오. 그때 필립은 양모시장을 열어 자신의 운을 과신하고 있었소. 그래서 당신은 즉각 그곳을 공격했던 거요. 일요시장은 이제 육 년 동안 킹스브리지에서 열려왔고, 어쨌든 그곳은 셔링에서 30킬로미터나 떨어져 있기 때문에 틀림없이 허가가 날 거요."

윌리엄은 화를 억눌렀다. 그렇게 허약한 늙은이 같은 소릴랑은 집어치우라고 하고 싶었지만, 그런 말을 입에 올려서는 안 될 터였다.

그가 대꾸할 말을 삼키고 있는데 집사가 방으로 들어와 문 옆에 조용히 섰다. 웨일런이 물었다. "무슨 일이냐?"

"어떤 사람이 와서 주교님을 한사코 뵙겠다고 합니다, 주교 예하. 잭 잭슨이라는 이름인데요. 킹스브리지에서 온 건축가랍니다. 쫓아버릴까요?"

윌리엄은 심장이 빠르게 뛰기 시작했다. 앨리에너의 연인이었다. 윌리엄이 그를 죽일 음모를 생각하고 있는 바로 이때, 어떻게 그자가 이곳에 온 걸까? 어쩌면 그자에게 초능력이 있는지도 몰랐다. 윌리엄은 공포에 사로잡혔다.

"킹스브리지에서 왔다고?" 웨일런은 흥미가 동하는 듯 물었다.

리건이 대답했다. "그곳의 건축 책임자로, 스페인에서 눈물 흘리는 마리아상을 가져온 사람이죠."

"재미있군. 한번 보기로 합시다." 그는 집사에게 지시했다. "들여보내라."

윌리엄은 미신적인 두려움에 사로잡혀 문을 응시했다. 그는 키가 크고 무시무시하게 생긴 사내가 검은 망토 차림으로 성큼성큼 걸어들어와 자기에게 비난조로 손가락질하리라고 생각했다. 그러나 문으로 들어온 잭을 본 순간 윌리엄은 그가 그토록 젊다는 사실에 충격을 받았다. 잭은 스무 살이 채 넘지 않은 것 같았다. 붉은 머리칼을 한 그는 영민한 푸른 눈을 윌리엄을 향해 깜빡이다 리건을 잠시 바라보았다. 깊은 원한이 서린 리건의 무시무시한 눈빛은 그런 것에 익숙지 않은 사람의 시선을 사로잡을 만했다. 이윽고 그의 시선은 웨일런에게 가 멈추었다. 이 건축장이는 이 지방에서 가장 강력한 권력을 가진 두 사람 앞에 서 있으면서도 그다지 압도되지도 않았고, 놀랄 만한 냉정을 유지하고 있었을 뿐 아니라 별로 겁내는 것 같지도 않았다.

윌리엄과 마찬가지로 웨일런도 젊은 건축가의 고분고분하지 않은 태도를 감지하고 차갑고 오만한 목소리로 대응했다. "자, 젊은이. 여기 온 용무가 뭐지?"

"진실입니다." 잭이 대답했다. "목매달려 죽은 사람을 얼마나 많이 보셨습니까?" 윌리엄은 숨을 죽였다. 충격적이고도 무례한 질문이었다. 그는 다른 사람들을 바라보았다. 어머니는 몸을 앞으로 기울인 채, 마치 전에 본 적이 있는 누군가를 생각해내려는 듯 얼굴을 찌푸리고 뚫어져라 바라보고 있었다. 웨일런은 냉정을 잃지 않으면서도 즐기는 표정이었다.

웨일런이 물었다. "이건 수수께끼인가? 나는 목매달린 사람을 셀 수도 없을 만큼 봤네. 그리고 자네가 공손하게 말하지 않는다면 또하나 늘어날 거야."

"죄송합니다, 주교 예하." 그는 입으로는 그렇게 말했으나 여전히 두려워하는 것 같지 않았다. "그들 모두를 기억하고 계신가요?"

"그럴걸세." 웨일런은 본의에 반해 흥미를 느끼고 있는 듯했다. "자네가 관심을 가질 만한 특별한 것이 있을 것 같기도 하군그래."

"이십이 년 전 셔링에서 잭 셰어버그라는 사람이 목매달리는 것을 지켜보셨을 겁니다."

윌리엄은 어머니가 숨을 죽인 채 헉 하고 놀라는 소리를 들었다.

"그는 음유시인이었습니다. 그를 기억하십니까?"

윌리엄은 방 안 분위기가 갑자기 긴장되는 것을 느꼈다. 잭 잭슨에게는 어딘지 부자연스러울 정도로 사람을 두렵게 만드는 면이 있었다. 그도 그럴 것이 지금 웨일런과 자기 어머니에게서 그런 효과가 엿보이고 있었다. "어쩌면 기억이 날 것도 같군." 윌리엄은 웨일런의 목소리에서 스스로를 억제하려는 긴장을 눈치챌 수 있었다. 이곳에서 무슨 일이 벌어질 것인가?

"그러실 거라고 생각했습니다." 잭은 다시 무례해지고 있었다. "그 사람은 세 사람의 증언에 의해 유죄를 선고받았습니다. 그중 두 사람은 지금 죽고 없습니다. 남은 세번째 사람이 주교님입니다."

웨일런은 고개를 끄덕였다. "그는 킹스브리지 수도원에서 무언가를 훔쳤지. 보석으로 장식된 성배였던가."

잭의 푸른 눈동자에 냉혹한 빛이 떠올랐다. "그 사람은 그런 짓을 하지 않았습니다."

"내가 직접 성배를 손에 들고 있는 그를 붙잡았네."

"거짓말을 하시는 겁니다."

말이 끊겼다. 웨일런이 다시 입을 열었을 때 그의 목소리는 부드러웠지만, 얼굴은 쇳덩이처럼 단단하게 굳어 있었다. "방금 한 말만으로도 난 자네의 혀를 뽑아버릴 수도 있네."

"나는 단지 왜 그런 거짓말을 했는지 알고 싶을 뿐입니다." 잭은 주교의 섬뜩한 협박은 들은 체도 않았다. "이곳에서 솔직하게 말씀하셔야 합니다. 백작은 그 일로 주교님을 협박하지 않을 테고, 그의 어머니는 이미 이 모든 것을 알고 있는 것 같으니까요."

윌리엄은 어머니를 바라보았다. 정말 어머니는 뭔가 알고 있는 것 같은 태도였다. 윌리엄 자신은 이제 완전히 어리둥절해져 있었다. 잭이 이곳에 온 목적은 사실상 (그런 일이 실제로 있기를 감히 바라진 않겠지만) 윌리엄 자신이나, 앨리에너의 연인을 죽이려는 그의 은밀한 계획과는 무관한 듯이 보였다.

리건이 잭에게 말했다. "자네는 지금 주교님을 위증죄로 고발하고 있는 거야!"

"이 비난을 공공연히 되풀이하지는 않겠습니다." 잭이 차갑게 말했다. "내게는 아무런 증거가 없습니다. 그리고 어쨌든 복수에는 관심 없습니다. 다만 왜 죄 없는 사람을 목매달았는지를 알고 싶을 뿐입니다."

"여기서 나가게." 웨일런이 얼음장 같은 목소리로 말했다.

잭은 더 기대할 게 없다는 듯 고개를 끄덕였다. 자신의 질문에 대한 대답을 듣지 못했음에도 그의 얼굴에는 의심이 어느 정도 입증된 것처럼 흡족한 빛이 떠올라 있었다.

윌리엄은 이 모든 대화에 여전히 어리둥절하고 있었다. 충동적으로 그가 말했다. "잠깐만."

잭은 문 쪽으로 몸을 돌리다가 비웃는 듯한 푸른 눈으로 그를 바라보았다.

"대체……" 윌리엄은 침을 삼키고 목소리를 가다듬었다. "무엇 때문에 그 일에 관심이 있다는 거요? 왜 이곳에 와서 그런 질문들을 하는 거요?"

"그건 그들이 목매달아 죽인 사람이 바로 내 아버지였기 때문이오." 잭은 그 말을 남기고는 방을 나갔다.

방 안에는 침묵이 흘렀다. 그러니까 앨리에너의 연인인 킹스브리지의 건축 책임자는 셔링에서 목매달려 죽은 도둑의 아들이었군, 윌리엄은 생각했다. 그래서 어떻다는 것인가? 어머니는 불안해 보이고, 웨일런도 실제로 떨고 있지 않은가.

마침내 웨일런이 비통하게 말했다. "그 여자는 이십 년 동안 나를 뒤쫓았어." 방심하는 법이 없는 웨일런이 그런 식으로 감정을 드러내자 윌리엄은 충격을 받았다.

"그 여자는 대성당이 무너져내린 후 사라졌어요." 리건이 말했다. "그녀를 보는 건 그때가 마지막이라고 생각했는데."

"이제 그녀의 아들이 나타나 우리를 쫓아다니고 있는 거요." 웨일런의 목소리에는 진짜 공포 같은 것이 서려 있었다.

윌리엄이 말했다. "당신을 위증죄로 고발하는 그를 체포하면 되지 않습니까?"

웨일런은 그에게 경멸에 찬 시선을 던지고 나서 말했다. "당신 아들은 정말 바보로군, 리건."

윌리엄은 웨일런이 정말로 위증죄를 범했음을 깨달았다. 윌리엄이 이 사실을 알아차렸다면, 잭 역시 알아차렸을 것이다. "누구 다른 사람이 또 알고 있나요?"

리건이 말했다. "제임스 수도원장은 죽기 전 부원장 레미기우스에게 자신의 위증죄를 고백했다. 하지만 레미기우스는 언제나 필립과 대적하는 우리 편이니 염려할 것 없지. 잭의 어미가 뭔가 알고 있을 테지만 전부는 아냐. 만약 그렇지 않다면 이제까지 그 정보를 이용하지 않았을 리 없어. 그렇지만 잭은 두루 여행을 했다. 아마 자기 어미가 모르고 있는 무엇인가를 찾아냈을지도 몰라."

윌리엄은 과거부터 이어져온 이 이상한 이야기가 자신에게 유리하게 이용될 수 있음을 깨달았다. 갑자기 생각났다는 듯 그는 말했다. "그럼 잭 잭슨을 죽여버립시다."

웨일런은 경멸하듯 고개를 흔들기만 했다.

리건이 말했다. "그러면 그와 그의 고발에 사람들의 관심이 쏠릴 거다."

윌리엄은 실망했다. 그 일이 거의 천운처럼 여겨졌던 것이다. 방 안에 침묵이 계속 흐르는 동안 그는 그 문제를 곰곰 생각해보았다. 새로운 생각이 떠올랐다. "그럴 필요가 없어요."

웨일런과 리건 둘 다 회의적인 시선으로 그를 바라보았다. "잭에게 관심이 쏠리지 않게 하면서 그를 죽일 방법이 있어요." 윌리엄이 집요하게 말했다.

"좋네. 그 방법을 말해보게." 웨일런이 말했다.

"킹스브리지를 공격하는 가운데 그를 죽여버리는 거죠." 그는 그들 두 사람의 얼굴에 깜짝 놀란, 그러면서도 존경 어린 표정이 떠오르는 것을 보고 만족했다.

잭은 오후 늦게 필립 수도원장과 건축부지 주위를 거닐었다. 성단소 잔해들은 깨끗이 치워져 돌 조각들이 수도원 경내 북쪽 편에 커다랗게 두 더미를 이루고 있었다. 새 비계들이 세워졌고, 석공들은 쓰러진 벽을 다시 쌓고 있었다. 진료소를 따라 거대한 목재 더미가 쌓여 있었다.

"자넨 일을 빨리 하는군." 필립이 말했다.

"제 마음처럼 빠르지는 못한걸요." 잭이 대답했다.

그들은 익랑의 기초 부분을 점검했다. 사오십 명의 일꾼들이 깊은 구덩이 속으로 내려가 삽과 양동이로 진흙을 퍼담는 동안, 밖에 있는 다른 인부들은 구덩이 밖으로 진흙이 담긴 양동이를 끌어올리기 위해 권양기를 작동하고 있었다. 기초공사용으로 대강 잘라놓은 커다란 돌덩이가 그 옆에 쌓여 있었다.

잭은 필립을 자신의 작업장으로 데리고 왔다. 톰이 쓰던 작업장보다 훨씬 넓었다. 빛이 더 잘 들어오도록 한쪽은 완전히 트여 있었다. 바닥의 절반은 도판이 차지하고 있었다. 그는 땅 위에 두꺼운 판자를 놓은 다음, 그 위에 틀을 꽉 채우고 조금 넘칠 정도로 석고를 부었다. 석고가 굳자 그 위로 걸어다닐 수 있을 정도로 단단해졌는데, 끝을 뾰족하게 다듬은 짧은 쇠토막으로 긁어 도면을 그릴 수 있었다. 잭은 세부를 설계했다. 그는 컴퍼스와 직선 자, 삼각자를 사용했다. 긁어놓은 자국들은 처음에는 하얗고 깨끗했지만 이내 회색으로 흐릿해졌다. 그래서 이전에 그린 그림과 혼동하지 않고 새 그림을 그릴 수 있었다. 그것은 그가 프랑스에서 떠올린 착상이었다.

작업장의 나머지는 대부분 긴 작업대가 차지하고 있었는데, 잭은 그 위에서 석공들에게 돌을 조각하는 방법을 보여줄 나무 형판을 만드는 중이었다. 해가 기울고 있었다. 오늘은 더는 목각 작업을 할 수 없을 것이다. 그는 연장들을 치우기 시작했다.

필립은 형판을 하나 집어들었다. "이건 무엇에 쓰는 건가?"

"기둥 아래에 놓을 주추입니다."

"준비를 철저히 해두고 있군."

"제대로 건축을 시작할 때까지 기다리고 있을 수가 없을 뿐이에요."

요즈음 그들의 대화는 모두 간결하고 실제적인 것들뿐이었다.

필립은 판을 내려놓고 몸을 돌렸다. "이제 저녁기도를 드리러 가야겠네."

"저도 가족을 방문하러 가야 합니다." 잭이 찌무룩하게 말했다.

필립은 걸음을 멈추고 마치 무슨 말이라도 할 듯 몸을 돌렸지만 슬픈 표정을 짓더니 그대로 가버렸다.

잭은 연장상자에 자물쇠를 채웠다. 어리석은 말이었다. 필립이 제시한 조건으로 이 일을 맡았으므로, 이제 와서 불평한다는 것은 결례였다. 그러나 끊임없이 필립에게 화가 났으므로 언제나 마음속에 담아둘 수만은 없었다.

그는 황혼 빛을 받으며 수도원 경내를 나와 앨리에너가 동생 리처드와 함께 살고 있는 빈민구역이 있는 집으로 갔다. 그녀는 잭이 들어서는 것을 보고 행복한 미소를 지었다. 그러나 그들은 키스하지는 않았다. 요즈음 자극을 받게 될까 두려워 서로 어떠한 신체적 접촉도 하지 않고 있었다. 그렇게 되면 욕구불만 상태로 헤어지거나 욕망에 몸을 맡겨 필립 수도원장에게 한 약속을 깨뜨릴 위험이 있었다.

토미는 바닥에서 놀고 있었다. 아이는 이제 한 살 반이었는데, 요즘은 물건 쌓는 놀이에 빠져 있었다. 아이 앞에는 너덧 개의 그릇이 놓여 있었다. 아이는 지칠 줄 모르고 커다란 그릇 속에 작은 그릇을 집어넣었다가, 그다음에는 작은 그릇 속에 큰 그릇을 넣으려고 애쓰고 있었다. 잭은 토미가 작은 그릇 속에 큰 그릇이 들어갈 수 없다는 걸 본능적으로 모르고 있다는 데 매우 놀랐다. 배워야만 알 수 있는 것이었다. 잭 자신이 둥근 천장 안에 있는 돌의 형태를 시각화하고자 할 때처럼, 토미도 공간의 관계들과 고투하고 있었다.

잭은 토미에게 매료되었지만 동시에 걱정스럽기도 했다. 지금까지 잭은 일자리를 찾고 직업을 가져 가족과 자신을 부양해야 하는 능력에 대해 한 번도 걱정해본 적이 없었다. 그는 자신이 곤궁과 배고픔에 시달릴 수도 있다는 것은 단 한순간도 생각해보지 않고 프랑스로 길을 떠났다. 그러나 이제는 안정을 원하고 있었다. 자기 자신이야 어찌됐든 이제는 토미를 돌봐야 했다. 생전 처음으로 그는 책임감을 갖게 된 것이다.

앨리에너는 탁자 위에 포도주 한 단지와 향료를 넣어 만든 케이크 한 조각을 차려놓고 잭의 맞은편에 앉았다. 그는 포도주를 한 잔 따라서 음미하듯 천천히 마셨다. 앨리에너는 토미 앞에 케이크를 조금 가져다주었지만 아이는 배가 고프지 않은 듯 와락 달려들어 케이크를 바닥에 흩어버렸다.

앨리에너가 말했다. "잭, 돈이 좀더 필요해요."

잭은 놀랐다. "일주일에 12펜스를 주고 있잖아요. 난 24펜스밖엔 벌지 못하고 있어요."

"미안해요. 당신은 혼자 살잖아요. 그렇게 많이는 필요하지 않을 거예요."

잭은 어느 정도 이치에 닿는 말이라고 생각했다. "하지만 어떤 인부는 일주일에 겨우 6펜스를 벌고 있어요. 그들 중 몇몇은 아이가 대여섯 명이나 있고요!"

앨리에너는 언짢은 얼굴을 했다. "잭, 난 인부들의 아내가 어떻게 집안을 꾸려가는지 모르겠어요. 한 번도 알 기회가 없었어요. 그리고 나 자신에게는 한 푼도 쓰지 않고 있어요. 그렇지만 당신은 매일 저녁 여기서 식사를 하거든요. 그리고 리처드도 있고요……"

"그렇다면 리처드는 뭐죠?" 잭이 화를 냈다. "그는 스스로 먹고살 수 없나요?"

"한 번도 그래본 적이 없어요."

잭은 자신이 앨리에너와 토미를 부양하는 것만으로도 충분하다고 생각했다. "난 리처드가 내 책임이라고 생각하지 않아요!"

"그는 내 책임이죠." 그녀가 조용한 어조로 말했다. "그리고 당신이 나를 맡았을 때 리처드도 함께 맡은 거예요."

"난 그런 것에 동의한 기억이 없어요!" 그는 화가 나서 말했다.

"화내지 말아요."

때는 이미 늦었다. 잭은 이미 화가 나 있었다. "리처드는 스물세 살이에요. 나보다 두 살이 많잖아요. 왜 내가 계속 그를 부양해야 하냔 말이에요. 왜 나는 아침식사로 마른 빵을 먹으면서 리처드가 먹는 베이컨 값을 지불해야 하는 거냐고요."

"그리고…… 나 다시 임신했어요."

"뭐라고?"

"또 아기를 가졌다고요."

잭의 분노는 사그라들었다. 그는 그녀의 손을 잡았다. "정말 근사한 소식이로군요."

"기뻐요? 난 당신이 화를 낼까봐 두려웠어요."

"화를 내다뇨? 감격했는걸요! 난 토미가 아주 어렸을 때를 한 번도 본 적이 없어요. 이젠 내가 놓친 것을 찾을 거예요."

"하지만 더 책임이 늘어나는 건 어떡해요. 또 아기에게 들 돈은요?"

"오, 돈은 잊어버리자고요. 난 다만 우리가 떨어져 살아야 한다는 것이 화가 날 뿐이에요. 우린 돈이 많아요. 하지만 아기가 또하나 생기다니! 여자아이였으면 좋겠어요." 그는 뭔가를 생각하는 듯 얼굴을 찌푸렸다. "그런데 언제……?"

"필립 수도원장이 우리를 떨어져 살게 하기 직전이었던 게 틀림없어요."

"아마 모든 성인의 날 전날 밤이었겠군요." 그는 씩 웃었다. "그날 밤 기억해요? 당신이 말 타듯 내 몸에 올라타……"

"기억해요." 그녀가 얼굴을 붉히며 대답했다.

그는 그녀를 다정하게 응시했다. "지금 난 당신과 하고 싶어요."

그녀는 미소 지었다. "나도 그래요."

그들은 탁자 위로 손을 잡았다.

그 순간 리처드가 들어왔다.

그는 먼지투성이에다 달아오른 모습으로 땀에 젖은 말을 끌고 문을 열어젖히며 안으로 들어왔다. "나쁜 소식이야." 리처드가 숨을 헐떡였다.

앨리에너는 말발굽을 피해 바닥에서 토미를 안아올렸다. 잭이 말했다. "무슨 일이에요?"

"내일 우리 모두 킹스브리지를 떠나야 해요."

"하지만 왜?"

"윌리엄 햄리가 이번 일요일에 다시 이 도시를 불태우러 올 거래요."

"안 돼!" 앨리에너가 외쳤다.

잭은 온몸이 오싹했다. 삼 년 전, 윌리엄의 기병들이 타오르는 횃불을 들고 잔인하게 곤봉을 휘두르며 양모시장을 습격했을 때의 광경이 다시 떠올랐다. 그 공포와 비명, 살 타는 냄새가 생생히 되살아났다. 이마가 으스러진 계부의 시체도. 그는 가슴이 저렸다.

"어떻게 알았어요?" 그는 리처드에게 물었다.

"셔링에서 윌리엄의 부하 몇 명이 무기 상점에서 무기 사는 것을 봤어요."

"무기를 샀다고 해서 꼭……"

"좀더 들어보세요. 난 그들을 따라 선술집으로 들어가 그들이 하는 얘기를 들었어요. 그들 중 하나가 킹스브리지의 방어설비가 어떠냐고 묻자, 상대방이 그런 건 전혀 없다고 대답하더라고요."

앨리에너가 말했다. "오, 맙소사. 정말이구나." 그녀는 토미를 바라본 다음 새 생명이 자라고 있는 자신의 배에 손을 얹었다. 그녀가 올려다보자 잭도 그녀를 마주 바라보았다. 그들은 둘 다 같은 생각을 하고 있었다.

리처드는 말을 계속했다. "나중에 내 얼굴을 모르는 젊은 사람들 몇몇과 이야기를 해보았어요. 그들에게 링컨의 전투 얘기를 하며 싸움을 하고 싶다고 했죠. 그러자 얼즈캐슬로 가보라고 하더군요. 그것도 반드시 오늘이어야 한다는 거예요. 그들이 내일 출발하기 때문이라는 거죠. 싸움은 이번 일요일에 있을 거라더군요."

"일요일이라고?" 잭은 두려움에 차서 속삭이듯 되뇌었다.

"확인하기 위해 난 얼즈캐슬로 말을 몰았어요."

앨리에너가 말했다. "리처드, 그건 위험한 일이야."

"과연 곳곳에 전투를 준비하고 있다는 온갖 표시들이 보이더군요. 전령들이 왔다갔다하고, 무기들을 날카롭게 벼리고, 말을 훈련시키고, 마구를 닦고…… 의심의 여지가 없었어요." 리처드는 증오에 가득 찬 목소리로 말을 맺었다. "악마 같은 윌리엄은 아무리 잔혹한 짓을 저질러도 만족하지 않을 거예요. 항상 더욱더 잔악한 일을 하기를 원하거든." 그는 무심결에 손을 오른쪽 귀로 가져가 신경질적인 몸짓으로 벌겋게 성이 난 흉터를 만지고 있었다.

잭은 잠시 리처드를 바라보았다. 그는 게으르고 낭비가 심했지만, 군사 분야에 대한 판단만은 믿을 수 있었다. 그런 그가 윌리엄이 습격을 계획하고 있다고 말한다면 사실일 게 분명했다. "이건 재앙이야." 잭은 반쯤 혼잣말로 중얼거렸다. 킹스브리지는 이제 막 좌절을 극복하기 시작했다. 삼 년 전에 양모시장이 불탔고, 이 년 전에는 대성당이 신자들의 머리 위로 무너져내렸는데, 이제 또 같은 일이 되풀이되려는 것이다. 사람들은 킹스브리지에 다시 불운이 닥쳤다고 말할 것이다. 도망쳐서 유혈사태는 어떻게든 피할 수 있다 하더라도 킹스브리지는 폐허가 되고 말 것이다. 아무도 이곳에서 살려 하지 않을 것이고, 시장으로 오지도 않을 것이며, 여기서 일하고자 하지도 않을 것이다. 대성당 건축마저 중단될 것이다.

앨리에너가 말했다. "필립 수도원장께 알려야 해요, 지금 당장."

잭은 고개를 끄덕였다. "수사들은 저녁식사중일 거예요. 갑시다."

앨리에너가 토미를 안아들고, 그들은 모두 땅거미가 져 어둑어둑한 가운데 수도원을 향해 서둘러 언덕을 올랐다.

리처드가 말했다. "대성당이 완공되면 그 안에서 시장을 열 수 있을 텐데. 그러면 습격해와도 안전할 거예요."

잭이 말했다. "하지만 한편으로 우리는 대성당에 드는 비용을 지불하기 위해 시장에서 들어오는 수입이 필요해요."

잭이 수사 식당으로 들어가자, 리처드와 앨리에너는 토미와 함께 밖에서 기다렸다. 식당 안에서는 사람들이 침묵중에 식사하는 동안, 젊은 수사 하나가 라틴어로 된 책을 큰 소리로 읽고 있었다. 잭은 그것이 「요한계시록」의 한 구절이라는 것을 알았다. 그는 문간에 서 있다가 이윽고 필립과 눈이 마주쳤다. 필립은 그를 보고 놀랐지만 식탁에서 일어나 곧장 그에게로 다가왔다.

"나쁜 소식입니다." 잭이 우울하게 말했다. "리처드에게 직접 들어보세요."

그들은 수리한 성단소의 동굴 같은 어둠 속에서 이야기를 했다. 리처드는 필립에게 몇 마디 말로 상황을 설명했다. 그가 이야기를 마치자 필립이 말했다. "하지만 우리는 지금 양모시장을 열고 있는 것도 아니고 그저 작은 시장을 여는 것뿐인데!"

앨리에너가 말했다. "적어도 내일 이 도시에서 사람들을 피신시킬 기회는 있어요. 아무도 다치지 않을 수 있을 거예요. 그런 다음 지난번처럼 다시 집을 지으면 돼요."

"윌리엄이 피신한 사람들까지 추적하려 들지 않는다면 그럴 수 있겠지요." 리처드가 우울하게 말했다. "그자는 능히 그런 짓까지 불사할 거예요."

"설사 우리 모두가 피신한다 하더라도, 그것으로 시장은 끝장날 거라고 생각하네." 필립이 우울하게 말했다. "이번 일이 있고 나면 사람들은 킹스브리지에 점포를 세우려 하지 않을걸세."

잭이 말했다. "그건 곧 대성당도 끝이라는 말이 됩니다. 지난 십 년 동안 성당은 한 번은 불타고 한 번은 무너졌지요. 그리고 도시가 불탔을 때 많은 석수들이 죽었습니다. 또다시 재난을 당한다면 마지막이 될 것 같습니다. 사람들은 불운이라고 하겠지요."

필립은 충격을 받은 것 같았다. 채 마흔 살이 못 되었으리라고 잭은 그의 나이를 헤아려보았다. 그러나 그 얼굴에는 주름이 패고 머리는 이제 검다기보다는 희끗희끗했다. 그럼에도 불구하고 그의 맑고 푸른 눈에는 위험한 빛이 깃들어 있었다. "난 이런 일을 받아들이지 않겠소. 내 생각에 이것은 하느님의 뜻이 아니오."

잭은 그가 도대체 무슨 말을 하고 있는지 의아했다. 어떻게 이런 일을 '받아들이지 않겠다'고 할 수 있는가? 닭들이 그들의 운명을 바꾸어버릴 여우를 받아들이지 않겠다고 말하는 것이나 마찬가지였다. "그래서 원장님께서는 어떻게 하시려는 겁니까?" 잭이 회의적으로 물었다. "오늘 밤 윌리엄이 침대에서 떨어져 목이라도 부러지기를 기도하시렵니까?"

리처드는 맞서겠다는 의견이 나오자 흥분했다. "싸웁시다. 왜 안 된다는 거죠? 우리는 수백 명입니다. 윌리엄은 오십 명, 기껏해야 백 명 정도를 이끌고 올 겁니다. 사람 수만으로는 우리가 이길 수 있어요."

앨리에너가 반대했다. "그렇게 되면 얼마나 많은 우리 편 사람들이 죽임을 당하겠니?"

필립도 고개를 저었다. "수사들은 싸움을 하지 않네." 그가 유감스러운 듯 말했다. "그리고 나 자신 위험을 무릅쓰지 않으면서 시민들에게 목숨을 내놓으라고 요구할 수는 없다네."

잭이 말했다. "내 휘하에 있는 석공들에게도 싸우기를 기대할 수는 없어요. 그건 그들이 할 일이 아닙니다."

필립은 리처드를 바라보았다. 리처드는 그들에게 유일한 군사 전문가였다. "정면돌파 외에 이 도시를 방어할 수 있는 방법이 없을까?"

"도시의 성벽 없이는 그럴 도리가 없습니다. 우리는 적들 앞에 맨몸을 노출시켜야 하니까요."

"도시의 성벽이라." 잭이 생각에 잠겨 되뇌었다.

리처드가 말했다. "우리는 단 한 번의 싸움으로 결판을 내자고 윌리엄에게 결투를 청할 수도 있습니다. 우두머리끼리의 싸움으로 말이죠. 하지만 그가 그런 제안을 받아들일 것 같지 않습니다."

"도시의 성벽이 있으면 그럴 수 있지 않겠어요?" 잭이 물었다.

리처드는 참을성 없이 말했다. "다른 때라면 성벽이 우리를 구해줄 수도 있겠지만, 지금은 달라요. 하룻밤 사이에 성벽을 쌓을 수는 없잖아요.”

“정말 할 수 없는 일일까요?”

“물론이죠. 그런……”

“가만있게, 리처드.” 필립이 힘 있는 목소리로 말했다. 필립은 기대에 찬 눈길로 잭을 바라보았다. “무슨 생각을 하고 있는 건가?”

“벽을 쌓는 것은 어려운 일이 아닙니다.”

“말을 계속해보게.”

잭의 머리는 회전하고 있었다. 다른 사람들은 숨을 죽이고 그의 말을 듣고 있었다. “아치도 필요 없고, 궁륭도 창문도 지붕도 전혀 필요 없습니다. 인력과 재료만 있다면 벽은 밤사이에라도 충분히 쌓을 수 있습니다.”

“뭘 가지고 벽을 세운단 말인가?”

“주위를 둘러보십시오. 이곳에는 기초공사를 할 수 있도록 잘라놓은 석재가 준비되어 있습니다. 저쪽에는 집채보다 큰 목재 더미가 쌓여 있지요. 묘지에는 무너져내린 돌조각 더미가 있고요. 강변 아래에는 채석장에서 날라온 거대한 돌더미가 있지 않습니까. 재료는 전혀 부족하지 않습니다.”

“그리고 이 도시는 건축장이들로 가득 차 있고 말일세.”

잭은 고개를 끄덕였다. “수사들이 지휘하면 됩니다. 건축장이들은 기술이 필요한 일을 하면 되고요. 그런 다음 빈민구역을 따라 언덕 위로 벽을 쌓아나가서 수도원의 동쪽 벽과 만나도록 해야지요…… 북쪽으로는…… 언덕을 내려가 다시 강둑과 만나도록 해야 합니다. 그럴 만큼 석재가 충분할지는 모르겠습니다만.”

리처드가 말했다. “반드시 석재여야만 효과적인 것은 아니에요. 간단한 해자와 그 해자에서 파낸 진흙으로 지은 흙벽만으로도 충분히 목적을 이룰 수 있어요. 특히 적이 언덕 위쪽을 공격해야 하는 곳에서는."

"분명 석재가 더 나을 거예요." 잭이 말했다.

"더 낫긴 해요. 하지만 꼭 그래야 하는 건 아니죠. 성벽을 쌓는 이유는 적을 노출된 위치에 계속 붙잡아두기 위해서예요. 그래야 방어자들이 은신한 곳에서 공격할 수 있기 때문이죠."

"공격을 한다고?" 앨리에너가 물었다. "뭘 가지고?"

"돌이나 끓는 기름, 화살 같은 걸로 하면 돼. 이 도시 대부분의 집 안에는 활이 있으니까……"

앨리에너는 몸을 떨며 말했다. "그러니까 결국 싸워야 한다는 거구나."

"하지만 백병전이 되지는 않을 거야. 절대 그렇지 않아."

잭은 가슴이 찢어지는 것 같았다. 모든 가능성 중에서 가장 안전한 방법은, 윌리엄이 가옥을 태우는 것으로 만족하기를 바라며 모든 사람들을 숲으로 피신시키는 것이다. 그러나 그런 경우에도, 윌리엄과 그의 부하들이 시민들을 추적해 찾아낼 위험이 있었다. 그들 모두가 이 도시의 성벽 뒤에 머물러 있는다면 더 위험하지 않을까? 만약 무엇인가 잘못되어 윌리엄과 그의 부하들이 성벽을 부술 방법을 찾아낸다면, 소름 끼치는 살육이 벌어질 것이다. 잭은 앨리에너와 토미를 바라보고 앨리에너의 배 속에서 자라는 새로운 생명을 생각했다. "절충안도 있지 않겠습니까? 여자와 어린아이들은 피신시키고, 남자들은 남아서 성벽을 방어하는 겁니다."

"고맙지만 그럴 수는 없어요." 앨리에너가 단호하게 말했다. "그건 양쪽 모두에게 최악이 될 거예요. 도시의 성벽도 쌓을 수 없을 것이고, 우리를 위해 싸울 남자들 역시 가족들과 함께 피난을 가버리고 말 거예요."

그녀의 말이 옳다는 걸 잭은 깨달았다. 방어할 사람들이 없다면 도시의 성벽은 소용이 없었고, 여자들과 어린아이들을 숲속에 보호자 없이 내버려둘 수도 없는 일이었다. 윌리엄 혼자 도시를 떠나 여자들을 죽일지도 몰랐다.

필립이 말했다. "잭, 자네는 건축가일세. 우리가 하루 만에 성벽을 쌓을 수 있겠나?"

"전 한 번도 도시 성벽을 지어본 적이 없습니다. 물론 설계도면은 문제가 되지 않겠지요. 장인들에게 각자 구역을 배당하고 그들의 판단대로 벽을 쌓도록 해야 할 겁니다. 회반죽은 일요일 아침까지라면 가까스로 굳을 겁니다. 아마도 잉글랜드에서 가장 엉성한 성벽이 되겠지요. 하지만 가능합니다. 우리는 성벽을 지을 수 있습니다."

필립은 리처드에게 몸을 돌렸다. "자네는 전투 경험이 있지. 우리가 성벽을 쌓는다면, 윌리엄을 물리칠 수 있겠나?"

"분명 가능합니다. 그는 포위 공격이 아니라 가벼운 습격을 준비하고 올 겁니다. 요새화된 도시 앞에서는 아무것도 할 수 없을 겁니다."

마지막으로 필립은 앨리에너를 바라보았다. "자넨 보호해야 할 아기를 데리고 있는 약한 사람들 중 하날세. 어떻게 생각하나? 우리가 숲으로 가서 윌리엄이 우리를 쫓아오지 않기를 바라야 할까, 아니면 이곳에 머물러 그를 물리칠 성벽을 쌓아야 할까?"

잭은 숨을 죽였다.

"이것은 단지 안전의 문제만이 아니에요." 앨리에너가 잠시 사이를 두었다가 말했다. "필립 원장님은 이 수도원에 일생을 바쳐왔어요. 잭, 대성당은 당신의 꿈이잖아요. 만약 우리가 도망간다면, 여러분은 일생을 바쳐온 그 모든 것을 잃게 될 거예요. 그리고 제게는…… 그래요, 제게는 윌리엄 햄리의 무력이 저지되는 것을 봐야 할 특별한 이유가 있어요. 전 우리가 머물러야 한다고 생각해요."

"알았네. 그럼 성벽을 쌓는 거야."

밤이 되자, 잭과 리처드와 필립은 벽을 세울 자리를 결정하기 위해 등불을 들고 도시의 경계를 돌아보았다. 도시는 낮은 언덕 위에 자리잡고 있었고, 도시 양쪽으로는 강물이 굽이쳐 흐르고 있었다. 강둑은 너무 약해서 기초공사를 제대로 하지 않으면 석조벽을 지탱할 수 없었으므로, 잭은 그곳에 목책을 두르기로 했다. 리처드는 그 결정에 아주 흡족해했다. 강으로 들어오지 않는 이상 적은 그 담장을 공격할 수 없을 것이고 그건 거의 불가능했다.

다른 양쪽으로는 해자가 딸린 흙벽으로 벽을 어느 정도 이어갈 것이다. 리처드는 그곳 땅이 진창이라 적들이 공격하기 힘겨울 것이라고 단언했다. 그러나 평지에는 석조벽이 필요했다.

잭은 마을을 돌아다니며 휘하의 건축장이들을 집에서 불러내기도 하고(그중에는 잠을 자다 불려나온 사람도 있었다) 선술집에서 끌어내기도 해서 한데 모았다. 그는 이 위급한 사태와, 시민들이 이 일에 어떻게 대처할 것인가를 설명했다. 이윽고 그들과 함께 시의 경계를 돌아다니며 각 사람에게 벽을 쌓을 구역을 배정했다. 목책은 목수에게, 석벽은 석공에게, 그리고 성루는 견습공들과 일꾼들에게 쌓도록 했다. 그는 모두에게 잠자러 가기 전에 자신들의 구역을 말뚝과 끈으로 표시하고, 잠자리에 들기 전에 어떻게 벽을 쌓을지 생각해두라고 일렀다. 장인들이 등불 아래서 제각기 성벽을 쌓을 준비 작업을 하자, 반짝거리는 불빛으로 점점이 이어진 도시 경계가 드러났다. 대장장이는 가마에 불을 지피고 자리를 잡고 앉아 남은 밤을 삽을 만들며 보낼 것이다. 이러한 이례적인 야간작업으로 대부분의 마을 사람들은 평소의 취침 시간에 잠자리에 들지 못했고, 장인들은 졸린 사람들에게 할 일을 설명하는 데 상당한 시간을 보냈다. 단지 해질녘 일찍 잠자리에 든 수사들만이 행복하게 아무것도 모르는 채 잠에 빠져 있었다.

그러나 한밤중 장인들이 준비를 끝내고 대부분의 시민들도 집으로 돌아갔을 때(그들은 잠을 자지 않고 모포 아래서 흥분을 가라앉혀가며 그 일에 대해 토론을 벌였다) 수사들이 잠에서 깨어났다. 그들은 미사를 짧게 끝낸 후 식당에서 빵과 맥주를 들면서 필립 신부의 간략한 설명을 들었다. 그들은 내일 조직책이 되어야 했다. 저마다 팀을 나누어 건축장이 한 사람과 함께 일할 것이다. 그들은 건축장이의 지시를 받아 땅을 파고 무언가를 들어올리고 가져오고 나르는 일들을 감독하게 된다. 최우선으로 해야 할 것은 건축장이에게 필요한 석재와 회반죽, 목재와 연장 등의 원자재를 떨어지지 않도록 공급하는 것이라고 필립은 강조했다.

필립이 수사들에게 말하는 동안, 잭은 윌리엄 햄리가 무엇을 하고 있는지 궁금해졌다. 얼즈캐슬은 킹스브리지에서 쉬지 않고 말을 달리면 한나절쯤 걸리는 곳이었지만, 윌리엄은 낮에 행군을 하지는 않을 터였다. 그렇게 되면 군대가 지친 상태에서 도착할 것이기 때문이다. 그들은 오늘 아침 동틀녘에 출발할 것이다. 모두 함께 말을 달리지 않고, 경계심을 일으키지 않기 위해 따로따로 떨어져 무기와 갑옷을 감추고 여행할 것이다. 오후쯤 킹스브리지에서 한두 시간 거리밖에 떨어지지 않은 어디에선가 조심스럽게 합류할 것이다. 아마도 그곳은 윌리엄 소유의 규모가 큰 소작인의 장원 주택일 것이다. 저녁때가 되면 그들은 맥주를 마시며 칼날을 벼리면서 과거의 승전에 대한 섬뜩한 이야기들을 주고받으리라. 젊은이들의 수족을 절단하고, 노인들을 군마의 발굽 아래 짓밟아버리고, 소녀들을 강간하고, 여인들을 유린하고, 아이들의 목을 자른 이야기, 아기들은 고통에 찬 어머니의 비명 속에서 칼끝에 꿰였던 그런 이야기들을. 그런 다음 그들은 내일 아침 공격을 개시할 것이다. 잭은 공포로 몸이 떨렸다. 하지만 이번에는 우리가 그들을 저지할 것이다, 그는 생각했다. 그럼에도 여전히 두려움은 가시지 않았다.

수사들은 각 팀에게 성벽을 쌓을 구역과 원자재를 가져올 곳을 배당했다. 이윽고 동쪽 지평선이 첫새벽의 빛살로 뿌옇게 밝아오자 재촉하듯 수도원 종이 울리는 가운데 그들은 자신들에게 배당된 이웃을 돌며 문을 두드려 주민들을 깨웠다.

해 뜰 무렵 공사는 이미 본격적으로 진행되고 있었다. 젊은 남녀들이 땀 흘려 일하는 동안, 나이 든 사람들은 먹을 것과 마실 것을 제공했고, 아이들은 심부름을 하고 말을 전했다. 잭은 계속해서 공사장을 돌며 걱정스러운 마음으로 과정을 점검했다. 그는 회반죽을 만드는 사람에게 회반죽이 좀더 빨리 굳을 수 있도록 석회를 적게 사용하라고 지시했다. 또 비계용 장대로 담장을 세우는 목수를 보고 인부들을 시켜 다른 목재 더미에서 나무를 잘라오게 했다. 성벽의 다른 구역들이 서로 제대로 맞물릴지 여부도 확인해야 했다. 그는 농담을 던지는 한편 미소를 띠고 끊임없이 사람들을 격려했다.

맑고 푸른 하늘 위로 해가 솟아올랐다. 무더운 하루가 될 것 같았다. 수도원 취사장에서 통에 든 맥주를 제공했다. 필립은 그 맥주에 물을 타도록 지시했고 잭도 그것에 동의했다. 힘든 일을 하는 사람들은 이런 날씨에 몹시 목이 타게 마련인데, 그러다 조는 일이 생기지 않기를 바랐기 때문이다.

다가올 무시무시한 위험에 어울리지 않는 흥겨운 분위기가 감돌았다. 마치 수확제 날 빵을 만들거나 세례 요한 축일 전야에 강 하류로 촛불을 띄워보내는 것처럼, 축일에 온 도시 사람들이 함께 무언가를 하고 있는 것 같았다. 사람들은 그들이 일하고 있는 이유, 즉 임박한 공포를 잊은 듯했다. 그렇지만 필립은 남몰래 도시를 떠나는 사람들을 보았다. 그들은 기회를 보아 숲속에 숨거나, (이것이 좀더 가능성이 높은데) 마을 밖에 그들을 맞아줄 친척이 있는 사람들이었다. 그러나 거의 모든 사람들은 남아 있었다.

정오에 필립은 다시 종을 울려 일을 멈추고 식사를 하게 했다. 일하던 사람들이 식사를 하는 동안 필립은 잭과 함께 성벽을 돌아보았다. 그렇게 열심히 일했는데도 큰 진척이 없어 보였다. 석벽은 겨우 지면과 같은 높이였고 토루는 아직도 낮은 제방에 지나지 않았으며 목책에도 빈 곳이 많았다.

순회가 끝날 무렵 필립이 물었다. "때맞춰 끝낼 수 있을까?"

잭은 오전 내내 의도적으로 명랑하고 낙천적인 듯 행동했지만, 지금은 그 자신도 현실을 인정하지 않을 수 없었다. "이런 속도라면, 못 끝낼 겁니다." 그가 기운 없이 대답했다.

"어떻게 하면 일을 빠르게 진척시킬 수 있을까?"

"서두르면 부실하게 지어지기 마련이지요."

"그렇다면 부실하게 짓도록 하세. 그러지 않으면 어쩌겠는가?"

잭은 생각해보았다. "이제까지는 석공들에게 석벽을 짓게 하고, 목수에게는 담장을, 일꾼들에게는 흙일을 맡기고 시민들은 그저 짐을 가져오고 나르는 일을 하게 했지요. 하지만 대부분의 목수들도 벽쯤은 똑바로 쌓을 수 있을 것이고, 일꾼들도 대부분 목책은 세울 수 있을 겁니다. 그러니 목수들에게 석공들을 도와 석벽을 쌓게 하고, 일꾼들에게 담장을 올리게 하고, 시민들은 해자를 파 그 흙으로 성루를 쌓게 하죠. 일이 매끄럽게 진행되는 대로 젊은 수사들은 감독에는 크게 신경쓰지 말고 일을 돕도록 하면 됩니다."

"그렇게 하세."

사람들이 식사를 마치자, 그들은 새로운 지시를 내렸다. 이 성벽은 잉글랜드에서 가장 엉성한 성벽일 뿐 아니라 아마도 가장 생명이 짧은 성벽이 될 것이라고 잭은 생각했다. 일주일이라도 제대로 버틴다면 기적일 것이다.

오후가 되자 사람들, 특히 밤에 자지 않았던 사람들이 먼저 지치기 시작했다. 축제 분위기는 자취를 감추었고 일하는 사람들은 이를 악물었다. 석벽은 높아지고 해자는 더욱 깊어지고 담장의 빈자리는 줄어들기 시작했다. 해가 서쪽 지평선 쪽으로 잠기자, 모두 작업을 멈추고 저녁식사를 한 다음 다시 일을 시작했다.

해질녘까지도 성벽은 완성되지 않았다.

필립은 불침번을 세우고, 보초를 제외한 모든 사람들에게 한두 시간 잠을 자도록 지시한 다음 자신이 자정에 종을 치겠다고 말했다. 지친 시민들은 잠자리에 들었다.

잭은 앨리에너의 집으로 갔다. 그녀와 리처드는 아직 자지 않고 있었다.

잭이 앨리에너에게 말했다. "당신이 토미를 데리고 숲속으로 가서 숨었으면 좋겠어요."

하루 종일 그 생각이 그의 머리 한쪽에서 떠나지 않았다. 처음에는 그 생각을 떨쳐버렸지만, 시간이 갈수록 윌리엄이 양모시장을 불태우던 날의 끔찍한 기억이 계속 떠올랐다. 그래서 결국 그녀를 피신시키기로 마음을 정한 것이었다.

"난 여기 있는 편이 좋아요." 그녀가 단호하게 말했다.

"앨리에너, 난 이 일이 제대로 될지 잘 모르겠어요. 그래서 윌리엄 햄리가 저 성벽 안으로 들어올 때 당신이 이곳에 없기를 바라는 거예요."

"하지만 당신이 다른 사람들에게 남아서 싸우라고 지휘하고 있는 지금, 내가 도망을 갈 수는 없어요." 그녀가 조리 있게 말했다.

그는 이치에 닿는 것 따위는 이미 안중에도 없었다. "당신이 지금 떠난다면 사람들은 알지 못할 거예요."

"결국은 알게 되겠죠."

"그때는 일이 끝났을 거예요."

"하지만 수치스러운 일이라는 것을 생각하세요."

"수치 같은 소린 집어치워요!" 그가 소리쳤다. 그녀를 설득할 말을 찾을 수 없다는 좌절감으로 미칠 것 같았다. "난 당신이 안전하길 바란단 말이에요!"

그의 성난 목소리에 토미가 잠에서 깨어 울기 시작했다. 앨리에너는 아이를 안아올려 흔들었다. "숲이라고 해서 더 안전하리라곤 생각하지 않아요."

"윌리엄은 숲속까지 수색하진 않을 거예요. 그가 관심을 갖는 것은 도시니까."

"그는 아마 내게도 관심이 있을 거예요."

"당신이 잘 가는 그 빈터에 숨으면 될 거예요. 그곳엔 아무도 오지 않았잖아요."

"윌리엄이 우연히 그곳을 발견할지도 몰라요."

"내 말 들어요. 여기보다는 그곳이 안전할 거예요. 내 생각은 그래요."

"그렇다 해도 나는 여기 있고 싶어요."

"난 당신을 여기 있게 하고 싶지 않단 말이야!" 그가 거칠게 말했다.

"그래도 어쨌든 난 여기 머물겠어요." 그녀는 그가 일부러 거칠게 내뱉는 말에 마음 쓰지 않고 미소를 띠었다.

잭은 욕이 나오려는 것을 억눌렀다. 일단 그녀가 마음을 정한 이상 입씨름은 소용없었다. 그녀는 노새처럼 고집이 셌다. 화를 내는 대신 잭은 간청했다. "앨리에너, 난 내일 일어날 일이 두려워요."

"저 역시 두려워요. 그러니 우린 그 두려움을 함께 나누어야 해요."

그는 자신이 점잖게 포기해야 한다는 것을 알았지만 너무 걱정스러웠다. "이런 빌어먹을!" 그는 화가 나서 밖으로 뛰쳐나갔다.

그는 집 밖에 서서 밤공기를 들이마셨다. 잠시 후 마음이 가라앉았다. 여전히 너무 걱정스러웠지만, 그녀에게 화를 내다니 어리석었다. 아침이면 둘 다 죽을지도 모르는 일이었다.

그는 다시 집 안으로 들어갔다. 그녀는 조금 전 그 자리에 서서 슬픈 표정을 짓고 있었다. "당신을 사랑해요." 그가 말했다. 두 사람은 한동안 부둥켜안고 서 있었다.

잭이 다시 밖으로 나왔을 때는 달이 높이 떠올라 있었다. 그는 앨리에너가 옳을지도 모른다는 생각으로 스스로를 위로했다. 그녀가 이곳에 있는 편이 숲속에 있는 것보다 더 안전할지도 몰랐다. 적어도 그녀가 어려움에 처한다면 자신이 알 테고, 최선을 다해 그녀를 보호할 수 있을 것이다.

잭은 지금 잠자리에 든다 해도 잠을 이루지 못할 것임을 알고 있었다. 그는 모든 사람들이 자정을 넘겨 잠자리에 들어 새벽에 윌리엄의 부하들이 칼을 휘두르고 불을 지를 때까지도 깨지 않을지도 모른다는 어리석은 공포에 시달렸다. 그는 안절부절못하고 도시 주변을 돌아다녔다. 이상하게도 오늘날까지 킹스브리지에는 달리 경계라는 것이 없었다. 석벽은 허리 높이까지 올라왔지만 더 쌓아야 했다. 담장도 높게 올라가긴 했지만, 아직도 한순간에 수백 명이 말을 타고 넘을 수 있을 만큼 사이가 벌어져 있었다. 흙으로 쌓은 성루 역시 건장한 말이 뛰어넘을 수 없을 정도로 높지는 못했다. 할 일이 너무도 많았다.

그는 다리가 있었던 곳에서 걸음을 멈추었다. 다리는 해체되어 수도원에 보관되어 있었다. 그는 달빛이 비치는 수면을 내려다보았다. 그때 늘어선 목책을 따라 한 사람이 그림자에 싸여 다가오자 그는 미신적인 불안으로 몸을 떨었다. 그것은 잭처럼 잠을 이루지 못한 필립 수도원장이었다.

그 순간 필립에 대한 그의 불만은 윌리엄이 불러일으킨 위협에 가려져 눈 녹듯 사라졌다. "우리가 이번에 살아남는다면 이 성벽을 조금씩 조금씩 다시 쌓아야 합니다."

"내 생각도 그렇다네." 필립이 기꺼이 동의했다. "일 년 내에 도시 주위에 단단한 석벽을 쌓기로 하세."

"강을 가로질러 다리를 놓았던 바로 이곳에 성문과 망대를 세우도록 하지요. 그렇게 되면 다리를 철거하지 않더라도 사람들을 지킬 수 있을 겁니다."

"도시를 방비하는 일은 우리 수사들이 잘 모르는 일일세."

잭은 고개를 끄덕였다. 수사들은 어떤 종류의 폭력에도 연루될 수 없었다. "하지만 원장님이 그 일을 조직하지 않으면 누가 하겠습니까?"

"앨리에너의 동생 리처드가 어떨까?"

잭은 그러한 발상에 깜짝 놀랐지만, 잠시 숙고해보고는 그것이 기발한 생각임을 깨달았다. "그는 그런 일을 잘해낼 것입니다. 또 그렇게 되면 나태에서 벗어나게 될 테고 저도 더는 그를 부양할 필요가 없겠군요." 잭이 열띤 어조로 말했다. 그는 자신도 모르게 존경 어린 눈빛으로 필립을 바라보았다. "킹스브리지를 포기하시지는 않겠지요?"

필립은 어깨를 으쓱했다. "우리의 모든 문제가 그렇게 간단히 해결되기를 바라네."

잭은 다시 관심을 성벽으로 돌렸다. "킹스브리지는 이제 영원히 요새화된 도시가 될 겁니다."

"영원히가 아니라 다만 예수님께서 다시 오실 때까지일걸세."

"원장님은 모르실 겁니다." 잭이 생각에 잠겨 말했다. "윌리엄 햄리 같은 잔인한 족속들이 더는 권력을 잡지 못하는 때가 올 겁니다. 법이 힘없는 사람들을 억압하는 대신 그들을 보호해주고, 왕들이 전쟁 대신 평화를 지키려 하는 때가요. 생각해보세요. 잉글랜드의 모든 도시에 성벽이 필요하지 않을 때를!"

필립은 고개를 저었다. "대단한 상상일세. 하지만 그런 일은 최후의 심판 날까지 일어나지 않을걸세."

"저는 그렇지 않으리라고 생각합니다."

"이제 거의 자정이 되었을걸세. 다시 일을 시작할 시간이야."

"원장님, 가시기 전에 잠깐만."

"뭔가?"

잭은 깊이 숨을 들이쉬었다. "아직은 우리의 계획을 바꿀 시간이 있습니다. 지금이라도 시민들을 대피시킬 수 있습니다."

"두려운가, 잭?" 못마땅한 어조는 아니었다.

"그렇습니다. 저 자신 때문이 아니라 가족 때문입니다."

필립은 고개를 끄덕였다. "이런 식으로 생각해보게. 지금 자네가 이 도시를 떠난다면, 자넨 아마 안전할걸세. 내일은 말이네. 하지만 윌리엄은 또다시 올걸세. 우리가 내일 그가 마음대로 분탕질하도록 내버려둔다면, 우리는 언제나 공포 속에서 살아야 할걸세. 자네, 나, 앨리에너, 그리고 토미까지도. 토미는 윌리엄이나 윌리엄 같은 누군가를 두려워하며 자랄 거야."

그의 말이 옳다고 잭은 생각했다. 토미 같은 아이들이 자유롭게 자라나게 하기 위해서는, 부모 된 사람들이 더는 윌리엄에게서 달아나지 말아야 했다.

잭은 한숨을 쉬었다. "알았습니다."

필립은 종을 치기 위해 자리를 떴다. 잭은 속으로 중얼거렸다. 필립이야말로 평화를 지키고 정의를 베풀고 가엾은 사람들을 억누르지 않는 통치자다, 잭은 생각했다. 그러나 그런 일을 하기 위해 꼭 독신으로 살아야 하는 것인가?

종이 울리기 시작했다. 덧문 내린 집 안에서 등불이 밝혀지고, 장인들이 눈을 비비고 하품을 하면서 비틀비틀 밖으로 나왔다. 그들은 천천히 작업을 시작했고, 몇몇 심술궂은 이들이 인부들과 언짢은 말을 주고받기도 했지만, 필립이 수도원 제빵소를 가동시키고 얼마 지나지 않아 뜨거운 빵과 생 버터가 나오자 모두 기운을 냈다.

새벽녘 잭은 필립과 함께 다시 한번 순시를 하며 말 탄 사람들의 모습이 나타나지 않나 불안한 마음으로 어두운 지평선을 살펴보았다. 강변의 담장은 거의 완성되었지만, 목수들이 모두 모여 남은 1, 2미터를 메우고 있었다. 다른 양쪽의 토루는 이제 사람 키 정도로 높았는데, 외곽 도랑을 감안하면 실제보다 1미터는 더 높은 셈이었다. 기를 쓰고 오르면 기어오를 수 있는 높이밖에 되지 않았지만 어쨌든 말에서는 내려야 할 터였다. 성벽 역시 사람 키 높이 정도는 되었지만, 마지막으로 쌓은 석벽의 서너 줄은 회반죽이 굳지 않았으므로 지극히 약했다. 하지만 적들은 성벽을 오르기 전에는 그것을 알지 못할 것이고, 그 점 때문에 어쩌면 혼란에 빠질 수도 있었다.

목책의 벌어진 틈을 제외하면 모든 일이 끝난 셈이라 필립은 새로운 지시를 내렸다. 나이 든 시민과 아이들을 수도원의 숙사로 피신시킨 것이다. 잭은 기뻤다. 앨리에너는 토미와 함께 안전한 곳에 머물 것이다. 장인들은 계속 성벽을 쌓았지만 일꾼 몇몇은 이제 리처드의 지휘 아래 군사가 되었다. 팀마다 자신들이 쌓은 성벽 구역을 방어할 책임이 주어졌다. 활을 쏠 줄 아는 남녀 시민들은 성벽 위에서 적에게 화살을 퍼부을 준비를 갖출 것이다. 무기가 없는 사람들은 적에게 돌을 던질 셈으로 이미 돌무더기를 쌓아놓은 상태였다. 끓는 물도 유용한 무기가 될 수 있었기에, 전략 지점마다 공격자들에게 쏟아부을 수 있도록 큰 솥에 물을 끓였다. 몇몇 시민들은 칼을 들었지만 그것은 쓰일 가능성이 가장 낮은 무기였다. 백병전이 벌어지면 이미 적이 들어온 상태일 것이고 그때쯤 성벽은 아무 쓸모도 없을 것이다.

잭은 마흔여덟 시간 내내 잠을 자지 못했다. 머리가 아팠고 모래가 들어간 듯 눈이 뻑뻑했다. 목수들이 서둘러 담장을 마무리하는 동안, 그는 강 근처에 있는 초가지붕 위에 앉아 들판을 건너다보았다. 불현듯 윌리엄의 부하들이 성벽을 부수지 않고도 도시에 불을 지르려고 불화살을 쏘아댈 수도 있다는 걸 깨달았다. 그는 간신히 지붕에서 일어나 수도원 경내를 향해 언덕을 빠르게 올랐다. 그곳에서 리처드도 똑같은 생각을 하고 이미 도시 언저리 전략 지점마다 물통과 양동이와 함께 수사들을 배치해놓았음을 알았다.

잭이 막 수도원을 나서는데 위험을 알리는 외침이 들렸다.

두근거리는 마음으로 그는 얼른 마구간 지붕 위로 올라가 서쪽 들판을 내다보았다. 1킬로미터 정도 떨어진 다리로 통하는 길 위에 말을 탄 거대한 무리가 다가온다는 표시로 먼지구름이 일고 있었다.

이 순간까지는 모든 일이 비현실적으로 느껴지기도 했지만, 이제 킹스브리지를 불태우고자 하는 이들이 바로 저곳에서 길을 따라 말을 달리고 있었다. 그러자 위험이 소름 끼칠 정도로 현실적으로 다가왔다.

잭은 앨리에너를 찾아보고 싶은 갑작스러운 충동을 느꼈지만 그럴 시간이 없었다. 그는 지붕에서 뛰어내려 강둑으로 통하는 언덕을 달려내려갔다. 한 떼의 사람들이 아직 완성되지 않은 마지막 담장 주위에 모여 있었다. 그들은 이제 막 말뚝을 땅속에 박아넣고 틈을 메운 다음, 마지막 남은 두 버팀대 뒤에 서둘러 못을 박아 일을 마무리 짓고 있었다. 수도원의 숙사로 피신한 사람들을 제외한 대부분의 시민들이 이곳에 있었다. 잭이 도착한 지 몇 분 안 되어 리처드가 소리를 치며 달려내려왔다. “도시 뒤편에 아무도 없어요! 적의 다른 무리가 우리 뒤로 몰래 숨어들어올 수도 있습니다! 어서 각자의 위치로 돌아가시오!” 사람들이 흩어지기 시작하자 리처드는 잭에게 투덜거렸다. “훈련이 안 돼 있어요. 전혀 훈련이 안 되어 있다고요!”

잭은 벌판 건너편을 뚫어져라 바라보았다. 먼지구름이 가까워짐에 따라 말 탄 사람들의 모습이 하나씩 눈에 들어왔다. 저들은 마치 죽음과 파괴에 열광하는 지옥의 마귀와도 같다, 잭은 생각했다. 저들은 백작이나 왕들의 필요 때문에 존재하는 것이다. 필립은 사랑이나 결혼 같은 문제에서는 바보천치일지 몰라도, 적어도 그처럼 잔인한 자들의 도움 없이도 공동체를 다스릴 방법을 알고 있는 사람이라고 잭은 생각했다.

그러나 그런 생각을 하기에는 너무도 부적당한 순간이었다. 죽음이 임박하면 이런 생각이 드는 걸까?

말 탄 사람들이 더욱 가까워졌다. 리처드가 예상했던 쉰 명보다 더 많아 보였다. 잭이 세어보니 거의 백 명에 달했다. 그들은 다리가 있었던 곳을 향해 다가오다가 이윽고 속도를 늦추기 시작했다. 그들이 강 건너편 풀밭에서 어지럽게 흩어져 말을 멈추고 말고삐를 당기자 잭은 기운이 솟았다. 윌리엄의 군대가 강 건너에 갓 만들어진 도시 성벽을 멍하니 바라보자, 잭 근처에서 누군가 웃음을 터뜨렸다. 다른 누군가 거기에 가세했고, 이윽고 그 웃음은 도깨비불처럼 퍼져나가 곧 오십 명, 백 명, 2백 명에 이르는 남녀가, 싸울 사람도 없는 강 저편에서 오도가도 못 한 채 곤혹스러워하고 있는 무장 군사들을 보고 폭소를 터뜨렸다.

말 탄 사람 중에 몇몇이 말에서 내려 밀담을 나누었다. 희미한 아침 안개 너머로 그 모습을 지켜보면서 잭은 그 무리의 중앙에서 금발에 붉은 얼굴을 한 윌리엄 햄리를 알아보았지만 정말 그인지는 확신이 서지 않았다.

잠시 후 그들은 다시 말에 올라 무리를 짓더니 그곳을 떠났다. 킹스브리지 사람들은 힘찬 환호성을 질렀다. 그러나 잭은 윌리엄이 그 정도로 포기할 위인이라고는 생각지 않았다. 그들은 왔던 길을 돌아가는 대신 강을 따라 상류로 향했다. 리처드가 잭에게 다가와 말했다. "저들은 얕은 여울을 찾고 있어요. 강을 건너고 숲을 돌아 다른 쪽에서 접근할 거예요. 이 소식을 모두에게 알려주세요."

잭은 재빨리 성벽을 돌며 리처드의 예상을 전달했다. 북쪽과 동쪽으로는 토루나 석벽은 있었지만 강은 없었다. 그 성벽은 수도원 경내의 동쪽 담과 합쳐졌는데, 바로 앨리에너와 토미가 피신한 수도원 취사장에서 불과 몇 발짝 떨어지지 않은 곳이었다. 리처드는 진료실 지붕 위에 활과 화살을 가진 말 장수 오즈월드와 무두장이 아들 딕 리처즈를 배치했다. 이 도시에서 가장 활솜씨가 뛰어난 이들이었다. 잭은 북동쪽 모퉁이에 있는 토루로 올라가, 이제 곧 윌리엄의 부하들이 나타날 들판 저편 숲을 바라보았다.

해는 중천에 떠 있었다. 오늘도 구름 한 점 없는 더운 날이었다. 수사들은 빵과 맥주를 들고 성벽을 돌아다녔다. 잭은 윌리엄이 상류 쪽으로 얼마나 멀리 갈지 궁금했다. 1킬로미터쯤 떨어진 곳에 건장한 말이라면 헤엄쳐 건널 만한 장소가 있었지만, 이곳 지리를 모르는 사람에게는 위험해 보일 터라 윌리엄은 2킬로미터쯤 거슬러올라가야 얕은 여울목을 발견할 것이다.

잭은 앨리에너가 어떤 상태일지 걱정스러웠다. 수도원 취사장으로 가서 그녀를 보고 싶었지만 성벽을 뜨기가 어려웠다. 다른 사람들도 마찬가지로 가족을 보러 가고 싶을 것이고, 다들 그러면 성벽은 무방비 상태가 될 터였다.

그가 유혹에 저항하는 동안, 외침 소리가 들리고 말 탄 사람들이 다시 모습을 나타냈다.

그들이 동쪽 숲에서 나온 까닭에 그쪽을 보려면 햇빛 때문에 눈이 부셨는데, 그건 분명 의도적인 행동이었다. 잠시 후 그는 그들이 단순히 다가오는 것이 아니라 공격중임을 알아차렸다. 그들은 눈에 띄지 않게 지형을 정탐한 다음 이 공격을 계획했을 터였다. 잭은 공포로 팽팽하게 긴장했다. 그들은 성벽을 보고 도망을 친 것이 아니었다. 성벽을 돌파하려는 것이었다.

그들이 탄 말들이 들판을 가로질러 질주했다. 시민 한두 명이 화살을 쏘았다. 잭 옆에 있던 리처드가 화가 나서 소리쳤다. "너무 빨라요! 너무 빠르다고요! 그들이 해자 안으로 들어올 때까지 기다리시오. 그래야 맞힐 게 아닙니까!" 그의 말을 알아들은 사람은 거의 없었고, 한동안 화살이 파르스름하게 새싹이 돋아난 들판 위로 헛되이 빗발쳤다. 우리 군사력으로는 희망이 없겠군, 잭은 생각했다. 성벽만이 우리를 지켜줄 수 있어.

그는 한 손에는 돌멩이를, 또 한 손에는 소년 시절 저녁거리로 오리를 사냥할 때 쓰던 것과 똑같은 새총을 쥐고 있었다. 자신의 조준 실력이 여전할지 궁금했다. 그는 자신도 모르게 있는 힘을 다해 새총을 움켜쥐고 있음을 깨닫고 주먹의 힘을 풀었다. 돌멩이를 쏘는 것은 오리에게는 효과가 있지만, 지축을 울리며 시시각각 다가오는 큰 말을 탄 무장병과 대적하기에는 터무니없이 약해 보였다. 그는 마른 침을 삼켰다. 불화살과 활을 갖고 있는 적병의 일부가 보였다. 잠시 후 그는 화살을 가진 사람들은 석벽 쪽을, 나머지는 토루를 향하고 있음을 깨달았다. 윌리엄이 석벽을 습격할 수는 없겠다고 판단했다는 의미였다. 그자는 벽의 회반죽이 채 굳지 않아 손으로 밀어도 넘어뜨릴 정도라는 것을 알아채지 못했다. 속아 넘어간 것이다. 잭은 한순간 승리감을 즐겼다.

이윽고 공격자들이 성벽 밑에 이르렀다.

시민들이 마구 쏘아댄 화살이 말 탄 군사들 사이로 빗발쳤다. 조준이 엉성했음에도 적진에서 희생자가 몇 명 나왔다. 말들이 해자에 이르렀다. 그중 일부는 뒷걸음을 쳤고 또 일부는 해자 속으로 뛰어들어 맞은편으로 기어올라갔다. 잭의 바로 맞은편에서 전투용 쇠사슬 갑옷을 입은 덩치 큰 군사 하나가 말을 탄 채 해자를 건너뛰어 성루의 낮은 경사면에 내리더니 가까이 왔다. 잭은 새총을 장전해 그자에게 돌멩이를 날렸다. 그의 조준은 전처럼 정확했다. 돌멩이는 말의 코끝을 정통으로 맞혔다. 그렇지 않아도 물렁한 흙 속에서 허둥대던 말은 고통스럽게 힝힝거리더니 머리를 치켜들고 몸을 돌렸다. 말은 구보로 달아났으나 적은 말 등에서 내려와 칼을 뽑았다.

대부분의 말들이 자기 의지로 혹은 주인이 머리를 돌리는 바람에 뒤로 돌아가버렸다. 하지만 일부는 도보로 공격해왔고, 나머지 군사들도 다시 한번 공격하기 위해 몸을 돌렸다. 어깨 너머를 힐끗 돌아본 잭의 눈에 도시의 젊은 여자들로 이루어진 진화대의 노력에도 불구하고 불타고 있는 초가지붕들이 보였다. 어쩌면 이 성벽도 효과가 없을지 모른다는 끔찍한 생각이 머리를 스치고 지나갔다. 지난 서른여섯 시간 동안 초인적인 노력을 기울였지만 저 야만인들은 성벽을 넘어 도시를 불태우고 사람들을 학살할 것이다.

백병전이 벌어질 거라는 생각만으로도 오싹했다. 그는 싸우는 것을 배운 적이 없었고 단 한 번도 칼을 써본 적이 없었다. 유일하게 싸워본 경험은 앨프레드가 그를 마구 때렸을 때 맞서 싸운 것뿐이었다. 그는 무력감을 느꼈다.

기병들이 다시 돌진했고, 말을 잃은 공격자들은 걸어서 성루를 기어 올라왔다. 그들의 머리 위로 바윗덩어리와 화살들이 비처럼 쏟아졌다. 잭은 새총을 기계처럼 장전한 다음 쏘고, 다시 장전한 다음 쏘았다. 공격자들 여럿이 비처럼 퍼붓는 돌에 맞아 쓰러졌다. 잭 바로 앞에서 기병 하나가 돌에 맞아 투구를 떨어뜨리면서 금발이 드러났다. 바로 윌리엄이었다.

말을 탄 군사들 중에서는 성루 꼭대기까지 오른 자가 없었지만 걸어서 올라온 적군 일부가 꼭대기에 이르렀다. 그러자 잭이 두려워했던 대로 시민들은 적들의 칼과 창을 장대와 도끼로 상대하며 맞붙어 싸울 수밖에 없었다. 성벽 꼭대기를 넘어온 적병 주변에 있던 시민 서너 명이 쓰러지는 것이 보였다. 잭의 마음은 공포로 차올랐다. 시민들이 밀리고 있었다.

그러나 벽을 넘은 공격자 한 사람당 여덟에서 열 명에 이르는 시민들이 둘러싸고 몽둥이질을 퍼부으며 무자비하게 도끼질을 해댔다. 일부 시민들이 부상을 입기는 했지만, 공격자들은 모두 순식간에 죽어 쓰러졌다. 그러자 시민들은 또다시 다른 적군들을 성루 비탈 아래로 밀어내기 시작했다. 적의 공세가 점차 수그러들었다. 성루 위에서 계속된 전초전에서 몇 사람이 패하자, 돌격하려던 자들은 말 등에 앉은 채 불안한 듯 주위를 빙빙 돌기만 했다. 잭은 잠깐이나마 적을 막아낸 데 안도하며 숨을 거칠게 몰아쉬면서 잠깐 긴장을 풀고 적들의 다음 행동을 조마조마하게 기다렸다.

윌리엄은 칼을 뽑아들고 고함을 질러 부하들의 주의를 끌었다. 그는 칼로 원을 그리면서 부하들을 불러모은 다음 칼끝으로 성벽을 가리켰다. 그들은 다시 무리를 짓고 다시 한번 성벽을 공격할 태세를 갖추었다.

잭은 기회를 포착했다.

그는 돌멩이를 집어들어 새총에 장전한 다음 신중하게 윌리엄을 조준했다.

돌은 석공이 그린 줄처럼 똑바로 허공을 가르며 날아가 윌리엄의 이마 한복판을 명중시켰다. 그 일격이 얼마나 강했는지 돌이 뼈에 부딪치는 소리가 잭의 귀에까지 들려왔다.

윌리엄이 바닥에 쓰러졌다.

그의 부하들은 불안한 듯 망설이고 있었고 공격은 주춤해졌다.

체구가 크고 피부가 검은 남자 하나가 말에서 뛰어내려 윌리엄 곁으로 달려갔다. 언제나 윌리엄과 함께 말을 타고 다니는 심복 월터일 거라고 잭은 생각했다. 월터는 말고삐를 잡은 채 엎어진 윌리엄 곁에 무릎을 꿇고 앉았다. 한동안 잭은 윌리엄이 죽었을지도 모른다는 희망을 품었다. 이윽고 윌리엄이 몸을 움직이자 월터가 부축해 일으켜세웠다. 윌리엄은 어지러운 상태인 것 같았다. 서로 싸우던 양편 사람들 모두 그 두 사람을 지켜보고 있었다. 한동안 우박처럼 쏟아지던 돌멩이와 화살도 멈추었다.

윌리엄이 여전히 불안정한 모습으로 부축을 받아 월터의 말에 오르자, 월터도 그의 뒤를 따라 말 등에 올랐다. 모든 사람들은 잠시 머뭇거리며 윌리엄이 공격을 계속할 수 있을지 의아해하고 있었다. 월터는 모이라는 신호로 칼로 원을 그렸다. 이윽고 그가 숲을 가리키자, 잭은 말할 수 없는 안도감을 느꼈다.

월터는 말을 걷어찼고 그들은 퇴각했다.

다른 기병들도 그 뒤를 따랐다. 아직도 성루 위에서 싸우고 있던 사람들은 싸움을 포기하고 물러서서 지휘자를 좇아 들판을 가로질러 달려갔다. 몇 개의 돌과 화살이 보리밭 위로 날아 그들을 좇았다.

시민들은 환성을 질렀다.

잭은 어리둥절한 느낌으로 주위를 둘러보았다. 모든 게 끝난 걸까? 도저히 믿을 수가 없었다. 화재는 진화되었다. 도시의 여자들이 불길을 잡는 데 성공한 것이다. 남자들은 성루 위에서 서로를 부둥켜안고 춤을 추었다. 리처드가 다가와 그의 등을 두드렸다. "이건 성벽이 해낸 거예요, 잭. 매형이 쌓은 성벽이요."

시민들과 수사들이 잭을 치하하고 서로서로 기쁨을 나누고자 두 사람 주위에 모여들었다.

"그들이 완전히 가버린 것 같아요?" 잭이 물었다.

"그래요." 리처드가 대답했다. "그들은 다시 오지 않을 거예요. 이제 우리가 성벽을 지키기로 마음먹었다는 것을 알았을 겁니다. 윌리엄도 사람들이 저항하려고만 한다면, 성벽이 있는 도시를 함락시킬 수 없다는 것을 알고 있을 거고요. 대규모 군대로 육 개월 동안 포위 공격을 하지 않는 이상."

"그렇다면 정말 끝난 거로군." 잭은 멍한 표정으로 말했다.

앨리에너가 토미를 데리고 군중을 헤치고 뛰어왔다. 잭은 감사한 마음으로 그녀를 끌어안았다. 그들은 함께 살아 있었고 그는 그것이 고마웠다.

갑자기 전혀 잠을 자지 못했던 이틀간의 피로가 몰려오자 자리에 눕고 싶었다. 하지만 그럴 수가 없었다. 두 젊은 석공이 그를 붙잡아 어깨 위로 들어올렸다. 환성이 고조되었다. 그들은 군중과 함께 움직였다. 잭은 그들을 구한 것은 자신이 아니라고, 그들 스스로 그 일을 해낸 거라고 말하고 싶었지만, 사람들이 그 말을 듣지 않으리라는 것을 알고 있었다. 그들은 영웅을 원하고 있었다. 그 소식은 삽시간에 퍼져나가 온 도시 사람들이 승리했음을 알게 되자 우레같이 환호성이 울려퍼졌다. 이들은 너무 오랫동안 윌리엄을 두려워하며 살아왔어, 잭은 생각했다. 그러나 오늘 그들은 자유를 쟁취한 것이다. 그는 사람들의 손에 들어올려진 채 온 도시를 돌면서 손을 흔들고 웃음을 짓고 있었지만, 마음속으로는 머리를 내려놓고 한동안 행복하게 잠에 빠질 순간을 손꼽아 기다리고 있었다.

3

셔링의 양모시장은 그 어느 때보다 규모가 커지고 활기에 넘쳤다. 연례 정기시장뿐 아니라 일반 시장과 처형장으로 쓰이기도 하는 교구 성당 앞 광장은 점포와 사람들로 가득 찼다. 양모가 주거래 상품이었지만, 번쩍이는 새 칼, 정교하게 조각된 안장, 살진 새끼 돼지, 붉은색 부츠, 생강 케이크와 밀짚모자 등등 잉글랜드에서 사고 팔 수 있는 온갖 물건들이 진열되어 있었다. 윌리엄은 웨일런 주교와 함께 시장을 돌아다니면서 시장을 통해 어느 때보다 많은 돈이 들어올 거라는 계산을 하고 있었다. 그럼에도 불구하고 그는 전혀 기쁘지 않았다.

그는 킹스브리지에서 패한 이후 줄곧 모욕감으로 고통스러웠다. 누구의 저지도 받지 않고 돌격해 그 도시를 불태우려고 했건만, 부하와 말을 잃고 아무 소득도 없이 돌아왔던 것이다. 최악은 그 성벽을 그가 죽이려 했던 앨리에너의 연인 잭 잭슨이 지었다는 사실이었다.

그는 잭을 죽이는 데 실패했지만 여전히 복수심에 불타올랐다.

웨일런 역시 킹스브리지에 대해 생각하고 있었던 듯 말을 꺼냈다. "어떻게 그렇게 빨리 성벽을 세웠는지 아직도 모르겠군."

"아마도 모양뿐인 벽이었을 겁니다." 윌리엄이 대답했다.

웨일런은 고개를 끄덕였다. "그렇지만 분명 필립 수도원장은 벌써 그것을 보수하느라 분주할 거요. 내가 그 입장이라면 성벽을 좀더 튼튼하고 높게 올리고 망루를 건설하고 밤에는 보초를 세울 테지. 당신이 킹스브리지를 멋대로 습격하던 호시절도 이젠 끝났소."

윌리엄도 그 말에 동감이었지만 짐짓 그렇지 않은 체했다. "난 아직도 그 도시를 포위 공격할 수 있습니다."

"그건 다른 문제요. 급습은 왕도 묵과할 수 있소. 하지만 시간을 끄는 포위 공격을 하게 되면, 그동안 시민들이 왕에게 전갈을 보내 보호를 요청할 거요…… 그러면 귀찮은 문제가 생기는 거지."

"스티븐 왕께서 내게 불리한 행동을 하지는 않을 겁니다. 그분에게는 내가 필요하니까요." 그러나 윌리엄이 그렇게 말한 것은 어떤 확신이 있어서가 아니었다. 결국 그도 주교의 견해에 수긍할 작정이었다. 하지만 웨일런이 어렵게 동의를 얻음으로써 자신에게 얼마간 고마움을 느끼도록 하고 싶었다. 그런 다음 자신의 마음 한구석을 무겁게 짓누르는 청을 하나 할 생각이었다.

못난 말라깽이 여자 하나가 딸처럼 보이는 열세 살 정도의 예쁜 소녀를 앞으로 밀어대며 걸어나왔다. 소녀의 어머니는 딸이 입은 초라한 옷 윗부분을 한쪽으로 끌어내려 채 성숙하지도 않은 가슴을 내보였다. "60펜스요." 어머니가 작은 목소리로 속삭였다. 윌리엄은 아랫도리가 꿈틀거리는 것을 느꼈지만 거부의 표시로 고개를 흔들며 스쳐지나쳤다.

어린 창녀를 보자 앨리에너가 떠올랐다. 그가 겁탈했을 때 그녀는 어린아이 티를 갓 벗을 때였다. 벌써 십 년 전 일이었지만 아직도 그녀를 잊을 수가 없었다. 이제 다시는 그녀를 가질 수 없을 테지만 다른 누군가 그녀를 차지하는 것은 막을 수 있을 것이다.

웨일런은 생각에 잠겨 있었다. 거의 앞을 보지 않고 걷는 듯했지만, 사람들은 그의 검은 옷자락에 닿는 것조차 두려운 듯 알아서 뒷걸음을 쳤다. 잠시 후 그가 말했다. "왕이 패링던을 함락했다는 소식을 들었소?"

"나는 그곳에 있었습니다." 그것은 오랜 내전을 통틀어 가장 결정적인 승리였다. 스티븐은 수백 명의 기사와 거대한 무기고를 손에 넣었고, 글로스터의 로버트를 서부지방 멀리 내몰았다. 북부지방에서는 스티븐의 숙적이었던 체스터의 라눌프가 무기를 버리고 왕에게 충성을 맹세했는데 이 또한 결정적이었다.

웨일런이 말했다. "이제 스티븐은 더욱 판세를 굳히겠지. 귀족들끼리 사적인 전투를 벌이는 걸 전처럼 묵인하지는 않을 거요."

"아마 그럴 겁니다." 윌리엄은 지금이야말로 웨일런의 견해에 동의하고 생각해놓은 청을 해야 할 때라고 생각했다. 그는 망설였다. 어찌해야 좋을지 몰랐던 것이다. 그 청을 하자면 속내를 드러낼 터였는데, 웨일런 주교처럼 무자비한 인간에게 속마음을 보여야 한다는 게 영 내키지 않았다.

"당신은 적어도 당분간 킹스브리지를 그대로 내버려두는 게 좋을 거요." 웨일런은 말을 계속했다. "당신은 양모시장을 갖고 있소. 이전보다 규모가 작아지기는 했지만, 매주 시장도 열리고 있고 양모사업도 하고 있소. 게다가 이 지방에서 가장 비옥한 토지를 갖고 직접 그것을 관리하거나 소작인에게 경작시키고 있소. 내 상황 역시 전보다 좋아졌소. 재산도 늘었고, 소작지도 재조직했소. 성도 지었소. 필립 수도원장과 싸울 필요가 줄어들게 된 거요. 정치적으로 위험해질 때는 더더군다나."

시장 광장에서는 사람들이 먹을 것을 만들어 팔고 있어 그곳은 온통 향료를 넣은 수프와 갓 구운 빵, 설탕과자, 삶은 햄, 튀긴 베이컨, 사과파이 등의 냄새로 진동을 했다. 윌리엄은 구역질이 치밀었다. "성으로 가시죠."

두 사람은 시장 광장에서 나와 언덕을 걸어올랐다. 셰리프가 그들에게 식사를 대접할 터였다. 성문에서 윌리엄은 발을 멈추었다.

"킹스브리지 문제에 관해서는 주교의 말이 옳은 것 같습니다."

"그걸 깨닫다니 기쁘오."

"하지만 나는 아직도 잭 잭슨에게 원한이 있고, 주교의 뜻도 그렇다면 내 원수를 갚을 겁니다."

웨일런은 표정이 풍부한 눈썹을 치켜세웠다. 귀 기울여 듣고 있지만 아무 의무감도 느끼지 않는다는 표정이었다.

윌리엄은 말을 이었다. "앨리에너는 결혼을 무효로 해줄 것을 신청했습니다."

"그렇소, 나도 알고 있소."

"어떤 결과가 나오리라고 생각합니까?"

"그 결혼이 한 번도 완전한 적이 없었다는 건 분명한 일이오."

"그것이 반드시 필요한 사항인가요?"

"아마도 그럴 거요. 내가 직접 만나본 적이 있는 학자 그라티우스에 따르면 결혼은 두 당사자의 상호동의하에 성립하지만, 육체적 행위가 그 결혼을 '완전하게' 혹은 '완벽하게' 결합하는 거요. 그는 특히 한 남자가 한 여자와 결혼은 했지만 육체적으로 결합하지 않고 있다가 두번째 여자와 결혼해 육체적으로 결합한다면, 그 두번째 결혼이 유효하다고 말하고 있소. 그 매혹적인 앨리에너는 분명 그녀의 신청서에 이 이야기를 언급했을 것이오. 필립 수도원장에게서 확고한 조언을 들었을 테고."

윌리엄은 이런 이론을 알고는 조바심이 났다. "그러면 무효 선언을 받아내겠군."

"누군가 그라티우스에 반대해 논쟁을 일으키지 않는다면 그렇게 되겠지. 실은 이론과 실제 두 가지 면에서 논쟁이 있소. 이론적인 논쟁은 그라티우스의 정의가 육체적 결합을 하지 않은 요셉과 마리아의 결혼을 모욕한다는 거요. 실제적인 논쟁은 정치적 이유에서, 혹은 두 재산을 합하기 위해서, 육체적으로 결혼을 완성할 수 없는 두 어린아이 사이에 일반적으로 결혼이 맺어진다는 거요. 신랑이나 신부 중 하나가 적령기가 되기 전에 죽으면, 그라티우스의 정의에 따라 그 결혼은 무효가 되기 때문에 상당히 심각한 결과를 낳게 되는 거요."

윌리엄은 그렇게 난해한 성직자의 논쟁을 이해할 순 없었지만, 논쟁을 어떻게 수습할 것인지에 대해 그런대로 괜찮은 의견을 가지고 있었다. "주교의 말뜻은 그것이 어느 쪽으로든 결정될 수 있다는 겁니까?"

"그렇소."

"그러면 어느 쪽이든 압력을 가하는 사람에게 달려 있겠군."

"그렇소. 이 경우에는 그 결과에 재산이나 충성의 의무, 군사 동맹 등 어떤 것도 걸려 있지 않소. 하지만 여기에 다른 이해관계가 있어 누군가, 예컨대 부주교 같은 사람이 그라티우스에 반대해 치열한 논쟁을 불러일으킨다면 무효 신청은 십중팔구 기각될 거요." 웨일런은 윌리엄에게 의미 있는 시선을 던져 그를 머뭇거리게 했다. "난 당신이 다음에 내게 무엇을 요구할 것인지 짐작할 수 있소."

"나는 주교께서 그 무효 신청에 반대해주기 바랍니다."

웨일런은 미간을 좁혔다. "당신이 그 못된 여자를 사랑하고 있는 건지 증오하고 있는 건지 알 수가 없구려."

"사실은 나도 알 수가 없습니다."

앨리에너는 커다란 너도밤나무의 시원한 그늘이 드리워진 풀밭에 앉아 있었다. 폭포는 그녀의 발치에 있는 바위 위로 눈물방울 같은 작은 물방울을 튀기고 있었다. 이곳은 잭이 그 모든 이야기를 들려주었던 바로 그 숲속의 빈터였다. 그는 그녀에게 첫 키스를 했는데, 너무도 자연스럽고 빨라 그녀는 그런 일이 일어나지 않은 것처럼 행동했었다. 이곳에서 그와 사랑에 빠졌지만 그녀 자신은 그것을 인정하지 않으려 했다. 이제 그녀는 그에게 자신을 바치고 그와 결혼해 그의 아이를 갖게 되기를 진심으로 기원했다. 그러므로 이제 그 무엇이 방해하든 그녀는 그의 아내가 될 것이다.

그녀는 아픈 등을 편하게 하려고 몸을 눕혔다. 한여름이라 공기는 무덥고 바람 한 점 없었다. 이번 임신은 매우 힘겨웠고 그녀는 아직 적어도 여섯 주는 더 그렇게 지내야 했다. 배 한쪽에서만 발로 차는 것이 느껴지고 잭의 의붓동생인 마사가 배에 귀를 바짝 대보더니 심장 고동 소리가 하나밖에 안 들린다고 말해주지 않았다면, 쌍둥이를 뱄을지 모른다고 생각했을 것이다.

일요일 오후인 지금은 마사가 토미를 돌봐주었으므로, 앨리에너와 잭은 숲에서 만나 그들의 앞날에 대해 잠시 단둘이 이야기를 나눌 수 있었다. 대주교는 결혼 무효 선언을 기각했는데, 분명 웨일런 주교가 반대했기 때문일 것이다. 필립은 재청할 수 있다고 했지만 그동안 그들은 떨어져 살아야 했다. 필립은 그것이 부당하다는 데는 의견을 같이했지만, 그 또한 하느님의 뜻일 거라고 했다. 그러나 앨리에너에게는 불길하게 느껴졌다.

그녀는 부른 배와 더불어 쓰라린 회한의 무게를 안고 지냈다. 때로는 그것을 좀더 또렷이 의식하기도 했고 때로는 거의 잊고 지내기도 했지만, 그것은 언제나 마음속에 자리잡고 있었다. 그것 때문에 자주 고통스러웠지만, 그것은 친숙한 고통이었다. 그녀는 잭을 상처 입힌 것을 후회했고, 자신이 스스로에게 한 일을 후회했고, 심지어 지금은 셔링에 살면서 한 번도 킹스브리지에 얼굴을 보이지 않는 비열한 앨프레드를 고통스럽게 한 것까지 후회했다. 그녀는 리처드가 목표대로 백작의 지위를 얻어내도록 그를 지원하기 위해서라는 단 한 가지 이유로 앨프레드와 결혼했다. 그러나 목적을 이루는 데 실패했고, 잭을 향한 진정한 사랑도 꺾이고 말았다. 이제 스물여섯이 된 그녀의 인생은 황폐했는데, 그것은 자신의 잘못이었다.

그녀는 향수에 젖어 잭을 처음 만났을 때를 떠올렸다. 처음 잭을 만났을 때 그는 독특하긴 했지만 어린 소년에 불과했다. 그가 성장한 후에도 그녀는 계속 그를 소년으로 생각했다. 그 때문에 그에게 경계심을 갖지 않을 수 있었다. 그녀는 모든 구혼자를 외면했지만, 잭을 구혼자로 생각하지 않았기에 그가 다가와 친해지도록 내버려두었다. 그녀는 왜 자신이 그토록 사랑을 거부했는지 의아했다. 그녀는 잭을 너무도 사랑했고, 인생에서 그와 잠자리를 함께 하는 즐거움 이상의 기쁨은 없었다. 그럼에도 불구하고 예전에는 그러한 행복에 일부러 눈을 감았다.

돌이켜보면, 잭을 만나기 전 그녀의 삶은 공허해 보였다. 그녀는 양모사업을 일으켜세우느라 미친 듯이 분주했지만, 이제 그 분주한 나날들은 공허한 궁전이나, 음식이 담겨 있지 않은 은접시와 금잔이 놓인 식탁처럼 즐거움 없는 생활처럼 느껴졌다.

앨리에너는 발소리를 듣고 재빨리 일어나 앉았다. 잭이었다. 그는 야윈 고양이처럼 마르고 경쾌한 모습이었다. 곁에 앉은 그는 그녀의 입에 부드럽게 키스했다. 그에게서는 땀과 돌먼지 냄새가 났다. "너무 덥군." 그가 말했다. "시내에서 목욕해요."

그 유혹에는 저항하기 힘들었다.

잭은 옷을 끌어올려 벗었다. 그녀는 갈망하는 시선으로 그를 살펴보았다. 몇 달 동안 그의 벗은 몸을 보지 못했다. 그의 다리에는 붉은 털이 무성했지만 가슴에는 전혀 없었다. 그는 옷을 벗기를 기다리며 그녀를 바라보았다. 그녀는 부끄러움을 느꼈다. 임신한 그녀의 몸을 그는 한 번도 본 적이 없었다. 그녀는 천천히 목 끈을 푼 다음, 리넨 옷을 머리 위로 끌어올려 벗었다. 그녀는 부풀어오른 자신의 배를 잭이 싫어할까 두려워 걱정스러운 시선으로 그의 표정을 살폈다. 하지만 그의 얼굴에는 혐오감은커녕 애정 어린 표정이 떠올랐을 뿐이었다. 진작 알았어야 했어. 저 사람이 나를 얼마나 사랑하는지 진작 알았어야 했어, 그녀는 생각했다.

재빠른 동작으로 그는 땅바닥에 무릎을 꿇고 앉아 부풀어오른 그녀 배의 팽팽한 살갗에 키스했다. 그녀는 어색한 웃음을 터뜨렸다. 그는 그녀의 배꼽을 만졌다. "배꼽 단추가 튀어나왔어요."

"그렇게 말할 줄 알았어요!"

"예전에는 보조개 같더니 이제는 젖꼭지 같아요."

그녀는 부끄러움을 느꼈다. "우리 목욕해요." 물에 들어가면 자신의 몸을 덜 의식하게 될 터였다.

폭포 옆의 웅덩이는 1미터 정도 깊이였다. 앨리에너는 물속으로 들어갔다. 물은 그녀의 달아오른 살갗에 기분 좋은 정도로 차갑게 닿았고 그녀는 기뻐서 몸을 떨었다. 잭도 그녀 곁으로 들어왔다. 수영할 공간은 없었다. 웅덩이는 너비가 채 1미터도 되지 않았다. 그는 폭포 아래 머리를 대고 머리카락에서 돌먼지를 씻어냈다. 앨리에너는 물속에 있으니 기분이 좋았다. 물속에 들어오자 배의 무게도 덜했다. 그녀는 물속에 고개를 넣고 머리를 감았다.

앨리에너가 물 밖으로 고개를 들어올리자 잭이 그녀에게 키스했다.

그녀는 푸우 하며 물을 뿜고 숨 가쁘게 웃음을 터뜨리며 눈가의 물기를 닦았다. 그가 다시 그녀에게 키스했다. 그녀가 균형을 잡기 위해 팔을 뻗자 그녀의 손이 잭의 깃대처럼 똑바로 솟은 단단한 막대에 닿았다. 그녀는 기쁨으로 숨이 막힐 지경이었다.

"이게 그리웠어요." 잭이 그녀의 귀에 대고 속삭였다. 그의 목소리는 욕망과 또다른 감정, 어쩌면 슬픔일지도 모르는 감정 때문에 쉬어 있었다.

앨리에너는 갈망으로 목이 말랐다. "우리는 약속을 깨뜨리는 건가요?"

"지금, 그리고 영원히."

"무슨 뜻이에요?"

"우린 떨어져 살지 않을 거예요. 킹스브리지를 떠나는 거죠."

"하지만 당신은 무슨 일을 하려고요?"

"다른 도시로 가서 또다른 대성당을 지을 거예요."

"하지만 당신은 책임자가 될 수 없을 거예요. 그러면 당신 설계대로 할 수 없잖아요."

"언젠가 다시 기회를 잡을 수 있을 거예요. 난 젊으니까."

가능한 일이기는 했지만 그닥 승산이 없는 일임을 앨리에너는 알고 있었고, 잭 역시 마찬가지였다. 그가 자신을 위해 희생하고 있다는 생각이 들어 그녀는 감동해서 눈물이 나왔다. 이처럼 그녀를 사랑했던 사람은 아무도 없었고 앞으로도 없을 것이다. 하지만 그녀는 그로 하여금 모든 것을 포기하도록 하고 싶지는 않았다. "그러지 않겠어요." 그녀가 말했다.

"무슨 말이에요?"

"난 킹스브리지를 떠나지 않겠어요."

그가 화를 냈다. "왜 안 떠난다는 거죠? 다른 곳에서라면 어디서든 남편과 아내로 살 수 있고 아무도 신경쓰지 않을 거예요. 우린 성당에서 결혼을 할 수도 있어요."

그녀는 그의 얼굴을 어루만졌다. "난 너무도 당신을 사랑하기 때문에 당신이 킹스브리지 대성당 건축에서 손을 떼게 하고 싶지 않아요."

"그 결정은 바로 나를 위한 거예요."

"잭. 그런 제안을 해준 당신을 사랑해요. 당신이 나와 함께 살기 위해 필생의 작업을 포기할 자세가 되어 있다는 그 사실은…… 당신이 그렇게 깊이 나를 사랑한다는 것 때문에 가슴이 터질 것 같아요. 하지만 나는 당신에게서 좋아하는 일을 빼앗는 여자가 되고 싶진 않아요. 그런 식으로는 당신과 함께 가고 싶지 않은 거예요. 그렇게 되면 우리의 삶 전체에 그늘이 드리워질 거예요. 당신은 그런 날 용서할 수 있겠지만 난 결코 그럴 수 없을 거예요."

잭은 슬픈 표정을 지었다. "일단 당신이 작심을 하면 더는 당신과는 다투지 않는 편이 낫다는 것 정도는 알고 있어요. 하지만 우리가 어떻게 해야 한단 말이죠?"

"결혼 무효 선언을 다시 한번 청원해보는 거예요. 따로 살면서요."

그는 애처로워 보였다.

그녀가 마지막으로 말했다. "그리고 우리는 매주 일요일마다 이곳에서 만나 우리의 약속을 깨뜨리는 거예요."

잭이 자신을 껴안자, 그녀는 그가 다시 발기하는 것을 느낄 수 있었다. "매주 일요일마다?"

"그래요."

"당신이 다시 임신할 수도 있어요."

"운명에 맡기기로 해요. 그리고 난 예전에 했던 대로 천 만드는 일을 시작하겠어요. 필립 원장의 팔리지 않은 양모를 다시 사서 시민들이 실을 잣고 천을 짜도록 하겠어요. 그런 다음 마전 방앗간에서 펠트를 만들겠어요."

"필립 원장에게는 어떻게 지불하려고요?" 잭이 놀라서 물었다.

"아직은 그럴 만한 돈이 없어요. 상품이 만들어지면 천으로 그에게 지불하겠어요."

잭은 고개를 끄덕이며 씁쓸하게 말했다. "그는 그 제안에 동의할 거예요. 내가 여기 남아 있도록 하기 위해 당신이 이곳에 머물기를 바라니까요."

앨리에너도 고개를 끄덕였다. "그뿐 아니라 천도 싸게 얻게 될 테죠."

"빌어먹을 필립 같으니라고. 그는 언제나 원하는 걸 갖는군요."

앨리에너는 자신이 그를 설득했음을 알고 잭에게 키스했다. "사랑해요."

그는 물속을 휘저으며 그녀를 끌어당겨 자신의 두 다리 위에 앉도록 그녀 뒤로 몸을 움직였다. 그녀는 허벅지를 벌리고 그의 무릎 안으로 부드럽게 몸을 띄웠다. 그는 두 손으로 그녀의 풍만한 젖가슴을 쓰다듬으며 부풀어오른 젖꼭지를 가지고 놀았다. 마침내 그가 그녀의 안으로 들어오자 그녀는 쾌감으로 몸을 떨었다.

그들은 시원한 웅덩이 안에서, 귀로는 폭포가 떨어지는 소리를 들으면서 천천히 부드럽게 사랑을 나누었다. 잭은 두 팔로 그녀의 부풀어오른 배를 안고 기민한 손으로 그녀의 다리 사이를 만지면서 안팎으로 몸을 움직이며 그녀를 껴안고 쓰다듬었다. 그들은 전에는 한 번도 이렇게 해본 적이 없었다. 이런 식으로 사랑의 행위를 하면서 그는 그녀의 가장 민감한 곳을 애무할 수 있었고, 그것은 칼에 찔린 통증이 둔탁한 아픔과 다른 것처럼 전혀 다른, 더 강렬한 쾌감을 안겨주었다. 아마도 그런 느낌이 든 것은 그녀의 슬픔이 너무 깊었기 때문일 것이다. 잠시 후 그녀는 감각에 자신을 내맡겼다. 그 격렬함이 너무도 빠르게 다가왔으므로, 절정은 놀랍도록 갑작스레 그녀를 휘감았다. 그녀는 너무도 격심한 쾌락의 경련에 휩싸인 나머지 비명을 질렀다.

그녀가 숨을 몰아쉬는 동안, 그는 만족하지 않은 채 단단히 그녀의 몸 안에 머물러 있었다. 그는 더는 몸을 밀지 않고 가만히 있었지만 그녀는 그가 절정에 도달하지 못했다는 것을 깨달았다. 잠시 후 그녀는 격려하듯 다시 몸을 움직이기 시작했지만, 그는 반응을 보이지 않았다. 그녀는 고개를 돌려 그의 어깨에 키스를 했다. 그의 얼굴 위의 물기는 따스했다. 그는 울고 있었다.

5부 1152~1155년

14장

1

칠 년 후 잭은 자신이 원하던 형태 그대로를 실현시킨 익랑들을 완성했다. 그는 생드니 성당의 착상을 개선시켜 창문이나 아치, 궁륭 등 모든 것을 좀더 높고 좁게 만들었다. 줄지어 선 기둥들은 갤러리를 꿰뚫고 우아하게 솟아올라 궁륭의 늑재를 이루며 위로 구부러져 천장 한가운데에서 만났고, 꼭대기가 뾰족한 높은 창문들 덕분에 성당 안은 빛으로 가득 찼다. 쇠시리들은 근사하고 정교했으며, 조각 장식들은 풍성하고 화려한 석조 잎사귀들이었다.

그런데 명층에 균열이 나타났다.

그는 높은 명층 통로에 서서 북쪽 익랑에 생긴 커다란 균열을 응시하며 봄날의 밝은 빛 속에서 생각에 잠겨 있었다. 충격적이고 당황스러운 일이었다. 석공으로서 모든 지식과 지혜를 기울여 살펴보아도 그 구조는 견고했다. 그렇지만 균열은 건물이 부실하다는 사실을 단적으로 드러냈다. 그가 지은 궁륭은 일찍이 그가 본 어떤 성당의 천장보다 높았지만, 그렇다고 지나치게 높은 것은 아니었다. 그는 앨프레드가 저지른 실수를 반복하지 않았고, 무게를 지탱할 수 없는 구조물에 석조궁륭을 올린 것도 아니었다. 그가 세운 벽들은 석조궁륭을 올리도록 설계되었다. 그럼에도 불구하고 명층에 나타난 균열은 어림잡아보건대 앨프레드가 실패했던 곳과 같은 곳에서 나타났다. 앨프레드는 계산을 잘못했지만 잭은 자신이 똑같은 실수를 범하지 않았다고 확신했다. 잭의 건축에는 몇 가지 새로운 요소들이 작용하고 있었는데, 그는 그것이 무엇인지는 알 수 없었다.

적어도 얼마간은 위험하지 않을 것이다. 균열을 회반죽으로 메웠는데 아직까지는 다시 나타나지 않았다. 성당 건물은 안전했다. 하지만 약했다. 그리고 잭이 보기에 그것이 건물 전체를 망쳐놓았다. 그는 자신이 세운 성당이 최후의 심판 날까지 서 있기를 바랐다.

그는 명층에서 나와 갤러리로 통하는 작은 탑의 층계를 내려왔다. 그곳 갤러리에는 북쪽 현관에 있는 창문으로 들어오는 밝은 빛이 비쳤는데, 잭은 그 한구석에 도판을 만들어놓았다. 그는 신랑 기둥의 주추를 그리기 시작했다. 먼저 마름모꼴을 그린 다음 그 안에 네모를, 다시 그 안에 동그라미를 그려넣었다. 하나의 커다란 기둥을 이루는 여러 개의 작은 기둥들 중 주기둥을 이루고 있는 기둥들은 마름모꼴의 네 끝에서 뻗어나와 수직으로 솟아올라 기둥을 이루고 마침내 동서남북으로 각각 갈라져 아치나 늑재로 환원되었다. 네모꼴 귀퉁이에서 뻗어나온 부속 기둥들은 솟아올라 궁륭의 늑재를 이룰 것이고 한쪽으로는 신랑의 궁륭을, 또다른 한쪽으로는 측랑의 궁륭을 대각선으로 가로지를 것이다. 한가운데 원은 기둥의 중심을 나타냈다.

잭의 설계는 모두 단순한 기하학적 형태를 바탕으로 했는데, 2제곱근 대 3제곱근의 비율처럼 간단하지만은 않은 것도 있었다. 잭은 톨레도에서 제곱근 계산법을 배웠지만, 대부분의 석공들은 계산할 줄 몰라 대신 자와 컴퍼스 같은 간단한 도구들을 사용했다. 그들은 네모꼴의 각 귀퉁이를 이어 원을 그리면, 그 원의 지름이 2제곱근분의 1 비율로 네모꼴의 한 변보다 길다는 것을 알고 있었다. 그 2제곱근분의 1 비율은 구세대 석공들이 쓰는 공식으로, 간단한 건물에서는 바깥 넓이에 대한 안쪽 넓이의 비율이었고, 그것을 통해 벽의 두께가 산출되었다.

다양한 숫자들의 종교적 함의 때문에 잭의 업무는 훨씬 복잡해졌다. 눈물 흘리는 마리아상이 성 아돌푸스의 묘지보다 더 많은 기적을 가져왔기에 필립 수도원장은 이 성당을 성모 마리아에게 다시 봉헌할 계획이었다. 그래서 사람들은 잭이 마리아의 숫자인 9와 7을 사용하기를 원했다. 그는 신랑을 아홉 기둥사이로 설계하고 다른 모든 것들이 완공된 후 새로 세울 성단소는 일곱 기둥사이로 정했다. 측랑 안쪽과 맞물리는 블라인드 아케이드에는 기둥사이마다 아치가 일곱 개씩 들어가고, 건물의 서쪽 면인 성당 전면에는 꼭대기가 뾰족한 창 아홉 개가 들어갈 예정이다. 잭은 숫자의 이론적 의미에 대해서는 이의가 없었지만 동일한 숫자를 일관성 있게 사용하면 완성된 건물에 조화를 더해준다는 것은 본능적으로 느낄 수 있었다.

주추를 다 그리기도 전에 지붕장이 책임자가 찾아오는 바람에 잭은 하던 일을 중단해야 했다. 문제가 생겨 잭에게 해결을 의뢰하러 온 것이었다.

잭은 그를 따라 작은 탑의 층계를 오르고 명층을 지나 지붕 안으로 들어섰다. 그들은 늑재궁륭의 맨 윗부분인 둥근 돔을 가로질러 걸었다. 머리 위에서는 지붕장이들이 커다란 함석판을 펼쳐 서까래에 못 박고, 바닥부터 시작해서 빗물이 새지 않도록 위쪽과 아래쪽을 서로 겹쳐가며 작업을 진행했다.

잭은 지붕장이 책임자가 말하는 문제가 무엇인지 즉각 알았다. 잭은 두 경사지붕 사이의 골에 작은 장식 첨탑을 세우기로 하고 석공장에게 그것을 설계하도록 맡겼는데, 석공장이 첨탑을 관통하든 아니면 첨탑 밑으로 지나가든 빗물을 처리할 방도를 마련해놓지 않은 것이다. 그건 석공장이 할 일이었다. 잭은 지붕 책임자에게 자신의 지시를 석공장에게 전하도록 한 후 도판을 둔 곳으로 돌아왔다.

놀랍게도 그곳에서 앨프레드가 기다리고 있었다.

잭은 지난 십 년 동안 앨프레드와 말을 해본 적이 없었다. 이따금 셔링이나 윈체스터에서 먼발치로 앨프레드를 본 적은 있었다. 앨리에너도 구 년 동안 앨프레드를 거의 본 적이 없었는데, 교회에 따르면 그들은 아직도 부부였다. 마사는 일 년에 한 번 정도 셔링에 있는 앨프레드의 집으로 그를 만나러 갔다. 그녀는 언제나 똑같은 소식을 가지고 돌아왔다. 앨프레드는 셔링 시민들이 살 주택을 지으며 돈을 잘 벌고 있고, 전처럼 혼자 살고 있다는 것이었다.

하지만 지금 앨프레드는 그리 부유해 보이지는 않았다. 지치고 좌절한 모습이었다. 앨프레드는 체구가 크고 힘이 셌는데 지금은 야윈 모습이었다. 얼굴도 전보다 야위었고 눈에서 머리카락을 쓸어올리는 그의 손은 한때는 통통했건만 지금은 뼈만 앙상했다.

"잘 있었나, 잭."

앨프레드의 표정은 공격적이었지만 목소리에는 상대의 비위를 맞추려는 기색이 역력했는데, 서로 어울리지 않는 조합이었다.

"잘 있었소, 앨프레드." 잭도 방심하지 않고 말했다. "지난번에 봤을 때는 비단 튜닉을 입고 살진 모습이었는데."

"그건 삼 년 전이네. 첫 흉년이 시작되기 전이지."

"그렇겠군." 삼 년 연이은 흉년으로 기근이 들었다. 농노들은 굶어죽고 소작농들도 대부분 궁핍에 시달려 셔링 시민들은 이제 근사한 석조 주택을 지을 여유가 없었다. 앨프레드는 위기를 느끼고 있었다. "이제 와서 킹스브리지를 찾은 이유가 뭔가요?"

"네가 지은 익랑에 대한 소문을 듣고 한번 보러 왔지." 마지못해 감탄하는 어조였다. "이런 걸 짓는 법은 어디서 배웠나?"

"파리에서." 잭은 짤막하게 대꾸했다. 유랑을 떠날 수밖에 없게 한 앨프레드와 그 시절 자신의 삶에 관해서라면 이야기하고 싶지 않았다.

"그런데 말이야." 앨프레드는 거북한 표정을 지었다가 애써 아무렇지도 않은 듯 말했다. "나도 여기서 일하고 싶은데. 이런 새 기술도 조금씩 익힐 겸 말이지."

잭은 깜짝 놀랐다. 자기에게 일자리를 달라고 하다니 뻔뻔하기 그지없었다. 생각할 시간을 벌 셈으로 잭이 말했다. "당신이 데리고 있던 장인들은 어쩌고?"

"난 지금 혼자야." 앨프레드가 여전히 아무렇지도 않은 듯이 말했다. "장인들을 둘 정도로 일이 많지 않거든."

"어쨌든 우리도 사람을 고용하지 않아요." 잭도 마찬가지로 아무렇지도 않게 대꾸했다. "정원이 다 찼으니까."

"하지만 훌륭한 석공이라면 언제든 쓸 수 있지 않은가?"

잭은 그의 목소리에서 어렴풋이 애원하는 기색을 알아차리고 앨프레드의 상황이 절망적이라는 걸 깨달았다. 그는 솔직해지기로 마음먹었다. "앨프레드, 우리의 과거가 그런데 내게 도움을 청할 수는 없어요."

"그건 그래." 앨프레드도 솔직하게 말했다. "여기저기에서 일자리를 구해봤어. 아무도 고용하지 않더군. 요즘 워낙에 기근이니까."

잭은 앨프레드가 자신을 학대하고 괴롭히고 두들겨패던 일을 생각했다. 앨프레드는 그를 수도원으로 몰아넣고 가정과 가족으로부터도 몰아냈다. 그에게는 앨프레드를 도울 이유가 없었다. 오히려 그의 불행을 흡족해할 이유만 있었다. "설사 사람이 필요하다 해도 당신을 고용하진 않을 겁니다."

"그럴 거라고 생각했지." 쇠고집인 앨프레드가 말했다. "아무튼 지금 네가 알고 있는 건 모두 내 아버지가 가르쳐준 거잖아. 네가 건축 책임자가 된 것도 내 아버지 덕분이지. 그러니 그분을 위해서라도 나를 도와주지 않겠어?"

톰을 위해서. 갑자기 잭은 양심의 가책을 느꼈다. 그 자신만의 방법으로 톰은 좋은 의붓아버지가 되려고 애썼다. 상냥하거나 이해심이 많지는 않았지만, 잭을 친자식과 똑같이 대해주었고 끈기 있고 너그럽게 자신의 지식과 기술을 전수해주었다. 또한 함께 지낸 대부분의 시간 동안 잭의 어머니를 행복하게 해주었다. 잭은 생각했다. 그래서 결국 나는 부유한 건축 책임자로 성공해 세상에서 가장 아름다운 대성당을 세우려는 야망을 성취하고 있는 것이 아닌가. 게다가 앨프레드는 가난하고 굶주리며 일자리도 없는 상태다. 그것으로 복수는 충분하지 않을까?

아냐, 그 정도로는 충분하지 않다.

그러나 다음 순간 측은한 생각이 들었다.

"좋아요, 톰 아저씨를 위해 당신을 고용하겠어요."

"고맙네." 앨프레드의 표정이 어떤지는 알 수 없었다. "지금 당장 일을 시작할까?"

잭이 고개를 끄덕였다. "우리는 지금 신랑의 기초공사를 하는 중이에요. 그 일에 합류하세요."

앨프레드는 손을 내밀었다. 잭은 순간 멈칫했지만 악수를 했다. 앨프레드의 악력은 전처럼 강했다.

앨프레드가 자리를 떴다. 잭은 자신이 그리던 신랑의 주추를 응시한 채 서 있었다. 그것은 실물 크기였는데, 완성되면 도목수가 그 그림에서 바로 나무 형판을 뜰 것이다. 그리고 석공들은 그 형판으로 조각용 석재에 표를 할 것이다.

내가 옳은 결정을 한 걸까? 잭은 앨프레드가 지은 천장이 무너진 일을 상기했다. 그러나 앨프레드를 천장이나 아치 같은 까다로운 작업에는 쓰지 않을 것이다. 앨프레드는 수직으로 세운 벽이나 바닥 전문가였다.

잭이 계속해서 이런저런 생각에 잠겨 있는 사이에 식사 시간을 알리는 정오 종이 울렸다. 그는 도면을 그릴 때 쓰는 뾰족한 철사를 내려놓고 작은 탑의 층계를 통해 일층으로 내려갔다.

결혼한 석공들은 각자 집으로 식사를 하러 갔고 미혼인 사람들은 작업장에서 식사를 했다. 공사장 한구석에 식사가 준비되었는데, 오후에 일의 속도가 늦어지거나 일에 너무 빠지거나 술에 취하는 일이 생기지 않도록 하기 위한 방법이었다. 하지만 수사들이 지나칠 정도로 검소했기에 일꾼들은 자기들이 먹을 음식을 따로 마련하고 싶어했다. 잭은 건축가 톰이 살던 옛집에서 가사 일을 하는 의붓동생 마사와 함께 살고 있었다. 마사는 또한 앨리에너가 바쁜 동안 토미와, 샐리라고 이름 붙인 여자아이인 둘째를 돌보았다. 마사는 주로 잭과 아이들을 위해 음식을 만들었는데 이따금 앨리에너도 그들과 함께했다.

잭은 수도원 경내를 지나 기운차게 집을 향해 걸었다. 가는 길에 문득 한 가지 생각이 떠올랐다. 앨프레드가 그 집으로 다시 옮겨와 마사와 함께 살기를 바란다면 어쩌지? 마사는 어쨌든 앨프레드의 친누이였다. 잭은 앨프레드에게 일자리를 줄 때 그 점까지는 생각하지 못했다.

잠시 후 그는 바보 같은 생각이라고 결론지었다. 앨프레드가 그를 괴롭힌 건 오래전 일이었다. 잭은 킹스브리지의 건축 책임자였다. 그 집으로 이사 올 수 없다고 말하면 앨프레드는 오지 않을 것이다.

혹시 앨프레드가 그 집 식탁에 앉아 있는 것이나 아닐지 어렴풋이 의혹을 품었던 잭은 그가 보이지 않자 마음을 놓았다. 앨리에너는 음식을 먹는 아이들을 지켜보고 있었고, 그동안 마사는 불에 올려놓은 냄비에 든 음식을 젓고 있었다. 양고기 스튜 냄새가 군침을 돌게 했다.

그는 앨리에너의 이마에 가볍게 키스했다. 그녀는 이제 서른세 살이었지만 십 년 전의 모습 그대로였다. 다갈색 머리카락은 여전히 구불구불하고 풍성하니 숱이 많았으며, 여전히 입술은 통통하고 검은 눈은 아름다웠다. 단지 옷을 벗었을 때만 세월과 출산이 몸에 남긴 흔적이 드러났다. 깊게 골이 지던 젖가슴도 이제 조금 처졌고 엉덩이는 약간 펑퍼짐해졌고, 배는 본래의 그 팽팽하고 날씬한 형태로 회복되지 않았다.

잭은 애정이 가득한 눈빛으로 앨리에너의 몸으로 낳은 두 아이를 바라보았다. 아홉 살 된 토미는 건강하고 붉은 머리카락을 한 소년으로 또래에 비해 체구가 컸는데, 마치 일주일 동안 굶주리기라도 한 듯 입속에 양고기 스튜를 퍼넣고 있었다. 그리고 엄마처럼 다갈색 머리칼이 물결치는 일곱 살 샐리는 십칠 년 전 잭이 처음으로 본 마사처럼 빠진 앞니를 드러내며 행복하게 웃고 있었다. 토미는 매일 아침이면 수도원 안에 있는 학교로 읽기와 쓰기를 배우러 갔지만, 샐리는 수사들이 여자아이를 받지 않아 앨리에너가 직접 가르쳤다.

잭이 자리에 앉자 마사가 냄비를 불에서 내려 식탁 위에 올려놓았다. 마사는 이상한 처녀였다. 스무 살이 지났는데도 결혼에는 도통 관심을 보이지 않았다. 그녀는 언제나 잭에게 애착을 갖고 있었고, 이제는 그의 가정부가 된 것에 더할 나위 없이 만족한 듯 보였다.

잭은 분명 이 지방에서 가장 기묘한 가족을 이루고 있었다. 그와 앨리에너는 둘 다 이 도시를 이끌어가는 시민이었다. 그는 대성당의 건축 책임자였고 그녀는 윈체스터 밖에서 가장 큰 사업체를 운영하는 직물 제

조업자였다. 그들은 함께 밤을 보내는 것이 금지되어 있었으므로 각각 다른 집에서 앨리에너는 남동생과 함께, 잭은 의붓동생과 함께 살았지만 사람들은 그들을 부부로 여겼다. 일요일 오후마다, 그리고 휴일마다 두 사람이 모습을 감추었으므로, 모든 사람들이 그들이 무슨 일을 하는지 알고 있었다. 물론 필립 수도원장만은 예외였다. 한편 잭의 어머니는 사람들이 그녀를 마녀라고 여겼기 때문에 숲속 동굴에서 살고 있었다.

이따금 잭은 앨리에너와의 결혼이 허락되지 않는 현실에 화가 났다. 그는 뜬눈으로 누워 옆방에서 마사가 코고는 소리를 들으면서 생각했다. 내 나이 스물여덟인데, 어째서 혼자 자고 있는 걸까? 그러고 난 다음 날이면 그는 필립 수도원장에게 심통이 나서 실행 불가능하거나 비용이 지나치게 많이 든다거나 하는 이유로 사제단 회의가 내놓는 제안이나 요구를 모두 일축했고, 대성당을 건축하는 데는 오직 한 가지 방법이 있을 뿐이고 그건 바로 잭 자신의 방식이라는 듯 대안을 제시하거나 타협안을 토론하기를 거부했다. 그러면 필립은 며칠 동안 그를 피함으로써 파란을 잠재웠다.

앨리에너 역시 결혼하지 못하는 데서 오는 불행을 잭에게 풀었다. 그녀는 때때로 조급해지고 초조해져서 그가 하는 일을 비난했고, 잭이 들어오자마자 아이들을 침대에 눕히기도 했고, 그가 식사를 할 때 자기는 배고프지 않다고 말하기도 했다. 그런 기분으로 하루나 이틀쯤 지난 후에는 눈물을 쏟으며 사과하고는 다시 그 부담이 쌓일 대로 쌓여 감당이 안 될 때까지 행복하게 지냈다.

잭은 국자로 스튜를 그릇에 퍼서 먹기 시작했다. "오늘 아침 공사장으로 누가 찾아왔는지 맞혀볼래요? 앨프레드가 왔어요."

마사는 쩽그렁 하는 커다란 소리와 함께 무쇠냄비 뚜껑을 벽난로의 바닥돌 위로 떨어뜨렸다. 잭은 고개를 들고 누이동생의 얼굴에 떠오른 공포의 표정을 보았다. 다시 고개를 돌리자 하얗게 질린 앨리에너의 얼굴이 보였다.

앨리에너가 말했다. "킹스브리지에서 뭘 하고 있대요?"

"일거리를 찾고 있더군요. 기근 때문에 셔링 상인들의 형편이 어려워져 이전처럼 석조주택을 짓지 못하는 것 같았어요. 데리고 있던 인부들도 해산시켰다는군요. 그도 일을 찾지 못하고 있고요."

"그대로 쫓아내버리지 그랬어요."

"톰 아저씨를 생각해서라도 일자리를 달라고 했어요." 잭이 불안한 어조로 말했다. 두 여자가 이런 격한 반응을 보이리라고는 예상치 못했다. "어쨌든 내가 이렇게 된 건 모두 톰 아저씨 덕분이니까요."

"빌어먹을." 앨리에너가 욕설을 내뱉었는데, 아마 잭의 어머니에게서 배웠을 터였다.

"아무튼 난 그를 고용했어요."

"잭!" 앨리에너가 비명을 질렀다. "어떻게 그럴 수가 있어요? 당신이 그를 킹스브리지에 돌아오게 할 순 없어요. 그 악마를!"

샐리는 울기 시작했다. 토미는 눈이 휘둥그레져서 엄마를 빤히 바라보고 있었다. "앨프레드는 악마가 아니에요. 그저 배고픈 빈털터리지. 난 그의 아버지에 대한 기억 때문에 그를 구해준 거예요."

"그가 아홉 달 동안 자기 침대 발치 바닥에서 나를 개처럼 재운 걸 알면 그에게 동정을 느끼지는 않겠지요."

"그는 내게도 나쁜 짓을 했어요. 마사에게 물어봐요."

마사가 말했다. "그리고 내게도 그랬죠."

잭이 말했다. "그런 모습이 된 그를 보고 나로선 충분히 복수했다고 생각하게 됐어요."

"그렇지만 내게는 충분하지 않아요!" 앨리에너가 소리쳤다. "맹세코,

당신은 지독한 바보예요, 잭 잭슨. 때때로 난 당신하고 결혼하지 않은 것에 대해 하느님께 감사한다고요."

그 말은 그를 아프게 했다. 잭은 시선을 돌렸다. 앨리에너의 말이 진심이 아니라는 건 알고 있었지만, 아무리 화가 났다고 해도 그런 말을 하는 건 잘못이었다. 그는 말없이 숟가락을 집어들고 식사를 하기 시작했다. 음식을 삼키기가 힘들었다.

앨리에너는 샐리의 머리를 토닥여주면서 아이의 입에 당근 한 조각을 물렸다. 샐리는 울음을 그쳤다.

잭은 여전히 겁에 질린 얼굴로 앨리에너를 응시하고 있는 토미를 바라보았다. "어서 먹어라, 토미. 맛있단다."

그들은 아무 말 없이 식사를 마쳤다.

그해 봄 익랑이 완성되자, 필립 수도원장은 남부지방에 있는 수도원 소유지를 순회했다. 삼 년 연속 흉년이 든 후라 이제는 풍성한 수확을 거둬야 했기에 농장들의 상태를 점검하고자 한 것이었다.

그는 조너선을 데리고 갔다. 수도원의 고아 조너선은 이제 총명하고 만만찮은 열여섯 살의 키 큰 소년으로 자랐다. 그 나이 때의 필립처럼 그 역시 일생을 걸고 무엇을 해야 할지에 대해서라면 한순간도 회의하지 않는 듯했다. 그는 이미 수련을 끝내고 서원을 해 지금은 조너선 형제가 되어 있었다. 또한 필립처럼 신께 실질적으로 봉사하는 쪽으로 관심이 지대한 까닭에, 늙어가는 저장실 관리인인 흰머리 커스버트를 보좌했다. 필립은 헌신적이고 근면하고 누구에게나 호감을 얻는 이 소년이 자랑스러웠다.

앨리에너의 동생 리처드가 그들을 호위했다. 리처드는 킹스브리지에서 그에게 꼭 맞는 자리를 찾았다. 성벽을 짓고 난 후 필립은 도시의 안전을 책임지는 파수대장 자리에 리처드를 임명할 것을 교구협회에 제안했다. 리처드는 야경꾼들을 결성했고, 도시 성벽의 유지 및 개량을 지휘했으며, 장날이나 축제날이면 말썽을 일으키는 사람이나 주정꾼들을 체포할 권한을 갖게 되었다. 도시로 그 규모를 키워가는 마을에 필수적인 이런 일들을 수사들이 맡을 수는 없는 까닭에, 처음에는 필립이 자기 권위로 으름장을 놓는다는 식으로 받아들였던 교구조합도 결국 리처드가 유용하다는 판단을 내렸다. 리처드는 기뻤다. 이제 서른 살이 가까웠지만, 활동적인 생활 덕분에 그는 여전히 젊어 보였다.

필립은 리처드의 누나 역시 안정을 누릴 수 있기를 바랐다. 교회 때문에 좌절한 사람이 있다면 그건 바로 앨리에너였다. 잭은 그녀가 사랑하는 사람이자 그녀가 낳은 아이들의 아버지였지만, 교회는 육체적으로 완성되지 않은 결혼임에도 불구하고 그녀가 앨프레드의 아내라고 주장했다. 그리고 주교의 적의 때문에 그녀는 결혼 무효 선언을 얻어내지 못했다. 그것은 수치스러운 일이었으므로 필립은 자신의 책임이 아닌데도 가책을 느꼈다.

여행이 끝나가는 어느 화창한 봄날 아침 숲을 가로질러 집을 향해 말을 몰고 있을 때 조너선이 물었다. "하느님께서는 왜 사람들이 굶주리도록 내버려두시는 걸까요?"

시간차가 있을지언정 젊은 수사라면 한 번쯤 품게 되는 의문이었고, 그에 대한 답변도 여러 가지였다. "이번 기근을 두고 하느님을 탓해서는 안 된단다." 필립의 대답이었다.

"하지만 날씨를 관장하시는 분은 하느님이고 그 날씨 때문에 흉년이 드는걸요."

"반드시 흉년 때문에 기근이 생기는 건 아니란다. 몇 년마다 한 번씩은 흉년이 들지만, 그때마다 사람들이 굶주리는 건 아니야. 올해 발생한 기근이 특수한 건 너무 오랫동안 계속된 내전에서 비롯되어서지."

"그게 왜 다른데요?"

군인인 리처드가 대답했다. "전쟁은 농사에 해를 끼치거든. 가축들은 군대를 먹이기 위해 도살당하고, 농작물은 적에게 넘기지 않으려고 불태워지고, 농지는 기사들이 전쟁터에 나가 있는 동안 방치되거든."

필립이 거기에 덧붙였다. "그리고 미래가 불확실하면 사람들은 새로운 땅을 개간하고 가축의 수를 늘리거나 도랑을 파고 헛간을 짓는 일에 시간과 노력을 기울이려 하지 않는단다."

"우린 그런 일들을 계속해왔잖아요."

"수도원은 다르단다. 하지만 대부분의 평범한 농부들은 싸움이 있는 동안에는 농지가 황폐해지도록 내버려두기 때문에 기후가 나빠지면 그 땅이 이겨낼 수가 없지. 수사들은 긴 안목을 가지고 있어. 그러나 우리에겐 다른 문제가 있다. 기근 때문에 양모 가격이 폭락했거든."

"그것들이 서로 무슨 연관이 있는지 모르겠어요."

"굶주리는 사람들은 옷을 사지 않기 때문이야." 해가 바뀌어도 양모 가격이 오르지 않은 것은 필립의 기억으로는 이번이 처음이었다. 그는 대성당의 건축 속도를 늦췄고, 새 수련수사도 받지 않았고, 수사들의 식사에서 포도주와 고기를 제외했다. "유감스럽게도 궁핍한 사람들이 일을 찾기 위해 킹스브리지로 계속 몰려올수록 우리는 그만큼 더 절약해야 한단다."

"그렇게 되면 그들은 결국 더 많은 호스브레드와 스튜를 얻기 위해 수도원 문 앞에 길게 줄을 서겠군요."

필립이 굳은 표정으로 고개를 끄덕였다. 건장한 사람들이 일을 찾지 못해 빵을 구걸하는 모습을 보면 마음이 찢어지는 듯했다. "하지만 이것이 나쁜 기후 탓이 아니라, 전쟁 때문이라는 것을 기억해야 한다."

젊은이다운 열정으로 조너선이 말했다. "지옥에 이런 비참한 상황을 야기한 백작들이나 왕들을 위한 특별한 장소가 있었으면 좋겠어요."

"나도 그랬으면 한다. 성인들께서 우리를 보호해주시기를. 그런데 이게 뭐지?"

낯선 사람 하나가 덤불 속에서 튀어나와 필립을 향해 전속력으로 달려오고 있었다. 옷은 다 해지고 머리카락은 헝클어지고 얼굴에는 시커멓게 흙이 묻어 있었다. 필립은 그 가엾은 사내가 화가 난 수퇘지나 우리를 빠져나온 곰을 피해 달아나는 중일 거라고 생각했다.

그런데 사내가 다짜고짜 필립에게 달려들었다. 필립은 너무도 놀라 말에서 떨어지고 말았다.

사내가 그를 덮쳤다. 사내에게서는 짐승 냄새가 났고, 그가 내는 소리 역시 짐승에게서 나는 것과 같았다. 그는 분명치 않은 발음으로 웅얼웅얼 계속 끙끙거렸다. 필립은 몸을 비틀며 발길질을 했다. 사내는 필립이 어깨에 둘러메고 있는 가죽 가방을 잡아채려 했다. 필립은 그자가 약탈을 시도하고 있음을 깨달았다. 가방 안에는 『솔로몬의 애가』 한 권이 들었을 뿐이었다. 필립은 그자에게서 벗어나기 위해 필사적으로 몸부림쳤는데, 그 책에 특별히 애착을 갖고 있어서가 아니라 그 강도가 역겹도록 지저분해서였다.

그러나 가방의 가죽끈이 필립의 몸에 엉켜 있어 강도가 그를 놓아주지 않았다. 벗어나려는 필립과 가방을 잡아채려는 강도가 딱딱한 땅바닥에서 굴렀다. 그런 가운데서도 필립은 어렴풋이 자신의 말이 달아나는 것을 의식했다.

그 순간 리처드가 강도를 잡아챘다. 그 틈을 타서 필립은 몸을 굴려 일어나 앉았지만 한동안 일어설 수가 없었다. 정신이 아찔하고 숨이 찼다. 그는 강도의 불쾌한 포옹에서 벗어나자 마음을 놓고 맑은 공기를 들이마셨다. 멍이 들었을 뿐 부러진 데는 없었다. 필립은 다른 사람들에게로 주의를 돌렸다.

리처드는 강도를 땅바닥에 때려눕히고는 한 발로 사내의 어깨뼈 사이를 밟고 목덜미에 칼끝을 들이댄 채 서 있었다. 조너선은 남은 두 마리 말의 고삐를 쥐고 어리둥절한 채 서 있었다.

필립은 조심스럽게 일어섰지만 다리가 풀려 힘이 하나도 없었다. 내가 조너선만 했을 때는 말에서 떨어진 다음에도 곧바로 다시 올라탈 수 있었지, 그는 생각했다.

리처드가 말했다. "이 바퀴벌레 같은 녀석을 지키고 계십시오. 제가 말을 잡아오겠습니다." 그는 필립에게 칼을 건네주었다.

"알았네." 필립은 그렇게 대답했지만 칼은 사양했다. "그건 필요 없네."

리처드는 잠시 머뭇거리더니 칼을 칼집에 꽂았다. 강도는 아직도 엎어진 채였다. 튜닉 아래로 튀어나온 두 다리는 가느다란 나뭇가지처럼 야위었고 빛깔도 나뭇가지 같았다. 필립은 심각할 정도로 위험에 빠졌던 것은 아니었다. 이 가엾은 사내는 너무 허약해서 닭의 목을 비틀 수도 없을 것처럼 보였다. 리처드는 필립의 말을 찾으러 갔다.

강도는 리처드가 가는 것을 보고 몸을 긴장시켰다. 필립은 사내가 도망칠 생각임을 알았다. 그가 한 말에 도망가려던 사내가 멈춰섰다. "뭘 좀 먹겠소?"

강도는 고개를 들더니 미친 사람을 보듯 필립을 쳐다보았다.

필립은 조너선의 말 쪽으로 걸어가 안장주머니를 열었다. 그러고는 빵 한 덩어리를 꺼내 반을 잘라 강도에게 건넸다. 사내는 믿기지 않는다는 듯 빵을 움켜쥐더니 한순간에 그 큰 덩어리를 입속에 쑤셔넣었다.

필립은 바닥에 앉아 사내를 지켜보았다. 그는 먹이를 빼앗기기 전에 가능한 한 많이 삼키려는 짐승처럼 빵을 먹었다. 처음에는 사내가 나이가 들었다고 생각했지만, 좀더 자세히 보니 스물다섯 살가량 된 젊은이였다.

리처드가 필립의 말을 끌고 돌아왔다. 그는 주저앉아 빵을 먹고 있는 강도를 보더니 화를 냈다. "어째서 우리 식량을 저자에게 주신 겁니까?"

"굶주린 사람이기 때문이라네."

리처드는 그 말에 아무 대꾸도 하지 않았지만, 표정으로는 수사들이란 미친 종자들이라니까, 라고 말하고 있었다.

강도가 빵을 다 먹자 필립이 물었다. "자네 이름이 뭔가?"

사내는 경계하는 표정을 짓더니 잠시 머뭇거렸다. 필립은 사내가 필시 한동안 다른 사람과 말을 하지 않았으리라고 생각했다. 이윽고 강도가 입을 열었다. "데이비드라고 합니다."

어쨌든 아직 제정신이군, 필립이 생각했다. "무슨 일이 있었던 거지, 데이비드?"

"지난번 추수 이후 농지를 잃었습니다."

"땅주인이 누구였는데?"

"셔링의 백작입니다."

윌리엄 햄리였다. 필립은 놀라지 않았다.

삼 년 동안 흉년이 들자 수천 명의 소작농이 소작료를 지불할 수 없었다. 필립은 수도원 소작농들의 소작료가 밀리자 간단하게 탕감해주었다. 어쨌든 사람들이 곤궁에 빠지면 자비를 구해 수도원으로 오기 때문이었다. 다른 지주들, 그중에서도 윌리엄 백작은 이런 위기를 이용해 소작인을 쫓아내고 그들의 농지를 다시 손에 넣었다. 그 결과 숲에 사는 범법자의 수는 놀랄 만큼 늘어났고 여행객들이 그들에게 약탈을 당했다. 그 때문에 필립도 어느 곳을 가든 리처드의 경호를 받아야 했다.

"가족은 어떻게 됐나?" 필립이 강도에게 물었다.

"아내는 아기를 데리고 친정으로 돌아갔습니다. 하지만 거기엔 제가 있을 방이 없어요."

흔히 듣는 이야기였다. "수사를 습격하는 것은 죄가 되네, 데이비드. 그리고 도둑질로 살아가는 건 잘못일세."

"하지만 제가 달리 어떻게 살아가야 한다는 말입니까?" 사내가 목소리를 높였다.

"숲에 계속 있을 거라면 새나 물고기를 잡는 게 나을걸세."

"어떻게 잡는 줄도 모르는데요!"

"자네는 강도로서도 실패작일세. 우리는 세 사람이고 게다가 여기 있는 리처드는 완전 무장을 하고 있는데 아무 무기도 없이 무슨 승산이 있겠나?"

"전 절망적인 상황이었습니다."

"알았네. 다음번에 자네가 절망적이 되거든 수도원으로 오게. 그곳에서는 언제나 가난한 사람들에게 먹을 것을 마련해준다네." 필립은 일어섰다. 말은 그렇게 했지만 입안에는 위선의 쓴맛이 감돌았다. 수도원에서 모든 범법자를 먹이기란 불가능했다. 대개 도둑질 외에는 방법이 없었다. 그러나 이승에서 필립이 맡은 역할은 사람들로 하여금 죄를 짓지 않도록 하는 것이 아니라 덕행의 삶을 살도록 권유하는 것이다.

이 파멸한 사내를 위해 더 할 수 있는 일은 없었다. 그는 리처드에게서 말고삐를 넘겨받아 안장에 올랐다. 말에서 떨어졌을 때 입은 상처 때문에 며칠 동안은 통증에 시달릴 것이다. "가보게나. 그리고 이제부터는 죄를 짓지 말게." 필립은 예수의 말을 인용해 그렇게 말한 다음 말을 걷어차 앞으로 나아갔다.

"원장님은 정말 너무 선하세요." 리처드가 말을 달리면서 말했다.

필립은 슬픈 듯이 고개를 저었다. "정말 문제가 되는 건 내가 충분히 선하지 않다는 걸세."

성령강림 축일 전 주일에 윌리엄 햄리는 결혼했다.

그의 어머니의 발상이었다.

어머니가 몇 해 동안 아내를 구해 후계자를 낳으라고 잔소리를 했지만 그는 계속 결혼을 미루었다. 여자들은 따분한데다 그로서는 이해할 수 없고 생각하고 싶지도 않지만 신경쓰이게 만드는 존재였다. 그는 어머니에게 이제 곧 결혼하겠다고 말하면서도 그럴 생각은 전혀 없었다.

마침내 어머니가 신붓감을 찾아냈다.

엘리자베스라는 여자였다. 스티븐 왕의 강력한 지지자이며 부유한 기사인 웨이머스의 헤럴드의 딸이었다. 어머니는 윌리엄에게 조금만 더 노력하면 더 나은 상대를 구할 수 있고, 이제는 백작의 딸과도 결혼할 수 있다고 했으나, 윌리엄 자신은 그런 것에 마음을 두지 않았으므로 엘리자베스 정도면 적당해 보였다.

윌리엄은 윈체스터 궁에서 그녀를 본 적이 있었는데, 그의 어머니가 아들이 그녀를 빤히 바라보고 있는 걸 보고 찍어둔 것이었다. 그녀는 숱이 많고 구불구불한 밝은 갈색 머리칼과 풍만한 가슴에 엉덩이가 아담한 귀여운 얼굴의 아가씨였다. 바로 윌리엄이 좋아하는 스타일이었다.

그녀는 열네 살이었다.

그때 윌리엄은 그녀를 바라보면서, 어두컴컴한 밤에 윈체스터의 뒷골목으로 그녀를 강제로 끌고 가는 장면을 상상했다. 결혼 같은 것은 생각지도 않았다. 그렇지만 그의 어머니가 재빨리 엘리자베스의 아버지에게서 동의를 얻어냈고, 소녀는 시키는 대로 하는 순종형이었다. 어머니는 이번에는 앨리에너가 햄리가에 가했던 모욕이 되풀이되지 않을 거라며 윌리엄을 안심시킨 후 만남을 주선했다.

윌리엄은 신경이 곤두서 있었다. 지난번 결혼 얘기가 나왔을 때는 기사의 아들로서 경험이 전무한 스무 살 청년이 귀족계급의 오만한 아가씨와 만났다. 그러나 이제 그는 십 년간 셔링의 백작으로 살아왔을 뿐 아니라, 전투로 단련된 서른일곱 살의 남자였다. 그런 그가 열네 살짜리 소녀와 만나는 일에 신경을 곤두세운다는 것은 바보 같은 짓이었다.

하지만 그보다 훨씬 더 신경을 곤두세우고 있던 그녀는 필사적으로 그를 즐겁게 하려고 애썼다. 그녀는 잔뜩 흥분해서 자기 집과 가족, 말과 강아지, 친척과 친구들에 대해서 이야기했다. 그는 말없이 앉아 그녀의 얼굴을 지켜보며 그녀의 나체를 상상했다.

웨일런 주교가 얼즈캐슬의 성당에서 결혼식을 집전했고, 이어 성대한 연회가 하루 종일 계속되었다. 관례에 따라 지방의 주요 인사들이 모두 초대되었는데, 성대한 연회를 베풀지 않으면 윌리엄의 체면이 심각하게 손상될 터였다. 성의 구내에서는 소 세 마리를 통째로 굽고 양과 돼지 수십 마리를 구웠으며, 손님들은 저장실의 맥주와 음료수, 포도주가 바닥날 때까지 마셔댔다. 윌리엄의 어머니는 볼썽사나운 얼굴에 의기양양한 표정을 지은 채 잔치를 관장했다. 웨일런 주교는 세속적인 축하의식에 어느 정도 진저리가 나 신부의 삼촌이 신혼부부에 대한 농담을 시작하자 자리를 떴다.

해질 무렵이 되자 신부와 신랑은 끊임없이 먹고 마시는 손님들을 떠나 방으로 물러났다. 윌리엄은 결혼식에 대해서라면 이미 훤해서 젊은 하객들이 무슨 꿍꿍이가 있는지 알았다. 그는 방 밖에 월터를 세워두고 방해받지 않기 위해 문에 빗장을 질렀다.

엘리자베스는 튜닉과 신발을 벗고 리넨 셔츠만 입은 채 방 안에 서 있었다. "어떻게 하는 건지 몰라요." 그녀는 고지식하게 말했다. "당신이 제게 하는 법을 보여주셔야 해요."

이것은 윌리엄이 상상하던 것과는 전혀 달랐다. 그는 그녀에게로 다가갔다. 그녀가 고개를 들자 그는 그녀의 부드러운 입술에 키스를 했다. 그런데 웬일인지 키스를 해도 흥분이 일지가 않았다. "셔츠를 벗고 침대에 누워."

그녀는 속옷을 머리 위로 끌어올렸다. 그녀의 몸은 풍만했다. 커다란 젖가슴에는 가운데가 움푹 들어간 작은 젖꼭지가 달려 있었다. 다리 사이의 삼각형은 밝은 갈색 솜털로 덮여 있었다. 그녀는 얌전히 침대로 걸어가 자리에 누웠다.

윌리엄은 부츠를 벗어던졌다. 그러고는 침대에 앉아 그녀의 젖가슴을 쥐었다. 그녀의 피부는 부드러웠다. 이 달콤하고 온순하고 미소를 짓고 있는 소녀는 열정에 사로잡혀 자신의 몸 아래서 신음하고 땀을 흘리며 그를 목마르게 하는 여인과는 전혀 달랐다.

윌리엄이 허벅지 사이에 손을 대자마자 그녀는 바로 다리를 벌렸다. 그는 그녀의 몸 속으로 손가락을 집어넣었다. 그녀는 아파서 숨을 몰아쉬더니 재빨리 말했다. "좋아요. 전 괜찮아요."

그는 잠깐 동안 자신이 이 일을 완전히 잘못된 방법으로 진행하고 있는 건 아닐까 생각했다. 순간 그들 두 사람이 나란히 누워 서로를 만지고 이야기를 나누면서 점차 서로를 알게 되는 장면을 상상했다. 그러나 그녀의 고통스러운 소리에 마침내 그의 몸 안에서도 욕망이 꿈틀대자 그는 그런 상상을 떨쳐버리고 그녀의 안으로 더욱 거칠게 손가락을 밀어넣었다. 그녀가 말없이 고통을 참느라 몸부림치는 동안 그는 그녀의 얼굴을 지켜보았다.

그는 침대 위로 올라가 그녀의 다리 사이에 무릎을 꿇고 앉았다. 발기가 완전히 되지 않은 상태였다. 성기가 더 뻣뻣해지도록 손으로 문질렀지만 효과가 없었다. 그는 자신을 무력하게 만든 것이 바로 그녀의 빌어먹을 미소 때문이라고 확신했다. 그가 그녀의 몸 속으로 손가락 두 개를 넣자 그녀는 고통에 못 이겨 짧은 비명을 질렀다. 효과가 있었다. 그런데 그 바보스러운 계집이 다시 미소를 짓기 시작했다. 그녀의 얼굴에서 그 미소를 지워버려야 했다. 그는 그녀를 세게 때렸다. 그녀가 비명을 질렀고 그 입술에서 피가 흘렀다. 그러자 한결 기분이 나아졌다.

그는 다시 그녀를 후려쳤다.

그녀는 비명을 지르기 시작했다.

그리고 모든 것이 제대로 되었다.

그다음 일요일은 성령강림 축일이라 많은 사람들이 대성당에 모여들었다. 웨일런 주교가 미사를 집전할 예정이었다. 평소보다 훨씬 많은 사람들이 모인 까닭은 사람들이 최근 완성된 새 익랑들을 보고 싶어했기 때문이었다. 깜짝 놀랄 만한 익랑이라는 소문이 자자했다. 윌리엄은 이 미사에서 이 지방 평민들에게 자신의 신부를 선보일 것이다. 그는 성벽이 세워진 이후 킹스브리지에 나타나지 않았지만, 필립은 윌리엄이 성당에 오는 것까지 막을 수는 없었다.

성령강림 축일 이틀 전 윌리엄의 어머니가 죽었다.

그녀의 나이 예순 살이었다. 그 죽음은 아주 급작스러웠다. 그녀는 금요일 저녁식사 후에 숨이 가빠지는 것을 느끼고 일찍 잠자리에 들었다. 새벽이 되기 조금 전 하녀가 윌리엄을 깨워 어머니가 고통스러워하고 있다고 말했다. 그는 침대에서 일어나 얼굴을 문지르며 비틀비틀 어머니의 방으로 갔다. 그는 어머니가 말도 못하고 심하게 숨을 헐떡이며 두 눈이 공포에 가득 질려 있는 걸 보았다.

윌리엄은 심하게 몸을 떨며 헐떡이는 어머니의 모습과 자신을 응시하는 그 눈빛에 갑자기 두려워졌다. 그녀는 무언가를 해주기를 기대하는 것처럼 윌리엄을 계속 바라보았다. 그는 너무 무서워 방에서 나가려고 마음먹고 몸을 돌렸다. 그러다 문간에 서 있는 하녀를 보고 자신이 두려워한 것에 부끄러움을 느꼈다. 그래서 다시 어머니를 지켜보지 않을 수 없었다. 흔들리는 촛불 때문에 어머니의 표정은 끊임없이 변하는 듯 보였다. 그녀의 귀에 거슬리는 쉰 숨소리가 점점 커져 머리를 가득 채우는 것 같았다. 어째서 온 성안 사람들이 그 소리에 잠을 깨지 않는지 이해할 수 없었다. 그는 듣지 않으려고 두 손으로 귀를 막았지만, 그 소리는 여전히 들려왔다. 그가 소년이었을 때 미친 듯이 격노한 어머니가 호통과 함께 장광설을 늘어놓던 때처럼 지금 자신에게 소리를 치고 있는 것 같았다. 그녀의 얼굴은 그때처럼 분노에 가득 차 있었고, 입은 크게 벌어져 있었으며, 두 눈은 그를 노려보고 있었고, 머리카락은 어지럽게 흩어져 있었다. 어머니가 무언가를 요구하고 있다는 확신이 들면서 그는 자신이 더 어리고 작아지는 것만 같았다. 그는 어린 시절 이후로는 느껴보지 못했던 맹목적인 공포에 사로잡혔다. 그가 유일하게 사랑하는 사람이 바로 미친 듯이 날뛰는 괴물임을 깨달은 데서 기인한 공포였다. 이 같은 일은 언제나 있었다. 어머니는 항상 그에게 와라, 가라, 망아지를 타라, 내려라 명령하고는, 그가 느리게 대답하기라도 하면 소리를 질렀다. 그러면 그는 너무도 겁에 질려 어머니가 무엇을 하라고 했는지 알 수 없게 되었다. 그러고 나면 그녀의 발작은 막다른 골목에 이르러 악쓰는 소리는 점점 더 커졌고, 그러면 자신은 공포에 질려 눈멀고 귀먹고 말도 못했다.

그러나 이번 경우는 달랐다.

이제 어머니는 죽은 것이었다.

우선 그녀의 눈이 감겼다. 윌리엄은 한결 마음이 가라앉았다. 숨소리도 점차 잦아들었다. 그녀의 얼굴은 부스럼이 가득했는데도 잿빛이었다. 심지어 촛불조차 약하게 사그라들어가는 것처럼 보였는데, 이제는 흔들리는 그림자들 때문에 겁나지 않았다. 이윽고 어머니의 숨이 멎었다.

"자, 이제 어머니도 편안해하실 거야, 그렇지?"

하녀가 울음을 터뜨렸다.

윌리엄은 침대 옆에 앉아 아무 움직임도 없는 어머니의 얼굴을 바라보았다. 하녀가 데려온 사제가 벌컥 화를 냈다. "어째서 나를 더 일찍 부르지 않았습니까?" 윌리엄에게는 그 말이 들리지 않았다. 그는 동이 틀 때까지 어머니의 시신을 지켰다. 이윽고 하녀들이 입관 준비를 할 수 있도록 자리를 비켜달라고 말했다. 윌리엄은 이 성에 살고 있는 기사, 군사, 성직자, 하인들이 조용히 아침식사를 하고 있는 홀로 내려왔다. 그리고 어린 아내 옆의 식탁에 앉아 포도주를 조금 마셨다. 기사와 집사 한두 사람이 말을 걸었지만 그는 대답하지 않았다. 이윽고 월터가 들어와 옆에 앉았다. 월터는 오랜 세월 그와 함께 지내왔으므로 말을 삼갈 때를 잘 알고 있었다.

잠시 후 윌리엄이 물었다. "말이 준비되었느냐?"

월터는 놀란 표정을 지었다. "뭘 하시려고요?"

"킹스브리지로 떠나야지. 이틀 걸리니까 오늘 아침에 떠나야 해."

"안 가시는 게 좋을 듯한데요. 이런 상황에서는……"

그 말에 윌리엄은 까닭 없이 화가 치밀었다. "내가 가지 않겠다고 했나?"

"아닙니다. 영주님."

"그러면 가는 거다."

"알았습니다, 영주님." 월터가 자리에서 일어섰다. "당장 조처하겠습니다."

그들은 오전이 절반쯤 지났을 무렵 길을 떠났다. 일행은 윌리엄과 엘리자베스, 그리고 평소의 수행원인 기사들과 마부들이었다. 윌리엄은 꿈을 꾸고 있는 기분이었다. 풍경은 여느 때와 달리 그저 지나쳐가는 것처럼 보였다. 엘리자베스는 멍든 모습으로 말없이 그의 옆에서 말을 달렸다. 일행이 멈출 때는 월터가 모든 것을 보살폈다. 식사 때마다 윌리엄은 빵 약간에 포도주를 몇 잔씩 마셨다. 밤에는 시도 때도 없이 꾸벅꾸벅 졸았다.

킹스브리지가 가까워지자 푸른 들판 저편으로 멀리 대성당이 보였다. 이전의 대성당은 둥근 아치형 눈썹 아래 작게 반짝이는 눈 같은 작은 창문이 달려 있어 어깨가 넓고 잔뜩 웅크린 건물처럼 보였다. 새 성당은 아직 완공되지 않았는데도 전혀 달라 보였다. 높고 날씬했으며, 창문들은 믿기지 않을 정도로 컸다. 거리가 좀더 가까워지자 윌리엄은 이전 대성당과는 달리 새 성당 때문에 주변을 에워싼 수도원 건물들이 왜소해 보인다는 걸 알아챘다.

길은 킹스브리지로 말을 타고 가는 사람들과 보행자들로 붐비고 있었다. 성령강림 축일 미사는 날씨가 좋고 길이 질지 않은 초여름에 열려 사람들에게 인기가 있었다. 올해는 최신 건축법으로 지은 새 성당에 매혹되어 예년보다 많은 사람들이 몰려들었다.

윌리엄과 그 일행은 무심하게 걸어가는 사람들을 헤치고 남은 거리를 느린 구보로 나아간 후, 강을 가로지르는 나무 도개교를 요란스레 건넜다. 킹스브리지는 이제 잉글랜드에서 가장 튼튼하게 요새화된 도시 중 하나가 되었다. 성곽처럼 흉장을 갖춘 튼튼한 석조성벽이 있었고, 예전에 다리에서 곧장 주도로로 통하던 길은 이제 쇠테를 두른 크고 묵직한 문이 달린 석조망루로 막혀 있었다. 지금 그 문은 열려 있었지만 밤에는 필시 굳게 닫아놓을 것이다. 다시는 이 도시를 불태울 수 없겠군, 윌리엄은 멍하니 생각했다.

사람들은 수도원으로 통하는 주도로를 오르는 윌리엄을 주시했다. 물론 사람들은 언제나 윌리엄을 주시했다. 그는 백작이었다. 그런데 오늘은 그의 왼편에서 말을 몰고 있는 젊은 신부에게도 관심을 보였다. 윌리엄의 오른편에는 언제나처럼 월터가 따르고 있었다.

그들은 수도원 정문을 지나 마구간으로 가 말에서 내렸다. 윌리엄은 월터에게 말을 넘겨주고 몸을 돌려 성당을 바라보았다. 십자가 꼭대기에 해당하는 동쪽 끝은 경내 저편에 있었으므로 시야에 들어오지 않았다. 십자가의 발치에 해당하는 성당의 서쪽 끝은 아직 건축되지 않았지만 말뚝과 줄로 지면에 형태가 표시되어 있었고, 몇 군데는 벌써 기초공사가 진행되고 있었다. 그 양쪽 사이는 십자가의 양팔에 해당하는 신축 부분이었는데, 교차부라 불리는 그 사이의 공간을 끼고 북쪽과 남쪽 익랑을 이루었다. 성당의 창은 멀리서 보던 것만큼이나 크게 뚫려 있었다. 윌리엄은 평생 이 같은 건물은 본 적이 없었다.

"정말 환상적이에요." 온순한 엘리자베스가 침묵을 깨고 감탄했다.

윌리엄은 그녀를 두고 오는 편이 나았을 거라고 생각했다.

다소 두려움을 느끼며, 그는 뒤따르는 엘리자베스와 함께 말뚝과 줄을 쳐놓은 곳 사이를 지나 천천히 신랑으로 갔다. 신랑의 첫번째 기둥사이는 일부가 완성되었는데, 마치 교차부로 통하는 서쪽 출입구를 이루는 거대하고 뾰족한 아치를 지지하고 있는 것처럼 보였다. 윌리엄은 엄청나게 근사한 그 아치 밑을 지나 사람들로 가득 찬 교차부로 다가갔다.

이 새 건물은 실로 비현실적으로 보였다. 너무 높고 너무 날렵하고 너무 우아하고 가냘파서 서 있지 못할 것 같았다. 그 건물은 벽도 없고, 웅변적으로 위로 솟아오른 호리호리한 기둥들 말고는 지붕을 떠받치는 것이라곤 전혀 없는 것처럼 보였다. 주위의 모든 사람들처럼 윌리엄도 목을 길게 빼고 올려다보았고, 그 기둥들이 굽은 천장까지 계속 이어져 궁륭 중앙부에서 만난다는 것을 알았다. 마치 숲속에서 다 자란 느릅나무가 아치 모양으로 가지를 늘어뜨리고 서 있는 것 같았다.

미사가 시작되었다. 제대는 성단소 가까운 끝에 있고 그 뒤가 수사들의 자리였기에, 교차부와 양쪽 익랑은 신자들에게 개방되었다. 그럼에도 불구하고 사람들은 아직 짓지 않은 신랑으로 몰려들었다. 윌리엄은 사람들을 밀어젖히고 그 지방의 다른 귀족들과 함께 자신의 특권을 이용해 제대 근처 앞자리에 섰다. 귀족들은 그에게 고개를 끄덕이고는 저희끼리 귓속말을 했다.

이전 성단소의 채색 목조천장이 교차부의 동쪽 아치와 어색하게 나란히 서 있었는데, 그것은 새 성당의 건축가가 결국 성단소를 허물고 새 건물에 어울리도록 다시 지을 생각임을 분명히 나타내고 있었다.

그 생각이 떠오른 다음 순간, 윌리엄의 눈길이 문제의 건축가 잭 잭슨에게 멎었다. 그는 붉은 머리카락을 가진 잘생긴 인물로, 귀족처럼 가장자리와 목둘레에 자수가 놓인 심홍색 튜닉 차림이었다. 그는 자신에게 상당히 만족한 모습이었는데, 빠른 시일 내에 익랑을 완성한데다 모든 사람들이 그의 설계에 크게 감탄하고 있기 때문일 터였다. 그는 아홉 살 정도로 보이는, 그와 꼭 닮은 소년의 손을 쥐고 있었다. 윌리엄은 그 아이가 앨리에너가 낳은 아이임이 틀림없음을 깨닫고 충격을 받았고, 질투에서 오는 날카로운 고통을 느꼈다. 다음 순간 앨리에너가 보였다. 그녀는 자부심에 찬 미소를 살짝 띤 채 잭의 조금 뒤편으로 한옆에 서 있었다. 윌리엄의 가슴이 뛰었다. 그녀는 언제나처럼 사랑스러웠다. 엘리자베스는 활기로 가득한 진짜 앨리에너의 보잘것없는 대용품, 창백한 모조품에 불과했다. 앨리에너는 두 팔에 일곱 살가량 된 어린 소녀를 안고 있었다. 윌리엄은 그녀가 잭과 결혼하지 않은 상태에서 잭의 둘째 아이를 가졌던 일을 상기했다.

윌리엄은 앨리에너를 좀더 자세히 살펴보았다. 결국 그녀도 전과 같은 귀여운 모습은 아니었다. 눈가에는 주름이 잡히고 자랑스러운 미소 뒤에는 희미한 슬픔이 자리잡고 있었다. 물론 여러 해가 지났는데도 여전히 잭과 결혼할 수 없기 때문이겠지, 윌리엄은 흡족한 기분으로 생각했다. 웨일런 주교는 그들의 결혼 무효 선언을 막음으로써 윌리엄과의 약속을 지켰다. 그것으로 윌리엄은 종종 위안을 받았다.

그제야 윌리엄은 제대에 서서 전체 신자가 볼 수 있도록 머리 위로 성체聖體를 들어올리고 있는 사람이 바로 웨일런임을 깨달았다. 수백 명의 사람이 무릎을 꿇었다. 이 순간 그 빵은 그리스도의 몸으로 화했는데, 그 안에 내포된 의미를 전혀 몰랐음에도 그 변모는 윌리엄에게 경외감을 불러일으켰다.

그는 사제들의 신비스러운 행동을 지켜보고 귀로는 뜻 모를 라틴어 구절들을 듣고 친숙한 응답기도의 단편들을 중얼거리면서 잠시 미사에 집중했다. 어머니가 임종하던 날부터 그를 떠나지 않던, 아직도 계속되고 있는 멍한 느낌과 도저히 실제라고 믿기 어려운, 원주 위로 햇살이 어른거리는 마법 같은 새 성당 때문에 꿈을 꾸고 있는 것만 같았다.

미사는 끝나가고 있었다. 웨일런 주교가 몸을 돌려 신자들에게 말했다. "이제 금요일 밤 세상을 떠난 셔링의 윌리엄 백작의 모친인 리건 햄리 백작부인의 영혼을 위해 기도합시다."

그 소식에 사람들 사이에서 웅성웅성 소란이 일었지만, 윌리엄은 공포에 질려 주교를 응시했다. 그는 그제야 어머니가 죽어가면서 무슨 말을 하려고 했는지 깨달았다. 그녀는 사제를 불러달라고 청한 것이었는데 윌리엄은 그 청을 들어주지 않았다. 어머니의 나약한 모습을 지켜보고 눈이 감기는 것을 보고 숨소리가 멈추는 것을 들으면서도, 종부성사를 받지 못한 채 임종하도록 방치해둔 것이었다. 자신이 어떻게 그런 일을 저질렀던가? 금요일 밤 이후 어머니의 영혼은 그녀를 구원해줄 기도 한 번 받지 못한 채 지옥에서, 아들인 그에게 그토록 여러 차례 사실적으로 묘사했던 고통을 받고 있었다! 죄의식으로 짓눌린 나머지 윌리엄은 심장박동이 느려지는 듯했다. 한순간 그는 자신도 죽으리라고 생각했다. 어떻게 어머니를, 얼굴에 난 부스럼처럼 죄악으로 온통 일그러졌지만 그럼에도 천국의 평화를 갈구하는 영혼을 그 끔찍한 곳에서 고통받도록 내버렸단 말인가? "이제 어떡한다지?" 그가 입 밖으로 소리내어 말하자 주위 사람들이 놀라서 그를 돌아보았다.

기도가 끝나고 수사들이 행렬을 지어 나가는 동안에도 윌리엄은 자리에 남아 제대 앞에 무릎을 꿇고 있었다. 나머지 신자들은 그를 무시한 채 햇빛 속으로 몰려나갔다. 월터만이 곁에 남아 주인을 지켜보며 기다리고 있었다. 윌리엄은 온힘을 기울여 주기도문과 자신이 기억할 수 있는 다른 모든 기도문과 미사 전례문을 반복하면서 머릿속으로 어머니의 모습을 떠올렸다. 잠시 후 그는 자신이 할 수 있는 다른 일이 있음을 깨달았다. 촛불을 밝힐 수도 있고 어머니를 위해 정기적으로 미사를 드리도록 사제와 수사들에게 헌금을 할 수도 있고, 나아가 그녀의 영혼을 복되게 하기 위해 특별한 예배당을 지을 수도 있었다. 그렇지만 그 모든 것을 다해도 부족할 것 같았다. 그는 머리를 흔들며 상처받은 모습으로 "얼마나 오랫동안 이 어미를 고통받도록 내버려두겠느냐?" 고 말하는 어머니가 보이는 듯했다.

그는 어깨에 와닿는 손을 느끼고 올려다보았다. 앞에 성령강림 축일에 입는 호화로운 붉은 대례복을 아직 벗지 않은 웨일런 주교가 서 있었다. 주교가 그 검은 눈동자로 윌리엄의 눈 깊은 곳을 들여다보자 윌리엄은 그가 자신의 비밀을 꿰뚫어보는 것만 같았다. "어째서 울고 있는 거요?"

그제야 윌리엄은 자신의 얼굴이 눈물에 젖어 있음을 깨달았다. "어머니는 어디에 계시는 거죠?"

"그분은 불로 정화되기 위해 가셨소."

"고통중에 계시는 건가요?"

"끔찍스러운 고통이지. 그러나 우리는 사랑하는 이의 영혼으로 하여금 그 끔찍한 곳을 빨리 지나치도록 할 수 있소."

"무슨 일이든 하겠어요!" 윌리엄은 흐느꼈다. "그게 무엇인지 어서 말해주세요."

웨일런의 눈이 탐욕으로 번뜩였다. "성당을 세우시오. 이것과 똑같은 성당을 셔링에 세우란 말이오."

아버지의 영지였던 땅을 돌아다닐 때마다 앨리에너는 싸늘한 분노에 사로잡혔다. 매몰된 해자와 부서진 담장, 비어 있는 채로 금방이라도 허물어질 것 같은 외양간 등 모든 것이 그녀를 화나게 했다. 쇠락한 목초지는 그녀를 슬프게 했고, 황폐한 마을은 가슴을 찢는 듯했다. 흉작 때문만은 아니었다. 백작령이 제대로 운영된다면 이런 흉년에도 주민들을 먹여 살릴 수 있었다. 그러나 윌리엄 햄리는 영지를 돌보는 데 전혀 주의를 기울이지 않았다. 그에게 백작령은 수많은 사람을 먹여 살리는 토지가 아니라 사사로운 재물 상자일 뿐이었다. 그의 농노들은 먹을 것이 없으면 굶주려야 했다. 소작료를 치르지 못한 소작인들은 쫓겨났다. 윌리엄이 백작이 된 후 쫓겨난 소작농들이 갖고 있던 토지는 경작되지 않은 상태로 돌아가 경작지 면적은 그만큼 줄어들었다. 그것이 장기적으로 자신에게도 이익이 되지 않는다는 걸 깨달을 만큼 윌리엄은 머리가 좋지 못했다.

가장 나쁜 것은 앨리에너 역시 이 일에 부분적으로 책임을 느낀다는 것이었다. 그 땅은 아버지의 영지였는데, 그녀와 리처드는 자신의 가문을 위해 영지를 되찾는 데 실패했다. 윌리엄이 백작이 되고 앨리에너가 파산하자 남매는 그 일을 포기했다. 하지만 실패는 여전히 가슴에 사무쳤고, 그녀는 아버지에게 한 맹세를 잊지 않았다.

벨트에 칼을 찬 억센 마차꾼과 함께 마차 가득 털실을 싣고 윈체스터에서 셔링으로 향하면서, 그녀는 아버지와 함께 똑같은 길을 따라 말을 달리던 때를 회상했다. 그녀의 아버지는 숲을 개간하고 습지의 물을 빼고 언덕을 깎아내 끊임없이 새 땅을 경작지로 만들었다. 흉년이면 미처 앞일을 생각지 못했거나 너무 허기져서 종자로 쓸 곡식을 마련하지 못한 사람들에게 나눠주기 위해 언제나 충분한 종자를 따로 남겨두었다. 그는 한 번도 소작인들로 하여금 가축이나 쟁기를 팔아 소작료를 치르게 하지 않았는데, 그런 일을 하면 다음 해에 농사를 지을 수 없다는 걸 알기 때문이었다. 그는 훌륭한 농부가 젖소를 돌보는 것처럼 땅의 생산력을 유지하도록 토지를 세심히 다루었다.

현명하고 자랑스럽고 강직한 아버지와 함께하던 오래전 그 시절을 생각할 때마다 그녀는 상처와도 같은 상실의 고통을 느꼈다. 아버지를 빼앗겼을 때부터 삶은 어긋나기 시작했다. 뒤돌아보면 그때 이후 그녀가 한 모든 일들이 공허하게만 보였다. 망상에 빠져 매슈와 함께 성에서 살던 것, 왕을 만나겠다는 헛된 희망을 품고 윈체스터로 간 것, 심지어는 내전에 참가해 싸우는 리처드를 뒷바라지하려고 고투했던 것까지도 헛되어 보였다. 그녀는 다른 사람들이 성공으로 여기는 것을 성취했다. 부유한 양모 상인이 된 것이다. 그러나 그것은 단지 행복 비슷한 것만을 가져다주었을 뿐이었다. 그녀는 안전과 안정을 보장할 생활 방식과 사회적 지위를 성취했지만, 마음속으로는 여전히 고통과 상실감을 느꼈다. 잭이 그녀의 삶에 다가오기 전까지는 그랬다.

그런데 잭과 결혼할 수 없다는 것 때문에 그후 모든 일에 어두운 그림자가 드리워졌다. 그녀는 한때 자신을 구해주었고 지도자로 우러러보던 필립 수도원장을 증오하기에 이르렀다. 벌써 여러 해 동안 필립과 즐겁고 정감 있는 대화를 나눠본 적이 없었다. 물론 그들이 결혼 무효 선언을 받지 못한 것이 필립의 잘못 때문은 아니었지만, 애초에 두 사람이 따로 살아야 한다고 주장한 사람이 바로 그였기에 원망스럽지 않을 수 없었다.

그녀는 아이들을 사랑했지만, 잠잘 시간이면 아버지가 가버리는 부자연스러운 가정에서 자라는 아이들이 걱정스럽기도 했다. 지금까지는 다행히도 아이들이 좋지 않은 영향을 받은 흔적은 발견되지 않았다. 토미는 키 크고 건장하고 잘생긴 소년으로 공차기와 달리기 경주, 병정놀이를 좋아했다. 샐리는 다정하고 생각이 깊은 소녀로 인형에게 이야기를 들려주거나 도판 앞에서 일하는 아버지를 지켜보는 걸 좋아했다. 정상 범주를 벗어난 삶을 살아가는 앨리에너였기에 아이들의 부단한 요구와 순수한 사랑은 그녀의 삶을 정상으로 만들어주는 동시에 굳건히 잡아주었다.

물론 그녀는 여전히 일하고 있었다. 성인이 된 후 거의 쉬지 않고 어떤 종류든 상인으로 활동했다. 지금은 그녀를 위해 가내수공업으로 실을 잣고 천을 짜는 수십 명의 남녀를 도시 이곳저곳에 두고 있었다. 몇 년 전에는 수백 명의 사람들이 있었지만 기근은 그녀의 사업에도 영향을 미쳤기에 팔 수 있는 양 이상의 옷감을 만들 필요가 없었다. 잭과 결혼했다 하더라도 그녀는 계속 자기만의 독립적인 일을 갖고자 했을 것이다.

필립 수도원장은 언젠가는 그 결혼이 무효가 되리라고 말했지만, 앨리에너와 잭은 지금까지 칠 년 동안 함께 식사하고 아이들을 기르면서도 잠자리에는 따로 드는, 분통 터지는 생활을 계속하고 있었다.

그녀는 자신보다도 잭의 불행에 더욱 고통스러웠다. 그녀는 그를 마음 깊이 사랑했다. 아마도 모든 것을 알고 있는 엘렌을 제외하면, 그 누구도 그녀가 얼마나 잭을 사랑하고 있는지 모를 것이다. 엘리애너는 자신에게 삶을 돌려준 그를 사랑했다. 그는 고치 속 애벌레와도 같았던 그녀를 끌어내 그녀가 나비라는 것을 깨닫게 해주었다. 잭이 그녀만의 은밀한 숲속 빈터에 걸어들어와 이야기 시를 함께 나누고 감미롭게 키스하고, 이윽고 천천히 그리고 부드럽게 그녀의 마음속에 잠자고 있던 사랑을 일깨우지 않았더라면, 그녀는 사랑의 즐거움과 고통을 맛보지 못한 채 평생을 보냈을 것이다. 잭은 어렸지만 인내심 있고 자상한 사람이었다. 그 때문에 그녀는 언제나 그를 사랑할 것이다.

숲을 가로지르면서 그녀는 잭의 어머니 엘렌과 마주치지 않을까 생각했다. 때때로 도시 어딘가에서 열리는 장터에서 그녀와 마주치기도 했다. 엘렌은 일 년에 한 번 정도 황혼 무렵 몰래 킹스브리지에 들어와 손자들과 함께 밤을 보냈다. 앨리에너는 엘렌에게 동질감을 느꼈다. 둘 다 독특한 사람들로, 틀에 끼워맞출 수 없는 여성들이었다. 결국 그녀는 엘렌을 보지 못한 채 숲을 빠져나왔다.

앨리에너는 경작지를 가로지르면서 들판에서 익어가는 곡식을 살펴보았다. 올해에는 수확량이 상당할 듯했다. 비가 조금 왔고 기온도 낮았으므로 여름 날씨로는 좋았다고 할 수 없었다. 그러나 홍수도 없었고 지난 삼 년 동안 곡식을 병들게 했던 병충해도 없었다. 앨리에너는 감사한 마음이 들었다. 수천 명의 사람들이 기아선상에서 살고 있었기에 또다시 어려운 겨울이 닥친다면 대부분이 죽어갈지도 몰랐다.

그녀는 백작령에 속한 토지 중 하나인 몽크스필드*라 불리는 마을 한

가운데 있는 못가에서 소에게 물을 먹였다. 그 마을은 상당히 넓은 곳으로, 이 지방에서 가장 비옥한 토지로 둘러싸여 있었고 마을 사제와 석조 성당도 있었다. 하지만 올해에는 그 주변 밭의 절반 정도에만 씨가 뿌려져 있었다. 씨를 뿌린 곳은 지금 누런 밀로 덮여 있었고, 나머지 밭에는 잡초가 무성했다.

다른 두 사람의 여행객이 마을 한가운데 있는 그 못에 멈춰서서 말에게 물을 먹이고 있었다. 앨리에너는 그들을 주의 깊게 살펴보았다. 다른 사람들과 팀을 이루는 것은 때때로 서로를 보호하는 데 도움이 되기도 했지만, 여자에게는 위험할 수도 있었다. 짐마차꾼 같은 사람도 그들끼리만 있을 때는 그녀의 지시를 완벽하게 수행하지만 주변에 다른 이들이 있을 때는 반항적으로 나올 수 있음을 앨리에너는 알고 있었다.

하지만 몽크스필드의 못에 있는 두 여행객 중 한 사람은 여자였다. 앨리에너는 그들을 좀더 자세히 살펴보고 그녀가 성숙한 여인이 아니라 소녀라는 것을 깨달았다. 앨리에너는 그 소녀가 누구인지 알아보았다. 지난번 성령강림 축일에 킹스브리지 대성당에서 본 소녀, 바로 윌리엄 햄리의 아내 엘리자베스 백작부인이었다.

그녀는 가엾게도 겁에 질린 모습이었다. 그녀의 옆에 있는 험상궂은 병사는 분명 경호원일 것이다. 내가 윌리엄과 결혼했더라면 저것이 내 운명이었겠지, 앨리에너는 생각했다. 그와 결혼하지 않은 것이 얼마나 다행인가.

병사는 간단하게 마차꾼에게만 고개를 끄덕이고 앨리에너는 무시했다. 그녀는 함께 가자는 제안을 하지 않기로 마음먹었다.

그들이 쉬는 동안 하늘이 어둑어둑해지더니 세찬 바람이 몰아쳤다.

---

* '수사들의 밭'이란 뜻.

"여름 폭풍우인뎁쇼." 앨리에너의 마차꾼이 짤막하게 말했다.

앨리에너는 걱정스럽게 하늘을 바라보았다. 비에 젖는 것은 상관없었지만 폭풍우 때문에 걸음이 느려져서 한데에서 밤을 보내야 할지도 몰랐다. 비가 한두 방울 떨어졌다. 그녀는 내키지 않긴 했지만 비를 피할 곳을 찾아야겠다고 마음먹었다.

어린 백작부인이 경호원에게 말했다. "이곳에서 잠시 있다 가는 편이 좋겠구나."

"그럴 수는 없습니다." 경호원이 퉁명스럽게 대답했다. "주인님의 명령입니다."

앨리에너는 그자가 소녀에게 그런 식으로 말하는 데에 격분했다. "어리석게 굴지 마시오!" 앨리에너가 말했다. "당신 여주인을 보살펴드려야 하지 않소!"

경호원은 놀란 얼굴로 그녀를 바라보았다. "그게 당신과 무슨 상관이 있소?" 그가 거칠게 말했다.

"곧 비가 억수같이 퍼부을 거요, 모자란 사람 같으니라고." 앨리에너가 한껏 위압적인 어조로 말했다. "이런 날씨에 마님에게 길을 가시라고 해선 안 되오. 당신 주인은 그런 어리석은 짓을 한 당신을 매질할 거요." 앨리에너는 엘리자베스 백작부인에게 고개를 돌렸다. 소녀는 누군가 거만한 경호원에게 맞서자 기뻐하는 기색이 역력한 얼굴로 앨리에너를 지켜보고 있었다. 비가 본격적으로 쏟아지기 시작했다. 앨리에너는 충동적으로 결정을 내리고는 엘리자베스에게 말했다. "나를 따라오세요."

경호원이 미처 어떤 행동을 취하기 전에 앨리에너는 소녀의 손을 잡고 걸어갔다. 엘리자베스 백작부인은 학교를 파한 아이처럼 환하게 웃으며 기꺼이 따라나섰다. 앨리에너는 경호원이 쫓아와 소녀를 잡아챌지도 모른다는 예감이 들었지만, 그 순간 번개가 번뜩이면서 소나기는 폭풍우로 돌변했다. 앨리에너는 엘리자베스를 끌고 묘지를 가로질러 성당 옆 목조가옥으로 달려갔다.

문은 열려 있었다. 그들은 안으로 달려들어갔다. 앨리에너는 이 집이 사제의 사택일 거라고 추측했는데, 그녀의 생각이 맞았다. 그들이 들어갔을 때 검은 튜닉을 입고 목에는 조그마한 십자가가 달린 목걸이를 건 까다로운 표정의 남자가 서 있었다. 많은 교구 사제들에게는 자선의 의무가 무거운 짐이 되고 있다는 것, 특히 요즘 같은 때에는 더욱 그러하다는 것을 앨리에너는 알고 있었다. 거절을 예상한 그녀는 단호하게 말했다. "제 일행과 제게 비를 피할 곳이 필요한데요."

"잘 오셨습니다." 사제가 이를 악문 채 대답했다.

사택은 방이 둘이었고, 한쪽으로 부섭지붕을 올린 가축우리가 딸려 있었다. 짐승들을 밖에 두고 있었는데도 집 안은 그다지 깨끗하지 않았다. 식탁 위에는 포도주통이 놓여 있었다. 그들이 자리에 앉자, 조그만 개가 그들을 향해 사납게 짖어댔다.

엘리자베스가 앨리에너의 팔을 잡았다. "정말 고맙습니다." 그녀의 눈에는 감사의 눈물이 괴어 있었다. "라눌프는 계속 가자고 우겼을 거예요. 그는 내 말을 전혀 듣지 않는답니다."

"별일 아닌걸요. 그런 몸집 크고 힘센 남자들은 모두 속으로는 겁쟁이들이랍니다." 그녀는 엘리자베스를 관찰하고 나서 이 가엾은 소녀가 자신과 상당히 비슷하게 생겼음을 깨닫고 전율했다. 윌리엄의 아내가 된다는 것만으로도 충분히 안된 일이었다. 그러나 그의 차선책으로 선택되었다는 건 지옥에서 사는 것이나 진배없을 터였다.

엘리자베스가 말했다. "나는 셔링의 엘리자베스예요. 당신은 누구신지요?"

"내 이름은 앨리에너에요. 킹스브리지에서 왔죠." 앨리에너는 숨을 죽이고 혹시 엘리자베스가 자신의 이름을 듣고 윌리엄 햄리를 거부한 여자라는 걸 알아차릴지 걱정했다.

그러나 엘리자베스는 너무 어려서 그 사건을 기억하고 있지 못했으므로 이렇게만 대답했다. "흔치 않은 이름이군요."

평범한 얼굴에 옷차림이 단정치 못하고 팔이 근육질인 여자가 뒷방에서 나오더니 도전적인 표정을 지으며 그들에게 포도주 한 잔을 건네주었다. 앨리에너는 그녀가 사제의 아내일 거라고 추측했다. 성직자의 결혼은 형식상 금지되어 있었기에 사제는 그녀를 가정부라고 할 것이었다. 사제들의 아내로 인한 말썽이 끊이지 않았다. 그러나 사제에게서 그런 여자를 떼어놓도록 강요하는 것은 잔인한 일이었고, 그런 일들은 대개는 교회에 수치가 되었다. 그리고 대부분의 사람들은 사제란 순결해야 한다고 말하면서도, 개별적으로는 그 상대 여자를 알고 있기에 허용하는 입장을 취했다. 그러므로 교회는 이런 관계를 계속 못 본 체하고 있었다. 여자여, 감사하라, 앨리에너는 생각했다. 적어도 당신은 당신의 남자와 함께 살고 있지 않은가.

병사와 마차꾼이 젖은 머리로 들어왔다. 경호원 라눌프가 엘리자베스 앞에 서서 말했다. "이곳에서 지체해서는 안 됩니다."

엘리자베스가 즉각 허물어지는 것을 보고 앨리에너는 놀랐다. "알았네." 엘리자베스는 자리에서 일어섰다.

"앉으세요." 앨리에너가 그녀를 다시 잡아끌며 말했다. 그러고는 경호원 앞에 서서 그의 얼굴에 삿대질을 했다. "당신이 한마디만 더 하면 마을 사람들을 불러 셔링의 백작부인을 구하러 오게 하겠소. 당신은 여주인을 대하는 법을 모른다고 해도, 다른 사람들은 알고 있을 거요."

그녀는 라눌프가 상황을 저울질하고 있다는 것을 알았다. 성당 안에서 일이 벌어진다면 그는 엘리자베스과 앨리에너, 그리고 짐마차꾼과 사제까지도 처리할 수 있을 것이다. 하지만 마을 사람이 하나라도 합류하면 곤란해질 터였다.

마침내 그가 말했다. "아마 백작부인께선 계속 가기를 원하실 겁니다." 그는 엘리자베스를 잡아먹을 듯이 노려보았다.

소녀는 겁에 질린 듯했다.

앨리에너가 말했다. "자, 부인. 라눌프가 부인께서 부디 명령을 내려 달라는군요."

엘리자베스는 앨리에너를 바라보았다.

"원하시는 대로 그에게 지시하세요." 앨리에너가 격려하듯 말했다. "부인의 명령대로 하는 것이 그의 의무랍니다."

앨리에너의 태도에 엘리자베스는 용기를 얻었다. 그녀는 숨을 깊이 들이쉬고 말했다. "이곳에서 쉬기로 하자. 가서 말을 돌보거라, 라눌프."

그는 마지못해 불만스럽게 대답한 다음 밖으로 나갔다.

엘리자베스는 깜짝 놀란 표정으로 나가는 그를 지켜보았다.

마차꾼이 말했다. "하늘에서 오줌이라도 갈기는 모양이군."

사제는 마부의 속된 표현에 얼굴을 찌푸렸다. "내 생각에는 보통 오는 비 같은데요." 사제가 까칠하게 말했다. 앨리에너가 웃음을 터뜨리자 엘리자베스도 따라서 웃었다. 앨리에너는 소녀가 웃음을 터뜨릴 일은 많지 않으리라고 느꼈다.

빗소리가 북소리처럼 커졌다. 앨리에너는 열린 문밖을 내다보았다. 성당은 고작 몇 미터 떨어져 있을 뿐이었지만 빗줄기에 가려 보이지 않았다. 아무래도 본격적으로 폭풍우가 몰아칠 모양이었다.

앨리에너가 마차꾼에게 물었다. "마차를 비 안 맞는 데 두었나요?"

마차꾼이 고개를 끄덕였다. "말도 함께 그렇게 했습지요."

"잘했군요. 털실에 펠트 작업을 하고 싶지는 않으니까요."

라눌프가 흠뻑 젖은 모습으로 다시 들어왔다.

번개가 번쩍이고 이어 우르릉 하는 천둥소리가 길게 들려왔다. "이런 날씨는 농작물에 좋지 않을 텐데." 사제가 우울하게 말했다.

그의 말이 옳아, 앨리에너는 생각했다. 사람들에게 필요한 것은 삼 주 동안의 뜨거운 햇볕이었다.

또다시 번개가 번쩍이고 요란한 천둥소리가 좀더 길게 나더니 돌풍이 목조가옥을 흔들었다. 차가운 물방울이 머리 위에 떨어지자 앨리에너는 위를 올려다보았다. 초가지붕에서 물방울이 떨어지고 있었다. 그녀는 물방울이 떨어지는 곳을 피해 자리를 옮겼다. 빗물이 문으로도 들이쳤지만 아무도 문을 닫고 싶지 않은 듯했다. 앨리에너는 폭풍우를 바라보는 편이 더 좋았고, 다른 사람들도 같은 기분인 것 같았다.

그녀는 엘리자베스를 바라보았다. 소녀의 얼굴은 하얗게 질려 있었다. 앨리에너는 팔을 둘러 그녀를 감싸안았다. 집 안이 춥지 않았는데도 그녀는 떨고 있었다.

"무서워요." 엘리자베스가 속삭였다.

"그저 폭풍우예요." 앨리에너가 대답했다.

바깥이 어두컴컴해졌다. 식사 시간이 거의 되었을 것이라고 앨리에너는 생각했다. 그러자 그녀는 자신이 아직 점심식사를 하지 않았다는 걸 깨달았다. 그녀는 일어나서 문 쪽으로 갔다. 하늘은 강철 빛깔이었다. 이렇게 이상한 여름 날씨는 한 번도 본 적이 없었다. 바람이 거세게 몰아치고 번개가 문 앞에서 번뜩이면서 담요와 자그마한 덤불, 나무 그릇, 빈 통 등 사방에 어질러진 물건들을 비추었다.

앨리에너는 얼굴을 찌푸리며 안쪽으로 몸을 돌려 자리에 앉았다. 조금씩 걱정이 되기 시작했다. 집이 다시 흔들렸다. 지붕마루를 지탱하는 중앙의 버팀목이 떨리고 있었다. 이 집 정도면 마을에서도 잘 지어진 집축에 속할 거야, 그녀는 깊이 생각했다. 이런 집이 흔들린다면 더 허술한 집들은 분명 붕괴 위험에 처할 것이다. 그녀는 사제를 바라보았다. "날씨가 좀더 나빠지면 마을 사람들을 모이게 해서 성당 안으로 피신시켜야 할 것 같습니다."

"저렇게 비가 내리는데 어떻게 나가란 말이오?" 사제가 비웃듯이 짧게 대꾸했다.

앨리에너는 믿기지 않는 시선으로 그를 응시했다. "그들은 신부님의 양떼예요. 신부님은 그 사람들의 목자라고요."

사제는 거만하게 그녀를 마주 바라보았다. "내가 대답할 사람은 킹스브리지의 주교님이지 당신이 아니오. 그러니 당신이 그러란다고 바보짓을 하진 않을 거요."

"적어도 경작 작업조는 피신처로 데리고 오세요." 이런 마을에서 가장 귀중한 소유물은 쟁기를 끄는 여덟 마리의 황소로 이루어진 작업조였다. 농부들은 황소 없이는 토지를 경작할 수 없었다. 그 어떤 농부도 개인적으로 경작 작업조를 소유할 여유가 없는 까닭에 그것은 공동재산이었다. 사제의 부유함 역시 그것에 달려 있으니 그도 경작조를 소중히 여길 터였다.

"우리 마을엔 경작조가 없소."

앨리에너는 어리둥절했다. "왜죠?"

"소작료를 지불하기 위해 그중 네 마리를 팔아야 했으니까. 그리고 나머지는 겨울 양식으로 쓰려고 도살했소."

그래서 밭의 절반에만 씨를 뿌렸군, 앨리에너는 생각했다. 쟁기를 끄는 데 말이나 사람의 힘을 사용했으니 무른 토양만 경작이 가능했다. 그녀는 화가 났다. 이 사람들로 하여금 경작 작업조를 팔 수밖에 없게 한 윌리엄의 처사는 냉혹할뿐더러 어리석기까지 했다. 그렇게 되면 소작농들은 날씨가 나쁘지 않다고 해도 올해 역시 소작료를 지불하기 어려워질 것이기 때문이었다. 그녀는 윌리엄을 붙잡아 목이라도 조르고 싶었다.

또다시 강한 돌풍이 목조가옥을 뒤흔들었다. 갑자기 지붕 한쪽이 움직이는 것 같더니 이윽고 몇 센티미터 정도 들어올려지며 벽과 틈이 벌어졌다. 그 틈을 통해 검은 하늘과 지그재그로 떨어지는 번갯불이 앨리에너의 눈에 들어왔다. 돌풍이 잠잠해지고 초가지붕이 소리를 내며 버팀대 위로 내려앉자, 그녀는 얼른 자리에서 일어났다. 이제 폭풍우는 위험해지고 있었다. 그녀는 일어서서 비바람 소리보다 더 큰 목소리로 사제에게 소리쳤다. "가서 적어도 성당 문이라도 열어두세요!"

사제는 화가 치민 듯했지만 그녀가 하라는 대로 했다. 그는 상자에서 열쇠를 꺼내고는 외투를 입고 밖으로 나가 빗속으로 사라졌다. 앨리에너는 다른 사람들에게도 체계적으로 일을 나눠주기 시작했다. "마차꾼 양반, 마차와 소들을 끌고 성당 안으로 가세요. 라눌프, 당신은 말을 맡아요. 엘리자베스, 부인은 나와 함께 가요."

그들은 외투를 입고 밖으로 나왔다. 바람 때문에 똑바로 걷기도 힘들었지만 손을 맞잡고 균형을 잡았다. 그들은 묘지를 가로질러 앞을 헤치며 나아갔다. 이제 비는 우박으로 변해 자갈 같은 커다란 얼음조각들이 묘비를 때리고 있었다. 묘지 한 모퉁이에 마치 겨울철인 것처럼 가지만 앙상한 사과나무가 보였다. 폭풍 때문에 잎과 열매가 가지에서 떨어져 나간 것이었다. 올가을 이 지방에서는 사과가 많지 않겠구나, 앨리애너는 생각했다.

마침내 그들은 성당에 도착해 안으로 들어갔다. 갑작스러운 적막 때문에 귀가 먹먹해지는 것 같았다. 바람은 여전히 윙윙 불어댔고 빗줄기는 북을 치듯 지붕 위를 두드렸고 천둥은 거의 매순간 요란하게 울리고 있었지만, 이제 그런 일들은 모두 한 발짝 저편의 일이었다. 흠뻑 젖은 외투를 입은 마을 사람 몇 명이 이미 그곳에 와 있었다. 그들은 귀중품을 몸에 지니고 닭들을 부대에 넣고, 돼지들은 한데 묶고, 암소를 줄에 묶어 끌고 왔다. 성당 안은 어두웠지만 그 장면은 번갯불 아래 이따금씩 드러났다. 잠시 후 앨리에너의 마차꾼이 마차를 끌고 들어왔고 그 뒤를 따라 라눌프가 말을 끌고 들어왔다.

앨리에너가 사제에게 말했다. "성당이 마구간처럼 바뀌기 전에 가축은 서쪽 끝으로, 사람은 동쪽으로 보내도록 하죠." 이제 모든 사람들이 앨리에너가 그런 일을 맡고 있다는 것을 받아들이는 듯했기에 사제는 고개를 끄덕여 동의했다. 두 사람은 자리를 떠나 사제는 남자들에게, 앨리에너는 여자들에게 지시를 내렸다. 차츰차츰 사람들과 짐승들이 분리되었다. 여자들은 아이들을 데리고 아담한 성단소로 갔고, 남자들은 신랑 기둥에 가축들을 묶었다. 말들은 놀라서 눈을 굴리며 날뛰었고, 암소들은 모두 바닥에 주저앉았다. 마을 사람들은 가족들끼리 무리를 짓고 앉아 먹을 것과 마실 것을 돌리기 시작했다. 아예 오래 머물 준비를 해온 것이었다.

폭풍우가 너무 격렬해서 앨리에너는 그것이 금방 지나갈 거라고 생각했지만, 오히려 점점 더 심해지고 있었다. 그녀는 창가로 갔다. 물론 유리가 아닌 반투명의 고운 리넨을 쳐놓은 창문들이었는데, 지금은 천들이 누더기처럼 너덜너덜해져서 창틀에서 펄럭이고 있었다. 앨리에너는 창턱까지 상체를 끌어올려 밖을 내다보았지만 보이는 것은 빗줄기뿐이었다.

바람이 점점 더 거세지면서 성당 벽 주위로 날카로운 소리를 내며 불어닥치자, 그녀는 과연 성당 안도 안전할지 걱정이 되기 시작했다. 그녀는 신중하게 성당 건물을 한 바퀴 돌았다. 잭과 함께한 적지 않은 시간 동안 그녀도 튼튼한 석조건물과 잘못 지은 건물의 차이를 알게 되었다. 이 석조물이 솜씨 좋고 세심하게 지어진 것을 확인한 그녀는 안심했다. 균열은 전혀 없었다. 이 건물은 돌 조각이 아니라 잘라낸 돌 벽들로 건축한 것으로, 산처럼 견고해 보였다.

사제의 가정부가 촛불을 켜자 앨리에너는 밖에 밤이 내리고 있음을 깨달았다. 낮이라고 해도 너무 어두워 그 차이는 그다지 크지 않았다. 측랑을 뛰어다니던 아이들도 지쳐서 외투에 몸을 감싼 채 잠들었다. 닭들은 날개에 머리를 파묻고 있었다. 엘리자베스와 앨리에너는 벽에 등을 기댄 채 바닥에 나란히 앉아 있었다.

앨리에너는 자신이 십칠 년 전 거부했던 그 역할, 윌리엄의 아내 역할을 떠맡은 이 가련한 소녀에 대해 호기심이 일어 참지 못하고 물었다. "어린 시절 윌리엄을 알고 지내던 적이 있어요. 그는 지금 어떤가요?"

"난 그 사람이 지긋지긋해요." 엘리자베스가 흥분한 어조로 말했다.

앨리에너는 그녀에게 마음속 깊이 연민을 느꼈다.

엘리자베스가 물었다. "어떻게 그를 알게 되었나요?"

앨리에너는 스스로 일을 벌였음을 깨달았다. "사실대로 말하자면, 부인 또래였을 때 윌리엄과 결혼하기로 되어 있었답니다."

"설마! 그런데 어떻게 결혼하지 않았죠?"

"내가 거절했고 아버지께서도 그런 내 의견을 지지해주셨거든요. 하지만 그 때문에 끔찍한 싸움이 벌어졌어요⋯⋯ 내가 엄청난 유혈극을 몰고 온 셈이 된 거죠. 하지만 그것도 모두 지난 일이 되었네요."

"그를 거절했다고요!" 엘리자베스는 몸을 떨었다. "당신은 아주 용감한 분이군요. 나도 그렇게 행동했더라면 좋았을 텐데." 갑자기 그녀는 풀이 죽은 표정이 되었다. "하지만 난 하인들에게조차 맞서지 못하는걸요."

"할 수 있어요. 당신도 할 수 있어요."

"하지만 어떻게요? 내가 열네 살밖에 안 됐다고 해서 날 완전히 무시하는걸요."

앨리에너는 그 문제를 곰곰이 생각해본 다음 이윽고 그녀가 이해할 수 있게 대답했다. "남편의 지시를 전달하는 사람이 되는 것부터 시작하세요. 아침마다 그에게 오늘은 무엇을 먹고 싶은지, 누굴 만나고 싶은지, 어떤 말을 타고 싶은지, 생각나는 것은 무엇이든 물어보세요. 그런 다음 요리사나 홀의 집사, 마부에게 가서 백작의 명령을 전하세요. 부인의 남편은 부인에게 고마워하고 부인을 무시하는 사람에겐 그가 누구든 화를 낼 거예요. 그러면 사람들은 부인의 말에 따를 겁니다. 그런 다음 누가 부인을 진심으로 도와주는지, 누가 마지못해 따르는지 주의를 기울이세요. 도움을 주는 사람들에게는 반드시 혜택을 주어야 해요. 그들에게는 원하는 일을 하게 하고, 도움이 안 되는 사람들에게는 남들이 꺼리는 일을 모두 맡기도록 하세요. 그러면 사람들은 백작부인에게 복종하면 대가가 따른다는 걸 깨닫기 시작할 거예요. 그리고 윌리엄보다는 부인을 훨씬 더 좋아하게 될 거예요. 그는 어쨌든 호감이 가는 사람은 아니니까요. 결국 부인도 권리에 걸맞은 힘을 갖겠죠. 대부분의 백작부인들이 그러니까요."

"그렇게 말씀하시니 참 쉽게 들리네요." 엘리자베스는 동경하는 마음이 깃든 목소리로 말했다.

"아녜요, 쉬운 일이 아니지요. 하지만 부인이 끈기 있게 실행하고 용기를 잃지만 않는다면 해낼 수 있어요."

"할 수 있을 것 같아요." 그녀가 결심한 듯 대답했다. "정말 할 수 있을 거예요."

마침내 그들도 졸기 시작했다. 때때로 윙윙거리는 바람 소리에 앨리에너는 잠이 깼다. 깜빡거리는 촛불 아래서 주위를 둘러보니 다른 사람들도 그녀처럼 똑바로 앉아 꾸벅꾸벅 졸다가 불현듯 깨어나기를 반복하고 있었다.

한밤중이 다 되었을 무렵, 그녀는 깜짝 놀라 잠이 깨어 이번에는 한 시간 이상 잤다는 걸 깨달았다. 주위 사람들은 거의 다 깊이 잠들어 있었다. 그녀는 바닥에 배를 깔고 누운 채 자세를 바꾼 다음 외투로 몸을 단단히 여몄다. 폭풍우는 누그러지지 않았지만, 사람들의 자고 싶은 욕구는 불안보다 더욱 강했다. 성당 벽에 몰아치는 빗소리는 마치 해변에 와 부서지는 파도 소리 같았고, 그 소리는 그녀를 깨어 있게 하는 대신 잠들도록 달래주는 자장가와도 같았다.

다시 한번 그녀는 소스라쳐 잠에서 깼다. 무엇이 잠을 방해한 건지 의아했다. 귀를 기울였지만 사방은 고요했다. 폭풍우는 그쳐 있었다. 창문을 통해 희미한 회색빛이 새어들고 있었다. 마을 사람들은 모두 깊이 잠들어 있었다.

앨리에너는 자리에서 일어났다. 그녀가 움직이다 건드렸는지 엘리자베스도 바로 잠에서 깼다.

그들 둘은 같은 생각을 하고 있었다. 그들은 성당 문으로 가 문을 열고 밖으로 나왔다.

비는 그쳤고 바람도 잦아들어 산들바람만 불고 있었다. 해는 아직 떠오르기 전이었지만, 새벽하늘은 진주빛이었다. 앨리에너와 엘리자베스는 습기를 머금은 맑은 빛 아래 주위를 둘러보았다.

마을은 사라지고 없었다.

성당을 제외한 다른 건물들은 하나도 남아 있지 않았다. 일대는 초토화되어 있었다. 성당 한편에 기대어 있는 무거운 목재 몇 개 말고는 가옥들이 있던 자리의 진흙바다 주위로는 화덕 바닥돌들이 점점이 흩어져 있을 뿐이었다. 마을이 있었던 자리 경계에는 떡갈나무와 밤나무 대여섯 그루가 가지들이 떨어져나간 모습으로 아직 서 있었다. 어린 나무들은 한 그루도 남아 있지 않았다.

그 완전한 황폐함에 어안이 벙벙해진 앨리에너와 엘리자베스는 길이 있었던 곳을 따라 걸었다. 땅바닥에는 부서진 나뭇조각과 죽은 새들의 시체가 어지럽게 흩어져 있었다. 그들은 제일 앞에 있는 밀밭에 이르렀다. 그곳은 마치 밤새 거대한 소떼가 갇혀 있었던 듯한 모습이었다. 익어가던 밀대들은 쓰러져 꺾이고 뿌리째 뽑혀 떠내려가버렸다. 땅은 움푹 파여 물에 잠겨 있었다.

앨리에너는 소름이 끼쳤다. "아, 하느님! 이제 사람들은 뭘 먹고 살라는 거죠?"

그들은 들판을 가로질러 헤치고 나아갔다. 피해는 어디나 마찬가지였다. 그들은 낮은 언덕에 올라 주변 지방을 살펴보았다. 어느 방향을 보아도 황폐해진 농작물과 죽은 양 시체들, 꺾인 나무들, 침수된 목장과 쓰러진 집들만이 눈에 띄었다. 그 파괴된 모습에 소름이 끼쳤고, 앨리에너는 끔찍하도록 비극적인 느낌에 휩싸였다. 마치 하느님의 손이 잉글랜드로 강림해 이 땅을 후려쳐 성당들만 제외하고 인간이 만들어놓은 모든 것을 파괴해버린 것 같아, 그녀는 생각했다.

그 황폐한 모습에 엘리자베스 역시 충격을 받았다. "끔찍해요. 믿을 수가 없어요. 아무것도 남지 않았잖아요."

앨리에너는 냉정하게 고개를 끄덕였다. "아무것도 남지 않았어요." 그녀가 엘리자베스의 말을 되풀이했다. "올해는 아무것도 수확하지 못할 거예요."

"그럼 사람들은 어떻게 하죠?"

"모르겠어요." 연민과 두려움이 뒤섞인 기분으로 앨리에너가 말했다. "잔인한 겨울이 되겠지요."

2

커다란 폭풍우가 휩쓸고 지나간 지 넉 주가 지난 어느 날 아침, 마사는 잭에게 돈을 더 달라고 했다. 잭은 깜짝 놀랐다. 그는 이미 그녀에게 가계를 위해 일주일당 6펜스를 주었고, 앨리에너도 같은 금액을 주고 있다는 걸 알고 있었다. 그 돈으로 그녀는 네 어른과 두 아이가 먹을 음식을 마련하고, 두 집의 땔나무와 골풀을 공급해왔다. 하지만 킹스브리지에는 일주일에 겨우 6펜스로 음식과 의복 그리고 집세 등 모든 살림을 꾸려나가는 대가족도 많았다. 잭은 마사에게 돈이 더 필요한 이유를 물었다.

그녀는 당황한 듯했다. "물가가 모두 올랐어요. 빵장수는 4파운드짜리 빵에 1페니를 달라고 하고……"

"1페니라니! 4파운드짜리에?" 잭은 격분했다. "오븐을 만들어 우리가 직접 빵을 구워야겠군."

"그래서 때때로 번철 틀에 빵을 굽기도 해요."

"맞아, 그랬지." 잭은 그들이 지난주인가 두세 번 번철 틀에 구운 빵을 먹은 것을 깨달았다.

"하지만 밀가루 값도 올랐기 때문에 그리 크게 절약되는 것도 아니에요."

"밀을 사다가 직접 갈아야겠군."

"그럴 수는 없어요. 우리는 수도원의 방앗간을 사용해야 하거든요. 어쨌든 밀 역시 비싸기는 마찬가지예요."

"물론 그렇겠지." 잭은 자신이 어리석은 생각을 하고 있다는 걸 깨달았다. 빵이 비싼 건 밀가루가 비싸기 때문이었고, 밀가루가 비싼 것은 밀이 비싸기 때문이었고, 밀이 비싼 것은 폭풍우에 수확할 밀이 떠내려갔기 때문이었기에 피할 방법이 없었다. 그는 걱정스러워하는 마사를 바라보았다. 그가 기분 나쁜 표를 내기라도 하면 그녀는 언제나 몹시 당황했다. 그는 괜찮다는 표시로 미소를 지어 보이고 그녀의 어깨를 토닥여주었다. "네 잘못이라는 게 아니야."

"그런데 짜증 난 것처럼 들렸어요."

"너한테 그런 게 아냐." 잭은 죄책감을 느꼈다. 마사는 그를 속이기보다는 차라리 자신의 손목을 자를 사람이라는 걸 그는 알고 있었다. 잭은 그녀가 그토록 자신에게 헌신적인 이유를 알 수 없었다. 그것이 사랑이라면 분명 그녀는 지금쯤 넌더리를 내고 말았을 것이다. 그녀뿐 아니라 온 세상 사람들이 앨리에너야말로 그의 평생의 사랑이라는 걸 알고 있었다. 그는 이러한 판에 박힌 생활에서 벗어나도록 그녀를 멀리 보낼까도 심각하게 고려해본 적이 있었다. 누가 알겠는가, 자신에게 어울리는 남자에게 푹 빠지게 될지도. 하지만 그런 일은 일어나지 않으리라는 것을, 그녀는 오히려 불행해질 뿐이라는 것을 잭은 알고 있었다. 그래서 그대로 두기로 했다.

그는 튜닉 안으로 손을 집어넣어 지갑을 찾아 은화 세 개를 꺼냈다. "일주일에 12펜스로도 잘해왔으니 이것으로 어떻게든 해나갈 수 있는지 보자." 그것은 꽤 많은 액수였다. 수당에 더해서 양초와 옷과 부츠를 따로 받고 있기는 했지만, 그의 급료는 일주일에 고작 24펜스였다.

잭은 잔에 남은 맥주를 들이켜고 밖으로 나왔다. 초가을치고는 유별나게 추운 날씨였다. 날씨는 여전히 이상했다. 그는 기운차게 길을 따라 걸어 수도원 경내로 들어섰다. 해가 뜰 때까지는 아직 조금 시간이 남아 있어 장인들만 있었다. 그는 신랑 쪽으로 가 기초를 둘러보았다. 기초공사는 거의 끝났다. 추운 날씨 때문에 올해에는 회반죽 작업을 일찍 끝내야 하는 상황이라 다행스러운 일이었다.

그는 새로 지은 익랑을 올려다보았다. 자신의 창조물로 인해 솟아난 기쁨은 그곳에 생긴 균열 때문에 스러지고 말았다. 커다란 폭풍우가 지나가던 날, 그곳에 다시 균열이 나타났다. 그는 몹시 낙심했다. 물론 굉장한 폭풍이긴 했지만 그의 성당은 그러한 악천후를 수없이 겪더라도 건재하도록 설계된 곳이었다. 그는 당혹스러운 나머지 고개를 저으며 갤러리로 통하는 작은 탑의 층계를 올라갔다. 전에 이와 비슷한 성당을 지은 적이 있는 누군가와 의논하고 싶었지만, 잉글랜드에는 그런 사람이 없었고 심지어 프랑스에도 이렇게 높은 건물을 지은 사람은 아직 없었다.

어떤 충동에 이끌려 그는 도판이 있는 곳으로 가지 않고 지붕으로 통하는 층계를 계속해서 올라갔다. 함석은 이미 모두 깔려 있었다. 그는 빗물이 흘러내리는 것을 막고 있던 작은 뾰족탑에 탑 바닥을 통과하는 넉넉한 낙수 홈통이 설치되어 있는 것을 보았다. 지붕 위에 세찬 바람이 휘몰아쳤으므로, 그는 지붕 끝으로 가까이 갈 때마다 무언가를 붙잡으려고 애썼다. 건축장이가 돌풍 때문에 지붕에서 떨어져 죽는 일은 다반

사일 터였다. 지붕 위에서는 땅 위에서보다 바람이 더 세게 불어치는 듯했다.

그는 허공을 응시하며 가만히 서 있었다. 위로 올라갈수록 바람은 지나치게 강해졌다. 그것이야말로 그가 당면한 난제에 대한 해답이었다. 균열이 생기는 것은 둥근 천장의 무게 때문이 아니었다. 높이 때문이었다. 그는 천장의 무게를 충분히 감당할 견고한 성당을 지었다고 확신했다. 하지만 바람은 고려하지 않았다. 이 높이 솟은 벽들은 끊임없이 비바람에 시달렸고, 너무 높았기 때문에 바람에 의해 균열이 발생했다. 지붕 위에 서서 그것의 힘을 느끼면서, 그는 발아래서 팽팽하게 균형을 잡고 있는 건축물이 받는 영향을 상상해보았다. 그는 그 건물을 아주 잘 알고 있었기에 그 벽들이 마치 자기 몸의 일부인 양 그 긴장을 느낄 수 있었다. 바람이 그를 밀어붙이듯 성당을 향해 불어닥치면 성당은 휘어질 수 없어 균열이 생겼던 것이다.

잭은 균열의 원인을 찾아냈다고 확신했다. 그러나 이제 무슨 수를 쓸 것인가? 명층을 보강해 바람에 버티도록 해야 했다. 하지만 어떤 방법을 쓸 것인가? 성당 벽에 기대는 거대한 버팀벽을 세우면 그토록 성공적으로 이루어놓은 경쾌함과 우아함이라는 아름다운 효과는 파괴되고 말 것이다.

그러나 건물이 제대로 서 있게만 된다면 그렇게 해야 할 것이다.

그는 다시 층계를 내려왔다. 결국 문제를 이해하게 되었음에도 전혀 기쁘지가 않았다. 그 해답이 자신의 꿈을 파괴하는 것처럼 느껴졌다. 어쩌면 나는 자만했는지도 모른다, 그는 생각했다. 나는 이 세상에서 가장 아름다운 대성당을 지을 수 있다고 확신했다. 왜 다른 누구보다 잘해낼 거라고 생각한 것일까? 무엇 때문에 내가 특별하다고 생각한 걸까? 다른 건축 책임자의 설계를 그대로 본뜨고, 그것에 만족해야 했던 것은 아닐까.

필립이 도판 앞에서 그를 기다리고 있었다. 수도원장의 이마는 근심으로 찌푸려져 있었고 희끗해져가는 잔머리가 삭발한 정수리 주위에 흐트러져 있었다. 밤을 꼬박 새운 듯했다.

"경비를 줄여야겠네." 그가 거두절미하고 말했다. "이제 지금 같은 속도로 건축을 진행시킬 돈이 없다네."

잭도 이런 일이 닥칠까 두려워하던 참이었다. 허리케인은 남부 잉글랜드 대부분 지역의 수확을 망쳐놓았다. 그 때문에 수도원의 재정도 타격을 받은 게 분명했다. 인원 삭감에 대한 대화는 언제나 잭을 불안하게 했다. 마음속으로 그는 건축 속도가 너무 느려져서 대성당 완공을 보지 못하고 죽을지도 모른다는 불안을 느꼈다. 그러나 그런 두려움을 드러내지는 않았다. "겨울이 오고 있습니다." 그는 평상시처럼 말했다. "그렇게 되면 어쨌든 작업은 늦어지게 되지요. 그런데다 올해는 겨울도 일찍 올 겁니다."

"겨울이 빨리 오는 것만으로는 충분치 않네." 필립이 냉정하게 말했다. "지금 당장 지출을 반으로 삭감해야겠네."

"반이라고요!" 불가능한 일이었다.

"겨울의 일시 해고 기간이 오늘부터 시작되는걸세."

잭이 예상했던 것보다 더 나빴다. 여름내 일했던 일꾼들은 대개 12월 초쯤에는 떠났다. 그들은 겨울 몇 달 동안을 가족을 위해 혹은 돈을 벌기 위해 목조가옥을 짓거나 쟁기나 수레들을 만들면서 보냈다. 올해에는 일꾼들의 가족도 그들을 기쁘게 맞이하지 못할 것이다. 잭이 말했다. "이미 가족들이 굶주리고 있는 집으로 그들을 보내려 하신다는 말씀입니까?"

필립은 화가 나서 그를 노려보고만 있었다.

"물론 그런 건 알고 계시겠지요. 여쭤봐서 죄송합니다."

필립은 힘주어 말했다. "지금 당장 이렇게 하지 않으면, 한겨울 어느 토요일에 모든 일꾼들이 급료를 받으려고 줄을 설 테고 나는 그들에게 텅 빈 금고를 보여주어야 할걸세."

잭은 어쩔 수 없다는 듯 어깨를 으쓱했다. "그 점에 대해서는 뭐라 드릴 말이 없군요."

"그게 전부가 아닐세." 필립은 주의를 주었다. "지금부터는 떠난 사람의 자리를 채우는 경우라 하더라도 새로 사람을 고용하는 일은 없어야 하네."

"어차피 여러 달 동안 사람을 새로 고용한 일은 없지 않았습니까?"

"자넨 앨프레드를 고용했네."

"그건 좀 다르지요." 잭은 당황했다. "어쨌든 고용을 하지 말란 말이군요."

"그리고 승격도 해주어선 안 되네."

잭은 고개를 끄덕였다. 이따금 견습공이나 일꾼들은 석공이나 목수로 승격시켜주기를 요청했다. 다른 장인들이 그의 기술이 충분하다고 판단하면 그 요청은 받아들여졌고, 그렇게 되면 수도원은 그에게 좀더 높은 임금을 지불해야 했다. 잭이 말했다. "승격은 석공조합의 특권인데요."

"그것을 고치자는 게 아닐세. 석공들에게 기근이 끝날 때까지 모든 승격을 연기해달라고 요청하는걸세."

"제가 그들의 승인을 구하도록 하지요." 잭이 모호하게 대답했다. 그 문제로 말썽이 생길지도 모른다고 생각한 것이다.

필립은 계속 밀어붙였다. "지금부터 성인 축일에는 작업이 없을걸세."

성인 축일은 너무나 많았다. 원칙적으로 그날들은 휴일이었지만, 일꾼들이 휴일 임금을 받고 안 받고는 협상으로 결정되는 문제였다. 킹스브리지의 규칙에서는 일주일에 두 번 이상 성인 축일이 있을 경우 첫날은 유급 휴일이고 둘째 날은 무급 휴일이었다. 대부분의 사람들은 둘째 날도 일하는 쪽을 선택했다. 하지만 이제는 그러한 선택권을 갖지 못하는 것이다. 두번째 성인 축일은 강제적으로 무급 휴일이 될 것이다.

조합원들에게 이 새로운 변화를 설명해야 한다는 생각을 하니 마음이 편치 않았다. "제가 이것을 이미 결정된 문제가 아니라 토론할 문제로 제시한다면, 이 모든 문제들이 훨씬 쉽게 납득되지 않을까요."

필립은 고개를 저었다. "그렇게 되면 협상이 받아들여지리라고 생각하고 그 제안을 어느 정도 완화하려고 할걸세. 성인 축일 중 절반은 일하자든가 제한된 수의 승격은 허가해달라든가 하는 제안을 하게 될 거란 말일세."

물론 그의 말이 옳았다. "그러나 이건 이치에 안 맞지 않습니까?"

"오히려 지극히 이치에 맞다네." 필립은 애가 타는 듯했다. "이 일에는 조정의 여지가 전혀 없네. 이런 조처로도 충분치 못할 것 같아 난 벌써 걱정이라네. 전혀 양보할 수가 없어."

"좋습니다." 분명 필립은 지금 당장은 양보할 기분이 아니리라. "또 다른 건 없습니까?" 잭은 경계를 늦추지 않았다.

"그렇다네. 비축된 물자의 구입을 중지하게. 지금 비축되어 있는 석재와 철재, 목재를 쓰도록 하게."

"목재는 무료로 벌목하잖습니까."

"그것을 이곳까지 수레로 나르는 데 돈이 드네."

"그렇군요. 알았습니다." 잭은 창가로 가서 수도원 경내에 쌓여 있는 석재와 나무 더미들을 내려다보았다. 반사적인 행동이었다. 그는 이미 비축해둔 양을 알고 있었다. "그건 별 문제가 안 됩니다." 잠시 후 그가 말했다. "줄어든 인원으로라면 내년 여름까지 자재는 충분합니다."

필립은 피로한 한숨을 쉬었다. "다음 해에도 여름 일꾼들을 고용할 수 있으리라는 보장이 없네. 그것은 양모 가격에 달려 있다네. 그들에게 그 점도 알려주는 것이 좋을걸세."

잭은 고개를 끄덕였다. "사정이 그 정도로 나쁜가요?"

"내가 이전에 겪었던 어느 경우보다 훨씬 나쁘다네. 이 나라에 필요한 것은 삼 년 동안의 좋은 날씨일세. 그리고 새 국왕이지."

"물론 그렇죠."

필립은 사택으로 돌아갔다. 잭은 그 변화들을 어떻게 처리해야 할지 생각하며 오전을 보냈다. 신랑을 짓는 데는 두 가지 방법이 있었다. 기둥사이별로 교차부에서 시작해 서쪽으로 작업을 해나가거나, 과정별로 우선 신랑 전체의 기초를 놓은 다음 위로 쌓아올리면서 작업하는 것이다. 두번째 방법이 더 빠르긴 했지만 그러려면 더 많은 석공이 필요했다. 그것이 원래 사용하려던 방법이었다. 이제 그는 생각을 바꾸었다. 기둥사이별로 지어나가는 것이 감축된 작업 인원에 더 적합했다. 그 방법에는 또다른 이점이 있었다. 바람의 저항을 고려해 설계에서 수정한 부분들을 건물 전체에 적용하기 전에 한두 개의 기둥사이에 시험해볼 수 있었다.

그는 또한 장기 재정 위기의 영향을 곰곰 생각해보았다. 작업 속도는 여러 해에 걸쳐 점점 더 느려질지도 몰랐다. 그는 필생의 야망을 성취하지 못한 채 늙어 백발이 성성해지고 기력이 쇠해져 결국 여전히 완성하지 못한 대성당의 그림자 아래 수도원 묘지에 묻히는 자신을 우울하게 그려보았다.

정오를 알리는 종이 울리자 그는 석공들의 작업장으로 갔다. 그들은 맥주와 치즈를 앞에 놓고 앉아 있었다. 그는 그들 중 많은 사람들 앞에 빵이 놓여 있지 않다는 걸 처음으로 알아차렸다. 평소처럼 집으로 식사를 하러 가려는 석공들더러 잠시 있어달라고 하고 그가 말했다. "수도원의 돈이 바닥나고 있답니다."

"조만간 그렇지 않은 수도원이 없게 될걸세." 나이 지긋한 석공 한 사람이 말했다.

잭은 그를 바라보았다. 얼굴에 코만큼이나 커다란 혹이 달려 있어 '두 코 에드워드'라고 불리는 석공이었다. 그는 정확한 만곡을 작업할 수 있는 빈틈없는 안목을 갖고 있는 훌륭한 돌 조각가였기에 잭은 항상 그에게 기둥몸이나 고상부鼓狀部*를 맡겼다. 잭이 말했다. "이곳이 다른 어느 수도원보다 돈을 잘 관리하고 있다는 건 인정하셔야 합니다. 하지만 필립 수도원장님도 폭풍우와 흉작을 피할 수는 없었어요. 그래서 지출을 줄이지 않을 수 없게 된 겁니다. 식사 전에 그 점에 대해서 말하려 합니다. 우선 우리는 이제 더 석재나 목재를 공급받지 못할 겁니다."

다른 작업장에 있던 장인들도 그의 말을 들으러 몰려들었다. 나이 든 목수 피터가 말했다. "우리가 갖고 있는 목재로는 올겨울을 나지 못할 텐데."

"아니, 그렇지 않을 겁니다. 공사 속도가 느려질 테니까요. 장인들의 수가 줄 것이고, 올겨울 휴업은 오늘부터 시작됩니다."

그리고 잭은 자신이 잘못된 방식으로 소식을 전했음을 즉각 깨달았다. 사방에서 항의가 쏟아져나왔고 여러 사람이 중구난방으로 말하기 시작했다. 이 문제를 부드럽게 공개했어야 했는데, 그는 생각했다. 하지만 그는 이런 일에 경험이 전무했다. 칠 년 동안 책임자로 일해왔지만 그동안 재정 위기를 겪은 적은 없었다.

왁자지껄한 소음 속에서도 두드러진 목소리의 주인공은 생드니에서

---

* 돔 바로 아래 북 모양의 지붕.

온 석수 중 한 사람인 파리의 피에르였다. 킹스브리지에 온 지 육 년이 지났는데도 그는 여전히 영어에 서투른데다 화까지 나 있어서 억양은 더욱 이상했지만 그럼에도 단념하지 않았다. "화요일에 사람들을 해고할 순 없소."

"그 말이 맞소." 대장장이 잭이 말했다. "적어도 주말까지는 말미를 주어야 하오."

잭의 의붓형인 앨프레드가 그 말에 맞장구를 쳤다. "아버지께서 셔링의 백작이 살 집을 짓고 계실 때 윌리엄 햄리가 와서 전체 일꾼들을 해고했을 때가 생각나는군. 아버지께서는 모든 일꾼들에게 일주일분의 급료를 주어야 한다고 말하면서 그가 돈을 건네줄 때까지 그의 말머리를 놓지 않으셨지."

쓸데없는 말 좀 안 해주었으면 고맙겠어 앨프레드, 잭은 생각했다. 그는 굳은 의지를 가지고 말했다. "나머지 말도 들으십시오. 지금부터는 성인 축일에 작업이 없습니다. 승격도 없을 겁니다."

그 말에 그들은 더욱 격분했다. "받아들일 수 없소!" 누군가 말하자 몇몇 사람들이 그 말을 복창했다. "받아들일 수 없소, 받아들일 수 없소!"

잭은 그 소리가 점점 커지고 있음을 깨달았다. "무슨 말을 하고 있는 겁니까? 수도원에 돈이 없으면 당신들은 임금을 지급받지 못합니다. 무슨 라틴어 배우는 학생들처럼 '받아들일 수 없소, 받아들일 수 없소'를 외워대는 목적이 뭡니까?"

두 코 에드워드가 다시 큰 소리로 말했다. "우린 학생들이 아니라 석공 조합원들이오. 우리에게는 조합원 승격권이 있고 그 권리는 아무도 빼앗을 수 없소."

"하지만 임금을 지불할 돈이 없다면 어떻게 하겠습니까?" 몹시 화가 난 잭이 외쳤다.

젊은 석공 하나가 말했다. "난 그 말을 못 믿겠습니다."

여름철에만 일하는 일꾼 댄 브리스틀이었다. 그는 솜씨 좋은 석재 재단사는 아니었지만, 돌을 아주 정확하고 빠르게 쌓아올릴 줄 알았다. 잭이 그에게 말했다. "어떻게 못 믿겠다는 말을 할 수 있소? 당신이 수도원 재정에 대해서 뭘 안단 말이오?"

"보이는 건 알고 있습니다. 수사들이 굶주리고 있습니까? 아니오. 성당에 양초가 있습니까? 있지요. 저장실에 포도주가 있습니까? 있지요. 수도원장이 맨발로 다닙디까? 그렇지 않습니다. 결국 돈이 있는 거예요. 그는 다만 우리에게 그 돈을 주고 싶지 않을 뿐이에오."

몇몇 사람들이 큰 소리로 그 말에 동의했다. 사실 그가 한 말 중에서 틀린 것은 한 가지 항목뿐이었는데 그것은 포도주였다. 하지만 이제 잭의 말을 믿는 사람은 아무도 없었다. 그는 수도원의 대변자가 되고 만 것이었다. 공정하지 못한 일이었다. 그는 필립의 결정에 대해 아무 책임이 없었다. "나는 다만 여러분에게 수도원장님의 말을 전하는 것뿐이오. 그 말이 사실이라는 것까지 보증해줄 수는 없소. 그러나 그분은 돈이 충분치 않다고 말했고, 우리가 그분을 믿을 수 없다고 한다면 무슨 일을 할 수 있겠소?"

"우리는 모든 일을 중단할 수도 있소." 댄이 말했다. "그것도 지금 당장."

"옳소!" 누군가의 목소리가 들려왔다.

일이 걷잡을 수 없게 되어가고 있음을 잭은 낭패감과 함께 깨달았다. "잠깐만 기다리십시오." 그는 뜨거운 열기를 가라앉힐 말을 필사적으로 찾았다. "일단 돌아가 일을 합시다. 그러면 오후에 내가 필립 수도원장님을 설득해 계획을 조정해보도록 하겠습니다."

"내 생각에는 일할 필요가 없을 것 같소." 댄이 말했다.

잭은 이런 일이 일어나고 있다는 걸 믿을 수가 없었다. 꿈에 그리던 성당을 건축하는 데 적지 않은 위협이 있으리라고는 예상했지만, 장인들이 그 일에 훼방을 놓고 나올 거라고는 예측하지 못했다. "어째서 일하지 말아야 한다는 거죠?" 잭이 믿기지 않는 어조로 물었다. "목적이 뭡니까?"

댄이 말했다. "현재 상황에서는 우리 중 반수라도 이번 주 나머지 날 동안 임금을 받으리라는 보장조차 없잖소."

"그건 관례상으로나 실무상으로나 모두 어긋나는 일이오." 파리의 피에르가 말했다. 관례나 실무라는 말은 보통 법정에서 더 많이 쓰이는 말이었다.

잭은 필사적으로 말했다. "적어도 제가 수도원장님을 설득할 동안만이라도 일을 하십시오."

두 코 에드워드가 말했다. "우리가 일을 한다면 모든 사람들이 일주일분의 급료를 받을 수 있다는 것을 자네가 보장할 수 있겠나?"

잭은 필립이 지금과 같은 심리 상태라면 그러한 보장을 해달라고 제안할 수 없다는 걸 알고 있었다. 어쨌든 그렇게 하겠노라고 말해놓고 필요하다면 잭 자신이 돈을 지불하면 되지 않을까 하는 생각이 스쳐갔다. 그러나 모아놓은 돈을 다 써도 이들의 일주일분 급료를 감당하기에 충분하지 못하다는 걸 즉각 깨달았다. "제가 전력을 다해 설득하면 그분도 동의할 거라고 생각합니다."

"그걸로는 충분치 않소." 댄이 말했다.

"나도 그렇소." 피에르가 말했다.

댄이 말했다. "보장 없이는 일할 수 없소."

거의 모두 거기에 동의했으므로 잭은 낙담하지 않을 수 없었다.

그는 자신이 계속 그들의 의견에 반대한다면 남아 있는 약간의 권위

마저도 잃게 되리라는 것을 알았다. "조합은 한 사람처럼 행동해야 합니다." 잭은 그들이 흔히 쓰는 어투를 인용했다. "모두 파업에 동의합니까?"

찬성한다는 소리가 합창처럼 일었다.

"그렇다면 그렇게 하십시오." 잭은 우울하게 말했다. "제가 수도원장님께 말하겠습니다."

웨일런 주교는 소규모 수행 군대를 거느리고 셔링 시내로 말을 타고 들어왔다. 윌리엄 백작이 시장 광장에 있는 성당 현관에서 그를 기다리고 있었다. 윌리엄은 당황한 나머지 얼굴을 찌푸리고 있었다. 공식 방문이 아니라 그저 공사장에서 만날 것을 기대하고 있었던 것이다. 저 무도한 주교가 무슨 생각을 하고 있는 거지?

웨일런은 거세한 밤색 말을 탄 웬 낯선 사람과 함께였다. 숱 많은 시커먼 눈썹에 커다란 매부리코를 한, 키 크고 사지가 껑충한 남자였다. 그는 냉소적인 표정을 짓고 있었는데, 버릇인 듯했다. 두 사람이 대등한 위치인 듯 그는 웨일런 옆에서 나란히 말을 몰고 있었지만 주교 복장을 하고 있지는 않았다.

그들이 말에서 내리자 웨일런은 낯선 사람을 소개했다. "윌리엄 백작, 이쪽은 캔터베리 대주교님 밑에서 봉직하고 있는 웨어햄의 피터 부주교요."

피터가 이곳에 왜 왔는지는 설명이 없군, 윌리엄은 생각했다. 웨일런에게 뭔가 꿍꿍이가 있는 게 분명해.

부주교는 인사를 한 다음 말했다. "윌리엄 경, 경의 주교님으로부터 성모의 교회에 대한 경의 아량에 대해 말씀 많이 들었습니다."

윌리엄이 미처 대답하기도 전에 웨일런이 교구 성당을 가리키며 말했다. “새 성당을 세울 장소를 마련하기 위해 이 건물을 허물 것이오, 부주교.”

“벌써 석공장을 임명하셨습니까?” 피터가 물었다.

윌리엄은 캔터베리에서 온 부주교가 셔링의 교구 성당에 관심을 갖는 이유가 궁금했다. 어쩌면 단지 예의를 차리는 것일 수도 있었다.

“아니오, 아직 책임자를 찾지 못했소. 일거리를 구하는 건축장이들은 아주 많지만, 파리에서 온 사람은 한 명도 만나지 못했소. 온 세상 사람들이 모두 생드니 성당 같은 걸 짓고 싶어하는 모양이오. 그래서 그런 형태의 성당을 지을 줄 아는 석공들은 대단한 인기라오.”

“아주 중요한 문제이지요.” 피터가 말했다. “제가 우리를 도와줄 건축장이 하나를 알고 있으니 나중에 그 사람에게 제안하면 될 겁니다.”

다시 한번 윌리엄은 약간 어리둥절해졌다. 무엇 때문에 피터가 그토록 생드니 식으로 성당 짓는 것에 관심을 가지는 거지?

웨일런이 말했다. “물론 새 성당은 훨씬 더 크게 지을 거요. 이곳 광장 안까지 깊숙이 밀고 나와야지.”

윌리엄은 자기가 그 땅의 소유자인 양 구는 웨일런의 태도가 마음에 들지 않아 불쑥 끼어들었다. “성당이 시장 광장을 침해하게 할 수는 없습니다.”

웨일런은 윌리엄이 참견이라도 했다는 듯 짜증스러운 표정이었다. “어째서 안 된단 말이오?”

“이 광장의 1인치 1인치는 장날마다 돈을 벌어주고 있으니까요.”

웨일런은 뭐라고 반박하고 싶은 듯했지만, 피터가 미소를 지으며 말했다. “은화가 솟아나는 샘을 메워서는 안 되죠.”

“옳으신 말씀입니다.” 윌리엄은 이 성당의 비용을 대고 있었다. 사 년째 흉작이었지만 다행스럽게도 그의 수입에는 거의 차이가 없었다. 소농들은 물품으로 소작료를 지불했는데, 그들 중 많은 이들이 도토리 죽으로 연명하면서도 윌리엄에게 곡식 자루와 한 쌍의 거위를 바쳤다. 게다가 그 곡식 자루는 오 년 전에 비해 열 배의 가치가 있었으므로, 소작료를 체납한 소작인들이나 굶어죽게 된 농노들 때문에 생긴 손해를 보상하고도 남았다. 그는 아직도 새 건물의 자금을 조달할 재원을 가지고 있었다.

그들은 성당 뒤쪽으로 돌아갔다. 그곳은 택지로, 최소한의 수입만이 나오고 있었다. 윌리엄이 말했다. "이쪽 끝으로 넓혀 지을 수는 있습니다. 그렇게 되면 이 집들은 모두 철거해야 할 겁니다."

"하지만 저 집들의 대부분은 성직자의 거처요." 웨일런이 반박했다.

"성직자들을 위해서는 다른 집들을 찾으면 됩니다."

웨일런은 불만스러운 표정이었지만 그 문제에 대해 더 왈가왈부하지 않았다.

성당 북쪽 편에서 서른 살쯤 된 어깨가 떡 벌어진 남자가 이쪽을 향해 인사를 했다. 옷차림으로 미루어 장인인 듯했다. 주교의 가까운 동료인 부주교 볼드윈이 말했다. "바로 제가 말씀드린 사람입니다, 주교 예하. 킹스브리지의 앨프레드라고 하지요."

첫눈에 그다지 호감을 주는 인상이 아니었다. 그는 수소처럼 크고 억세 보였으며 말이 없었다. 그러나 좀더 자세히 관찰해보니 여우나 교활한 개와도 같은 약삭빠른 표정이 엿보였다.

볼드윈 부주교가 말했다. "앨프레드는 킹스브리지의 첫 건축 책임자였던 건축장이 톰의 아들입니다. 그리고 의붓동생에게 그 자리를 빼앗기기 전까지는 한동안 그곳의 책임자였지요."

건축장이 톰의 아들, 바로 앨리에너와 결혼했던 남자로군, 윌리엄은 깨달았다. 그러나 그는 한 번도 그 결혼을 육체적으로 완성시키지 못했다. 윌리엄은 강한 호기심을 가지고 그를 살펴보았다. 이 남자가 성불능자라고는 결코 생각할 수 없었다. 건강하고 정상적으로 보였다. 하지만 앨리에너는 남자에게 이상한 영향을 미칠 수 있는 여자였다.

피터 부주교가 말했다. "자네는 파리에서 일하면서 생드니 성당의 형태를 익힌 적이 있나?"

"그렇지는 않습니다만……"

"하지만 우리는 그런 새로운 형태로 성당을 지어야 하네."

"저는 현재 제 동생이 책임자로 있는 킹스브리지에서 일하고 있습니다. 그는 그 새로운 파리 양식을 이곳에 도입했고, 저는 그에게 배웠습죠."

윌리엄은 어떻게 웨일런 주교가 의심을 사지 않고 앨프레드를 매수했는지 궁금해하다가 킹스브리지의 부수도원장 레미기우스가 웨일런의 끄나풀임을 상기했다. 틀림없이 레미기우스가 첫 실마리를 제공했으리라.

그때 킹스브리지에 관한 다른 생각이 떠올라 윌리엄은 앨프레드에게 물었다. "하지만 당신이 지은 지붕은 무너지지 않았소?"

"그건 제 잘못이 아니었습지요. 필립 수도원장이 설계를 바꿀 것을 고집해서였지요."

"나도 필립을 알고 있소." 피터의 목소리에는 원한이 서려 있었다. "고집이 세고 오만한 사람이오."

"어떻게 그를 아시는 거죠?" 윌리엄이 물었다.

"수년 전 필립이 숲속의 성 요한 수도원을 책임지고 있을 때 나는 그곳의 수사였소." 피터는 원한 서린 목소리로 말했다. "내가 그의 느슨한 체제를 비판하자 나를 자선금 분배관으로 만들어 내쫓아버렸소." 피터의 원한은 아직도 뜨겁게 타오르고 있는 게 분명했다. 분명 웨일런은 그 점을 이용해 무슨 음모인가를 꾸몄을 것이다.

윌리엄이 말했다. “어쨌든 난 지붕이 무너지도록 일을 한 건축가를 고용하고 싶은 생각은 없습니다. 구실이야 어떻든.”

앨프레드가 말했다. “잭 잭슨을 제외하면 새로운 형태의 성당 일을 해본 건축 책임자는 잉글랜드에서는 저뿐입니다만.”

“난 생드니 따위에는 관심 없소. 내 가엾은 어머니의 영혼은 전통적인 설계로 지은 성당에라도 모실 수 있소.”

웨일런 주교와 피터 부주교는 시선을 교환했다. 곧이어 웨일런이 낮은 음성으로 윌리엄에게 말했다. “언젠가 이 성당은 셔링 대성당이 될 것이오.”

이로써 윌리엄에게는 모든 것이 분명해졌다. 수년 전부터 웨일런은 교구 자리를 킹스브리지에서 셔링으로 옮길 음모를 세워왔지만 필립 수도원장에게 허를 찔린 바 있었다. 이제 웨일런은 그 계획을 다시 부활시키고 있었다. 이번에는 더욱 정도를 벗어나 행동하는 듯 보였다. 지난번에는 캔터베리 대주교에게 자신의 청을 승인해줄 것을 청하기만 했다. 그런데 이번에는 대성당이 되기에 충분할 정도로 크고 유명한 성당 건축을 시작함과 동시에, 캔터베리 대주교에게 신청도 하기 전에 대주교 주위의 피터 같은 동맹자들을 끌어들였다. 아주 바람직한 일이었지만, 윌리엄으로서는 어머니를 기념하는 성당을 세워 그녀의 영혼이 영원히 꺼지지 않는 불구덩이를 쉬 지나가도록 하고 싶을 따름이었다. 그런 이유로 이기적인 목적으로 음모를 꾸미는 웨일런의 시도에 화가 났다. 그러나 다른 한편으로는 이곳 셔링에 대성당이 생긴다는 것은 굉장한 부양책이 될 것이기에 윌리엄에게도 이익이 될 터였다.

앨프레드가 말했다. “그 외에도 말씀드릴 것이 있습니다.”

웨일런이 말했다. “말할 것이 있다고?”

윌리엄은 두 사람을 보았다. 앨프레드는 웨일런보다 몸집이 크고 힘이 세고 젊었으므로, 뒷짐을 지고 있는 그 커다란 주먹으로 한 번만 쳐도 웨일런을 때려눕힐 수 있을 것이었다. 그러나 그는 강자 앞에 선 약자처럼 행동하고 있었다. 수년 전이라면 창백한 피부를 한 깐깐한 사제가 건장한 남자를 압도하는 장면에 화가 났을 테지만, 이제 윌리엄은 그런 일 따위엔 분개하지 않았다. 그것이 세상의 이치였다.

앨프레드가 목소리를 낮췄다. "저는 킹스브리지의 작업 인원을 전부 데려올 수 있습니다."

그 말에 세 사람은 주의를 집중했다.

"다시 한번 말해보게." 웨일런이 말했다.

"저를 건축 책임자로 고용하신다면 킹스브리지에서 장인들을 모두 데려오겠습니다."

웨일런이 방심하지 않고 물었다. "자네 말이 사실인지 우리가 어떻게 믿겠나?"

"믿어달라고는 않겠습니다. 조건부로 제게 그 일을 주십시오. 만약 약속을 이행하지 못한다면 돈을 받지 않고 물러납지요."

각기 다른 이유에서 필립 수도원장을 증오하고 있는 세 사람은 즉각 필립에게 적지 않은 타격을 가하게 되리라는 생각에 솔깃했다.

앨프레드가 덧붙여 말했다. "석공들 중 몇몇은 생드니에서 일했던 사람들입죠."

"하지만 어떻게 그들을 데려올 수 있다는 건가?"

"그게 중요한가요? 그저 그들이 책보다 저를 더 좋아한다고 해두지요."

윌리엄은 앨프레드가 거짓말을 한다고 생각했고, 웨일런도 같은 생각인 듯했다. 웨일런은 고개를 젖힌 채 날카로운 콧날 아래로 앨프레드를 한참 주시했다. 그러나 앨프레드가 앞서 말한 것은 사실인 모양이었다. 진짜 이유야 어쨌든 킹스브리지의 장인들을 데려오겠다는 말은 설득력 있게 들렸다.

윌리엄이 말했다. "그들 모두 자네를 따라 이곳으로 온다면, 킹스브리지의 작업은 완전히 중단되겠군."

"예, 그러겠죠."

윌리엄은 웨일런과 피터를 바라보았다. "이 문제에 대해 좀더 얘기할 필요가 있겠습니다. 저 사람도 우리와 식사를 함께 하는 게 좋겠군요."

웨일런은 동의한다는 듯 고개를 끄덕이고 나서 앨프레드에게 말했다. "내 집으로 따라오게. 시장 광장 저 끝에 있네."

"알고 있습니다. 제가 지은 집이거든요."

이틀 동안 필립 수도원장은 파업에 대한 논의을 거부했다. 그는 격노해서 한마디도 하지 않았고, 잭을 볼 때마다 몸을 돌려 다른 길로 갔다.

파업 둘째 날 수도원 밖에 있는 방앗간 한 군데에서 짐수레 세 대가 도착했다. 밀가루를 실은 그 수레들은 무장 군사의 호위를 받고 있었다. 요즈음 밀가루는 금만큼이나 귀했다. 늙은 흰머리 커스버트 밑에서 저장실 관리인을 대리하고 있는 조너선 형제가 물건을 받고 있었다. 잭은 밀가루 부대를 헤아리는 조너선을 지켜보았다. 잭이 잘 알고 있는 누군가와 닮은 듯, 조너선의 얼굴은 어딘가 묘하게 친숙했다. 조너선은 키가 작고 몸이 가냘프고 검은 머리를 한 필립과는 달리 키가 크고 연한 갈색 머리칼을 하고 있었지만, 신체적인 것만 제외하면 모든 면에서 그의 아버지 격인 필립과 닮았다. 그 젊은이는 진지한데다 고결했으며 단호하면서도 야심찼다. 사람들은 도덕에 대한 그의 다소 완고한 태도에도 불구하고 조너선을 좋아했는데, 그런 태도는 필립에게서도 강하게 느껴지는 것이었다.

필립이 논의를 거부하고 있는 동안 조너선과의 대화는 차선책이 될 터였다.

잭은 조너선이 군사들과 마부들에게 돈을 지불하는 장면을 지켜보았다. 그는 아주 능률적으로 일을 처리했는데, 마부들이 받아야 할 몫보다 더 많은 돈을 요구하자 침착하고도 단호하게 거절했다. 잭은 수도원 교육이 지도력을 키우는 데 훌륭한 준비과정이 되는 모양이라고 생각했다.

지도력, 그 부분에서 잭의 결함은 완전히 드러나버렸다. 그는 일꾼들을 서투르게 다뤄 문제를 위기로 몰고 갔다. 그 회합을 생각할 때마다 자신의 어리석은 언동에 욕설이 튀어나올 정도였다. 사태를 바로잡을 방법을 찾아야 했다.

마부들이 투덜대며 떠나자 잭은 조너선에게 걸어갔다. "필립 원장님은 파업 때문에 굉장히 화가 나셨더군."

한순간 조너선은 뭔가 언짢은 말을 할 듯이 보였다. 조너선 자신도 단단히 화가 난 게 분명했다. 곧 그는 표정을 풀고 말했다. "화난 것처럼 보이지만 속으로는 상처를 받으신 거예요."

잭은 고개를 끄덕였다. "그 일을 사적인 문제로 받아들이시는 거겠지."

"그래요, 그분은 당신이 필요로 하실 때 장인들이 등을 돌렸다고 느끼시는 거지요."

"어떤 점에서는 그렇다고 볼 수 있지. 하지만 원장님이 명령 하나로 관행을 바꾸려 하신 것은 중대한 판단 착오야."

"그분이 달리 어떻게 할 수 있었겠습니까?" 조너선이 반박했다.

"먼저 그들과 이러한 위기에 대해 의논을 할 수도 있었겠지. 그렇다면 그들 스스로 몇 가지 절약의 예를 제안할 수 있었을 거야. 하지만 난 필립 원장님을 비난할 입장이 못 돼. 나도 똑같은 실수를 저질렀으니까."

그 말이 조너선의 호기심을 자극했다. "어떤 실수요?"

"원장님이 내게 알려온 것과 똑같이 무뚝뚝하고 요령 없게 삭감 계획을 전달한 거지."

조너선은 필립처럼 격노해 파업이라는 배신을 저지른 장인들을 비난하고 싶었지만, 마지못해 그 반대 입장도 인정하고 있었다. 잭은 더 말하지 않기로 마음먹었다. 어쨌든 씨앗은 심어놓은 셈이었다.

그는 조너선과 헤어져 도판 앞으로 돌아왔다. 문제는 필립 수도원장이 이 도시의 조정자라는 거야, 잭은 설계도구를 집어들면서 생각했다. 보통 때라면 그가 가해자를 심판하고 싸움을 중재했다. 그런 필립이 분쟁 한가운데서 화를 내고 원한을 품고 타협하지 않는다는 건 당황스러운 일이었다. 이번에는 다른 누군가 중재해야 할 것이다. 그리고 잭의 생각으로 그 일을 해야 할 유일한 사람은 바로 그 자신이었다. 건축 책임자로서 그는 양쪽이 의논할 수 있도록 중개자가 되어야 했고, 그의 동기에는 반론의 여지가 없었다. 그는 공사가 계속되길 원했다.

이 과제를 처리할 방도를 생각하며 그날의 나머지 시간을 보내던 그는 거듭 자신에게 물었다. 과연 필립은 어쩔 작정인가?

다음 날 그는 필립과 대면할 준비가 되었음을 느꼈다.

비가 내리는 추운 날이었다. 잭은 오후가 되자마자 머리가 젖지 않도록 외투 두건을 뒤집어쓴 채 황량한 건축 공사장에 들어가 명층의 균열을 살펴보는 척하면서(그것은 아직 해결되지 않은 문제였다) 필립이 클로이스터에서 나와 사택을 향해 빠른 걸음으로 지나쳐가기를 기다렸다. 필립이 다시 사택 안으로 들어가자 잭은 그 뒤를 따랐다.

필립의 사택 문은 언제나 열려 있었다. 잭은 문을 똑똑 두드린 다음 들어갔다. 필립은 구석에 있는 작은 제대 앞에 무릎을 꿇고 있었다. 집에서까지 기도하지 않더라도 성당에서 낮의 대부분과 밤의 절반 동안 기도하는 걸로도 충분할 텐데, 잭은 생각했다. 불기운은 없었다. 필립은 절약을 하고 있었다. 잭은 필립이 일어나 몸을 돌릴 때까지 조용히 기다렸다. 이윽고 잭이 입을 열었다. "일을 마무리 지을 때가 됐습니다."

평상시에는 상냥하던 필립의 얼굴은 딱딱하게 굳어 있었다. "그 문제라면 아무런 어려움도 없을걸세." 그가 차갑게 말했다. "그들이 원한다면 당장이라도 돌아와 일하면 될 테니까."

"원장님께서 내건 조건으로 말이죠."

필립은 잭을 똑바로 바라보았다.

"그들은 원장님께서 내건 조건대로는 돌아오지 않을 겁니다. 또한 원장님께서 분별 있게 행동할 때까지 언제까지고 기다리지도 않을 겁니다." 그러고는 서둘러 덧붙였다. "그들이 분별 있는 사람들이라면 말입니다."

"언제까지고 기다리지 않을 거라고? 기다리는 것을 못 참겠다면 어디로 간다는 건가? 그 어느 곳에서도 일을 찾을 수 없을걸세. 기근 때문에 곤란을 당하고 있는 곳이 이곳뿐이라고 생각하는 건가? 잉글랜드 전체가 그렇단 말일세. 모든 건축 공사장에서 경비를 줄이고 있어."

"그래서 원장님께서는 그들이 용서를 구하며 숙이고 돌아오기를 기다리고 있는 겁니까?"

필립은 시선을 돌렸다. "난 그 누구도 고개를 숙이게 하고 싶지 않네. 자네한테 내가 그런 행동을 할 사람이라고 생각하도록 빌미를 준 적도 없는 것 같은데."

"그렇습니다. 그 때문에 원장님을 뵈러 온 겁니다. 저는 원장님께서 진정으로 그들을 모욕한 게 아니라는 걸 알고 있습니다. 원장님은 그러실 분이 아닙니다. 하지만 한편으로 그들이 패배감과 분노를 느끼며 돌아오면 앞으로 수년간 제대로 일을 하지 않을 겁니다. 그래서 원장님의 입장뿐 아니라 제 입장에서도 그들의 체면을 세워주어야 합니다. 그리고 그것은 양보를 의미하지요."

잭은 숨을 죽였다. 그로서는 중대한 이야기를 한 것이었고 지금은 성패가 가름되는 순간이었다. 만약 필립이 지금처럼 냉정하다면 미래는 암담했다.

필립은 오랫동안 잭을 뚫어져라 바라보았다. 잭은 수도원장의 표정을 보고 그가 감정과 이성의 싸움을 벌이고 있음을 짐작할 수 있었다. 마침내 필립이 표정을 부드럽게 풀었다. "자리에 앉게나."

잭은 자리에 앉으며 안도의 한숨이 나오려는 것을 억눌렀다. 그는 다음에 할 말도 준비해놓았다. 건축장이들한테 그랬듯 즉흥적으로 요령 없이 굴진 않을 터였다. "자재 구입을 동결하겠다는 결정을 바꾸실 필요는 없습니다." 잭이 입을 열었다. "마찬가지로 신규 고용을 일시적으로 중단한다는 문제도 그대로 둘 수 있습니다. 아무도 그것에 반대하지 않습니다. 또한 원장님께서 다른 면에서 양보하신다면 성인 축일은 휴무라는 조건을 받아들이도록 설득해볼 수도 있을 것 같습니다." 그는 상대방이 그가 할 말을 생각해볼 수 있도록 잠시 말을 멈췄다. 지금까지 주기만 하고 아무것도 요구하지 않았다.

필립은 고개를 끄덕였다. "알았네, 뭘 양보해야 하는가?"

잭은 숨을 깊이 들이쉬었다. "그들은 승격 금지 요구에 크게 반발하고 있습니다. 그들은 원장님께서 조합의 오랜 권한을 박탈하려 한다고 생각합니다."

"내 의도는 그렇지 않다고 자네에게 설명하지 않았나?" 필립이 격앙된 어조로 말했다.

"알고 있습니다. 물론 알고 있어요." 잭이 서둘러 대답했다. "물론 설명하셨지요. 그리고 저는 그 말을 믿습니다. 하지만 그들은 그렇지 않습니다." 필립은 자존심이 상한 듯 표정이 굳어졌다. 누가 자신을 불신할 수 있단 말인가? 잭은 재빨리 말을 이어갔다. "하지만 지난 일입니다.

저는 원장님께 더는 지출하지 않아도 되는 타협안을 하나 제안하려 합니다."

필립은 관심이 생기는 모양이었다.

"그들의 승격 관행을 계속 승인하시지요. 대신 조합에서 결정한 임금 인상안 시행을 지급을 일 년 뒤로 미루는 겁니다." 반대할 구석이 있다면 한번 찾아내보시죠, 잭은 생각했다.

"그들이 절충안을 받아들일까?" 필립의 어조는 회의적이었다.

"해볼 만합니다."

"일 년이 지나도록 내가 인상된 임금을 감당하지 못하면 어떡하지?"

"그건 그때 가서 해결하지요."

"그 말은 일 년 후에 다시 협상하자는 뜻이군."

잭은 어깨를 으쓱했다. "필요하다면 그렇게 해야겠죠."

"알았네." 필립은 모호한 어조로 대답했다. "또다른 문제가 남았나?"

"가장 큰 걸림돌은 여름내 일한 일꾼들을 당장 해고하는 문제입니다." 잭은 이제 솔직하게 털어놓았다. 이 문제는 듣기 좋게 말할 수가 없었다. "기독교제국의 어느 건축 공사장에서도 여유를 주지 않고 해고할 수는 없도록 되어 있습니다. 아무리 짧더라도 주말까지는 시간을 줘야 합니다." 필립이 스스로를 덜 자책하도록 잭은 덧붙였다. "제가 원장님께 진작 말씀드렸어야 했던 사항입니다만."

"그러니까 내가 할 일은 그들을 이틀 더 고용하는 것이겠군."

"이제는 그것으로 충분하지 않을 것 같습니다. 처음부터 이 문제를 다른 방법으로 처리했다면 좋았겠지만, 이제 그들은 그 이상의 절충안을 원할 것입니다."

"자넨 분명 비책을 갖고 있군."

잭은 실제로 그러했고, 필립이 수락해야 할 진짜 양보안을 말할 참이었다. "지금은 10월 초입니다. 보통 12월 초에 여름 일꾼들을 해고하게 되어 있습니다. 그 사람들과 반씩 양보해서 11월 초에 해고하자는 겁니다."

"그건 내가 요구한 바의 절반에 지나지 않네."

"절반 이상이지요. 원장님께서는 여전히 비축해놓은 자재들을 쓰고 승격에 따른 인상된 임금 지급을 연기하는 동시에 성인 축일로 이익을 얻으실 테니까요."

"그건 부수적인 것들일세."

잭은 우울한 기분으로 가만히 앉아 있었다. 그는 최선을 다했다. 이제 더 논쟁할 것도 없고, 더 설득할 방책도 없고, 할 말도 남아 있지 않았다. 그는 화살을 모두 쏘았다. 그리고 필립은 여전히 굽히지 않고 있었다. 잭은 패배를 인정할 태세를 갖추었다. 그리고 필립의 냉정한 얼굴을 바라보며 그의 처분만을 기다렸다.

필립은 오랫동안 한구석에 놓인 제대를 말없이 넘겨다보았다. "이 문제를 사제단 회의에 제출해야겠네."

잭은 안도감으로 맥이 풀렸다. 승리라고는 할 수 없었지만 승리에 가까운 것이었다. 필립은 자신이 인정한 문제가 아니면 그 어떤 것이라도 수사들의 의견을 구하지 않았고, 수사들은 대체로 필립이 원하는 대로 동의했다. "수사들이 이 제안을 받아들였으면 좋겠군요." 잭이 힘없이 말했다.

필립이 자리에서 일어서더니 잭의 어깨에 손을 얹었다. 그의 얼굴에는 근래 들어 처음으로 미소가 떠올라 있었다. "내가 자네처럼 설득력 있게 대처한다면 그들 역시 받아들일걸세."

잭은 갑작스러운 분위기 변화에 놀랐다. "이 일이 빨리 마무리될수록 장기적으로 미치는 영향도 줄어들 겁니다."

"알았네. 이 일 때문에 몹시 화는 나지만 자네와 싸우고 싶지는 않다네." 그러고는 뜻밖에도 필립은 손을 내밀었다.

잭은 악수를 하면서 기분이 좋아졌다.

"건축장이들에게 내일 아침 사제단 회의의 결정을 들으러 작업장으로 오라고 해도 될까요?"

"그러게나."

"당장 그렇게 하겠습니다." 그는 몸을 돌려 걸어갔다.

"잭."

"예?"

"고맙네."

잭은 알았다는 표시로 고개를 끄덕이고 밖으로 나왔다. 그는 두건을 쓰지도 않고 빗속을 걸었다. 행복했다.

그날 오후, 그는 장인들의 집을 일일이 방문해 다음 날 아침 회합이 있을 거라고 알렸다. 집에 없는 사람들은(결혼하지 않은 남자들과 여름철에만 일하는 일꾼들은 대부분 집에 없었다) 선술집에서 찾아냈다. 그러나 맥주 값도 다른 물가와 함께 오르는 바람에 아무도 양껏 마실 여유가 없었으므로 취한 이들은 없었다. 찾지 못한 장인은 앨프레드뿐이었는데, 그는 지난 이틀 동안 보이지 않았다. 마침내 해질 무렵 앨프레드가 모습을 나타냈다. 그는 우둔한 얼굴에 뜻밖에도 의기양양한 표정을 짓고 선술집으로 들어섰다. 그는 어디에 갔다 왔는지 말하지 않았고, 잭도 묻지 않았다. 잭은 다른 사람들과 술을 마시는 그를 내버려두고 앨리에너와 아이들과 함께 저녁식사를 하기 위해 술집을 나섰다.

다음 날 아침, 그는 필립이 작업장에 오기 전에 회의를 시작했다. 기반을 닦아놓고 싶었다. 요령 없이 굴어서 자신의 논거가 손상되는 일이 없도록 이번에는 해야 할 말을 아주 신중하게 준비했다. 그는 필립처럼 일을 처리해볼 심산이었다.

장인들은 모두 일찍부터 그곳에 와 있었다. 생계가 걸려 있는 문제였다. 젊은 장인 한두 명은 눈이 빨갰다. 선술집은 어젯밤 늦게까지 문을 열었을 것이고, 그들 중 몇몇은 가난을 잊고 마셔댔으리라고 잭은 추측했다. 젊은 사람들과 여름 동안 일하는 일꾼들 대부분은 일을 해나가기가 무척 힘들고 고되어 보였다. 나이 든 장인들은 좀더 장기적인 안목을 지니고 있었다. 극소수의 여자 장인들은 언제나 신중하고 보수적이라 어느 편이든 결정된 쪽을 지지했다.

"필립 수도원장님은 우리에게 다시 돌아가 일할 것을 요구하며 몇 가지 타협안을 제시할 겁니다." 잭이 말했다. "그분이 오기 전에 우리가 무엇을 받아들이고 무엇을 단호하게 거부할지, 무엇을 협상할지를 의논해야 합니다. 우리는 수도원장님에게 일관된 방향을 보여주어야 합니다. 모두 동의해주기를 바라는 바입니다."

몇몇 사람이 고개를 끄덕였다.

잭은 짐짓 약간 화난 목소리로 말했다. "내 견해로는 지금 당장의 해고는 절대로 받아들여서는 안 된다고 생각합니다." 그는 완강한 의지를 강조하기 위해 주먹으로 작업대를 쾅 내려쳤다. 몇몇이 큰 소리로 동의를 표했다. 잭은 필립이 이런 요구는 하지 않으리라는 것을 분명히 알고 있었기에 이 성마른 일꾼들이 자발적으로 흥분해 이전의 관례를 주장하기를 바랐다. 필립이 그 요구를 받아들이면 그것을 이용해 만사를 순조롭게 풀어나갈 계획이었다.

"우리는 승격을 결정하는 조합의 권리 또한 수호해야 할 것입니다. 어떤 사람이 숙련되었는지 그렇지 않은지는 장인만이 판단할 수 있으니까요." 또다시 그는 부정직하게 행동했다. 그들의 관심을 승격이라는 비재정적 문제에 집중시킴으로써 거기서 승리를 거두고 임금 문제에는 타협할 자세가 되기를 바랐다.

"성인 축일에 작업하는 문제에 대해서는 두 가지 생각이 있습니다. 휴일은 대개 협상에 달린 문제죠. 내가 아는 바, 관례든 실무든 기준은 없습니다." 그는 두 코 에드워드에게 몸을 돌려 물었다. "그 점에 대해 어떻게 생각하시죠, 에드워드?"

"실제로는 공사장마다 다르지요." 에드워드가 대답했다. 그는 자기에게 의견을 물은 데 흡족한 듯했다. 잭은 그에게 계속하라고 격려하듯 고개를 끄덕였다. 에드워드는 성인 축일을 처리하는 여러 방법을 환기시키기 시작했다. 회의는 잭이 의도한 방향대로 진행되고 있었다. 그다지 격렬한 논쟁 없이 어떤 사항에 대해 의논을 확대하면 사람들은 지루함을 느끼고 대립하려는 의지는 누그러졌다.

그런데 뒤쪽에서 누군가의 목소리가 에드워드의 장황한 이야기에 끼어들었다. "모두 당치 않은 소리요."

잭은 살펴보고는 말을 한 사람이 여름철에만 일하는 댄 브리스틀임을 알았다. 잭이 말했다. "한 번에 한 사람씩 말하십시오. 우선 에드워드의 말을 들어봅시다."

댄은 쉽게 물러서지 않았다. "그런 건 아무 상관도 없소. 우리가 원하는 건 임금 인상이란 말이오."

"인상이라고?" 잭은 그 어리석은 소견에 화가 났다.

그렇지만 놀랍게도 댄의 말은 지지를 받았다. 피에르가 말했다. "그 말이 맞소. 인상이란 말이오. 자, 4파운드짜리 빵덩어리가 1페니나 하오. 이전에는 8펜스였던 암탉이 지금은 20펜스란 말이오! 여기 모인 우리 중 누구도 일주일 동안 진한 맥주 한 잔 마시지 못했을 거요. 내가 보증하오. 모든 물가가 올랐지만 우린 아직도 고용 당시의 임금 그대로 일주일당 12펜스로 살고 있소. 그 돈으로는 가족을 먹여 살릴 수가 없소."

잭은 가슴이 철렁 내려앉았다. 만사를 순조롭게 움직여가고 있는 판인데 이 따위 방해로 수포가 되고 말다니. 그는 댄과 피에르의 말에 반박하고 싶었지만, 마음이 열려 있는 것처럼 보여야 더 영향력을 발휘할 수 있으리라는 걸 알기에 자신을 억제했다. "당신들 두 사람의 말에 공감합니다." 잭의 말에 그들은 놀라는 것 같았다. "문제는 수도원에 돈이 바닥나고 있는 이 시점에 임금을 인상해달라고 수도원장님을 설득할 수 있겠느냐는 겁니다."

아무도 그 말에 대답하지 않는 가운데 댄이 말했다. "연명이라도 하기 위해서는 일주일에 24펜스가 있어야 하오. 그렇다 해도 전보다는 더 살기 힘들 거요."

잭은 당황스럽고 어리둥절했다. 어떻게 이 회의가 자신의 통제에서 벗어나고 있단 말인가? 피에르가 소리쳤다. "일주일에 24펜스란 말이오!" 그러자 몇몇 사람들도 고개를 끄덕였다.

문득 전략을 준비해 이 회의에 온 게 자신만이 아닐지도 모른다는 생각이 머리를 스쳤다. 그는 댄을 똑바로 바라보고 물었다. "이 문제를 사전에 의논했습니까?"

"의논했소. 어젯밤 선술집에서." 댄이 반항적으로 대답했다. "뭐 잘못된 거라도 있소?"

"물론 잘못은 아닙니다. 하지만 그 모임에 참석할 권리를 갖지 못했던 사람들을 위해 당신들이 내린 결론을 요약해서 설명해주겠습니까?"

"좋소." 어젯밤 선술집에 가지 않았던 사람들이 분개한 듯했는데도 댄은 조금도 미안한 기색이 아니었다. 그가 막 입을 열려는 순간 필립 수도원장이 안으로 들어왔다. 잭은 재빨리 필립에게 탐색의 시선을 던졌다. 수도원장은 흡족한 표정이었다. 그는 잭과 눈이 마주치자 고개를 끄덕였다. 수사들이 절충안을 받아들인 것이다. 잭은 댄이 말하지 못하도록 하려고 입을 열었지만 한 발 늦고 말았다. "장인들은 일주일에 24

펜스를 요구하오!" 댄이 큰 소리로 외쳤다. "일꾼들은 12펜스, 그리고 책임자들은 48펜스를 요구하오!"

잭은 다시 필립을 바라보았다. 그의 얼굴에서 만족의 표정은 사라지고 또다시 적대적으로 분노와 적의로 굳은 표정이 떠올랐다. "잠깐만!" 잭이 말했다. "그것은 조합의 견해가 아닙니다. 선술집에서 취한 무리들이 날조해낸 어리석은 요구일 뿐이에요!"

"아니오, 그렇지 않소." 새로운 목소리가 들려왔다. 목소리의 주인공은 앨프레드였다. "대부분의 장인들이 두 배의 임금 인상 요구를 지지하고 있다는 걸 깨달아야 할 거요."

잭은 격노해서 그를 노려보았다. "몇 달 전에 내게 일자리를 구걸한 당신이 이제 두 배의 임금을 요구하고 있군. 굶어죽게 내버려두었어야 했는데!"

필립 수도원장이 말했다. "여러분이 분별을 되찾지 않으면 모두에게 그런 일이 일어날 거요!"

잭은 어떻게 해서든 그런 극단적인 말만은 나오지 않기를 바랐지만 이제는 달리 방법이 없었다. 그의 작전은 무너지고 말았다.

댄이 말했다. "24펜스 이하라면 작업장으로 돌아가지 않겠소. 그것으로 결정됐소."

필립 수도원장은 화가 나서 말했다. "그건 불가능해요. 어리석은 꿈이란 말이오. 난 그것에 대해서는 논의도 하지 않겠소."

"그 밖의 문제에 대해서는 우리가 논의하지 않겠소. 어떤 상황에서도 우리는 그 이하의 임금으로는 일하지 않겠소."

잭이 말했다. "그런 어리석은 말이 어디 있습니까! 어떻게 당신이 거기 앉아서 그 이하의 임금으로는 일하지 않겠다고 말할 수 있단 말이오? 당신은 아무 일도 할 수 없을 거요, 천치 같으니라고. 당신은 어디

가서도 일자리를 구하지 못할 거란 말이오!"

"우리가 일자리를 구하지 못할 거라고?"

작업장 안이 조용해졌다.

맙소사, 잭은 절망적으로 생각했다. 이 침묵은 그들이 대안을 가지고 있다는 뜻이었다.

"우린 다른 곳으로 갈 거요." 댄이 말했다. 그리고 자리에서 일어섰다. "그리고 나는 당장 그곳으로 가겠소."

"대체 무슨 말을 하고 있는 겁니까?" 잭이 물었다.

댄의 표정은 의기양양했다. "셔링에 있는 새 공사장에서 일하자는 제안을 받았소. 새 성당을 짓는 거요. 장인들은 일주일에 24펜스를 준답디다."

잭은 주위를 둘러보았다. "똑같은 제안을 받은 사람이 또 있습니까?"

모든 조합원들이 부끄러운 표정을 지었다.

댄이 말했다. "우리 모두 같은 제안을 받았소."

잭은 농락당한 것이었다. 이 모든 것이 계획된 일이었다. 그는 배신당했다. 그는 자신이 잘못 생각했을 뿐 아니라 어리석었음을 깨달았다. 상황을 완전히 오판한 것이다. 아픔이 분노로 바뀌자 그는 비난해야 할 사람을 찾았다. "당신들 중 누굽니까?" 그가 소리쳤다. "누가 배신자입니까?" 그는 그들 모두를 둘러보았다. 그의 눈을 마주 바라보는 사람은 거의 없었다. 수치스러워하는 그들의 태도도 전혀 위로가 되어주지 못했다. 마치 연인에게 버림받은 기분이었다. "누가 셔링에서 그 제안을 받아왔습니까?" 그가 외쳤다. "셔링의 건축 책임자가 될 사람이 누구입니까?" 그의 눈길은 모인 사람들을 샅샅이 훑은 다음 앨프레드에게서 멎었다. 바로 그였다. 잭은 혐오감으로 속이 메스꺼워지는 것을 느꼈다. "앨프레드가?" 그는 비웃듯이 말했다. "당신들은 나를 떠나서 앨프레드를 위해 일하겠다는 겁니까?"

침묵이 흘렀다. 마침내 댄이 말했다. "그렇소, 우리는 갈 거요."

잭은 자신이 졌음을 깨달았다. "그럼 그렇게 하십시오." 잭이 비통하게 말했다. "여러분은 나를 알고, 내 형도 알고 있습니다. 그런데도 앨프레드를 택했습니다. 여러분은 필립 수도원장님을 알고, 윌리엄 백작도 알고 있습니다. 그런데도 여러분은 윌리엄을 선택했습니다. 이제 내가 여러분에게 할 수 있는 말은 앞으로 그에 상응하는 대가를 받으리라는 것뿐입니다."

15장

1

“이야기 하나만 해줘요.” 앨리에너가 말했다. “왜 내게 이야기를 해주지 않는 건가요. 얼마나 자주 내게 이야기를 해줬는지 기억 안 나요?”

“기억해요.” 잭이 말했다.

그들은 그들만의 비밀 장소인 숲속 빈터에 와 있었다. 늦가을이라 개울가 그늘에 앉는 대신, 바위가 드러나 있는 은신처에 모닥불을 지펴놓았다. 춥고 어둑한 잿빛 오후였지만 사랑의 행위에 두 사람의 몸은 뜨거워졌고, 장작불은 탁탁 소리를 내면서 기분 좋게 타올랐다. 두 사람 모두 외투 아래 아무것도 입지 않고 있었다.

잭은 앨리에너의 외투를 열어젖히고 그녀의 젖가슴을 어루만졌다. 그녀는 자신의 젖가슴이 너무 크고 아이들을 낳기 전만큼 봉긋하지도 단단하지도 않아서 서글펐지만, 그가 전과 다름없이 자신의 젖가슴을 좋아하는 듯해서 안심했다. 그가 말했다. “높은 성 꼭대기에 사는 공주 이야기예요.” 그는 부드럽게 그녀의 젖꼭지를 어루만졌다. “그리고 또다른 높은 성 꼭대기에 사는 왕자가 있었어요." 그는 그녀의 다른 쪽 가슴을 만졌다. "날마다 그들은 자신들이 갇힌 감옥 창문을 통해 서로를 바라보면서 그들 사이의 골짜기를 뛰어넘고 싶어했지요." 그는 손을 그녀의 앙가슴에 놓았다가 갑자기 아래로 끌어내렸다. "하지만 매주 일요일 오후가 되면 그들은 숲속에서 만났다는군요!" 그녀는 비명을 지르며 펄쩍 뛰어올랐다가 곧 그런 자신의 반응에 웃음을 터뜨렸다.

이런 일요일 오후는 이내 헤어져야 하는 그들의 생활에서 황금 같은 순간이었다.

흉작과 양모 가격 폭락으로 경제는 극도로 황폐해졌다. 상인들은 파산했고, 도시 사람들은 일자리를 잃었고, 농부들은 굶주렸다. 다행히도 잭은 여전히 임금을 받고 있었다. 그는 몇 안 되는 장인들과 느릿느릿 신랑의 첫번째 기둥사이를 세우고 있었다. 그러나 앨리에너는 직조업을 폐업하다시피 했다. 그리고 이 지방은 기근에 대응하는 윌리엄의 방식 탓으로 여느 남부 잉글랜드 지방보다 사정이 나빴다.

앨리에너에게는 그 점이 이 상황에서 가장 고통스러운 부분이었다. 윌리엄은 셔링에 새 성당을 세우기 위해 탐욕스럽게 현금을 거둬들였는데, 그 성당은 사악한 반미치광이였던 그의 어머니를 기리기 위해 헌정되는 것이었다. 윌리엄이 소작료가 밀린 소작인들을 너무 많이 내쫓은 지라, 이 지방에서 가장 비옥한 토지 중 얼마간은 아예 경작되지 않아서 곡식은 그만큼 더 부족해졌다. 하지만 그는 가격을 훨씬 더 높이기 위해 곡식을 쌓아만 두고 있었다. 고용인도 거의 없고 양육할 아이도 없는 그는 사실상 기근으로 이익을 보고 있었다. 하지만 결국엔 토지와 사람들을 먹여살리는 지력地力에 회복할 수 없는 손실을 끼치고 있는 것이었다. 아버지의 통치 아래에서는 비옥한 밭과 번성한 도시를 거느린 풍요로운 지방이었던 백작령을 떠올리자니 앨리에너는 가슴이 찢어지는 것 같았다.

몇 년 동안 그녀는 자신과 동생이 죽어가는 아버지에게 했던 맹세를 거의 잊어가고 있었다. 윌리엄 햄리가 백작이 되고 그녀가 가정을 이룬 후, 리처드가 백작 작위를 되찾는다는 생각은 가능성 없는 환상이 되었다. 리처드 자신도 파수대장으로 자리잡았다. 그는 목수의 딸과 결혼했지만, 안타깝게도 건강이 좋지 못했던 그 가엾은 소녀는 아이 하나도 낳지 못하고 지난해 죽고 말았다.

기근이 시작된 이래, 앨리에너는 다시 백작 영지에 대해 생각하기 시작했다. 만일 리처드가 백작이라면 기근에서 연유한 피해를 상당히 완화할 수 있으리라는 걸 그녀는 알고 있었다. 그렇지만 모두 꿈일 뿐이었다. 윌리엄은 내전에서 우위를 차지한 스티븐 왕의 총애를 받고 있었기에 변화가 일어날 가능성은 전혀 없었다.

그렇지만 이 모든 안타까운 소망도 숲속의 빈터에서 잭과 함께 사랑을 나눌 때는 잊혔다. 그들은 만나자마자 서로의 육체를 탐닉했다. 앨리에너는 처음으로 육체적 욕망을 느꼈을 때 얼마나 충격을 받았는지 결코 잊지 못할 터였다. 그리고 그녀가 서른세 살이 되고 출산으로 엉덩이가 펑퍼짐해지고 전에는 팽팽했던 배가 늘어진 지금까지도 잭은 그녀에 대한 욕망으로 너무도 사무쳐 그들은 매주 일요일마다 서너 번도 넘게 사랑을 나눴다.

이제 숲에 대한 그의 농담이 감미로운 애무로 바뀌기 시작하자, 앨리에너는 그의 얼굴을 끌어당겨 키스했다. 다음 순간 누군가의 목소리가 들렸다.

두 사람 모두 가슴이 철렁 내려앉았다. 빈터는 길에서 상당히 떨어지고 덤불로 가려져 있었다. 때때로 조심성 없는 사슴이나 대담한 여우가 지나갈 때를 빼고는 한 번도 방해를 받은 적이 없었다. 그들은 숨을 죽이고 귀를 기울였다. 목소리가 다시 들리고 뒤이어 다른 목소리도 들려왔다. 바짝 긴장해 귀를 기울이자 목소리 아래로 많은 사람들이 커다란 무리를 이루어 숲을 지나가는 소리가 들렸다.

잭은 땅바닥에 놓인 부츠를 집었다. 그리고 소리 없이 움직여 몇 걸음 떨어진 개울로 날렵하게 다가가 부츠 한 짝에 물을 채운 다음 모닥불 위에 부었다. 불꽃은 쇄 하는 소리와 약간의 연기를 내며 꺼졌다. 잭은 몸을 낮게 굽히고 소리 없이 덤불숲으로 들어가 모습을 감추었다.

앨리에너는 속옷과 튜닉을 입고 부츠를 신은 다음 다시 외투로 몸을 감쌌다.

잭은 갔을 때와 마찬가지로 소리 없이 돌아왔다. "범법자들이에요."

"얼마나 되는데요?" 그녀가 속삭여 물었다.

"많아요. 전부 보지는 못했어요."

"어디로 가고 있어요?"

"킹스브리지로 가고 있어요." 그러면서 그가 한 손을 들었다. "들어보세요."

앨리에너는 머리를 들었다. 멀리서 킹스브리지 수도원의 종이 위험을 알리듯 빠르고 끊임없이 울리는 소리가 들려왔다. 그녀는 심장이 멎을 듯했다. "오, 잭. 아이들은 어떡하죠."

"진창 바닥을 가로질러 밤나무 숲 옆으로 강을 건너면 범법자들보다 먼저 돌아갈 수 있어요."

"그럼 빨리 가요!"

잭은 앨리에너가 움직이지 못하게 그녀의 팔을 잡고 한순간 귀를 기울였다. 그는 그녀가 듣지 못하는 숲속의 소리를 들을 수 있었다. 야생의 환경에서 자란 덕에 얻은 능력이었다. 그녀는 기다렸다. 이윽고 그가 말했다. "모두 지나간 것 같군."

둘은 숲속의 빈터를 떠나 잠시 후 길에 이르렀다. 아무도 보이지 않았다. 그들은 길을 건너 가까스로 알아볼 수 있는 흔적을 따라 숲을 가로질렀다. 앨리에너는 아늑한 난로 앞에서 모리스 게임을 하고 노는 토미와 샐리를 마사에게 맡겨놓았다. 위험의 정체를 확실히 알 수는 없었지만, 아이들에게 도착하기 전에 무슨 일인가 일어날지도 모른다는 생각으로 그녀의 마음은 두려움에 가득 찼다. 그들은 뛸 수 있는 길은 뛰었지만, 지면 대부분이 너무 험했기에 실망스럽게도 걸음이 느려질 수밖에 없었다. 잭은 긴 다리로 성큼성큼 걸었다. 도로보다 걷기 힘들어 보통은 다니지 않는 길이었지만 지름길이었다.

그들은 진창 바닥으로 통하는 가파른 비탈을 미끄러져 내려갔다. 조심성 없는 타지 사람들은 때때로 그 수렁에 빠져 목숨을 잃기까지 했지만, 그곳을 건너는 길을 아는 사람에게는 전혀 위험하지 않았다. 앨리에너는 한시 바삐 토미와 샐리에게 가고픈 마음과는 달리 물밑 진흙에 발목까지 빠져 힘들었다. 진흙 바닥 저쪽 끝에는 강을 건널 수 있는 여울목이 있었다. 무릎까지 차오르는 차가운 강물 덕분에 발에 묻은 진흙이 씻겼다.

그곳부터는 똑바른 길이었다. 도시에 다가갈수록 위험을 알리는 종소리가 더욱 크게 들려왔다. 범법자들이 어떤 위해를 가하든 적어도 시민들이 미리 알고는 있구나, 앨리에너는 기운을 잃지 않으려고 애쓰면서 생각했다. 그녀와 잭이 숲을 빠져나와 킹스브리지에서 흘러나오는 강 저쪽 풀밭으로 들어서자, 이웃 마을로 공놀이를 하러 갔던 스물에서 서른 명의 청년들이 추운 날씨인데도 땀을 흘리며 목쉰 소리를 지르면서 때맞추어 그곳에 이르렀다.

그들은 서둘러 다리를 건넜다. 성문은 이미 닫혀 있었지만 흉장 위에 있던 사람들이 그들을 알아보고 작은 비상문을 열어주었다. 잭이 서열을 내세워 청년들보다 먼저 앨리에너와 함께 안으로 들어갔다. 그들은 머리를 숙이고 작은 비상문을 통과했다. 앨리에너는 범법자들보다 먼저 도시로 들어온 것에 마음 깊이 안도했다.

힘이 든 나머지 숨을 헐떡이며 그들은 서둘러 중심가로 올라갔다. 시민들은 창과 활, 그리고 던질 돌멩이를 들고 성벽으로 향했다. 아이들은 무리를 지어 수도원으로 인도되고 있었다. 앨리에너는 마사가 이미 토미와 샐리를 데리고 그곳에 가 있을 거라고 판단했다. 그녀와 잭은 곧장 수도원 경내로 갔다.

수도원의 취사장 안뜰에서 앨리에너는 잭의 어머니를 발견하고 깜짝 놀랐다. 마흔네 살이 된 엘렌은 예전처럼 날씬하고 볕에 그을린 모습이었지만, 긴 머리칼은 이제 희끗희끗해졌고 눈가에는 주름살이 잡혀 있었다. 그녀는 리처드에게 활기차게 얘기를 하고 있었다. 필립 수도원장은 약간 떨어진 곳에서 아이들을 사제단 회의장으로 인도하고 있었다. 수도원장이 엘렌을 본 것 같진 않았다.

그 옆에 마사가 토미와 샐리를 데리고 서 있었다. 앨리에너는 안도감에 휩싸여 두 아이를 끌어안았다.

잭이 물었다. "어머니! 여긴 웬일이세요?"

"범법자 무리가 이쪽으로 오고 있다는 소식을 알려주러 왔단다. 그들은 이 도시를 약탈하려 하고 있어."

"저희도 숲에서 봤어요."

리처드가 귀를 쫑긋 세웠다. "그들을 봤다고요? 얼마나 될 것 같습니까?"

"확실하진 않지만 적어도 백 명 이상은 되는 것 같았어요."

"무기는 어떤 종류였습니까?"

"곤봉과 칼이었어요. 한두 명은 도끼를 들었고. 대부분은 곤봉을 갖고 있었어요."

"방향은요?"

"이곳에서 북쪽이오."

"고마워요. 내가 성벽에 올라가 살펴보겠습니다."

앨리에너가 말했다. "마사, 아이들을 데리고 사제단 회의장으로 들어가요." 그녀는 잭과 엘렌과 함께 리처드의 뒤를 따랐다.

그들이 거리를 지나는데, 사람들이 리처드에게 연신 질문을 던졌다. "무슨 일이죠?"

"범법자들이오." 리처드는 걸음을 늦추지 않고 짤막하게 대답했다.

리처드는 지금 같은 때가 제일 좋아, 앨리에너는 생각했다. 나가서 매일의 양식을 벌어오라고 하면 그는 속수무책이었다. 그러나 군사적인 비상 사태라면 냉정하고 분별 있을 뿐 아니라 유능했다.

그들은 북쪽 성벽에 이르러 사닥다리를 오른 다음 흉장으로 향했다. 그곳에는 공격자들에게 던질 돌무더기가 일정한 간격으로 쌓여 있었다. 활과 화살을 든 시민들이 이미 흉장 위에 제자리를 잡고 있었다. 얼마 전 리처드는 일 년에 한 번 비상 훈련을 실시해야 한다고 도시의 조합을 설득했다. 처음에는 많은 반대가 있었지만, 곧 그것은 세례 요한 축일 때 하는 놀이처럼 관례가 되어 모두 훈련을 즐기게 되었다. 훈련의 진정한 성과는 경보 소리에 따라 시민들이 재빠르고 자신 있게 대응하고 있는 것으로 나타나고 있었다.

앨리에너는 겁에 질려 벌판을 가로질러 숲을 바라보았다. 아무것도 보이지 않았다.

리처드가 말했다. "두 사람이 그들보다 훨씬 먼저 이곳에 도착한 것 같은데."

앨리에너가 물었다. "왜 하필이면 이곳으로 오고 있는 거지?"

엘렌이 대답했다. "수도원의 저장실 때문이지. 이 근방에서 식량이 있는 유일한 곳이니까."

"그렇겠군요." 범법자들이란 윌리엄에게 땅을 빼앗겨 도둑질을 하지 않고는 연명할 길이 없어진 배고픈 사람들이었다. 방비가 없는 마을에는 훔칠 만한 것이 거의 없거나 전무했다. 그곳 농부들은 범법자들보다 그다지 나을 것이 없었다. 오직 지주의 창고에만 양식이 잔뜩 쌓여 있었다.

그녀가 이러한 생각에 잠겨 있을 때 그들이 나타났다.

그들은 마치 불타는 밀짚가리에서 탈출하는 쥐떼처럼 숲 가장자리에서 쏟아져나왔다. 스무 명, 서른 명, 쉰 명, 백 명에 이르는 그들은 소규모 군대처럼 떼지어 벌판을 가로질러 도시로 다가왔다. 눈치채지 못하게 불시에 습격해 성문을 통해 들어오려 했겠지만, 위험을 알리는 종소리를 듣고 기선을 제압당했음을 깨달았다. 그럼에도 불구하고 그들은 굶주림 때문에 필사적이었다. 한두 명의 궁수가 성급하게 화살을 날리자 리처드가 소리쳤다. "기다리시오! 화살을 낭비하지 말고!"

지난번 킹스브리지가 공격당했을 때, 토미는 십팔 개월이었고 앨리에너는 샐리를 임신중이었다. 그래서 그녀는 토미를 데리고 배 속의 아기와 함께 수도원으로 피신했지만, 이번에는 흉장에 머물러 적을 격퇴하는 것을 도울 것이다. 다른 여인들도 대부분 같은 심정인 듯했다. 성벽 위에는 남자들과 거의 비슷한 수의 여인들이 있었다.

그렇지만 범법자들이 점점 더 가까이 다가오자 앨리에너는 갈등을 느꼈다. 수도원 가까이에 있었지만, 침략자들이 다른 곳을 부수고 들어와 그녀보다 먼저 수도원에 이를 수도 있었다. 혹은 그녀가 부상을 당해 아이들을 돌볼 수 없게 될지도 몰랐다. 잭도 이곳에 있었고 엘렌도 그러했다. 만약 그들이 죽으면, 마사 혼자 토미와 샐리를 돌봐야 할 것이다. 앨리에너는 마음을 정하지 못하고 머뭇거렸다.

범법자들은 거의 성벽 앞까지 다가왔다. 화살이 그들 위로 비오듯 쏟아졌고, 이번에는 리처드도 궁수들을 제지하지 않았다. 범법자들은 열 명에 한 명꼴로 쓰러졌다. 그들은 전혀 무장하지 않았고 조직되어 있지도 않아 아무도 공격 계획을 세우지 않았다. 그저 우르르 몰려가는 짐승들처럼 붙잡을 데도 없는 성벽을 향해 덤벼들었으나 막상 그곳에 이르자 어찌할 바를 몰랐다. 시민들은 흉장 위에서 그들에게 돌멩이 공세를 폈다. 몇몇 범법자들은 곤봉으로 북쪽 문을 공격했다. 앨리에너는 쇠테를 두른 그 떡갈나무 문이 얼마나 튼튼한지 알고 있었다. 그 문을 부수고 들어오려면 하룻밤이 꼬박 걸릴 것이다. 그동안 푸주한 앨프와 마구 제조인 아서는 어느 집 부엌에서 펄펄 끓는 물이 담긴 큰 솥을 가져와 성문 위의 성벽으로 옮기고 있었다.

앨리에너 바로 아래에서는 일단의 범법자들이 인간 피라미드를 만들기 시작했다. 잭과 리처드는 즉각 그들을 향해 돌을 던지기 시작했다. 자신의 아이들을 생각하면서 앨리에너도 돌을 던졌고 엘렌도 합세했다. 필사적이던 범법자들은 한동안 우박 같은 돌 세례에 저항했지만, 이윽고 누군가 머리에 돌을 맞아 피라미드가 무너지자 포기해야 했다.

잠시 후 북쪽 문을 공격하던 범법자들의 머리 위로 끓는 물이 쏟아졌고, 그쪽에서 고통에 못 이긴 비명이 들려왔다.

이윽고 몇몇 범법자들은 죽거나 부상당한 동료들이 손쉬운 먹이라는 것을 깨닫고 그들의 몸에서 옷을 벗겨내기 시작했다. 그러자 부상이 심하지 않은 범법자들과 그들의 옷을 벗기는 범법자들 사이에 싸움이 벌어졌고, 다른 약탈자들은 죽은 자의 소지품을 두고 서로 싸웠다. 치욕스러운 일이야, 앨리에너는 생각했다. 구역질나고 부끄러운 일이었다. 공격자들이 흩어지자 시민들은 더 돌을 던지지 않았다. 공격자들은 뼈다 귀를 두고 싸우는 개들처럼 저희끼리 싸움박질을 하고 있었다.

앨리에너가 리처드에게 몸을 돌렸다. "오합지졸들이라 아무런 위협도 되지 못해."

리처드도 고개를 끄덕였다. "조금만 도움을 받으면 극단적으로 위험해질 수 있는 자들이지. 필사적이거든. 하지만 현재로서 저들에겐 지도부가 없어."

그때 앨리에너에게 한 가지 생각이 떠올랐다. "지휘자를 기다리고 있는 군대로구나." 리처드는 아무 반응도 보이지 않았지만 그녀는 자신의 발상에 흥분하지 않을 수 없었다. 리처드는 훌륭한 지휘자였지만 군대가 없었다. 범법자들은 지휘자 없는 군대였다. 그리고 백작 영지는 점차 쇠해가고 있었다……

몇몇 시민들이 범법자들에게 돌멩이를 던지고 화살을 쏘아대자, 썩은 고기에 달려든 짐승 떼 같은 범법자들은 연달아 쓰러졌다. 그러자 그들의 마지막 남은 용기마저 꺾였고, 그들은 다리 사이에 꼬리를 감춘 개떼처럼 어깨 너머로 아쉽다는 시선을 던지며 퇴각하기 시작했다. 그러자 누군가 북쪽 문을 열었고, 한 떼의 젊은이들이 칼과 도끼를 휘두르며 돌격해 낙오자들을 추격했다. 범법자들은 도망쳤지만 몇몇은 잡혀서 처참하게 죽임을 당하기도 했다.

엘렌은 메스꺼움을 느끼며 고개를 돌리고 리처드에게 말했다. "저 젊은이들에게 추격을 그만두라고 해요."

"젊은이들이라면 이런 전투 후에 피를 좀 볼 필요가 있습니다." 리처드가 대답했다. "게다가 이번에 많이 죽일수록 다음번에 싸워야 할 적들의 수가 줄어들지요."

전사의 철학이로군, 앨리에너가 생각했다. 자신의 삶이 매일 위협당한다는 느낌이 들던 때였다면 그녀 역시 저 젊은이들처럼 범법자들을 추격해 죽였을 것이다. 이제 그녀는 범법자들이 아니라 그들이 범법자가 된 원인을 소탕하고 싶었다. 게다가 그 범법자들을 이용할 방법까지 생각났다.

리처드는 수도원의 경보 해제 종을 울리라고 누군가에게 이르고는 밤 동안 보초를 두 배로 늘리고 파수꾼뿐 아니라 보초도 순찰을 돌라고 지시했다. 앨리에너는 수도원으로 가서 마사와 아이들을 모았다. 그들은 모두 잭의 집에서 다시 만났다.

잭과 아이들, 그리고 잭의 어머니와 리처드와 마사, 모두 한자리에 모이자 앨리에너는 기뻤다. 그렇게 모이니 지극히 정상적인 가족 같아서, 아버지가 감옥에서 돌아가시고 자신은 법적으로 잭의 의붓형의 아내이며 엘렌은 범법자라는 사실들을 잠시나마 잊을 수 있었다.

그러나 곧 그녀는 고개를 저었다. 정상적인 가족 행세를 해봤자 아무 소용도 없었다.

잭은 통에서 맥주를 한 단지 가져와 커다란 잔에 부었다. 위험을 겪은 후라 모두 긴장과 흥분을 느끼고 있었다. 엘렌은 불을 피웠고 마사는 순무를 썰어 냄비에 넣고 저녁식사로 먹을 수프를 끓이기 시작했다. 예전이라면 이런 날에 불 위에 돼지 반 마리를 올려놓았다.

리처드는 자기 몫의 맥주를 한 모금 쭉 들이켜고는 입을 닦았다. "올 겨울을 나기 전에 이런 일을 더 겪을 겁니다."

잭이 말했다. "그들은 필립 수도원장의 저장실이 아니라 윌리엄 백작의 창고를 공격해야 했어요. 그들을 곤궁에 빠뜨린 건 윌리엄이잖습니까?"

"전술을 개선하지 않는다면 윌리엄에게 대적해서도 우리에게 당한 것 이상으로 승산이 없을 겁니다. 그들은 마치 개떼 같으니까요."

앨리에너가 말했다. "그들에겐 지휘자가 필요해."

잭이 말했다. "그들이 절대로 지휘자를 갖지 못하기를 빌어야겠군요. 그렇게 되면 정말 위험한 존재가 될 테니까."

앨리에너가 말했다. "지휘자가 우리 재산이 아니라 윌리엄의 재산을 공격하도록 그들을 이끌 수도 있을 거예요."

"이해할 수 없는 말이로군요." 잭이 말했다. "어떤 지휘자가 그런 일을 하려 들겠어요?"

"리처드라면 그럴 수 있어요!"

일순 모두 조용해졌다.

오직 앨리에너의 마음속에서만 싹이 튼 생각이었지만, 그녀는 일이 잘 풀리리라고 확신했다. 그들은 아버지에게 한 맹세를 지킬 수 있을 것이고, 리처드는 윌리엄을 쳐부수고 백작이 되어 이 지방의 평화와 풍요를 회복할 수 있을 것이다…… 생각하면 할수록 점점 더 흥분되었다. "오늘 그 폭도들은 백 명이 넘었어요." 그녀는 엘렌에게 몸을 돌렸다. "숲속에는 얼마나 더 많은 사람들이 있을까요?"

"셀 수 없을 정도로 많아. 수백, 수천은 되지."

앨리에너는 식탁 위로 몸을 기울여 리처드의 눈을 마주보았다. "그들의 지휘자가 되렴." 그녀가 힘주어 말했다. "그들을 조직하는 거야. 싸우는 법을 가르쳐. 공격 계획을 짠 다음 그들을 싸우러 보내는 거야. 윌리엄에게."

그러면서도 자신이 동생의 삶을 위험 속으로 내몰고 있음을 깨닫고 그녀는 불안에 휩싸였다. 리처드는 작위를 되찾는 대신 죽임을 당할지도 몰랐다. 그러나 그는 불안 따윈 느끼지 않는 듯했다.

"누나 말이 맞을 거야. 나는 내 군대를 갖게 되고 그들을 이끌고 윌리엄과 싸우는 거지."

앨리에너는 동생의 얼굴 위로 오랫동안 품고 있던 뜨거운 증오가 떠오르는 것을 보았고, 그러자 그의 왼쪽 귓불이 잘려나간 상흔이 그녀의 눈에 들어왔다. 그녀는 다시 표면 위로 떠오른 그 지독한 기억을 꾹 눌렀다.

리처드는 점점 더 열을 올렸다. "윌리엄의 무리들을 급습할 수 있을 거야. 그자의 양을 훔치고 사슴을 밀렵하고 창고 문을 부수고 방앗간을 빼앗을 수 있을 거라고. 대단한 일이지. 내가 군대를 갖게 된다면 그 벌레 같은 놈들에게 큰 고통을 주고 말 거야."

리처드는 언제나 군인이었지, 앨리에너는 생각했다. 그것은 그의 운명이었다. 동생의 안전에 대한 걱정에도 불구하고 그녀는 동생이 숙명을 실현시킬 또다른 기회를 잡게 되리라는 생각에 전율했다.

그는 뜻하지 않은 난관을 생각했다. "하지만 어떻게 그 범법자들을 찾아낸다지? 그들은 언제나 숨어 있잖아."

"그 질문에 대한 대답은 내가 할 수 있지." 엘렌이 말했다. "윈체스터로路가 갈라져나가는 곳에 폐쇄된 채석장으로 통하는, 풀이 무성한 작은 길이 있어. 그곳이 그들의 은신처야. 샐리 채석장이라고 불리는 곳이지."

일곱 살짜리 샐리가 말했다. "하지만 난 채석장 같은 걸 갖고 있지 않은걸!"

모두 웃음을 터뜨렸다.

이윽고 그들은 다시 조용해졌다.

리처드가 활기 넘치는 표정으로 결정을 내렸다. "잘 알았습니다. 샐리 채석장이라고요."

"우린 언덕 위에서 오전 내내 거대한 나무 그루터기를 뿌리째 뽑느라 힘들게 일하고 있었지." 필립이 말했다. "우리가 돌아왔을 때 내 동생 프랜시스가 바로 저기 염소 우리 안에서 너를 팔에 안고 서 있었단다. 너는 낳은 지 하루밖에 안 된 갓난아기였지."

조너선은 진지한 표정을 하고 있었다. 그에게는 엄숙한 순간이었다.

필립은 숲속의 성 요한 수도원 저장실을 살펴보았다. 이제 울창한 숲은 없었다. 수년에 걸쳐 이곳 수사들이 넓은 땅을 개간해 수도원은 밭으로 둘러싸여 있었다. 석조건물도 더 늘어나 있었고(사제단 회의장과 식당 그리고 숙사 등등) 그보다 작은 목조헛간들과 버터나 치즈를 만드는 낙농실들도 여럿 들어서 있었다. 십칠 년 전 그가 떠났을 때와는 전혀 다른 모습이었다. 사람들 역시 달라져 있었다. 젊은 수사 몇몇은 이제 킹스브리지에서 책임 있는 자리를 맡고 있었다. 십칠 년 전 뜨거운 촛농을 수련수사 교사의 삭발한 머리에 튕겨 말썽을 일으켰던 윌리엄 보비스가 이곳 수도원장이 되어 있었다. 몇몇은 이곳을 떠나갔다. 말썽꾼이었던 웨어햄의 피터는 캔터베리에서 토머스 베켓이라는 야심찬 젊은 부주교를 위해 일하고 있었다.

"어떤 분들인지 궁금해요." 조너선이 말했다. "제 부모님이요."

필립은 조너선의 말에 폐부를 찌르는 아픔을 느꼈다. 필립 자신도 부모를 잃었지만, 그것은 여섯 살 이후의 일이었기에 그들을 또렷하게 기억할 수 있었다. 어머니는 조용하고 애정 어린 사람이었고, 아버지는 키가 크고 검은 턱수염을 길렀고 (어쨌든 필립이 보기에는) 용감하고 힘이 센 사람이었다. 조너선에게는 그런 기억조차 없었다. 그가 부모에 대해 알고 있는 거라고는 그들이 자신을 원치 않았다는 것뿐이었다.

"그분들에 대해 짐작할 수 있는 건 많단다."

"정말인가요?" 조너선은 간절한 목소리로 물었다. "어떤 것들인가요?"

"그분들은 가난했어. 부유했다면 아이를 버릴 이유가 없었겠지. 그분들에게는 친구도 없었을 거다. 있었다면 네가 태어나리라는 걸 알았을 테니까 아기가 없어졌다면 물어봤겠지. 그분들은 필시 절망적인 상황이었을 게다. 그런 이들이었으니 아이를 잃고도 견딜 수 있었을 테지."

조너선의 얼굴은 고인 눈물을 흘리지 않으려고 잔뜩 굳어 있었다. 필립은 이 청년, 필립 자신과 너무도 닮은(모든 사람이 그렇게 말했다) 그를 위해 눈물을 흘려주고 싶었다. 필립은 그를 얼마간 위로해주고 그의 부모에 대해 용기를 북돋울 따뜻한 말을 해줄 수 있다면 얼마나 좋을까 생각했다. 하지만 조너선을 버린 부모가 그를 사랑했다고, 어떻게 짐짓 그렇게 말할 수 있겠는가?

"왜 하느님께선 그런 일을 하셨을까요?"

필립은 자신이 말할 기회가 왔음을 알아챘다. "한번 그 질문을 하기 시작하면 결국 혼란 말고는 느끼는 게 없을 게다. 하지만 이 경우 대답은 명백하다고 생각한다. 하느님께서는 널 원하셨던 거야."

"정말 그렇게 생각하세요?"

"내가 전에 이런 말 한 적 없었나? 난 언제나 그렇게 믿어왔단다. 네가 발견되던 그날도 난 이곳 수사들에게 그렇게 말했지. 난 그들에게 하느님께서는 당신만의 목적을 위해 널 이곳에 보내셨기에, 하느님에 대한 봉사로 너를 기르는 것은 우리의 의무라고 말했지. 그래서 네가 하느님께서 명하신 일을 완수할 수 있도록 해야 한다고 말이다."

"제 어머니께서 그걸 알고 계실지 궁금해요."

"네 어머님이 천사와 함께 계시다면 아실 거다."

"제가 할 일이 무엇이라고 생각하세요?"

"하느님께서는 수사들에게 작가나 화가, 음악가 그리고 농부가 되기를 요구하시지. 하느님께서는 저장실 관리인이나 수도원장 혹은 주교가 될 사람도 필요로 하시지. 또한 양모 장사를 할 사람, 병자를 치료할 사람, 학생들을 가르칠 사람, 성당을 지을 사람도 원하신단다."

"하느님께서 제게 꼭 필요한 역할을 주셨다고 생각하긴 어렵지 않나요."

"만약 하느님께서 네게 꼭 필요한 역할을 맡기지 않았다면, 그리도 많은 어려움을 겪게 하시지는 않았을 거다." 필립은 미소를 지으며 말했다. "그렇지만 그것이 세속적 의미에서 거창하고 눈에 띄는 역할은 아닐지도 모르지. 하느님은 네가 기도와 명상에 헌신하는 겸손하고 평온한 수사가 되기를 바라실지도 모르겠구나."

조너선은 고개를 떨궜다. "그런가봐요."

필립은 웃음을 터뜨렸다. "하지만 난 그렇게 생각하지 않는단다. 하느님께서는 나무로 칼을 만들지 않으시고, 구두를 만들 가죽으로 숙녀의 속옷을 만들지는 않으신단다. 넌 평온한 생활에 꼭 맞는 재료가 아니고 하느님께서도 그걸 알고 계시지. 내 짐작에 하느님께서는 네가 그분을 위해 노래하기보다는 싸워주기를 바라고 계신 것 같구나."

"정말 그럴까요."

"하지만 지금 당장은 레오 형제를 만나 킹스브리지의 저장실로 가져갈 치즈가 얼마나 되는지 알아보길 바라시는 것 같은데."

"알았습니다."

"난 사제단 회의장으로 가서 내 동생과 이야기를 나누고 있으마. 그리고 잊지 마라. 수사 중 누군가 프랜시스에 관해 묻거든, 가능한 한 말을 아껴야 한다는 걸."

"아무 말도 하지 않겠습니다."

"그럼 가보려무나."

조너선은 재빨리 뜰을 가로질러 걸어갔다. 엄숙한 분위기는 이미 사라지고 없었다. 낙농실에 도착하기 전 그는 평상시의 충일함을 되찾았다. 필립은 그가 건물 안으로 사라질 때까지 조너선을 지켜보았다. 저렇게 총명하지 못했다는 것만 빼면 나도 꼭 저랬지, 필립은 생각했다.

그는 사제단 회의장으로 통하는 반대편 길로 갔다. 프랜시스는 이곳에서 은밀하게 만나자는 전갈을 필립에게 보냈다. 킹스브리지의 수사들이 아는 한 필립은 분원을 정기 방문하고 있을 뿐이었다. 물론 이 만남을 이곳 수사들에게까지 비밀로 할 수는 없었지만, 이들은 외따로 떨어져 있어 누군가와 마주칠 일은 없었다. 오직 이곳 수도원장만이 킹스브리지에 온 적이 있었기에 필립은 그에게 이 일을 비밀에 부치겠다고 맹세하도록 했다.

그와 프랜시스는 오늘 아침 도착했다. 그들은 우연의 일치로 만난 것처럼 둘러대기까지 할 수는 없었지만, 얼굴이나 한번 보자는 구실로 미리 만나기로 계획한 양 행동했다. 그들은 장엄미사에 참례한 후 수사들과 함께 식사를 했다. 지금이야말로 둘만 따로 이야기할 첫 기회였다.

프랜시스는 사제단 회의장의 벽에 붙여놓은 돌 벤치에 앉아 그를 기다리고 있었다. 필립은 자신의 모습을 거의 본 적이 없었으므로(수도원에는 거울이 없었다) 그보다 두 살 차이밖에 나지 않는 동생의 변한 모습으로 자신이 얼마나 늙어가는지를 짐작했다. 마흔두 살의 프랜시스는 검은 머리칼에 흰머리가 몇 가닥 섞여 있었고 연푸른 눈가에는 주름이 자글자글했다. 지난번 필립이 보았을 때보다 목과 허리둘레가 몹시 굵어져 있었다. 나는 아마 흰머리는 더 많고 군살은 덜하겠군, 필립은 생각했다. 하지만 주름살은 누가 더 많은지 모르겠는걸.

그는 프랜시스 옆에 앉아 텅 빈 팔각형 방을 바라보았다. 프랜시스가 물었다. "어떻게 지내세요?"

"다시 황폐해졌어. 수도원의 돈이 바닥나고 있거든. 대성당 건축을 거의 중단했단다. 킹스브리지는 쇠퇴일로에 놓여 있지. 지방민의 반이 굶어죽고 있어 여행조차 안전하게 하지 못한단다."

프랜시스는 고개를 끄덕였다. "온 잉글랜드가 같은 형편이에요."

"아마도 계속 황폐할 게다. 권력자들의 회의에서는 언제나 탐욕이 지혜보다 세력을 떨칠 것이고, 손에 칼을 든 사람의 마음속에서는 공포가 연민을 누를 테지."

"형님은 평상시에 이렇게까지 비관적이지 않았잖아요……"

"몇 주 전에 우리는 범법자들에게서 공격받았단다. 가련한 몸부림이더구나. 시민들이 그중 몇 명을 죽이자마자 범법자들은 저희끼리 싸우기 시작했다. 하지만 그들이 퇴각하자 우리 도시의 젊은이들이 그 가엾은 사람들을 쫓아가 잡을 수 있는 한 모조리 붙잡아 죽여버렸단다. 정말 끔찍한 일이었어."

프랜시스가 고개를 절레절레 흔들었다. "이해할 수가 없어요."

"나는 이해할 수 있을 것 같다. 그들은 겁에 질려 있어서, 자신들에게 겁을 주었던 사람들의 피를 흘리게 해야만 자기 안의 공포를 몰아낼 수 있었던 거야. 나는 우리 부모님을 죽인 사람들의 눈빛을 보았다. 그들은 겁에 질려 있었기 때문에 사람을 죽였던 거야. 하지만 어떻게 그들의 공포를 없앨 수 있을까?"

프랜시스는 한숨을 내쉬었다. "평화, 정의, 번영…… 얻기 어려운 것들이죠."

필립은 고개를 끄덕였다. "그런데 너는 어떻게 지내니?"

"전 모드 황후의 아들을 위해 일하고 있어요. 이름은 헨리예요."

필립은 그 헨리에 대한 이야기를 들은 적이 있었다. "어떤 인물이지?"

"매우 총명하고 단호한 청년이죠. 부친의 죽음으로 앙주의 백작이 되었어요. 또한 잉글랜드 왕이자 노르망디 대공이었던 선왕 헨리의 장손이기 때문에 노르망디 대공이기도 하죠. 게다가 아키텐의 엘리노어와 혼인한 관계라 지금은 아키텐 공작이기도 하답니다."

"프랑스 왕보다 넓은 영지를 통치하고 있군."

"맞아요."

"그런데 도대체 어떤 사람이냐?"

"학식 있고 근면하고 재빠르고 활동적이고 의지가 강하지요. 그리고 성격이 무시무시합니다."

"때때로 나 자신이 그런 성격을 가졌더라면 좋았을걸 하고 생각할 때가 있지. 그러면 사람들이 늘 긴장하고 대하거든. 하지만 모두 알듯이 나는 온건한 사람이라 수도원장으로서 언제라도 해치워야 하는 일을 그다지 척척 해결하지 못하지."

프랜시스는 웃음을 터뜨렸다. "형님은 이대로가 좋아요." 그러더니 다시 심각해졌다. "헨리를 보면서 왕의 성격이 중요하다는 걸 깨닫게 되었죠. 스티븐 왕을 보세요. 그는 판단력이 부족하고 쉽게 흥분한 상황에서 결정해버리고 이내 포기하거든요. 어리석은 일에는 용감하고 적들에게는 언제나 너그럽지요. 그래서 사람들이 거의 두려움 없이 그를 배신하는 겁니다. 그의 자비에 의지할 수 있다는 걸 알고 있으니까요. 결과적으로 그는 물려받았을 당시에는 통일 왕국이었던 이 땅을 다스리는 십팔 년 동안 엉망으로 허우적거렸어요. 헨리는 이미 이전에 독립한 공작령 및 지방들을 모아 스티븐보다 훨씬 잘 다스리고 있죠."

필립에게 문득 한 가지 생각이 떠올랐다. "헨리가 너를 잉글랜드로 보낸 이유가 뭐지?"

"왕국을 시찰하기 위해서예요."

"그래서 뭘 발견했지?"

"이곳은 무법천지에다 폭풍우에 강타당해 굶주리고 있고, 전쟁으로 황폐해져 있더군요."

필립은 생각에 잠겨 고개를 끄덕였다. 젊은 헨리는 노르망디 대공이

자 잉글랜드 왕이었던 선왕 헨리의 유일한 적자인 모드의 맏아들이었기에 노르망디 대공이 되었다.

그런 가계家系에서 보자면 젊은 헨리는 잉글랜드 왕위까지 요구할 수 있었다.

그의 어머니도 그 같은 요구를 했지만 여자인데다 그녀의 남편이 앙주의 왕족이었기에 거부당했다. 그러나 젊은 헨리는 남자일뿐더러 모계로는 노르만 가의 일원이자 부계로는 앙주 가의 일원이라는 이점을 가지고 있었다.

"헨리가 잉글랜드의 왕관을 차지하려는 거냐?"

"그건 제 보고에 달려 있어요."

"그럼 그에게 어떻게 보고할 생각이냐?"

"지금보다 더 좋은 때는 없을 거라고 할 생각입니다."

"하느님, 찬미받으소서."

2

웨일런 주교의 성으로 향하던 중 윌리엄 백작은 자기 소유인 카우퍼드 방앗간에 들렀다. 방앗간 주인은 울프릭이라는 완고한 중년 남자로, 인근 열한 개 마을에서 생산한 곡식을 모두 찧을 권리를 가지고 있었다. 그는 요금으로 곡식 스무 부대당 두 부대를 받았는데, 한 부대는 그의 몫이었고 또 한 부대는 윌리엄의 몫이었다.

윌리엄은 자신이 받을 몫을 거두러 간 것이었다. 보통 때는 이런 일을 직접 하지 않았지만 지금은 평상시가 아니었다. 요즈음 그는 밀가루를 비롯한 식량을 나르는 수레마다 무장 호위대를 붙여야 했다. 소작인들을 가장 경제적인 방법으로 착취하기 위해, 그는 기사들에게 둘러싸여 돌아다닐 때마다 짐마차를 한두 대 몰고 다니면서 거둘 수 있는 한 죄다 거둬들이는 습관을 들였다.

범법자의 범죄가 급증한 것은 소작료를 제대로 내지 못한 소작인들에게 그가 취한 가혹한 정책의 결과였다. 농사지을 땅을 잃은 사람들은 도둑이 되기 십상이었다. 그러나 그들은 대개 농부로 성공하지 못한 만큼이나 도둑으로도 유능하지 못했으므로, 윌리엄은 그들 대부분이 겨울 동안 죽어 없어지기를 바랐다. 처음에는 그의 예상이 맞아들어갔다. 범법자들은 훔칠 것이 거의 없는 1인 여행자들을 노리거나 방비가 잘된 목표물을 형편없는 계획으로 약탈하려 했다. 그런데 이제는 방어력도 있고 수적으로 두 배가 넘는 목표물까지 공격했다. 그들은 창고가 가득 차 있을 때 습격했는데, 그것은 주의 깊게 정찰했다는 표시였다. 그들은 돌발적으로 재빨리 공격했으며 거기에 필사적인 마음까지 더해 용감하기까지 했다. 하지만 그 자리에서 계속 싸우는 게 아니라 개개인이 한 마리의 양이나 햄, 치즈, 한 부대의 밀가루나 은화 한 자루를 손에 넣는 대로 도망을 가버렸다. 그들은 서로 흩어져 달아나 숲속으로 사라져서 추격하는 것은 아무 의미가 없었다. 누군가 그들을 지휘하고 있었고, 그 사람은 바로 윌리엄이 썼던 방법을 사용하고 있었다.

범법자들이 승리를 거둔다는 것에 윌리엄은 모욕감을 느꼈다. 그는 자신의 영지를 단속하지 못하는 얼간이처럼 보였다. 사태를 악화시킨 것은 그 범법자들이 다른 사람들에게서는 거의 물건을 훔치지 않는다는 것이었다. 마치 고의적으로 윌리엄에게 도전하는 것처럼 보였다. 사람들이 뒷짐을 지고 그를 비웃고 있다는 느낌처럼 그의 증오를 불러일으키는 것은 없었다. 그는 자신과 자신의 가문이 존경받게 하는 데 평생을 바쳤는데, 그 범법자 무리는 그가 이룬 모든 것을 망치고 있었다.

특히 윌리엄을 화나게 한 것은 사람들이 등 뒤에서 떠들어대는 소리였다. 사람들은 그가 그런 일을 당해도 싸다, 소작인들을 가혹하게 다뤄서 보복받는 거다, 이 일은 기실 자초한 거라고들 했다. 그런 소문을 듣고 그는 노여움에 중풍 환자처럼 부들부들 떨어댔다.

윌리엄과 그의 기사들이 말을 타고 들어서자 카우퍼드 마을 사람들은 놀라고 겁에 질렸다. 윌리엄은 야위고 근심에 찬 얼굴들이 문밖을 내다보았다가 재빨리 사라지는 것을 쏘아보았다. 이곳 사람들은 사제를 보내 올해는 방앗간 주인에게 10분의 1 요금을 낼 수가 없다며, 자신들이 먹을 곡식을 직접 찧게 해달라고 간청했다. 윌리엄은 무례를 범했다는 죄과로 사제의 혀를 뽑아버리고 싶었다.

추위 때문에 물방아용 저수지의 가장자리가 얼어 있었다. 물레바퀴는 멈춰 있었고 회전 연마기도 조용했다. 방앗간 옆에 있는 집에서 한 여자가 나왔다. 그녀를 보자 윌리엄은 욕정이 솟구치는 것을 느꼈다. 그녀는 스무 살가량 되어 보였는데, 예쁜 얼굴에 숱 많은 검은 머리칼은 곱실곱실 물결치고 있었다. 기근에도 불구하고 가슴은 풍만했고 허벅지는 탱탱했다. 쾌활해 보였던 그녀의 얼굴은 윌리엄의 기사들을 보자 무표정해졌고, 그녀는 곧 고개를 숙이고 집 안으로 들어가버렸다.

"우리가 마음에 들지 않나본데." 월터가 말했다. "분명히 저베이스를 보고 그렇게 생각했을 거야." 닳고 닳은 농담이었는데도 그들은 웃음을 터뜨렸다.

그들은 말을 세웠다. 내전이 시작되었을 때 윌리엄의 주위에 모여들었던 무리 그대로는 아니었다. 물론 월터는 여전히 그와 함께였고 못난이 저베이스와 도끼 휴도 있었지만, 채석공들과의 뜻밖의 혈전에서 죽은 길버트 대신 기욤이 들어와 있었다. 그리고 노리치의 선술집에서 노름으로 칼싸움을 벌이다가 한쪽 팔을 잃은 마일스 대신 루이스가 무리에 들어왔다. 이제 그들은 나이 어린 젊은이들이 아니었지만, 그때와 똑같이 말하고 행동하고 웃어대고 마셔대고 도박을 하고 창녀를 샀다. 윌리엄은 그들이 부순 선술집과 괴롭힌 유대인, 범한 처녀들을 셀 수조차 없었다.

방앗간 주인이 나왔다. 그의 시무룩한 표정은 여러 해 동안 방앗간이

별 인기가 없었기 때문일 터였다. 부루퉁한 표정에는 근심이 서려 있었다. 좋은 일이었다. 윌리엄은 자신이 나타날 때 사람들이 불안해하는 것을 즐겼다.

"자네에게 딸이 있는 줄은 몰랐는데, 울프릭." 윌리엄은 그를 짓궂게 노려보았다. "그 여잔 제 아내 매기입죠."

"이런 우라질. 자네 마누라는 붉은 얼굴의 쭈그렁 할멈 아냐. 난 그 여잘 기억하고 있다고."

"메이는 작년에 죽었습죠, 영주님. 저는 재혼했습니다."

"이런 추저분한 늙은 개 같으니라고!" 윌리엄은 씩 웃었다. "자네보다 서른 살은 어리겠던데!"

"스물다섯 살 어린뎁쇼……"

"그게 그거지. 내 밀가루는 어디 있나? 스무 부대당 한 부대지."

"모두 여기 있습지요, 영주님. 들어오십시오."

방앗간으로 가기 위해서는 집 안을 통과해야 했다. 윌리엄과 기사들은 울프릭을 따라 단칸방으로 들어섰다. 방앗간 주인의 아내는 난로 앞에서 무릎을 꿇고 앉아 장작을 지피고 있었다. 그녀가 아래로 몸을 굽히자 튜닉이 그녀의 엉덩이 위로 팽팽하게 당겨졌다. 풍만한 엉덩이군, 윌리엄은 눈여겨보았다. 방앗간 집 여자라면 기근이라도 배를 곯지는 않을 것이었다.

윌리엄은 멈춰서서 그녀의 엉덩이를 바라보았다. 그의 기사들은 이를 드러내며 웃었고, 방앗간 주인은 안절부절못했다. 소녀는 주위를 둘러보고 그들이 자신을 주시하고 있음을 깨닫자 당황해 몸을 세웠다.

윌리엄은 그녀에게 눈을 찡긋하며 말했다. "맥주를 좀 가져오거라, 매기. 우리는 목마른 남자들이라고."

그들은 문을 지나 방앗간으로 갔다. 밀가루 부대는 빙글거리며 돌아가는 탈곡장 바깥쪽에 쌓여 있었다. 그다지 많지 않았다. 보통 때는 사람 키보다 높게 쌓여 있었다. "이게 전부냐?"

"아주 흉작이었습죠, 영주님." 울프릭이 불안한 어조로 대답했다.

"내 몫은 어디 있지?"

"여기 있습죠, 영주님." 그는 예닐곱 개쯤 되는 부대 더미를 가리켰다.

"뭐라고?" 윌리엄은 얼굴이 벌겋게 달아오르는 걸 느꼈다. "이게 내 몫이라고? 밖에 마차를 두 대나 세워뒀는데 겨우 요걸 준단 말이지."

울프릭의 얼굴은 더욱 침울해졌다. "죄송합니다, 영주님."

윌리엄이 부대 수를 헤아려보았다. "겨우 아홉 자루밖에 안 되냔 말이다!"

"그게 전부입죠." 그는 눈물이라도 흘릴 것 같았다. "영주님 몫 옆에 보다시피 제 몫도 똑같이……"

"이런 개 같은 거짓말쟁이!" 윌리엄이 벌컥 화를 냈다. "넌 내 몫을 팔아먹었어……"

"아닙니다, 영주님. 여기 있는 게 전부입니다."

그때 매기가 쟁반에 맥주 여섯 잔을 받쳐들고 문으로 들어왔다. 그녀는 쟁반을 들고 기사들 각각에게 다가섰다. 그들은 잔을 하나씩 들고 목이 말랐던 듯 들이켰다. 윌리엄은 그녀를 무시했다. 너무 빈정이 상해서 마실 수가 없었다. 그녀는 쟁반에 남은 잔 하나를 받쳐들고 그대로 서 있었다.

"이건 모두 뭐야?" 윌리엄은 벽 가까이에 쌓여 있는 스물다섯 개에서 서른 개 정도의 부대들을 가리켰다.

"가져갈 것들입죠, 영주님. 보시다시피 부대에 주인 표시가 되어 있습니다."

사실이었다. 각 부대에는 글자나 기호가 표시되어 있었다. 물론 속임수일 수도 있었지만 윌리엄으로서는 사실을 입증할 방법이 없었다. 그것 때문에 미칠 듯이 화가 났지만 이런 상황을 곧이곧대로 받아들일 수는 없었다. "난 널 믿지 못하겠다. 넌 내 몫을 훔치고 있어."

목소리는 떨려 나왔지만, 울프릭은 공손하게 주장했다. "전 정직합니다, 영주님."

"일찍이 방앗간 주인이 정직했던 적은 없었다."

"영주님……" 울프릭이 힘겹게 침을 삼켰다. "영주님, 저는 밀 한 톨도 속인 적이 없습니다."

"장담컨대 넌 나를 속여 내 몫을 빼돌렸어."

추운 날씨인데도 울프릭의 얼굴에는 땀이 흘러내렸다. 그는 소매로 이마를 닦았다. "전 예수님과 모든 성인들을 걸고 맹세할 수도……"

"입 닥쳐."

울프릭은 더는 아무 말도 하지 않았다.

윌리엄은 점점 더 미칠 듯 화가 났지만 아직도 어찌해야 할지 마음을 정하지 못했다. 울프릭에게 호되게 으름장을 놓고 싶었다. 월터에게 쇠사슬 장갑을 끼고 두들겨 패게 할 수도 있었고 울프릭 몫의 밀가루를 어느 정도, 혹은 전부 가져갈 수도 있었다…… 이윽고 그의 눈길은 쟁반 위에 맥주잔 하나를 받쳐들고 있는 매기에게 머물렀다. 그녀의 예쁜 얼굴은 겁에 질려 굳어 있었고, 풍만하고 싱싱한 젖가슴은 밀가루투성이의 튜닉 아래에서 불룩하게 솟아 있었다. 이윽고 그는 울프릭에게 합당한 처벌을 생각해냈다. "이자의 마누라를 붙잡아라." 그는 내뱉듯 월터에게 명령하고는 울프릭에게 말했다. "본때를 보여주마."

매기는 월터가 다가오는 것을 보았지만 도망치기에는 너무 늦었다. 그녀가 몸을 돌리자마자 월터가 그녀의 팔을 움켜쥐고는 끌고 왔다. 매기가 뒤로 몸을 빼는 바람에 쟁반이 요란한 소리를 내며 떨어져 맥주가 바닥에 엎질러졌다. 월터는 그녀의 팔을 등 뒤로 비튼 채 그녀를 붙잡았다. 그녀는 공포로 떨고 있었다.

울프릭이 당황한 목소리로 외쳤다. "안 됩니다. 아내를 놔주십시오, 제발!"

윌리엄은 만족한 듯 고개를 끄덕였다. 울프릭은 마누라가 여러 명의 남자들에게 강간당하는 것을 보고도 그녀를 구할 수 없을 것이다. 그리고 다음번에는 충분한 곡식으로 영주를 만족시켜야 한다는 것을 확실히 알게 되리라.

윌리엄이 말했다. "네 마누라는 훔친 밀가루로 만든 빵을 먹고 살이 쪄가는구나, 울프릭. 우리가 허리띠를 졸라매고 있는 동안에 말이지. 네 마누라가 얼마나 살쪘는지 좀 볼까?" 그는 월터에게 고개를 끄덕여 보였다.

월터는 매기의 튜닉 목 언저리를 움켜쥐고 잽싸게 끌어내렸다. 옷이 찢어지며 떨어졌다. 그녀는 튜닉 아래로 무릎까지 내려오는 리넨 셔츠를 입고 있었다. 그녀가 공포로 숨을 헐떡이자 풍만한 젖가슴이 오르락내리락했다. 윌리엄은 그녀 앞에 섰다. 월터가 그녀의 팔을 더 세게 비틀자 그녀는 고통 때문에 등을 활처럼 젖혔으므로 젖가슴은 앞으로 더 튀어나왔다. 윌리엄은 울프릭을 바라본 다음 두 손을 뻗어 그녀의 젖가슴을 주물렀다. 손 안에 부드럽고 묵직한 젖가슴이 느껴졌다.

울프릭이 한 걸음 나서더니 외쳤다. "이런 악마……"

"저자를 붙들어." 윌리엄이 내뱉자, 루이스가 방앗간 주인의 두 팔을 움켜쥐고 움직이지 못하게 했다.

윌리엄은 소녀의 속옷을 찢었다.

그녀의 관능적인 하얀 육체를 보자 목이 말랐다.

울프릭이 외쳤다. "안 돼, 제발……"

윌리엄은 욕정이 솟구치는 것을 느꼈다. "여자를 바닥에 눕혀라."

매기가 비명을 지르기 시작했다.

기사들이 매기의 사지를 붙잡자, 윌리엄은 검대劍帶를 풀어 바닥에 떨어뜨렸다. 그녀는 네 명의 건장한 남자에게 저항할 생각은 하지 못했지만 여전히 몸부림을 치며 비명을 지르고 있었다. 윌리엄은 그런 것이 좋았다. 그녀가 움직일 때마다 젖가슴이 가볍게 흔들렸고 허벅지가 벌어졌다 닫혔다 하며 성기가 보였다. 네 명의 기사는 탈곡장 위에서 그녀를 움직이지 못하게 누르고 있었다.

윌리엄은 그녀의 다리 사이에 무릎을 꿇고 앉아 자신의 튜닉 자락을 들어올렸다. 그는 그녀의 남편을 올려다보았다. 울프릭은 제정신이 아닌 듯했다. 그는 충격을 받은 채 그 장면을 응시하면서 무슨 말인가 중얼거리며 자비를 구했지만, 매기의 비명 때문에 뭐라고 하는지 들리지 않았다. 윌리엄은 그 순간을 음미했다. 겁에 질린 여인을 기사들이 붙들고 있었고 그녀의 남편은 그 장면을 바라보고 있었다.

다음 순간 울프릭의 시선이 돌아갔다.

윌리엄은 위험을 감지했다. 방 안에 있는 사람들은 모두 그와 소녀를 주시하고 있었다. 울프릭의 머릿속엔 마누라를 구출해야 한다는 생각으로 가득할 터였다. 윌리엄은 고개를 돌려 문 쪽을 바라보았다.

순간 무겁고 단단한 것이 그의 머리를 때렸다.

윌리엄은 고통으로 비명을 지르며 소녀 위로 쓰러졌고 그 얼굴은 그녀의 몸에 부딪쳤다. 갑자기 많은 사람들의 외침 소리가 들렸다. 곁눈으로 곤봉을 맞고 쓰러지는 월터가 보였다. 그의 기사들이 매기를 잡았던 손을 놓았다. 윌리엄은 그녀의 얼굴에 충격과 안도의 빛이 떠오르고 있음을 알아차렸다. 그녀는 그의 몸 아래에서 빠져나가려고 몸부림치기 시작했다. 그는 그녀를 놓아주고 재빨리 몸을 빼냈다.

그가 제일 먼저 본 것은 나무꾼이 쓰는 도끼를 들고 있는 야만인 같은 사내였다. 맙소사, 이건 또 누구야, 그는 생각했다. 소녀의 아버지일까? 그때 기욤이 일어나 몸을 돌리자 야만인 같은 남자의 도끼가 무방비 상태인 기욤의 목을 세게 내리쳐 날카로운 날이 살 속 깊숙이 박혔다. 기욤은 윌리엄의 뒤로 죽어 넘어졌다. 피가 솟구쳐 윌리엄의 튜닉 위로 튀었다.

윌리엄은 기욤의 시체를 밀어냈다. 다음 순간 고개를 든 윌리엄은 누더기를 입고 머리를 산발한 더러운 몰골의 사내들이 곤봉과 도끼로 무장하고 방앗간을 습격했음을 깨달았다. 수가 많았다. 그는 자신이 곤경에 처했다는 것을 깨달았다. 마을 사람들이 매기를 구출하러 온 걸까? 어떻게 감히 그럴 수가 있단 말인가! 오늘이 가기 전에 이 마을에서는 몇 사람이 목매달려 죽으리라. 그는 격노해서 비틀비틀 일어서며 칼이 있는 곳으로 손을 뻗었다.

그런데 칼이 없었다. 아까 소녀를 겁탈하기 위해 검대를 내던졌던 것이다.

도끼 휴와 못난이 저베이스, 그리고 루이스가 거지 떼처럼 보이는 수많은 사람들에 맞서 맹렬히 싸우고 있었다. 땅바닥에는 농부 몇 명이 죽어 쓰러져 있었지만, 그럼에도 세 명의 기사는 탈곡장을 가로질러 조금씩 뒤로 밀리고 있었다. 매기가 벌거벗은 채로 비명을 지르면서 방 안을 가로질러 난투극을 뚫고 미친 듯이 문 쪽으로 가는 것이 보였다. 윌리엄은 혼돈과 공포에 사로잡혀 있는 와중에도 그녀의 둥글고 하얀 엉덩이를 보며 채워지지 않은 욕망의 전율을 느꼈다. 이윽고 그는 울프릭이 공격자들과 맞붙어 싸우고 있는 것을 보았다. 저 방앗간 주인은 왜 그의 아내를 구해준 사람들과 싸우고 있는 것인가? 도대체 무슨 일일까?

어리둥절한 윌리엄은 검대를 찾아 주위를 둘러보았다. 검대는 발치 근처의 바닥에 놓여 있었다. 그는 그것을 집어올려 칼을 뽑아들고 싸움판에서 좀더 떨어져 있기 위해 세 걸음 물러났다. 싸움을 옆에서 바라보던 그는 대부분의 공격자들이 전혀 싸우고 있지 않다는 것을 알았다. 그들은 밀가루 부대를 가지고 달아나고 있었다. 윌리엄은 비로소 상황을 이해하기 시작했다. 이것은 결코 격분한 마을 사람들이 행한 구출 작전이 아니었다. 이자들은 외부에서 온 약탈 패거리였다. 그들은 매기에게는 관심이 없었고, 윌리엄과 그의 부하들이 방앗간에 있다는 것도 몰랐다. 그저 방앗간을 약탈해 윌리엄의 밀가루를 훔치려는 것뿐이었다.

이들이 누구인지는 명백했다. 범법자들이었다.

그는 열기가 끓어오르는 것을 느꼈다. 이 지방을 손에 넣고 그의 창고를 털고 있는 미친 무리들에게 반격을 가할 좋은 기회였다.

그의 기사들은 수적으로 압도적으로 열세였다. 공격자들은 적어도 스무 명은 되는 것 같았다. 윌리엄은 그들의 용감함에 놀랐다. 농부들은 자신들의 수가 기사들에 비해 2대 1이나 10대 1로 우세하다 하더라도 기사들 앞에서는 대개 닭들처럼 흩어졌다. 하지만 이들은 맹렬히 싸웠고 그들 중 하나가 쓰러졌는데도 용기가 꺾이지 않았다. 죽을 각오가 되어 있었다. 이곳 밀가루를 탈취하지 못하면 어쨌든 굶어죽을 것이기 때문이리라.

동시에 두 사람을 상대하던 루이스의 등을 누군가 끝에 쇠가 달린 목수용 망치로 후려쳤다. 루이스는 땅에 쓰러져 움직이지 않았다. 그러자 사내는 망치를 버리고 루이스의 칼을 집어들었다. 이제 스무 명의 범법자와 맞서 싸우는 것은 기사 둘뿐이었다. 하지만 머리를 맞은 충격에서 헤어나온 월터가 칼을 뽑아들고 싸움판에 뛰어들었다. 윌리엄도 칼을 치켜들고 합세했다.

그들 넷은 만만찮은 전투 팀이었다. 범법자들은 곤봉과 도끼로 번쩍이는 칼을 필사적으로 받아넘기면서 뒤로 밀리고 있었다. 윌리엄은 이제 곧 그들의 사기가 저하되고 뿔뿔이 도망칠 거라고 생각했다. 그러자 그들 중 하나가 외쳤다. "정통 백작!"

일종의 반격의 함성이었다. 다른 사람들이 그 말을 받자 범법자들은 더욱 맹렬하게 싸웠다. "정통 백작! 정통 백작!" 되풀이되는 함성을 듣자, 윌리엄은 목숨을 걸고 싸우면서도 심장이 얼어붙을 것 같은 한기를 느꼈다. 누군가 윌리엄의 작위를 탈취할 목적으로 이 범법자 군대를 지휘하고 있다는 의미였다. 윌리엄은 마치 이 작은 싸움이 백작령의 미래를 결정짓기라도 하는 것처럼 더욱 맹렬히 싸웠다.

실제로는 범법자의 절반만이 기사들과 싸우고 있다는 것을 윌리엄은 깨달았다. 나머지 범법자들은 밀가루 부대를 나르고 있었다. 전투는 돌격에서 받아넘기는 것으로, 공격에서 발뺌으로 차츰 변해가고 있었다. 곧 퇴각의 나팔 소리가 울리리라는 것을 알고 있는 군인들처럼 범법자들은 조심스럽고 방어적인 태도로 싸우고 있었다.

싸우고 있는 범법자들 뒤로 다른 범법자들이 나머지 밀가루 부대를 방앗간 밖으로 나르고 있었다. 범법자들은 문간을 넘어 탈곡장 쪽에서 집 안 쪽으로 퇴각하기 시작했다. 윌리엄은 이제 무슨 일이 일어나고 있는지를 깨달았다. 범법자들은 대부분의 밀가루 부대를 가지고 달아나버렸다. 이제 곧 그자들이 그의 코앞에서 밀가루를 훔쳐갔다는 사실을 이 지방 전체가 알게 될 것이다. 그는 웃음거리가 될 것이다. 그 생각을 하자 격노한 윌리엄은 상대방을 사납게 몰아붙이며 전형적인 검법을 써서 적의 심장에 칼을 찔러넣었다.

다음 순간 범법자 하나가 운 좋게도 휴의 오른쪽 어깨를 찔러 그를 무력화시켰다. 이제 문간에서는 두 범법자가 살아남은 세 기사를 막아내고 있었다. 그것만으로도 충분히 치욕적이었다. 그러나 건방지게도 범법자들 중 하나가 다른 범법자를 밖으로 내보냈다. 그가 모습을 감추자 마지막 남은 범법자는 한 걸음 물러서서 방앗간 주인의 단칸방 안으로 들어섰다.

문간에는 기사 한 명이 범법자를 상대할 공간밖에 없었다. 윌리엄은 월터와 저베이스를 어깨로 밀어제치고 앞으로 나아갔다. 그는 이 범법자를 자기 손으로 죽이고 싶었다. 서로 칼이 부딪치자마자 윌리엄은 즉각 상대가 쫓겨난 농부가 아님을 깨달았다. 그는 윌리엄 자신처럼 전투로 단련된 사람이었다. 처음으로 그 범법자의 얼굴을 들여다본 그는 너무 큰 충격에 하마터면 칼을 떨어뜨릴 뻔했다.

상대는 바로 킹스브리지의 리처드였다.

리처드의 얼굴은 증오로 이글거리고 있었다. 윌리엄은 리처드의 잘려 나간 귀에 있는 상흔을 알아보았다. 리처드가 휘두르는 칼보다 그가 가진 증오의 힘 때문에 윌리엄은 더럭 겁이 났다. 윌리엄은 자신이 리처드를 완전히 짓밟았다고 생각했지만, 이제 리처드는 부랑자 군대의 우두머리가 되어 돌아와 그를 바보로 만들었다.

리처드는 윌리엄이 순간적으로 충격을 받은 틈을 이용해 앞으로 다가섰다. 윌리엄은 공격을 옆으로 피하며 칼을 들어올려 상대의 칼을 받아넘긴 다음 뒤로 물러났다. 리처드는 그를 계속 몰아붙였지만, 이제 윌리엄의 몸 일부가 문간에 가려 있어서 리처드의 공격은 칼을 찔러보는 시도에 그쳤다. 그럼에도 불구하고 리처드는 계속 밀어붙여 윌리엄은 방앗간의 탈곡장에, 리처드는 문간에 서게 되었다. 그 순간 월터와 저베이스가 리처드에게 다가왔다. 그들 세 사람에게 밀려 리처드는 다시 뒷걸음쳤다. 그가 문간을 지나 물러서자마자 월터와 저베이스가 빠져나가고 윌리엄이 리처드와 맞섰다.

윌리엄은 리처드가 위험한 입장에 놓였다는 것을 알아챘다. 유리한 위치를 점하자마자 세 사람과 싸워야 하는 입장이었다. 윌리엄이 지치면 월터와 교대할 수도 있었다. 리처드가 그들 세 사람을 계속 막아낸다는 건 거의 불가능한 일이었다. 그는 이길 가망이 없는 싸움을 하고 있었다. 아마도 오늘은 윌리엄에게 치욕스러운 날이 되지는 않을 모양이었다. 그는 오랜 숙적을 죽일 수 있을 것이다.

리처드도 틀림없이 같은 생각을 하고 어쩌면 같은 결론에 이르렀는지도 몰랐다. 하지만 겉으로 보기에는 힘이나 결의를 잃은 것 같지 않았다. 그는 윌리엄의 용기를 꺾는 잔인한 웃음을 띠고 윌리엄을 바라보다가 길게 칼을 뻗으며 앞으로 뛰어올랐다. 윌리엄은 홱 몸을 돌려 공격을 피하면서 비틀거렸다. 그 순간 월터가 앞으로 나와 윌리엄을 막아서며 노련한 공격에 대비했지만, 리처드는 더 공격하는 대신 방향을 돌려 도망쳐버렸다.

윌리엄은 그 자리에 섰고, 저베이스가 그들을 제치고 나가려는 바람에 월터가 그와 부딪쳤다. 엉킨 세 사람이 몸을 푸는 데는 시간이 걸렸다. 그 순간 리처드는 작은 방을 가로질러 빠져나가더니 쾅 하고 문을 닫아버렸다. 윌리엄이 문을 열고 나갔다. 범법자들은 퇴각하고 있었다. 그리고 마지막 치욕적 타격은 그들이 윌리엄 휘하 기사들의 말을 타고 가버렸다는 것이었다. 방앗간 주인의 집에서 뛰쳐나온 윌리엄은 왕의 몸값만큼이나 비싼 돈을 치른 자신의 멋진 군마에 앉아 있는 리처드를 보았다. 말을 묶은 줄을 풀고 이미 떠날 준비를 다 한 게 분명했다. 윌리엄은 문득 리처드가 자신의 군마를 훔친 게 이번으로 두번째라는 생각에 원통해졌다. 리처드가 옆구리를 차자 말은 머리를 높이 치켜들었다. 그 말은 주인 아닌 사람에게 고분고분하지 않았다. 그러나 리처드는 훌륭한 기수였기에 말에서 떨어지지 않았다. 그는 고삐를 앞뒤로 움직여 말 머리를 숙였다. 그 순간 윌리엄이 앞으로 내달아 칼로 리처드를 찔렀다. 그러나 말이 갑자기 뛰어오른 바람에 윌리엄의 칼은 빗나가 안장 나무에 박혔다. 다음 순간 말이 튀어나갔고, 곧 도망치는 다른 범법자들을 따라 마을길을 힘껏 달려나갔다.

윌리엄은 주체할 수 없는 살의를 느끼며 사라지는 그들을 지켜보았다.

정통 백작이라고, 그는 생각했다. 정통 백작이라니.

그는 사방을 둘러보았다. 월터와 저베이스는 그의 뒤에 서 있었다. 휴와 루이스는 부상을 입었는데 얼마나 심하게 다쳤는지는 아직 알 수 없었다. 기욤은 죽었고, 윌리엄의 튜닉 앞자락은 그의 피로 흠뻑 젖어 있었다. 윌리엄은 더할 수 없는 수모를 당한 것이었다. 고개를 들 수조차 없을 지경이었다.

다행스럽게도 마을은 텅 비어 있었다. 농부들은 윌리엄의 분노를 피해 미리 달아났다. 물론 방앗간 주인과 그의 아내도 자취를 감추어버렸다. 범법자들은 소가 끄는 달구지 두 대만 남겨놓은 채 기사들의 말을 모조리 끌어가버렸다.

윌리엄은 월터를 보았다. "그 마지막 놈이 누군지 너도 보았느냐?"

"예."

월터는 주인이 화나 있을 때는 가능한 한 짧게 말하는 것이 습관이 되어 있었다.

윌리엄이 말했다. "킹스브리지의 리처드였어."

월터가 고개를 끄덕였다.

"놈들은 그를 정통 백작이라고 불렀단 말이야."

월터는 아무 대답도 하지 않았다.

윌리엄은 집 뒤편으로 가서 방앗간 안으로 들어갔다.

휴는 왼손으로 오른쪽 어깨를 누른 채 주저앉아 있었다. 얼굴빛이 창백했다.

"좀 어떤가?"

"별것 아닙니다. 그런데 대체 놈들이 누구죠?"

"범법자들이야." 윌리엄은 짤막하게 대답하고 안을 둘러보았다. 일고 여덟 명의 범법자들이 죽거나 부상을 당한 채 바닥에 쓰러져 있었다. 그는 눈을 뜬 채 반듯하게 누워 있는 루이스를 발견했다. 죽은 줄 알았던 루이스가 잠시 후 눈을 깜박였다.

윌리엄이 이름을 불러보았다. "루이스."

루이스는 고개를 들었지만 표정을 보니 아직도 정신을 차리지 못한 듯했다. 아직 싸움의 여파에서 회복되지 않은 상태였다.

윌리엄이 말했다. "휴, 루이스를 부축해 달구지에 태워라. 그리고 월터, 자네는 또 한 대의 달구지에 기욤의 시체를 싣고." 그는 부하들이 일하도록 남겨두고 밖으로 나왔다.

마을 사람 중에는 말을 갖고 있는 사람이 없었지만 방앗간 주인에게는 말이 있었다. 다리가 짧고 튼튼해 보이는 얼룩말로, 강둑에 듬성듬성 난 풀을 뜯고 있었다. 윌리엄은 방앗간 주인이 쓰던 안장을 찾아 말 등에 얹었다.

얼마 후 그는 소달구지를 모는 월터와 저베이스와 함께 말을 타고 카우퍼드를 빠져나왔다.

웨일런 주교의 성으로 가는 중에도 분노는 가라앉지 않았다. 오히려 자신이 알게 된 사실을 곱씹을수록 더욱더 화가 치밀었다. 범법자들이 감히 자기에게 덤벼들었다는 것만으로도 견딜 수 없는 일인데, 한술 더 떠서 그것들이 숙적 리처드의 지휘를 받고 있었다. 뿐만 아니라 리처드를 정통 백작이라고 호칭하다니 도저히 참을 수가 없었다. 만일 그들에게 단호한 조치를 취하지 않는다면, 얼마 안 가 리처드는 그들을 이용해 정면공격에 착수할 터였다. 물론 리처드가 그런 식으로 백작령을 탈취한다는 것은 전적으로 불법이었다. 그러나 윌리엄은 자기가 불법 공격을 당했다고 불평해봐야 사람들이 동정하고 귀 기울여줄 리 없다고 생각했다. 자신이 복병의 습격을 받고 범법자들에게 패하고 약탈당했다는 사실, 그리고 이 지방 전체가 자신이 받은 수모를 비웃게 되리라는 사실은 윌리엄이 당면한 최악의 문제가 아니었다. 백작령에 대한 그의 영향력이 삽시간에 심각한 위협을 받게 된 것이었다.

당연히 리처드를 죽여야 했다. 문제는 어떻게 그를 찾아내느냐였다. 윌리엄은 성으로 가는 내내 그 문제를 곰곰이 생각해보았다. 그리고 성에 도착했을 때 웨일런 주교라면 아마 해답을 알고 있으리라고 짐작했다.

그들 일행은 장날의 우스꽝스러운 행렬처럼 웨일런의 성안으로 들어갔다. 백작은 얼룩말을 타고 기사들은 소달구지를 몰고 있었다. 윌리엄은 사납게 소리 지르며 제멋대로 주교의 하인들에게 명령을 내려, 한 하인에게는 휴와 루이스를 치료할 진료인을 데려오게 하고 또다른 하인에게는 기욤의 영혼을 위해 기도할 사제를 데려오도록 했다. 저베이스와 월터는 맥주를 마시러 취사장으로 갔고, 윌리엄은 본성에 들어가 웨일런의 내실로 들어갈 허가를 받았다. 윌리엄은 웨일런에게 무엇이든 간청해야 한다는 것이 싫었지만, 리처드를 찾아내기 위해서는 웨일런의 도움이 필요했다.

주교는 끝도 없이 숫자가 나열된 회계 장부를 읽고 있었다. 그는 고개를 들고 윌리엄의 얼굴에 떠오른 분노의 빛을 보았다. "무슨 일이 있었기에?" 그 재미있다는 듯 부드러운 말투는 언제나 윌리엄의 화를 돋웠다.

윌리엄이 이를 갈면서 대답했다. "그 망할 놈의 범법자들을 조직하고 지휘하는 자가 누군지 알아냈어요."

웨일런은 눈썹을 치켜세웠다.

"킹스브리지의 리처드요."

"그렇군." 웨일런이 알겠다는 듯 고개를 끄덕였다. "당연하지, 그래야 말이 되지."

"말만 되는 게 아니라 위험하기까지 하죠." 윌리엄이 성을 냈다. 웨일런이 냉정하게 숙고하는 태도가 마음에 들지 않았다. "놈들은 그자를 '정통 백작'이라고 불렀습니다." 그는 웨일런을 손가락으로 가리켰다. "주교께서도 그 일가가 백작령을 다시 차지하는 것을 원치 않겠죠. 그들은 당신을 싫어하니까요. 게다가 그들은 당신의 숙적인 필립 수도원장과 친분이 상당합니다."

"자, 진정하시오." 웨일런이 생색을 내듯 말했다. "당신 말이 맞소. 난 킹스브리지의 리처드가 백작령을 탈취하도록 내버려둘 수는 없소."

윌리엄은 자리에 앉았다. 온몸이 쑤시기 시작했다. 최근 들어 전투 후 유증을 느꼈는데, 전에는 없던 일이었다. 근육이 빼근하고 손이 쑤셨으며, 부딪치거나 땅에 떨어지면 멍이 들었다. 겨우 서른일곱 살인데 이 나이에 노화가 시작되는 걸까? 그는 생각했다. "난 리처드를 제거해야 합니다. 일단 그자가 없어지면 범법자들은 무력한 오합지졸로 전락하고 말 테니까요."

"내 생각도 그렇소."

"그를 죽이는 것은 간단한 일입니다. 문제는 그자를 찾는 거죠. 주교께서 나를 도와줄 수 있을 겁니다."

웨일런은 엄지손가락으로 날카로운 콧날을 문질렀다. "내가 어떻게 도울 수 있다는 것인지 모르겠는데."

"들어보십시오. 조직이 되기 위해서는 그들은 틀림없이 어딘가에 자리를 잡아야 했을 겁니다."

"무슨 뜻인지 모르겠소. 그자들은 숲에 있잖소."

"여느 때라면 숲속에 있는 범법자들을 찾아낼 수 없을 겁니다. 그자들은 사방에 흩어져 있으니까요. 그들 대부분은 같은 장소에서 연달아 이틀 밤을 보내지 않을 겁니다. 아무 데나 불을 피우고 숲속에서 잠을 자죠. 하지만 그런 사람들을 조직하고 싶다면, 먼저 그들을 모두 한자리에 모아야 할 겁니다. 영구적인 은신처를 가져야 할 거란 말이죠."

"그렇다면 리처드의 은신처를 찾아야겠군."

"바로 그 말입니다."

"그런데 그 은신처를 어떻게 찾겠다는 거요?"

"그게 바로 주교께서 해야 할 일입니다."

웨일런은 회의적인 표정을 지었다.

"킹스브리지의 주민 절반은 그 장소를 알고 있을 것입니다. 장담할 수 있습니다."

"하지만 그들은 우리에게는 말하지 않을 것이오. 킹스브리지 사람들은 모두 당신과 나를 싫어하니까."

"모두는 아닙니다. 전부 다 그렇지는 않단 말이죠."

샐리는 크리스마스를 신나는 날이라고 생각했다.

크리스마스 정찬은 아주 맛있었다. 인형 모양으로 구운 진저브레드, 밀가루와 달걀과 꿀로 만든 죽, 마시면 킬킬 웃음이 나오는 배로 빚은 페리 술, 몇 시간 동안 삶아 달콤한 파이에 소를 채워 구운 크리스마스 사슴 내장 요리 등이 식탁에 올랐다. 올해에는 기근 때문에 음식이 적었지만 그래도 샐리는 배불리 먹을 수 있었다.

샐리는 호랑가시나무로 집 안을 꾸미고 키싱 부시*를 매다는 걸 좋아

* 상록수를 리스(wreath)나 둥근 공 모양으로 만들어 천장에 걸어놓는 크리스마스 장식으로, 그 밑에서 사람들이 입맞춤을 한다고 해서 '키싱 부시(kissing bush)'라고 부른다.

했는데, 그 아래서 입맞춤을 할 때면 페리 술을 마셨을 때보다 더 웃음이 나왔다. 처음으로 집의 문턱을 넘어오는 사람은 행운을 가져다주었지만, 그 사람의 머리가 검은색일 경우에 한했다. 샐리의 아버지는 크리스마스 날 아침 내내 집 안에 틀어박혀 있어야 했다. 그의 붉은 머리가 불운을 상징하기 때문이었다. 샐리는 성당에서 열리는 예수 탄생 성극을 좋아했다. 그녀는 동방박사들과 천사, 목자처럼 분장한 수사들을 보고 재미있어했고, 성聖가족이 이집트에 도착하자 모든 거짓 우상들이 쓰러지는 장면에서는 큰 소리로 웃음을 터뜨리기도 했다.

그러나 가장 신나는 것은 꼬마 주교 놀이였다. 크리스마스 축제 사흘째 되는 날 수사들은 가장 나이 어린 수련수사에게 주교복을 입혔는데, 그러면 모두 그의 말에 복종해야 했다.

거의 모든 시민들이 수도원 경내에 모여 꼬마 주교가 나오기를 기다리고 있었다. 대개 꼬마 주교는 위엄 있게 행동하는 나이 지긋한 이들에게 장작 나르기나 돼지우리에서 거름 치우기 따위의 천한 일을 명령했다. 과장된 몸짓으로 짐짓 위엄을 부리며 마을 어른들을 모욕하기도 했다. 지난해 꼬마 주교는 성구 관리인에게 닭털 뽑는 일을 시켰는데, 그 결과 한바탕 웃음이 터지기도 했다. 어찌해야 할지 모르는 성구 관리인이 사방에 깃털만 잔뜩 흩뿌려놓았던 것이다.

장난기로 가득 찬 열두 살짜리 소년이 근엄하기 그지없는 모습으로 나타났다. 진홍빛 비단옷에 나무로 만든 주교장을 든 소년은 수사 두 사람의 어깨 위에 올라타 있었고 그 뒤로 수도원의 나머지 사람들이 따르고 있었다. 사람들은 모두 박수를 치며 환호성을 질렀다. 꼬마 주교는 제일 먼저 필립 수도원장을 가리키며 말했다. "이봐, 젊은이! 마구간에 가서 당나귀를 솔질하게!"

모든 사람들이 폭소를 터뜨렸다. 그 늙은 당나귀는 성질이 사납기로 유명해 아무에게도 솔질을 받으려고 하지 않았다. 필립 수도원장이 말했다. "예, 주교 예하." 필립 원장은 사람 좋은 웃음을 띠고 맡은 임무를 수행하러 갔다.

"앞으로!" 꼬마 주교가 명령했다. 행렬이 수도원 경내를 빠져나가자 시민들이 그 뒤를 따랐다. 어떤 이들은 불쾌한 일을 하라는 지목을 받을까 두려워 몸을 감추고 문을 잠그기도 했지만, 그러면 재미있는 놀이를 놓치게 되었다. 샐리의 가족도 모두 나와 있었다. 어머니와 아버지, 토미 오빠, 마사 고모, 그리고 뜻밖에도 어젯밤에 돌아온 리처드 삼촌까지 있었다.

꼬마 주교는 관습대로 사람들을 이끌고 먼저 선술집으로 갔다. 그리고 그곳에서 자기와 수련수사들 모두에게 공짜로 맥주를 줄 것을 요구했다. 양조업자는 아주 정중하게 술잔을 건넸다.

샐리는 나이 많은 레미기우스 형제와 나란히 긴 의자에 앉게 되었다. 그는 키가 크고 성미가 까다로운 사람으로, 샐리는 지금까지 한 번도 그와 이야기를 해본 적이 없었다. 그런데 지금 그가 샐리에게 미소를 지으며 말을 걸었다. "리처드 삼촌이 크리스마스 때 돌아와서 정말 좋겠구나."

샐리가 말했다. "삼촌이 제게 칼로 깎아 만든 나무 고양이를 주셨어요."

"아주 신났겠는걸. 삼촌이 집에 오래 계실 것 같니?"

샐리는 이마를 찌푸렸다. "그건 잘 몰라요."

"내 생각엔 삼촌은 곧 돌아가야 할 것 같구나."

"그래요. 삼촌은 지금 숲속에서 사니까요."

"숲속 어디에 사는지 알고 있니?"

"그럼요. 샐리 채석장이라는 곳이에요. 그건 제 이름에서 딴 거라고요!" 샐리는 웃음을 터뜨렸다.

"정말이니? 아주 재미있는걸."

모두 술을 마시고 났을 때 꼬마 주교가 말했다. "그럼 이번에…… 성구 관리인 앤드루와 레미기우스 형제는 과부 폴을 대신하여 빨래를 할지어다."

샐리는 숨이 막힐 정도로 웃으며 손뼉을 쳤다. 과부 폴은 토실토실하고 얼굴이 붉은 세탁부였다. 성미가 까다로운 이 수사들은 사람들이 여섯 달에 한 번씩 갈아입는 냄새나는 속옷과 양말 빠는 일을 질색할 터였다.

사람들은 술집을 떠나 꼬마 주교가 이끄는 행렬과 함께 나루터 아래에 있는 폴의 단칸방으로 갔다. 폴은 자기 대신 빨래할 사람이 누구인지를 알고는 큰 소리로 웃었고, 그러자 그녀의 붉은 얼굴이 더욱 붉어졌다.

앤드루와 레미기우스는 더러운 옷이 든 무거운 광주리를 집에서 강둑으로 날랐다. 앤드루가 광주리 뚜껑을 열자 레미기우스는 불만스러운 표정을 지으며 첫 빨랫감을 꺼냈다. 그때 한 젊은 여자가 뻔뻔스럽게 소리쳤다. "레미기우스 수사님, 조심해서 다뤄주세요. 그건 내 속옷이니까요!" 레미기우스의 얼굴이 새빨개졌고, 사람들은 웃음을 터뜨렸다. 중년의 두 수사는 짐짓 태연한 표정을 짓고 강물에 옷을 빨기 시작했고, 그러는 동안 사람들은 잔소리를 하기도 하고 성원을 보내기도 했다. 앤드루는 잔뜩 부은 얼굴이었지만 레미기우스는 이상하게도 만족스러운 표정을 짓고 있음을 샐리는 볼 수 있었다.

커다란 쇠공이 교수대에 달린 올가미처럼 나무 비계에 이어진 쇠사슬에 매달려 있었다. 이 쇠공에는 밧줄도 매여 있었다. 밧줄은 비계에 수직으로 세워둔 장대에 설치한 도르래를 지나 지면까지 내려와 있었고, 인부 두 명이 그것을 잡고 있었다. 인부들이 밧줄을 끌어당기자 쇠공은 위로 올라가 뒤로 당겨져 도르래까지 닿았고, 쇠사슬은 비계의 가로대와 수평으로 놓이게 되었다.

셔링의 주민 대부분이 나와서 이 광경을 지켜보고 있었다.

인부들이 밧줄을 놓았다. 쇠공은 곡선을 그리며 아래로 떨어져 성당의 벽과 충돌했다. 그러자 무시무시한 소리가 나면서 벽이 흔들렸다. 윌리엄은 발밑 땅을 통해 그 충격을 느낄 수 있었다. 그는 쇠공이 후려치는 바로 그 자리에 리처드를 매달아놓으면 얼마나 좋을까 생각했다. 그러면 리처드는 파리처럼 으스러지고 말리라.

인부들이 다시 한번 밧줄을 잡아당겼다. 윌리엄은 쇠공이 떨어지기 전에 꼭대기까지 올라가 멎었을 때 자신이 숨을 죽이고 있음을 깨달았다. 인부들이 밧줄을 놓았다. 쇠공이 허공을 가르며 날아갔다. 이번에 쇠공은 석벽에 구멍을 뚫었다. 군중은 박수를 쳤다.

정말 훌륭한 장치였다.

윌리엄은 새 성당 건축 공사장에서 작업 진행과정을 지켜보는 것이 즐거웠지만, 오늘만은 그보다 더 절박한 문제들이 있었다. 그는 웨일런 주교를 찾느라 주위를 둘러보다가 건축장이 앨프레드와 함께 서 있는 주교를 발견했다. 윌리엄은 두 사람에게 다가가 주교를 한옆으로 이끌었다. "그 사람 아직 이곳에 있습니까?"

"그럴 거요. 내 집으로 갑시다." 웨일런이 말했다.

그들은 시장 구역을 지났다. 웨일런이 물었다. "군대는 이끌고 왔소?"

"물론입니다. 2백 명은 될 겁니다. 시외의 가까운 숲에서 대기중입니다."

그들은 집 안으로 들어갔다. 햄 익는 냄새를 맡자 다급한 심정이었는데도 윌리엄의 입 속에 침이 고였다. 그 무렵 사람들은 대부분 음식을 아끼고 있었지만, 웨일런에게는 아무리 기근이 들었다 할지라도 삶의 방식을 바꿀 수는 없다는 원칙이 있는 듯했다. 주교는 대식가는 아니었으나, 자기가 한낱 수확량 따위에 영향받지 않을 만큼 부유하고 권력도 있다는 걸 사람들에게 알리고 싶었던 것이다.

웨일런의 집은 도시의 폭 좁은 주택들이 모두 그렇듯 전면에 홀이, 뒤편으로 부엌이 있었고, 다시 그 뒤로 분뇨 구덩이와 벌통과 돼지우리가 자리잡은 뒷마당이 있었다. 윌리엄은 홀에서 기다리고 있는 수사를 보고 마음이 놓였다.

웨일런이 인사를 건넸다. "잘 있었소, 레미기우스 형제."

레미기우스가 말했다. "안녕하십니까, 주교 예하. 안녕하십니까, 윌리엄 경."

윌리엄은 수사를 뚫어지게 바라보았다. 수사는 거만한 표정에 푸른 퉁방울눈을 한 신경질적인 인물이었다. 킹스브리지의 미사에 참례했을 때 본 삭발한 인물들처럼 어렴풋이 낯이 익었다. 윌리엄은 몇 해 동안 필립 수도원장 진영에 있는 웨일런의 첩자 이야기를 듣고 있었지만, 그와 직접 말을 나누기는 이번이 처음이었다. "내게 필요한 정보라도 입수했소?"

"그런 것 같습니다." 레미기우스가 말했다.

웨일런은 털을 댄 외투를 벗어던지고 난롯가로 가서 두 손을 쬐었다. 하인이 은 고블릿에 뜨거운 엘더베리 술을 내왔다. 윌리엄은 그 술을 받아 마시며 초조한 심정으로 하인이 방에서 나가기를 기다렸다.

웨일런도 술을 홀짝이며 레미기우스에게 냉엄한 시선을 보냈다. 하인이 나가자 웨일런이 수사에게 물었다. "수도원을 나오면서 무슨 구실을 댔소?"

"아무 구실도 대지 않았습니다."

웨일런이 눈썹을 치켜세웠다.

"돌아가지 않을 작정이니까요." 레미기우스의 말투는 도전적이었다.

"그게 무슨 말이오?"

레미기우스는 숨을 한 번 깊이 들이마셨다. "주교께서는 이곳에 대성당을 짓고 계시지 않습니까?"

"그건 한낱 성당일 뿐이오."

"아주 큰 성당이 되겠지요. 주교께서는 결국 그것을 대성당으로 만들 계획을 짜고 계실 테니까요."

웨일런은 주저하더니 말했다. "그래, 일단 의논이 되도록 당신 말이 맞다고 칩시다."

"그 대성당은 수사들이나 참사회 의원들로 구성된 참사회가 운영해야 할 테지요."

"그렇다면?"

"저는 수도원장이 되고 싶습니다."

말이 되는 얘기로군, 윌리엄은 생각했다.

웨일런이 신랄한 어조로 말했다. "필립 원장의 허락도 받지 않고 아무 구실도 없이 킹스브리지를 떠날 만큼 그 자리를 맡을 자신이 있는 모양이군."

레미기우스는 의기소침한 표정을 지었다. 윌리엄은 그에게 공감이 갔다. 웨일런이 심술궂게 나오면 누구라도 안절부절못하게 마련이었다. "제가 과신한 게 아니기를 바랄 뿐입니다."

"우리를 리처드에게 안내할 수 있겠지?"

"그렇습니다."

윌리엄이 흥분한 어조로 끼어들었다. "좋아요! 그자는 어디 있소?"

레미기우스는 입을 다문 채 웨일런을 바라보았다.

윌리엄이 말했다. "자, 웨일런 주교. 제발 이 사람에게 그 자리를 주라고요!"

그래도 웨일런은 주저했다. 윌리엄은 그가 강요받기를 싫어한다는 걸 알고 있었다. 이윽고 웨일런이 말했다. "좋소. 당신을 수도원장으로 임명하겠소."

윌리엄이 말했다. "자, 리처드가 있는 곳이 어디요?"

레미기우스는 계속해서 웨일런을 바라보았다. "오늘부터입니까?"

"오늘부터요."

이번에는 레미기우스가 윌리엄 쪽으로 고개를 돌렸다. "수도원은 성당과 숙사만으로 굴러가는 게 아닙니다. 땅과 농장, 그리고 십일조를 낼 여러 성당들이 필요하지요."

"리처드가 있는 곳을 알려주기만 한다면, 우선 착수금조로 교구 성당이 딸린 마을 다섯 개를 주겠소."

"합법적인 창설 허가장도 필요합니다."

그러자 웨일런이 말했다. "허가장을 줄 것이니 걱정할 것 없소."

윌리엄이 말했다. "자, 지금 시외에 군대를 대기시켜놓았소. 리처드의 은신처가 어디요?"

"윈체스터 로에서 얼마 떨어지지 않은 샐리 채석장이라는 곳입니다."

"나도 알고 있는 곳이로군!" 윌리엄은 터져나오려는 승리의 환호성을 억눌러야 했다. "폐쇄된 채석장이지. 지금은 아무도 그곳에 가지 않소."

"나도 기억나오." 웨일런이 말했다. "벌써 몇 년 전부터 채석작업을 하지 않는 곳이지. 은신처로는 훌륭한 곳이오. 실제로 발을 들여놓기 전까지는 그런 곳이 있는지도 모를 정도니까."

"하지만 함정이기도 하죠." 윌리엄은 기뻐하며 잔인한 어조로 말했다. "다 파낸 삼면의 벽은 깎아지른 듯해 아무도 달아나지 못할 겁니다. 아무튼 나로서는 포로를 잡을 생각은 없으니까." 그 장면을 머릿속에 그려본 그는 흥분이 고조되었다. "전부 죽여버리고 말 겁니다. 닭장에서 닭을 잡듯이."

하느님의 사람인 두 사람은 기묘한 표정을 짓고 그를 바라보았다. "속이 메스꺼운 모양이오, 레미기우스 형제?" 윌리엄은 비웃었다. "대학살이라는 말을 들으니 주교 예하의 속도 뒤집힌 것 같군요." 두 사람의 얼굴을 보고 윌리엄은 자기 말이 두 번 다 들어맞았음을 장담할 수 있었다. 두 성직자 모두 뛰어난 책략가이긴 했지만, 유혈사태가 닥치면 행동력 있는 사람에게 의지할 수밖에 없을 것이다. "여러분께서 저를 위해 기도해주시리라 믿겠습니다." 윌리엄은 그렇게 빈정거리고는 자리를 떴다.

밖에 말이 매여 있었다. 리처드가 훔쳐간 군마를 대신한 그 말은 원래 타던 것과는 달리 검은 종마였다. 그는 말에 올라타 시내를 빠져나왔다. 흥분을 억누르면서 냉정하게 전략을 생각해보려 애썼다.

샐리 채석장에 얼마나 많은 범법자들이 있을지 알 수 없었다. 그들은 한 번에 1백 명도 넘는 규모로 습격한 적도 있었다. 거기에는 적어도 2백 명, 어쩌면 5백 명이 있을지도 몰랐다. 윌리엄의 군세가 열세에 놓일 가능성도 있었다. 따라서 자신의 이점을 극대화할 필요가 있었다. 그중 한 가지는 급습이었다. 또 한 가지는 무기였다. 범법자들은 대개 곤봉이나 망치, 기껏해야 도끼를 갖고 있을 뿐 갑옷 입은 자는 하나도 없었다. 하지만 가장 중요한 이점은 윌리엄의 부하들은 말을 타고 있다는 것이었다. 범법자들에게는 말이 거의 없었고, 또 그 말들도 윌리엄이 공격할 바로 그 순간에는 안장이 얹혀 있지 않을 터였다. 좀더 유리한 상황을 만들기 위해 활잡이 몇 명을 언덕 측면으로 올려보내 주공격이 시작되기 직전 채석장 안으로 화살을 쏴야겠다고 마음먹었다.

가장 중요한 점은 적어도 리처드가 생포되거나 죽었다는 사실을 확인할 때까지 범법자들을 한 사람도 달아나지 못하도록 하는 일이었다. 그는 믿음직한 부하 몇 명을 주공격 후미에 남겨두어 빠져나가려는 교활한 자들을 쓸어버리기로 했다.

월터는 윌리엄이 몇 시간 전에 떠나왔던 자리에서 기사와 군사들과 함께 기다리고 있었다. 그들은 의욕에 넘쳤고 사기도 드높았다. 손쉬운 승리를 예상하고 있는 것이었다. 잠시 후 그들은 윈체스터 로를 따라 말을 달렸다.

월터는 아무 말 없이 윌리엄과 나란히 말을 달렸다. 월터의 가장 큰 장점은 입을 다물 줄 안다는 것이었다. 윌리엄은 대부분의 사람들이 자기에게 끊임없이 지껄이고 있다는 것을 알아챘는데, 심지어 할 말이 전혀 없는 경우에도 그랬다. 아마도 두렵기 때문일 터였다. 월터는 윌리엄을 존경하긴 했지만 두려워하지는 않았는데, 그러기에는 너무도 오랫동안 함께해왔던 것이다.

윌리엄은 열망으로 부푼 기대감과 죽음의 공포가 한데 섞인 익숙한 기분을 느꼈다. 이것이야말로 그가 잘할 수 있는 유일한 일이자 매번 목숨을 걸어야 하는 일이었다. 하지만 이번 습격은 특별했다. 십오 년 동안 눈엣가시와도 같았던 자를 해치울 기회를 드디어 잡은 것이었다.

정오가 가까울 무렵 그들은 술집이 있을 법한 규모의 커다란 마을에서 말을 멈췄다. 윌리엄은 부하들에게 빵과 맥주를 사주고 말들에게도 물을 먹였다. 다시 출발하기 전 그는 부하들에게 임무를 간단히 지시했다.

몇 킬로미터쯤 더 나아가서 그들은 윈체스터 로에서 벗어나 옆길로 들어섰다. 그들이 들어선 길은 거의 알아볼 수 없을 정도였고, 계속 주시하며 찾지 않으면 길이 어디 있는지 분간할 수도 없었다. 일단 그 길에 들어서자 식물들을 관찰해야만 길을 따라 나아갈 수 있었다. 길이라는 것이 큰 나무가 없는 4, 5미터 폭의 좁다란 통로에 지나지 않기 때문이었다.

윌리엄은 궁수들을 앞서 보내고, 그들에게 시간 여유를 주기 위해 얼마 동안 나머지 부하들을 천천히 전진시켰다. 맑게 갠 1월 날씨였다. 나무들은 잎이 다 져 싸늘한 햇살을 거의 가리지 않았다. 윌리엄은 오랫동안 이 채석장에 와본 적이 없어 아직 얼마나 더 가야 하는지 확신이 서지 않았다. 하지만 도로에서 2, 3킬로미터쯤 걸어들어오자 그 길이 지금도 사용되고 있다는 표지들이 보이기 시작했다. 풀들은 밟혀 있었고 어린 가지들은 꺾였고 진흙탕을 휘저은 흔적이 있었다. 레미기우스의 보고가 사실임이 확인되자 윌리엄은 기뻤다.

그는 활줄처럼 팽팽하게 긴장되는 것을 느꼈다. 이제 표지들은 갈수록 뚜렷해졌다. 풀은 납작하게 눌려 있었고 말똥과 사람들이 버린 쓰레기가 나타났다. 이렇게 깊은 숲속에서는 범법자들도 흔적을 지우려는 노력을 전혀 하지 않았다. 더는 의심의 여지가 없었다. 범법자들은 여기 있었다. 이제 곧 전투가 시작될 것이다.

은신처는 아주 가까이 있는 게 분명했다. 윌리엄은 청각을 곤두세웠다. 이제 곧 궁수들이 공격을 개시할 테고, 그러면 외침과 욕설과 고통에 찬 비명, 겁에 질린 말들의 울음소리가 들려올 것이다.

길은 널따란 개간지로 이어졌다. 그 순간 수백 미터 전방에 샐리 채석장 입구가 보였다. 아무 소리도 들리지 않았다. 무엇인가 잘못된 것이다. 궁수들이 화살을 쏘지 않고 있었다. 윌리엄은 불안으로 몸을 떨었다. 무슨 일이 일어난 거지? 궁수들이 기습을 당해 보초들의 손에 소리 없이 처치된다는 것이 가능한 일일까? 한꺼번에 그들 모두를 처치한다는 것은 불가능했다.

하지만 깊이 생각할 시간이 없었다. 범법자들 코앞에 이른 그는 말에 박차를 가해 전속력으로 질주했다. 부하들도 마찬가지였다. 그들은 지축을 뒤흔들며 은신처로 향했다. 돌진하는 쾌감에 윌리엄의 두려움은 사라져버렸다.

채석장으로 들어가는 길은 구불구불한 작은 협곡 모양이라 접근하는 와중에도 채석장 내부가 들여다보였다. 고개를 든 윌리엄의 눈에 절벽 꼭대기에 선 채 아래를 내려다보고 있는 자신의 궁수들이 들어왔다. 어째서 화살을 쏘지 않고 있는 거야? 그는 재난을 예감했다. 말을 멈추고 뒤로 돌아가고 싶었지만, 이제는 돌진하는 말을 멈출 수가 없었다. 오른손에는 칼을 들고 왼손으로는 말고삐를 잡고 목에 방패를 건 채로, 그는 버려진 채석장 안으로 질주해 들어갔다.

거기에는 아무도 없었다.

어처구니없는 반전이 그의 뒤통수를 친 것이었다. 하마터면 눈물을 쏟을 뻔했다. 그 많은 표지들이 있었잖은가. 정말이라고 확신하던 터였다. 좌절감으로 창자가 뒤틀리듯 고통스러웠다.

말이 속도를 떨어뜨리자 그는 이 장소가 얼마 전까지만 해도 범법자들의 은신처로 쓰였다는 걸 알 수 있었다. 나뭇가지와 갈대를 엮어 임시변통으로 지은 오두막, 화덕의 흔적, 인분 더미 등이 보였다. 한구석에는 막대로 울타리를 쳐서 말 우리로 사용했던 자리도 있었다. 사람이 버린 쓰레기들이 사방에 널브러져 있는 것이 윌리엄의 눈에 들어왔다. 닭뼈와 빈 자루와 해진 신발이 있는가 하면 깨진 단지도 있었다. 한 군데 화덕에서는 아직도 연기가 피어오르고 있는 듯했다. 그 순간 갑자기 희망이 밀려들었다. 어쩌면 그들은 잠깐 나가 있는 거고 여전히 기회가 있는지도 모른다! 그때 화덕 곁 땅바닥에 웅크리고 있는 사람이 보여 그는 그곳으로 다가갔다. 그 사람이 일어섰다. 여자였다.

"저런, 저런, 윌리엄 햄리. 이번에도 한 발 늦었군." 여자가 말했다.

"버릇없는 암소 같으니, 주둥이에서 혀를 뽑아버릴 테다."

"날 건드리지 못할걸." 여자의 목소리는 침착했다. "난 너의 손윗사람들에게도 저주를 내렸어." 그녀는 마녀처럼 자기 얼굴에 손가락 세 개를 갖다대는 시늉을 했다. 기사들은 뒷걸음질치고 윌리엄은 자기 몸을 보호하려고 성호를 그었다. 여인은 보는 이를 놀라게 하는 금빛 눈으로 두려운 기색 하나 없이 그를 응시했다. "나를 모르겠나, 윌리엄? 언젠가 넌 1파운드로 내 몸을 사려고 했는데." 여인은 웃음을 터뜨렸다. "그 일에 성공하지 못한 게 너로서는 다행이었지."

윌리엄은 그녀의 두 눈이 기억났다. 그녀는 건축장이 톰의 미망인이었고, 잭 잭슨의 어머니였고, 숲속에 사는 마녀였다. 그는 그녀를 사지 못한 걸 진심으로 다행으로 여겼다. 가능한 한 빨리 그녀로부터 벗어나고 싶었지만, 그 전에 묻지 않을 수 없었다. "좋아, 마녀. 킹스브리지의 리처드가 이곳에 있었나?"

"이틀 전까지는 그랬지."

"그럼 그가 어디로 갔는지 말해줄 수 있나?"

"아, 그럼. 말해줄 수 있지. 그와 범법자들은 헨리를 위해 싸우러 갔어."

"헨리라고?" 그녀가 말하는 게 어떤 헨리일까, 윌리엄은 내심 두려웠다. "모드의 아들 헨리 말인가?"

"그렇지."

윌리엄은 한기를 느꼈다. 혈기왕성한 그 젊은 노르망디 공은 자기 어머니가 실패했던 일을 성공시킬지도 몰랐다. 만약 이번에 스티븐이 패한다면, 윌리엄은 그와 함께 몰락할 수도 있었다. "무슨 일이 있었지?" 그가 다급하게 물었다. "헨리가 무슨 일을 벌였느냐고?"

"전함 서른여섯 척을 이끌고 바다를 건너 웨어햄에 상륙했지." 마녀가 대답했다. "3천 명의 병사를 데려왔다더군. 우린 침략당한 거야."

3

윈체스터는 혼잡스럽고 팽팽하게 긴장되어 있었고 위험했다. 쌍방의 군대가 이곳에 주둔하고 있었다. 스티븐 왕의 군대는 성에 주둔하고 있었고, 리처드와 그가 이끄는 범법자들을 포함한 헨리 공의 반군은 도시 외곽, 연례 시장이 열리는 세인트 길스 언덕에 진을 치고 있었다. 양측 병사들은 시내 출입이 금지되어 있었지만 대부분 금지령을 어기고 저녁 시간을 술집과 투계판과 사창가에서 보냈다. 그들은 술에 취하고 여자를 능욕하고 싸움을 벌이고 주사위 노름이나 모리스 게임을 하다 서로 죽이기도 했다.

여름이 되어 맏아들이 죽자 스티븐은 전의를 상실했다. 현재 스티븐은 왕궁에, 헨리 공은 주교 관저에 머물고 있었는데 쌍방 대리인 사이에 평화협상이 진행중이었다. 왕의 대리인은 캔터베리의 테오볼드 대주교였고, 헨리 공의 대리인은 오래전부터 배후에서 활약하고 있던 윈체스터의 헨리 주교였다. 매일 아침 테오볼드 대주교와 헨리 주교는 주교 관저에서 회담을 벌였다. 정오가 되면 헨리 공은 리처드를 포함한 부관들을 거느리고 윈체스터 거리를 지나 성으로 점심식사를 하러 갔다.

헨리 공을 처음 보고 앨리에너는 그가 잉글랜드 정도 규모의 제국을 다스리는 사람이라는 것을 믿을 수가 없었다. 그는 겨우 스무 살밖에 안 되어 보였고, 농부처럼 그을린 얼굴에 주근깨가 가득했다. 수도 놓여 있지 않은 평범한 검은 튜닉 차림에 붉은 머리칼은 짧게 깎은 그의 모습은 부유한 소지주의 근면한 아들처럼 보였다. 하지만 얼마 후 앨리에너는 그에게 권력의 영기靈氣 같은 것이 있음을 깨달았다. 그는 땅딸막하고 억센 몸집에 어깨는 널찍하고 머리는 컸다. 하지만 그런 억센 육체가 부여하는 거친 인상은 날카롭고 주의 깊은 잿빛 눈으로 순화되었다. 주위에 있는 수행원들은 언제라도 그에게 얻어맞을까 두려운 듯 너무 가까이는 다가서지 않았지만, 조심성 있는 친숙함으로 그를 대했다.

앨리에너는 서로 적대하는 쌍방의 군 지휘자들이 한 식탁에 앉아야 하는 성에서의 식사가 불쾌한 긴장감 속에 진행될 거라고 생각했다. 그녀는 리처드가 윌리엄 백작과 나란히 앉는 걸 어떻게 참을지 궁금했다. 자기라면 고기 써는 커다란 나이프로 사슴 고기가 아니라 윌리엄을 찔러버릴 것 같았다. 그녀는 윌리엄을 먼 거리에서, 그것도 잠깐 보았을 뿐이었다. 그는 불안하고 찌무룩한 표정이었는데, 그것은 좋은 징조였다.

백작과 주교와 대수도원장 등이 본성에서 만나는 동안 기사, 셰리프, 소귀족, 최고 사법관, 성주 등 지위가 낮은 귀족들은 성 안마당에 모여 있었다. 자신의 미래와 왕국의 미래가 결정되는 동안 수도에서 멀리 떠나 있을 수 없는 사람들도 그 자리에 있었다. 앨리에너는 거의 매일 아침 그곳에서 필립 수도원장을 만났다. 매일같이 다른 수십 가지 소문이 나돌았다. 어떤 날은 스티븐을 지지하는 모든 백작이 강등되리라는 소문이 나기도 했고(그것은 곧 윌리엄의 종말을 의미할 터였다), 다음 날은 그들 모두가 현 지위를 유지하리라는 소문이 나돌아 리처드의 희망을 꺾기도 했다. 스티븐 소유의 모든 성이 넘어가는가 하면 다음에는 반군 소유의 모든 성이, 그다음에는 쌍방의 성 모두가 거론되기도 했고, 그런 뒤에는 모든 것이 백지화되었다. 또 어떤 소문에 따르면 헨리의 지지자 전원에게 기사 작위와 40만 제곱미터의 봉토가 하사된다고 했다. 그러나 리처드가 바라는 것은 오로지 백작령뿐이었다.

아무튼 리처드로서는 소문의 진위를 확인할 방도가 없었다. 그는 헨리의 신임을 받는 전시戰時 부관이긴 했지만, 세부적인 정치협상을 의논할 대상은 아니었다. 하지만 필립은 진행되는 상황을 알고 있는 듯했다. 필립은 어디에서 그런 정보를 입수하는지 말하려 하지 않았지만, 앨리에너는 그에게 동생이 있으며 그가 종종 킹스브리지를 방문했음을 상기했다. 그 동생은 한때 글로스터의 로버트와 모드 황후를 위해 일했으니, 지금은 필시 헨리 공을 위해 일하고 있을 것이다.

필립은 협상자들이 거의 합의 단계에 이르렀음을 알려주었다. 그 타협안은 스티븐이 죽을 때까지 왕위에 있되 헨리가 그 계승자가 된다는 것이었다. 그 소식을 듣자 앨리에너는 불안해졌다. 스티븐은 앞으로 십 년 넘게 살 수도 있었다. 그사이에 무슨 일이 일어나겠는가? 분명한 건 스티븐이 집권하는 동안 스티븐 측 백작은 면직되지 않으리라는 것이었다. 그렇다면 리처드 같은 헨리의 지지자들은 어떻게 보상받을 것인가? 그들이 과연 기다리려고 할 것인가?

그들 모두가 윈체스터에 온 지 일주일째 되는 날 오후 늦게 필립은 해답을 입수했다. 그는 수련수사를 보내 앨리에너와 리처드를 불러왔다. 그들은 혼잡한 거리를 지나 대성당 경내로 향했다. 리처드는 성급한 열망에, 앨리에너는 불안에 사로잡혀 있었다.

필립은 성당 묘지에서 앨리에너 남매를 기다리고 있었다. 그들은 해질 무렵 묘비 사이에서 이야기를 나누었다. "그들이 합의에 도달했네." 필립은 거두절미하고 말했다. "하지만 일이 좀 지리멸렬하게 됐지."

앨리에너는 도저히 긴장을 참을 수가 없었다. "리처드가 백작이 될 수 있을까요?"

필립은 좌우로 손을 흔들었는데, 그 몸짓은 긍정일 수도 부정일 수도 있었다. "문제가 복잡하다네. 그들은 타협을 했지. 약탈되었던 토지는 선왕 헨리 치하의 주인들에게 반환될 거라네."

"그게 바로 제가 원하는 일이에요!" 말이 끝나기가 무섭게 리처드가 말했다. "헨리 왕 치하에서 제 부친께선 백작이었으니까요."

"가만있어, 리처드." 앨리에너가 굳은 목소리로 말했다. 그녀는 필립에게로 고개를 돌렸다. "뭐가 복잡하다는 거죠?"

"협정서에는 스티븐이 그 일을 집행해야 한다는 문구가 들어 있지 않단 말일세. 어쩌면 스티븐이 죽고 헨리가 왕이 될 때까지 아무것도 변하지 않을 수도 있다는 거지."

리처드는 풀이 죽었다. "그러면 그 안은 아무짝에도 쓸모가 없는 거 아닌가요!"

"반드시 그런 건 아니라네. 그것은 곧 리처드가 정통 백작이라는 사실을 의미하니까."

"하지만 스티븐이 죽을 때까지 난 범법자로 살아야 해요. 그동안 그 짐승 같은 윌리엄이 내 성을 차지하고요." 리처드가 성이 나서 말했다.

"너무 큰 소리 내지 말게." 필립이 사제 한 사람이 지나가는 것을 보며 나무라듯 말했다. "이 모든 사실은 아직 비밀에 부쳐져 있단 말일세."

앨리에너는 속이 끓어올랐다. "도저히 받아들일 수 없는 일이에요. 스티븐이 죽을 때까지 기다릴 수는 없어요. 난 이미 십칠 년 동안이나 기다려왔고, 그것으로 충분해요."

"하지만 어찌해볼 도리가 없지 않나?"

앨리에너가 리처드에게 말했다. "지금 이 지방에서는 너를 정통 백작으로 환호하며 맞아들이고 있어. 이제 스티븐과 헨리도 네가 정통 백작이라는 사실을 인정한 거야. 너는 성을 빼앗고 정통 백작으로서 통치를 해야 해."

"난 성을 빼앗을 수 없어. 윌리엄은 틀림없이 성에 수비군을 남겨두었을 거야."

"네겐 군대가 있잖니?" 그녀는 분노와 좌절에 사로잡혀 말했다. "네겐 그 성을 차지할 권리가 있고 그것을 탈취할 무력도 있어."

리처드는 고개를 저었다. "십오 년 동안의 내전에서 정면공격으로 성을 탈취한 게 몇 번인 줄 알아? 한 번도 없었어." 언제나 그렇듯 리처드는 군사문제를 논하게 되자마자 곧 위엄 있고 노련한 태도를 되찾았다. "그런 일은 거의 일어날 수 없다고. 성이 아니라 읍 정도라면 가능할 수도 있지. 그 경우에는 포위공격만으로도 항복을 받아낼 수 있어. 증원군이 오지 않는다면 그렇지. 책략과 속임수나 배신을 이용해 성이 탈취되는 일은 몇 번 본 일이 있어. 하지만 주력부대로는 어림도 없다고."

앨리에너는 여전히 사실을 인정할 수 없었다. 그것은 자포자기나 다름없었다. 더 많은 세월을 기다림과 희망을 품고 체념한 채 지낼 수는 없었다. "그렇다면 네가 군대를 몰고 윌리엄의 성을 공격할 경우 무슨 일이 일어나게 되는 거지?"

"그들은 우리가 성안으로 진입하기 전에 도개교를 들어올리고 성문을 닫을 거야. 우리는 성 외곽에 진을 치겠지. 그러면 윌리엄이 성을 구하기 위해 자기 군대를 이끌고 와서 우리의 진지를 공격할 거야. 하지만 설혹 그를 물리치더라도 우리는 여전히 성을 탈취하지는 못해. 성이란 공격은 어렵고 방어는 쉽게 마련이니까. 그게 그자들이 유리한 점이야."

리처드가 말하는 동안 앨리에너의 흥분한 머릿속에 좋은 생각 한 가지가 떠오르고 있었다. "책략과 속임수와 배신이라고?"

"뭐라고?"

"책략과 속임수나 배신으로 성이 탈취되는 경우를 보았다고 했지?"

"그래."

"그게 윌리엄이 오래전 우리 성을 빼앗을 때 쓴 방법 아니니?"

필립이 중간에 끼어들었다. "그때와는 시대가 다르지. 그때는 선왕 헨리의 치하에서 삼십오 년 동안 나라 안이 평화로웠을 때라네. 그래서 윌리엄은 자네들의 부친에게 기습을 가할 수가 있었던 거야."

리처드가 말했다. "윌리엄은 속임수를 썼어. 경보가 울리기 전에 부하 몇 명을 데리고 성안으로 잠입했지. 하지만 필립 원장님 말씀이 맞아. 요즘은 그런 일을 무사히 해치울 수 없어. 잔뜩 경계를 하고 있으니까."

"나라면 들어갈 수 있어." 두려움으로 심장이 튀어나올 것만 같았지만, 그럼에도 그녀는 자신만만하게 말했다.

"물론 누나라면 들어갈 수 있지. 여자니까. 하지만 일단 안에 들어간다 해도 누나는 아무 일도 할 수 없을 거야. 그들이 누나를 들여보내주는 것도 그 때문이라고. 누나는 순진하다니까."

"건방지게 굴지 마." 그녀가 발끈했다. "난 너를 지키기 위해 사람을 죽인 적도 있어. 그건 지금까지 네가 나를 위해 해준 어떤 일보다 큰일이야. 은혜를 모르는 돼지 같으니라고. 그러니 나보고 함부로 순진하다는 말 하지 마."

"좋아, 누나는 순진하지 않아." 리처드도 화를 냈다. "그럼 성안으로 들어가서 뭘 어쩌겠다는 거야?"

앨리에너의 분노는 사라졌다. 내가 뭘 한담? 그녀는 두려운 심정으로 생각했다. 아니, 그 따위 생각은 집어치워. 난 적어도 그 돼지 같은 윌리엄 정도의 용기와 머리는 있으니까. "윌리엄은 어떻게 했지?"

"주력부대가 성안으로 들어갈 수 있을 때까지 도개교를 내려놓고 성문을 열어두었지."

"그렇다면 나도 그렇게 하겠어." 앨리에너는 조마조마한 심정으로 말했다.

"하지만 어떻게 그럴 수 있다는 거야?" 리처드의 어조는 회의적이었다.

앨리에너는 폭풍우에 놀란 열네 살 소녀를 안심시켜주었던 일을 떠올렸다. "그 백작부인은 내게 빚진 일이 있지. 게다가 그녀는 자기 남편을 증오하고 있어."

그날 밤, 앨리에너와 리처드 그리고 리처드의 가장 뛰어난 병사 오십 명은 말을 달려 새벽 무렵 얼즈캐슬 근처에 당도했다. 그들은 성 건너편 들판 너머에 있는 숲속에서 말을 멈췄다. 앨리에너는 말에서 내려 플랑드르산 양모 외투와 부드러운 가죽 부츠를 벗고 농부들이 쓰는 싸구려 담요를 걸치고 나막신을 신었다. 리처드의 부하 한 사람이 밀짚으로 싼 신선한 달걀 바구니를 건네자 그녀는 그 바구니를 팔에 걸었다.

리처드는 그녀를 머리끝에서 발끝까지 훑어보고는 말했다. "완벽해, 영락없이 성의 취사장으로 농산품을 가져가는 시골 처녀 모습인걸."

앨리에너는 침을 삼키기조차 어려웠다. 어제까지만 해도 대담한 혈기에 넘쳐 있었지만, 자신의 계획을 실천에 옮기려는 지금은 두려움에 질려 있었다.

리처드는 그녀의 뺨에 키스를 해주었다. "종소리가 울리면 주기도문을 천천히 한 번 왼 다음 선발대를 출발시키겠어. 누나가 할 일은 보초들을 속여 안심시켜놓는 거야. 그러면 내 부하 열 명이 들판을 건너 성안에 경보가 울리기 전에 잠입할 수 있어."

앨리에너는 고개를 끄덕였다. "선발대가 도개교를 건널 때까지 주력 부대가 숲에서 뛰쳐나오지 않도록 하기만 해."

리처드는 미소 지었다. "주력부대는 내가 지휘할 거야. 그러니 걱정하지 마. 자, 행운을 빌어."

"네게도 행운이 있기를."

앨리에너는 걸음을 떼어놓았다.

그녀는 삼림에서 빠져나와 탁 트인 들판을 가로질러, 십육 년 전 끔찍했던 그날 떠나왔던 성을 향해 출발했다. 그 장소를 다시 보자 그날 아침의 끔찍한 기억이 생생하게 떠올랐다. 두 마리 말을 타고 폭풍우로 축축한 대기 속에서 성문을 빠져나와 비에 젖은 들판을 가로질렀던 일. 리처드는 군마를, 그녀는 좀더 작은 말을 타고 있었고, 둘 다 죽을 것처럼 겁에 질려 있었다. 그녀는 그때 일어난 사건을 억지로 잊기 위해 말발굽에 맞추어 '난 기억 안 나. 기억 안 나. 기억 안 나. 기억 안 나.' 하고 되뇌이며 그 일을 부정했다. 그것은 효과가 있었다. 그후 오랫동안 강간사건을 떠올리지 않고 지낼 수 있었다. 끔찍한 일이 벌어졌다는 것만 기억날 뿐 자세한 세부들은 떠오르지 않았다. 그리고 잭과 사랑에 빠지자 그때의 기억이 되살아났다. 순간 그 기억이 너무도 끔찍해 그녀는 잭의 사랑에 응답할 수가 없었다. 고맙게도 잭은 인내해주었고, 그녀도 그의 사랑이 얼마나 강한지를 알게 되었다. 그토록 참고 견딘 후에도 그는 여전히 그녀를 사랑하고 있었다.

성이 가까워지자 불안을 억누르기 위해 앨리에너는 좋은 추억들을 떠올렸다. 어린 시절 그녀는 아버지와 리처드와 함께 이곳에서 살았다. 그들은 부유하고 안락했다. 그녀는 리처드와 함께 성루에서 놀기도 하고, 취사장을 어슬렁거리다가 달콤한 패스추리 조각을 슬쩍 집어먹기도 하고, 식사 때면 큰 홀에서 아버지 곁에 앉았다. 그땐 내가 행복하다는 걸 몰랐어, 그녀는 생각했다. 두려워할 일이 아무것도 없다는 게 얼마나 대단한 행운인지 생각도 못했던 거야.

만일 내가 성공만 한다면 그 좋은 시절이 오늘부터 다시 시작될 거야, 그녀는 스스로에게 말했다.

그녀는 '그 백작부인은 내게 빚진 일이 있지. 게다가 그녀는 자기 남편을 증오하고 있어' 하고 자신 있게 말했지만, 밤새 말을 타고 달리는 동안 모든 일이 계획대로 되지 않을 수도 있다고 생각했다. 우선 그녀가 성안에 한 걸음도 들여놓지 못할 수도 있었다. 무슨 일이라도 있어서 수비대가 삼엄하게 경계를 펴고 있을 수도 있었고, 경비병들의 의심을 사게 될지도 몰랐고, 운 나쁘게도 보초와 마주쳐 성가신 일이 생길지도 몰랐다. 성안에 들어가는 데 성공하더라도 엘리자베스가 남편을 배신하도록 설득하지 못할 수도 있었다. 앨리에너가 폭풍우 속에서 엘리자베스를 만난 지도 일 년 반이나 되었다. 여자들은 아무리 사악한 남자라 하더라도 곧 남편에게 익숙해지게 마련이었다. 엘리자베스 역시 그런대로 자기 운명에 만족하고 있을지도 몰랐다. 셋째로, 설혹 엘리자베스가 그럴 생각이 있다 하더라도 앨리에너가 원하는 일을 할 만한 권위가 없거나 그만큼 대담하지 못할 수도 있었다. 지난번 그들이 만났을 때 엘리자베스는 겁에 질린 조그만 소녀에 지나지 않았던 것으로 미루어, 성의 경비병들이 그녀의 말에 복종하지 않을 가능성도 있었다.

도개교를 건널 때 앨리에너는 부자연스러울 정도로 기민해졌다. 이상하리만치 시각과 청각이 또렷해졌다. 수비대는 이제 막 잠에서 깨어나는 중이었다. 졸린 눈을 한 경비병 몇 명이 하품과 기침을 하면서 성곽 위를 어슬렁거렸고, 성문에서는 늙은 개 한 마리가 앉아 몸을 긁적이고 있었다. 그녀는 누구든 자기를 알아볼 경우에 대비해 두건을 앞으로 당겨 얼굴을 가린 다음 아치 밑을 지나갔다.

초소에서 근무하는 꾀죄죄한 보초 하나가 긴 의자에 앉아 큼직한 빵을 먹고 있었다. 그의 복장은 단정치 못했고 검대는 초소 뒤편 고리에 걸려 있었다. 가슴이 조마조마한 앨리에너는 두려움을 감추기 위해 미소 지으며 그에게 달걀 바구니를 보여주었다.

그는 귀찮다는 몸짓으로 안으로 들어가라는 손짓을 해 보였다.

첫번째 난관은 통과했다.

규율은 느슨했다. 이해할 만한 일이었다. 가장 뛰어난 병사들이 전쟁터에 나가고 뒤에 남은 자들은 오합지졸이었다. 이곳에서는 전쟁의 흥분은 전혀 찾아볼 수가 없었다.

적어도 오늘까지는.

지금까지는 일이 잘되어가고 있었다. 앨리에너는 신경을 있는 대로 곤두세운 채 바깥채의 안마당을 가로질렀다. 한때 자기 집이었던 곳을 낯선 사람이 되어 걸어들어가다니, 한때는 마음 내키는 대로 어느 곳이든 갈 권리가 있었던 장소에 침입자가 되어 돌아오다니, 기분이 너무 이상했다. 그녀는 눈에 띌 정도로 호기심 있게 보이지 않으려고 조심하면서 사방을 둘러보았다. 목조건물들은 대부분 바뀌어 있었다. 마구간은 한층 커졌고, 취사장은 위치가 바뀌었고, 돌로 지은 무기고가 새로 들어서 있었다. 그리고 전보다 한층 더러워진 것 같았다. 하지만 성당은 여전히 그 자리에 있었다. 그녀와 리처드가 충격을 받아 무감각해진 채 얼음장 같은 추위에 덜덜 떨면서 폭풍우가 몰아치던 그 무서운 밤을 앉아서 지새우던 성당이었다. 성채의 하인 몇 명이 아침의 허드렛일을 시작했고, 구내에는 한두 병사가 오가고 있었다. 그들은 위협적으로 보였는데, 만일 자신이 하려는 일을 알면 죽이려 들 것임을 그녀가 의식하고 있기 때문일 터였다.

계획을 성공시킨다면 오늘 밤부터 그녀는 다시 이 성의 여주인이 될 것이다. 감동적인 한편 기적이나 불가능한 꿈처럼 비현실적으로 느껴지는 생각이었다.

그녀는 취사장으로 들어갔다. 한 소년이 난로에 불을 피우고 있었고, 어린 소녀 하나가 당근을 썰고 있었다. 앨리에너는 그들에게 밝게 웃어 보이며 말했다. "신선한 달걀 스물네 개랍니다." 그러면서 바구니를 식탁에 올려놓았다.

소년이 말했다. "요리사가 아직 일어나지 않았어요. 돈을 받으려면 좀 기다려야 할 거예요."

"아침으로 빵을 좀 얻을 수 있을까요?"

"큰 홀로 가보세요."

"고마워요." 그녀는 바구니를 놓아둔 채 다시 밖으로 나왔다.

그녀는 두번째 도개교를 건너 안채의 구내로 들어가며 두번째 성문에 서 있는 경비병에게 미소를 지어 보였다. 빗질도 안 한 머리에 두 눈은 충혈된 채로 그는 그녀를 머리끝부터 발끝까지 훑어보고는 물었다. "어디를 가려는 거요?" 장난을 걸어보려는 기색이 완연했다.

"아침을 좀 먹으려고요." 그녀는 걸음을 멈추지 않고 대답했다.

그는 그녀에게 추파를 던졌다. "내게 당신이 먹을 만한 게 있지." 그가 등 뒤에서 외쳤다.

"내가 그걸 물어뜯을지도 몰라요." 그녀가 어깨 너머로 말했다.

사람들은 한순간도 그녀를 의심하지 않았다. 여자도 얼마든지 위험할 수 있다는 걸 생각지 못하는 것이었다. 얼마나 어리석은가. 여자들은 남자들이 하는 거의 모든 일을 할 수 있다. 남자들이 전쟁터에서 싸우거나 성전聖戰을 치르러 떠난 동안 뒷일을 맡는 것이 누구인가? 여자 목수, 염색공, 무두장이, 빵장수, 양조장이들이다. 앨리에너 자신은 나라 안에서 가장 유력한 상인 중 한 사람이었다. 수녀원을 운영하는 여자 대수도원장의 직무는 남자 대수도원장의 직무와 똑같았다. 십오 년 동안이나 진행된 내전을 일으킨 장본인인 모드 황후도 여자가 아니던가. 하지만 이 얼빠진 병사들은 그런 일이 흔치 않다는 이유만으로 여자가 적의 앞잡이라고는 생각지도 못했다.

그녀는 본성의 층계를 달려올라가 홀 안으로 들어갔다. 문간에 집사가 보이지 않았다. 추측건대 주인이 떠나 있기 때문일 것이다. 앞으로 나는 주인이 집에 있건 없건 문에는 항상 집사를 세워두어야겠군, 앨리에너는 생각했다.

열다섯에서 스무 명 정도의 사람들이 작은 식탁에 둘러앉아 아침식사를 하고 있었다. 그중 한두 사람이 그녀 쪽으로 시선을 던졌으나 아무도 주의를 기울이지는 않았다. 홀은 아주 깨끗했고 한두 군데 여자의 손이 간 흔적이 엿보였다. 회반죽을 칠한 지 얼마 되지 않은 벽이라든가 바닥에 깔린 골풀에 향기로운 허브가 섞여 있는 것 등이 그러했다. 엘리자베스는 작게나마 성과를 거두고 있었다. 그것은 희망적인 신호였다.

식탁 주위에 있는 사람들에게 말을 걸지 않은 채 앨리에너는 자신에게 의당 그럴 권리가 있는 것처럼 보이려고 애쓰면서, 그러나 어느 순간 제지받을지도 모른다고 생각하며 홀을 가로질러 구석에 있는 층계로 걸어갔다. 그녀는 아무 주의도 끌지 않고 층계 발치에 이르렀다. 이윽고 그녀가 위층에 있는 내실을 향해 달려올라가는 순간 누군가 외치는 소리가 들렸다. "거기 올라가선 안 돼요. 이봐요!" 그녀는 그 소리를 무시했다. 누군가 뒤쫓아오는 소리가 났다.

그녀는 숨을 헐떡이며 위층에 이르렀다. 엘리자베스는 앨리에너의 부친이 쓰던 큰 침실에서 잘까? 아니면 앨리에너가 쓰던 방에 따로 자기 침대를 갖고 있을까? 그녀는 한순간 망설였다. 가슴이 미친 듯이 방망이질을 했다. 그녀는 이제 윌리엄이 매일 밤 엘리자베스와 같이 잠자리에 드는 데 싫증났을 것이고, 엘리자베스가 혼자 방을 쓰도록 했을 거라고 짐작했다. 앨리에너는 작은 방을 노크하고 문을 열었다.

그녀의 짐작이 들어맞았다. 엘리자베스는 잠옷을 입은 채 난롯가에 앉아 머리를 빗고 있었다. 그녀는 고개를 들고 이마를 찌푸리다가 이윽고 앨리에너를 알아보았다. "당신이군요! 이렇게 놀라운 일이!" 엘리자베스는 기뻐하는 얼굴이었다.

앨리에너는 등 뒤의 층계를 오르는 묵직한 발소리를 들었다. "들어가도 될까?"

"물론…… 어서 들어오세요!"

앨리에너는 방 안으로 몇 걸음 들어선 다음 재빨리 문을 닫았다. 그녀는 방을 가로질러 엘리자베스가 앉아 있는 쪽으로 다가갔다. 그 순간 남자 하나가 뛰어들어오며 말했다. "이봐, 여기가 어딘 줄 아는 거요?" 그러고는 마치 그녀를 붙잡으려는 듯 앨리에너를 쫓아왔다.

"그 자리에 서요!" 앨리에너는 강하게 명령조로 말했다. 남자는 주춤했다. 앨리에너가 말했다. "난 윌리엄 백작의 전갈을 갖고 백작부인을 만나러 왔어요. 만일 당신이 입속에 호스브레드를 밀어넣는 대신 제대로 문을 지키고 있었다면 좀더 일찍 이 사실을 알았을 것이오."

그는 가책을 느끼는 듯했다.

엘리자베스가 말했다. "됐어요, 에드거. 난 이 부인을 알아요."

"알았습니다, 마님." 그는 밖으로 나간 후 문을 닫았다.

난 해냈어, 앨리에너는 생각했다. 들어온 거야.

그녀는 가슴을 진정시키며 주위를 둘러보았다. 방은 그녀가 썼을 때와 별로 달라진 것이 없었다. 사발에는 말린 꽃잎이 들어 있었고, 벽에는 예쁜 태피스트리가 걸려 있었으며, 몇 권의 책과 옷을 넣는 궤짝도 있었다. 침대는 같은 자리에 놓여 있었는데, 사실상 그녀가 썼던 바로 그 침대였다. 베개 위에는 앨리에너가 갖고 있던 것과 똑같은 헝겊인형이 놓여 있었다. 그것을 보자 앨리에너는 자신이 늙은 것 같은 기분이 들었다.

"이 방은 내 방이었지."

"저도 알고 있어요."

앨리에너는 깜짝 놀랐다. 그녀는 엘리자베스에게 자신의 과거에 대해 말한 적이 없었다.

"폭풍우가 몰아치던 그날 이후로 당신에 대해 모두 알게 됐어요." 엘리자베스가 설명하더니 덧붙였다. "당신에게 정말 감탄했어요." 그녀는 영웅을 보듯 앨리에너를 바라보았다.

좋은 징조였다.

"그런데 윌리엄은?" 앨리에너가 물었다. "그와 함께 사는 게 조금이라도 나아졌나요?"

엘리자베스는 시선을 돌렸다. "글쎄요. 이제 제겐 방이 생겼지요. 그는 없는 때가 더 많아요. 오히려 모든 게 더 나아졌어요." 그런 다음 그녀는 울기 시작했다.

앨리에너는 침대에 앉아 두 팔로 소녀를 감싸안았다. 엘리자베스는 가슴 깊은 곳에서 치밀어오른 듯한 서글픔으로 울었고, 눈물이 그녀의 뺨을 타고 흘러내렸다. 흐느낌 사이로 그녀는 격하게 흐느끼며 말했다. "전…… 그를…… 증오해요! 차라리…… 죽고…… 싶어요!"

그렇게도 어린 그녀가 괴로워하는 모습이 너무 애처로워 앨리에너도 눈물이 쏟아져나올 것 같았다. 엘리자베스의 운명이 하마터면 자기 것이 될 뻔했다는 걸 그녀는 고통스럽게 깨달았다. 그녀는 샐리에게 해주듯 엘리자베스의 등을 토닥여주었다.

이윽고 엘리자베스는 침착함을 되찾았다. 그녀는 잠옷 소맷자락으로 눈물을 닦았다. “전 아기가 생길까봐 두려워요.” 그녀가 비참한 어조로 말했다. “그가 아이를 학대할 테니까요.”

“나도 이해해요.” 그녀도 한때 윌리엄의 아이를 가졌을지도 모른다는 생각에 겁에 질린 적이 있었다.

엘리자베스는 그녀의 커다란 눈을 바라보았다. “사람들이 하는 말이 사실인가요? 저…… 그가 당신에게 한 짓 말이에요.”

“그래요, 사실이에요. 내가 당신 나이 때였지요.”

공통된 혐오감으로 가까워진 두 사람은 한동안 상대방의 눈을 들여다보았다. 갑자기 엘리자베스가 더는 어린아이 같지가 않았다.

“원한다면 당신은 그자에게서 자유로워질 수 있어요. 오늘 당장.”

엘리자베스는 앨리에너를 응시했다. “그게 정말인가요?” 그녀는 애처로울 정도로 간절해 보였다. “정말이에요?”

앨리에너는 고개를 끄덕였다. “바로 그 일 때문에 내가 여기 온 거예요.”

“내가 집에 갈 수 있을까요?” 그녀의 눈에는 또다시 눈물이 고이고 있었다. “웨이머스에 있는 어머니에게 갈 수 있단 말인가요? 그것도 오늘요?”

“그래요. 하지만 그러려면 용감해져야 해요.”

“뭐든지 하겠어요. 뭐든지요! 말만 해주세요.”

엘리자베스가 어떻게 남편의 고용인들에게 권위를 행사할 것인지 설명해준 일을 앨리에너는 상기했다. 엘리자베스가 그런 방침들을 실행에 옮길 수 있었는지 알고 싶었다. “하인들이 아직도 당신을 따돌리고 있나요?” 앨리에너가 솔직하게 물어보았다.

“틈만 나면 그러려고 해요.”

“하지만 그걸 내버려두어선 안 돼요.”

엘리자베스는 당황스러운 표정이었다. “네, 이따금씩 그렇게 하지요.

하지만 전 이제 열여섯 살이고, 백작부인이 된 지도 거의 이 년이 됐어요…… 전 당신의 충고를 따르려고 애썼어요. 그리고 정말 효과가 있었어요!"

"내 말 들어봐요." 앨리에너가 설명하기 시작했다. "스티븐 왕은 헨리 공과 협정을 맺었어요. 모든 토지는 선왕 헨리 치하의 주인들에게 반환될 거예요. 그것은 내 동생 리처드가 언젠가는 셔링의 백작이 된다는 뜻이지요. 하지만 리처드는 지금 당장 백작이 되고 싶어해요."

엘리자베스의 눈이 휘둥그레졌다. "리처드가 윌리엄과 전쟁을 벌인 건가요?"

"리처드는 지금 부하들을 데리고 아주 가까운 데 와 있어요. 만일 오늘 이 성을 탈취할 수 있다면 그는 백작으로 인정받을 거예요. 그러면 윌리엄은 끝장이지요."

"정말 믿을 수 없는 일이에요. 정말 믿기지 않아요." 앨리에너는 엘리자베스가 갑자기 보이는 낙관적인 태도가 엘리자베스의 비참한 상황보다 더 가슴 아프게 느껴졌다.

"당신이 해야 할 일은 리처드가 조용히 들어올 수 있도록 하는 것뿐이에요. 그 일이 모두 끝나면 우리가 당신을 집에 데려다줄게요."

엘리자베스는 또다시 두려운 표정을 지었다. "사람들이 내 말을 들을지 모르겠군요."

그것이 앨리에너가 걱정하던 문제였다. "경비대장이 누구지요?"

"마이클 암스트롱이요. 마음에 안 드는 사람이에요."

"사람을 시켜 그를 불러오세요."

"좋아요." 엘리자베스는 콧물을 닦고 자리에서 일어나 문 쪽으로 갔다. "매지!" 그녀가 날카로운 소리로 불렀다. 앨리에너는 희미한 대답을 들었다. "가서 마이클을 데려와. 그에게 지금 당장 이리 오라고 해.

급한 볼일이 있으니까. 어서 서둘러."

엘리자베스는 다시 방 안으로 들어오더니 잠옷 위에 튜닉을 걸치고 부츠 끈을 매면서 재빨리 몸치장을 시작했다. 앨리에너는 그녀가 할 일을 빠르게 설명해주었다. "마이클에게 큰 종을 울려서 사람들을 안마당에 전부 모으라고 해요. 그리고 윌리엄 백작의 전갈을 받았다고 하고 수비대 전원에게 할 말이 있다고 해요. 병사든 하인이든 모두요. 서너 명을 경비로 세워두고 나머지 사람들은 모두 바깥채 안마당에 집합시키는 거예요. 또 그에게, 이제 곧 다른 전갈을 가지고 십여 명의 기수들이 도착할 거라고 말해요. 그리고 그들이 도착하자마자 즉시 당신에게로 데려와야 한다고 말하면 되는 거예요."

"그 말을 전부 기억할 수 있을지 모르겠군요." 엘리자베스가 불안한 듯 말했다.

"그건 걱정할 것 없어요. 당신이 기억을 못 해내면 내가 옆에서 일러줄 테니까요."

"그 말을 들으니 좀 기운이 나요."

"마이클 암스트롱은 어떤 사람인가요?"

"냄새나고 무뚝뚝하며 몸집은 황소 같아요."

"똑똑한가요?"

"아뇨."

"그렇다면 더욱 잘됐군요."

얼마 후 그가 안으로 들어왔다. 심술궂은 얼굴에 목이 짧고 어깨가 떡 벌어지고 돼지우리를 떠메고 다니는 것처럼 악취를 풍기는 자였다. 그는 방해를 받아서 화가 난 표정으로 엘리자베스에게 무슨 일인지 묻는 시선을 보냈다.

"백작님 전갈을 받았어요." 엘리자베스가 입을 열었다.

그러자 마이클이 손을 내밀었다.

앨리에너는 자신이 엘리자베스에게 편지를 마련해주는 예방책을 강구하지 않았음을 깨닫고 전율했다. 이 속임수 전체는 그 어리석은 실수로 초장에 탄로날 수도 있었다. 엘리자베스는 앨리에너에게 절망적인 시선을 보냈다. 앨리에너는 미친 듯이 할 말을 궁리했다. 이윽고 한 가지 생각이 떠올랐다. "글을 읽을 줄 아나요, 마이클?"

그는 분개한 것 같았다. "신부님이 읽어줄 겁니다."

"당신의 마님도 읽을 수 있어요."

엘리자베스는 겁에 질린 얼굴이었으나 이렇게 말했다. "수비대 전원에게 내가 직접 전갈을 전하겠어요, 마이클. 종을 울려 모두 안마당에 집합시켜요. 하지만 망루에는 경비병을 두세 사람 남겨두는 것을 잊어선 안 돼요."

앨리에너가 걱정했던 것처럼 마이클은 엘리자베스로부터 이런 식으로 명령받는 것을 못마땅하게 여겼다. 그는 반항적인 표정을 지었다. "왜 제가 그들에게 말하면 안 됩니까?"

앨리에너는 이 사람을 설득하기란 불가능하다는 걸 깨닫고 불안해졌다. 그는 말조차 제대로 알아들을 수 없을 정도로 우둔했다. 앨리에너가 말했다. "난 백작부인께 윈체스터에서 아주 중대한 소식을 가져왔어요. 백작부인께서는 그 소식을 직접 말씀하시고 싶어합니다."

"그런데 그 소식이라는 게 대체 뭔가요?"

앨리에너는 아무 말 없이 엘리자베스를 쳐다보았다. 엘리자베스는 또다시 겁에 질린 표정을 지었다. 하지만 앨리에너가 그녀에게 거짓 전갈에 대해서는 이야기해주지 않았기 때문에, 엘리자베스로서는 마이클의 질문에 대답할 말이 없을 터였다. 결국 그녀는 마치 마이클의 질문을 듣지 못했다는 듯이 그저 이렇게만 말했다. "경비병들에게 기수가 오는지 살펴두라고 일러두세요. 열 명에서 열두 명 정도가 올 거예요. 그들 중 우두머리가 백작님으로부터 새로운 소식을 갖고 올 테니까요. 그리고 그 사람을 즉시 내게 데려와야 해요. 자, 이제 종을 울려요."

마이클은 분명히 따지고 싶은 모양으로 그 자리에 선 채 미간을 찌푸리자, 앨리에너는 숨을 죽였다. "소식을 전하러 그렇게 많은 심부름꾼이 오다니." 이해가 가지 않는다는 투였다. "이 부인께서도 전갈을 가져온데다 다시 또 전갈을 가지고 열두 사람씩이나 오다니요."

"그래요…… 자, 제발 어서 가서 종을 쳐요." 엘리자베스가 말했다. 앨리에너는 그녀의 음성이 떨리는 것을 느꼈다.

마이클은 어쩔 수 없다는 표정을 지었다. 대체 어찌된 일인지 이해할 수는 없었지만, 그에 반대할 이유도 없었던 것이다. 결국 그는 마지못해 말했다. "알았습니다, 마님."

그는 밖으로 나갔다.

앨리에너는 숨을 돌렸다.

엘리자베스가 말했다. "다음엔 어떻게 해야 하나요?"

"사람들이 안마당에 모이면 그들에게 스티븐 왕과 헨리 공이 평화조약을 맺었다고 해요. 그 소식은 모든 사람들의 주의를 끌 거예요. 그 말을 하는 동안, 리처드가 열 명의 선발대를 보낼 거예요. 하지만 경비병들은, 우리가 기다리는 윌리엄 백작의 심부름꾼들이 온 거라고 생각하겠지요. 그래서 당장은 겁을 먹고 도개교를 들어올리지 않을 거예요. 당신은 무슨 말이든 해서 선발대가 성에 다가올 때까지 사람들의 관심을 끌어야 해요. 알았지요?"

엘리자베스는 근심스러운 표정을 지었다. "그런 다음에는요?"

"내가 신호를 보내면 당신은 정통 백작 리처드에게 이 성을 넘겨주었다고 말하면 돼요. 그때쯤엔 리처드의 군대가 숲에서 나와 성으로 돌진

할 거예요. 그때는 마이클도 사태를 알아차리겠지요. 하지만 그의 부하들은 어느 쪽에 충성을 바쳐야 할지 갈피를 잡지 못할 거예요. 왜냐하면 당신이 그들에게 항복했다고 한데다 리처드가 정통 백작이라고 했기 때문이지요. 그리고 선발대는 성안에 들어와 사람들이 성문을 닫지 못하도록 막을 거예요." 종이 울리기 시작했다. 앨리에너는 두려움으로 배속이 조여드는 듯했다. "이제 시간이 다 됐어요. 기분이 어때요?"

"두려워요."

"나도 그래요. 자, 갑시다."

그들은 층계를 내려갔다. 성루 탑에 있는 종이 앨리에너가 철없이 뛰놀던 소녀였을 때와 똑같은 소리를 내며 울렸다. 같은 종이고 같은 종소리지만 나는 변했어, 그녀는 생각했다. 그녀는 그 종소리가 들판을 가로질러 저 멀리 숲 끝까지 들릴 것임을 잘 알고 있었다. 이제 리처드는 마음속으로 주기도문을 천천히 외면서 선발대를 보내기까지 기다려야 할 시간을 재고 있을 터였다.

앨리에너와 엘리자베스는 본성을 나와 성내에 있는 도개교를 건너 바깥채 안마당으로 걸어갔다. 엘리자베스는 두려움으로 얼굴이 창백했으나 결의에 찬 표정으로 입을 굳게 다물었다. 앨리에너는 용기를 북돋워주기 위해 그녀에게 미소를 지어 보였다. 그런 다음 다시 두건을 눌러썼다. 지금까지는 낯익은 사람과 마주치지 않았지만, 그녀의 얼굴은 나라안에 널리 알려져 있었다. 조만간 누군가 그녀를 알아볼 것이 틀림없었다. 만일 마이클 암스트롱이 그녀가 누구인지 알게 된다면, 아무리 우둔하다고 해도 생쥐 냄새를 맡은 고양이가 될 터였다. 몇몇 사람들이 그녀에게 호기심 어린 눈길을 보냈지만 아무도 말을 걸지는 않았다.

그녀와 엘리자베스는 바깥채 안마당 한복판으로 걸어갔다. 지면이 약간 경사져 있어 사람들의 머리 위로 성문을 통해 성 외곽의 들판이 보였다. 지금쯤은 선발대가 숲에서 나와야 했지만 아무런 움직임도 보이지 않았다. 제발 아무 차질도 없으면 좋으련만, 그녀는 두려운 심정으로 생각했다.

앨리자베스가 사람들에게 이야기를 하려면 딛고 올라설 만한 것이 필요할 듯했다. 앨리에너는 하인 한 사람에게 마구간에 가서 말에 올라탈 때 쓰는 디딤대를 가져오라고 했다. 디딤대를 기다리고 있는데 나이 지긋한 여인 하나가 앨리에너를 알아보았다. "아니, 앨리에너 아가씨 아니세요! 정말 이렇게 만나뵙다니 반갑군요!"

앨리에너는 가슴이 철렁 내려앉았다. 앨리에너도 그녀를 알아보았다. 그녀는 햄리 일가가 오기 전부터 성에서 일하던 요리사였다. 앨리에너는 억지로 미소를 짓고는 이렇게 말했다. "잘 있었어요, 틸리?"

틸리는 곁에 있던 사람을 팔꿈치로 찔렀다. "이봐, 앨리에너 아가씨가 돌아오셨어. 정말 오랜만이지. 아가씨께서 다시 주인마님이 되시나요?"

앨리에너는 마이클 암스트롱의 머리에 그런 생각이 떠오르기를 바라지 않았다. 그녀는 걱정스러운 눈길로 사방을 둘러보았다. 다행히도 마이클은 말소리가 들릴 거리에 있지 않았다. 하지만 그의 병사들 가운데 한 명이 그들이 주고받는 말을 듣더니 앨리에너를 응시하면서 미간에 주름을 잡았다. 앨리에너는 무관심을 가장한 표정으로 그의 시선을 되받았다. 그 사람은 애꾸눈이었는데(바로 그 때문에 윌리엄과 함께 전쟁터로 나가지 않고 남겨졌음이 분명했다) 앨리에너는 문득 눈이 하나밖에 없는 사람이 자기를 보고 있다는 것이 재미있게 느껴졌다. 웃음이 터지려는 걸 참아야 했다. 그녀는 자신이 꽤나 흥분한 상태임을 깨달았다.

조금 전의 하인이 디딤대를 가지고 왔다. 이제 종소리는 그쳤다. 앨리에너는 앨리자베스가 받침대 위에 서자 냉정을 되찾았다. 군중은 조용해졌다.

엘리자베스가 말했다. "스티븐 왕과 헨리 공이 평화조약을 맺었어요."

그녀가 말을 끊자 환성이 울렸다. 앨리에너는 성문 밖을 내다보았다. 자, 리처드. 지금이야. 자칫하면 너무 늦게 돼! 그녀는 마음속으로 소리쳤다.

엘리자베스는 미소를 지은 채 얼마 동안 사람들이 환호하도록 내버려두었다. 그런 다음 그녀는 말을 이었다. "스티븐 왕께서는 돌아가실 때까지 왕위에 남아 있을 것입니다. 그런 다음 헨리가 그 뒤를 이을 것입니다."

앨리에너는 망루와 성루 위에 있는 경비병들을 주의해 보았다. 그들은 방심한 자세였다. 대체 리처드는 어디에 있는 걸까?

"이 평화조약은 우리의 삶에 많은 변화를 가져다줄 것입니다."

그 순간 앨리에너는 경비병들이 긴장하는 것을 보았다. 그중 하나가 손을 눈가에 대면서 들판 건너편을 응시하고 있었고, 그동안 다른 하나는 몸을 돌려 경비대장의 시선을 끌려는 듯 안마당 쪽을 내려다보았다. 하지만 마이클 암스트롱은 엘리자베스의 말에 열심히 귀를 기울이고 있었다.

"현재의 왕과 미래의 왕은 모든 토지를 선왕 헨리 치하의 주인들에게 돌려주기로 합의했습니다."

이 말에 사람들은 여기저기서 웅성대기 시작했다. 이 변화가 셔링의 백작 작위에 어떤 영향을 미칠지를 생각하는 것이었다. 마이클 암스트롱은 무슨 생각엔가 잠기는 듯했다. 마침내 성문을 통해, 리처드의 선발대가 탄 말들이 다가오는 것이 보였다. 어서, 서둘러! 그녀는 마음속으로 외쳤다. 하지만 그들은 경비병을 놀라게 하지 않으려고 일정한 속보로 달려오고 있었다.

엘리자베스가 계속해서 말했다. "우리 모두는 이 평화조약에 대해 하느님께 감사를 드려야 할 것입니다. 우리는 스티븐 왕께서 만년에 현명하게 통치하기를 기도해야 할 것입니다. 또한 젊은 공작이 평화를 지키도록 기도해야 합니다. 하느님께서 스티븐 왕을……" 그녀는 실로 훌륭하게 해내고 있었지만, 이제 할 말이 달리기 시작한 듯 걱정스러운 표정을 짓고 있었다.

경비병들은 모두 바깥쪽을 보면서 접근하는 무리들을 살펴보고 있었다. 그들은 이런 무리들이 올 것이라는 말을 들었고 그 우두머리를 즉시 백작부인에게 데려오라는 지시를 받았기에 아무 행동도 취할 필요가 없었지만 그래도 호기심에 이끌렸던 것이다.

애꾸눈 병사가 고개를 돌려 성문 밖을 보더니, 다시 고개를 돌려 앨리에너를 바라보며 눈살을 찌푸렸다. 이 자리에 앨리에너가 있을 뿐 아니라 한 무리의 기마대가 다가오고 있는 지금 뭔가 중대한 사태가 일어나고 있다고 여긴 듯했다.

흉장 위에 있던 경비병 하나가 무슨 결심을 한 듯 층계 아래쪽으로 사라졌다.

군중은 조금씩 안정을 잃어가고 있었다. 엘리자베스는 여전히 두서없는 이야기를 이끌어가고 있었으나, 군중은 초조하게 중요한 소식을 고대하고 있었다. 엘리자베스가 말했다. "이 전쟁은 내가 태어난 지 일 년도 안 되어 시작되었습니다. 그리고 왕국의 많은 젊은이들과 마찬가지로 나는 평화가 어떤 것인지 알고 싶었지요."

흉장에서 내려온 경비병은 망루 밑으로 나와 기운찬 걸음으로 구내를 가로질러 마이클 암스트롱에게 가서 뭐라고 말했다.

앨리에너는 성문을 통해 아직도 몇 백 미터 떨어져 있는 기수들을 볼 수 있었다. 아직 충분히 가까운 거리는 아니었다. 그녀는 절망 때문에 비명이라도 지를 것 같았다. 이런 상황을 더 참고 견딜 수 없을 지경이었다.

마이클 암스트롱이 고개를 돌리고 눈살을 찌푸리며 성문 저편을 내다보았다. 그때 애꾸눈이 마이클의 소매를 당기고 앨리에너를 가리키며 무슨 말인가를 했다.

앨리에너는 리처드가 들어오기도 전에 성문이 닫히고 도개교가 올려질까 두려웠지만, 어떻게 그 일을 막아야 할지 알 수 없었다. 마이클이 명령을 내리기 전에 그에게 몸을 날릴 만큼 자신이 대담하게 행동할 수 있을지도 알 수 없었다. 그녀는 여전히 왼팔에 단검을 매고 다녔으니 그를 죽일 수도 있을 것이다. 이윽고 그가 단호한 동작으로 몸을 돌렸다. 앨리에너는 팔을 뻗어 엘리자베스의 팔꿈치를 쳤다. "마이클을 막아요!" 그녀가 낮은 목소리로 말했다.

엘리자베스는 말을 하려고 입을 열었으나 아무 소리도 내지 못했다. 두려움 때문에 돌처럼 굳어버린 듯했다. 이윽고 그녀의 표정이 바뀌었다. 그녀는 한 번 깊숙이 숨을 몰아쉬더니 고개를 치켜세우고는 쩌렁쩌렁 울리는 위엄 있는 소리로 말했다. "마이클 암스트롱!"

마이클은 고개를 돌렸다. 이젠 뒤로 물러설 수 없게 되었음을 앨리에너는 깨달았다. 리처드가 아직 안심할 정도로 가까이 오지 않았지만 그녀에게는 시간이 없었다. 그녀는 엘리자베스에게 말했다. "지금이에요! 지금 그 말을 해요!"

엘리자베스가 말했다. "나는 이 성을 셔링의 정통 백작인 킹스브리지의 리처드에게 내주었습니다."

마이클은 믿을 수 없다는 눈길로 엘리자베스를 노려보았다. "그렇게는 안 돼!" 그가 외쳤다.

엘리자베스가 말했다. "그대들 모두에게 무기를 버릴 것을 명한다. 그러면 유혈사태는 일어나지 않을 것이다."

마이클은 몸을 돌려 고함을 쳤다. "도개교를 올려라! 성문을 닫아!"

군사들이 명령을 이행하려고 달려갔지만 마이클이 주저했던 한순간은 너무 길었다. 그들이 입구의 아치를 폐쇄할, 쇠테를 두른 거대한 성문에 당도하는 순간 리처드의 선발대가 덜거덕거리며 도개교를 건너 성안으로 들어섰다. 마이클의 부하들 대부분은 갑옷을 입지 않은 채였고, 그들 중 일부는 검대조차 차고 있지 않았다. 그들은 말 탄 사람들이 달려들자 뿔뿔이 흩어졌다.

엘리자베스가 외쳤다. "모두 침착해요! 이 사자使者들이 내 명령을 확인해줄 거예요."

그때 흉장에서 외치는 소리가 들려왔다. 경비병 하나가 두 손을 입가에 모으고 아래를 향해 고함을 쳤다. "대장님! 공격이에요! 우린 공격받고 있어요! 수십 명이 오고 있어요!"

"배신이다!" 마이클이 소리를 지르며 칼을 뽑았다. 하지만 그 순간 리처드의 병사 두 명이 그를 덮쳤다. 그들의 칼날이 번득였고 마이클은 피를 쏟으며 쓰러졌다. 앨리에너는 고개를 돌렸다.

리처드의 병사 몇 명이 성문과 로프실을 점령했다. 그들 중 두 사람이 흉장을 점령하자, 마이클의 경비병들은 항복하고 말았다.

앨리에너는 주력부대가 전속력으로 들을 가로질러 성으로 질주해오는 것을 보았다. 그녀의 기분은 태양처럼 위로 솟아올랐다.

엘리자베스는 목청껏 소리를 질렀다. "이것은 평화적인 항복이에요. 아무도 다치지 않을 거라고 약속하겠어요. 그저 그 자리에 가만히 있기만 하면 됩니다."

사람들은 모두 못박힌 듯 서서 점점 더 다가오는 리처드의 군대가 내는 우레 같은 말발굽 소리를 듣고 있었다. 마이클의 병사들은 어리둥절하고 불안한 표정을 지었지만 움직이는 사람은 없었다. 대장은 쓰러졌고, 그들의 주인인 백작부인이 항복하라고 명령한 것이다. 성채의 하인들도 너무나 순식간에 벌어진 일이라 어찌해야 할지 몰랐다.

이윽고 군마를 탄 리처드가 성문을 지나 안으로 들어왔다.

위대한 순간이었다. 앨리에너의 가슴은 자부심으로 부풀어올랐다. 리처드는 잘생긴 얼굴에 미소를 짓고 의기양양해 있었다. 앨리에너가 외쳤다. "정통 백작이시다!" 리처드의 뒤를 따라 성안으로 들어오던 병사들이 함성을 질렀고, 안마당에 있던 군중 사이에서도 함성이 일었다. 그들 대부분은 윌리엄을 좋아하지 않았다. 리처드는 말을 탄 채 천천히 구내를 돌며 환호에 답했다.

앨리에너는 지금까지 해온 그 모든 일이 오로지 이 순간을 위한 것이었다고 생각했다. 그녀는 서른네 살이었고, 이 일을 위해 싸우느라고 생의 절반을 써버렸다. 내 청춘의 전부에 해당하는 시간이야, 난 그것을 바쳤어, 그녀는 생각했다. 그녀는 손이 빨갛게 부풀고 피가 나도록 자루에 양털을 눌러 담던 일을 떠올렸다. 그리고 조금이라도 약한 기색을 보였다면 그녀를 죽여버렸을, 길 위에서 만난 탐욕스럽고 잔인하고 음탕한 자들의 얼굴도 떠올렸다. 그녀는 사랑하는 잭에게 자신이 얼마나 무정하게 대했는지를 떠올렸고, 그 대신 앨프레드와 결혼했던 일도 생각했다. 그리고 개처럼 앨프레드의 침대 발치 바닥에서 잠을 잤던 몇 달간의 치욕도 생각했다. 모두 앨프레드가 리처드의 무기와 갑옷 비용을 대겠다고 약속했기 때문이었다. 그래서 결국 리처드는 싸워서 이 성을 되찾을 수 있었다. "자, 보세요, 아버지!" 그녀가 큰 소리로 말했다. 아무도 그녀의 말을 듣지 않았다. 사람들은 큰 소리로 환호성을 지르고 있었다. "아버지께서 그토록 바라던 일이에요." 그녀는 죽은 아버지께 말했다. 승리감과 더불어 쓰디쓴 비통함이 밀려들었다. "전 이것을 약속드렸고, 그 약속을 지켰습니다. 저는 리처드를 돌보았고, 그애는 그 오랜 세월 동안 싸웠지요. 이제 마침내 우리는 다시 집에 돌아왔어요. 리처드는 백작이 됐고요. 그러니……" 그녀의 음성은 거의 고함이 되어 나왔지만, 어차피 모두가 소리를 질러대고 있었다. 그녀의 뺨을 타고 흘러내리는 눈물을 보는 사람도 없었다. "그러니 아버지, 이제 전 아버지와의 관계를 끊겠어요. 아버지는 무덤으로 돌아가세요. 제가 평화롭게 살도록 내버려두시라고요!"

16장

1

레미기우스는 빈궁 속에서조차 거만했다. 그는 고개를 높이 쳐들고 햄리 마을에 있는 목조 영주 저택으로 들어와 대강 다듬어 지붕을 떠받친 나무 기둥과 초벽들, 그리고 다져놓은 흙바닥 한가운데 놓인 굴뚝도 없는 무개無蓋 난로를 업신여기는 눈길로 둘러보았다.

윌리엄은 그가 걸어 들어오는 것을 보았다. 내가 운이 기울기는 했지만 그래도 당신만큼은 아니야, 윌리엄은 수사의 누덕누덕 기운 샌들과 더러운 수도복, 수염을 깎지 않은 턱과 텁수룩하게 헝클어진 머리를 보면서 생각했다. 레미기우스의 얼굴에 붙박이다시피 한 그 거만한 표정도 피로와 좌절로 눈 밑에 잡힌 불그죽죽한 주름을 감춰주진 못했다. 레미기우스는 아직 기가 꺾이지 않았지만 기진맥진해 있었다.

"축복하노라, 아들아." 레미기우스가 윌리엄에게 말했다.

윌리엄은 그런 말에 맞장구칠 기분이 아니었다. "대체 뭘 원하는 거요, 레미기우스?" 그는 레미기우스를 '신부'라든가 '형제'라고 부르지 않음으로써 상대를 고의적으로 모욕했다.

레미기우스는 충격을 받기라도 한 듯 움찔했다. 윌리엄은 그가 영락한 이래 이미 그런 조롱을 몇 차례 겪었으리라고 짐작했다. 레미기우스가 말했다. "당신이 셔링 참사회 주임사제인 내게 준 토지를 리처드 백작이 회수해갔소."

"놀랄 일도 아니군. 모든 토지가 선왕 헨리 치하의 주인들에게 반환돼야 하니까."

"하지만 그러면 나는 먹고살 방도가 없게 되오."

"그건 당신뿐이 아니지." 윌리엄은 무관심한 어조였다. "당신은 킹스브리지로 돌아가야 할 거요."

레미기우스의 얼굴은 분노로 창백해졌다. "그럴 수는 없소." 그가 작은 소리로 말했다.

"왜 그럴 수 없다는 거요?" 윌리엄은 그를 괴롭히기 위해서 추궁했다.

"왜 그럴 수 없는지는 당신도 잘 알고 있을 것이오."

"어린 계집애들의 가랑이를 벌려서는 안 된다고 필립이 말할까봐서? 내게 범법자들의 은신처를 알려줌으로써 자기를 배신했다고 그가 생각할까봐서? 필립의 대성당을 대신할 성당에서 주임사제 노릇을 하려 했다고 그가 화를 낼까봐서? 글쎄, 그렇다면 돌아가기는 어렵겠군."

"내게 뭐든 좀 주시오." 레미기우스는 간청했다. "마을 하나라도 좋아요. 아니 그저 농장 하나, 아니면 작은 성당 하나라도 말입니다!"

"패자에겐 상이 없는 법이오, 수사." 윌리엄이 모질게 말했다. 그는 이 일을 즐기고 있었다. "수도원 바깥 세상에서는 아무도 당신을 돌봐주지 않소. 오리는 지렁이를 삼키고, 여우는 오리를 잡아먹지. 인간들은 여우를 쏘아죽이고, 악마는 인간을 사냥하게 마련이오."

레미기우스의 목소리는 거의 속삭임처럼 가라앉았다. "그럼 나는 어찌해야 한단 말이오?"

윌리엄은 미소 지으며 말했다. "구걸하시오."

레미기우스는 몸을 홱 돌려 그곳에서 나갔다.

아직도 자존심은 남아 있군. 하지만 오래가지는 못하겠지. 당신은 구걸하게 될 거야, 윌리엄은 생각했다.

자신보다 더 지독하게 몰락한 사람을 보자 얼마간 위안이 되었다. 자기 성 문 밖에 선 채 입성을 거부당했을 때의 그 쓰라린 고통을 그는 결코 잊지 못할 것이었다. 리처드가 몇 명의 군사들을 데리고 윈체스터를 떠났다는 말을 들었을 때 부쩍 의심스러운 생각이 들었다. 그때 평화협정이 발표되자 그의 걱정은 놀라움으로 바뀌었다. 그는 기사와 군사들을 이끌고 얼즈캐슬까지 강행군했다. 성을 수비하는 기간 병력이 있었기에 리처드가 성을 포위한 채 들판에서 진을 치고 있으리라고 예상했다. 그런데 모든 것이 평화로워 보였으므로 마음을 놓았다. 리처드가 갑자기 종적을 감춘 일에 과잉 반응을 한 거라고 자신을 나무라기까지 했다.

성 가까이 다가간 그는 도개교가 들어올려져 있는 것을 보았다. 그는 해자 가장자리에서 말을 멈추고 고함을 쳤다. "백작이 오셨으니 문을 열라!"

그 순간 리처드가 흉장에 나타나더니 말했다. "백작은 성안에 계시다."

윌리엄의 발밑의 땅이 꺼지는 듯했다. 그는 언제나 리처드를 두려워했고 위험한 적수라고 의식하고 있었지만, 그 순간처럼 자신이 약하다고 느껴본 적은 없었다. 그는 스티븐이 죽고 헨리가 왕위에 오를 때나 돼서야 심각한 위험이 닥칠 것이며, 그런 일은 십 년 후에나 일어날 거라고 생각하고 있었다. 지금 그는 초라한 영주 저택에 앉아 자신의 실수를 곱씹으면서 리처드가 사실은 아주 영리한 자임을 깨달았다. 리처드는 좁은 틈새로 발을 밀어넣은 것이다. 그는 아직 전쟁이 끝나지 않은 상황에서 일을 벌였으므로 국왕의 평화를 깨뜨린 죄목으로 고소될 수도 없었다. 백작령에 대한 그의 요구는 평화협정으로 합법화되었다. 게다가 늙고 지친데다 패배한 스티븐에게는 전쟁을 더 치를 기력도 남아 있지 않았다.

리처드는 계속 윌리엄을 섬기고자 하는 병사들을 풀어주는 아량을 베풀었다. 애꾸눈 왈도가 성이 탈취된 경위를 윌리엄에게 일러주었다. 엘리자베스의 배신은 화가 치미는 일이었지만, 윌리엄에게는 앨리에너가 한몫했다는 것이야말로 가장 굴욕적이었다. 그 옛날 자신이 겁탈하고 괴롭힌 다음 집에서 쫓아냈던 무력한 소녀가 돌아와 복수를 했다. 그 일을 생각할 때마다 마치 식초라도 마신 것처럼 배가 쓰리게 타올랐다.

그는 처음엔 리처드와 싸우려 했다. 윌리엄은 군대를 유지하고 그 지방 주민들에 의지해 살며 농부들에게서 세금과 물자를 갈취해 리처드와의 싸움을 계속할 수도 있었다. 하지만 리처드는 성을 차지하고 있었고 시간은 그의 편이었다. 윌리엄의 옹호자 스티븐은 늙고 지친 데 반해 리처드는 결국 헨리 2세가 될, 젊은 헨리 공이라는 배경이 있었다.

그래서 윌리엄은 자신의 패배를 잊기로 했다. 그는 햄리 마을로 물러나 자기가 자랐던 영주 저택에 칩거했다. 햄리와 그 일대 마을들은 삼십 년 전 그의 부친에게 하사된 영지였다. 백작령에 속한 적이 없는 땅이라 리처드에게는 소유권을 주장할 권리가 없었다.

윌리엄은 자신이 이처럼 자숙하고 있는 만큼, 리처드도 이미 복수한 데 만족해 자신을 가만히 내버려두기만을 바랐다. 지금까지는 별다른 문제가 없었다. 하지만 윌리엄은 이 햄리 마을이 지긋지긋했다. 평범하고 작은 가옥들, 연못에 있는 시끄러운 오리들, 창백한 잿빛 석조성당, 볼이 불룩한 아이들, 엉덩이가 펑퍼짐한 여자들, 걸핏하면 화를 내는 억센 남자들이 지긋지긋했다. 이곳이 초라하고 평범하며 가난에 찌든 마을이어서 싫었다. 또한 권좌에서 추락한 자기 가문을 상징하고 있어서 싫었다. 그는 부지런한 농부들이 봄철 밭갈이를 시작하는 모습을 멍하니 바라보면서 그해 여름 그들의 작물에서 자기 몫이 얼마나 될지 어림해보고 그것으로 충분치 않다는 것을 깨달았다. 그는 1만 제곱미터도 채 되지 않는 자기 소유의 숲으로 사냥을 나가보았지만, 사슴 한 마리도 쫓아보지 못했다. 산림 관리인이 그에게 말했다. "이젠 멧돼지밖에 사냥하실 게 없습니다, 나리. 범법자들이 사슴이라고는 씨를 말려버렸습죠." 그는 초벽의 갈라진 틈새로 바람이 들어오는 영주 저택의 큰 홀에서 재판을 열었다. 가혹한 판결을 내리고 무거운 벌금을 부과하며 기분 내키는 대로 재판을 진행했는데도 기분이 풀리지 않았다.

물론 셔링에 산뜻한 새 성당을 건축하는 일도 포기했다. 성당은 차치하고 자기가 살 석조주택 하나 건축할 여유가 없었다. 그가 지불을 중단하자 인부들도 공사를 중단했다. 그다음에는 어떻게 되었는지 알 수 없었다. 아마 인부들은 필립 수도원장의 일을 해주려고 킹스브리지로 돌아갔을 것이다.

게다가 요즘에는 밤마다 악몽을 꾸었다.

꿈들은 모두 한결같았다. 그는 임종하는 어머니를 지켜보고 있었다. 어머니는 귀와 눈으로 피를 흘리고 있었는데, 말을 하려고 입을 열자 더 많은 피가 쏟아져나왔다. 그 광경을 보면서 그는 죽을 것 같은 공포에 사로잡혔다. 밝은 대낮이 되면 대체 무엇 때문에 자신이 그 꿈을 그렇게 두려워했는지 꼬집어 말할 수가 없었다. 아무튼 대낮에는 어머니가 위협적인 존재가 아니었다. 하지만 밤이 되어 다시 나타나면 그는 두려움에 사로잡혀 불합리하고 병적이고 맹목적인 공포에 떨었다. 어렸을 때 한번 연못 속으로 걸어들어갔다가 갑자기 깊어지는 바람에 물속에 빠져

숨을 쉴 수 없었던 적이 있었다. 그때 공기를 찾아 미친 듯이 허우적거렸던 일은 어린 시절 기억 가운데 잊을 수 없는 사건 중 하나였다. 하지만 이번에는 그보다 열 배는 더 지독했다. 피가 철철 흐르는 어머니의 얼굴에서 달아나려는 필사적인 노력은 마치 모래 회오리바람 속을 달려가려는 것과도 같았다. 그는 누군가 방 저편으로 집어던지기라도 한 것 같은 충격 속에서 땀을 흘리고 신음하면서 잠에서 깨어났는데, 그럴 때면 지나친 긴장에 짓눌린 몸은 고통스러울 정도로 뻣뻣해져 있었다. 그때마다 그는 촛불을 들고 침대 발치에 서 있는 월터를 발견했다. 그 집에는 침실이 따로 없기 때문에 윌리엄은 부하들 사이에 휘장을 치고 홀에서 잠을 잤다. "영주님께서 비명을 지르셨습죠." 월터가 우물거리며 말했다. 윌리엄은 숨을 거칠게 몰아쉬면서 실재하는 침대와 실재하는 벽, 그리고 실재하는 월터를 바라보았는데, 그러면 악몽의 위력은 점차 사그라들어 두렵지 않을 정도로 가라앉았다. "아무것도 아니야, 그저 꿈을 꾸었을 뿐이지. 가서 자거라." 윌리엄은 그렇게 대꾸했지만 다시 잠들기가 두려웠다. 그리고 다음 날이면 부하들은 마치 마법에 걸린 사람을 대하듯 그를 바라보는 것이었다.

레미기우스와 이야기를 나눈 지 며칠 지나지 않은 어느 날, 윌리엄이 그때와 똑같이 연기가 피어나는 난롯가의 딱딱한 의자에 앉아 있는데 웨일런 주교가 안으로 들어왔다.

윌리엄은 소스라쳤다. 말발굽 소리는 들었지만, 방앗간에서 돌아오는 월터일 거라고 생각한 것이었다. 주교를 보자 그는 어찌할 바를 몰랐다. 웨일런은 언제나 거만하고 그보다 한수 위였으며, 윌리엄으로 하여금 자신이 어리석고 서투르고 열등하다는 기분에 수없이 사로잡히게 만들었다. 그런 웨일런에게 자신이 살고 있는 초라한 집을 보인다는 것은 굴욕이었다.

윌리엄은 일어나서 손님을 맞지 않았다. "무슨 일이시죠?" 그가 퉁명스럽게 말했다. 웨일런에게 공손하게 대할 이유는 전혀 없었다. 윌리엄은 웨일런이 어서 가주기만을 바랐다.

주교는 그의 무례한 언동을 못 본 체했다. "셰리프가 죽었소."

처음에 윌리엄은 그의 말뜻을 파악하지 못했다. "그게 나와 무슨 상관입니까?"

"셰리프를 새로 임명하게 된단 말이오."

윌리엄은 하마터면 '그래서요?' 라고 물을 뻔했지만, 그 말을 꿀꺽 삼켰다. 웨일런은 누가 새 셰리프가 될지를 걱정하고 있었다. 그런데 윌리엄에게 와서 그 문제를 이야기하고 있었다. 그런 행동에는 한 가지 의미밖에 없었다. 희망이 가슴속에서 용솟음쳤지만, 윌리엄은 그것을 사납게 억눌렀다. 웨일런과 엮인 일에서는 큰 희망은 종종 좌절과 실망만을 가져왔다. "누구를 염두에 두고 있습니까?"

"당신이오."

윌리엄으로서는 감히 바랄 수도 없는 대답이었다. 그 말을 정말이라고 믿고 싶었다. 영리하고 무자비한 셰리프라면 백작이나 주교만큼 중요한 인물이면서 영향력을 행사할 수 있었다. 이로써 다시 부와 권력의 길로 들어설 수도 있었다. 그는 거기에 아무런 난관이 없을까 생각을 모아보았다. "스티븐 왕이 나를 임명할까요?"

"당신은 헨리 공에 맞서 스티븐을 지지했소. 당신이 백작 작위를 잃은 것도 그 때문이오. 내 짐작으로 왕은 당신에게 보답하고 싶어할 것이오."

"아무도 보답하려 들지는 않소." 윌리엄은 어머니가 늘 하던 말을 되풀이했다.

"스티븐은 셔링의 백작이 자기와 적대했던 자라 속이 편치 않을 것이오. 그러니 자기 휘하의 셰리프가 리처드와 적대할 사람이 되기를 바랄 거요."

이제 좀더 납득이 되었다. 윌리엄은 자기 의지와는 상관없이 흥분을 느꼈다. 그리고 자신이 햄리 마을이라고 불리는 이 구덩이에서 빠져나갈 수도 있다는 걸 정말로 믿기 시작했다. 지금 자신이 데리고 있는 얼마 안 되는 초라한 병력 대신 다시금 기사와 병사들을 끌어모아 만만찮은 세력을 형성하게 될 것이다. 셔링의 지방 법정을 장악해 리처드가 하고자 하는 바를 분쇄할 수도 있으리라. "셰리프라면 셔링의 성에서 살아야 하잖습니까." 윌리엄의 목소리에는 갈망이 담겨 있었다.

"당신은 부유해질 거요."

"맞는 말입니다." 적절히 이용하기만 한다면 이 셰리프란 자리는 막대한 이익을 가져올 수도 있었다. 윌리엄은 거의 백작이었을 때만큼 많은 돈을 벌 것이다. 하지만 그는 웨일런이 어째서 굳이 그 점을 언급하고 나오는 건지 의아했다.

잠시 후 웨일런 스스로 그 의문에 답해주었다. "당신은 결국 새 성당을 지을 자금을 댈 수 있을 거요."

바로 그것이었다. 웨일런은 숨은 동기 없이는 아무 일도 하지 않는 사람이었다. 자기에게 성당을 지어줄 수 있도록 하기 위해 윌리엄을 셰리프 자리에 앉히고 싶어하는 것이다. 하지만 윌리엄은 그 계획에 기꺼이 협력할 작정이었다. 만일 어머니를 기념하는 성당을 완공할 수 있다면 악몽도 끝날지 몰랐다. "주교께서는 내가 정말 셰리프가 될 수 있다고 생각하십니까?" 그가 간절한 어조로 물었다.

웨일런이 고개를 끄덕였다. "물론 돈은 들겠지만 가능하다고 생각하오."

"돈이라고요?" 윌리엄은 갑자기 불안해져서 물었다. "얼마나요?"

"그건 말하기 어렵소. 링컨이나 브리스톨 같은 곳의 지방 셰리프라면

5, 6백 파운드가 들 것이오. 그런 도시의 셰리프라면 추기경보다 부유하니까. 셔링 같은 작은 도시에서 왕이 원하는 후보자가 되려면, 물론 그 후의 문제는 내가 알아서 처리할 테지만 아마 1백 파운드는 들 것이오."

"1백 파운드라고!" 윌리엄의 희망은 무너져내렸다. 처음부터 실망하게 될까 두려워하고 있었다. "내가 1백 파운드를 갖고 있다면 이렇게 살고 있지도 않을 겁니다!" 윌리엄은 사납게 말했다.

"당신은 그 돈을 구할 수 있소." 웨일런이 가볍게 받아넘겼다.

"누구한테서?" 문득 윌리엄의 머리에 한 가지 생각이 떠올랐다. "주교께서 그 돈을 줄 건가요?"

"바보 같은 소리." 웨일런은 상대방을 격분케 하는 예의 그 생색내는 어조로 말했다. "고리대금업자들이 하는 일이 바로 그런 거잖소."

윌리엄은 다시 한번 희망과 분개가 뒤섞인 감정을 맛보았다. 그는 또 다시 주교의 말이 옳다는 것을 깨달았다.

처음 균열이 나타난 것은 이 년 전이었는데, 그때 잭은 해결책을 찾아내지 못했다. 그런데 설상가상으로 똑같은 형태의 균열이 신랑 첫번째 기둥사이에 나타났다. 설계에 무엇인가 중대한 결함이 있었다. 이 구조물은 궁륭의 무게를 지탱할 만큼 강했으나 벽면 상부에 몰아치는 거센 바람을 견디기는 어려운 모양이었다.

그는 높은 곳에 설치해놓은 비계 위에 서서 새로 난 균열이 밀집해 있는 곳을 바라보며 곰곰 생각에 잠겨 있었다. 바람에 흔들리지 않도록 벽면 상부를 받쳐줄 방법을 생각해내야 했다.

그는 벽면 하부를 어떤 식으로 보강했는지 생각해보았다. 측랑 외벽 안에는 측랑 지붕 속에 감춰진 반아치들로 신랑 벽면과 연결된 굵고 튼튼한 기둥들이 있었다. 이 반아치와 기둥들은 원격 버팀벽들처럼 멀리 떨어져서 벽면을 받쳐주었다. 이들 버팀대가 가려져 있어서 신랑은 밝고 우아해 보였다.

벽면 상부에도 그것과 유사한 구조를 만들어낼 필요가 있었다. 측랑을 이층으로 만들어 원격 지지의 형식을 다시 쓸 수도 있었지만, 그럴 경우 명층을 통해 들어오는 빛을 차단하게 된다. 그러나 건축의 새로운 양식이라는 전체 개념은 성당 안에 더 많은 빛을 들어오게 한다는 것이었다.

물론 측랑이 이러한 역할을 하는 것은 아니었다. 지지하는 힘은 측벽의 튼튼한 기둥들 및 연결용 반아치들에서 나왔다. 측랑은 이러한 구조물들을 감춰주는 역할을 맡고 있었다. 만일 측랑 안으로 편입시키지 않고도 명층을 지지할 기둥과 반아치를 만들 수만 있다면 이 문제는 단번에 해결할 수 있었다.

그때 밑에서 누군가 그를 부르는 소리가 들렸다.

잭은 눈살을 찌푸렸다. 문제의 핵심에 거의 다가가고 있었는데, 방해를 받아 그 핵심이 완전히 사라져버린 느낌이었다. 아래를 내려다보니 필립 수도원장이 그를 부르고 있었다.

잭은 작은 탑으로 들어가 나선형 층계를 내려갔다. 필립은 밑에서 기다리고 있었다. 수도원장은 몹시 화가 나 있었다. "리처드가 나를 배신했네!" 그가 거두절미하고 말했다.

잭은 깜짝 놀랐다. "어떻게요?"

필립은 그 질문에는 즉각 대답하지 않았다. "내가 그토록 많은 일들을 해주었건만." 필립이 화난 어조로 말했다. "모든 사람들이 앨리에너를 속이려 들 때 나는 그녀에게서 양모를 사주었지. 내가 아니었다면 앨리에너는 장사를 시작할 수도 없었을 거야. 그리고 장사를 할 수 없게 됐을 때 난 리처드에게 파수대장 자리를 주었네. 또한 지난 11월에는 평화조약에 관한 정보를 제공했고, 그 덕분에 얼즈캐슬을 탈취할 수 있었지. 그런데 백작 작위를 되찾아 당당하게 통치를 하게 되자마자 내게 등을 돌린 거야."

잭은 지금까지 필립이 그처럼 격노한 모습을 한 번도 본 적이 없었다. 수도원장의 삭발한 머리는 분노로 시뻘게져 있었고 그는 말을 하는 동안 계속 침을 튀겼다. "대체 어떤 식으로 리처드가 원장님을 배신했다는 건가요?"

이번에도 필립은 그 질문을 무시했다. "난 언제나 리처드가 유약한 성격이라는 걸 알고 있었네. 그는 그 오랜 세월 동안 앨리에너를 먹여살린 적이 없었지. 그저 자기가 원하는 것을 그녀에게서 빼앗아가기만 했을 뿐 그녀가 뭘 필요로 하는지 한 번도 생각해본 적이 없었어. 그래도 난 그가 철저한 악당이라고는 생각하지 않았다네."

"대체 리처드가 한 일이 정확히 뭐예요?"

마침내 필립이 설명했다. "우리를 채석장에 접근하지 못하게 했네."

잭은 충격을 받았다. 그야말로 배은망덕한 행위였다. "하지만 그에게도 무슨 변명거리가 있었을 테죠?"

"모든 토지는 헨리 1세 치하의 주인에게 반환돼야 한다는 거야. 그리고 그 채석장을 우리에게 준 사람은 스티븐 왕이라는 거지."

리처드의 탐욕은 놀랄 정도였지만, 잭은 필립만큼 화가 나지는 않았다. 대성당은 이제 절반쯤 공사가 끝났고 대부분의 석재에는 값을 치러야 했고, 어떻게 해서든 돌은 구할 수 있을 터였다. "글쎄요. 엄밀히 따지자면 리처드의 말이 옳은 것 같군요." 잭이 꼼꼼하게 따져보는 투로 말했다.

필립이 분노했다. "어떻게 자네가 그런 말을 할 수 있나?"

"원장님이 제게 한 일과 비슷한 것 같은데요. 제가 원장님께 눈물 흘리는 성모 마리아상을 가져다드리고, 새로운 대성당을 위한 놀랄 만한 설계를 해드리고, 윌리엄에게서 원장님을 보호할 도시 성벽을 쌓았는데도, 원장님께서는 제 아이의 어머니인 여자와 함께 살 수 없다고 공포하셨잖습니까. 배은망덕하기는 그것도 마찬가지죠."

필립은 이 비유에 충격을 받았다. "그건 전혀 다른 문제라네!" 필립이 반박했다. "난 자네가 그녀와 떨어져 살기를 바라지 않네. 결혼 무효 선언을 막은 건 웨일런 주교였지. 하지만 주님의 율법에 따르면 자네는 간통을 저지르지 말아야 해."

"리처드도 그런 식으로 말할 게 틀림없겠지요." 잭도 반박했다. "재산의 반환을 명한 것은 리처드가 아니지요. 그는 단지 법을 집행하는 것뿐입니다."

그때 정오를 알리는 종소리가 울렸다.

"주님의 율법과 인간의 법은 다른 것이야."

"하지만 우리는 그 두 가지 법을 가지고 살아야 해요." 잭이 반박했다. "아무튼 저는 이제 아이들의 어머니와 점심식사를 하러 가야겠군요."

그는 분노에 찬 얼굴로 서 있는 필립을 남겨두고 자리를 떠났다. 정말로 필립이 리처드만큼 은혜를 모르는 사람이라고는 생각하지 않았다. 하지만 자신이 그런 식으로 생각하고 있다고 가장하는 게 마음이 편했다. 그는 채석장 문제에 관해 앨리에너에게 물어보기로 마음먹었다. 아마도 채석장을 양도하도록 리처드를 설득할 수 있을 것이다. 그녀도 그 일에 대해 알고 있을 터였다.

그는 수도원 경내를 나와 거리를 지나서 마사와 함께 살고 있는 집으로 향했다. 앨리에너와 아이들은 여느 때와 마찬가지로 부엌에 있었다. 지난해의 풍작으로 기근이 끝나면서 식량 부족 상황이 절망적일 정도는 아니었다. 식탁 위에는 밀빵과 양고기 구이가 놓여 있었다.

잭은 아이들에게 입맞춤을 해주었다. 샐리는 어린애답게 부드럽게 입을 맞춰주었으나, 얼른 어른이 되고 싶어 초조해하는 열한 살 토미는 뺨을 내밀면서도 약간 어색한 표정을 지었다. 잭은 미소 지었지만 아무 말도 하지 않았다. 그는 자기도 입맞춤을 어리석은 짓이라고 생각했던 때가 있었음을 상기했다.

앨리에너는 표정이 어두웠다. 잭은 그녀 곁의 긴 의자에 앉아서 말했다. "리처드가 채석장을 주지 않으려 한다고 필립 원장은 화가 났더군요."

"정말 너무한 일이죠." 앨리에너가 부드럽게 말했다. "정말 리처드는 은혜를 몰라요."

"리처드가 마음을 바꾸라는 설득을 들을 것 같아요?"

"나도 모르겠어요." 그녀는 왠지 혼란스러워 보였다.

"이 문제에 별로 관심이 없나보군요."

그 말에 그녀가 도전적인 시선을 보냈다. "그래요, 난 관심이 없어요."

그는 그녀의 이런 태도를 잘 알고 있었다. "무슨 생각을 하는지 내게 말하는 편이 좋을 거예요."

그러자 그녀는 자리에서 일어섰다. "우리, 뒷방으로 가요."

잭은 양 다리 고기 요리로 아쉬운 눈길을 보내고는 식탁에서 일어나 그녀를 따라 침실로 들어갔다. 그들은 여느 때처럼 문을 열어놓았는데, 누군가 집 안으로 들어오더라도 의심을 받지 않기 위해서였다. 앨리에너는 침대에 앉아 팔짱을 끼더니 서두를 떼었다. "나 중대한 결심을 했어요."

그녀의 표정이 너무도 침울했으므로 잭은 무슨 일인지 궁금했다.

"지금까지 난 두 개의 그늘 밑에서 청춘의 대부분을 보냈어요. 하나는 아버지가 돌아가실 때 그분께 한 맹세예요. 그리고 다른 하나는 당신과의 관계예요."

"하지만 이제 아버지에게 한 맹세는 완수했잖아요."

"그래요. 그리고 이젠 또다른 짐도 벗어버리고 싶어요. 난 당신 곁을 떠나기로 마음먹었어요."

잭은 심장이 멎을 것 같았다. 앨리에너가 이런 말을 가볍게 입 밖에 낼 사람이 아니라는 걸 알고 있었다. 그녀는 진담을 하고 있는 것이었다. 잭은 말없이 그녀를 바라보았다. 그 선언에 방향 감각을 잃고 말았다. 그녀가 자기를 떠날 수 있으리라고는 꿈에도 생각한 적이 없었다. 어떻게 이런 무서운 일이 닥친 거지? 그는 머릿속에 떠오른 첫 마디를 내뱉었다. "다른 누군가가 생긴 건가요?"

"바보 같은 소리 하지 말아요."

"그렇다면 왜 그러는 거예요?"

"이제 더는 견딜 수 없어서예요." 그녀의 두 눈에는 눈물이 가득 고여 있었다. "우리는 결혼 무효 선언을 십 년이나 기다려왔어요. 그 일은 결코 일어나지 않아요, 잭. 우린 영원히 이런 식으로 살도록 운명 지어진 거예요. 우리가 헤어지지 않는다면요."

"하지만……" 그는 뭔가 할 말을 궁리해보았다. 그녀의 선언이 너무도 확고해서 그걸 가지고 이러쿵저러쿵한다는 것이 부질없어 보였다. 마치 태풍 속을 뚫고 걸어보려는 일과도 같을 것이다. 그럼에도 불구하고 잭은 애써 말을 해보았다. "아무것도 없는 것보다는, 헤어지는 것보다는 이 편이 낫지 않나요?"

"결국에 가선 그렇지 않아요."

"하지만 당신이 떠난다고 해서 뭐가 달라지겠어요?"

"다른 누군가를 만나 다시 사랑에 빠질 수도 있겠죠. 그러면 평범한 삶을 살게 될 테고요." 그녀는 울고 있었다.

"그래도 당신은 앨프레드와 결혼한 상태잖아요."

"하지만 아무도 모를 거예요. 아니면 그런 것에 상관하지 않든가요. 건축장이 앨프레드를 모르는 교구 사제라면 결혼시켜주겠지요. 설혹 안다고 해도 그 결혼이 무효라고 여기는 그런 사제라면."

"당신이 그런 말을 하다니 믿을 수 없어요. 난 받아들일 수 없다고요."

"십 년이에요, 잭. 난 당신과 보통 사람들처럼 살게 되기를 십 년이나 기다렸어요. 더는 기다리고 싶지 않아요."

그녀의 말 한마디 한마디가 그의 가슴을 쳤다. 앨리에너는 계속 말했지만, 그는 그녀가 하는 말을 들으려 하지 않았다. 잭은 오직 그녀가 없는 삶에 대해서만 생각하고 있었다. 그가 그녀의 말을 가로챘다. "난 당신도 알다시피 다른 사람을 한 번도 사랑해본 적이 없어요."

그녀는 마치 통증이라도 느낀 듯 움찔했지만, 자신의 말을 계속 이어갔다. "모든 걸 정리하려면 일주일쯤 필요할 거예요. 윈체스터에 집을 하나 마련하겠어요. 아이들이 새로운 생활을 시작하기 전에 그애들이 이런 내 생각에 익숙해지도록 하고 싶어요……"

"내 아이들까지 데려갈 생각이군." 그가 멍하니 말했다.

그녀는 고개를 끄덕였다. "미안해요." 처음으로 그녀의 결심이 흔들리는 듯했다. "애들이 당신을 보고 싶어할 거라는 건 알아요. 하지만 애들에게도 정상적인 생활이 필요해요."

잭은 더 참을 수가 없었다. 그는 몸을 돌렸다.

"가지 말아요. 잭, 우리 좀더 얘기해요……"

그는 아무 대답도 하지 않고 밖으로 나왔다.

등 뒤에서 그녀가 외치는 소리가 들렸다. "잭!"

그는 거실을 지나 아이들 쪽을 바라보지 않은 채 그대로 집을 나왔다. 하지만 달리 갈 데가 없어 멍한 상태로 대성당으로 돌아왔다. 인부들은 아직 점심식사중이었다. 울 수도 없었다. 이 일은 단순히 울고 넘기기에는 너무도 충격적이었다. 아무 생각 없이 그는 북쪽 익랑에 있는 층계를 거쳐 꼭대기까지 올라간 다음 지붕 위로 걸어나왔다.

지상에서는 거의 느낄 수 없었지만 위에는 거센 바람이 불고 있었다. 잭은 아래를 내려다보았다. 만일 여기서 뛰어내린다면 익랑에 접해 있는 측랑의 부섭지붕 위로 떨어질 터였다. 아마 죽을 테지만 확실하지는 않았다. 교차부로 걸어간 그는 지붕이 갑자기 끝나 낭떠러지를 이룬 지점에서 발을 멈췄다. 새로운 양식의 대성당이 구조적으로 완전하지 않은데다 엘리애너마저 떠난다면 그에겐 삶의 이유가 사라질 터였다.

물론 그녀의 결심은 겉보기처럼 그렇게 급작스러운 것은 아니었다. 그녀는 여러 해 동안 불만스러워했는데, 그건 두 사람 모두 마찬가지였다. 하지만 그들은 불행에 익숙해 있었다. 얼즈캐슬을 되찾은 사건이 앨리에너를 마비 상태에서 깨어나게 해 자신의 삶은 자기 것이라는 생각을 일깨워준 것이었다. 그렇지 않아도 불안정했던 상황은 그것으로 완전히 뒤집히고 말았다. 어느 면에서 그 일은 폭풍이 대성당 벽에 균열을 낸 것과 마찬가지였다.

그는 익랑의 벽면과 측랑의 지붕을 쳐다보았다. 측랑 벽면에서 돌출된 묵직한 버팀벽이 보였다. 그리고 측랑 지붕 아래에서 반아치가 명층 기부基部에 그 버팀벽을 연결짓는 모양을 눈앞에 그려볼 수 있었다. 오늘 아침 필립이 주의를 흩뜨리기 직전 그 문제의 해결책이라고 생각했던 것은 훨씬 더 높은 벽을 세우는 것이었다. 그것은 6미터는 더 높을 것이며, 두번째 반아치가 균열이 나타나고 있는 벽면의 그 지점을 향해 공간을 건너지를 것이다. 그 아치와 높은 버팀벽이면 성당 상반부를 지지할 것이고, 바람이 몰아치더라도 벽이 흔들리지 않도록 해줄 것이다.

그것이 아마 문제에 대한 해답일 것이다. 문제는 확장된 버팀벽과 제2의 반아치를 가리기 위해 이층짜리 측랑을 지을 경우 성당 안으로 충분한 빛이 들어오지 못할 거라는 점이다. 만일 그렇게 하지 않으면……

그렇게 하지 않으면, 뭐가 어떻다는 말인가? 그는 생각했다.

자신의 삶이 산산조각 난 판국인데 그게 대단한 문제인가 싶었다. 그런 기분으로는 노출 버팀벽에 대한 생각에서 문제점을 찾아내기 어려웠다. 지붕의 그 자리에 서서 그 모양을 간단히 그려볼 수 있었다. 튼튼한 돌기둥이 일렬을 이루며 측랑 측면 벽에서 위로 올라갈 것이다. 각각의 기둥 상부에서는 반아치가 하나씩 솟아나와 허공을 가로질러 명층까지 이어질 것이다. 어쩌면 아치가 솟는 그 위쪽으로 기둥마다 꼭대기에 장식적인 뾰족탑을 하나씩 얹게 될지도 몰랐다. 그렇다, 그러면 한결 보기가 나아질 것이다.

완전히 노출된 자리에 커다란 보강 구조물을 세운다는 것은 혁명적인 생각이었다. 하지만 건축물이 지지되는 방식을 보여주는 일은 새로운 양식의 일부였다.

어쨌든 그는 본능적으로 자기 생각이 옳다는 것을 알았다.

거듭 생각할수록 점점 더 마음에 드는 묘안이었다. 그는 서쪽에서부터 성당의 모습을 시각화해보았다. 반아치들은 일렬을 이루며 막 날아오르려는 새의 날개처럼 보일 것이다. 반아치를 크게 만들 필요는 없었다. 잘 만들기만 하면 새의 날개처럼 날렵하고 우아하고 가벼우면서도 튼튼할 것이다. 날개 달린 버팀벽들 덕분에 너무 가벼워져서 성당이 날 수 있을지도 모르겠군.

그것이 제대로 역할을 해낼지 궁금한걸.

그 순간 한 줄기 강풍이 불어닥치는 바람에 그는 균형을 잃고 지붕 모서리에서 비틀거렸다. 한순간 잭은 자신이 떨어져 죽을 거라고 생각했다. 다음 순간 다시 균형을 잡고 지붕 모서리에서 뒷걸음질쳤다. 가슴이 방망이질하고 있었다.

잭은 천천히 조심스럽게 지붕 위를 걸어 작은 탑의 문으로 향했다. 그리고 아래로 내려왔다.

2

셔링의 성당 공사는 완전히 중단된 상태였다. 필립 수도원장은 그 광경을 보고 흡족한 웃음이 나오려는 것을 억눌렀다. 줄곧 황폐한 공사장을 바라보고 지냈던 적이 있었던 그로서는 이제 적수에게 똑같은 일이 일어났으므로 만족스럽지 않을 수 없었다. 건축장이 앨프레드는 윌리엄이 면직되고 돈이 바닥나기 전까지 옛 성당을 부수고 새로 지을 성단소의 기초를 놓을 시간밖에 갖지 못했다. 필립은 성당이 황폐해진 것을 보고 기뻐한다는 것은 죄악이라고 스스로를 타일러야 했다. 하지만 대성당이 셔링이 아니라 킹스브리지에 건축되어야 한다는 것은 분명 하느님의 뜻이었다. 웨일런의 책략에 붙어다닌 저 불운이야말로 하느님의 뜻을 보여주는 지극히 명백한 표지가 아니고 무엇이겠는가.

도시에서 가장 큰 성당이 부서진 까닭에 지방 법정은 성의 큰 홀에서 열렸다. 필립은 조너선과 나란히 말을 타고 언덕을 올라갔다. 레미기우스의 이탈로 한바탕 소동이 벌어졌을 때, 필립은 조너선을 개인 비서로 삼았다. 레미기우스의 배신에 충격받았지만, 한편으로는 그가 가버려 시원하기도 했다. 선거에서 필립에게 패배한 이래로 레미기우스는 내내 눈엣가시처럼 행동했다. 그런 그가 가버리자 수도원은 한결 평온해졌다.

밀리우스가 신임 부수도원장이 되었다. 하지만 여전히 회계관 직무를 맡고 있었고 세 사람을 금고실 직원으로 쓰고 있었다. 이곳을 떠난 후 레미기우스가 어떻게 지내는지 짐작할 수 있는 사람은 아무도 없었다.

필립은 조너선과 함께 일하며 깊은 만족을 맛보았다. 즐거운 마음으로 수도원이 어떻게 운영되는지를 설명해주고 관례를 교육시켰고, 사람들을 다루는 최선의 방법이 무엇인지를 보여주었다. 이 젊은이는 보통은 호감을 샀으나 종종 속을 긁어서 자존감이 약한 사람들의 부아를 돋우기도 했다. 그는 자신을 적대시하는 사람들이 사실상 나약하기 때문에 그렇게 행동하는 것임을 배워야 했다. 그는 적의를 보면 그 안에 존재하는 약한 면을 깨닫고 달래는 대신 화를 냈다.

명석한 조너선은 종종 지나치게 빨리 지식을 습득해 필립을 놀라게 했다. 필립은 이따금 조너선이 얼마나 자신을 닮았는지 생각하며 자만의 죄에 사로잡히기도 했다.

오늘 그는 조너선에게 지방 법정의 재판이 어떻게 진행되는지 가르칠 생각으로 그를 데려왔다. 필립은 리처드로 하여금 채석장을 수도원에 개방하도록 셰리프에게 요청할 작정이었다. 그는 리처드가 법적으로 잘못을 저질렀다고 확신하고 있었다. 선왕 헨리 치하의 주인들에게 재산을 반환한다는 새로운 법률은 수도원의 권리에는 영향을 미치지 않아야 했다. 그 법의 목적은 헨리 공으로 하여금 스티븐 측 백작들을 자기 사람들로 대체하면서 헨리를 지지해준 이들에게 보상을 내리는 데 있었다. 그것이 수도원에는 적용되지 말아야 한다는 건 자명했다. 필립은 승소를 자신했지만 여기에는 불분명한 한 가지 요인이 있었다. 누가 후임 셰리프가 될지 아무도 알지 못했지만, 사람들은 그 자리가 셔링의 유력한 시민 중 한 사람에게 돌아가리라고 추측했다. 비단 상인인 데이비스, 궁정에서 일한 적이 있는 사제 웨일스인 리즈, 도시 외곽에 토지를 소유하고 있는 기사인 용사 자일스, 솔즈베리 주교의 사생아인 휴가 그들이었다. 필립은 리즈가 그 자리에 앉기를 희망했는데, 그가 자신과 같은 일을 하는 사람이어서가 아니라 그라면 교회를 두둔해줄 것 같기 때문이었다. 하지만 그 문제를 그렇게까지는 걱정하지 않았다. 네 사람 중 누가 되더라도 자신에게 유리한 판결이 나오리라고 생각했기 때문이다.

두 사람은 말을 타고 성안으로 들어갔다. 그다지 요새화되어 있지 않은 성이었다. 셔링의 백작이 도시 외곽에 별도의 성을 갖고 있어 몇 대에 걸쳐 전란을 피할 수 있었기 때문이었다. 이 성은 행정 중심지로 기능하여, 여기에는 셰리프와 그의 부하들을 위한 사무실과 병영, 그리고 범죄자들을 수용하는 지하감옥이 있었다. 필립과 조너선은 말을 마구간에 맡기고 가장 큰 건물인 홀 안으로 들어갔다.

보통 때는 T자형을 이루고 있던 가대식 탁자는 새로 배치되어 있었다. T자의 상부는 그대로 둔 채 단을 받쳐 홀의 나머지 부분보다 약간 높였다. 그런 다음 나머지 탁자들을 홀의 양쪽으로 배열해 서로 적대하는 고소인들 사이에 충분한 거리를 둠으로써 신체적 폭력을 가하고자 하는 충동을 미연에 방지하도록 해놓았다.

홀 안은 벌써 만원이었다. 웨일런 주교가 심술궂은 표정을 지은 채 상단에 앉아 있었다. 그리고 놀랍게도 윌리엄 햄리가 그 곁에 앉아 안으로 들어오는 사람들을 보며 주교와 귓속말을 주고받고 있었다. 윌리엄이 여기서 무엇을 하고 있는 것인가? 지난 아홉 달 동안 윌리엄은 자기 마을에 틀어박혀 근신했다. 그 지방의 많은 사람들과 마찬가지로 필립도 윌리엄이 그곳에 영원히 틀어박혀 있을지도 모른다는 희망을 품었다. 하지만 그런 그가 이 자리에, 마치 여전히 백작이기라도 한 것처럼 상석에 앉아 있는 것이었다. 필립은 대체 어떤 비열하고 무자비하고 탐욕스러운 꿍꿍이속으로 그가 오늘 이 지방 법정에 나타난 것인지 궁금했다.

필립과 조너선은 홀 한쪽 측면에 앉아서 소송절차가 개시되기를 기다렸다. 법정 안에는 번잡하면서도 낙관적인 분위기가 감돌았다. 이제 전쟁도 끝났기에 지방의 유력인사들은 다시금 부를 늘리는 일에 몰두했다. 토지는 비옥했고 땀 흘린 노력의 대가는 곧장 받을 수 있었다. 더구나 올해엔 대풍작이 예상되었다. 양모 값도 상승했다. 필립은 기근이 절정에 달했을 때 떠났던 인부들을 거의 모두 재고용했다. 어디서든 살아남은 자들은 더 젊고 강하고 건강한 사람들이었고, 이제 그들은 희망에 부풀어 있었다. 이곳 셔링 성의 큰 홀에서 고개를 비스듬히 기울이고 있는 사람들에게서, 그들이 내는 높은 목소리에서, 남자들의 새 부츠와 여자들의 값비싼 머리장식에서 그러한 희망이 엿보였다. 그들이 법정에서 논란을 벌일 만큼 값나가는 재산을 소유했다는 사실 역시 그런 희망의 증거였다.

셰리프 대리가 리처드 백작과 함께 걸어들어오자 사람들이 기립했다. 두 사람이 상단으로 올라간 다음 셰리프 대리가 그 자리에 선 채 신임 셰리프를 임명하는 국왕의 친서를 읽기 시작했다. 그가 장황한 서두를 읽어나가는 동안 필립은 물망에 오른 네 사람의 후보자를 둘러보았다. 그는 지명된 자가 용기를 갖고 있기를 바랐다. 웨일런 주교, 리처드 백작, 윌리엄 영주 같은 강력한 지방 귀족들 앞에서 법을 옹호하려면 용기가 필요할 것이다. 가장 유력한 후보자라면 자신이 임명될 것을 미리 알고 있을 것이다. 그것을 비밀에 부칠 이유는 없었다. 하지만 네 사람 중 누구도 생기 있는 얼굴을 한 사람은 없었다. 여느 때라면 피임명자는 임명 서한이 읽힐 때 셰리프 대리 옆에 서 있게 마련이었지만, 상석에 있는 대리 곁에는 리처드와 웨일런과 윌리엄 세 사람뿐이었다. 웨일런이 셰리프가 될지도 모른다는 소름 끼치는 생각이 필립의 머릿속을 스쳐갔다. 다음 순간 그는 자신의 귀에 들리는 소리에 한층 더 전율하고 말았다. "……짐은 셔링의 셰리프로 나의 종 햄리 가문의 윌리엄을 임명하노라. 그리고 모두에게 명하나니 그를 도와……"

필립은 조너선을 쳐다보면서 말했다. "윌리엄이라니!"

사람들 사이에서 찬성과 반대의 소리가 엇갈려나왔다.

조너선이 말했다. "어떻게 해서 그 자리에 앉게 됐을까요?"

"값을 치렀겠지."

"그 돈은 어디서 났을까요?"

"아마 빌렸을 테지."

윌리엄은 미소 지으며 상석 중앙에 있는 셰리프 석으로 걸어갔다. 한때는 잘생긴 청년이었지, 필립은 회상했다. 그는 채 마흔 살이 되지 않았지만 훨씬 나이 들어 보였다. 몸은 너무 뚱뚱해졌고 얼굴은 술기운으로 붉게 물들어 있었다. 한때 젊은 얼굴에 매력을 불어넣어주던 활기 넘치는 힘과 낙천적인 성격은 어디론가 사라지고 방탕한 모습으로 바뀌어 있었다.

윌리엄이 자리에 앉자 필립이 자리에서 일어섰다.

조너선도 일어서며 작은 소리로 속삭였다. "가는 건가요?"

"나를 따라오거라." 필립이 낮은 소리로 말했다.

홀 안은 찬물을 끼얹은 듯 조용해졌다. 모든 사람들의 눈길이 법정을 걸어나가는 두 사람에게로 향했다. 일반인들은 두 사람이 지나가도록 길을 열어주었다. 두 사람은 문을 지나 밖으로 나왔다. 등 뒤로 문을 닫는 순간 웅성대는 소리가 터져나왔다.

조너선이 말했다. "윌리엄이 저 자리에 있는 한 우리가 승소할 가망이 없어진 셈이군요."

"그보다 더 좋지 않아. 만일 우리가 소송을 밀고 나가면 우리의 다른 권리도 박탈될 거다."

"거기까지는 생각지 못했어요."

필립은 거칠게 고개를 끄덕였다. "윌리엄 셰리프에 웨일런 주교, 신의 없는 리처드 백작이 있으니 이제 이 지방에서 킹스브리지 수도원이 정의를 기대하기는 완전히 불가능해졌구나. 그자들은 우리에게 무슨 짓이든 할 수 있을 거다."

마구간의 소년이 말에 안장을 얹는 동안 필립은 다시 말했다. "킹스브리지를 자치시로 지정해달라고 국왕께 청할 생각이다. 킹스브리지에 별도의 법정을 열고 세금을 왕에게 직접 낼 수 있게 말이다. 그러면 우리는 셰리프의 사법권 밖에 있게 되지."

"과거에 원장님께서는 언제나 그 일에 반대하셨잖아요."

"내가 반대했던 이유는 그렇게 되면 도시가 수도원만큼 강력해지기 때문이었다. 하지만 이제는 독립의 대가로 그 일을 받아들여야 할 것 같구나. 그렇지 않다면 윌리엄을 받아들여야 할 테니까."

"스티븐 왕이 자치를 허용할까요?"

"좀 돈이 들겠지만 허용할 거다. 스티븐 왕이 허용하지 않는다 하더라도 헨리가 왕위에 오르면 허용하겠지."

두 사람은 말에 올라 우울한 심정으로 시내를 지났다.

그들은 도시의 성문을 나오자마자 펼쳐져 있는 황무지의 쓰레기 더미를 지나쳤다. 노쇠한 사람 몇 명이 음식이나 옷, 그리고 난로에 넣어 땔거리가 있는지 쓰레기를 뒤지고 있었다. 별다른 관심 없이 바라보던 필립에게 그들 중 한 사람이 눈에 띄었다. 왠지 눈에 익은 키 큰 사람 하나가 허리를 숙인 채 넝마 더미를 뒤적거리고 있었다. 필립은 말을 세웠다. 조너선도 그의 곁에서 말을 멈췄다.

"저 사람 좀 보렴." 필립이 말했다.

조너선은 그가 바라보는 쪽으로 시선을 돌렸다. 얼마 후 조너선이 나지막한 소리로 말했다. "레미기우스잖아요."

필립은 그를 바라보았다. 웨일런과 윌리엄은 얼마 전 새 성당을 지을 자금이 바닥나자 그를 버린 것이 분명했다. 그가 필요 없어진 것이다. 레미기우스는 필립을 배신했고 수도원을 배신했고 킹스브리지를 배신했다. 그 모두가 셔링의 교구 사제가 되려는 희망 때문이었다. 하지만 그의 자존심은 어디론가 사라져버린 모양이었다.

필립은 말을 길옆으로 몰아 황무지를 지나 레미기우스가 서 있는 곳으로 향했다. 조너선도 그 뒤를 따랐다. 땅에서 안개가 피어오르듯 지독한 악취가 풍겨올라왔다. 점점 다가가면서 필립은 레미기우스가 뼈만 남을 정도로 야위었다는 걸 알아챘다. 수도복은 더러웠고 맨발인 채였다. 레미기우스는 이제 예순 살이었다. 그는 킹스브리지 수도원에서 거의 평생을 보냈고, 따라서 그에게 험한 세상을 살아가는 법을 가르쳐준 사람은 아무도 없었다. 필립은 레미기우스가 쓰레기 속에서 가죽신 한 켤레를 끄집어내는 것을 보았다. 밑창에 커다란 구멍이 여기저기 나 있었지만, 레미기우스는 마치 땅속에 묻힌 진기한 보물을 찾아내기라도 한 표정으로 신발을 바라보고 있었다. 막 그 신발을 신어보려는 순간 그는 필립과 시선이 마주쳤다.

레미기우스는 허리를 폈다. 마음속에서 엇갈리는 수치와 반항이 얼굴에 떠올랐다. 얼마 후 레미기우스가 말했다. "고소한 기분을 맛보러 오셨소?"

"아니오." 필립이 부드러운 음성으로 대답했다. 자신의 적이었던 사람이 이처럼 가련한 신세가 된 것을 보자 측은한 마음밖에 들지 않았다. 그는 말에서 내려 안장주머니에서 술병을 꺼냈다. "당신에게 포도주나 한 모금 줄까 하고 왔다오."

레미기우스는 받고 싶지 않았지만 그러기에는 너무도 굶주려 있었다. 그는 잠시 머뭇거린 다음 술병을 잡아챘다. 그러고는 의심스러운 듯이 포도주 냄새를 맡아보고 술병을 입으로 가져갔다. 한번 마시기 시작하자 입을 뗄 수가 없는 모양이었다. 병 속에는 포도주가 2백 그램 정도밖에 들어 있지 않아 순식간에 바닥이 났다. 그는 입에서 병을 떼더니 조금 비틀거렸다.

필립은 그에게서 병을 건네받아 다시 안장주머니 속에 넣었다. "뭘 좀 먹는 게 좋겠소." 필립은 그렇게 말하며 작은 빵을 한 덩어리 꺼냈다.

레미기우스는 필립이 내민 빵을 받아 입속에 쑤셔넣기 시작했다. 여러 날 동안 아무것도 먹지 못한 게 분명했다. 어쩌면 여러 주 동안 제대로 된 식사를 해보지 못했을지 몰랐다. 굶주림이 아니더라도 수치 때문에 얼마 못 가서 죽고 말겠군, 필립은 서글픈 심정으로 생각했다.

빵도 순식간에 사라졌다. 필립이 말했다. "다시 돌아오고 싶지 않소?"

그 순간 조너선이 숨을 들이쉬는 소리가 들렸다. 다른 수사들과 마찬가지로 조너선 역시 다시는 레미기우스를 보지 않게 되기를 바라고 있었다. 레미기우스를 다시 데려가겠다는 제안을 하다니 원장님은 제정신이 아닌 모양이로군, 조너선은 생각했다.

한순간 레미기우스의 얼굴에 예의 그 표정이 떠올랐다. "돌아간다고요? 그럼 어떤 지위를 맡게 되지요?"

필립은 슬프다는 듯 고개를 저었다. "형제는 내 수도원에서 아무 직책도 맡지 못할 것이오, 레미기우스. 지위가 없는 평수사로 돌아오시오. 그리고 주님께 당신의 죄를 사해주십사고 빌어야 하오. 그런 다음 여생을 당신의 영혼이 천국에 오를 수 있도록 기도와 명상으로 살아가시오."

레미기우스는 고개를 뒤로 젖혔다. 필립은 그가 비웃음과 함께 제안을 거절하리라고 생각했다. 레미기우스는 뭐라고 말할 것처럼 입을 열었다가 다시 다물고 시선을 떨궜다. 필립은 말없이 가만히 선 채 그가 어떻게 나올 것인지 궁금해하며 바라보았다. 꽤 오랜 침묵이 흘렀다. 필립은 숨을 죽였다. 다시 고개를 든 레미기우스의 얼굴은 눈물로 젖어 있었다. "그러겠습니다, 신부님. 저는 집으로 돌아가고 싶습니다."

필립은 끓어오르는 환희를 맛보았다. "그럼, 이리 오시오. 내 말을 타시오."

레미기우스는 당황한 듯했다.

그때 조너선이 말했다. "신부님! 뭘 하시려는 거예요?"

필립이 레미기우스에게 다시 말했다. "어서, 내 말대로 해요."

조너선은 놀란 소리로 물었다. "어떻게 가시려고요?"

"나는 걸어가겠다." 필립이 행복하다는 듯 대답했다. "우리 가운데 한 사람은 걸어야 할 것 아니겠느냐."

"레미기우스에게 걸어가라고 하세요!" 조너선이 격분한 어조로 말했다.

"그는 말을 타야 한다. 그는 오늘 주님을 기쁘게 해드렸다."

"무슨 말씀이세요? 주님을 기쁘게 해드린 건 레미기우스가 아니라 원장님이세요."

"예수님께서 말씀하시기를, 천상에서는 회개한 한 사람의 죄인을 아흔아홉의 정직한 사람보다 더 기뻐하시리라고 하셨다. 너는 방탕한 아들의 비유를 기억치 못하느냐? 방탕한 아들이 집에 돌아오자 그 아버지는 살진 송아지를 잡았다. 천사들이 레미기우스의 눈물에 기뻐하고 있을 것이다. 내가 할 수 있는 조그만 일은 그에게 내 말을 제공하는 것뿐이지."

필립은 말고삐를 잡고 황무지를 가로질러 길 쪽으로 이끌어갔다. 조너선이 그 뒤를 따랐다. 길 위로 나서자 조너선이 말에서 내리며 말했다. "그러면 제발 제 말을 타십시오. 제가 걸어가겠습니다."

필립은 그를 돌아보며 약간 엄한 어조로 말했다. "당장 네 말에 올라타거라. 그리고 더는 내게 이러쿵저러쿵하지 마라. 오로지 지금 무슨 일이 이루어지고 있는지, 그 까닭이 무엇인지만을 생각해보거라."

조너선은 영문을 알 수 없는 얼굴이었지만, 더 아무 말도 않고 말에 올랐다.

그들은 킹스브리지로 향했다. 30킬로미터가 넘는 거리였다. 필립은 걷기 시작했다. 날아갈 것 같은 기분이었다. 레미기우스가 돌아온 것은 채석장을 벌충하고도 남는 일이었다. 나는 재판에는 졌다. 하지만 그건 겨우 돌더미에 관한 일일 뿐이다. 지금 내가 얻은 것은 무한히 값진 것이다, 그는 생각했다.

오늘 나는 한 사람의 영혼을 얻었도다.

3

익은 햇사과들이 물통 속에서 빨갛고 노랗게 반짝이며 떠 있었고, 통 안의 물은 햇빛을 반사하며 반짝거리고 있었다. 흥분하기 잘하는 아홉 살 샐리는 등 뒤로 두 손을 깍지 낀 채 물통 가장자리 안쪽으로 몸을 기울여 이로 사과를 물려고 했다. 사과는 까닥거리며 빠져나갔고 샐리의 얼굴은 물속에 빠져버렸다. 샐리는 사방으로 물방울을 튀기며 머리를 들어올린 다음 숨이 넘어갈 듯이 웃음을 터뜨렸다. 앨리에너는 엷은 미소를 지으며 귀여운 딸의 얼굴을 닦아주었다.

늦여름의 따뜻한 오후였다. 그날은 성인 축일이라 휴일이기도 했다. 강 건너 풀밭에는 시민들이 모두 모여 사과 물기 대회를 하고 있었다. 앨리에너는 언제나 이런 축제를 즐겼지만, 이날은 자신이 킹스브리지에서 보내는 마지막 성인 축일이 될 것이라는 생각이 머릿속에서 떠나지 않고 마음을 무겁게 짓눌렀다. 그녀는 여전히 잭을 떠나겠다는 결심을 바꾸지 않았지만, 그런 결정을 하고부터 상실의 고통을 앞당겨 맛보기 시작했다.

물통 근처를 배회하고 있는 토미를 보고 잭이 큰 소리로 외쳤다. "해봐, 토미. 한번 해봐!"

"조금만 더 있다가 하겠어요." 토미가 대답했다.

열한 살이 된 토미는 자신이 누이동생보다 영리하다는 걸 알고 있었고, 자신이 대부분의 다른 사람들보다 뛰어나다고 생각했다. 그는 한동안 지켜보기만 하면서 사과 물기에 성공한 사람들의 기술을 눈여겨보고 있었다. 앨리에너는 그런 토미를 지켜보았다. 그녀는 토미에게 각별한 애정을 느꼈다. 그녀가 처음 만났을 때 잭도 지금 토미의 나이쯤이었다. 게다가 토미는 어린 시절의 잭과 너무도 닮았다. 토미를 보고 있으면 그녀는 젊은 날에 대한 향수에 젖어들었다. 잭은 토미가 건축가가 되기를 바랐지만, 여전히 토미는 공사에는 조금도 흥미를 보이지 않았다. 그러나 아직 시간은 많이 남아 있었다.

이윽고 토미는 물통 쪽으로 다가가 허리를 구부리고 입을 크게 벌린 채 천천히 머리를 낮추었다. 그는 얼굴 전체를 물속에 담그면서 점 찍은 사과를 물 밑으로 밀어넣었다. 그런 다음 사과를 입에 문 채 의기양양하게 얼굴을 들어올렸다.

토미는 일단 마음만 먹으면 무슨 일에서든 성공을 거두었다. 그 아이의 성격에는 외할아버지인 바살러뮤 백작을 닮은 면이 있었다. 토미는 아주 의지가 굳었고 선악에 대해서는 어느 정도 완강한 태도를 취했다.

잭의 태평한 성격과 인간이 만든 규율을 경멸하는 태도를 물려받은 쪽은 샐리였다. 잭이 두 아이들에게 옛날이야기를 들려주면, 샐리는 언제나 패배자를 동정하는 데 반해 토미는 비판하는 쪽으로 기울어졌다. 두 아이는 각각 부모 중 한쪽의 성격와 용모를 하나씩 갖췄다. 낙천적인 샐리는 앨리에너에게서 반듯한 이목구비에 곱실거리는 검은 머리칼을 물려받았고, 단호한 토미는 잭에게서 당근빛 머리칼과 하얀 피부, 파란 눈을 물려받았다.

그때 토미가 외쳤다. "리처드 삼촌이 오셨어요!"

앨리에너는 몸을 돌려 토미가 보고 있는 쪽으로 시선을 돌렸다. 과연 그녀의 동생인 백작이 몇 명의 기사와 종자를 거느리고 말을 탄 채 목초지로 들어서고 있었다. 앨리에너는 깜짝 놀랐다. 어떻게 채석장 문제로 필립에게 그런 짓을 저지르고도 뻔뻔스럽게 이곳에 나타날 수 있단 말인가?

리처드는 사람들에게 미소를 지어 보이고 손을 흔들면서 물통 쪽으로 다가왔다. "외삼촌, 사과를 물어보세요." 토미가 말했다. "외삼촌이라면 해낼 수 있을 거예요!"

리처드는 머리를 물통 속에 박았다가 그 튼튼하고 하얀 이로 사과 하나를 문 채 얼굴을 들었다. 금빛 턱수염이 물에 흠뻑 젖었다. 언제나 실생활보다는 놀이에 능한 아이긴 하지, 앨리에너는 생각했다.

그녀는 그가 아무런 잘못도 저지른 적이 없다는 듯 행동하도록 내버려두지 않을 작정이었다. 다른 사람이라면 그가 백작이라 무슨 말이든 꺼내기 두려워했으나, 그녀에게는 그저 어리석은 남동생에 불과했다. 리처드는 키스를 하려고 앨리에너에게 다가왔지만, 그녀가 그의 몸을 밀치면서 말했다. "어떻게 네가 수도원에서 채석장을 훔쳐갈 수 있는 거냐?"

이제 곧 한바탕 말다툼이 벌어지리라는 것을 알고 잭은 두 아이의 손을 잡고 자리를 비켰다.

리처드는 뜨끔한 표정이었다. "모든 재산이 원래 주인에게 반환되었으니까……"

"내겐 그런 말 하지 마라." 앨리에너가 말을 끊었다. "필립 수도원장님이 네게 해준 그 많은 일들을 생각해봐!"

"그 채석장은 내 상속 재산의 일부야." 리처드는 그녀를 한옆으로 데려가 아무도 들을 수 없도록 낮은 소리로 말했다. "게다가 난 그 돌을 팔아서 돈을 마련해야 해, 누나."

"그것은 네가 모든 시간을 짐승 사냥과 매 사냥에 낭비하기 때문이지!"

"하지만 나보고 어떡하라는 거야?"

"넌 토지에서 재산을 만들어내야 해! 할 일이야 얼마든지 있어. 전쟁과 기근으로 입은 피해를 복구하고 새 농법을 도입하고 삼림지를 개간하고 늪지를 간척하란 말이야. 그것이 네가 재산을 늘리는 길이라고! 스티븐 왕이 킹스브리지 수도원에 하사한 채석장을 훔칠 게 아니라."

"난 내 것이 아닌 물건을 가진 적이 없어."

"네가 뭐든 한 일이 있는 줄 아니?" 앨리에너가 발끈 화를 냈다. 너무 화가 치솟아 이제는 하지 않는 편이 좋을 이야기까지 튀어나왔다. "넌 한 번도 무슨 일을 해본 적이 없어. 바보 같은 네 무기를 사느라고 내 돈을 가져갔고, 필립 원장님이 자리를 준 덕분에 일할 수 있었고, 내가 내준 백작령을 그저 넘겨받기만 했지. 그런데 지금 너는 네 것도 아닌 물건을 가져가지 않고는 네 백작령을 관리하지도 못하잖아!" 그녀는 몸을 홱 돌리고는 뛰어가버렸다.

리처드는 그녀를 따라갔지만, 누군가 그를 불러세워 절을 하며 인사말을 건넸다. 앨리에너는 리처드가 정중하게 대답하며 곧 그 사람과 대화를 나누기 시작하는 것을 귓전으로 들었다. 그럴수록 잘된 일이었다. 그녀는 할 말을 다했고 동생과는 더 이러쿵저러쿵하고 싶지 않았다. 그녀는 다리에 이르러 뒤를 돌아보았다. 이번에는 다른 사람이 그와 이야기를 나누고 있었다. 리처드는 아직 그녀에게 할 말이 있다는 듯이 손을 흔들어 보였지만 그 자리를 빠져나오지 못했다. 그녀는 잭과 토미와 샐리가 막대기와 공을 가지고 게임하는 모습을 지켜보았다. 햇살 아래 함께 놀이를 하고 있는 그들을 바라보면서, 부모자식을 떼어놓는 것이 도저히 견딜 수 있는 일인가 생각했다. 하지만 그러지 않고는 내가 정상적인 삶을 살아갈 방법이 없잖은가?

그녀는 다리를 건너 시내로 들어섰다. 얼마간 혼자 있고 싶었다.

이미 윈체스터에 집을 한 채 마련해두었다. 일층에는 점포가 있고 이층에는 거실이 있고 별개의 침실이 딸린 넓은 집이었다. 뒷마당 끝에는 천을 쌓아둘 커다란 창고도 하나 있었다. 하지만 이사 날이 다가올수록 그녀는 내키지가 않았다.

킹스브리지의 거리는 무덥고 메말랐으며, 공기중에는 여기저기 널려 있는 거름 더미들에서 번식한 파리 떼가 들끓었다. 모든 상점은 문을 닫았고 가옥은 잠겨 있었다. 시내에는 사람 그림자 하나 보이지 않았다. 모두 목초지에 가 있었다.

그녀는 잭의 집으로 향했다. 사과 물기 대회가 끝나면 다른 가족들도 그 집으로 올 터였다. 그런데 그 집 문이 활짝 열려 있었다. 그녀는 화가 나 눈살을 찌푸렸다. 대체 누가 문을 저렇게 열어놓은 거지? 열쇠를 갖고 있는 사람은 많았다. 그녀는 물론 잭과 리처드와 마사도 열쇠를 갖고 있었다. 집 안에서 훔쳐갈 물건은 별로 없었다. 당연히 앨리에너는 돈을 집에 두지 않았다. 벌써 여러 해 전부터 필립은 수도원 금고에 그녀의 돈을 보관하도록 해주었다. 하지만 문을 열어놓으면 집 안은 온통 파리로 들끓을 터였다.

그녀는 집 안으로 들어섰다. 집 안은 어둡고 서늘했다. 방 한가운데서는 파리들이 허공에서 춤추고 있었고, 리넨 천 위로는 금파리들이 기어다녔다. 그리고 장수말벌 몇 마리가 꿀단지 뚜껑 주위를 화난 듯 붕붕 날아다니고 있었다.

그리고 식탁에는 앨프레드가 앉아 있었다.

앨리에너는 너무 놀라 작은 소리로 비명을 질렀으나 곧 냉정을 되찾고 말했다. "어떻게 들어왔죠?"

"내게 열쇠가 있었지."

그 열쇠를 정말 오래도 갖고 있었군, 앨리에너는 생각했다. 그녀는 그를 바라보았다. 그의 널찍한 어깨는 앙상했고 얼굴에는 움츠러든 표정이 떠올라 있었다. "여기서 뭘 하고 있는 거예요!"

"당신을 만나러 왔소."

그녀는 몸을 떨었지만, 두려움 때문이 아니라 분노 때문이었다. "난 당신을 보고 싶지 않아요. 지금은 물론 앞으로도." 그녀가 내뱉었다. "당신은 나를 개처럼 취급했죠. 그리고 잭이 가엾게 여겨 당신을 고용해주었는데도 그를 배신하고 그의 장인들을 모두 셔링으로 데리고 갔어요."

"난 지금 돈이 필요해." 그가 간청과 무례함이 한데 섞인 목소리로 말했다.

"그렇다면 일을 해요."

"셔링 공사는 중단됐소. 그리고 난 이곳 킹스브리지에서는 일자리를 구할 수 없다고."

"그럼 런던으로 가면 되잖아요. 파리로 가든가!"

그는 황소처럼 끈덕지게 달라붙었다. "당신이 날 도와주리라고 생각했지."

"여기서는 당신이 할 일이 없어요. 가는 게 좋을 거예요."

"당신에겐 동정심도 없소?" 이제 무례한 투는 어디론가 사라지고 완전히 애걸조가 되었다.

그녀는 몸을 버티고 서려고 식탁에 기대어 섰다. "앨프레드, 내가 당신을 증오한다는 것을 정말 이해하지 못하는 거예요?"

"어째서?" 그는 그런 말은 예상한 적도 없다는 듯 상처받은 표정이었다.

맙소사, 정말 어리석기 짝이 없군, 그녀는 생각했다. 어리석음이야말로 그가 댈 수 있는 가장 그럴싸한 핑계였다. "자선을 바란다면 수도원으로 가보세요." 그녀는 진저리를 쳤다. "필립 수도원장님의 용서해주는 능력은 초인적이니까요. 하지만 난 그렇지 않아요."

"그래도 당신은 내 아내잖소."

터무니없는 말이었다. "난 당신의 아내가 아니에요." 그녀가 비난조로 퍼부었다. "당신도 내 남편이 아니고요. 한 번도 그랬던 적이 없어요. 자, 이제 이 집에서 나가요."

그 순간 놀랍게도 그가 그녀의 머리채를 움켜잡았다. "넌 내 마누라야." 그리고 식탁 위로 손을 뻗어 그녀를 자기 쪽으로 끌어당기면서 다른 한 손으로 그녀의 젖가슴을 세게 움켜쥐었다.

앨리에너는 기절할 듯이 놀랐다. 아홉 달 동안 관계를 갖지 않고 같은 방 안에서 잠을 잤던 남자에게서는 전혀 나올 것 같지 않은 일이었다. 그녀는 무의식적으로 비명을 지르며 몸을 빼려고 했지만, 그는 그녀의 머리채를 잡은 손에 힘을 주어 뒤로 잡아당겼다. "네 비명을 들어줄 사람은 아무도 없어. 사람들은 모두 강 건너에 있다고."

갑자기 견딜 수 없는 두려움이 그녀를 덮쳤다. 집 안에는 단둘뿐이었고, 그의 힘은 아주 셌다. 그 많은 길을 돌아다니고 그 오랜 세월 동안 목숨을 걸고 여행하면서도 무사했던 그녀가 제 집에서 자기와 결혼했던 남자에게 불시에 공격을 당하고 있었다!

앨프레드는 그녀의 눈에 나타난 두려움을 보더니 말했다. "어때, 겁나지? 잠자코 있는 편이 좋을걸." 그러고는 그녀의 입에 키스를 했다. 그녀는 있는 힘을 다해 그의 입술을 깨물었고 그는 고통으로 비명을 질렀다.

그녀는 그의 주먹이 날아오는 것도 보지 못했다. 강한 주먹에 볼을 강타당해 그가 자신의 뼈를 으스러뜨릴 거라는 생각이 들어 겁에 질렸다. 한순간 앞이 보이지 않아 몸이 균형을 잃었다. 그녀는 비틀거리며 식탁에서 떨어져 바닥에 쓰러졌다. 바닥에 깔려 있던 골풀 덕분에 큰 충격은 면할 수 있었다. 그녀는 정신을 차리려고 고개를 흔들며 왼팔에 매고 다니는 단검 쪽으로 손을 뻗었다. 그런데 채 칼을 뽑기도 전에 팔목을 잡히고 말았다. 그녀의 귀에 앨프레드의 말소리가 들려왔다. "그 단검이라면 나도 잘 알고 있지. 네가 옷 벗는 걸 본 적이 있거든. 기억나지?" 그는 그녀의 두 손을 풀어주면서 다시 한번 얼굴에 주먹질을 했다. 이제 칼은 그의 손안에 있었다.

앨리에너는 빠져나가려고 몸부림을 쳤다. 그는 그녀의 두 다리를 깔고 앉아 왼손을 그녀의 목에 갖다댔다. 그녀는 두 팔로 버둥거렸다. 갑자기 칼끝이 눈앞에 보였다. "잠자코 있지 않으면 눈을 도려내버릴 줄 알아."

그녀는 몸이 얼어붙었다. 장님이 된다니 생각만 해도 무서운 일이었다. 죄를 지은 벌로 장님이 된 사람들을 본 적이 있었다. 그들은 구걸하면서 거리를 돌아다녔는데, 텅 빈 안구로 행인을 바라보는 모습은 섬뜩했다. 동네 꼬마들은 꼬집거나 발을 걸면서 그들을 괴롭혔는데, 그러면 그들은 화가 머리끝까지 치솟아 자기를 괴롭히는 아이들을 붙잡으려 했지만 헛수고였다. 그것이 놀이를 더욱 재미있게 해주었다. 그들은 대개 한두 해 못 가서 죽었다.

"이제 좀 잠잠해졌군."

그는 왜 이런 짓을 하는 걸까? 그는 한 번도 그녀에게 욕망을 느낀 적이 없었다. 그저 좌절과 분노에 찬데다 그녀에게 도움을 받지 못할 상황에 처했기 때문일까? 그녀가 그를 거부한 세상 쪽에 있기 때문에?

그는 칼끝을 앨리에너의 눈에 댄 채 양 무릎을 벌려 그녀의 옆구리를 조이면서 몸을 타고 앉아 자기 얼굴을 그녀의 얼굴에 바짝 들이댔다. "이젠 잠자코 있어." 그는 또다시 그녀에게 키스를 했다.

면도하지 않은 그의 얼굴이 그녀의 피부를 할퀴었다. 그의 숨결에서는 맥주와 양파 냄새가 풍겼다. 그녀는 입을 꽉 다물고 있었다.

"그러면 안 되지. 자, 내게 키스를 해."

그는 그녀에게 키스하면서 칼끝을 좀더 바짝 갖다댔다. 칼끝이 눈꺼풀에 닿는 순간, 그녀는 입을 벌렸다. 그의 입속을 맛본 그녀는 구역질이 났다. 그는 그녀의 입술 사이로 거칠거칠한 혀를 밀어넣었다. 그녀는 금방이라도 토할 것 같았으나 필사적으로 억눌렀다. 그에게 죽임을 당할까봐 겁이 났다.

앨프레드는 그녀에게서 다시 얼굴을 떼었지만 칼은 여전히 얼굴에 댄 채였다. "자, 이걸 만져봐." 그는 그녀의 손을 잡아 자신의 튜닉 자락 밑으로 끌어당겼다. 그녀의 손에 그의 성기가 닿았다. "그걸 잡아." 그녀는 그것을 잡았다. "이젠 부드럽게 문질러봐."

그녀는 그의 말에 복종했다. 이런 식으로 그를 즐겁게 해주면 칼에 찔리는 일은 피할 수 있을지도 모른다는 생각이 들었다. 그녀는 두려운 눈길로 그의 얼굴을 쳐다보았다. 그의 얼굴은 상기되었고 눈은 감겨 있었다. 그녀는 그렇게 하면 잭이 몹시 흥분했다는 걸 떠올리고 끝에서 끝까지 그것을 쓰다듬어주었다.

이제부터는 이 일에서 즐거움을 느끼지 못하게 될까 두려웠고, 그러자 눈물이 솟았다.

그때 그가 위험할 정도로 칼을 움직였다. "너무 세게 하지 마!"

그녀는 그 일에 정신을 모았다.

그 순간 문이 열렸다.

그녀의 심장은 희망으로 방망이질쳤다. 밝은 햇살 한 줄기가 쐐기처럼 방안에 쏟아져들어와 눈물 어린 그녀의 눈을 부시게 했다. 앨프레드의 몸이 굳었다. 그녀는 손을 잡아뺐다.

두 사람은 문 쪽을 바라보았다. 누굴까? 앨리에너는 제대로 볼 수가 없었다. 제발 아이들은 아니기를, 그녀는 마음속으로 기도를 드렸다. 아이들이라면 이 이상 수치스러운 일도 없을 테니까. 그녀의 귀에 격분에 찬 고함 소리가 들렸다. 남자 음성이었다. 그녀는 눈을 깜박여 눈물을 털어내고 동생 리처드를 알아보았다.

가엾은 리처드. 그가 나타난 것은 토미가 나타난 것만큼이나 나빴다. 왼쪽 귓불이 있던 자리에 흉터가 남아 열네 살 때 목격한 그 끔찍한 장면을 늘 상기하고 지내야 했던 바로 그 리처드였다. 그런데 지금 또 한번 같은 장면을 목격한 것이었다. 그가 어떻게 이 일을 견딜 수 있겠는가?

앨프레드는 일어서려고 했지만, 그 전에 리처드가 달려들었다. 흐릿한 눈으로 앨리에너는 리처드가 넓지 않은 방을 가로질러 부츠 신은 발로 앨프레드의 턱을 정통으로 걷어차는 것을 보았다. 앨프레드는 요란한 소리를 내며 식탁에 부딪치며 나가떨어졌다. 리처드는 그를 따라가며 앨리에너의 몸을 밟고 넘어갔는데 그런 사실을 알아채지도 못한 것 같았다. 그는 앨프레드에게 발길질과 주먹질을 퍼부어댔다. 앨리에너는 기어서 몸을 피했다. 리처드는 앨리에너 쪽은 보지도 않았다. 그가 그녀를 염려하고 있는 것이 아님을 그녀는 알 수 있었다. 오늘 그는 앨프레드가 앨리에너에게 한 짓 때문에 화가 난 게 아니라, 십팔 년 전 윌리엄과 월터가 그 자신, 즉 리처드에게 한 짓에 격분해 있었다. 당시는 어리고 약하고 무력했던 그는 이제 억센 거한에 노련한 전사였고, 그 오랜 세월 마음속에 품어온 미칠 듯한 분노의 표적을 마침내 찾은 것이었다. 그는 두 주먹으로 앨프레드를 잇달아 후려쳤다. 앨프레드는 식탁 주위에서 비틀비틀 뒷걸음질치며 두 팔을 들어올려 무력하게나마 몸을 지켜보려고 애썼다. 리처드가 턱에 강한 일격을 내리꽂자 앨프레드는 뒤로 쓰러졌다.

앨프레드는 골풀 위에 벌렁 누운 채 겁에 질린 얼굴로 위를 올려다보았다. 동생의 폭력에 겁이 난 앨리에너가 말했다. “그만해, 리처드!” 그러나 리처드는 그 말을 무시하고 앞으로 걸어가며 앨프레드를 걷어찼다. 그 순간 앨프레드는 문득 자기 손에 아직도 앨리에너의 단검이 들려 있음을 깨달았다. 앨프레드는 재빨리 발길질을 피하며 일어서서 칼을 휘둘렀다. 기습을 당한 리처드는 펄쩍 뛰어 뒤로 물러섰다. 앨프레드는 리처드에게 돌진해 방 건너편으로 그를 몰아댔다. 앨리에너의 눈에 두 남자의 키와 체격은 엇비슷해 보였다. 리처드는 전사였지만 앨프레드는 무기를 들고 있었다. 이제 두 사람은 조마조마할 정도로 막상막하의 상대가 되어 있었다. 앨리에너는 문득 동생이 걱정스러워졌다. 만일 앨프레드가 리처드를 이기면 무슨 일이 생길 것인가? 그러면 그녀 자신이 앨프레드와 싸우게 될 것이다.

그녀는 무기가 될 만한 것을 찾기 위해 주위를 둘러보았다. 난롯가에 쌓인 장작더미가 눈에 띄었다. 그녀는 묵직한 나무토막 하나를 움켜쥐었다.

앨프레드가 다시 리처드에게 달려들었다. 리처드는 몸을 피한 다음, 앞으로 뻗치고 있는 앨프레드의 팔목을 붙잡아 끌어당겼다. 앨프레드는 균형을 잃으며 앞으로 비틀거렸다. 리처드는 두 주먹으로 재빨리 몇 차례인가 그의 얼굴과 몸을 후려쳤다. 잔인한 미소가 리처드의 얼굴에 떠올랐다. 복수하는 자의 미소였다. 앨프레드는 신음하기 시작했고, 또다시 주먹을 막으려고 두 팔을 올렸다.

리처드도 숨을 거칠게 몰아쉬며 잠시 주춤했다. 앨리에너는 이제 싸움이 끝나리라고 생각했다. 하지만 갑자기 앨프레드가 놀랄 만큼 민첩하게 공격을 가했고, 이번에는 칼끝이 리처드의 뺨을 스쳤다. 리처드는 움찔 뒤로 물러섰다. 앨프레드는 칼을 높이 치켜든 채 다가섰다. 앨프레드가 리처드를 죽일 거야, 앨리에너는 생각했다. 그리고 앨프레드에게 달려들어 있는 힘을 다해 나무토막을 휘둘렀다. 그녀는 그의 머리를 맞히지는 못했으나 오른쪽 팔꿈치를 후려쳤다. 나무가 뼈에 부딪치는 딱 소리가 들렸다. 그 일격으로 손이 마비된 앨프레드는 칼을 떨어뜨렸다.

싸움은 놀랄 만큼 신속하게 끝났다.

리처드는 허리를 굽혀 앨리에너의 단검을 집어드는 동시에 앞을 막고 있는 앨프레드의 팔 아래쪽 가슴을 무시무시한 힘으로 찔렀다.

단검은 칼자루 바로 밑까지 깊숙이 박혔다.

앨리에너는 그 장면에 소름이 끼쳤다. 치명타였다. 앨프레드는 칼에 찔린 돼지처럼 비명을 질러댔다. 리처드가 칼을 뽑자 앨프레드의 가슴에 난 상처에서 피가 솟구쳐올랐다. 앨프레드는 또다시 비명을 지를 듯이 입을 벌렸지만 아무 소리도 나오지 않았다. 그의 얼굴은 하얗게 질리다가 잿빛으로 바뀌었다. 그는 눈을 감고 땅바닥에 쓰러졌다. 피가 골풀을 적셨다.

앨리에너는 앨프레드의 곁에 무릎을 꿇었다. 그의 눈꺼풀이 떨리고 있었다. 아직 숨이 붙어 있었지만 생명이 빠져나가고 있었다. 그녀는 숨을 몰아쉬며 두 사람을 굽어보고 있는 리처드를 올려다보았다. "죽어가고 있어." 그녀가 말했다.

리처드는 고개를 끄덕였다. 별로 동요하는 것 같지 않았다. "그보다 더 나은 사람이 죽는 것도 보았지. 나는 이보다 덜한 일로 사람을 죽인 적도 있어."

앨리에너는 리처드의 모진 말에 충격받았지만 아무 말도 않았다. 단지 리처드가 처음으로 사람을 죽였을 때의 일을 상기할 뿐이었다. 윌리엄에게 성을 빼앗기고 나서 윈체스터로 가는 길에 두 명의 도둑에게 습격당했을 때의 일이었다. 앨리에너는 그중 하나를 칼로 찌른 다음, 겨우 열다섯 살밖에 되지 않은 리처드에게 억지로 그자의 숨통을 끊게 했다. 리처드가 그렇게 무자비하다면 그것이 누구 때문이란 말인가? 그녀는 죄의식을 느끼며 생각했다.

그녀는 다시 앨프레드를 보았다. 그는 눈을 뜨고 그녀를 보고 있었다. 그녀는 자신이 죽어가고 있는 사람에게 일말의 동정심도 느끼지 않는데 부끄러움을 느꼈다. 앨프레드의 두 눈을 들여다보던 앨리에너는 그가 한 번도 스스로를 불쌍히 여기지 않았다고 생각했다. 그는 스스로를 용서하지도 않았고 스스로에게 관대하지도 않았다. 그는 평생 분개심과 증오심을 품고 살아왔고, 악의와 보복에서 나온 행동에 기쁨을 느꼈다. 당신의 인생은 완전히 달랐을 수도 있었어요, 앨프레드, 그녀는 생각했다. 당신은 누이를 따뜻하게 대할 수도 있었고, 당신보다 영리한 의붓동생을 용서할 수도 있었어요. 당신은 복수 때문이 아니라 사랑 때문에 결혼할 수도 있었지요. 필립 수도원장에게 충실할 수도 있었고요. 그러면 당신은 행복했을 거예요.

그의 눈이 갑자기 크게 벌어지더니 그가 말했다. "젠장, 지독하게 아프군."

그녀는 그가 어서 죽기만을 바랐다.

그의 두 눈이 감겼다.

"이제 됐어." 리처드가 말했다.

앨프레드는 호흡을 멈추었다.

앨리에너는 일어섰다. "난 이제 과부가 됐어."

앨프레드는 킹스브리지 수도원의 성당 묘지에 묻혔다. 누이동생인 마사의 소원이었다. 그녀는 살아 있는 그의 유일한 혈육이었다. 또한 슬픔에 잠긴 유일한 사람이기도 했다. 앨프레드는 한 번도 그녀에게 잘해준 적이 없었고, 그녀는 언제나 의붓오빠인 잭에게서 애정과 보호를 구했다. 그럼에도 자신이 묘지를 찾을 수 있도록 가까운 곳에 그를 묻고 싶어했다. 하관의식 때 울음을 터뜨린 사람은 마사뿐이었다.

잭은 이제 앨프레드가 없어졌다는 것에 안도의 표정을 짓고 있었다. 앨리에너 곁에 있는 토미는 모든 일에 비상한 관심을 보였다. 이것은 그가 맞는 첫번째 가족장이었고, 죽음에 관한 의식은 생전처음 보는 것들이었다. 샐리는 창백한 얼굴에 두려운 표정을 짓고 마사의 손을 잡고 있었다.

리처드도 그 자리에 있었다. 그는 예식이 거행되는 동안 앨리에너에게 자신이 매부를 죽인 데 대해 하느님께 용서를 빌러 왔다고 말했다. 자신이 잘못했다고는 생각하지 않았던 그는 그저 자신이 안전하기만 바란다고 황급히 덧붙였다.

앨프레드에게 맞아 여전히 멍들고 퉁퉁 부은 얼굴을 한 앨리에너는 그를 처음 보았을 때를 회상했다. 그는 아버지인 건축가 톰과 마사, 엘렌, 잭과 함께 얼즈캐슬로 왔다. 그때 앨프레드는 이미 크고 억세고 소 같은 체격에 교활한 꾀와 심술궂은 성미로 가족 중에서 말썽꾼 역할을 도맡고 있었다. 그때 자신이 나중에 그와 결혼하리라는 걸 알았더라면 성벽의 흉장 아래로 몸을 던지려 했을 것이다. 성을 떠난 그 가족과 다시 만나게 되리라고는 상상도 하지 못했다. 하지만 그녀도 그의 가족도 결국 킹스브리지에 자리를 잡게 되었다. 그녀와 앨프레드는 교구협회를 창설했고, 이제 그것은 이 도시 생활에서 아주 중요한 단체가 되어 있었다. 앨프레드가 그녀에게 구혼한 것도 그 무렵이었다. 그가 그녀에 대한 욕망보다는 의붓동생에 대한 경쟁심에서 구혼할 생각을 했으리라고는 꿈에도 생각지 못했다. 그때는 그의 청혼을 거절했지만, 훗날 그녀를 조종할 방도를 알아낸 그가 리처드를 후원하겠다고 약속함으로써 자기와 결혼하도록 설득했다. 돌이켜보건대 앨프레드가 그 결혼에서 좌절과 굴욕을 맛본 것은 당연한 결과였다. 그의 동기는 무정하기 짝이 없었고, 그 대가는 사랑일 수가 없었다.

앨리에너는 행복에 잠겼다. 이제 여길 떠나 윈체스터에 가서 살 이유가 없었다. 그녀와 잭은 곧 결혼을 하게 될 것이다. 그녀는 장례식 때문에 엄숙한 표정을 짓고 마음속으로도 엄숙한 생각을 하고 있었지만, 가슴은 기쁨으로 터질 것 같았다.

자신을 배반한 사람들을 용서하는 무한한 능력을 가진 필립은 이번에도 앨프레드를 수도원 묘지에 매장하도록 허락해주었다.

다섯 명의 어른과 두 아이가 아직 흙을 덮지 않은 무덤을 에워싸고 서 있을 때, 엘렌이 도착했다.

필립은 얼굴을 찌푸렸다. 엘렌은 기독교식 결혼을 저주했기에 수도원 경내로 당당하게 들어올 입장이 아니었다. 그렇다고 의붓아들 장례식에서 쫓아낼 수는 없었다. 아무튼 의식이 끝났으므로 필립은 그 자리를 떠났다.

앨리에너는 마음이 아팠다. 필립과 엘렌 모두 좋은 사람들이었기에 그들이 서로를 적대시하는 건 안타까운 일이었다. 하지만 그들은 각기 다른 방식으로 좋은 사람들이었고, 상대방의 윤리를 인정하지 않는 것뿐이었다.

엘렌은 얼굴에 주름살도 늘고 머리도 더 세어서 전보다 더 늙어 보였지만, 금빛 눈은 여전히 아름다웠다. 그녀는 거칠게 바느질한 가죽 튜닉만을 입었을 뿐 신조차 신고 있지 않았다. 팔다리는 볕에 그을려 있었고 억세 보였다. 토미와 샐리가 그녀에게 달려가 입을 맞췄다. 잭도 아이들 뒤를 따라가 그녀를 힘껏 포옹했다.

엘렌은 리처드가 키스하도록 뺨을 내밀면서 말했다. "자넨 옳은 일을 한 거야. 죄의식 느낄 필요 없어."

그녀는 무덤 가장자리에서 그 안을 들여다보면서 말을 이었다. "난 그의 의붓엄마였지. 그를 행복하게 해줄 방법을 늘 알고 싶었어."

그녀가 무덤에서 돌아섰을 때 앨리에너도 그녀를 포옹했다.

그들 모두는 천천히 걸음을 떼어놓았다. 앨리에너가 엘렌에게 말했다. "좀 계시면서 식사도 함께 하시죠?"

"그러마." 엘렌은 토미의 붉은 머리를 헝클어뜨렸다. "내 손자 손녀와 이야기를 하고 싶구나. 아주 많이 컸어. 내가 톰을 처음 만났을 때, 잭은 지금의 토미 나이였지." 그들은 수도원 정문 쪽으로 향했다. "자네들이 나이가 들어갈수록 세월이 참 빨리 흐르는 것 같아. 내 생각에는……" 그때 그녀가 말끝을 흐리더니 걸음을 멈추었다.

"왜 그러세요?" 앨리에너가 물었다.

엘렌은 수도원 정문 쪽을 응시하고 있었다. 나무로 된 정문은 활짝 열려 있었다. 바깥 거리는 텅 비어 있었지만, 맞은편에 몇 명의 아이들이 무리를 이루고 서서 이쪽에서는 보이지 않는 무언가를 보고 있었다.

"리처드!" 엘렌이 날카로운 어조로 말했다. "밖으로 나가지 말게!"

모두 걸음을 멈추었다. 앨리에너는 무엇 때문에 엘렌이 놀랐는지 알 수 없었다. 아이들은 담장에 몸을 숨긴 채, 정문 바로 밖에서 기다리고 있는 무엇인가를 혹은 누군가를 바라보고 있는 표정들이었다.

리처드는 즉시 반응을 보였다. "함정이다!" 그는 그렇게 외치고는 소동을 일으키지 않고 그대로 몸을 돌려 달아났다.

얼마 후 투구를 쓴 사람 하나가 문기둥에서 사방을 두리번거렸다. 그는 많은 군사들 가운데 한 명에 지나지 않았다. 군사는 리처드가 성당 쪽으로 달려가는 것을 보더니 놀라서 소리를 지르며 경내로 뛰어들어왔다. 다시 몇 명의 군사들이 그 뒤를 따랐다.

장례식에 참석했던 사람들은 흩어졌다. 군사들은 그들은 내버려둔 채 리처드를 쫓았다. 앨리에너는 겁에 질린 한편 영문을 알 수 없었다. 누가 감히 셔링의 백작을 수도원 안에서 공공연하게 공격한단 말인가? 그녀는 경내를 가로질러 리처드를 추격하는 군사들을 숨 죽이고 지켜보았다. 리처드는 석공들이 쌓고 있던 야트막한 벽을 훌쩍 뛰어넘었다. 추격자들은 자신들이 성당 안으로 들어섰다는 것에는 아랑곳도 않고 뒤를 따라 벽을 뛰어넘었다. 장인들은 처음에는 리처드가, 다음에는 추격자들이 잇따라 달려들자 흙손과 망치를 든 채 그 자리에 얼어붙었다. 비교적 젊고 두뇌회전이 빠른 견습공 하나가 삽을 내밀어 군사 한 사람의 다리를 걸자 군사는 곤두박질쳤다. 하지만 다른 사람은 끼어들 생각을 하지 못했다. 리처드는 클로이스터로 통하는 문에 이르렀다. 그를 가장 가까이에서 쫓고 있던 군사가 리처드의 등 뒤에서 칼을 머리 위로 치켜들었다. 그 끔찍한 순간, 앨리에너는 문이 잠겨 있어서 리처드가 안으로 들어가지 못할 거라고 생각했다. 병사가 칼로 리처드를 내리쳤다. 그 순간 리처드는 문을 활짝 열며 안으로 미끄러져 들어갔고, 문이 닫히는 바람에 칼은 나무에 박혔다.

앨리에너는 안도의 한숨을 내쉬었다.

군사들은 클로이스터 문에 몰려선 채 확신이 서지 않는 듯 멍하니 보고만 있었다. 갑자기 자신들이 어디에 있는지 깨달은 듯했다. 장인들은 그들을 적대적인 시선으로 노려보며 망치와 도끼를 치켜들었다. 백 명에 이르는 인부들에 비해 군사들은 다섯 명뿐이었다.

잭이 화를 내며 말했다. "대체 이자들은 누구야?"

그러자 등 뒤에서 누군가가 대답했다. "그들은 셰리프의 부하들이다."

앨리에너는 소스라치게 놀라 고개를 돌렸다. 그녀는 목소리의 주인공을 너무도 잘 알고 있었다. 무장을 하고 쇠사슬 갑옷을 입은 윌리엄 햄리가 신경질적인 검은 종마에 올라탄 채 정문에 서 있었다. 그를 보자 전율이 그녀의 몸속을 꿰뚫고 지나갔다.

잭이 말했다. "여기서 꺼져, 이 역겨운 벌레 같은 녀석."

윌리엄은 욕설에 얼굴을 붉혔지만 움직이지 않았다. "난 체포하러 온 것이다."

"그럼 해보시지. 리처드의 부하들이 너를 갈기갈기 찢어놓고 말걸."

"감옥에 들어가고 나면 부하고 뭐고 없게 될 것이야."

"네가 뭐나 된 줄 알고 있나? 셰리프는 백작을 감옥에 넣지 못해!"

"살인을 했다면 그럴 수 있지."

앨리에너는 숨을 몰아쉬었다. 그녀는 윌리엄의 사악한 머리가 어느 쪽으로 움직이고 있는지 즉각 알 수 있었다. "살인 같은 것은 없었어!" 그녀가 소리를 질렀다.

"그건 살인이야. 리처드 백작은 건축장이 앨프레드를 살해했다. 그리고 이제 나는 필립 수도원장이 살인자를 은닉하고 있다고 그에게 말할 참이다!"

윌리엄은 말에 박차를 가해 그들 곁을 지나 아직 짓지 않은 신랑의 서쪽 끝을 가로질러 속인들에게 개방된 취사장 안뜰로 향했다. 앨리에너는 믿기지 않는 심정으로 그를 지켜보았다. 그는 끔찍할 정도로 사악한 인간이었다. 그들이 방금 묻고 온 저 가엾은 앨프레드 역시 야비하고 유약한 성격으로 나쁜 짓을 많이 저질렀다. 그의 해악은 다른 무엇보다 비극적이었다. 하지만 윌리엄은 바로 악마의 하수인 그 자체였다. 앨리에너는 대체 언제쯤이나 그 괴물을 없앨 수 있을까 생각했다.

군사들도 취사장 안뜰에 있는 윌리엄과 합세했다. 군사들 가운데 하나가 칼자루로 취사장의 문을 두드렸다. 인부들도 공사장을 떠나 무리를 이루어 침입자들을 노려보며 서 있었는데, 묵직한 망치와 날카로운 정을 들고 있는 모습이 자못 험악해 보였다. 앨리에너는 마사에게 아이들을 데리고 집으로 가라고 한 다음 잭과 함께 인부들 사이에 서 있었다.

필립 수도원장이 취사장 문으로 나왔다. 그는 윌리엄보다 키가 작은 데다 얇은 하복 차림이라 쇠사슬 갑옷을 입고 말 등에 올라앉은 살진 남자와 나란히 서자 아주 왜소해 보였다. 하지만 필립의 얼굴에는 정당한 분노를 담은 표정이 떠올라 있어 윌리엄보다 훨씬 무서워 보였다.

윌리엄이 말했다. "당신은 도망친 살인자를 은닉하고—"

필립은 노한 음성으로 그의 말을 가로챘다. "이곳에서 썩 나가시오!"

윌리엄은 다시 한번 말하려 했다. "살인이 있었는데—"

"내 수도원에서 나가시오!" 필립이 다시 한번 고함쳤다.

"나는 셰리프요—"

"국왕이라 할지라도 무력을 쓰는 부하를 데리고 수도원 경내로 들어올 수 없소! 나가시오! 나가라니까!"

인부들 사이에서 성난 웅성거림이 일기 시작했다. 군사들은 불안한 눈으로 인부들 쪽을 보았다. 윌리엄이 말했다. "아무리 킹스브리지의 수도원장이라 할지라도 셰리프가 묻는 말에 대답해야 할 것이오."

"이런 식이라면 응할 수 없소! 부하들을 먼저 이곳에서 나가게 하시오. 그런 다음 당신의 무기를 마구간에 풀어놓으시오. 당신이 주님의 집에 들어온 비천한 죄인처럼 행동할 만반의 준비가 끝났을 때, 비로소 수도원에 들어올 수 있을 것이오. 그런 다음에야 수도원장은 당신의 질문에 대답할 것이오!"

필립은 안으로 들어가서 문을 쾅 닫았다.

인부들은 환성을 질렀다.

앨리에너 역시 자신도 모르게 환성을 지르고 있었다. 윌리엄은 그녀에게 일평생 힘과 공포의 상징이었다. 그런 그가 수도원장 필립 앞에서 좌절하자 그녀의 가슴은 부풀어올랐다.

하지만 윌리엄은 아직 패배를 인정할 생각이 없는 듯했다. 그는 말에서 내렸다. 그런 다음 천천히 검대를 풀어 부하 한 사람에게 내주었다. 그가 부하들에게 나지막이 몇 마디 하자, 부하들은 그의 칼을 가지고 수도원 경내를 가로질러 물러갔다. 윌리엄은 그들이 정문에 이를 때까지 보고 있다가 몸을 돌리고 다시 한번 취사장 문과 마주섰다.

그가 외쳤다. "셰리프가 왔으니 문을 여시오!"

잠시 후 취사장 문이 열리며 필립이 다시 나왔다. 그는 무장을 해제한 채 안뜰에 서 있는 윌리엄을 내려다본 다음, 경내 맞은편 정문 근처에 몰려 있는 군사들을 보았다. 이윽고 그는 윌리엄에게 다시 시선을 돌린 다음 입을 열었다. "무슨 일이오?"

"당신은 지금 수도원 안에 살인자를 숨겨두고 있소. 그자를 나에게 넘겨주시오."

"킹스브리지에서는 살인이 일어나지 않았소."

"셔링의 백작은 나흘 전 건축장이 앨프레드를 살해했소."

"잘못 안 거요. 리처드 백작은 앨프레드를 죽이기는 했지만 그것은 살인이 아니오. 앨프레드는 강간을 시도하다 붙잡힌 것이오."

그 말에 앨리에너는 몸을 떨었다.

"강간이라고? 그가 누구를 강간하려 했단 말이오?"

"앨리에너요."

"하지만 그녀는 그의 아내잖소!" 윌리엄이 의기양양하게 말했다. "어떻게 자기 아내를 강간할 수 있단 말이오?"

앨리에너는 윌리엄의 논법을 알아챌 수 있었다. 분노가 그녀의 가슴 속에서 끓어올랐다.

필립이 말했다. "그 결혼은 한 번도 제대로 완성된 적이 없었소. 게다가 그녀는 결혼 무효 선언을 신청했소."

"그 선언은 아직 허가되지 않았잖소. 그들은 성당에서 결혼식을 올렸소. 법률상 그들은 아직 결혼한 부부요. 그러니 강간이란 성립되지 않소. 오히려 그와 정반대로—" 윌리엄은 갑자기 몸을 돌려 앨리에너를 가리켰다. "저 여자는 여러 해 동안 자기 남편을 없앨 기회를 기다려온 것이오. 결국 동생을 설득해서 자기를 도와 그를 없애도록 한 것이오. 자신의 단검으로 그자를 찔러 죽였단 말이오!"

공포의 싸늘한 손이 앨리에너의 심장을 움켜잡았다. 터무니없는 거짓말이었지만 실제로 목격하지 않은 사람에게는 그럴듯하게 들릴 것처럼 착착 들어맞았다. 리처드는 궁지에 몰리고 말았다.

필립이 말했다. "셰리프는 백작을 체포할 권리가 없소."

그건 사실이야, 앨리에너는 생각했다. 그걸 깜박 잊고 있었다.

그러자 윌리엄이 두루마리를 꺼냈다. "나는 국왕의 친서를 갖고 있소. 나는 왕명을 거행하여 그자를 체포하려는 것이오."

앨리에너는 무력해지는 것을 느꼈다. 윌리엄은 모든 문제를 하나도 빠짐없이 생각해두었다. "어떻게 윌리엄이 저걸 손에 넣었을까?" 그녀가 중얼거렸다.

"아주 약삭빠르게 움직인 거죠." 잭이 대답했다. "이 소식을 듣자마자 곧장 말을 타고 윈체스터로 달려가 국왕을 만났을 거예요."

필립이 손을 내밀었다. "친서를 보여주시오."

윌리엄은 친서를 내밀었다. 두 사람 사이에는 몇 미터의 간격이 있었다. 한순간 어느 한 사람도 몸을 움직이려 하지 않았기에 싸늘한 정적이 감돌았다. 이윽고 윌리엄이 고집을 꺾고 계단을 올라가 필립에게 친서를 건네주었다.

필립은 친서를 읽고 돌려주었다. "이 친서에는 당신이 수도원을 공격해도 좋다는 권리 사항은 적혀 있지 않소."

"친서에는 내가 리처드를 체포할 권리가 명시되어 있소."

"그는 교회에 비호권을 요청했소."

"아." 윌리엄은 그리 놀란 표정은 아니었다. 그저 불가피한 사태에 직면했다는 듯 고개를 끄덕이며 두세 계단 내려설 뿐이었다. 그는 그 자리에 있는 모든 사람들의 귀에 똑똑히 들릴 만큼 목청 높여 말했다. "그는 수도원을 떠나는 즉시 체포될 거라고 전하시오. 내 부관들이 시내와 그의 성 밖에 상주할 것이오. 또한……" 그는 모여선 군중을 둘러보았다. "셰리프의 부관을 해치는 자는 누구든 왕의 신하를 해치는 것임을 명심해두시오." 그는 다시 필립 쪽으로 돌아섰다. "성소聖所 안에는 얼마든지 머물러도 좋지만, 이곳을 떠나려 한다면 정의의 심판을 받게 될 것이라고 그자에게 전해주시오."

침묵이 흘렀다. 윌리엄은 천천히 계단을 내려와 취사장 안뜰을 가로질렀다. 앨리에너에게는 그 말이 곧 감금 선고처럼 들렸다. 군중은 그가 지나가도록 길을 열어주었다. 그는 앨리에너 곁을 지나면서 밉살스러운 눈길을 던졌다. 사람들은 그가 정문으로 걸어가 말에 올라타는 것을 물끄러미 바라보았다. 그는 명령을 내리고 말을 타고 가버렸다. 그의 부하 가운데 두 사람이 남아서 정문에 선 채 안쪽을 들여다보고 있었다.

몸을 돌린 앨리에너는 자신과 잭 곁에 서 있는 필립을 발견했다. "내 사택으로 가세." 필립이 조용히 말했다. "이 문제를 좀 의논하세나." 그러고는 다시 취사장 안으로 들어갔다.

앨리에너는 왠지 필립이 무슨 일엔가 기뻐하는 것 같다는 인상을 받았다.

소동은 끝났다. 인부들은 활기차게 떠들면서 일터로 돌아갔다. 엘렌은 손자들을 보려고 집으로 갔다. 앨리에너와 잭은 성당 묘지를 떠나 공사장을 빙 돌아 필립의 사택으로 들어갔다. 필립은 아직 그곳에 와 있지 않았다. 두 사람은 긴 의자에 앉아 기다렸다. 잭은 동생에 대한 앨리에너의 불안한 마음을 감지하고 위로해주려는 듯 그녀를 안아주었다.

방 안을 둘러본 앨리에너는 세월이 흐를수록 필립의 사택이 조금씩이나마 안락해져가고 있음을 깨달았다. 그래도 이를테면 성에 있는 백작의 내실에 비하면 여전히 황량했지만, 예전처럼 가혹할 정도는 아니었다. 한쪽 구석에 있는 작은 제대 앞에는 오랜 밤기도 시간 동안 수도원장의 무릎을 편안하게 해줄 자그마한 깔개가 하나 깔려 있었다. 또한 제대 뒤편 벽에는 상당히 값나가는 선사품이 분명한, 보석으로 장식한 은제 십자고상이 걸려 있었다. 나이가 들면서 원장님이 자신에게 너그러워지는 건 해로울 것이 없지, 앨리에너는 생각했다. 아마 그는 다른 사람들에게도 좀더 너그러워질 것이다.

얼마 후 필립은 낭패한 표정의 리처드를 데리고 방 안으로 들어왔다. 리처드는 들어서자마자 입을 열었다. “윌리엄이 이럴 수는 없습니다. 이건 미친 짓이에요! 난 앨프레드가 누나를 강간하려는 장면을 보았단 말입니다. 그는 손에 칼을 들고 있었어요. 하마터면 그의 손에 내가 죽을 뻔했다고요!”

“진정하시오.” 필립이 말했다. “이 문제에 대해 조용히 이야기해봅시다. 그리고 만일 위험이 있다면 그것의 정체를 냉정하게 알아봅시다. 자, 모두 자리에 앉읍시다.”

리처드는 자리에 앉아서도 흥분에 차 말을 계속했다. “위험이라고요? 위험 같은 건 없습니다. 일개 셰리프가 백작을 가두지는 못할 거예요.

설사 백작이 살인을 했다고 해도요."

"윌리엄은 그럴 작정을 하고 있소." 필립이 말했다. "수도원 밖에 부하들을 대기시켜놓았을 것이오."

리처드는 경멸스럽다는 몸짓을 해 보였다. "난 윌리엄의 부하들 따위는 간단히 속여 넘기고 지나갈 수 있어요. 그건 문제도 아니라고요. 잭 매형이 말 한 필을 가지고 시내 밖에서 나를 기다리고 있기만 하면 충분해요."

"그러면 얼즈캐슬에 도착한 다음에는 어떻게 하겠소?"

"똑같이 할 거예요. 나는 윌리엄의 부하들 몰래 들어갈 수 있어요. 아니면 내 부하들을 나오게 해서 만나도 되고."

"그럴듯한 말이오. 그런 다음엔 어떻게 하겠소?"

"더 할 일은 없어요. 윌리엄이 뭘 어쩌겠습니까?"

"글쎄, 그는 당신을 소환해 살인의 책임을 추궁할 수 있는 국왕의 친서를 갖고 있소. 당신이 성을 떠나면 언제라도 체포하려 들 것이오."

"호위병을 데리고 다니면 어디라도 갈 수 있습니다."

"그리고 셔링이나 다른 장소에서 당신이 법정을 열어야 할 때는 어떻게 하겠소?"

"마찬가지로 할 겁니다."

"하지만 당신 자신이 법망을 피해 다니는 사람인 줄 알면 다른 사람들이 당신이 내린 판결을 따르겠소?"

"그러는 편이 좋을 겁니다." 리처드가 모호하게 대답했다. "윌리엄이 백작이었을 때 그자가 내린 판결을 어떻게 집행했는지 알 테니까요."

"사람들은 윌리엄만큼 당신을 두려워하지 않을지도 모른다오. 당신이 피에 굶주린 악마 같은 사람이라고는 여기지 않을 테니까. 나도 그 말이 맞기를 바라지만."

"너무 기대하지 않는 게 좋을 겁니다."

앨리에너는 인상을 썼다. 숨은 저의가 있지 않고는 필립이 그렇게 태평스러울 것 같지 않았다. 그녀는 필립이 남 몰래 준비해둔 계획을 위해 미리 지반을 다지고 있는 건 아닌지 의심스러웠다. 장담하건대 어떤 식으로든 그 속셈에는 채석장 문제가 포함돼 있을 거야, 그녀는 생각했다.

"내가 걱정하는 것은 국왕이오. 죄를 묻는 것에 대답을 거절하면 당신은 왕권에 도전하는 셈이 될 것이오. 지금이 일 년 전이라면 나는 계속 왕권에 도전해보라고 권했을 거요. 하지만 이젠 전쟁도 끝났으니, 아무리 백작이라도 마음대로 처신하기는 어려울 것이오."

잭이 말했다. "아무래도 그 고발에 응해야 할 것 같아요, 리처드."

"그럴 수는 없어요." 앨리에너가 말했다. "정의를 기대할 수 없으니까!"

"그녀의 말이 맞소." 필립이 말했다. "이 사건은 궁정에서 다루어졌을 것이오. 그러니 이미 모든 사실이 알려졌을 테지. 앨프레드가 앨리에너를 폭행하려고 했다, 리처드가 들어왔다, 두 사람은 서로 싸웠다, 그리고 리처드가 앨프레드를 죽였다는 식으로 말이오. 모든 게 해석 여하에 달렸다오. 그런데 고소를 한 사람은 스티븐 왕의 충실한 지지자 윌리엄이고, 리처드는 헨리 공의 최대 협력자 중 한 사람이니 평결은 십중팔구 유죄일 것이오. 어째서 스티븐 왕이 그 친서에 서명했겠소? 필시 그가 자기와 맞서 싸운 리처드에게 보복하기로 작정했기 때문일 것이오. 앨프레드의 죽음으로 그에게는 완벽한 구실이 생긴 거란 말이오."

앨리에너가 말했다. "그러면 헨리 공에게 중재를 호소해야겠군요."

그러자 이번에는 리처드가 찜찜하다는 표정을 지었다. "그분껜 의지하고 싶지 않아. 그분은 지금 노르망디에 계셔. 항의 서한이나 한 통 써 보내겠지. 하지만 그 밖에 무슨 일을 할 수 있겠어? 그분이 군대를 이끌고 해협을 건너온다고 가정해봐. 그럼 평화조약을 깨뜨리게 되는 거야.

내 생각에는 헨리 공이 나 때문에 그런 모험을 할 것 같지는 않아."

앨리에너는 슬프고 두려웠다. "아, 리처드. 네가 정말 무서운 그물에 걸렸구나. 다 네가 나를 구했기 때문이야."

그는 그녀에게 지을 수 있는 가장 멋진 미소를 지어 보였다. "또다시 하라고 해도 할 수 있어, 누나."

"나도 알아." 그는 진심이었다. 온갖 결점이 있었지만 리처드는 용감한 남자였다. 그런 그가 백작 자리에 오르자마자 이처럼 난처한 문제에 직면하게 된 것은 부당한 일이었다. 백작으로서 그는 앨리에너에게 실망을, 그것도 엄청난 실망을 안겨주었지만, 그래도 이런 일을 당할 만한 사람은 아니었다.

"아무튼 대단한 선택이군. 헨리 공이 왕이 될 때까지 이 수도원에서 살거나 아니면 살인자로 교수형을 당할 수밖에 없게 되었으니. 만일 원장님의 수사들이 생선만 많이 먹지 않는다면 수사가 되는 편이 낫겠어요."

"다른 방법도 있을 수 있다오." 필립이 말했다.

앨리에너는 간절한 눈빛으로 필립을 바라보았다. 필립이 무슨 계획을 갖고 있는 건 아닌지 의아해하던 차였다. 만일 그가 궁지에 몰린 리처드를 구해준다면 감사할 일이었다.

"당신은 살해한 일을 속죄할 수 있소."

"생선 먹는 일과 관련된 건가요?" 리처드가 무례하게 말했다.

"나는 성지聖地를 생각하고 있었소."

그들 모두 말을 잃었다. 팔레스티나는 프랑스 태생의 기독교도이자 예루살렘의 왕인 볼드윈 3세가 통치하고 있었다. 그 나라는 이웃한 이슬람 국가들의 침공에 늘 시달리고 있었는데, 그중에서도 남쪽 이집트와 동쪽 다마스쿠스가 가장 심했다. 여섯 달에서 일 년이 걸리는 여행 끝에 그곳에 이르러 기독교 왕국을 수호하기 위해 싸우는 군대에 가담

한다는 것은 살인을 저지른 영혼을 정화할 만한 속죄라 할 수 있었다. 앨리에너는 너무 걱정이 된 나머지 기절이라도 할 것 같았다. 성지로 떠난 사람 모두가 돌아오는 것은 아니었다. 그러나 그녀는 이미 여러 해 동안 전쟁터에 나가 있는 리처드를 걱정해왔던 터였고, 성지가 이곳 잉글랜드 이상으로 위험할 것 같지도 않았다. 그녀는 그저 조바심을 치게 될 터였고 그것에도 익숙해질 것이다.

"예루살렘의 왕에겐 언제나 군인이 필요하겠죠." 리처드가 말했다. 몇 년에 한 번씩 교황의 사자가 나라를 돌며 전쟁터에 대한 이야기와 기독교 제국을 수호하는 영광에 대해 말하면서 젊은이들이 성지에 가서 싸우도록 고무하고 있었다. "하지만 난 이제 막 백작 자리에 올랐어요. 그리고 내가 떠나 있는 동안 누가 내 땅을 돌보겠습니까?"

"그 일은 앨리에너가 맡으면 되오." 필립이 말했다.

앨리에너는 숨이 턱 막혔다. 필립은 지금 그녀가 백작 자리를 맡아 그녀의 아버지가 했던 대로 다스릴 것을 제안하고 있는 것이었다…… 그 제안에 그녀는 한순간 머릿속이 멍해졌지만, 제정신이 돌아오자마자 필립의 제안이 옳다는 걸 깨달았다. 남자가 성지로 떠나면 대개 그의 소유지는 아내가 관리했다. 결혼하지 않은 백작의 누이가 똑같은 역할을 맡지 말라는 법이 없었다. 그녀는 응당 그러해야 한다고 알고 있는 대로, 정의와 통찰력과 창의력을 가지고 백작령을 관리할 터였다. 그녀는 리처드가 그토록 참담하게 망쳐놓은 그 모든 일을 바로잡을 것이다. 그런 생각을 하자 그녀의 가슴은 고동치기 시작했다. 그녀는 소 대신 말로 쟁기를 끌게 하고 휴경지에는 귀리와 콩 같은 봄 작물을 재배하는 것 같은 새로운 착상을 철저히 시험해볼 것이다. 새 농경지를 개간하고, 새 시장을 열고, 그리고 지금부터는 채석장을 수도원장 필립에게 개방할 것이다……

물론 필립이 생각한 것도 그 점일 터였다. 필립이 지난 여러 해 동안 꿈꾸었던 그 모든 현명한 계획 중 이거야말로 가장 훌륭한 것이리라. 필립은 단번에 세 가지 문제를 해결하는 셈이었다. 그는 리처드를 궁지에서 빠져나오게 하고, 백작령은 유능한 통치자의 손에 맡기는 한편, 마지막으로 자신의 채석장을 되찾았다.

필립이 말했다. "볼드윈 왕은 분명 당신을 환영할 것이오. 특히 당신이 함께 참전하고 싶어하는 많은 기사와 부하들을 데려간다면 더욱 그럴 거요. 그것은 당신이 지휘하는 소규모 십자군이 되겠지." 필립은 자기의 생각을 리처드가 곱씹도록 얼마간 아무 말도 하지 않았다. "물론 윌리엄은 그곳에 있는 당신에게는 손도 대지 못할 것이오. 그리고 당신은 영웅이 되어 돌아오게 될 거요. 그때에는 아무도 감히 당신을 교수형에 처하려 들지 못할 것이고."

"성지라고요?" 리처드가 말했다. 그의 눈에 죽음과 영광의 빛이 교차했다. 이 일은 리처드에게 어울려, 앨리에너는 생각했다. 그는 백작령을 다스리는 데는 서툴렀다. 그는 군인이었고, 또 싸우고 싶어했다. 그녀는 동생의 얼굴에 떠오른 꿈꾸는 표정을 보았다. 그의 마음은 벌써 그곳에 가 있었다. 한 손에 칼을 높이 치켜들고 붉은 십자가가 그려진 방패를 든 채 작열하는 태양 아래, 모래로 쌓은 보루를 지키며, 그는 이교도 무리를 격퇴하고 있었다.

리처드는 행복했다.

4

시내 사람들은 빠짐없이 결혼식에 참석했다.

앨리에너는 깜짝 놀랐다. 사람들이 그녀와 잭을 어느 정도는 이미 결혼한 부부인 것처럼 대해왔으므로, 이 결혼식이 그저 형식적인 절차로 여겨지리라고 생각한 것이다. 자기 또래나 잭의 동료인 장인 책임자들 같은 친한 사람들 몇몇만 참석할 거라는 예상은 빗나가고 킹스브리지에 사는 남녀노소 모두 식장에 나와주었다. 그녀는 하객들을 보고 감격했다. 게다가 그들은 모두 그녀를 위해 기뻐하는 표정을 짓고 있었다. 그녀는 비록 사람들이 재치 있게 말을 삼가긴 했지만 사실은 그 오랜 세월 동안 곤궁에 처했던 그녀를 동정하고 있었음을 알게 되었다. 그들은 마침내 앨리에너가 그토록 오래 사랑해온 남자와 결혼하게 되자, 그녀와 똑같이 기뻐해주었다. 동생 리처드의 팔을 끼고 거리를 지나는 앨리에너는 사람들이 자기를 향해 지어 보이는 미소에 현기증이 날 정도였다. 그녀는 행복에 취했다.

리처드는 내일 성지로 떠날 예정이었다. 스티븐 왕은 이 해결책을 응낙했는데, 이렇게 쉽사리 리처드를 제거하게 되자 내심 안도하는 듯했다. 물론 윌리엄 셰리프는 격노했다. 그의 목적은 리처드에게서 백작 작위를 박탈하는 데 있었기 때문이다. 그런데 이제 그럴 수 있는 모든 기회를 잃고 만 셈이었다. 리처드는 여전히 예의 그 꿈꾸는 눈빛이었다. 성지를 향해 떠날 시간까지 너무나 지루한 나머지 기다리지 못할 것처럼 보였다.

이건 아버지께서 원한 결과는 아니야, 그녀는 수도원 경내로 들어서면서 생각했다. 아버지는 리처드가 멀리 떨어진 땅에서 싸움을 벌이고 앨리에너가 직접 백작 역할을 맡기를 원한 건 아니었다. 하지만 그녀는 이제 아버지의 소원에 따라 살 생각이 없었다. 아버지는 돌아가신 지 십칠 년이나 되었고, 아무튼 그녀는 아버지로서는 알지 못했던 무언가를 알고 있었다. 리처드보다는 그녀가 백작 역할을 훨씬 더 잘 수행할 수 있다는 것이 그것이었다.

그녀는 이미 권력의 고삐를 쥐고 있었다. 성의 하인들은 여러 해 동안 느슨히 관리된 탓에 게을러져 있었는데, 그녀는 그들을 분주히 움직이도록 했다. 창고를 정리하고 큰 홀을 새로 칠하고 제빵소와 양조장을 청소하도록 했다. 취사장은 너무 더러워서 아예 건물을 태우고 새로 지었다. 그리고 이제 주인이 자신임을 알리기 위해 주급을 직접 지불하기 시작했다. 또한 밤낮없이 만취해 있는 군사 세 명을 해고하기도 했다.

그녀는 또한 킹스브리지에서 말을 타고 한 시간이면 닿을 수 있는 곳에 새로 성을 짓도록 지시했다. 얼즈캐슬은 대성당에서 너무 멀리 떨어져 있었다. 새 성은 잭이 설계했다. 그들은 본성이 완공되는 대로 이사할 작정이었다. 그때까지는 얼즈캐슬과 킹스브리지를 오가며 시간을 보내기로 했다.

벌써 두 사람은 필립의 불만스러운 눈길에서 멀리 떨어진, 얼즈캐슬의 앨리에너가 쓰던 옛 침실에서 여러 날 밤을 함께 보냈다. 그들은 물릴 줄 모르는 육체적 정열에 사로잡힌 신혼부부 같았다. 아마도 처음으로 잠글 수 있는 문이 달린 침실을 갖게 되었기 때문일 터였다. 사생활은 귀족들만의 사치였다. 다른 사람들은 아래층에 있는 공동 홀에서 잠을 자고 사랑을 나누었다. 심지어는 독립된 가옥에 살고 있는 부부들조차 자칫 그 일을 하다가 아이들이나 친척들, 또는 지나다가 들른 이웃들의 눈에 띌 위험이 있었다. 사람들은 집 안에 있을 때 문을 잠그는 것이 아니라 밖으로 외출할 때만 문을 잠갔다. 앨리에너는 지금까지 그런 일에 불만을 느껴본 적이 없었지만, 이제는 아무에게도 들킬 염려 없이 무슨 일이든 할 수 있음을 알게 되자 특별한 전율을 느꼈다. 지난 이 주 동안 자신과 잭이 했던 일 몇 가지를 생각하며 얼굴을 붉혔다.

잭은 마사와 토미와 샐리와 함께 일부만 완공된 신랑에서 그녀를 기다렸다. 결혼식을 할 때 신랑과 신부는 대개 성당 현관에서 서약을 나눈 다음 성당 안으로 들어가 미사를 드렸다. 오늘은 신랑의 첫번째 기둥사이가 성당 현관 역할을 대신했다. 앨리에너는 잭이 짓고 있는 성당에서 결혼하게 되어 몹시 기뻤다. 성당은 잭이 입고 있는 옷이나 잭이 사랑하는 방식과 마찬가지로 잭의 일부였다. 그가 지은 대성당은 그를 닮을 터였다. 그것은 우아하고 창조적이며 경쾌하고, 이전의 어떤 성당과도 다를 것이다.

그녀는 애정 어린 눈으로 그를 바라보았다. 잭은 이제 서른 살이었다. 그는 붉은 머리카락과 반짝이는 푸른 눈을 가진 잘생긴 남자였다. 한때는 아주 못생긴 소년이었지, 그녀는 회상했다. 그녀는 그가 눈길을 줄 가치조차 없는 꼬마라고 여겼다. 하지만 그는 첫눈에 그녀를 사랑하게 되었다고 했다. 또한 아버지가 있었던 적이 없다고 하자 모두가 그를 비웃었을 때의 일을 떠올릴 때마다 아직도 움찔 놀란다고 했다. 그것도 거의 이십 년 전 일이었다. 이십 년……

필립 수도원장이 아니었다면 그녀는 다시는 잭을 보지 못했을지도 몰랐다. 필립 수도원장은 지금 클로이스터에서 성당 안으로 들어서며 미소를 지으며 신랑으로 걸음을 옮기고 있었다. 드디어 두 사람을 결혼시키게 된 것에 진심으로 감격하고 있는 듯했다. 그녀는 그를 처음 만났을 때를 회상했다. 그리고 모든 분투와 쓰라림을 겪어가며 한 자루분의 양모를 사모은 후, 양모 상인이 자기를 속이려 들었을 때 느꼈던 좌절감을 생생하게 기억했다. 그리고 그녀를 구해준 그 검은 머리칼의 젊은 수사가 '어느 때든 당신의 양모는 내가 사겠소' 라고 했을 때 느낀 형언할 길 없는 감사의 마음도 기억하고 있었다. 이제 그의 머리칼은 희끗희끗해져 있었다.

필립은 그녀를 구해준 다음, 이번에는 잭에게 그녀와 대성당 중 하나를 선택하도록 강요함으로써 그녀를 파멸시킬 뻔했다. 그는 선악의 문제에는 까다로운 사람이었는데, 그 점은 어느 정도 그녀의 아버지와 비슷했다. 하지만 그는 이 결혼 예식을 직접 집전하고 싶어했다.

엘렌은 앨리에너의 첫 결혼을 저주했는데, 그 저주는 효과가 있었다. 그것이 앨리에너는 기뻤다. 만일 앨프레드와의 결혼생활이 그토록 끔찍하지 않았다면 여전히 그와 함께 살고 있을지도 몰랐다. 그럴 수도 있었을 거라고 생각하자 묘한 기분이 들었다. 악몽을 꾸거나 두려운 상상을 하기라도 한 것처럼 소름이 돋았다. 그녀는 잭과 사랑에 빠진 톨레도의 귀엽고도 육감적인 아랍 소녀를 떠올려보았다. 만일 잭이 그 소녀와 결혼했더라면 어떻게 됐을까? 아기를 안고 톨레도에 도착한 그녀는 다른 사람과 몸과 마음을 나누며 가정생활에 푹 빠져 있는 잭을 보게 되었을 것이다. 생각만 해도 끔찍한 일이었다.

그녀는 주기도문을 웅얼거리고 있는 그의 목소리에 귀를 기울였다. 킹스브리지에 와서 살게 되었을 때 자신이 그에게 곡물 장사의 고양이에게 주의를 기울이는 만큼도 눈여겨보지 않았음을 생각하니 놀라웠다. 그러나 그는 그녀에게 주목하고 있었다. 그 오랜 세월 동안 남몰래 그녀를 사랑하고 있었다. 그는 얼마나 인내심을 발휘했던가! 그 지방 상류층 자제들이 차례로 그녀에게 구혼하고 낙담하거나 기분이 상해서, 또는 무례한 태도로 물러서는 것을 내내 지켜보고 있었다. 사랑을 호소하는 것으로는 그녀를 얻지 못하리라는 걸 이미 알고 있었다. 얼마나 영리했던가. 그래서 그는 연인으로보다는 친구로 우회해 그녀에게 접근했다. 숲속에서 그녀를 만나 이야기를 들려주거나, 그녀 자신도 알아차리지 못하는 사이에 그를 사랑하도록 만들었다. 그녀는 그 첫 키스를 떠올렸다. 가볍고 아무렇지도 않았던 그 키스는 그후 몇 주 동안이나 그녀의 입술을 불태웠다. 한층 선명했던 두번째 키스도 생각났다. 마전용 방아가 돌아가는 요란한 소리를 들을 때마다 그녀는 자신이 느꼈던 그 어둡고 낯설고 달갑지 않은 욕정의 파동을 떠올렸다.

그녀의 삶에서 지워지지 않고 남아 있는 후회스러운 일 한 가지는 그 일이 있고 나서 그를 냉정하게 대한 일이었다. 잭은 그녀를 더없이 성실하게 사랑해주었는데, 그녀는 너무 놀라 마치 관심도 없다는 듯이 그를 외면했다. 그 일은 그에게 깊은 상처를 입혔다. 그래도 그는 여전히 그녀를 사랑했고, 그 상처 역시 치유되긴 했지만, 깊은 상처가 그렇듯 상흔은 남았다. 그녀는 종종 말다툼하거나 그에게 냉정하게 대할 때면 그의 눈길에서 그 상흔을 발견했다. 그때 그의 눈은 이렇게 말하는 듯했다. '그래, 난 당신을 잘 알고 있어요. 당신은 냉정하게 행동할 수도 있고 내게 상처를 입힐 수도 있죠. 그러니 미리 조심을 해야겠죠.'

남은 생애 동안 그녀를 사랑하고 그녀에게 충실하겠노라는 서약을 하고 있는 지금, 그의 두 눈에 그런 경계의 기색은 없을까? 그는 나를 의심할 만한 충분한 이유를 갖고 있어, 그녀는 생각했다. 난 앨프레드와 결혼했지. 그보다 큰 배신이 있을까? 하지만 그후 나는 잭을 찾아 기독교 제국의 절반을 돌아다님으로써 그 대가를 치렀어.

이러한 실망과 배신과 화해는 기혼자들의 생활에서나 찾아볼 수 있는 일들이었지만, 그녀와 잭은 결혼 전에 이미 그런 일들을 경험했다. 그녀는 적어도 그가 어떤 사람인지 알고 있다고 자신할 수 있었다. 이제 어떤 일도 그녀를 놀라게 하지는 못할 것이다. 이런 방식도 재미있었지만, 서약부터 하고 나서 배우자에 대해 아는 편이 더 나을지도 몰랐다. 사제들은 물론 이런 방식에 동의하지 않을 테고, 필립이 지금 그녀가 무슨 생각을 하는지 안다면 기절하겠지만, 사제들이 사랑에 대해 도대체 뭘 알겠는가.

그녀는 필립의 말을 따라 서약하면서 '내 몸으로 그대를 섬기고'라는 구절이 정말 아름답다고 생각했다. 필립은 결코 그 구절을 이해하지 못하리라.

잭은 그녀의 손가락에 반지를 끼워주었다. 내 평생 지금 이 순간을 기다려왔어요, 그녀는 마음속으로 말했다. 두 사람은 상대방의 눈을 들여다보았다. 그의 내면에서 무엇인가 변했다는 것을 그녀는 확신할 수 있었다. 바로 이 순간까지도 그가 진정으로 그녀에 대해 확신하지 못했다는 걸 그녀는 깨달았다. 그런데 이제 그는 마음속 깊이 만족한 듯 보였다.

"당신을 사랑해요, 언제까지나." 잭이 말했다.

이것이 바로 그의 서약이었다. 나머지는 종교적인 절차에 지나지 않았고, 이제 그는 자기만의 약속을 한 것이었다. 앨리에너 자신도 지금까지 그에 대한 확신이 서지 못했음을 깨달았다. 이제 얼마 후면 그들은 교차부로 걸어가 미사를 드릴 것이고, 시민들에게서 축하 인사를 받을 것이다. 그런 다음에는 그 사람들을 집으로 데려가 음식과 술을 대접하고 흥겹게 즐기도록 할 것이다. 하지만 이 짧은 순간만은 오직 그들 두 사람만을 위한 것이었다. 잭의 표정은 당신과 내가 함께, 언제까지나라고 말하고 있었다. 그리고 앨리에너는 마침내라는 한마디를 생각하고 있었다.

아주 평화로운 기분이었다.

6부 1170~1174년

17장

1

킹스브리지는 계속해서 성장했다. 가옥들이 원래 성벽 너머로 넘친 것도 벌써 오래전 일로, 성벽 안으로는 가옥의 절반도 채 수용할 수 없었기 때문이었다. 약 오 년 전 조합에서는 구시가 외곽에 발달한 교외 주택지구를 수용하기 위해 새 성벽을 쌓았고, 지금은 전보다 훨씬 많은 교외 주택지구가 새 성벽의 외곽에 형성되어 있었다. 주민들이 전통적으로 수확제라든가 세례 요한 축일 축제를 벌이던 강 건너 초원은 이제 뉴포트라는 작은 마을이 되었다.

아직 기온이 싸늘한 부활절 아침, 셰리프 윌리엄 햄리는 말을 타고 뉴포트를 지나 지금은 킹스브리지 구시가로 불리는 지역으로 통하는 돌다리를 건넜다. 오늘은 새로 완공된 킹스브리지 대성당이 봉헌되는 날이었다. 그는 근사한 시문市門을 지나 최근에 포장한 중심가를 거슬러올라갔다. 길 양편에 늘어선 집들은 모두 석조주택으로 아래층에는 점포가, 위층에는 살림집이 있는 구조였다. 셔링이 한 번도 누려본 적 없는 부와 규모로 북적대는 킹스브리지를 보자 윌리엄은 쓰라린 심정이 되었다.

그는 중심가 끝에 이르러 수도원 경내로 말을 돌렸다. 바로 눈앞에 킹스브리지의 부흥과 셔링의 몰락을 야기한 대성당이 서 있었다.

숨이 턱 막히는 장관이었다.

날아오를 듯 우아한 버팀벽이 일렬로 까마득히 솟아오른 신랑 부분을 지지했다. 건물의 전면인 서쪽 끝부분에는 마치 거인이 드나드는 출입구처럼 거대한 세 개의 포르티코*가 있고, 그 위쪽으로 높고 가늘고 끝이 뾰족한 창문들이 가느다란 탑에 인접해 한 줄로 쭉 나 있었다. 이러한 구상은 이미 십팔 년 전 완성된 익랑에도 나타나 있었지만, 이것은 그 구상의 경이로운 완성품이었다. 잉글랜드 어디에도 이러한 건축물은 존재하지 않았다.

이곳에서는 매주 일요일이면 여전히 장이 섰으므로, 성당 입구의 잔디밭에는 점포가 빽빽이 들어차 있었다. 윌리엄은 말에서 내려 말을 돌보도록 월터를 남겨두었다. 그는 절뚝거리며 잔디밭을 가로질러 성당으로 향했다. 이제 쉰네 살이 된 그는 비둔했고, 팔다리의 통풍으로 끊임없이 고통에 시달리고 있었다. 그 고통 때문에 언제나 화가 나 있었다.

성당 내부는 한층 더 인상적이었다. 신랑은 익랑의 양식을 따랐지만, 건축 책임자는 그 설계를 한층 더 세련되게 바꾸어 원기둥을 훨씬 더 날렵하게 만들고 창도 더 크게 냈다. 하지만 혁신은 거기에서 그치지 않았다. 윌리엄은 잭 잭슨이 파리에서 데려온 장인들이 만든 채색유리에 대한 소문을 들은 적이 있었다. 그런 걸 가지고 법석을 떠는 이유를 알 수 없었다. 그는 채색유리창을 태피스트리나 그림과 다를 바 없는 것이라고만 상상했다. 그런데 이제 법석을 떤 이유를 알게 되었다. 외부의 빛

* 대형 건물 입구에 기둥을 받쳐 만든 현관 지붕.

이 채색유리를 거쳐 들어오면서 유리창이 온통 불이라도 붙은 듯했다. 그 효과는 실로 마법 같다고 할 만했다. 성당 안은 목을 빼고 유리창을 쳐다보는 사람들로 가득 차 있었다. 그 그림에는 성서에 나오는 이야기들, 천국과 지옥, 성자와 예언자들, 사도들, 그리고 필시 그 유리창에 자신들을 그려넣어달라며 대가를 지불했을 킹스브리지의 몇몇 시민들— 빵 쟁반을 나르는 빵장수, 가죽을 다루는 무두장이, 컴퍼스와 수준기를 든 석공들도 있었다. 필립은 분명 저 유리창들로 막대한 이익을 보았겠군, 윌리엄은 찌무룩한 얼굴로 생각했다.

성당은 부활절 미사에 참석한 사람들로 빽빽이 들어차 있었다. 언제나 그랬던 것처럼 시장이 성당 안까지 연장되어 있어서, 신랑을 거슬러 올라가는 동안 윌리엄은 시원한 맥주나 뜨거운 진저브레드를 파는 장사꾼과 마주쳤고, 3펜스만 내면 벽에 붙어 슬쩍 음란한 짓을 할 수 있다는 제안을 받기도 했다. 성직자들은 장사꾼들이 성당 안으로 들어오지 못하게 하려고 갖은 애를 썼지만 불가능한 일이었다. 윌리엄은 카운티의 중요 직책에 있는 시민들과 인사를 나눴다. 하지만 그렇게 인사를 받고 장사치들의 호객 행위에 방해를 받으면서도 저도 모르게 아케이드의 만곡에 줄곧 눈과 마음을 빼앗겼다. 아치와 창문들, 작은 기둥이 모여 이룬 큰 기둥들, 궁륭의 늑재와 호弧, 이 모든 것들은 이 건축물이 무엇을 위해 존재하는지를 끊임없이 상기시키며 천상을 가리키고 있었다.

바닥은 포장되고 기둥에는 회칠이 되었고 창마다 유리가 끼워져 있었다. 킹스브리지와 그 수도원은 부유했고 이 대성당은 그 번영을 입증해주고 있었다. 익랑에 있는 작은 예배당에는 황금 촛대와 보석이 박힌 십자가가 있었다. 시민들도 화려하게 염색한 튜닉과 은 브로치와 은제 버클, 금반지로 자신들의 부를 과시했다.

그의 눈길이 앨리에너에게서 멎었다.

언제나처럼 그는 심장이 멎을 듯했다. 그녀는 쉰이 넘은 나이에도 여전히 아름다웠다. 물결치는 머리칼은 여전히 풍성했지만 전보다 짧았고, 약간 바래기라도 한 듯 갈색 음영이 엿보였다. 눈가에는 매력적인 잔주름이 잡혀 있었다. 몸은 전보다 좀더 펑퍼짐해졌지만 그럼에도 여전히 풍만했다. 그녀는 붉은 비단 안감을 댄 청색 외투를 입고 빨간 가죽신을 신었다. 그 주위에는 경의를 표하려고 몰려든 사람들로 북적거렸다. 백작부인도 아닌 한낱 백작의 누이일 뿐이었지만 그녀의 동생이 성지에 머물러 있었기에 모두가 그녀를 백작처럼 대했다. 그녀는 마치 여왕처럼 행동했다.

그녀를 보자 윌리엄은 배 속에서 담즙 같은 증오가 끓어올랐다. 그는 그녀의 아버지를 파멸시키고 그녀를 겁탈하고 그녀의 성을 빼앗고 그녀의 양모를 불태운데다 그녀의 동생을 추방했지만, 그녀를 파멸시켰다고 여길 때마다 그녀는 번번이 한층 더 높은 권력과 부를 지닌 채 되돌아왔다. 이제 나이를 먹은데다 통풍에 시달리고 살찐 윌리엄은 자신이 무서운 마법에 사로잡혀 평생을 보냈음을 깨달았다.

그녀 곁에는 훤칠한 붉은 머리 남자가 있었는데, 처음에 윌리엄은 그가 잭인 줄 알았다. 하지만 좀더 자세히 들여다보니 잭이라고 하기엔 너무 나이가 어렸고, 곧 그가 잭의 아들임을 깨달았다. 젊은이는 기사 복장에 칼을 차고 있었다. 잭은 자신보다 몇 센티미터가량 작은 아들 옆에 서 있었는데, 관자놀이 부분의 붉은 머리는 엷은 빛으로 세어 있었다. 윌리엄의 기억이 맞다면 그는 앨리에너보다 다섯 살 아래일 테지만 그 역시 눈가에 주름이 잡혀 있었다. 그는 딸임에 분명한 젊은 여자와 활기차게 이야기를 나누고 있었다. 그녀는 앨리에너를 닮은 모습으로 어머니만큼 아름다웠지만, 풍성한 머리칼은 뒤로 단단히 당겨 땋아내리고 수수한 옷차림을 하고 있었다. 그 갈색 튜닉 아래 설혹 관능적인 육체가 있다 하더라도 아무에게도 알리고 싶지 않은 모양이었다.

부유하고 위엄 있으며 행복한 앨리에너의 가족을 알아보는 순간 분노가 끓어올랐다. 지금 그 가족이 누리고 있는 것은 모두 자기 것이 되어야 마땅했다. 하지만 그는 여전히 복수의 희망을 버리지 않았다.

사람들이 나누는 대화와 행상인들이 외치는 소리 위로 수백 명의 수사들이 부르는 성가 소리가 크게 울려퍼지면서 필립 수도원장이 행렬을 이끌며 성당 안으로 들어섰다. 이렇게 많은 수사들이 이곳에 있었던 적은 없었지, 윌리엄은 생각했다. 수도원은 도시와 함께 성장하고 있었다. 이제 예순이 넘은 필립은 거의 완전히 삭발을 한데다 어느 정도 살도 쪄서 여위었던 얼굴이 둥그스름했다. 그가 만족스러운 표정을 띠고 있는 것도 놀랄 일은 아니었다. 이 대성당 봉헌은 삼십사 년 전 그가 킹스브리지에 첫발을 디딘 그 순간부터 마음속에 품고 있던 목표였다.

웨일런 주교가 화려 찬란한 옷차림으로 들어서자 여기저기서 웅성대는 소리가 들렸다. 창백하고 모가 난 그의 얼굴은 아무렇지도 않은 듯 뻿뻿하게 굳어 있었지만, 윌리엄은 주교의 마음속이 부글부글 끓고 있다는 걸 잘 알고 있었다. 이 대성당은 바로 웨일런에 대한 필립의 승리를 상징하는 것이었다. 윌리엄 역시 필립을 증오했지만, 그럼에도 거만한 웨일런 주교의 콧대가 꺾인 모습을 기분전환 삼아 내심 즐기고 있었다.

웨일런은 이곳에 거의 모습을 보이지 않았다. 마침내 셔링에 짓던 새 성당이 완공되자(거기에는 윌리엄의 모친을 기념하기 위해 봉헌된 특별 예배당이 딸려 있었다) 이 대성당만큼 크고 인상적이지 못함에도 웨일런은 셔링 성당을 자신의 본부로 삼았다.

하지만 웨일런의 온갖 노력에도 불구하고 킹스브리지 대성당은 여전히 교구의 중심 성당이었다. 삼십 년도 넘는 긴 싸움에서 웨일런은 필립을 파멸시키기 위해 할 수 있는 모든 일을 다 했지만, 결국 필립이 승리를 거두었다. 그 두 사람의 관계는 어느 정도 윌리엄과 앨리에너 사이와 비슷했다. 두 경우 모두 약하고 양심적인 쪽이 강하고 무자비한 쪽을 패배시켰다. 윌리엄은 그 이치를 끝끝내 이해하지 못할 것 같다는 기분이 들었다.

주교는 봉헌식 행사 때문에 부득이 이곳에 올 수밖에 없었다. 만일 이 자리에 참석해 명사급 손님들을 맞지 않는다면 아주 이상하게 여겨질 터였다. 저명한 대수도원장 및 수도원장들뿐 아니라 이웃한 주교 관구의 주교들도 이 자리에 참석했다.

캔터베리의 대주교 토머스 베켓은 이 자리에 참석하지 못할 터였다. 그는 오랜 친구인 헨리 왕과 한창 싸우고 있었는데, 그 싸움은 너무도 모질고 치열해서 대주교가 국외로 탈출해 프랑스로 피신할 정도에 이르렀다. 그들은 법률적인 쟁점 전반에 걸쳐 충돌하고 있었지만, 이 싸움의 핵심은 간단했다. 요컨대 왕이 자기 마음대로 통치할 수 있느냐, 그렇지 않으면 구속받느냐의 문제였다. 그것은 윌리엄이 필립 수도원장과 벌였던 싸움이기도 했다. 윌리엄은 백작은 무슨 일이든 할 수 있다는 입장을 취했는데, 그것이 바로 백작 작위가 의미하는 바라고 생각했기 때문이다. 헨리는 왕권에 대해 그와 똑같이 느끼고 있었다. 필립 수도원장과 토머스 베켓은 둘 다 통치자의 권력에 제한을 가하려고 노력했다.

웨일런 주교는 통치자 편에 선 성직자였다. 그에게 권력이란 그것을 사용하는 데 의미가 있었다. 삼십 년간 겪은 패배도 자신이야말로 하느님 뜻을 실천하는 도구라는 그의 소신과 성스러운 의무를 다하겠다는 무자비한 결의를 꺾어놓지 못했다. 킹스브리지 대성당 봉헌 미사를 집전하는 그 순간에도 웨일런 주교가 필립의 이 영광스러운 순간을 망쳐놓으려고 머리를 쥐어짜고 있으리라고 윌리엄은 확신했다.

윌리엄은 미사가 진행되는 내내 몸을 움직였다. 서 있는 건 걷는 것보다 더 다리에 나빴다. 셔링 성당에 갔을 때는 월터가 앉을 의자를 날라다주었다. 그러면 얼마 동안 졸기라도 할 수 있었다. 하지만 여기서는 이야기를 나눌 사람도 많았고 대부분의 신도들이 미사 시간을 자신들의 업무를 보는 데 이용했다. 윌리엄도 권력자에게는 비위를 맞춰주고 약자는 위협하는 식으로 모두에게서 정보를 끌어모으며 돌아다녔다. 이제는 한창 시절에 그랬듯 주민들을 공포에 몰아넣지는 못했지만, 셰리프로서 그는 여전히 두려움과 경의의 대상이었다.

미사는 끝도 없이 계속되었다. 중간에 수사들이 성당 밖으로 나가 벽에 성수를 뿌리는 동안에만 중단되었을 뿐이다. 미사가 거의 끝나갈 무렵 필립 수도원장은 신임 부수도원장의 임명을 공포했는데, 그는 바로 수도원에서 자란 고아 조너선 형제였다. 이제 30대 중반에 접어든 조너선은 유난히 키가 커서 윌리엄은 그를 보고 건축장이 톰을 떠올렸다. 톰 역시 거인처럼 컸다.

마침내 미사가 끝났을 때 저명한 하객들은 남쪽 익랑 근처에 모였다. 그러자 이 지방 하층귀족들이 그들을 만나보려고 주위로 몰려들었다. 윌리엄도 절뚝거리며 그들 틈에 끼었다. 한때 그는 주교들과 동등한 사이였지만, 이제는 기사나 소지주들과도 정식으로 인사를 차리지 않을 수 없는 처지가 되어 있었다. 그때 웨일런 주교가 윌리엄을 한편으로 잡아끌며 물었다. "신임 부수도원장은 어떤 사람이오?"

"수도원의 고아예요. 언제나 필립의 총애를 한몸에 받았죠." 윌리엄이 대꾸했다.

"부원장이 되기에는 어려 보이는걸."

"그래도 필립이 수도원장이 됐을 때보다는 나이가 많죠."

웨일런은 무언가 생각하는 눈치였다. "수도원 고아라니? 자세히 얘기 좀 해보시오."

"필립이 이곳에 올 때 데려온 아기라더군요."

그러자 기억이 난다는 듯 웨일런의 얼굴이 밝아졌다. "맙소사, 그랬지! 필립의 아기를 깜빡 잊고 있었군. 어떻게 내가 그런 일을 잊을 수 있었을까?"

"벌써 삼십 년이나 된 일입니다. 그런데 대체 그게 무슨 상관이란 말이죠?"

웨일런은 윌리엄이 그토록 싫어하는 예의 그 멸시하는 눈길로 그를 바라보았다. 그 시선은 '이 멍청아, 너는 그렇게 간단한 것도 모른단 말이냐?' 라고 말하고 있었다. 통증이 윌리엄의 발을 쿡쿡 쑤셔댔다. 그는 몸무게를 다른 쪽 다리에 실어보았으나 통증은 줄어들지 않았다.

"그런데 그 아기는 대체 어디서 난 거요?"

윌리엄은 화를 꿀꺽 삼켰다. "내 기억이 정확하다면 그애는 숲속에 있던 필립의 옛 수도원 근처에 버려져 있다가 발견된 거라고 합니다."

"더욱 잘됐군." 웨일런이 조금 들뜬 음성으로 말했다.

윌리엄은 아직도 그가 무슨 생각을 하고 있는지 알 수 없었다. "대체 무슨 말이에요?" 그가 뚱하니 물었다.

"당신이라면 필립이 마치 친자식처럼 그 아이를 키웠다고 말할 수 있겠소?"

"그렇죠."

"그리고 이제 필립은 그를 부수도원장으로 만든 거군."

"필시 수사들이 선출했을 겁니다. 그는 아주 인기가 좋으니까요."

"서른다섯 살에 부수도원장이 되었다면 결국 수도원장에 오르는 것은 문제도 아니오."

윌리엄은 또다시 '그래서요?' 라고 말하고 싶지 않았으므로 웨일런이 설명해줄 때까지 잠자코 기다렸다. 자신이 우둔한 학생처럼 느껴졌다.

이윽고 웨일런이 말했다. "조너선은 분명히 필립이 낳은 아이요."

윌리엄은 웃음을 터뜨렸다. 무슨 심오한 발상이라도 나올 줄 알았는데, 웨일런이 도무지 말도 안 되는 생각을 꺼내놓은 것이다. 윌리엄에게 비웃음을 산 웨일런의 납빛 같은 얼굴은 조금 붉어졌다. 윌리엄이 말했다. "필립을 알고 있는 사람이라면 아무도 그런 소리를 곧이듣지 않을 겁니다. 그자의 막대기는 날 때부터 아무짝에도 쓸모없었다고요. 그것 참 굉장한 생각이로군요!" 윌리엄은 또다시 웃음을 터뜨렸다. 웨일런은 자기가 아주 영리하다고 생각할지 모르지만, 이번에는 완전히 현실감각을 잃어버린 것이다.

오만한 웨일런은 윌리엄의 반응에 냉담했다. "이를테면 필립이 숲속에 있는 그 조그만 수도원을 관리하고 있었을 때 정부가 있었다고 해보시오. 그는 킹스브리지의 수도원장이 되고 나서 그 여자를 떠날 수밖에 없었소. 그녀는 아버지가 없는 애를 기를 수가 없었고, 그래서 그애를 필립에게 떠넘긴 거요. 필립은 정에 무른 자여서 아이를 돌보지 않을 수 없었으므로, 그애를 누군가 내버린 애처럼 속여 넘긴 거요."

윌리엄은 고개를 저었다. "믿을 수 없는 일이에요. 다른 사람이라면 몰라도 필립이라면 어림도 없는 소리죠."

웨일런은 물고 늘어졌다. "만일 아기가 버려졌다면, 그애가 어디서 태어났는지 필립이 입증할 수 있겠소?"

"그건 입증할 수 없겠죠." 윌리엄도 그 말은 인정했다. 윌리엄은 필립과 조너선이 나란히 서서 해리퍼드의 주교와 이야기를 나누고 있는 남쪽 익랑을 건너다보았다. "하지만 두 사람은 비슷하게 생긴 구석도 없는데요."

"당신도 당신 모친과 닮지 않았소. 주님께 감사하게도."

"대체 이 일로 무슨 이득이 있습니까? 뭘 하려는 거죠?"

"그를 종교재판소에 고발하자는 거요."

그렇다면 사정이 달랐다. 필립을 아는 사람이라면 누구나 한순간이라도 웨일런의 고발 내용을 믿지 않겠지만, 킹스브리지와 무관한 재판관이라면 훨씬 그럴듯하다고 여길 수도 있었다. 윌리엄은 마지못해 웨일런의 착상이 전혀 어리석기만 한 것이 아님을 인정했다. 언제나 그렇듯이 웨일런은 윌리엄보다 훨씬 약삭빨랐다. 당연히 웨일런은 짜증이 날 만큼 잘난 체하는 표정을 짓고 있었다. 하지만 필립을 넘어뜨린다고 생각하자 윌리엄은 흥분하지 않을 수 없었다. "주교께서는 정말 이 일이 가능하리라고 생각하십니까?" 윌리엄도 열띤 목소리로 말했다.

"재판관이 누구냐에 달린 일이오. 하지만 그 부분에는 내가 손을 쓸 수 있을 것 같소. 내 생각에는……"

윌리엄은 익랑으로 시선을 돌려 큰 키의 피보호자와 함께 의기양양한 얼굴로 미소 짓고 있는 필립을 바라보았다. 커다란 채색유리창이 두 사람에게 황홀한 빛살을 던져주고 있어서, 그들은 마치 꿈속에 잠겨 있는 듯 보였다. "간음에다 친족 등용이라……" 윌리엄이 즐거운 듯이 말했다. "괘씸한 일이군."

"만일 우리가 제대로 해내기만 하면……" 웨일런은 새삼 의욕이 솟구쳤다. "저 망할 수도원장은 끝장날 거요."

재판관이 제정신이라면 필립에게 유죄 판결을 내릴 가능성은 없었다.

사실 그는 간음의 유혹에 힘들여 저항할 필요조차 느끼지 않는 사람이었다. 다른 수사들의 고해를 듣고 어떤 이들은 육욕을 이기기 위해 필사적으로 싸우고 있다는 걸 알고 있었지만 필립은 달랐다. 열여덟 살 때쯤엔 그도 부도덕한 꿈을 꾼 적이 있었지만, 그런 일은 오랫동안 계속되지 않았다. 평생을 살아오면서 순결이란 지키기에 그다지 어렵지 않은 문제였다. 그는 한 번도 성행위를 해본 적이 없었고, 이제 그런 일을 하기에는 아마 너무 늙었을 것이다.

하지만 교회 당국은 그 고발을 아주 심각하게 취급했다. 필립은 종교재판에 회부될 예정이었다. 캔터베리 부주교 한 사람이 재판에 참석하게 되어 있었다. 웨일런은 재판을 셔링에서 열고 싶어했지만, 필립이 그에 맞서 싸운 끝에 재판은 킹스브리지에서 열리게 되었다. 어쨌든 이곳은 대성당이 있는 도시였다. 지금 필립은 이곳에 머물 부주교를 위해 수도원장 사택에서 자신의 개인 소지품을 치우고 있는 중이었다.

필립은 간음이라는 문제에서 자신이 무죄임을 알고 있었다. 따라서 논리적으로 친족 등용 문제에서도 유죄가 될 수 없었다. 있지도 않은 아들에게 호의를 베풀 수는 없기 때문이었다. 그럼에도 불구하고 그는 자신이 조너선을 승진시키는 데 잘못한 점은 없는지 짚어보았다. 부도덕한 생각이 좀더 중대한 죄악의 조짐이라면, 그가 각별한 애정을 기울이는 고아에 대한 편애는 친족 등용의 조짐이 될 수 있을 터였다. 수사는 가정생활이라는 위안거리를 버려야 함에도 불구하고, 조너선은 필립에게 아들과도 같은 존재였다. 필립은 조너선을 어린 나이에 저장실 관리인으로 삼았고, 이제는 그를 부수도원장으로 승진시켰다. 나 자신의 자만과 즐거움을 위해서였을까? 그는 자문했다.

그랬다, 그는 생각했다.

그는 조너선을 가르치면서, 그가 성장하는 것을 지켜보면서, 또 그가 수도원의 문제들을 처리하는 법을 익히는 것을 보면서 더할 나위 없는 만족을 느꼈다. 하지만 이런 일들에서 필립이 그처럼 강렬한 기쁨을 맛보지 못했다 하더라도, 조너선이 여전히 이 수도원에서 가장 유능한 젊은 관리자라는 사실은 달라지지 않았다. 조너선은 영리하고 신앙이 깊었고 상상력이 뛰어난데다 양심적이었다. 수도원 안에서 자랐기에 수도원 이외의 삶은 알지도 못했고, 그 결과 자유를 동경하는 일도 없었다. 필립 자신도 대수도원에서 자랐다. 우리 같은 수도원 고아는 수사가 되기에는 더할 나위가 없지, 그는 생각했다.

그는 책 한 권을 작은 가방에 넣었다. 그것은 그토록 현명했던 루가의 복음서였다. 그는 조너선을 아들처럼 대해왔지만, 종교재판의 법정에 설 만한 어떠한 죄도 저지른 일이 없었다. 이 고소는 터무니없는 것이었다.

불행히도 이런 고발을 당했다는 사실만으로도 그의 위신은 손상될 터였다. 이 사건은 그의 도덕적 권위를 실추시킨 셈이었다. 고소가 있었다는 것만 기억하고 그 평결을 기억하지 못하는 이들도 있을 것이다. 이다음에 필립이 일어나서 '율법에서는 이웃의 아내를 탐내지 못하도록 금하고 있습니다'라고 말하면, 신자들 가운데 어떤 이들은 '하지만 당신도 젊었을 때 재미 좀 봤잖아요'라고 생각할 터였다.

그 순간 조너선이 방 안으로 뛰어들어오더니 숨을 거칠게 몰아쉬었다. 필립은 눈살을 찌푸렸다. 부수도원장이라면 그렇게 방 안으로 뛰어들어 헐떡여서는 안 됐다. 필립이 수도원 임원이 지녀야 할 품위에 대해 막 훈계를 하려는 순간, 조너선이 입을 열었다. "피터 부주교께서 벌써 오셨습니다!"

"그래, 됐네." 필립이 그를 달래주었다. "아무튼 이제 다 끝났으니까." 그는 조너선에게 가방을 건넸다. "이것을 숙사로 가져다놓게. 그리고 그렇게 사방으로 뛰어다니지 말게. 수도원은 평화롭고 고요한 장소니까."

조너선은 가방과 꾸지람을 함께 받아들였다. "그런데 그 부주교의 표정이 마음에 들지 않아요."

"그분은 공정한 재판관일걸세. 우리가 원하는 건 그뿐이야."

그때 다시 문이 열리더니 부주교가 들어왔다. 그는 필립 또래로 키가 크고 팔다리가 껑충한 사람으로, 숱 없는 머리카락은 희끗희끗했고 얼굴에는 약간 거만한 표정을 짓고 있었다. 그런데 필립은 그의 얼굴이 어렴풋이 낯익었다.

필립이 악수를 청하며 말했다. "내가 필립 수도원장입니다."

"당신을 알고 있소." 부주교가 불쾌한 어조로 말했다. "나를 기억하지 못하겠소?"

바로 귀에 거슬리는 그 음성이었다. 필립은 가슴이 철렁 내려앉았다. 그는 필립의 아주 오랜 적이었다. "피터 부주교." 그가 씁쓸한 어조로 말했다. "웨어햄의 피터였군."

"그는 말썽꾼이었지." 얼마 후 필립이 조너선에게 설명했다. 두 사람은 부주교를 수도원장 사택에서 편안히 쉬도록 두고 나오는 길이었다. "그는 우리가 일을 열심히 하지 않는다거나, 너무 잘 먹는다거나, 아니면 미사가 너무 짧다는 식으로 불평을 했어. 또 내가 너무 수사들에게 관대하다고 하더군. 내 생각엔 그 자신이 수도원장이 되고 싶어했던 것 같아. 그렇게 됐다면 그는 물론 재난 덩어리가 됐을 거야. 난 그가 수도원 밖에서 대부분의 시간을 보내도록 자선금 분배관으로 임명했네. 단지 그를 눈앞에서 제거하기 위해서였지. 수도원을 위해서나 그 자신을 위해서는 그게 최선이었어. 하지만 그는 그 일로 아직도 나를 증오하고 있을 거라고 확신하네. 아무리 서른다섯 해라는 세월이 지났다고 해도 말일세." 필립은 한숨을 지었다. "대기근이 끝나고 자네와 내가 숲속의 성 요한 수도원을 방문했을 때 피터가 캔터베리로 갔다는 말을 들었지. 그런데 이제 그는 나를 심판하는 자리에 앉게 된 거야."

두 사람은 클로이스터 안에 있었다. 날씨는 온화했고 햇볕은 따스했다. 서로 다른 세 학급에 속한 쉰 명의 아이들이 북쪽 보도에서 읽기와 쓰기를 배우고 있었다. 그들이 공부하는 나지막한 웅얼거림이 사각형 안뜰을 가로질러 들려왔다. 필립은 이 학교가 다섯 명의 아이들과 한 사람의 늙은 수련수사 교사로 운영되던 때를 회상해보았다. 자신이 이곳에서 이루어놓은 모든 일들도 생각해보았다. 그는 대성당을 건축했고, 가난에 찌들어 쇠퇴해가던 수도원을 부유하고 사람들로 붐비고 영향력 있는 기관으로 바꿔놓았고, 킹스브리지의 규모를 확장시켰다. 성당 안에서는 백 명이 넘는 수사들이 미사곡을 노래하고 있었다. 그가 앉은 자리에서 명층의 아름답기 그지없는 채색유리창이 선명하게 눈에 들어왔다. 그의 뒤편, 동쪽 보도 저쪽의 석조 도서관에는 신학, 천문학, 윤리학, 수학은 물론 모든 지식 분야에 걸쳐 장서가 마련되어 있었다. 수도원 임원들이 좀더 진보된 방식으로 이익을 내도록 운영하고 있는 바깥세상의 수도원 소유지들은 수사들뿐 아니라 수백 명의 농장 일꾼들도 먹여 살리고 있었다. 그런데 이 모든 것이 거짓말 한마디로 그에게서 박탈된다는 것인가? 번영중이고 하느님을 경외할 줄 아는 이 수도원이, 간사한 볼드윈 부주교 같은 웨일런 주교의 앞잡이나 웨어햄의 피터 같은 독선적인 바보의 손에 넘어가 필립이 일으켜세운 만큼이나 빠른 시간 안에 빈궁과 부패로 쇠퇴하고 말 것인가? 수많은 양떼는 몇 안 되는 앙상한 암양 몇 마리로 줄어들고, 농장은 잡초만 무성한 불모지로 되돌아가고, 도서관은 무용지물의 먼지 더미로 화하고, 아름다운 대성당은 습기에 차 파손된 채 황폐해지고 말 것인가? 이 많은 일들을 이루도록 주님께서는 나를 도와주셨다, 그것을 수포로 돌아가게 하는 것이 그분의 뜻이라고는 믿을 수 없다, 필립은 생각했다.

조너선이 말했다. "그래도 피터 부주교가 원장님께 유죄 판결을 내릴 리가 없어요."

"그는 유죄 판결을 내릴 거다." 필립이 무거운 어조로 말했다.

"어떻게 그럴 수 있다는 건가요?"

“그는 평생 내게 원한을 품고 있었을 거야. 이번 일은 처음부터 내가 죄인이고 그 자신은 정당했다는 걸 증명할 절호의 기회라네. 아무튼 웨일런도 그걸 알고 피터가 이 사건의 재판을 맡을 수 있도록 손을 쓴 거야.”

“하지만 아무 증거도 없잖아요.”

“그에겐 증거가 필요치 않네. 그는 고발 내용을 들을 것이고, 다음엔 변호를 듣겠지. 그런 다음 인도해주십사고 기도를 드린 다음 평결을 발표할 거야.”

“주님께서 그를 올바로 인도해주실 거예요.”

“피터는 주님의 말씀에는 귀를 기울이지 않을 거다. 그는 한 번도 그러려고 하지 않았어.”

“그럼 어떻게 될까요?”

“내가 면직되겠지.” 필립이 씁쓸하게 대답했다. “어쩌면 이곳에서 평수사로 지내며 속죄를 하라고 할지도 몰라. 하지만 그런 일은 일어날 것 같지 않네. 더 가능성이 높은 쪽은, 나를 성직에서 추방하는 거야. 내가 이곳에서 더는 영향력을 행사할 수 없도록.”

“그다음에는 어떻게 되지요?”

“물론 선거를 해야겠지. 불행히도 이제 그 선거의 판도에는 왕의 책략이 개입되겠지. 헨리 왕은 캔터베리 대주교인 토머스 베켓과 싸우고 있지. 그리고 토머스 대주교는 프랑스에 망명중이라네. 그의 부주교들 절반이 그와 함께 있지. 뒤에 남은 다른 절반은 왕의 편에 서서 자기들의 대주교와 맞서는 중이고. 피터는 분명 그 무리에 속해 있을 거야. 웨일런 주교도 국왕 편에 섰지. 웨일런은 캔터베리의 부주교들과 국왕을 등에 업고 자기가 선택한 사람을 수도원장으로 추천할 거야. 이곳에 있는 수사들이 그에게 대항한다는 건 어려운 일일걸세.”

“그럼 원장님께서 생각하기엔 누가 수도원장이 될 것 같으세요?”

"웨일런은 이미 누군가를 염두에 두고 있을 거야. 장담할 수 있는 일이지. 볼드윈 부주교일 수도 있고, 어쩌면 웨어햄의 피터가 될 수도 있어."

"이 일을 막기 위해 무엇이든 하지 않으면 안 돼요!"

필립은 고개를 끄덕였다. "하지만 모든 것이 우리에게 불리해. 정치 상황을 바꾸기 위해서 우리가 할 수 있는 일은 아무것도 없어. 단 한 가지 가능성은……"

"그게 뭐죠?" 조너선이 초조하게 물었다.

너무도 희망이 안 보여서 필립으로서는 무슨 묘안을 짜낼 필요조차 없다고 느꼈다. 그래봤자 조너선을 자극해 낙관적인 생각이 들게 했다가 실망에 빠뜨리고 말 터였다. "아무것도 아니라네."

"무슨 말씀인가 하려고 하셨잖아요?"

필립은 여전히 그 생각을 하고 있었다. "만일 의심을 벗기고 내 무죄를 입증할 방법이 있다면, 피터도 내게 유죄 판결은 내리지 못할 거라는 말이야."

"하지만 증거로 간주될 만한 것이 뭘까요?"

"바로 그거라네. 없는 것을 입증할 수는 없는 노릇이지. 우리는 자네의 친아버지를 찾아내야 할 테니까."

조너선은 그 즉시 열광했다. "그래요! 바로 그거라고요! 우리가 할 일이 그거예요!"

"진정하게. 그 당시 나도 그러려고 했네. 이렇게 오랜 세월이 지난 뒤에 그 일이 더 수월할 것 같지는 않아."

조너선은 낙심한 것 같지 않았다. "제가 있던 곳에는 아무런 단서도 없었나요?"

"안됐지만, 없었네." 이제 필립은 자신이 조너선의 마음속에 이룰 수 없는 희망을 불러일으킨 것 같아 걱정스러워졌다. 비록 그에게 부모에 대한 기억이 전혀 없을지라도, 부모가 자기를 버렸다는 사실은 내내 그를 괴롭혀왔을 것이다. 그런데 이제 그는 자신이 그 비밀을 푼다면 부모가 자기를 진정 사랑했음을 입증할 실마리를 찾아낼지도 모른다고 생각하고 있었다. 필립은 이 일이 좌절로 끝나고 말 뿐임을 확신했다.

"원장님께서는 근처에 살고 있는 사람들에게 물어보셨나요?"

"근방에는 아무도 살고 있지 않았네. 수도원은 깊은 숲속에 자리잡고 있지. 자네 부모는 아마 수킬로미터 밖에서 왔을 거야. 어쩌면 윈체스터일지도 모르지. 난 이미 이 문제를 철저히 검토해보았네."

조너선은 끈질기게 물었다. "그 무렵 숲에서 여행자를 보지도 못했나요?"

"보지 못했네." 필립은 이맛살을 찌푸렸다. 그랬을까? 분명치 않은 생각 하나가 기억에 남아 있었다. 아기가 발견되던 그날 필립은 주교 관저에 가려고 수도원을 떠났는데, 도중에 누군가와 이야기를 나누었던 것이다. 문득 그때의 일이 되살아났다. "그래, 있었지. 사실 건축가 톰의 가족이 숲을 지나가고 있었네."

조너선은 깜짝 놀랐다. "그런 말씀은 제게 해주신 적이 없잖아요!"

"그 일이 중요해 보이지 않아서였고 지금도 중요하지 않기는 마찬가지네. 그들은 버려진 아기의 어머니나 아버지가 될 만한 사람을 본 일이 없다고 말했거든."

조너선은 풀이 죽었다. 필립은 이러한 조사 자체가 결국은 조너선에게 이중으로 실망을 안겨줄까 염려했다. 그는 부모에 대한 진실도 알아내지 못할 테고, 따라서 필립의 무죄 역시 입증하지 못할 터였다. 하지만 이제 조너선을 막을 도리는 없었다. "그런데 그들은 숲에서 뭘 하고 있었나요?" 그가 끈기 있게 물었다.

"톰은 주교 관저로 가던 길이었지. 그는 일자리를 찾고 있었네. 그렇게 해서 결국 이곳에 정착하게 됐지."

"그 사람들에게 다시 한번 물어봤으면 좋겠어요."

"글쎄. 톰과 앨프레드는 세상을 떠났고, 엘렌은 숲속에 살고 있네. 그녀가 언제 다시 나타날지는 주님만이 아실 테지. 그러나 잭이나 마사에게는 이야기를 해볼 수 있을걸세."

"한번 해볼 만한 일이에요."

아마 조너선의 생각이 옳을 것이다. 그는 젊은이다운 활력을 갖고 있었다. 지금까지 필립은 비관과 낙담에만 빠져 있었다. "해보게. 난 늙고 지쳤어. 그렇지 않다면 내가 먼저 그 생각을 했을 거야. 잭에게 말해보게. 매달려볼 유일한 실마리니까. 하지만 이 일은 우리의 희망 사항에 지나지 않아."

물감이 배지 않도록 에일 주酒로 닦아놓은 커다란 나무 탁자 위에 창문 밑그림이 실물 크기로 그려져 있었고 그 위에 물감이 입혀져 있었다. 예수의 가계도를 나무 그림으로 나타낸 것이었다. 샐리는 작고 두꺼운 홍옥빛 유리조각을 집어들어 그 그림 속 이스라엘 왕의 몸체 위에 올려놓았는데, 잭은 그것이 어느 왕인지 알 수가 없었다. 잭은 이 신학적인 그림의 소용돌이 같은 체계를 한 번도 제대로 기억해본 적이 없었다. 샐리는 백악가루가 물에 잠겨 있는 그릇에 가는 붓을 담갔다가 유리 위에 어깨와 팔, 옷자락 따위를 그렸다.

탁자 곁에 놓인 난로 안에는 나무 손잡이가 달린 쇠막대가 꽂혀 있었다. 그녀는 재빠르고 조심스러운 손놀림으로 난로 안에서 막대를 꺼내 뜨겁게 달궈진 한쪽 끝으로 그림의 윤곽선을 따라 그었다. 그러자 유리판은 그 선을 따라 깨끗이 갈라졌다. 그녀의 견습공이 유리조각을 들어 연마용 쇠토막으로 모서리를 매끄럽게 다듬기 시작했다.

잭은 딸이 일하는 모습을 보기를 좋아했다. 그녀는 몸놀림이 재빠르고 정확했고, 꼭 필요한 동작만 했다. 어려서부터 샐리는 잭이 파리에서 데려온 유리공들의 작업에 매료되어, 어른이 되면 그 일을 하겠다고 입버릇처럼 말했다. 그 결심은 요지부동이었다. 킹스브리지 대성당에 처음 와본 사람들은 잭의 건축술보다 샐리의 채색유리에 더 감동한다는 생각을 하자 잭은 서글픈 심정이 되었다.

견습공이 다듬은 유리를 건네주자, 그녀는 철광석과 소변 그리고 접착력이 생기도록 아라비아고무를 넣어 만든 물감으로 유리판 표면에 옷주름을 채색하기 시작했다. 유리판은 갑자기 부드럽게 주름 잡힌 천 조각처럼 보이기 시작했다. 샐리의 솜씨는 아주 훌륭했다. 그녀는 그 일을 재빨리 끝내고는 칠이 끝난 유리를 석회가 깔린 무쇠 냄비 속 다른 유리 조각들과 함께 나란히 늘어놓았다. 냄비가 가득 차면 화덕 속에 넣을 터였다. 불의 열기로 유리에 그림을 녹여붙이는 것이다.

그녀는 잭을 보고 한순간 눈부신 미소를 지어 보인 다음 또 한 조각의 유리를 집어들었다.

잭은 그 자리를 떠났다. 하루 종일이라도 딸이 일하는 모습을 바라보고 싶었지만, 그도 할 일이 있었다. 앨리에너의 말대로 그는 자기 딸에게 흠뻑 빠져 있었다. 샐리를 바라볼 때마다 그는 종종 이처럼 영리하고 독립적이고 성숙한 젊은 여자가 세상에 존재하게 된 근원이 자기라는 사실에 일종의 경이로움을 맛보았다. 그는 딸이 이렇게 훌륭한 장인이 되었음에 감격했다.

얄궂게도 그는 지난 몇 해 동안 토미에게 건축가가 되도록 압력을 가했다. 실제로 토미에게 공사장에서 거의 억지로 일하게 시킨 적도 있었다. 그러나 토미는 농사라든가 말 타는 일, 사냥, 칼싸움 같은 데 관심이 있었고, 그런 일들은 모두 잭에게는 혐오의 대상이었다. 결국 잭은 자신의 패배를 인정할 수밖에 없었다. 토미는 어느 지방 영주 밑에서 종자로 일하다가 마침내 기사 작위를 받았다. 앨리에너는 토미에게 마을 다섯 개가 속한 조그만 영지를 넘겨주었다. 그리고 샐리 쪽이 훨씬 재능 있음이 판명되었다. 이제 토미는 베드퍼드의 젊은 백작의 딸과 결혼하여 세 아이를 낳았다. 잭은 할아버지가 된 것이다. 그러나 샐리는 스물다섯의 나이에도 여전히 독신이었다. 샐리는 할머니 엘렌과 많은 면에서 비슷했다. 샐리 역시 호전적이며 자립적이었다.

잭은 대성당의 정면을 돌아 쌍둥이 탑을 올려다보았다. 탑들은 거의 완성 단계에 있었고, 청동으로 만든 커다란 종이 런던의 주조공장에서 이곳으로 오는 중이었다. 최근 들어 잭이 할 일은 별로 많지 않았다. 한때 그는 많은 수의 힘센 석수와 목수들을 관장해 네모반듯한 돌을 쌓고 건축용 비계를 세웠지만, 이제는 조각가 몇 명과 철장이들이 벽감壁龕에 넣을 조각상을 만들거나 장식용 첨탑을 세우거나 석조 천사의 날개에 금박을 입히는 것 같은 꼼꼼하고도 품이 많이 드는 작업만 하고 있었다. 새로 지을 수도원의 부속 건물들, 예컨대 도서관, 사제단 회의장, 순례자들을 위한 좀더 큰 숙박시설, 낙농실들을 제외하고는 설계할 것도 별로 남아 있지 않았다. 이런 자질구레한 작업들 사이사이에 잭은 실로 오랜만에 직접 돌을 조각하고 있었다. 그는 톰이 지었던 옛 성단소를 허물고 성당 정면을 자신이 새로 설계해 공사하고 싶어 애를 태웠지만, 필립 수도원장은 또다시 공사를 벌이기 전에 일 년간 완공된 성당을 그대로 놓아두고 싶어했다. 필립은 나이를 의식하고 있었다. 잭은 그 노인이 성단소가 재건되는 것을 보지 못한 채 세상을 떠날까 걱정스러웠다.

하지만 공사는 필립이 죽고 난 뒤에도 진행될 거라고 잭이 생각하고 있을 때, 키가 큰 조너선 형제가 취사장 안뜰 쪽에서 성큼성큼 다가오는 것이 보였다. 조너선은 아마도 필립만큼 훌륭한 수도원장이 될 것이다.

잭은 그 승계가 확실시되자 기쁨을 느꼈다. 그럼으로써 잭도 미래를 설계할 수 있기 때문이었다.

"이번 종교재판이 영 걱정이 돼서요." 조너선이 거두절미하고 말했다.

"쓸데없는 일로 부리는 소동쯤이라고 생각했는데."

"저도 그랬지요. 그런데 그 부주교는 필립 수도원장님의 숙적이라는군요."

"저런, 하지만 그렇다고 해도 부주교가 원장님에게 유죄 판결을 내리지는 못할걸세."

"그자는 제 마음대로 판결을 내릴 수 있어요."

잭은 혐오를 느끼며 고개를 저었다. 종종 그는 어째서 조너선처럼 훌륭한 인물이 추잡스러울 정도로 타락한 교회에 계속 몸담고 있는지 이해할 수 없었다. "그러면 어찌할 작정인가?"

"우리가 원장님의 무죄를 입증할 유일한 방법은 제 부모님이 누군지 알아내는 일입니다."

"그러기에는 너무 늦지 않았나?"

"그것이 우리의 유일한 희망입니다."

잭은 약간 동요를 느꼈다. 그렇다면 그들은 정말 절망적인 상황에 처해 있는 것이다. "어디서부터 시작할 작정인가?"

"당신부터요. 당신은 내가 태어났을 때 성 요한 수도원 근처에 있었지요."

"그랬던가?" 잭은 조너선이 무슨 말을 하려는 건지 알 수 없었다. "난 열한 살이 될 때까지 그곳에 살았지. 그러니 난 자네보다 열한 살쯤 나이가 많을 텐데……"

"필립 원장님께서 말씀하시기를, 내가 발견되던 그날 당신과 당신 어머니, 건축가 톰과 톰의 자녀들을 만났다고 하시더군요."

"나도 기억나네. 우리는 원장님의 음식을 전부 먹어치웠지. 굶주리고 있었거든."

"잘 생각해보세요. 그 근방에서 아기를 데리고 있거나 임신중이던 젊은 여자를 보지 못했나요?"

"잠깐 기다려보게." 잭은 어리둥절한 기분이었다. "자네가 발견된 곳이 성 요한 수도원 근처라고 했나?"

"네, 당신은 그걸 몰랐나요?"

잭은 자신의 귀를 믿을 수가 없었다. "아니, 그랬다는 건 몰랐네." 잭은 천천히 말했다. 그의 마음은 이 의외의 사실이 함축하고 있는 사실에 동요하고 있었다. "우리가 킹스브리지에 도착했을 때 자네는 벌써 이곳에 와 있었네. 그래서 난 당연히 자네가 이 근방 숲에서 발견되었을 거라고 여겼지." 잭은 문득 어딘가에 앉고 싶었다. 가까이에 공사에 쓸 자갈 더미가 있었으므로 그 위에 걸터앉았다.

조너선이 초조하게 물었다. "그런데 숲에서 본 사람이 있었습니까?"

"있었네. 어떻게 이 말을 해야 좋을지 모르겠네, 조너선."

조너선의 얼굴이 창백하게 질렸다. "이 일에 대해 뭔가 알고 계시는군요? 뭘 보았나요?"

"내가 본 것은 말이네, 조너선. 그것은 이렇네."

조너선의 입이 벌어졌다. "그게…… 뭔가요?"

"새벽 무렵이었지. 난 오리를 사냥하러 나섰다네. 그때 어디선가 울음소리가 들려왔네. 난 잘라낸 작은 외투에 싸인 채, 사그라들고 있는 모닥불가에 놓인 갓난아기를 발견했다네."

조너선은 그를 뚫어지게 보았다. "그 밖에 또 뭐가 있었죠?"

잭은 천천히 고개를 끄덕였다. "아기는 금방 만든 무덤 위에 누워 있었다네."

조너선은 침을 삼켰다. "어머니였나요?"

잭은 고개를 끄덕였다.

조너선은 울기 시작했지만, 그래도 질문을 멈추지 않았다. "그래서 어떻게 했나요?"

"어머니를 부르러 갔지. 하지만 어머니와 함께 그 장소로 돌아가고 있을 때, 작은 말을 타고 아기를 안고 가는 신부 한 사람을 보았다네."

"프랜시스 신부님이었군요." 조너선이 숨이 막힌 듯한 목소리로 말했다.

"누구라고?"

조너선은 가까스로 침을 삼켰다. "나는 필립 원장님의 동생인 프랜시스 신부님에 의해 발견됐어요."

"그 신부는 거기서 뭘 하고 있었는데?"

"성 요한 수도원으로 필립 원장님을 만나러 가는 중이었어요. 그분이 나를 그 수도원으로 데려간 거죠."

"맙소사." 잭은 두 뺨에 눈물을 줄줄 흘리고 있는 키 큰 수사를 쳐다보았다. 하지만 아직 이야기가 끝난 게 아니라네, 조너선, 그는 생각했다.

"저의 아버지임직한 사람을 보셨나요?"

"그렇다네." 잭이 엄숙한 얼굴로 대답했다. "난 그가 누군지 알고 있다네."

"말해주세요!" 조너선이 속삭이듯 말했다.

"건축가 톰이라네."

"톰 아저씨라고요?" 조너선은 땅바닥에 털썩 주저앉았다. "톰 아저씨가 제 아버지라고요?"

"그렇다네." 잭은 놀랍다는 듯 고개를 저었다. "이제야 자네가 누구를 닮았는지 알겠군. 자네와 톰 아저씨는 지금껏 내가 본 사람 중 가장 키가 크다네."

"그분은 어렸을 때 제게 늘 잘해주셨어요." 조너선이 멍한 어조로 말했다. "함께 놀아주기도 하셨고, 또 저를 몹시 사랑해주셨지요. 전 필립 원장님만큼이나 그분을 잘 알고 지냈어요." 이제 조너선의 눈물은 걷잡을 수 없이 흘러내리고 있었다. "그런데 그분이 아버지였다니, 저의 아버지였다니." 그는 잭을 바라보았다. "그분은 왜 저를 버리셨나요?"

"그들은 자네가 아무래도 죽고 말 거라고 생각했다네. 그들에겐 자네에게 줄 우유가 없었지. 내가 알기로는 그들 역시 굶주리고 있었으니까. 그들은 주변 마을에서 멀리 떨어져 있었다네. 그리고 가까이에 수도원이 있다는 것을 알지 못했지. 먹을 것이라곤 순무밖엔 없었는데, 순무를 먹였다면 자네는 죽고 말았을걸세."

"결국 그분들은 저를 사랑했던 거로군요."

잭은 그 장면을 어제 일처럼 또렷이 떠올릴 수 있었다. 사그라드는 모닥불과 금방 만든 무덤, 그리고 낡은 잿빛 외투 속에서 팔다리를 버둥거리는 분홍빛 갓난아기. 거의 사람이라고도 할 수 없었던 그 조그만 아기가 지금 눈앞의 땅바닥에 주저앉아 울고 있는 이 키 큰 청년으로 성장한 것이다. "그렇다네. 그들은 자네를 사랑했다네."

"왜 아무도 말해주지 않았을까요?"

"톰 아저씨는 물론 부끄러움 때문에 그랬겠지. 내 어머니는 그걸 알고 계셨음이 분명하네. 우리 아이들은 그렇다는 걸 느꼈지. 아무튼 그것은 입 밖에 낼 수 없는 화제였지. 그리고 우리는 물론 그 아기와 자네를 결코 연결 지어 생각하지 못했다네."

"톰 아저씨는 그 아기와 저를 연결해 생각하셨을 테지요."

"그랬겠지."

"그분이 왜 저를 데려가려고 하지 않았는지 모르겠군요."

"내 어머니는 우리가 이곳에 온 직후 톰 아저씨의 곁을 떠났다네." 잭은 슬픈 미소를 지었다. "어머니도 샐리처럼 남에게 호감을 사지 못하셨지. 아무튼 어머니가 떠났기 때문에 톰 아저씨로서는 자네를 돌볼 여자를 고용해야 했을 거야. 그래서 아기를 수도원에 맡겨두지 말란 법은 없지 않겠냐고 생각했던 것 같네. 수도원은 자네를 아주 잘 보살피고 있었으니까."

조너선은 고개를 끄덕였다. "그래요. 고인이 된 저 팔퓬이 자니가 저를 돌봐주셨지요. 주님, 그의 영혼을 편히 쉬게 하옵소서."

"톰 아저씨는 아마 자네와 많은 시간을 보낼 수 있었겠지. 자네는 매일 온종일 수도원 안을 뛰어다녔고, 그분은 수도원에서 일했으니까. 만일 톰 아저씨가 자네를 수도원에서 데리고 나와 유모의 손에 맡겼다면, 실제로 그분은 자네를 별로 보지 못했겠지. 그리고 내가 상상하기로는, 세월이 흐르고 자네가 수도원 고아로 행복하게 지내는 듯 보이자, 자네를 수도원에 두는 편이 점점 더 자연스럽게 여겨졌을 테지. 아무튼 사람들은 종종 자식 하나를 하느님께 맡기기도 하니까."

"오랜 세월 동안 나는 친부모님이 누군지 궁금했어요."

그 말을 듣자 잭은 마음이 아팠다.

"그분들이 어떻게 생겼을지 상상해보기도 하고, 주님께 그분들과 만나게 해달라고 빌어보기도 하고, 그분들이 저를 사랑해주셨는지 궁금해하기도 했지요. 왜 그분들이 저를 버렸는지 마음속으로 자주 물었어요. 이제야 제 어머니가 저를 낳다가 돌아가셨고, 아버지는 그분의 여생 내내 제 가까이에 계셨다는 걸 알게 됐군요." 조너선은 눈물 흘리는 가운데서도 미소를 지었다. "제가 지금 얼마나 행복한지 말씀드릴 수 없을 정도랍니다."

잭 역시 금방이라도 눈물이 쏟아질 것 같았다. 당황한 마음을 감추려고 그가 말했다. "자네는 톰 아저씨를 닮았다네."

"정말인가요?" 그 말에 조너선은 몹시 기뻐했다.

"톰 아저씨의 키가 얼마나 컸는지 기억나지 않나?"

"그때는 어른들이라면 모두 커 보였죠."

"톰 아저씨도 자네처럼 잘생긴 분이었지. 조각처럼 이목구비가 분명했다네. 자네에게 수염만 있다면 사람들도 그렇게 생각할걸세."

"그분이 돌아가시던 날이 기억나요. 그분은 저를 데리고 시장 안을 돌아다니셨지요. 우리는 함께 큰 곰 놀리기도 구경했어요. 그런 다음 저는 성단소의 벽을 기어올라갔지요. 제가 너무 무서워서 내려오지 못하자, 그분이 올라와서 저를 데리고 내려오셔야 했지요. 그때 그분은 윌리엄의 군대가 오는 것을 보았지요. 그분은 저를 클로이스터 안으로 데려다주셨어요. 제가 그분을 마지막으로 본 게 그때예요."

"나도 그때 일을 기억하고 있네. 나는 그분이 자네를 안고 내려오는 것을 보고 있었지."

"그분은 제가 안전하도록 손을 쓰신 거예요." 조너선이 놀랍다는 듯이 말했다.

"그런 다음 나머지 가족들을 돌보았지."

"그분은 저를 진정으로 사랑해주신 거예요."

그때 잭에게 한 가지 생각이 떠올랐다. "그렇다면 이제 필립 원장님의 재판은 달라지겠군. 그렇잖나?"

"깜빡 잊고 있었어요. 네, 그래요. 정말 잘됐군요."

"그런데 이것이 반박의 여지가 없는 증거가 될 수 있을까?" 잭이 회의적으로 물었다. "난 아기와 사제를 보았지만, 그 아기가 그 작은 수도원으로 가는 것을 실제로 보지는 못했네."

"프랜시스 신부님이 있어요. 하지만 그분은 필립 원장님의 동생이니 그분의 진술은 증거능력이 없을 거예요."

"나의 어머니와 톰 아저씨는 그날 아침 함께 어디론가 갔지." 잭이 기억해내려고 애쓰면서 말했다. "그들은 그때 그 신부를 찾아볼 작정이라고 했어. 분명 수도원으로 가서 아기가 잘 있는지 확인했을 거야."

"만일 당신 어머니께서 법정에서 그렇게 말씀만 해주신다면, 앞뒤가 맞겠군요." 조너선이 열띤 어조로 말했다.

"필립 원장님은 내 어머니를 마녀라고 생각하고 있지." 잭이 문제점을 지적했다. "그분이 어머니에게 증언을 허락할까?"

"원장님께 미리 알리지 않아야겠지요. 하지만 당신 어머니 역시 원장님을 싫어하잖아요. 당신 어머니께서 증언하려 하실까요?"

"그건 나도 모르지. 어머니께 한번 부탁해보세."

"간음과 친족 등용이라고?" 어머니가 소리쳤다. "필립이 말이냐?" 그녀는 웃음을 터뜨리기 시작했다. "말도 안 되는 소리다!"

"어머니, 이건 심각한 일이에요." 잭이 말했다.

"창녀 세 명과 같은 통 안에 집어넣더라도 필립은 간음을 저지르지 못할 사람이야. 그는 어떻게 하는지 방법도 모를 거다."

조너선은 당황한 표정을 짓고 있었다. "아무리 그 고발이 터무니없다고 해도 필립 원장님은 지금 궁지에 몰려 있습니다."

"그런데 내가 왜 필립을 돕는단 말이냐? 그는 내게 마음의 상처만 입힌 사람이야."

잭은 그런 말이 나올까봐 두려워하고 있었다. 어머니는 자기와 톰을 갈라놓으려 했던 필립을 결코 용서한 적이 없었다. "필립 원장님은 제게도 어머니에게 한 것과 똑같은 일을 했어요. 제가 그분을 용서할 수 있다면 어머니도 용서해주실 수 있잖아요."

"난 누구를 용서하는 그런 사람이 아니다."

"그럼 필립 원장님을 위해서가 아니라 저를 위해서 그분을 용서해주세요. 전 킹스브리지에서 계속 공사를 하고 싶으니까요."

"왜? 성당은 완공됐잖니?"

"전 톰 아저씨가 지은 성단소를 부수고 새 양식으로 짓고 싶어요."

"제발—"

"어머니. 필립은 훌륭한 수도원장이에요. 그분이 죽으면 조너선이 그 자리를 잇게 될 거예요. 만일 어머니께서 킹스브리지에 와서 재판 때 사실을 말씀해주신다면 말이에요."

"난 법정이 싫다. 거기서는 좋은 일이 생기는 법이 없어." 정말 미칠 노릇이었다. 어머니는 필립의 재판에 결정적 열쇠를 쥐고 있어서 필립이 결백하다는 사실을 보증할 수 있었다. 하지만 그녀는 고집 센 할머니가 되어 있었다. 잭은 어머니를 설득할 수 없을까봐 전전긍긍했다.

잭은 동의할 수밖에 없도록 어머니를 자극해보기로 마음먹었다. "하긴 어머니 연세라면 그 먼 길을 간다는 게 무리긴 하겠어요." 잭이 의뭉스럽게 말했다. "어머니 연세가 지금 몇이시지요? 예순여덟이던가요?"

"예순둘이다. 그리고 날 부추겨볼 생각은 하지 마라." 그녀가 딱 잘라 말했다. "난 너보다 훨씬 멀쩡하단 말이다."

그건 사실일 거다, 잭은 생각했다. 어머니의 머리는 눈처럼 하얗게 세었고 얼굴에는 깊은 주름이 패었지만, 놀라운 금빛 눈은 예전과 조금도 다름없이 사람들을 꿰뚫어볼 수 있었다. 조너선을 보자마자 어머니는 그가 누군지를 알아보고 말했다. '왜 자네가 여기 왔는지 물어볼 필요도 없을 것 같군. 자신이 누구 자식인지 알게 된 거겠지? 정말 자넨 부친만큼 키가 크군. 체격도 엇비슷하고.' 게다가 어머니는 변함없이 독립적이고 완고했다.

"샐리는 어머니를 닮았어요." 잭이 말했다.

그러자 그녀는 기쁜 표정이 되었다. "그렇든?" 그녀는 미소 지었다. "어디가 닮았다는 거지?"

"노새처럼 고집이 세지요."

"흥, 그렇다면 그애도 괜찮은 사람이 되겠군." 어머니는 성이 난 듯했다.

잭은 차라리 빌어보는 편이 낫겠다고 마음먹었다. "어머니, 제발…… 저희와 같이 킹스브리지에 가서 사실을 말씀해주세요."

"글쎄, 난 모르겠다."

그때 조너선이 말했다. "뭔가 좀 다른 부탁을 드려도 될까요?"

잭은 무슨 말이 나올지 궁금했다. 조너선이 어머니의 반감을 살 말을 할까 두려웠다. 그런 일은, 특히 상대가 성직자일 경우 쉽게 일어날 수 있었다. 잭은 숨을 죽였다.

조너선이 말했다. "제 어머니가 묻힌 곳을 보여주실 수 있습니까?"

잭은 소리나지 않게 안도의 숨을 내쉬었다. 그 문제라면 전혀 해로울 것이 없었다. 실제로 조너선이 그 이상으로 어머니의 마음을 누그러뜨릴 말은 생각해내기도 어려웠으리라.

어머니는 곧 빈정거리는 태도를 버렸다. "물론 보여주고말고. 그 장소를 찾을 수 있을 게다."

잭은 시간을 낭비하는 일이 내키지 않았다. 재판은 다음 날 오전중에 시작될 예정이었고, 그들이 갈 길은 멀었다. 하지만 이젠 운명에 맡기는 수밖에 다른 도리가 없었다.

"지금 가볼 텐가?"

"네, 부탁드리겠습니다. 지금 가실 수만 있다면요."

"좋아." 어머니는 자리에서 일어났다. 그녀는 토끼털로 만든 짤막한 케이프를 집어 어깨에 둘렀다. 잭은 그건 너무 더울 거라고 말하려다가 참았다. 나이 든 사람들은 언제나 추위를 타는 법이었다.

그들은 저장된 사과와 나무 탄 냄새가 밴 동굴을 떠나 입구를 가리고 있는 초목을 헤치고 봄볕 속으로 나섰다. 어머니는 망설임 없이 곧장 출발했다. 잭과 조너선도 각각 매두었던 말을 풀어 그 뒤를 따랐다. 그들은 말을 끌고 가야 했는데, 그 일대는 말을 타기에는 숲이 너무 울창했기 때문이었다. 잭은 어머니가 여느 때보다 훨씬 느린 걸음으로 걷고 있음을 알아차렸다. 겉으로 그런 체하는 만큼 기억이 또렷하지 않았던 것이다.

잭 자신은 그 장소를 찾아낼 수 없을 것 같았다. 한때는 그도 이 숲 언저리를, 지금 그가 킹스브리지 주변을 다니는 것처럼 익숙한 발걸음으로 돌아다녔다. 하지만 마치 외부인의 눈에 킹스브리지의 집들이 모두 엇비슷하게 보이는 것처럼 이제는 그의 눈에도 개간지가 모두 비슷하게 보였다. 어머니는 빽빽한 숲속에 난 동물들의 이어진 흔적을 따라갔다. 이따금 잭은 어릴 때의 기억과 연관된 표지물을 알아보았다. 언젠가 사나운 멧돼지를 피해 올라간 적이 있는 거대한 떡갈나무 고목, 종종 식사거리를 제공해주었던 토끼 서식지, 그의 회상 속에서 언제든 통통하게 살 오른 물고기를 잡을 수 있었던 송어 개울. 그는 한동안 자기가 어디에 있는지 알았다가도 다시 방향을 잃었다. 이처럼 낯설어 보이는 곳에서 한때 그처럼 편안하게 지냈다는 것이 놀라울 정도였다. 이제 그 개울과 덤불은 그가 만든 홍예석과 형판이 농부들에게 무의미하듯 아무 의미도 없었다. 만일 그 시절 자신의 인생이 어떻게 될지 자문해보았다 해도 실제로 이렇게 되리라고는 전혀 짐작하지 못했을 것이다.

그들은 몇 킬로미터를 걸었다. 따뜻한 봄날이었으므로 잭은 땀이 나는 것을 느꼈지만, 어머니는 여전히 토끼털 케이프를 두른 채였다. 오후가 절반쯤 지났을 무렵, 어머니는 어느 그늘진 개간지에 이르렀다. 잭은 어머니의 숨이 가빠지고 얼굴빛이 약간 창백해졌다는 것을 알아차렸다. 이제 어머니는 숲을 떠나 그와 앨리에너와 함께 살 때가 되었음이 분명했다. 그는 힘껏 노력을 기울여 어머니를 설득하기로 마음먹었다.

"괜찮으세요?" 잭이 물었다.

"물론 괜찮고말고. 이제 다 왔다." 그녀가 딱딱한 목소리로 대답했다.

잭은 주위를 둘러보았지만 기억에 없는 곳이었다.

조너선이 물었다. "이곳인가요?"

"그래." 어머니가 대답했다.

이번에는 잭이 물었다. "도로는 어느 쪽에 있죠?"

"저 너머야."

도로 쪽을 향하자 비로소 그 개간지가 낯익게 보이면서 잭은 과거의 느낌에 압도되었다. 그곳에는 커다란 너도밤나무가 한 그루 서 있었다. 그때는 잎사귀가 없는 대신 땅바닥이 온통 밤나무 열매로 덮여 있었지만, 지금은 크고 하얀 꽃송이가 마치 촛불을 켠 듯 활짝 피어 있었다. 꽃은 이미 지기 시작해 이따금 꽃잎들이 구름처럼 흩날렸다.

"마사가 그때 일을 내게 이야기해주었네." 잭이 말했다. "그들은 당신 어머니가 더 걸을 수 없게 되자 이곳에서 걸음을 멈추었지. 톰 아저씨는 모닥불을 피워 저녁거리로 순무를 좀 끓였네. 고기는 한 점도 안 들어 있었지. 자네 어머니는 바로 이곳 땅바닥에서 자네를 낳았네. 아기는 아주 건강했지만 자네 어머니는 뭔가 잘못되어 돌아가신걸세." 나무 밑둥에서 몇 미터쯤 떨어진 땅바닥이 조금 솟아올라 있었다. "흙이 솟아 있는 게 보이나?"

조너선은 고개를 끄덕였다. 그의 얼굴은 감정을 억누르느라 팽팽하게 긴장되어 있었다.

"저게 무덤일세." 잭이 말하는 순간 꽃잎이 우수수 떨어져 마치 양탄자를 깔듯 흙무덤 위에 내려앉았다.

조너선은 무덤 곁에 무릎을 꿇고 기도를 올리기 시작했다.

잭은 말없이 서 있었다. 그는 자신이 셰르부르에서 친척을 찾았을 때의 일을 기억하고 있었다. 그 느낌은 실로 통렬했다. 지금 조너선은 그보다 한층 더 강렬한 느낌을 받았으리라.

이윽고 조너선이 일어섰다. "제가 수도원장이 되면," 그가 엄숙하게 말했다. "바로 이 자리에 성당과 숙사가 딸린 조그만 수도원을 세우겠습니다. 앞으로는 이 길을 지나는 어느 여행자도 다시는 추운 겨울밤을 한데서 자지 않도록 말입니다. 저는 그 숙사를 어머니를 기념해 바치겠습니다." 그는 잭을 보았다. "제 어머니의 이름은 아시나요?"

"애그니스였어." 엘렌이 부드럽게 말했다. "자네 어머니의 이름은 애그니스였지."

웨일런 주교의 진술은 설득력이 있었다.

법정에서 그는 먼저 필립의 지나칠 정도로 빠른 승진에 대한 이야기부터 시작했다. 필립은 겨우 스물한 살에 저장실 관리인이 되고, 스물세 살 때에는 숲속의 성 요한 분원 원장이 되었고, 스물여덟 살이라는 놀랄 만큼 젊은 나이에 킹스브리지의 수도원장이 되었다는 것이다. 웨일런은 이야기하는 내내 필립의 나이가 직무를 맡기에는 어렸음을 강조했고, 지나치게 일찍 책임을 맡은 사람에게서 엿볼 수 있는 오만함을 암시하려고 애썼다. 그런 다음 웨일런은 숲속의 성 요한 분원이 얼마나 외따로 떨어진 곳에 고립되어 있는 곳인지를 묘사하면서, 그 원장이 누구든 자유와 독립권을 마음대로 행사할 수 있노라고 말했다. "놀랄 일도 아니지요." 웨일런이 말했다. "다섯 해 동안이나 그야말로 먼 곳의 형식적인 감독만 있을 뿐 사실상 자기 마음대로 무엇이든 할 수 있었던 이 경험도 없고 혈기왕성한 젊은이에게 아이가 생겼다고 해도 말입니다." 그 말은, 이런 일은 반드시 일어나게 되어 있다는 것처럼 들렸다. 웨일런은 실로 분통이 터질 정도로 그럴듯하게 말하고 있었다. 필립은 그의 목을 졸라 죽이고 싶었다.

웨일런은 계속해서, 필립이 킹스브리지로 오면서 조너선과 팔퓬이 자니를 데려왔을 때의 상황을 이야기했다. 신임 수도원장이 갓난아기와 보모를 대동하고 도착하자 수사들은 경악했다고 웨일런은 말했다. 그 말은 사실이었다. 잠시 필립은 자신의 절박한 처지도 잊고 향수에서 우러나는 미소를 참아야 했다.

웨일런은 계속해서 필립이 어린애였던 조너선과 함께 놀아주고 그에게 학과를 가르치고 나중에는 개인 조수로 삼고, 수사는 아들을 두어서는 안 됨에도 불구하고 마치 친자식처럼 대했다고 말했다. "조너선도 필립의 경우와 마찬가지로 지나칠 만큼 빨리 승진했습니다. 흰머리 커스버트가 죽자 필립은 조너선이 겨우 스물한 살밖에 되지 않았는데도 그를 저장실 관리인으로 임명했습니다. 수사가 백 명도 넘는 이 수도원에 저장실 관리인이 될 만한 인물이 그다지도 없단 말입니까? 아니면 필립이 자신의 혈육에게 특혜를 준 걸까요? 밀리우스가 글래스톤베리의 수도원장으로 떠나자 이번에는 조너선을 회계관으로 삼았습니다. 그때 조너선은 서른네 살이었습니다. 그가 이 수도원의 모든 수사들 중 가장 현명하고 가장 경건한 사람이기 때문이었을까요? 아니면 단순히 필립이 애지중지하는 인물이기 때문이었을까요?"

필립은 법정을 둘러보았다. 재판은 킹스브리지 대성당의 남쪽 익랑에서 열리고 있었다. 피터 부주교는 마치 옥좌처럼 화려하게 조각된 커다란 의자에 앉아 있었다. 웨일런 휘하의 임원들은 모두 참석했고 킹스브리지의 수사들도 대부분 참석했다. 수도원장이 재판을 받고 있었으므로 수도원에서 일과가 이루어질 리 없었다. 이 지방의 모든 주요한 성직자들은 물론, 지위가 낮은 교구 사제들까지도 나와 있었다. 이웃 주교 관구의 대표자들도 참석했다. 잉글랜드 남부의 교회 관계자들 모두 이 재판의 판결을 기다리고 있었다. 그들은 물론 필립의 도덕이나 부도덕 따위에는 그다지 관심이 없었다. 그저 필립 수도원장과 웨일런 주교가 벌이는 힘의 대결에서 최후의 한판을 지켜보고 있을 따름이었다.

웨일런이 자리에 앉자, 필립은 선서를 한 다음 오래전 어느 겨울 아침에 대한 이야기를 시작했다. 그는 웨어햄의 피터가 야기한 불화에 대해서부터 시작했는데, 피터가 자기에 대해 편견을 갖고 있음을 모두에게 알리고 싶었기 때문이다. 그런 다음 필립은 프랜시스를 불러 아기가 발견된 경위에 대해서 말하도록 했다.

조너선은 자신의 태생에 관한 새로운 정보를 추적하고 있다는 전갈만 남겨놓고 어디론가 가버렸다. 잭도 사라지고 없었다. 그래서 필립은 그 외출이 잭의 어머니인 마녀 엘렌과 관련된 것이고, 만일 사정을 설명하면 자신이 여행을 금지할까 조너선이 두려웠던 모양이라고 결론을 내렸다. 그들은 오늘 아침까지 돌아올 예정이었지만 아직 도착하지 않았다. 필립은 엘렌에게 지금 프랜시스가 말하고 있는 사실에 덧붙일 이야기가 있을 거라고는 생각지 않았다.

프랜시스가 말을 마치자 필립이 입을 열었다. "그 아기는 내 아이가 아닙니다." 그는 간단히 말했다. "나는 영원히 죽지 않을 내 영혼을 걸고 그 아기가 내 아이가 아님을 맹세합니다. 나는 여인과의 육체적 접촉에 대해서 알고 있지도 못하며, 오늘날까지 사도 바오로께서 우리에게 명하신 대로 순결의 상태를 지켜왔습니다. 그러니 주교 예하께 여쭙건대, 어째서 내가 그 아기를 나의 자식처럼 대했겠습니까?"

필립은 방청석을 둘러보았다. 그는 자신에게 주어진 유일한 기회란, 진실을 말하고 나서 하느님께서 피터의 귀먹은 영혼을 압도할 만큼 큰 소리로 진실을 말씀해주실 것을 바라는 것뿐이라고 결론지었다. "내 부모님은 내가 여섯 살 때 돌아가셨습니다. 그분들은 웨일스에서 선왕 헨리의 군사들에게 죽임을 당하셨지요. 내 동생과 나는 근처에 있던 수도원의 대수도원장의 손에 구조되어, 그날 이후 수사들의 보살핌을 받았습니다. 나는 수도원 고아였습니다. 나는 그것이 어떤 것인지 잘 알고 있습니다. 설혹 그가 아무리 자기를 돌봐주는 형제들을 사랑한다 해도 어머니의 손길을 얼마나 그리워하는지 이해합니다. 나는 조너선이 비정상적이고 유별나고 불합리한 감정을 품으리라는 걸 알고 있었습니다. 나 역시 다른 모든 사람들과 다르다는 소외감을 느껴보았지요. 왜냐하면 모두 부모가 있는데 나만은 없었기 때문입니다. 조너선처럼 나 역시 다른 사람의 자비에 얹혀사는 자신에 대해 수치스러운 감정을 느껴본 일이 있습니다. 그리고 대체 무엇이 잘못된 것인지, 다른 사람들에게는 당연히 주어지는 것이 왜 내게는 박탈된 것인지 의아하게 여긴 적도 있습니다. 나는 밤마다 조너선이 어머니의 따스하고 안락한 품과 부드러운 음성이 나오는 꿈을 꾼다는 걸 알고 있었습니다. 비록 한 번도 본 적은 없지만 그를 전적으로, 그리고 완전하게 사랑해주는 어머니의 꿈을."

피터 부주교의 얼굴은 돌처럼 굳어 있었다. 그는 기독교인 중에서 가장 나쁜 부류에 속하는 사람이다, 필립은 생각했다. 그는 부정적인 것이면 모두 포용하고, 금지된 일들이라면 무엇이든 행동으로 옮기고, 온갖 형태의 극기를 강요하고, 모든 위반 행위에는 엄격한 처벌을 요구하는 인간이었다. 그러면서도 기독교 신앙의 모든 동정심을 무시하고, 그 자비를 부인하고, 사랑의 행위 규범에는 극악무도하게도 불복하고, 공공연하게 예수의 너그러운 율법을 조롱하는 자였다. 그가 바로 바리새인이 아니겠는가, 필립은 생각했다. 주님께서 세리稅吏와 죄인들과 함께 식사하시기를 택하신 것도 놀랄 일이 아니었다.

그는 어떠한 말로도 독선으로 에워싸인 피터의 갑옷을 꿰뚫지 못하리라는 걸 잘 알고 있었지만, 그래도 무거운 마음을 억누르고 이야기를 계속했다. "친부모가 아니라면 어느 누구도 내가 했던 것처럼 그 아이를 돌보지 못했을 것입니다. 그런데 그 친부모는 이 세상 어디에서도 찾을 수가 없었습니다. 따라서 주님의 뜻이 좀더 분명히 암시하고 있는 바는……" 그의 말은 도중에 끊어졌다. 조너선이 잭과 함께 막 성당 안으로 들어선 것이었다. 그리고 두 사람 사이에는 잭의 어머니인 마녀가 있었다.

그녀는 늙어 있었다. 머리는 하얗게 셌고, 얼굴에는 깊이 주름이 패어 있었다. 하지만 마치 여왕처럼 머리를 높이 치켜들고 그 기이한 금빛 눈을 도전적으로 빛내며 안으로 걸어들어왔다. 필립은 너무 놀라 항의를 해볼 엄두조차 내지 못했다.

그녀가 익랑으로 들어와 피터 부주교 앞에 서자 법정은 조용해졌다. 그녀가 나팔 소리처럼 쩌렁쩌렁 울리는 소리로 말하자, 그 소리는 그녀의 아들이 지은 성당의 명층에서 메아리쳐 울려퍼졌다. "성스러운 모든 것에 걸고, 나는 조너선이 내 남편이며 고인이 된 건축가 톰과 그의 첫 부인 사이에 난 아들임을 맹세하오."

성직자들 무리에서 놀람의 외침 소리가 튀어나왔다. 한동안 다른 사람의 말소리가 들리지 않을 정도였다. 필립도 완전히 당황했다. 그는 입을 벌리고 엘렌을 멍하니 바라보았다. 건축가 톰이라고? 조너선이 톰의 아들이라고? 조너선의 얼굴을 보고 그는 곧 그 말이 사실임을 깨달았다. 두 사람은 닮았다. 키뿐 아니라 얼굴까지도. 조너선에게 수염만 있다면 더욱 명확해질 것이다.

필립이 느낀 첫 반응은 상실감이었다. 지금까지 그는 조너선에게 아버지나 다름없는 존재였다. 하지만 톰이 조너선의 친아버지라면, 아무리 톰이 죽고 없다 하더라도, 그 사실을 알아낸 것만으로 모든 것이 달라진다. 필립은 이제 남몰래 자신이 조너선의 아버지라는 생각을 품을 수도 없을 터였고, 조너선도 아들과 같은 감정으로 그를 대하지 않을 것이다. 이제 조너선은 톰의 아들이었다. 필립은 그를 잃은 것이었다.

필립은 자리에 털썩 주저앉았다. 사람들이 잠잠해지자 엘렌은 잭이 울음소리를 듣고 갓난아이를 발견한 이야기를 했다. 자기와 톰이 덤불 속에 숨어 필립과 수사들이 오전 노동을 마치고 돌아오던 것이며, 팔푼이 자니가 염소젖에 든 통에 헝겊을 적셔 아기에게 젖을 먹이고자 했던 일 등을 지켜본 이야기를 하는 동안, 필립은 멍하니 듣고만 있었다.

그 일이 있은 후 하루 이틀이 지나 그들이 우연히 만난 일, 그리고 자신이 버려진 아이 이야기를 했을 때 젊은 톰이 얼마나 큰 관심을 나타냈는지 필립은 또렷하게 기억했다. 필립은 톰의 관심이 감동적인 이야기를 듣고 우러나는 동정심이라고 짐작했는데, 사실상 그때 톰은 자식의 운명에 대해 알게 된 것이었다.

필립은 그 아이가 아장아장 걷기 시작하고 다시 개구쟁이가 되는 동안 톰이 조너선에게 얼마나 많은 애정을 쏟았는지를 회상했다. 아무도 그 점을 알아차리지 못했다. 수도원 전체가 그 시절 조너선을 귀염둥이로 대하고 있었던데다 톰은 내내 수도원 경내에서 지냈기 때문에, 그의 행동은 전혀 눈에 띄지 않았다. 하지만 이제 그때 일을 돌이켜보고 필립은 톰이 조너선에게 쏟은 주의가 남다른 것이었음을 알게 되었다.

엘렌이 자리에 앉았을 때, 필립은 자신의 무죄가 이미 입증되었음을 깨달았다. 엘렌의 폭로가 너무 충격적인 것이라 필립은 자신이 재판을 받고 있었다는 걸 깜빡 잊고 있었다. 분만과 죽음, 절망과 희망, 오래전의 비밀과 영속적인 사랑에 대한 그녀의 이야기를 듣자 자신의 순결 같은 것은 사소한 문제로 여겨졌다. 물론 그것은 사소한 문제가 아니었다. 수도원의 장래가 걸린 문제였다. 그런데 이제 엘렌이 실로 극적으로 그 문제에 해답을 준 까닭에 재판의 진행 자체가 불가능하게 느껴질 정도였다. 아무리 웨어햄의 피터라도 이 정도의 증거 앞에서 내게 유죄 판결을 내리지는 못할 거다, 필립은 생각했다. 웨일런은 또다시 패배한 셈이었다.

하지만 웨일런은 전혀 패배를 시인할 생각이 없는 듯했다. 그는 엘렌을 나무랐다. "당신은 건축장이 톰이 당신에게 수도원으로 데려간 아기가 자신의 아이라고 말했다고 했소."

"그래요." 엘렌이 경계하듯 대답했다.

"하지만 이 사실을 확인할 수도 있었을 다른 두 사람, 앨프레드와 마사는 당신들과 함께 수도원까지 동행하지 않았잖소."

"맞아요."

"그리고 톰은 고인이오. 그렇다면 증거는 톰이 당신에게 했다는 그 말밖에 없는 셈이오. 당신의 이야기는 입증될 수 없소."

"얼마나 더 증명이 필요한가요?" 그녀가 강한 어조로 말했다. "잭은 버려진 아기를 보았어요. 프랜시스는 그 아기를 안아들었지요. 잭과 나는 톰과 앨프레드와 마사를 만났어요. 프랜시스는 아기를 수도원으로 데려갔지요. 톰과 나는 그 수도원을 살펴봤어요. 대체 이 이상 얼마나 더 증인이 있어야 만족하겠나요?"

"난 당신 말을 믿을 수 없소."

"당신이 내 말을 믿지 못한다고?" 문득 필립은 그녀가 화를 내고 있음을, 그것도 마음속 깊은 곳에서 우러나온 격한 분노에 사로잡혀 있음을 눈치챘다. "다른 사람도 아닌 당신이 내 말을 믿지 못한다고? 웨일런 바이가드, 위증자인 당신이?"

대체 이제 무슨 일이 벌어지려는 것일까? 필립은 상황이 급변하는 조짐을 느꼈다. 웨일런의 얼굴은 표백이라도 된 듯했다. 여기엔 무언가 더 있다, 필립은 생각했다. 흥분으로 배 속이 꿈틀거리는 것 같았다. 갑자기 웨일런의 얼굴에 나약한 표정이 떠올랐다.

필립이 엘렌에게 물었다. "주교가 위증자라는 건 무슨 말이오?"

"사십칠 년 전 바로 이 수도원 안에 잭 셰어버그라는 죄수가 있었지요."

웨일런이 그녀의 말을 가로막았다. "이 법정은 그렇게 오래전에 일어난 사건에는 관심이 없소."

필립이 말했다. "아니, 그렇지 않습니다. 나에 대한 고발은 삼십오 년 전에 일어난 소위 간음 행위에 관한 것입니다, 주교 예하. 주교께서는 내게 무죄를 입증하라고 요구하셨지요. 예하와는 달리 법정은 그것을 기대하고 있을 것입니다." 필립은 엘렌 쪽으로 몸을 돌렸다. "계속하시오!"

"그가 왜 죄수가 됐는지는 아무도 알지 못했습니다. 심지어 그 자신도 알지 못했지요. 하지만 때가 되어 그는 풀려났고, 그는 보석이 박힌 성배를 받았습니다. 아마 오랜 세월 동안 부당하게 갇힌 데 대한 보상이었겠지요. 물론 그는 보석 박힌 성배를 원하지 않았습니다. 그에게는 소용없는 물건이었던데다 시장에서 팔기에는 너무도 값진 것이었기 때문이지요. 그는 그 성배를 이곳 킹스브리지의 옛날 대성당에 놓아두고 떠났습니다. 그리고 얼마 안 가 체포됐습니다. 그를 체포한 사람은 그 무렵 지위는 낮았지만 야심에 불타고 있던 평범한 지방 사제 웨일런 바이가드였습니다. 그리고 잭의 자루 속에는 어찌된 영문인지 그 성배가 들어 있었습니다. 그는 세 사람의 증언으로 유죄 판결을 받았습니다. 그 세 사람이란 웨일런 바이가드, 퍼시 햄리, 그리고 킹스브리지의 제임스 수도원장이었지요. 그런 다음 그는 교수형을 당했습니다."

순간 마비된 듯한 침묵이 뒤따랐다. 이윽고 필립이 물었다. "당신은 이 모든 사실을 어떻게 알게 된 거요?"

"나는 잭 셰어버그의 유일한 친구였습니다. 그는 내 아들이며 이 대성당의 건축 책임자 잭 잭슨의 아버지였지요."

그러자 소동이 벌어졌다. 웨일런과 피터는 동시에 무슨 말인가를 하려고 애썼지만, 그 자리에 참석한 성직자들의 왁자지껄한 소란에 묻혀 들리지 않았다. 사람들은 한판 대결을 보러 온 거야. 하지만 이런 일까지는 기대하지 못했을 테지, 필립은 생각했다.

마침내 피터가 그 소동을 억누르고 말하는 데 성공했다. "법을 준수하는 세 시민이 무슨 이유로 무고한 외부인을 거짓 고발하려고 공모했다는 거요?" 그가 미심쩍다는 듯 물었다.

"이익 때문이었지요." 엘렌이 대답했다. "그 일로 웨일런 바이가드는 부주교가 되었어요. 퍼시는 햄리 마을과 다른 몇 개의 마을을 영지로 받아 재산가가 됐고요. 제임스 수도원장이 어떤 보상을 받았는지는 모르겠습니다."

"그 점에 대해서는 제가 말씀드릴 수 있습니다." 새로운 목소리가 끼어들었다.

필립은 그쪽을 돌아보고 깜짝 놀랐다. 레미기우스였다. 그는 지난 칠 년 동안 머리는 백발이 되고 말을 할 때는 어느 정도 두서가 없기는 했지만 별다른 문제를 일으키지 않고 지내왔다. 하지만 이제 지팡이에 의지하고 일어선 그의 눈은 빛나고 있었고, 표정은 바짝 긴장되어 있었다. 그가 공공연하게 말하는 일은 실로 드문 일이었다. 전락을 겪고 수도원으로 돌아온 이래 그는 조용하고 겸양에 찬 삶을 살아왔다. 필립은 그가 무슨 말을 하려는지 예상할 수 없었다. 레미기우스는 어느 쪽을 편들려는 것일까? 자신의 오랜 적 필립을 등 뒤에서 찌를 마지막 기회를 잡으려는 것은 아닐까?

"저는 제임스 수도원장이 어떤 보상을 받았는지 말씀드릴 수 있습니다. 이 수도원에는 노스월드와 사우스월드, 헌드레데이커 마을들과 올딘 삼림이 주어졌습니다."

필립은 소스라치게 놀랐다. 겨우 그런 마을 몇 개를 받으려고 노수도원장이 서약을 어기고 거짓 증언을 했다니.

"제임스 수도원장은 결코 훌륭한 관리자가 아니었습니다." 레미기우스가 계속했다. "수도원은 경제적으로 곤란에 처해 있었지요. 그래서 그는 이 부수입이 우리를 구해줄 것이라고 여겼던 겁니다." 레미기우스는 잠깐 말을 끊었다가 신랄한 어조로 말을 이었다. "그 결과 이익 대신 큰 손해를 입게 됐습니다. 그 수입은 얼마간은 쓸모가 있었지만, 제임스 수도원장은 끝내 자존감을 회복하지 못했습니다."

레미기우스의 말을 들으면서 필립은 노수도원장의 굴복과 좌절에 찬 태도를 회상하고 마침내 그 태도를 이해할 수 있었다.

레미기우스는 말을 계속했다. "제임스 원장이 위증한 것은 아닙니다. 그는 그 성배가 수도원의 것이라는 사실에 대해서만 맹세를 한 거니까요. 하지만 그는 잭 셰어버그가 결백하다는 걸 알고도 침묵했습니다. 그리고 그 침묵을 후회하며 여생을 보냈지요."

그랬을 것이라고 필립은 생각했다. 그것은 수사에게는 소죄小罪*에 해당되었다. 레미기우스의 증언은 엘렌의 이야기를 확증해주는 동시에 웨일런을 비난하는 것이었다.

레미기우스는 말을 이었다. "지금도 이 수도원의 몇몇 원로 형제들은 사십 년 전 이곳이 어떠했는지를 기억할 것입니다. 몰락과 곤궁, 쇠퇴,

---

* 지옥에 떨어질 대죄에 비해 어느 정도 가벼우며 용서받을 수도 있는 죄.

타락으로 가득했던 일을 말입니다. 바로 그 때문에 제임스 원장의 가책은 훨씬 가중되었지요. 그는 결국 죽어가는 자리에서 제게 자신의 죄를 고해했습니다. 저는……" 레미기우스는 말을 멈췄다. 성당 안은 그의 다음 말을 기다리면서 침묵에 싸여 있었다. 노인은 한숨을 짓고 나서 다시 말을 이었다. "저는 그 자리를 인계받아 손상을 복구하고 싶었습니다. 그러나 주님께서는 그 일을 하도록 다른 사람을 선택하셨지요." 그는 다시 한번 말을 끊었다. 노인의 얼굴은 이야기를 마무리 짓기 위한 필사적인 노력으로 고통스럽게 일그러져 있었다. "저는 말하지 않을 수 없습니다. 주님께서는 저보다 나은 사람을 선택하신 것이라고 말입니다." 그런 다음 그는 털썩 주저앉았다.

필립은 충격과 감동과 고마움을 동시에 느꼈다. 그의 두 오랜 적, 엘렌과 레미기우스가 자신을 구해주었다. 이런 오래된 비밀이 폭로되는 것을 보자 그는 지금껏 한쪽 눈을 감은 채 세상을 살아오기라도 한 것 같은 기분에 휩싸였다. 웨일런 주교는 격분으로 새파랗게 질려 있었다. 오랜 세월 자신이 안전하리라고 믿고 있었을 것이다. 주교가 피터 쪽으로 몸을 기울여 부주교의 귀에 무슨 말인가 하고 있는 동안 방청석에서는 웅성거림이 일었다.

피터가 자리에서 일어나 외쳤다. "조용히 하시오!" 성당 안은 조용해졌다. "이제 폐정이오!"

"잠깐 기다리십시오!" 잭 잭슨이었다. "아직 끝나지 않았습니다!" 잭이 격한 어조로 말했다. "난 이유를 알아야겠습니다."

피터는 잭의 말을 무시하고 클로이스터로 난 문으로 향했다. 웨일런이 그 뒤를 따랐다.

잭은 두 사람을 쫓아갔다. "왜 당신은 그런 짓을 한 겁니까?" 그가 웨일런에게 소리쳤다. "당신은 위증함으로써 한 사람을 죽게 했습니다.

그런데도 아무 말도 않고 여기서 나갈 작정입니까?"

웨일런은 하얗게 질린 채 입을 다물고 곧장 앞만 바라보고 있었다. 그의 얼굴은 분노를 억누른 가면 같았다. 웨일런이 문을 막 지나가려 할 때 잭이 고함을 쳤다. "대답해, 이 거짓말쟁이에 타락한, 아무짝에도 쓸모없는 겁쟁이 같으니! 어째서 당신은 내 아버지를 죽였나?"

웨일런은 성당 밖으로 나갔다. 그의 등 뒤로 문이 쾅 닫혔다.

18장

1

헨리 왕의 서한이 도착했을 때, 수사들은 사제단 회의장에 있었다.

잭은 백오십 명의 수사들을 수용할 수 있는 커다란 집회소 건물을 신축했는데, 그만한 수사 규모는 잉글랜드를 통틀어 단일 수도원으로서는 가장 많은 숫자였다. 이 원형 건물에는 석조궁륭과 수사들이 앉을 수 있도록 몇 줄의 계단이 있었다. 수도원 임원들은 다른 자리보다 약간 높이 올라간, 벽을 에워싼 긴 석조의자에 앉아 있었다. 그리고 필립과 조너선은 입구 맞은편 벽에 놓인, 조각된 석조의자에 앉도록 되어 있었다.

젊은 수사 하나가 성 베네딕투스 규율서 제7장을 봉독하고 있었다. "겸양의 제6단계는 수사가 모든 낮고 천한 것에 만족할 때 이루어지나니……" 필립은 자신이 봉독중인 수사의 이름을 기억하지 못한다는 사실을 깨달았다. 그가 늙었기 때문일까, 아니면 수도원이 너무 커졌기 때문일까? "겸양의 제7단계는 자기가 다른 이보다 낮고 열등하다고 말로 고해할 뿐 아니라 그의 가장 깊은 마음으로 그렇게 믿고 있을 때 이루어지는도다." 필립은 자신의 겸양이 아직 그 단계에는 이르지 못했음을 알고 있었다. 그는 예순두 해 동안 많은 일들을 이루었는데, 그것은 용기와 결단 그리고 자신의 두뇌를 사용해서 한 일들이었다. 그래서 언제나 자신이 성공할 수 있었던 진정한 이유는 하느님의 도움을 입었기 때문이고, 그것 없이는 그의 노고도 실패로 끝나고 말았으리라고 스스로에게 상기시킬 필요를 느꼈다.

그의 곁에서는 조너선이 끊임없이 몸을 움직이고 있었다. 조너선은 필립보다 훨씬 더 겸양의 덕을 갖추는 데 어려움을 겪고 있었다. 오만함은 훌륭한 지도자에게는 결점이 됐다. 조너선은 이제 수도원을 떠맡을 만반의 준비를 갖추었고, 조급해하고 있었다. 그는 앨리에너와 의논해 말을 이용해 쟁기질을 한다거나 휴경지에 콩과 귀리 같은 봄 작물을 재배하는 등 그녀가 쓰고 있는 농업기술을 시험해보느라 열심이었다. 마치 삼십오 년 전 내가 양모를 얻으려고 양을 칠 때 같군, 필립은 생각했다.

필립은 이제 자신이 사임하고 조너선에게 수도원장 자리를 맡겨야 할 때가 되었다는 걸 알았다. 자신은 만년을 기도와 묵상으로 보내야 할 터였다. 그가 종종 다른 사람들에게 권했던 과정이기도 했다. 하지만 정작 자신이 은퇴할 만큼 늙게 되자, 그런 일은 생각만으로도 우울했다. 그의 육신은 건강했고, 정신은 예전과 다름없이 활기에 넘쳐 있었다. 기도와 묵상만으로 살게 된다면 미치고 말 것이다.

하지만 조너선은 언제까지고 기다리고만 있지는 않을 것이다. 신은 조너선에게 큰 수도원을 운영할 재능을 부여했고, 그 역시 자기의 재능을 헛되이 쓰려 하지 않았다. 그는 지난 몇 해 동안 대수도원 여러 곳을 방문했는데, 가는 곳마다 좋은 인상을 남겼다. 조만간 어느 대수도원장이 세상을 떠나기라도 하면 수사들은 조너선에게 선거에 나서도록 종용할 것이고, 그러면 필립으로서는 허락하지 않을 수 없을 것이다.

필립이 이름을 기억할 수 없는 젊은 수사가 막 봉독을 마쳤을 때, 문 두드리는 소리가 나면서 문지기가 안으로 들어왔다. 규율 담당 수사인 스티븐 형제가 그를 보고 눈살을 찌푸렸다. 문지기는 회의에 참석한 수사들을 방해해서는 안 됐다. 규율 담당 수사가 으레 그렇듯 스티븐도 규율에는 까다로웠다.

문지기가 약간 큰 소리로 속삭였다. "국왕으로부터 전령이 왔습니다!"

필립이 조너선에게 말했다. "자네가 가보지 않겠나?" 전령은 국왕의 서한을 수도원의 고위급 임원에게 전달하겠다고 할 것이다. 조너선이 밖으로 나갔다. 수사들은 모두 낮은 목소리로 수군거렸다. 필립이 엄격한 음성으로 말했다. "고인에 대한 추모를 계속합시다."

고인을 위한 기도가 시작되는 동안 필립은 헨리 2세가 킹스브리지 수도원에 하려는 말이 무엇인지 궁금했다. 좋은 소식일 것 같지 않았다. 헨리는 지난 육 년 동안 교회와 불화 상태에 있었다. 분쟁은 종교재판 관할권으로 촉발되었는데, 국왕의 고집과 캔터베리 대주교 토머스 베켓의 열성이 부딪쳐 타협이 불가해지자 위기 국면에 이르렀다. 결국 베켓은 망명하지 않을 수 없었다.

슬프게도 잉글랜드 교회는 힘을 모아 그를 지지해주지 못했다. 웨일런 바이가드 같은 주교들은 왕의 총애를 얻으려고 국왕 편에 서 있었다. 하지만 교황은 베켓과 화해하도록 헨리에게 압력을 가하고 있었다. 아마 이 싸움 전체에서 나올 수 있는 최악의 결과는, 헨리가 잉글랜드 교회 내의 지지를 얻고자 웨일런처럼 권력에 굶주린 주교들에게 궁정에서 좀더 큰 영향력을 행사토록 허용하는 것일 터였다. 바로 그 때문에 왕의 서한은 필립에게 여느 때보다 한층 더 불길하게 여겨졌다.

조너선이 돌아와 필립에게 밀랍으로 봉인된 두루마리 양피지를 건네주었다. 밀랍에는 큼직한 옥새가 찍혀 있었다. 수사들이 모두 이쪽을 바라보고 있었다. 필립은 자신이 이런 편지를 들고 있는 상황에서 그들에게 망자에 대한 기도에 정신을 집중하도록 한다는 건 무리한 요구라고 생각했다. "좋습니다." 필립이 말했다. "기도는 나중에 계속하기로 하지요." 필립은 봉인을 뜯고 편지를 펼쳤다. 그는 서두를 힐끗 본 다음 편지를 조너선에게 건네주었다. 젊은 사람의 눈이 좀더 밝을 터였다. "우리에게 편지를 읽어주시오."

의례적인 인사말을 한 다음 왕은 다음과 같이 썼다. "짐은 링컨의 신임 주교로 킹스브리지의 현 주교인 웨일런 바이가드를 지명했노라……" 조너선의 목소리는 웅성거리는 말소리에 묻혀버렸다. 필립은 분개하여 고개를 저었다. 웨일런은 필립의 재판에서 오래된 악행이 폭로되어 이 지방에서 모든 신임을 잃고 말았다. 주교로 행세해볼 방도가 없었다. 그래서 국왕을 설득하여 이 세상에서 가장 부유한 주교직 중 하나인 링컨의 주교로 자신을 지명토록 한 것이었다. 링컨은 캔터베리와 요크에 이어 이 나라에서 셋째로 주요한 주교 관구였다. 그 자리는 대주교직으로 오를 수 있는 지름길이기도 했다. 심지어 헨리는 웨일런을 토머스 베켓의 자리를 이어받도록 천거할지도 몰랐다. 웨일런이 잉글랜드 교회의 지도자인 캔터베리 대주교가 된다는 건 생각만 해도 소름 끼치는 일이었기에 필립은 두려움으로 정신을 잃을 것만 같았다.

수사들이 진정되자 조너선은 다시 편지를 읽어나갔다. "……그리고 짐은 링컨의 교구 사제 및 참사회가 그를 선출토록 추천했노라." 글쎄, 말은 쉽지만 그대로 되기는 어려울걸, 필립은 생각했다. 국왕의 추천은 거의 명령이나 다름없었지만 전적으로 그런 것은 아니었다. 만일 링컨 참사회가 웨일런을 반대하거나, 그들이 따로 후보자를 내세울 경우 왕은 궁지에 몰릴 수도 있었다. 결국에는 왕이 바라던 대로 하고 말겠지만 결과를 속단할 수는 없었다.

조너선은 계속해서 읽어나갔다. "짐은 킹스브리지 수도원의 사제단에 명하나니, 킹스브리지의 신임 주교를 위한 선거를 할지어다. 짐은 그대들에게 캔터베리 부주교인 짐의 종 웨어햄의 피터를 그곳 주교로 선출토록 추천하는 바다."

그 자리에 모인 수사들에게서 거센 항의의 외침이 이구동성으로 터져나왔다. 필립은 두려움으로 온몸이 오싹해졌다. 그 거만하고 쉽게 분노하고 독선적인 피터 부주교를 왕이 킹스브리지의 신임 주교로 택하다니! 피터는 웨일런과 정확히 똑같은 유의 인간이었다. 그 두 사람 모두 진실로 경건하고 하느님을 두려워하는 사람들이었으나, 자신들이 오류를 범하기 쉬운 인간임을 의식하지 못하고 저희의 소망을 곧 하느님의 의지로 간주하고 목표하는 바를 무자비하게 관철시켰다. 피터가 주교가 된다면 조너선은 수도원장으로서 저 냉혈한이 철권으로 다스리는 곳에서 정의와 정당성을 지키기 위해 투쟁하는 데 평생을 보낼 터였다. 그리고 웨일런이 링컨 주교가 된다면 구제의 손길은 기대할 수 없을 것이다.

필립은 내전이 최악에 달했던 때처럼 자기 앞에 오랜 암흑기가 닥칠 것임을 예감했다. 이제 곧 윌리엄 같은 백작들이 제멋대로 날뛰고, 거만한 사제들이 교구민들을 무시하고, 수도원은 다시 한번 저 옛날처럼 가난하고 무력한 그림자 속으로 움츠러들 터였다. 그렇게 생각하자 필립은 분노가 치밀었다.

화가 난 사람은 필립 한 사람만이 아니었다. 규율 담당 수사 스티븐은, 회의에서는 모두가 침착하고 작은 소리로 말해야 한다는 필립의 규칙을 어기고 자리에서 벌떡 일어나더니 목청껏 소리쳤다. "어림도 없는 일이오!"

수사들은 갈채를 보냈으나 조너선은 중요한 질문을 던짐으로써 그의 지혜로움을 증명했다. "우리가 할 수 있는 일이 뭐가 있을까요?"

여전히 뚱뚱한 요리장 버나드가 말했다. "왕의 요구를 거절해야만 하오!"

몇몇 수사들이 찬성을 표했다.

스티븐이 말했다. "왕에게 편지를 써서, 우리가 원하는 사람을 선출하겠다고 알려야 합니다!" 그러더니 잠시 후 겁이 난 듯 덧붙였다. "물론 주님의 인도에 따라야겠지만 말입니다."

조너선이 말했다. "우리가 노골적으로 거절해야 한다는 데는 찬성할 수 없습니다. 우리가 왕에게 빨리 항거하면 할수록 그만큼 빨리 그의 격노를 불러일으킬 것입니다."

필립이 말했다. "조너선 형제의 말이 맞습니다. 왕과의 싸움에서 패배한 자는 용서받을 수도 있지만, 그 싸움에서 승리한 자는 파멸할 것이오."

스티븐이 고함을 질렀다. "그렇다면 그저 굴복하고 있어야 한다는 겁니까?"

필립도 다른 사람들과 마찬가지로 걱정이 되고 두려웠지만, 겉으로는 냉정해야 했다. "스티븐 형제, 제발 말을 좀 삼가시오. 우리는 물론 이 불유쾌한 지명에 맞서 싸워야 할 것이오. 하지만 언제나 정면 대결을 피해 신중하고 현명하게 대처할 것입니다."

스티븐이 말했다. "그렇다면 대체 원장님께서는 무슨 일을 할 작정이십니까?"

"나도 잘 모르겠소." 처음에는 낙담했으나, 이제는 싸울 의욕이 생기기 시작했다. 그는 평생 이러한 싸움을 거듭해왔다. 이곳 수도원에서 레미기우스를 이기고 수도원장이 될 때도 그런 싸움을 벌였다. 또 이 지방에서는 윌리엄 햄리와 웨일런 바이가드에 맞서 싸웠다. 그리고 이제 그 싸움은 전국적 규모가 될 터였다. 이제는 왕과 싸우는 것이다.

"프랑스로 가서 토머스 베켓 대주교를 만나봐야 할 것 같소."

일생에 걸쳐 위기에 처할 때마다 필립은 계획을 짜낼 수 있었다. 그 자신이나 그의 수도원, 그의 마을이 무지막지하고 야만스러운 폭력의 위협을 받을 때는 언제나 방어나 반격할 방도를 생각해냈다. 늘 성공하리라는 확신이 있었던 건 아니었지만, 그래도 어찌할 바를 몰라 당황했던 적은 없었다. 적어도 지금까지는.

프랑스 왕국의 파리 남동부에 위치한 상스 시에 도착했을 때도 필립은 여전히 낭패감에 싸여 있었다.

상스 대성당은 그가 본 중 가장 넓은 건물이었다. 신랑의 너비가 15미터는 될 듯했다. 킹스브리지 대성당과 비교할 때 상스 대성당은 빛보다는 공간 쪽이 인상적이었다.

프랑스를 횡단해 여행하면서 필립은 생전 처음으로, 이 세상에는 자신이 일찍이 상상했던 것보다 훨씬 다양한 성당들이 있음을 깨달았다. 그는 비로소 여행이 잭 잭슨의 사고방식에 미친 혁명 같은 영향력을 이해했다. 필립은 파리를 지나면서 일부러 생드니 대수도원의 성당을 방문해 잭이 착상을 얻은 곳을 보았다. 그리고 킹스브리지 대성당처럼 공중 버팀벽이 있는 성당 두 곳도 보았다. 이곳 건축 책임자들도 잭이 직면한 바로 그 문제에 부닥치자 똑같은 해결책을 생각해낸 것이 분명했다.

필립은 상스 대주교인 윌리엄 화이트핸즈를 찾아가 경의를 표했다. 그는 영리하고 젊은 성직자로, 선왕 스티븐의 조카이기도 했다. 윌리엄 대주교는 필립을 식사에 초대했다. 필립은 영광으로 생각했지만 초대를 사양했다. 토머스 베켓을 만나기 위해 먼 길을 온 터라 목적지가 가까워지자 마음이 조급해진 까닭이었다. 대성당 미사에 참석한 후 그는 시내를 벗어나 욘 강을 따라 북쪽으로 거슬러올라갔다.

그는 잉글랜드에서 가장 부유한 수도원 가운데 하나를 맡은 수도원장치고는 단출하게 여행하는 중이었다. 일행이라고는 경호병 둘과 조수로 동행한 브리스틀의 마이클이라는 젊은 수사와 짐말 한 필뿐이었다. 짐말에는 킹스브리지의 필사실에서 필사해 아름다운 삽화를 넣은 성서가 실려 있었다. 그는 이 성서들을 여행중에 방문하는 대수도원장과 주교들에게 선물로 줄 생각이었다. 이 값진 성서는 인상 깊은 선물로, 필립의 수수한 수행원과 뚜렷하게 대조되었다. 그것은 의도한 일이기도 했다. 필립은 존중의 대상이 수도원장이 아니라 수도원이 되기를 원했다.

상스의 북쪽 시문市門을 지나자마자 강가의 양지바른 초원에 있는 유서 깊은 생트 콜롱브 대수도원이 시야에 들어왔다. 그곳이 바로 토머스 대주교가 삼 년 전부터 거하는 곳이었다. 대주교의 사제 한 사람이 필립을 따뜻하게 맞이했다. 그는 하인들을 불러 말과 짐을 돌보게 하고, 대주교가 머무는 숙소로 손님을 안내했다. 문득 필립은 이곳 망명자들이 고국에서 온 손님을 환대하는 이유가 단순히 감상에 젖어서가 아니라 그런 방문이 지지의 표시이기 때문일 거라고 생각했다.

필립과 조수는 음식과 포도주를 대접받으면서 토머스의 측근과 인사를 나누었다. 토머스가 거느리고 있는 사람들은 전원이 사제였고 대부분 젊은이들로, 아주 뛰어난 인물들처럼 보였다. 잠깐 사이에 마이클은 그들 중 한 사람과 성변화聖變化*에 관한 토론을 나누었다. 필립은 포도주를 조금씩 마시면서, 끼어들지는 않고 그들의 토론을 듣고 있기만 했다. 사제 한 사람이 그에게 물었다. "필립 신부님의 생각은 어떠세요? 아무 말씀도 하지 않으시니 말입니다."

---

* 빵과 포도주를 예수의 피와 살로 변화시킴.

필립은 미소 지었다. "신학적 난제는 내게 그다지 걱정할 만한 문제가 아니랍니다."

"어째서죠?"

"그 문제들은 모두 내세에 해결될 것이기 때문이지요. 그동안에는 안전하게 보류될 수 있을 것입니다."

"좋은 말씀이오!" 새로운 목소리가 끼어들었다. 고개를 든 필립은 캔터베리 대주교 토머스를 보았다.

필립은 그를 대하자마자 그가 훌륭한 인물임을 알아보았다. 토머스는 키가 크고 호리호리한 몸집에 넓은 이마, 빛나는 눈, 하얀 피부, 검은 눈을 한 아주 잘생긴 사람이었다. 필립보다 대략 열 살은 젊은 쉰에서 쉰한 살 정도로 보였다. 그는 불행한 처지에도 불구하고 생기 있고 밝은 표정을 짓고 있었다. 필립은 즉각 그에게 사람을 끄는 매력이 있음을 알 수 있었는데, 바로 그러한 매력은 그가 비천한 출신임에도 놀랄 정도로 출세한 원인이기도 했을 터였다.

필립은 무릎을 꿇고 그의 손에 입을 맞췄다.

토머스가 말했다. "당신을 알게 되어 정말 기쁘다오! 난 언제나 킹스브리지를 방문해보고 싶었소. 당신의 수도원과 새로 지었다는 그 훌륭한 대성당에 대해서 수없이 들어왔다오."

필립은 기쁜 한편 우쭐해졌다. "저희가 이룬 모든 일이 국왕의 손에 의해 위험에 처했기에 예하를 뵈러 왔습니다."

"지금 당장 그 이야기를 듣고 싶소. 내 방으로 갑시다." 그는 몸을 돌려 옷자락을 끌며 나갔다.

필립은 기쁨과 불안을 동시에 느끼면서 뒤를 따랐다.

토머스는 필립을 좀더 작은 방으로 안내했다. 훌륭한 리넨 시트와 수놓은 이불이 깔린, 가죽과 나무로 만든 고급 침대가 놓여 있었지만, 방 한쪽에 개켜져 있는 얇은 요가 보였다. 그는 토머스가 이곳 주인이 내준 호사스러운 가구를 일절 쓰지 않는다는 소문을 상기했다. 필립은 킹스브리지에 있는 자신의 안락한 침대를 떠올리며 잉글랜드 전체에서 가장 높은 대주교*가 바닥에서 자는 동안 자신은 편안한 침대에서 코를 골았다는 것에 심한 죄책감을 느꼈다.

"먼저 대성당 이야기를 해볼까요? 당신은 이 상스 대성당을 어떻게 생각하오?" 토머스가 물었다.

"놀라웠습니다. 건축 책임자가 누구지요?"

"상스의 윌리엄이라는 사람이오. 언젠가 그 사람을 캔터베리로 불러들이고 싶소. 자, 자리에 앉으시오. 그리고 킹스브리지에서 일어난 일을 말씀해주시오."

필립은 토머스에게 웨일런 주교와 피터 부주교에 대해서 이야기했다. 토머스는 필립이 하는 모든 이야기에 깊은 관심을 보이면서, 몇 가지 날카로운 질문을 던졌다. 그는 매력적일뿐더러 두뇌도 명석했다. 잉글랜드의 역대 국왕 중 가장 강력한 왕의 의지를 꺾을 수 있는 자리에 오르려면 그 두 가지가 모두 필요했으리라. 소문에 따르면 토머스는 대주교 대례복 밑에 거친 모직으로 지은 셔츠를 입었다. 그처럼 매력적인 외모 안에는 강철 같은 의지가 있었던 것이다.

필립이 이야기를 마치자 토머스는 침통한 표정을 지었다. "그런 일이 일어나게 해서는 안 되겠소."

"정말 그렇습니다." 토머스의 단호한 어조에 필립은 고무되었다. "그 일을 막을 수 있으시겠지요?"

"내가 캔터베리로 복귀할 경우에만 가능하겠지."

---

* 캔터베리 대주교는 잉글랜드 교회의 수장이었다.

필립이 바라던 대답이 아니었다. "하지만 지금이라도 교황님께 서한을 보낼 수 있잖습니까?"

"편지는 오늘 쓰겠소. 당신에게 약속하건대 교황님께서는 피터를 킹스브리지의 주교로 인정하시지 않을 것이오. 하지만 그자가 주교 관저에 앉는 일까지 막을 수는 없소. 또한 우리는 다른 사람을 임명하지도 못할 것이오."

필립은 토머스의 단호한 부정에 충격과 혼란을 느꼈다. 이곳에 오는 내내 토머스라면 자신이 할 수 없는 일도 가능케할 것이고, 웨일런의 계략을 분쇄할 방도를 찾아내리라는 희망을 품었던 것이다. 하지만 명석한 토머스도 난처해하고 있었다. 그가 내놓을 수 있는 유일한 희망은 캔터베리로 복귀하는 것뿐이었다. 그렇게 되면 당연히 정치권이 관여한 임명을 거부할 권한을 갖게 된다. 필립이 낙심한 어조로 물었다. "예하께서 곧 돌아오신다는 희망은 있습니까?"

"당신이 낙관론자라면 어느 정도 희망이 있다고도 할 수 있을 거요. 교황님께서는 평화조약안을 내놓고 나와 헨리 왕이 동의하도록 촉구하고 있어요. 그 협정은 나로서는 수락할 만한 것이고. 조약안에 의하면 내가 그동안 얻고자 한 것을 얻을 수 있으니까 말이오. 헨리도 수락할 수 있다고 했소. 나는 헨리가 내게 평화의 키스를 함으로써 그의 진심을 입증하도록 요구했지요." 말을 하는 동안 토머스의 음성은 바뀌었다. 자연스러운 대화조에서 억양이 없어지면서 고집스러운 단조單調로 바뀐 것이다. 얼굴에서는 쾌활한 기색이 사라지고, 무분별한 회중 앞에서 극기에 대해 설교하는 사제의 표정이 나타났다. 필립은 그 표정에서 오랜 세월 그를 투쟁으로 몰아붙인 고집과 긍지를 알아보았다. "그 키스를 거절한다는 것은 왕이 나를 잉글랜드로 불러들인 후 조약의 협정을 취소하려는 계략을 꾸미고 있다는 뜻이오."

필립은 고개를 끄덕였다. 평화의 키스는 미사 의식의 일부로서 신뢰의 표시였고, 결혼식에서 휴전협정에 이르기까지 어떠한 계약도 그것 없이 이루어지는 법이 없었다. "그럼 제가 무슨 일을 할 수 있을까요?" 필립은 토머스에게 묻는 것이 아니라 자문을 하듯 질문을 던졌다.

"잉글랜드로 돌아가 나를 위해 힘써주시오. 동료 수도원장과 대수도원장들에게 편지를 쓰시오. 또 킹스브리지의 대표를 교황님께 파견하시오. 국왕에게 탄원하시오. 그리고 당신의 그 유명한 대성당에서 교구민들에게 그들의 가장 높은 사제가 지금 국왕에 의해 추방당했다고 설교를 하시오."

필립은 고개를 끄덕였다. 그러나 그런 일이라면 어느 한 가지도 할 생각이 없었다. 토머스는 지금 그에게 국왕과 맞서는 편에 서라고 말하고 있었다. 그렇게 함으로써 토머스의 사기는 어느 정도 진작하겠지만, 킹스브리지에는 아무 도움도 줄 수 없을 것이다.

필립은 그것보다 좀더 나은 생각을 했다. 만일 헨리와 토머스가 이 정도까지 근접하고 있다면, 그들을 함께 서도록 몰아붙이는 건 그렇게 어려운 일이 아니리라. 어쩌면 그 점에서는 자신이 할 일이 있으리라는 희망이 생겼다. 그렇게 생각하자 낙관적인 기분이 들었다. 승산 없는 도박일지도 모르지만 그로서는 잃을 것이 없었다.

결국 그들은 키스 때문에 다투고 있는 것이었다.

필립은 동생이 그처럼 늙은 것을 보고 깜짝 놀랐다.

프랜시스의 머리는 반백이었고, 눈 밑의 살은 처지고 피부는 메말라 있었다. 하지만 동생의 나이가 예순이었으니 그다지 이상할 것도 없는 일이었다. 그러나 그의 눈은 여전히 반짝이고 활기에 넘쳤다.

필립은 자신이 지금 근심하고 있는 것이 자기 나이임을 깨달았다. 언제나 그렇듯 동생을 보면 자신이 얼마나 나이를 먹었는지를 의식하게 되었다. 그는 여러 해 동안 거울을 들여다본 적이 없었다. 자신도 그렇게 눈 밑의 살이 처졌을지 궁금했다. 그는 얼굴을 만져보았지만 뭐라고 장담할 수 없었다.

"헨리 왕을 위해 일하는 건 어떠냐?" 필립이 물었다. 그 역시 모든 사람들이 그렇듯 왕의 사적인 면모가 궁금했다.

"모드 황후 때보다는 낫지요. 모드 황후 쪽이 더 영리하기는 했지만, 그분은 지나치게 정도에서 벗어났어요. 헨리 왕은 아주 솔직한 분이에요. 그래서 왕께서 무슨 생각을 하는지 언제나 알 수 있답니다."

두 사람은 필립이 체류중인 바이외의 어느 수도원 클로이스터에 앉아 있었다. 헨리 왕과 그의 군대와 대신들은 근처에 숙영중이었다. 프랜시스는 지난 이십 년 동안 그랬듯 여전히 헨리 밑에서 일하고 있었다. 그는 현재 국왕의 모든 서한과 허가장을 기록하는 어전御殿 기록소의 소장이었다. 그것은 중요하고도 권세 있는 자리였다.

필립이 말했다. "솔직하다고? 헨리 왕이? 토머스 대주교께서는 그렇게 생각하지 않던데?"

"대주교 측에서 잘못 판단하고 있는 것은 그뿐이 아니죠." 프랜시스가 빈정거리는 어조로 말했다.

필립은 프랜시스가 대주교에게 그렇게 경멸 어린 태도를 취해서는 안 된다고 생각했다. "토머스 대주교는 훌륭한 분이야."

"그는 왕이 되고 싶은 겁니다." 프랜시스가 잘라 말했다.

"그런 식으로 말한다면 헨리 왕은 대주교가 되고 싶어하는 것 같은데."

두 사람은 한동안 서로 노려보았다. 우리가 벌써 이렇게 싸우고 있는데, 헨리와 토머스가 그처럼 격렬하게 싸우는 것도 무리는 아니지. 필립은 미소 지었다. "그래, 아무튼 너와 내가 이 문제로 다툴 건 없잖니."

프랜시스의 표정도 풀어졌다. "물론 그렇죠. 제가 벌써 육 년이나 이 넌더리나는 분쟁에 매달려왔다는 걸 이해해주세요. 그래서 형님처럼 이 문제에 초연하기가 어렵군요."

필립이 고개를 끄덕였다. "그런데 왜 헨리 왕은 교황님의 평화조약안을 수락하려고 하지 않는 거니?"

"수락할 작정이에요. 우리는 근소한 차이로 화해에 이르지 못하고 있는 거예요. 그러나 토머스 대주교는 더 많은 것을 요구하고 있어요. 평화의 키스를 고집하고 있거든요."

"하지만 왕이 진심으로 수락하겠다면, 그 보증을 위해 평화의 키스를 해야 할 게 아니냐?"

프랜시스가 언성을 높였다. "그건 원래 계획에 없던 일이라고요!"

"그렇다고 하지 않을 이유도 없잖아?"

프랜시스는 한숨을 지었다. "왕께서도 할 수만 있다면 기쁜 마음으로 그렇게 할 거예요. 하지만 그분은 언젠가 대중 앞에서 자신은 결코 토머스 대주교에게 평화의 키스를 하지 않겠다고 맹세한 적이 있어요."

"맹세를 저버린 왕은 많다."

"무력한 왕들의 경우지요. 헨리 왕께서는 공적으로 한 맹세를 번복하지 않아요. 바로 그래서 그분이 저 비열한 스티븐 왕과 다르다는 거예요."

"그렇다면 교회가 맹세를 어기라고 설득해서는 안 되겠군." 필립이 마지못해 시인했다.

"토머스가 그처럼 평화의 키스를 고집하는 이유가 뭐죠?" 프랜시스가 성난 어조로 물었다.

"토머스 대주교께서 헨리 왕을 믿지 못하기 때문이야. 헨리 왕이 이 협정을 취소하지 못하게 할 방법이 있을까? 그러니 대주교께서 달리 어떻게 할 수 있겠니? 또다시 망명하라고? 그분의 지지자들은 지금까지는 잘 버텨왔지만 지쳐 있어. 대주교께서는 이 모든 일을 처음부터 다시 시작할 수 없는 거야. 그래서 이 문제를 양보하기 전에 철석같은 보증이 필요한 거지."

프랜시스는 슬프다는 듯이 고개를 저었다. "그러면 이제는 자존심 문제가 되겠군요. 내가 알기론 헨리 왕께서는 토머스 대주교를 기만할 의사가 전혀 없어요. 하지만 그분은 강요당하고 싶지는 않을 거예요. 왕께서는 강요당한다는 느낌을 싫어하거든요."

"내 생각엔 토머스 대주교께서도 마찬가지일 것 같구나. 일단 그런 징표를 요구한 이상 그분도 물러설 수는 없을 거야." 필립은 지쳤다는 듯 고개를 저었다. 어쩌면 프랜시스가 그들 두 사람을 합의에 이르게 할 방법을 제안할 수 있을지 모른다고 생각했는데 불가능한 것 같았다.

"이 문제 전체를 봤을 때 얄궂은 건, 두 사람이 화해한 다음에야 헨리 왕도 토머스 대주교에게 기쁜 마음으로 평화의 키스를 할 거라는 데 있어요. 헨리 왕께서는 평화의 키스를 전제조건으로 받아들이지 않고 있을 뿐이라고요."

"왕이 그렇게 말했단 말이냐?"

"네."

"그렇다면 상황은 완전히 달라지는 거야!" 필립이 흥분했다. "정확히 왕이 뭐라고 말했지?"

"그분은 이렇게 말했어요. '그가 돌아온 다음이라면 난 그의 입에든 발에든 키스를 하겠다. 그가 집전하는 미사라도 기꺼이 참석하겠어' 라고요. 내 귀로 직접 들은 말이에요."

"토머스 대주교께 가서 그 말을 전해야겠구나."

"대주교가 그런 방식을 수락할 거라고 보세요?" 프랜시스가 열띤 목소리로 물었다.

“그건 나도 모르겠구나.” 필립으로서는 감히 바랄 수조차 없는 일이었다. “내가 보기엔 약간의 양보에 불과한 것 같구나. 대주교가 키스를 받는다. 다만 원하는 시간보다 약간 늦게.”

“헨리 왕에게도 마찬가지로 약간의 양보에 불과해요.” 프랜시스도 흥분하기 시작한 듯했다. “왕께서는 강제가 아니라 자발적으로 키스하는 거죠. 제발 일이 성사되었으면 좋겠군요.”

“두 사람은 캔터베리에서 화해할 수도 있어. 그리고 어느 쪽도 최후의 순간에 번복하는 일이 없도록 협정 전체가 사전에 공표될 수도 있겠지. 바로 그 대성당에서 토머스 대주교께서는 미사를 올리고, 헨리 왕은 그에게 키스를 하는 거야.” 그런 다음 대주교께서는 웨일런의 사악한 계략을 막게 되겠지, 필립은 생각했다.

“왕에게 가서 이 제안을 말씀드려보겠어요.”

“그리고 나는 토머스 대주교께 그렇게 하마.”

수도원의 종이 울렸다. 형제는 자리에서 일어났다.

“잘 설득해보렴. 이 일이 성공하면 토머스 대주교께서는 캔터베리로 돌아갈 수 있어. 그리고 토머스가 돌아가면 웨일런 바이가드는 끝장이지.”

두 사람은 노르망디와 프랑스 왕국 경계에 있는 프레테발과 비비 르레예 시 근교의 어느 강둑에 면해 있는 아담한 초원에서 만났다. 토머스가 상스의 윌리엄 대주교와 함께 도착했을 때 헨리 왕은 벌써 수행원을 거느리고 그곳에 와 있었다. 토머스 일행 사이에 있던 필립은 들 건너편에 왕과 함께 있는 동생 프랜시스를 발견했다.

헨리와 토머스는 이미 합의에 이르렀지만, 그것은 이론상의 합의였다.

두 사람은 타협안을 수락했다. 그것에 의하면 평화의 키스는 베켓이 잉글랜드로 돌아와 화해의 미사를 집전할 때 거행될 예정이었다. 하지만 그 타협은 두 사람이 만나기 전에는 성립된 것이 아니었다.

토머스가 수행원을 뒤에 남겨둔 채 말을 타고 초원 한복판으로 나가자, 헨리도 그대로 했다. 그동안 모든 사람들은 숨을 죽인 채 그들을 지켜보았다.

두 사람은 몇 시간 동안 대화를 나누었다.

오가는 대화는 아무도 들을 수 없었지만, 모두 짐작할 수 있는 내용이었다. 그들은 교회에 대한 헨리의 공격과, 잉글랜드 주교들이 토머스에게 복종하지 않고 있다는 것, 논란의 여지가 많은 클라렌던 헌법*, 토머스의 망명, 교황의 역할 등등에 관해 이야기를 나누었다. 처음에 필립은 그들이 격하게 싸우고 이전보다 더 적대감을 품은 채 헤어질지도 모른다는 생각에 두려웠다. 두 사람은 전에도 거의 합의에 이르러 이런 식으로 만난 적이 있었다. 그러나 둘 중 한 사람 혹은 두 사람 모두의 자존심을 건드리는 어떤 논점에 이르자 거친 말이 오갔고, 서로 상대방이 비타협적으로 나왔다고 비난하면서 모질게 돌아섰다. 하지만 대화 시간이 점점 길어지자 필립은 조금씩 낙관적인 생각을 품게 되었다. 만약 어느 한 사람이라도 화를 내며 돌아설 마음의 준비를 하고 있었다면 벌써 그러고도 남았을 터였다.

뜨거운 여름날 오후는 점차 서늘해졌고, 느릅나무 그림자가 강 건너로 길게 늘어졌다. 실로 참기 어려운 긴장감이었다.

그때 마침내 무슨 일인가가 벌어졌다. 토머스가 몸을 움직였다.

---

* 헨리 2세가 제정한 헌법으로, 교회 차원의 사건에 대하여 로마 교황 측에 호소하는 권리를 제한하고, 파문의 위력을 감소시키고, 성직자들을 시민법정에 복종하도록 하고, 주교의 선출을 왕의 지배 아래 둔다는 조항이 주가 되었다. 이에 반발한 토머스 베켓 캔터베리 대주교는 공개적으로 헨리 2세와의 관계를 끊었다.

말을 타고 그 자리를 떠나려는 것인가? 아니었다. 토머스는 말에서 내렸다. 저것은 무슨 뜻일까? 필립은 숨을 죽이고 그 장면을 지켜보았다. 토머스는 말에서 내리더니 헨리에게 다가가 왕의 발치에 무릎을 꿇었다.

왕은 말에서 내려 토머스를 포옹했다.

양측 수행원들은 환호성을 지르며 모자를 공중으로 집어던졌다.

필립은 눈물이 차오르는 것을 느꼈다. 대립은 해소되었다. 그것도 이성과 선의로써. 응당 그래야 할 일이었다.

아마도 이 일은 미래에 대한 전조일 것이다.

2

크리스마스였다. 왕은 분노에 사로잡혀 있었다.

윌리엄 햄리는 겁에 질렸다. 그는 헨리 왕과 성질이 같은 사람을 딱 한 사람 알고 있었다. 바로 그의 어머니였다. 헨리는 어머니만큼이나 무서운 사람이었다. 그는 널찍한 어깨와 두툼한 가슴, 큼직한 머리 때문에 평소에도 위협적으로 보였다. 그런데 분노에 사로잡히면 그의 푸른 눈은 벌게지고 주근깨가 난 얼굴은 붉게 상기되고 평소의 침착지 못한 거동은 사로잡힌 곰처럼 사납게 바뀌었다.

그들은 노르망디 해안 가까이에 위치한 어느 사냥터 안에 있는 헨리의 사냥막인 뷔르 르 루아에 있었다. 헨리는 마땅히 행복해야 했다. 그는 이 세상 무엇보다 사냥을 좋아했고, 이곳은 그가 좋아하는 사냥터 중 하나였다. 그러나 그는 격노해 있었다. 캔터베리의 토머스 대주교 때문이었다.

"토머스, 토머스, 토머스! 성가신 성직자들 입에서 나오는 소리가 그 이름밖에 없다니! 토머스가 이런 일을 하고 있다…… 토머스가 저런 일을 하고 있다…… 토머스가 누구를 모욕했다…… 토머스가 누구에게 부당한 일을 했다. 아주 토머스 때문에 미치겠어."

윌리엄은 아무도 모르게 큰 홀의 크리스마스 정찬 식탁에 둘러앉은 백작들과 주교들 그리고 다른 고관대작들을 훑어보았다. 대부분은 불안한 표정이었다. 오직 한 사람만이 흡족한 표정을 짓고 있었는데, 그는 웨일런 바이가드였다.

웨일런은 헨리가 얼마 안 가 또다시 토머스와 싸울 거라고 예언했다. 그의 말에 따르면, 토머스는 지나치게 결정적인 승리를 거두었다. 교황의 평화안은 왕에게 너무 많은 것을 양보하도록 강요한 것이라, 토머스가 왕의 약속 이행을 요구한다면 충돌은 불가피하리라는 것이었다. 하지만 웨일런은 가만히 물러앉아 그 일이 벌어질 때까지 기다리고 있지만은 않았다. 그는 자신의 예언이 실현되도록 열심히 공작을 벌였다. 그는 윌리엄의 도움으로 잉글랜드로 돌아온 이래 토머스가 벌이는 일에 왕이 불만을 품도록 만들었다. 즉 토머스가 기사들로 구성된 군대를 거느린 채 말을 타고 지방을 순시하고 다니고, 자신의 옛 친구들을 찾아다니면서 위험한 계략들을 꾸미고, 망명 동안 왕을 지지한 성직자들을 처벌하고 있다는 등의 말을 흘린 것이었다. 웨일런은 이러한 보고들이 왕의 귀에 들어가기 전에 윤색을 가하면서도, 그가 하는 모든 말에 어느 정도 진실이 들어 있도록 했다. 기실 그는 이미 활활 타오르고 있는 불에 기름을 끼얹은 셈이었다. 육 년간의 분쟁 동안 토머스를 저버린 사람들은 이제 보복의 두려움 때문에 왕 앞에서 토머스 헐뜯기에 혈안이 되어 있었다.

웨일런은 격노한 헨리 왕을 보면서 행복한 표정을 지었다. 그것은 지극히 당연했다. 그는 토머스의 귀환으로 이루 말할 수 없을 만큼 고통을 감수해야 했다. 대주교는 웨일런을 링컨의 주교로 지명한 것을 승인해 주지 않았다. 게다가 킹스브리지의 주교로 내세운 지명자가 바로 필립 수도원장이었다. 만일 토머스가 마음대로 할 경우, 웨일런은 킹스브리지를 잃을 뿐 아니라 링컨을 얻지도 못할 터였다. 결국 파멸하고 말 것이다.

윌리엄의 입장도 고통스럽기는 마찬가지였다. 앨리에너가 백작 행세를 하고 웨일런이 사라지고 필립이 주교가 된 상황에, 거기에 두말할 필요도 없이 조너선이 킹스브리지의 수도원장이 된다면, 윌리엄은 그 지방에 단 한 사람의 동맹자도 없이 고립되고 말 터였다. 바로 그 때문에 그는 웨일런과 손잡고 그렇지 않아도 위태로운 헨리 왕과 토머스 대주교의 관계를 서서히 허물어뜨리는 데 협력했다.

어느 한 사람도 식탁에 놓인 백조와 거위, 공작, 오리 고기를 마음껏 먹지 못했다. 여느 때라면 먹고 마시는 데 열중했을 윌리엄도 빵을 깨작깨작 뜯어먹으며 얹힐 듯한 배 속을 가라앉히기 위해 우유와 맥주, 달걀, 육두구를 넣은 우유 술을 홀짝대고 있었다.

지금 헨리가 격분하는 까닭은 토머스가 알렉산데르 교황이 있는 투르로 대표단을 파견해 왕이 평화조약을 이행하지 않는다며 불평했다는 소식을 접했기 때문이었다. 나이 지긋한 왕의 고문인 앙쥐제 드 보엉이 말했다. "전하께서 토머스를 처형하시기 전까진 평화는 없을 겁니다."

윌리엄은 깜짝 놀랐다.

헨리가 고함을 쳤다. "맞는 말이야!"

헨리가 그 말을 진지한 제안이라기보다는 비관의 표현으로 받아들였다는 걸 윌리엄은 명확히 알고 있었다. 그렇지만 앙쥐제가 그 말을 그저 가볍게 고한 것만은 아닌 듯했다.

그때 윌리엄 말부아쟁이 느릿느릿 말했다. "예루살렘에서 돌아오는 길에 로마에 들렀을 때, 저는 어떤 교황이 지나치게 오만하게 행동한 죄로 처형당한 적이 있다는 말을 들었지요. 하지만 지금 그 교황이 누구였는지는 생각나지 않는군요."

그러자 요크의 대주교가 말했다. "토머스를 다루려면 그것 말고는 다른 방법이 없는 것 같습니다. 살아 있는 한 국내에서든 국외에서든 폭동을 선동하고 다닐 겁니다."

윌리엄은 그 세 가지 의견이 관현악처럼 하나의 음악을 연주하는 것처럼 느껴졌다. 그는 웨일런을 바라보았다. 바로 그 순간 웨일런이 입을 열었다. "토머스에게 예의범절을 차리라고 하는 것은 분명 무의미한 일일 것입니다……"

"그대들 모두 입 닥치시오!" 왕이 고함을 쳤다. "그만하면 충분해! 그대들은 모두 불평밖에는 할 줄 몰라. 대체 언제쯤 엉덩이를 들고 무슨 일이든 하게 될까?" 왕은 술잔의 술을 단숨에 마셔버렸다. "맛대가리라고는 없는 맥주로군!" 왕이 사납게 소리치고 의자를 뒤로 밀치자 모두 황급히 자리에서 일어났다. 왕은 그대로 일어서서 사나운 걸음걸이로 방을 나갔다.

모두가 불안한 침묵에 잠겨 있을 때 웨일런이 말했다. "여러분, 이 이상 분명한 메시지는 없을 것이오. 우리는 이제 자리에 앉아만 있을 게 아니라 토머스를 처리해야 할 겁니다."

에식스의 백작 윌리엄 맨더빌이 말했다. "내 생각엔 우리 중에서 대표자를 뽑아 토머스에게 보내 그가 올바로 처신하도록 하는 게 좋을 것 같소."

"그런데 토머스가 이치대로 따르기를 거부한다면?" 웨일런이 물었다.

"그러면 국왕의 이름으로 그를 체포해야겠지요."

그러자 몇 사람이 한꺼번에 말하기 시작했다. 그곳에 모인 사람들은 작은 무리로 나뉘었다. 에식스 백작을 중심으로 둘러선 무리는 대표를 캔터베리로 파견할 계획을 짜기 시작했다. 웨일런이 두세 사람의 젊은 기사들과 이야기하고 있는 윌리엄을 보았다. 웨일런은 그와 눈이 마주치자 손짓으로 그를 불렀다.

웨일런이 말했다. "윌리엄 맨더빌의 대표 파견은 아무런 소용도 없을 것이오. 토머스는 한 손을 뒷짐지고도 간단히 그들을 처리할 테니까."

레저널드 피처스는 윌리엄을 냉정한 시선으로 바라보더니 말했다. "우리 중 몇몇은 좀더 준엄한 조처를 취할 때가 왔다고 생각하고 있소."

"그게 무슨 말이오?" 윌리엄이 물었다.

"당신도 앙쥐제가 한 말을 들었잖소."

그러자 열여덟 살쯤 된 리처드 르 브레가 불쑥 말했다. "처형이지요."

그 말을 듣자 윌리엄은 소름이 끼쳤다. 그렇다면 정말이었군. 그는 웨일런을 보았다. "국왕의 재가를 청하실 생각이오?"

레저널드가 대답했다. "그건 불가능한 일이오. 국왕께서 이런 일을 사전에 재가하실 리가 없소." 그는 악의에 찬 미소를 지었다. "하지만 사후라면 충성스러운 신하에게 보상을 하실 것이오."

리처드라는 젊은이가 말했다. "그런데 윌리엄, 당신도 우리 일에 가담하겠습니까?"

"난 모르겠는걸." 그는 흥분과 두려움을 동시에 느꼈다. "좀 생각해 봐야겠소."

"생각할 시간이 없습니다. 지금 당장 가야 할 겁니다. 우리는 윌리엄 맨더빌보다 먼저 캔터베리에 도착해야 합니다. 그렇지 않으면 그들 무리 때문에 방해가 될 테니까요."

이번에는 웨일런이 말했다. "이들은 자기들을 인솔해주고 작전을 짤 노련한 인물을 원하고 있소."

윌리엄도 동의하고 싶어 애가 탈 지경이었다. 이것으로 그의 모든 문제가 해결될 뿐 아니라, 어쩌면 국왕이 그에게 백작 작위를 하사할 수도 있었다. "하지만 대주교를 살해한다는 건 엄청난 죄요!"

"그 문제라면 걱정할 게 없소. 내가 당신을 사면해줄 테니." 웨일런이 대답했다.

암살자 무리가 잉글랜드를 향해 가고 있을 때, 그들이 저지르려는 만행은 암운처럼 윌리엄의 마음속에 무겁게 매달려 있었다. 그는 다른 것은 아무것도 생각할 수 없었을뿐더러 먹지도 자지도 못했고, 당황한 사람처럼 행동하고 두서없이 말했다. 배가 도버에 닿을 무렵에는 당장이라도 포기하고 싶은 심정이었다.

그들은 크리스마스로부터 사흘째 되는 월요일 저녁, 켄트에 있는 솔트우드 성에 도착했다. 성은 캔터베리 대주교의 소유였지만, 대주교가 망명해 있는 동안 라눌프 드 브로크가 차지했다가 반환하지 않고 있었다. 사실 토머스가 교황에게 전한 불평 가운데는 헨리 왕이 이 성을 반환해주지 않고 있다는 것도 들어 있었다.

라눌프는 윌리엄에게 새로운 용기를 불어넣어주었다.

라눌프는 대주교가 없는 동안 켄트 지방을 약탈하면서 오래전 윌리엄이 그랬듯 권위자가 없는 동안의 자유로움을 맛보았기 때문에, 자기 마음대로 할 수 있는 자유를 다시 손에 넣기 위해서는 무슨 일이든 할 태세였다. 그는 암살 계획에 열광하면서 참여 제안을 기꺼이 받아들이고 그 즉시 기쁜 마음으로 세부 계획을 의논하기 시작했다. 그의 적극적인 태도에 윌리엄의 상상에 드리워져 있던 미신적인 공포의 안개가 걷혔다. 윌리엄은 다시 백작이 되어 자기에게 명령할 사람이 아무도 없다는 게 어떤 기분인지 머릿속에 그려보기 시작했다.

그들은 작전을 짜면서 거의 뜬눈으로 그날 밤을 지새웠다. 라눌프는 칼로 탁자 위를 긁어 대성당 경내와 대주교 관저의 평면도를 그렸다. 특이하게도 수도원 건물들은 성당의 북쪽에 있었다. 대개는 킹스브리지처럼 남쪽에 자리잡게 마련이었다. 대주교 관저는 성당의 북서쪽 모퉁이에 인접해 있었다. 그곳으로 들어가려면 취사장 안뜰을 거쳐야 했다. 계획을 짜고 있는 동안 라눌프는 말 탄 심부름꾼을 도버와 로체스터, 블레칭리에 있는 자신의 요새에 보내, 기사들에게 다음 날 아침 캔터베리로 가는 도중에 자기와 만나도록 하라고 명했다. 새벽 무렵 공모자들은 잠자리에 들어 한두 시간 정도 눈을 붙였다.

오랜 여행을 하고 난 뒤라 윌리엄은 두 다리가 불에 덴 듯 화끈거렸다. 그는 이것이 자신이 수행하는 마지막 군사 작전이기를 바랐다. 그의 계산이 맞다면 자신은 곧 쉰다섯 살이 될 것이므로, 그런 일을 하기엔 너무 늙은 셈이었다.

피로와 라눌프의 격려에도 불구하고 그는 여전히 잠을 이룰 수 없었다. 대주교를 죽인다는 것은, 아무리 죄를 미리 사면받았다 하더라도 생각만으로도 끔찍한 일이었다. 그는 잠에 빠지면 악몽을 꾸게 될까 두려웠다.

그들은 썩 그럴듯한 공격 계획을 세워놓았다. 물론 잘못될 수도 있었다. 언제든 잘못될 여지는 있었다. 중요한 것은 뜻밖의 사태에 대처할 유연성이었다. 하지만 무슨 일이 일어나든 직업 전사들이 몇 안 되는 유약한 수사들을 압도하는 건 그다지 어렵지 않을 것이다.

잿빛 겨울아침의 흐릿한 빛이 화살창을 통해 방 안으로 새어들어왔다. 얼마 후 윌리엄은 자리에서 일어났다. 기도를 하려고 해보았지만 할 수가 없었다.

나머지 사람들도 일찍 일어났다. 그들은 홀에서 함께 아침식사를 했다. 윌리엄과 라눌프는 물론, 윌리엄이 공격 팀 인솔자로 삼은 레저널드 피처스와 가장 어린 리처드 르 브레, 가장 나이가 많은 윌리엄 트레이시, 그리고 서열이 가장 높은 휴 모빌도 있었다.

그들은 갑옷을 입고 라눌프의 말을 타고 출발했다. 몹시 추운 날이었고, 하늘에는 금방이라도 눈이 올 것처럼 잿빛 구름이 낮게 깔려 있어 어둠침침했다. 그들은 스톤스트리트라고 불리는 오래된 도로를 따라갔다. 두 시간 반 정도 지나 몇 명의 기사들이 합류했다.

주요 합류 장소는 시 외곽에 있는 성 아우구스티누스 대수도원이었다. 그곳 대수도원장은 토머스의 숙적이라고 라눌프는 장담했지만, 그래도 윌리엄은 그 대수도원장에게는 그들이 토머스를 죽이기 위해서가 아니라 체포하기 위해 온 거라고 말하기로 했다. 이는 그들이 최후의 순간까지 취할 거짓 구실이었다. 그렇게 함으로써 윌리엄 자신과 라눌프, 그리고 프랑스에서 함께 건너온 네 명의 기사 외에는 아무도 이 작전의 진정한 목적을 알 수 없을 것이다.

그들 일행은 정오에 대수도원에 닿았다. 라눌프가 소집한 부하들은 그곳에서 대기하고 있었다. 대수도원장은 그들에게 점심식사를 대접했다. 그가 내온 포도주는 아주 맛있어서, 모두 잔뜩 마셔댔다. 라눌프는 병사들에게 대성당 경내를 포위하고 한 사람도 달아나지 못하도록 하라는 작전을 일러주었다.

객사의 난롯가에 서 있는데도 윌리엄은 쉬지 않고 몸을 떨었다. 간단한 작전이었지만, 실패할 경우 받을 처벌은 필시 죽음일 터였다. 왕은 토머스를 죽인 다음에는 살인자를 옹호할 방도를 찾아줄 테지만, 미수에 그치고 만 살인자를 지지하지는 않을 것이다. 왕은 그 일을 전혀 몰랐다고 부인할 것이고, 범인들은 교수형에 처해질 것이다. 윌리엄은 셔링의 셰리프 자격으로 수많은 사람들에게 교수형을 집행했지만, 자신의 몸이 올가미에 대롱대롱 매달린다는 건 생각만 해도 소름이 끼쳤다.

그는 이 일이 성공할 경우 보상으로 받을 백작 작위로 생각을 돌렸다. 이 나이에 이르러 다시 한번 존경과 경의를 받고 사람들을 두말없이 복종시킬 수 있는 백작이 된다는 건 멋진 일이었다. 어쩌면 앨리에너의 동생 리처드가 성지에서 죽게 되어 헨리 왕에게서 옛날 자신의 영지를 다시 하사받을지도 몰랐다. 그 생각이 난롯불보다 더 따뜻하게 몸을 덥혀주었다.

대수도원에서 나올 때쯤 그들은 이미 소규모 군대가 되어 있었다. 그럼에도 불구하고 아무 말썽 없이 캔터베리에 입성할 수 있었다. 라눌프는 한때 이 지역을 육 년이나 다스렸으므로 아직까지 그의 권위는 사라지지 않고 남아 있었다. 그는 여전히 토머스보다 더 강력한 지배력을 행사했는데, 바로 그 때문에 토머스는 교황에게 그처럼 심하게 불평한 것이었다. 일단 안에 들어서자마자 병사들은 대성당 경내로 흩어져 모든 출구를 차단했다.

작전은 개시되었다. 이 순간이 되기 직전까지는 모든 일을 취소해도 전혀 해될 일이 없었다. 하지만 이제는 목숨을 걸어야 한다고 윌리엄은 공포에 떨면서 생각했다.

그는 몇 명의 기사와 병사들과 함께 라눌프에게 봉쇄 책임을 맡겼다. 그리고 대성당 경내로 들어가는 정문 맞은편 어느 가옥에 대부분의 기사들을 배치해두었다. 그런 다음 나머지 일행을 데리고 정문으로 들어갔다. 레저널드 피처스를 비롯한 세 명의 공모자들은 무장 침입자가 아니라 볼일이 있어 찾아온 방문객들인 양 말을 타고 취사장 안뜰로 들어섰다. 그러나 윌리엄은 객사 안으로 달려들어가 칼끝으로 문지기를 꼼짝 못하게 했다.

공격이 진행되고 있었다.

윌리엄은 조마조마한 심정으로 병사 하나를 시켜 문지기를 묶어놓게 한 다음, 나머지 병사들을 객사 안으로 불러들여 정문을 폐쇄하도록 지시했다. 이제 한 사람도 들어오거나 나갈 수 없었다. 그는 수도원을 무력으로 장악한 것이다.

윌리엄은 네 명의 공모자를 따라 취사장 안뜰로 들어갔다. 안뜰 북쪽에 마구간이 있었지만, 그들 네 사람은 마당 가운데 있는 뽕나무에 말을 매어두었다. 그들은 검대와 투구를 벗었다. 적어도 잠시 동안은 평화로운 방문객 행세를 해야 했다.

윌리엄은 그들에게 다가가 무기를 나무 아래 내려놓았다. 레저널드가 무언가를 묻는 눈빛으로 그를 보았다. "모두 잘됐소." 윌리엄이 말했다. "이곳은 고립되었소."

그들은 안뜰을 가로질러 관저로 다가가 현관으로 들어섰다. 윌리엄은 리처드라는 그 지방 기사를 지목해 현관에 남아 경비를 서도록 했다. 나머지 사람들은 큰 홀로 들어갔다.

관저의 하인들은 앉아서 저녁식사중이었다. 토머스와 토머스 측근 사제 및 수사들이 이미 식사를 끝냈다는 의미였다. 하인 한 사람이 자리에서 일어났다. 레저널드가 말했다. "우리는 국왕의 신하다."

그러자 방 안이 조용해졌다. 방금 일어선 하인이 말했다. "어서 오십시오, 나리. 저는 이 홀의 집사 윌리엄 피츠닐이라고 합니다. 식사를 하시겠는지요?"

주인이 왕과 사이가 나쁘다는 사실을 염두에 두고 있어서인지 아주 상냥한 태도를 취하고 있군, 윌리엄은 생각했다. 그자는 매수가 가능할 듯했다.

"아니, 괜찮네." 레저널드가 대답했다.

"그럼 여독을 푸실 겸 포도주를 한잔 드릴까요?"

"우리는 당신 주인에게 전할 국왕 전하의 전갈을 갖고 왔다." 레저널드가 초조한 듯 말했다. "그러니 지금 당장 우리가 왔다고 알리도록 하라."

"알았습니다." 집사는 절을 했다. 그들이 무장하고 있지 않았으므로 거절할 이유가 없었던 것이다. 그는 식탁을 떠나 홀의 맞은편 끝으로 걸어갔다.

윌리엄과 네 기사도 그 뒤를 따랐다. 하인들은 말없이 눈으로 그들을 좇았다. 윌리엄은 전투 직전이면 늘 그렇듯 몸을 떨고 있었다. 그는 어서 전투가 벌어지기만 바랐는데, 그러면 더는 몸이 떨리지 않으리라는 걸 알기 때문이었다.

그들 모두는 층계를 올라 위층으로 향했다.

그들은 벽 쪽으로 긴 의자가 놓인 널찍한 대기실로 들어섰다. 한쪽 벽의 중앙에는 커다란 대주교좌가 있었다. 검은 옷을 입은 사제 몇 명과 수사들이 긴 의자에 앉아 있었지만, 대주교좌는 비어 있었다.

집사는 방을 가로질러 열린 문 쪽으로 다가갔다. "대주교 예하, 국왕의 사절들이 왔습니다." 집사가 큰 소리로 말했다.

대답하는 소리는 들리지 않았지만, 집사가 그들에게 손짓을 하는 것으로 보아 대주교가 고개를 끄덕인 모양이었다.

수사와 사제들은 기사들이 대기실을 가로질러 행진이라도 하듯 내실로 걸어가자 눈을 둥그렇게 뜨고 그들을 바라보았다.

토머스 베켓은 대주교 복장으로 침대 모서리에 걸터앉아 있었다. 방 안에는 한 사람이 더 있었는데, 토머스의 발치에 앉아 이야기를 듣고 있던 수사였다. 수사와 눈이 마주치자 윌리엄은 그가 킹스브리지의 수도원장 필립임을 알고 소스라쳤다. 저자가 여기서 뭘 하고 있는 거지? 환심을 사려는 게 분명했다. 필립은 킹스브리지의 주교로 선출되었지만, 아직 승인을 받지 못하고 있었다. 이제 승인받을 기회는 없을걸, 윌리엄은 잔인한 미소를 지으며 생각했다.

필립 역시 윌리엄을 보고 깜짝 놀랐다. 하지만 토머스는 기사들을 못 본 체하고 말을 계속했다. 계산된 무례함이군, 윌리엄은 생각했다. 기사들은 침대 주위에 있는 등받이가 없는 야트막한 의자와 긴 의자에 앉았다. 윌리엄은 기사들이 앉지 않기를 바랐는데, 그렇게 하면 사교적인 방문처럼 보일 것이기 때문이었다. 그리고 자리에 앉으면 어느 정도 기동성도 잃게 됐다. 아마도 이것은 토머스가 의도한 바일 터였다.

이윽고 토머스가 그들 쪽으로 시선을 돌렸다. 그는 그들을 맞이하기 위해 자리에서 일어나지도 않았다. 토머스는 윌리엄을 제외한 나머지 사람들은 모두 알고 있었는데, 그의 눈길은 그들 중에서 서열이 가장 높은 휴 모빌에게서 멈췄다. "아, 휴로군."

윌리엄이 작전의 이 부분을 레저널드에게 맡겼으므로, 대주교의 말에 대답한 사람은 휴가 아니라 레저널드였다. "우리는 국왕이 계신 노르망디에서 왔습니다. 전하의 전갈을 이 자리에서 듣겠습니까, 아니면 혼자서 듣겠습니까?"

토머스는 마치 대표단 중 지위가 낮은 자와 상대하는 것에 화가 난 듯 초조한 눈길로 레저널드와 휴를 번갈아 보았다. 이윽고 토머스는 한숨을 내쉰 다음 말했다. "잠깐 나가 계시오, 필립."

필립은 일어서서 걱정스러운 표정으로 기사들 곁을 지나쳤다.

"하지만 문을 닫지는 마시오." 토머스가 필립에게 큰 소리로 말했다.

필립이 밖으로 나가자 레저널드가 말했다. "윈체스터로 가 당신에 대한 고발에 답변할 것을 국왕의 이름으로 요구하는 바입니다."

윌리엄은 토머스의 얼굴이 창백해지는 것을 보고 만족했다. "결국 이렇게 되고 말았군." 대주교가 나지막한 음성으로 말했다. 토머스는 고개를 들었다. 집사가 문 앞을 왔다갔다하고 있었다. "사람들을 모두 들어오라고 하시오." 토머스가 집사에게 지시했다. "모두에게 이 소식을 들려주고 싶으니까."

수사와 사제들이 줄지어 들어섰고, 그중에는 필립 원장도 있었다. 몇몇은 의자에 앉고 다른 사람들은 벽 주위에 섰다. 윌리엄은 반대하지 않았다. 오히려 그 자리에 사람이 많을수록 좋았는데, 그들이 토머스가 왕명에 따르기를 거부하는 것을 목격함으로써 자신들이 무장도 하지 않고 대주교를 만난 목적이 입증될 것이기 때문이었다.

사람들이 모두 자리를 잡고 나자 토머스는 레저널드를 쳐다보았다. "다시 한번 말해주겠소?"

"윈체스터로 가서 당신에 대한 고발에 답변할 것을 국왕의 이름으로 요구하는 바입니다." 레저널드는 되풀이해 말했다.

"무슨 고발이오?" 토머스가 나직한 음성으로 물었다.

"반역죄요!"

토머스는 고개를 저었다. "난 헨리에게 기소당할 일이 없소." 그가 침착하게 말했다. "난 아무 죄도 저지르지 않았소. 그건 주님께서도 아는 일이오."

"당신은 왕의 신하를 파문했소."

"파문을 한 사람은 내가 아니라 교황님이오."

"당신은 다른 주교들을 면직시켰소."

"난 그들에게 관대한 처분을 내려 복직하기를 권했소. 그런데 그들이 거부한 것이오. 내 제안은 아직도 유효하오."

"당신은 국왕의 아드님의 대관식을 헐뜯음으로써 왕위 계승을 위협했소."

"난 그런 일을 한 적이 없소. 요크의 대주교에게는 대관식을 집전할 권한이 없소. 그리고 교황께서도 그의 철면피한 행위를 비난하셨소. 하지만 그 대관식이 무효라고 주장한 사람은 아무도 없었소."

레저널드가 격분해서 말했다. "빌어먹을, 그게 그거란 말이오."

"그만하시오!"

"우리도 당신이라면 지긋지긋하오, 토머스 베켓!" 레저널드가 고함을 질렀다. "정말 당신이라면 지긋지긋하오. 당신의 그 거만한 태도와 말썽과 반역 행위 모두가 지긋지긋하단 말이오!"

토머스가 일어섰다. "대주교의 성들을 왕의 부하들이 차지하고 있소!" 그가 소리쳤다. "대주교가 받을 소작료도 왕이 거둬가버렸소. 대주교는 캔터베리 시를 떠나서는 안 된다는 명령도 받았소. 그런데 이제 그런 당신들이 오히려 지긋지긋하다는 거요?"

사제들 가운데 하나가 중재를 하고자 토머스에게 말했다. "예하, 이 문제는 사적으로 의논하도록 하시는 게—"

"어째서 그래야 한단 말이오?" 토머스가 잘라 말했다. "그자들은 내가 해서도 안 되고, 하지도 않을 일들만 요구하고 있잖소."

윌리엄은 고함 소리에 관저에 있는 사람들이 모두 몰려와, 놀란 눈을 한 사람들로 내실 문간이 붐비고 있는 것을 보았다. 이만하면 말다툼은 충분히 끌었다. 이제는 아무도 토머스가 왕명을 거부했음을 부인할 수 없으리라. 윌리엄은 레저널드에게 신호를 보냈다. 은밀한 몸짓이었음에도 불구하고 필립 수도원장은 그것을 보았고, 이 무리의 지도자가 레저널드가 아니라 윌리엄임을 깨닫고 놀라서 눈썹을 치켜세웠다.

레저널드가 건성으로 말했다. "토머스 대주교, 이제 당신은 국왕의 평화와 보호 아래 있지 않을 것이오." 그리고 몸을 돌려 구경꾼들에게 말했다. "이 방에서 나가시오."

아무도 움직이지 않았다.

레저널드는 다시 말했다. "당신들에게 국왕의 이름으로 명하겠소. 대주교가 달아나지 못하도록 지키시오."

물론 그들은 그렇게 하지 않을 것이다. 윌리엄도 그러지 않기를 원했다. 정반대로 그는 토머스가 달아나기를 바랐는데, 그러면 그를 죽이기가 한결 쉬워질 것이기 때문이었다.

레저널드는 대주교의 경호 역할을 맡고 있음직한 집사 윌리엄 피츠닐 쪽으로 돌아섰다. "너를 체포하겠다." 그는 집사의 팔을 잡고 그를 방 밖으로 끌어냈다. 집사는 저항하지 않았다. 윌리엄과 다른 기사들도 그들을 뒤따라 방에서 나왔다.

그들은 층계를 달려내려와 홀을 지났다. 지방 기사 리처드는 여전히 현관을 지키고 있었다. 윌리엄은 집사를 어떻게 처리해야 할지 알 수 없었다. 그는 집사에게 물었다. "자네는 우리 편을 들겠는가?"

피츠닐은 겁에 질려 있었다. "예, 나리들께선 국왕의 신하가 아니십니까!"

저 사람은 너무 겁에 질려 있어서 어느 쪽을 편들든 위험할 건 없을 거다, 윌리엄은 생각을 굳혔다. 그가 리처드에게 말했다. "이자를 감시해라. 그리고 한 놈도 이 건물에서 나오지 못하게 해라. 현관문을 닫아버려."

윌리엄은 다른 사람들과 함께 안뜰을 가로질러 뽕나무로 다가갔다. 그들은 재빨리 투구를 쓰고 검대를 찼다. 이제 그 일을 하는 거다, 윌리엄은 두려운 심정으로 생각했다. 우리는 다시 돌아가 캔터베리의 대주교를 죽이는 거다, 이런 맙소사. 투구를 쓰고 목과 어깨를 보호하기 위해 쇠사슬 갑옷 옆구리에 있는 끈을 매는 데는 시간이 꽤 걸렸다. 그는 자신의 재빠르지 못한 손가락을 저주했다. 지금은 그 어떤 일로도 꾸물거릴 시간이 없었다. 그는 입을 벌린 채 자기를 보고 있는 소년을 향해 소리쳤다. "이봐! 네 이름이 뭐냐!"

소년은 윌리엄에게 대답할지, 그대로 달아날지 확신이 서지 않는 듯 취사장 쪽을 돌아보았다. "로버트라고 합니다, 나리." 그러더니 잠시 후 다시 말했다. "사람들은 저를 파이프 로버트라고 부르지요."

"이리 와, 파이프 로버트. 이것 좀 도와줘."

소년은 다시 한번 망설였다.

윌리엄은 더 참을 수가 없었다. "이리 와라. 그러지 않으면 예수님의 피에 맹세코 이 칼로 네 손목을 잘라버릴 테니!" 그러자 소년은 마지못해 앞으로 다가왔다. 윌리엄은 쇠사슬 갑옷을 매는 법을 보여준 다음, 자신은 투구를 썼다. 마침내 갑옷을 매자 파이프 로버트는 달아나버렸다. 저 녀석은 아마 이 일을 제 손자들한테까지 얘기하겠지. 그런 생각이 윌리엄의 머릿속을 스쳐갔다.

투구에는 구멍이 나 있었고, 끈으로 고정시킬 수 있는 입마개가 달려 있었다. 다른 사람들은 입마개를 닫아 완전히 얼굴이 가려졌으므로 알아볼 수 없었다. 윌리엄은 한동안 자기 입마개를 열어놓았다. 그들은 각각 한 손에는 칼을, 다른 한 손에는 도끼를 들고 있었다.

"준비됐소?" 윌리엄이 물었다.

그들은 모두 고개를 끄덕였다.

이제부터는 거의 이야기할 것이 없을 터였다. 더는 명령할 필요도, 결정을 내릴 일도 없었다. 단지 조금 전에 있던 곳으로 돌아가 토머스를 죽이기만 하면 됐다.

윌리엄은 손가락 두 개를 입 속에 넣고 날카로운 휘파람을 불었다.

그런 다음 자기 입마개를 고정시켰다.

군사 하나가 객사에서 달려나와 정문을 활짝 열었다.

윌리엄이 길 건너편에 있는 가옥에 배치해둔 기사들이 안뜰로 쏟아져 들어오면서, 미리 지시해둔 대로 소리를 질렀다. "국왕의 군사다! 국왕의 군사가 왔다!"

윌리엄은 관저 쪽으로 달려갔다.

기사 리처드와 집사 윌리엄 피츠닐이 그를 위해 현관문을 활짝 열어 주었다.

윌리엄이 들어섰을 때 리처드와 윌리엄 피츠닐이 방심한 틈을 타 대주교의 하인 두 사람이 현관과 홀 사이에 있는 문을 쾅 닫았다.

윌리엄은 문을 향해 몸을 날렸지만 때는 늦었다. 그들은 빗장을 질러 문을 잠가버렸다. 그는 욕설을 퍼부었다. 이렇게 빨리 방해를 받다니! 기사들이 도끼로 문짝을 찍었지만, 그 속도가 너무 느렸다. 이러다가는 공격에 저항할 여유를 줄 터였다. 윌리엄은 자제력이 몸 안에서 빠져나가는 것을 느꼈다. 마음속에서 치솟기 시작한 공포와 싸우면서 그는 현관 밖으로 달려나와 다른 문이 없는지 둘러보았다. 레저널드가 그를 따라왔다.

건물의 이쪽 면에는 입구가 전혀 없었다. 그들은 관저의 서쪽 끝을 돌아 독립된 건물인 취사장을 지나쳐 남쪽 과수원으로 들어갔다. 윌리엄은 만족스러운 신음 소리를 냈다. 그곳, 관저의 남쪽 벽면에 위층으로 난 층계가 있었다. 대주교의 방으로 난 개인용 출입구처럼 보였다. 공포는 사라졌다.

윌리엄과 레저널드는 층계 발치로 달려갔다. 층계는 아래쪽 절반이 부서져 있었고, 근처에는 층계를 수리중이었던 듯 일꾼이 쓰는 연장과 사다리가 있었다. 레저널드는 층계 옆면에 사다리를 기댄 다음 부서진 층계를 우회해 올라갔다. 그는 층계 꼭대기에 이르렀다. 조그맣게 튀어나온 밀폐된 발코니가 하나 나 있었고, 그곳에 문이 있었다. 윌리엄은 문을 열려고 애쓰는 레저널드를 지켜보았다. 문은 잠겨 있었다. 그 곁에는 덧문이 달린 창이 하나 있었다. 레저널드는 도끼로 일격에 덧문을 부수었다. 그리고 안쪽으로 손을 뻗어 더듬더니 이윽고 문을 열고 안으로 들어갔다.

윌리엄도 사다리를 올라가기 시작했다.

필립은 윌리엄 햄리를 본 순간부터 두려움을 느꼈지만, 토머스의 측근 사제와 수사들은 처음에는 방심하고 있었다. 그러나 홀의 문을 부수는 소리를 듣자 그들은 겁에 질렸고, 그중 몇 사람은 대성당 안으로 몸을 피하자고 제안했다.

토머스는 냉소했다. "피신하자고요? 무엇으로부터? 저 기사들로부터? 과격한 자들 몇 명 때문에 대주교가 달아날 수는 없어요."

필립은 그의 말에도 어느 정도 일리가 있다고 생각했다. 기사들 때문에 겁을 낸다면 대주교라는 직위는 아무 소용도 없었다. 이 하느님의 사람은 죄의 용서가 보장되어 있고, 죽음을 좀더 나은 곳으로 행복하게 옮겨가는 것으로 여기고, 칼을 두려워하지 않는 법이었다. 하지만 아무리 대주교라 하더라도 안전을 경솔히 여겨 습격을 불러서는 안 될 일이었다. 게다가 필립은 저 사악하고 짐승같이 잔인한 윌리엄 햄리를 직접 겪어 알고 있었다. 그래서 발코니의 덧창이 부서지는 소리가 들리자, 필립은 자신이 앞장서야겠다고 생각을 굳혔다.

그는 창문을 통해 관저가 기사들로 포위되어 있는 것을 보았다. 그들을 보자 두려움은 한층 커졌다. 이것은 분명 신중하게 계획된 공격이었고, 이 범죄자들은 폭력을 휘두를 각오가 되어 있었다. 필립은 서둘러 침실 문을 닫고 빗장을 질렀다. 다른 사람들은 단호한 누군가에게 주도권을 떠넘겨 다행이라는 듯 바라보고만 있었다. 토머스 대주교는 여전히 냉소를 짓고 있었지만 필립을 저지하지는 않았다.

필립은 문가에 서서 귀를 기울였다. 그는 누군가 발코니를 넘어 대기실로 들어오는 소리를 들었다. 침실의 문짝이 얼마나 견고한지는 알 수 없었다. 하지만 그 사람은 침실 문을 공격하지 않고 대기실을 가로질러 층계를 내려가기 시작했다. 필립은 그자가 안에서 홀의 문을 열어 나머지 기사들을 안으로 들어오게 할 생각이라고 짐작했다.

그렇다면 토머스에게는 약간의 시간이 있는 셈이었다.

침실 맞은편 구석에 일부가 침대에 가려진 문이 하나 있었다. 필립은 그것을 가리키며 다급하게 물었다. "저 문이 어디로 통합니까?"

"클로이스터로 통합니다." 누군가가 대답했다. "하지만 그 문은 잠겨 있어요."

필립은 방을 가로질러가 그 문을 열어보았다. 잠겨 있었다. "열쇠를 갖고 계신가요?" 그는 토머스에게 말한 다음, 뒤늦게 덧붙였다. "대주교 예하."

토머스는 고개를 저었다. "내 기억에 그 통로는 한 번도 사용된 적이 없소." 그의 대답은 짜증이 날 정도로 침착했다.

문은 그리 단단해 보이지는 않았지만, 필립은 예순두 살이었고 폭력을 업으로 한 사람도 아니었다. 그는 뒤로 물러서서 문짝을 걷어찼다. 발이 아팠다. 그러나 문이 약하게 삐걱거렸다. 필립은 이를 악물고 좀더 세게 걷어찼다. 문이 열렸다.

필립은 토머스를 보았다. 토머스는 여전히 달아나는 것이 내키지 않는다는 표정이었다. 아마도 기사들의 수와 치밀하게 조직된 작전으로 보아 그를 죽이려 할 정도로 심각한 의도가 있다고 필립만큼 생각지 않는 듯했다. 그러나 필립은 토머스에게 겁을 주어 달아나도록 해봤자 소용없을 것임을 본능적으로 깨닫고 이렇게 말했다. "지금은 저녁기도 시간입니다. 몇 명의 폭도 때문에 미사일과를 방해받아서는 안 됩니다."

토머스는 자신이 스스로의 논거를 거스르고 있음을 깨닫고 미소 지었다. "좋소." 그렇게 말한 다음 그는 일어섰다.

필립은 토머스를 움직이게 했다는 안도감과, 대주교가 서둘러 움직여 주지 않을지도 모른다는 두려움을 동시에 느끼며 앞장섰다. 통로는 아래로 길게 난 층계로 통해 있었다. 대주교의 침실에서 들어오는 빛을 제외하면 캄캄했다. 통로 끝에는 또하나의 문이 있었다. 필립은 첫번째 문에 했던 것과 똑같은 방법을 써보았으나, 이 문은 훨씬 단단해서 열리지 않았다. 그는 문을 마구 두드려대며 큰 소리로 외쳤다. "도와주시오! 문을 열라고요! 어서!" 그는 자신의 목소리에서 공포의 기색을 느끼고 마음을 가라앉히려고 애썼지만, 심장은 마구 두방망이질하고 있었다. 그는 윌리엄의 기사들이 등 뒤에 바짝 다가와 있다는 걸 알고 있었다.

다른 사람들도 필립이 있는 곳에 이르렀다. 그는 계속 문을 두드리며 고함쳤다. 그때 토머스의 발소리가 들렸다. "제발 품위를 지키시오, 필립." 하지만 필립은 들은 체도 않았다. 그는 대주교의 품위를 지켜주고 싶었다. 자신의 품위는 문제도 아니었다.

필립이 또다시 소리를 지르려는 순간, 빗장을 벗기고 자물쇠에서 열쇠가 돌아가는 소리가 나더니 문이 열렸다. 필립은 안도감으로 끙 소리를 냈다. 놀란 저장실 관리인 두 사람이 서 있었다. 그중 한 사람이 말했다. "이 문이 어디론가 통하고 있는 줄은 몰랐는데요."

필립은 급하게 두 사람 사이를 비집고 나갔다. 그는 저장실 관리인의 창고에 들어와 있었다. 그는 통과 자루 사이를 뚫고 또하나의 문에 이른 다음 바깥으로 나왔다.

땅거미가 지고 있었다. 그는 클로이스터 남쪽 보도에 있었다. 보도 저편 끝, 캔터베리 대성당 북쪽 익랑으로 통하는 문을 보고 필립은 크게 안도했다.

이제 그들은 거의 안전했다.

그는 윌리엄과 기사들이 뒤따라오기 전에 토머스를 대성당 안으로 데리고 들어가야 했다. 나머지 사람들이 저장실 밖으로 나왔다. 필립이 말했다. "어서, 대성당으로 가십시오!"

그러자 토머스가 말했다. "안 되오, 필립. 서둘러서는 안 되오. 우린 품위를 지키며 대성당으로 들어갈 것이오."

필립은 고함이라도 치고 싶은 심정이었으나 이렇게만 말했다. "물론입니다, 대주교 예하." 그들이 지나온 통로에서 불길하고 요란한 발소리가 들려왔다. 기사들이 침실 문을 부수고 들어와 그들이 달아난 구멍을 발견한 것이었다. 그는 대주교가 무엇보다도 지켜야 하는 것이 위엄임을 잘 알고 있었지만, 그것은 아무 걱정 없이 말썽을 피한 후의 일이었다.

"대주교의 십자가는 어디 있소?" 토머스가 말했다. "내 십자가 없이 성당 안에 들어갈 수 없소."

필립은 절망으로 신음했다.

그때 사제 하나가 말했다.

"제가 그 십자가를 가져왔습니다. 여기 있습니다."

토머스가 말했다. "그것을 여느 때처럼 내 앞에서 들고 가시오."

사제는 그 십자가를 쳐들고 성급한 마음을 억누른 채 성당 문을 향해 걸어갔다.

토머스는 그 뒤를 따랐다.

예법에 따라 대주교의 측근이 먼저 대성당 안으로 들어갔다. 필립은 제일 마지막까지 남아 대주교가 들어가도록 문을 잡고 있었다. 토머스가 성당 안으로 막 들어서자마자 두 명의 기사가 저장실 관리인의 창고에서 뛰쳐나와 남쪽 보도를 질주해 내려왔다.

필립은 익랑의 문을 닫았다. 문기둥 옆의 벽에 난 구멍에 빗장이 있었다. 필립은 문에 빗장을 가로질렀다.

그는 안도감으로 축 늘어진 채 몸을 돌리고 문에 등을 기댔다.

토머스는 폭이 좁은 익랑을 지나 성단소의 북쪽 측랑으로 난 층계를 올라가다가, 빗장을 지르는 소리를 듣더니 갑자기 걸음을 멈추고 몸을 돌렸다.

"안 되오, 필립."

필립은 가슴이 철렁 내려앉았다. "대주교 예하……"

"여기는 성당이지 성이 아니오. 빗장을 여시오."

그 순간 기사들이 문을 열려고 하는 바람에 문이 거세게 흔들렸다. 필립이 말했다. "그자들이 대주교님을 살해할까 두렵습니다."

"그런 거라면 당신이 빗장을 지르든 않든 그자들은 성공할 것이오. 이 성당에 그것 말고도 얼마나 많은 문이 있는지 알고 있소? 그 문을 여시오."

기사들이 도끼로 문을 찍기라도 하는 듯 잇따라 요란한 소리가 났다. "제발 몸을 숨기십시오." 필립이 필사적으로 말했다. "숨을 곳은 얼마든지 있습니다…… 납골당 입구가 좋을 것입니다…… 날이 어두워지고 있으니까요……"

"나더러 숨으라는 거요, 필립? 내 성당 안에서? 당신이라면 그렇게 하겠소?"

필립은 얼마 동안 토머스를 응시했다. 그리고 마침내 말했다. "아닙니다. 숨지 않을 것입니다."

"문을 여시오."

무거운 마음으로 필립은 빗장을 뽑았다.

기사들이 달려들어왔다. 다섯 명이었다. 그들의 얼굴은 투구로 가려져 있었다. 그들은 칼과 도끼를 들고 있었다. 마치 지옥의 사자처럼 보였다.

필립은 두려워해서는 안 된다는 것을 알았지만, 날카롭게 벼린 무기를 보자 온몸이 떨려왔다.

그들 중 하나가 소리쳤다. "국왕과 왕국을 배신한 반역자 토머스 베켓은 어디 있느냐?"

다른 자들도 외쳤다. "반역자는 어디 있느냐? 대주교는 어디 있느냐?"

이제는 날이 완전히 어두워져 커다란 성당 안에는 촛불만 흐릿하게 빛나고 있었다. 수사들은 모두 검은 옷차림이라 기사들에게는 그들의 얼굴만 보일 터였다. 필립의 마음속에 문득 희망이 솟았다. 어둠 속에서라면 그들은 토머스를 놓칠지도 몰랐다. 하지만 그 순간 토머스가 층계를 내려와 기사들 쪽으로 걸어오며 말하는 바람에 그 희망은 여지없이 부서지고 말았다. "나는 여기에 있소. 하지만 나는 왕에게 반역한 사람이 아니라 오직 주님의 사제일 뿐이오. 뭘 원하는 거요?"

대주교가 칼을 빼든 다섯 남자와 마주 서는 순간, 필립은 문득 토머스가 오늘 이 자리에서 죽으리라는 걸 분명히 깨달았다.

대주교의 측근들도 똑같은 예감이 든 것이 분명했다. 갑자기 그들 대부분이 달아나버렸던 것이다. 몇 명은 성단소의 어둠 속으로 사라졌고, 몇 명은 신랑에서 미사를 기다리고 있던 시민들 사이로 흩어졌고, 한 사람은 작은 문을 열고 나선형 층계를 달려올라갔다. 필립은 분개했다. "당신들은 달아날 게 아니라 기도해야 하는 것을!" 그는 그들의 등 뒤에 대고 외쳤다.

그때, 만일 달아나지 않는다면 자신도 살해될지도 모른다는 생각이 문득 필립의 머릿속을 스쳤다. 하지만 대주교 곁에서 발을 떼어놓을 수가 없었다.

기사들 가운데 하나가 토머스에게 말했다. "반역 행위를 단념하라!"

필립은 그것이 조금 전에 말한 레저널드 피처스의 음성임을 알아챘다.

"나는 단념할 게 없다." 토머스가 대답했다. "나는 반역을 저지른 일이 없다." 놀랄 만큼 침착했지만 얼굴은 하얗게 질려 있었다. 필립은 토머스 역시 다른 사람들처럼 자신이 곧 죽으리라는 걸 깨달았음을 알았다.

레저널드가 토머스에게 소리쳤다. "달아나라. 넌 죽은 목숨이야!"

토머스는 꼼짝도 하지 않았다.

저들조차 그가 달아나기를 바라고 있다, 필립은 생각했다. 멀쩡히 서 있는 대주교를 차마 죽일 수가 없는 것이었다.

아마도 토머스 역시 그걸 알고 있는 듯했다. 그는 위축되지 않고 자기 몸에 손을 대보라는 듯이 도전적인 태도로 서 있었다. 꽤 오랜 시간 동안 그들 모두는 마치 살인 장면을 그림으로 그려놓기라도 한 것처럼 꼼짝도 않았다. 기사들은 먼저 손을 대고 싶어하지 않았고, 사제는 달아나자니 자존심이 허락지 않았다.

그 침묵을 치명적으로 깨뜨린 것은 바로 토머스였다. 그가 말했다. "난 죽을 각오가 되어 있다. 하지만 당신들은 사제든 수사든 평신도든 나를 따르는 어떤 사람에게도 손을 대서는 안 된다."

레저널드가 먼저 움직였다. 그는 토머스 쪽으로 칼을 흔들어대며 마치 자신이 칼날로 그 사제를 건드릴 수 있는지 알아보기라도 하려는 듯 칼끝을 점점 더 그의 얼굴 가까이 갖다 댔다. 토머스는 바위처럼 꼼짝도 않고 서서 칼이 아닌 기사에게 눈길을 고정시켰다. 갑자기 레저널드가 손목을 재빨리 비틀어 칼끝으로 토머스의 모자를 쳐서 떨어뜨렸다.

그 순간 필립의 마음속에는 다시금 희망이 솟아올랐다. 이자들은 감히 그짓을 할 용기가 없는 거다, 그들은 그에게 손을 대기를 두려워하고 있어, 그는 생각했다.

하지만 그의 생각은 틀렸다. 대주교의 모자를 떨어뜨린 그 바보 같은 몸짓이 기사들의 결의를 한층 굳게 해준 듯했다. 마치 하느님의 손이 저희를 내리칠 것을 어느 정도 예기하고 있었는데, 천벌을 받지 않았다는 사실에 더 나쁜 짓을 할 용기가 솟은 것이었다. 레저널드가 말했다. "이 자를 여기서 끌어내라."

나머지 기사들은 칼을 칼집에 꽂고 대주교에게 다가섰다.

그들 중 하나가 토머스의 허리를 잡고 번쩍 들어올리려고 했다.

필립은 절망했다. 마침내 그들은 대주교에게 손을 대고 말았다. 결국 하느님의 사람에게 손대기를 주저하지 않았다. 필립은 끝 모를 구덩이 가장자리에 서서 그 속을 들여다보기라도 하듯, 깊이를 알 길 없는 그들의 사악함에 배 속이 뒤틀리는 고통을 느꼈다. 그들은 분명 이런 짓을 하면 지옥에 떨어지리라는 것을 마음속으로는 알고 있을 것이다. 그럼에도 불구하고 이런 짓을 하고 있었다.

토머스는 평정심을 잃고 두 팔을 휘저으며 버둥거리기 시작했다. 나머지 기사들도 합세해 토머스를 번쩍 들고 가려 했다. 토머스의 측근 가운데 남아 있는 사람이라고는 필립과, 에드워드 그림이라는 사제뿐이었다. 두 사람은 토머스를 구하려고 앞으로 달려들었다. 에드워드는 토머스의 망토를 꽉 잡고 매달렸다. 기사 중 하나가 몸을 돌리더니 필립에게 쇠사슬 장갑을 낀 주먹을 휘둘렀다. 필립은 옆머리를 맞고 정신을 잃고 쓰러졌다.

필립이 정신을 차려보니, 기사들은 토머스의 몸에서 물러나 있었다. 토머스는 기도하는 자세로 머리를 숙인 채 두 손을 합장하고 있었다. 기사 하나가 칼을 번쩍 치켜들었다.

필립은 여전히 바닥에 주저앉은 채 항의하듯 무력한 외마디 소리를 내질렀다. "안 돼!"

에드워드 그림이 일격을 막으려고 한쪽 팔을 내밀었다.

토머스가 입을 열었다. "저는 제 영혼을 주님께 맡기……"

칼날이 떨어졌다.

토머스와 에드워드 둘 다 칼을 맞았다. 필립의 귀에 자신의 비명 소리가 들렸다. 칼은 사제의 팔을 자르고 대주교의 두개골을 베었다. 에드워드의 팔에서는 피가 솟구쳤고, 토머스는 무릎을 꿇었다.

필립은 소스라쳐서 토머스의 머리에 난 끔찍한 상처를 바라보았다.

대주교는 천천히 앞으로 쓰러지면서 한순간 두 손으로 바닥을 짚는가 싶더니 그대로 돌바닥에 얼굴을 찧었다.

또 한 명의 기사가 칼을 들었다가 내리쳤다. 필립은 저도 모르게 슬픔으로 울부짖었다. 두번째 칼도 첫번째 칼이 떨어진 것과 같은 자리를 내리쳐 토머스의 두개골 상부는 완전히 잘려나갔다. 그 일격이 얼마나 강했던지 칼이 돌바닥에 부딪쳐 두 동강이 났다. 기사는 부러진 칼을 집어던졌다.

세번째 기사는 필립의 기억 속에 평생토록 지워지지 않을 끔찍한 짓을 저질렀다. 그는 대주교의 벌어진 두부頭部 속으로 칼끝을 쑤셔박더니 골을 꺼내 바닥에 흩어놓았다.

공포에 질린 필립은 두 다리가 풀려 무릎이 꺾였다.

기사가 말했다. "그는 이제 다시 일어나지 못할 것이다. 자, 가자!"

그들은 모두 몸을 돌려 달려갔다.

필립은 마구 칼을 휘둘러 시민들을 흩어지게 하면서 신랑 아래로 내려가는 그들을 지켜보았다.

살인자들이 가버린 자리에는 한동안 얼어붙은 듯한 침묵이 이어졌다. 대주교의 시신은 얼굴을 아래로 한 채 바닥에 엎어져 있었고, 머리카락과 함께 잘려나간 두개골은 단지 뚜껑처럼 머리 곁에 놓여 있었다. 필립은 얼굴을 두 손에 파묻었다. 모든 희망이 끝나고 말았다. 야만인들이 승리했다, 그는 계속해서 생각하고 있었다. 야만인들이 승리한 거야. 그는 절망에 빠진 채 깊은 호수 속으로 천천히 가라앉고 있는 듯 현기증 나는 무감각을 맛보고 있었다. 더 매달려볼 것은 아무것도 없었다. 확실해 보였던 모든 것이 갑자기 불확실해져버렸다.

사악한 인간들의 전제 권력과 싸우는 데 평생을 보냈건만, 최후의 결전에서 패배하고 말았다. 그는 윌리엄 햄리가 두번째로 불을 질렀던 때를 떠올렸다. 그때 시민들은 단 하루 만에 벽을 쌓았다. 얼마나 큰 승리였던가! 평범한 사람 수백 명의 평화로운 힘이 윌리엄 백작의 노골적인 잔인함을 패배시켰다. 또 그는 웨일런 바이가드가 대성당을 제 뜻대로 장악하기 위해 셔링에 대성당을 건축하려 했던 때도 떠올렸다. 그때 필립은 전 지방민을 동원했다. 삼십삼 년 전의 그 놀라운 성령강림 축일에 수백 명, 아니 천 명도 넘는 사람들이 킹스브리지로 몰려와 그 순전한 열성의 위력으로 웨일런을 패배시켰다. 하지만 이제 모든 희망은 사라졌다. 캔터베리의 모든 평민들, 아니 기독교 제국의 모든 사람들이 힘을 모은다 해도 토머스를 되살려낼 수는 없었다.

캔터베리 대성당 북쪽 익랑의 판석 위에 무릎을 꿇은 그의 눈앞에 오십육 년 전 그의 집에 뛰어들어와 어머니와 아버지를 살해한 자들의 모습이 다시 떠올랐다. 그 여섯 살짜리 아이의 감정이 되살아나고 있었다. 그것은 공포도 슬픔도 아니었다. 분노였다. 붉은 얼굴에 거대한 몸집을 한, 피에 굶주린 자들을 제지할 수 없었던 무력감 때문에 그는 칼을 든 모든 자들을 막아내고, 그들의 칼날을 무디게 하고, 그들의 군마를 절뚝거리게 함으로써, 그들을 폭력의 통치보다 훨씬 더 고귀한 또다른 권위에 굴복시키고 싶다는 불타는 열망을 품었다. 그의 부모가 바닥에 쓰러져 죽은 지 얼마 되지 않아 피터 대수도원장이 들어와 그에게 그 길을 보여주었다. 무기도 들지 않은 무방비 상태로 대수도원장은 오직 교회의 권위와 선의 위력만으로 즉시 유혈사태를 중지시켰다. 그 광경은 필립에게 평생토록 용기를 불러일으켰다.

이 순간이 오기 전까지만 해도 그는 자신이나 자신과 같은 사람들이 언제나 승리를 거두리라고 믿었다. 그들은 지난 반세기 동안 몇 가지 놀라운 승리를 이룩해왔다. 하지만 말년에 이른 지금, 적들은 변한 것이라곤 전혀 없음을 증명해 보였다. 그의 승리는 일시적인 것이었고, 자신이 전진하고 있다고 여긴 건 환상에 불과했다. 그는 몇몇 싸움에서 승리를 거두었지만 그 대의는 결국 절망이었다. 그의 부모를 살해한 자들과 똑같은 자들이 이제 대성당에서 대주교를 살해했다. 그것은 칼 든 자의 폭력 앞에서 그것을 능가할 수 있는 권위란 이 세상에 존재하지 않는다는 사실을 의심의 여지없이 증명해주고 있는 듯했다.

그는 그들이 감히 토머스 대주교를, 그것도 성당 안에서 죽일 수 있으리라고 단 한 번도 생각해본 적이 없었다. 하지만 누구든 자신의 아버지를 죽일 수 있으리라고 생각한 적도 없지 않은가. 두 경우 모두 칼을 들고 투구를 쓴, 똑같이 피에 굶주린 자들이 소름 끼치는 진실을 보여주었다. 그리고 지금, 예순두 살이 된 그는 토머스 베켓의 소름 끼치는 시신을 보면서 아버지가 살해당한 여섯 살짜리 아이의 저 유치하고도 무분별한 분노에 휩싸였다.

그는 일어섰다. 사람들이 대주교의 시신 주위로 모여들면서 성당 안의 분위기는 침통하게 가라앉았다. 사제와 수사, 시민들은 천천히 다가오더니 그 광경을 보고 충격과 공포에 휩싸였다. 필립은 그들의 경악한 표정 뒤에 그 자신과 마찬가지로 분노가 숨어 있음을 감지했다. 그들 중 한두 사람은 기도를 웅얼거렸고, 가까스로 들릴 정도의 탄식만 내뱉는 사람도 있었다. 한 여인이 재빨리 허리를 굽히더니 행운을 얻으려는 듯 시신에 손을 댔다. 다른 몇 사람도 똑같은 행동을 했다. 잠시 후 필립의 눈에 조금 전의 그 여인이 아무도 몰래 조그만 병에 피를 담는 모습이 보였다. 토머스가 순교자라고 여기는 듯했다.

성직자들은 제정신을 되찾기 시작했다. 대주교의 시종 오스버트는 눈물범벅이 된 얼굴로 칼을 꺼내 자기 옷자락을 잘라내더니, 시신 곁에 허리를 굽히고 어설프면서도 소름 끼치는 손놀림으로 토머스의 두개골을 잡아매기 시작했다. 끔찍한 폭행에 희생된 대주교의 시신에 최소한의 위엄이라도 되찾아주려는 애처로운 시도였다. 오스버트가 그 일을 하는 동안 주위에 모여선 사람들은 일제히 탄식을 토했다.

수사 몇 명이 들것을 가져왔다. 그들은 토머스의 시신을 들것 위에 조심스럽게 올려놓았다. 많은 사람들이 그 일을 도우려고 손을 뻗어왔다. 필립은 잘생긴 대주교의 평화로운 얼굴을 보았다. 폭행의 흔적이라고는 오른쪽 관자놀이에서 코를 가로질러 왼쪽 뺨까지 흘러내린 가느다란 핏줄기 하나뿐이었다.

그들이 들것을 들어올릴 때, 필립은 토머스를 살해한 칼의 부러진 토막을 집어들었다. 여전히 그는 토머스가 성인이라도 된 양 대주교의 피를 병에 담던 여인을 생각하고 있었다. 그 작은 행동에는 엄청난 의미가 깃들어 있었다. 하지만 필립은 아직 그것을 정확하게는 깨닫지 못했다.

사람들은 눈에 보이지 않는 힘에 이끌리듯 들것의 뒤를 따랐다. 필립 자신도 그들 모두를 사로잡고 있는 기묘한 충동에 이끌려 군중과 함께 걸음을 옮겼다. 수사들은 시신을 성단소로 가져온 다음 높다란 제대 앞 바닥에 조심스럽게 내려놓았다. 사람들은 대부분 큰 소리로 기도문을 외우며 한 사제가 깨끗한 천을 가져와 시신의 머리를 잘 싸맨 다음 새 모자로 붕대 부분을 가리는 모습을 지켜보았다.

수사 하나가 피로 얼룩진 대주교의 검은 망토를 잘라냈다. 그는 피 묻은 옷을 어찌해야 좋을지 알 수 없어 그러는지 한옆으로 던져놓으려는 듯 몸을 돌렸다. 그러자 한 시민이 재빨리 앞으로 걸어나와 값진 물건이라도 되는 듯 그것을 넘겨받았다.

필립의 마음 한구석에서 불확실하게 떠돌던 생각이 그제야 영감을 받은 듯 섬광처럼 전면에 떠올랐다. 시민들은 초자연적 위력이라도 지닌 성인의 유물이라도 되는 듯 토머스의 피와 옷가지를 모으며 토머스를 순교자처럼 대하고 있었다. 지금까지 필립은 이 살인사건을 교회의 정치적 패배로 간주하고 있었지만 이 자리에 있는 시민들은 그렇게 생각하고 있지 않았다. 그들은 순교를 목격했다고 여기고 있었다. 그리고 비록 지금 패배처럼 보이는 순교자의 죽음은 결국 교회에 영감과 힘을 부여할 터였다.

다시금 필립은 킹스브리지로 몰려와 대성당을 짓던 수백 명의 사람들, 그리고 밤을 새우다시피 하며 힘을 모아 도시의 성벽을 쌓았던 남녀노소들을 생각해보았다. 만일 그런 사람들을 지금 동원할 수 있다면 그들은 온 세상이 들을 수 있을 정도로 분노의 외침을 내지를 수 있으리라, 그는 치솟는 흥분 속에서 생각했다.

시신 주위에 모인 사람들의 얼굴이 슬픔과 공포로 가득한 걸 보면서 필립은 그들에게 필요한 것은 단지 지도자일 뿐이라는 걸 깨달았다.

가능한 일일까?

필립은 이 상황에 어딘가 낯익은 구석이 있음을 깨달았다. 절단된 시체, 운집한 구경꾼들, 그리고 저쪽에 있는 병사들. 대체 어디서 이런 장면을 보았을까? 다음에 일어날 일은 고인을 따르는 작은 무리가 강력한 제국의 힘과 권위에 맞서 싸우는 것이었다.

바로 그랬다. 기독교 정신도 바로 이렇게 시작되었다.

그 점을 깨닫자 필립 자신이 해야 할 일도 알 수 있었다.

그는 제대 앞으로 나아가 군중을 마주 보고 섰다. 손에는 여전히 부러진 칼을 든 채였다. 사람들은 모두 그를 주시하고 있었다. 한순간 그는 의혹에 빠졌다. 내가 과연 이 일을 해낼 수 있을까? 잉글랜드의 왕권을 뒤흔들 운동을 지금 이 자리에서 내가 시작할 수 있을까? 그는 사람들의 얼굴을 바라보았다. 슬픔과 분노는 물론 한두 사람의 얼굴에는 희망의 빛까지도 나타나 있었다.

그는 칼을 높이 치켜들었다.

"이 칼이 한 성인을 죽였습니다."

동의를 표하는 웅성거림이 일어났다.

그에 용기를 얻은 필립이 말했다. "오늘 밤 이곳에서 우리는 순교를 목격한 것입니다."

사제와 수사들은 놀란 표정을 지었다. 필립과 마찬가지로 그들은 자신들이 목격한 살인의 진정한 의미를 즉시 깨닫지 못하고 있었다. 하지만 시민들은 깨달았고, 찬동을 표하는 소리가 들려왔다.

"우리 각자는 이곳을 나가 자신이 목격한 것을 알려야 합니다." 몇몇 사람들이 힘차게 고개를 끄덕였다. 그들은 귀를 기울이고 있었다. 하지만 필립은 그 이상의 것을 원하고 있었다. 그들을 자극시키고 싶었다. 설교는 그에게 어울리지 않았다. 그는 군중을 열광시켜 그들을 울고 웃게 하고 자신이 가는 곳이면 어디든 따라오도록 설득할 수 있는 사람이 아니었다. 그는 떨리는 음성을 내는 법도, 두 눈을 영광의 빛으로 반짝이게 하는 법도 몰랐다. 그는 실제적이고 현실적인 사람이었다. 그런 그가 지금 당장 천사처럼 말해야 하는 상황에 직면한 것이다.

"이제 곧 캔터베리의 모든 남녀노소는 왕의 부하들이 대성당 안에서 토머스 대주교를 살해했다는 사실을 알게 될 것입니다. 하지만 그것은 시작에 불과합니다. 이 소식은 온 잉글랜드에, 그리고 기독교 제국 전체에 퍼져나갈 것입니다."

그는 자신이 그들을 열광시키지 못하고 있음을 확실히 알 수 있었다. 몇몇 사람의 얼굴에 불만과 낙담의 표정이 떠올랐다. 한 사람이 큰 소리로 외쳤다. "하지만 우리가 할 일이 대체 뭐죠?"

필립은 그들이 지금 당장 어떤 구체적인 행동을 취하고 싶어한다는 걸 깨달았다. 성전聖戰을 선포하고 나서 잠자리에 들라는 것은 무리였다.

성전이다, 그는 생각했다. 훌륭한 착상이었다.

"내일, 나는 이 칼을 로체스터로 가져갈 것입니다. 모레에는 런던으로 갈 것입니다. 여러분은 나를 따르겠습니까?"

사람들은 대부분 멍한 표정을 지었으나, 뒤쪽에 있던 누군가가 외쳤다. "좋습니다!" 그러자 한두 사람이 더 찬성을 표했다.

필립은 좀더 목청을 높였다. "우리는 잉글랜드의 모든 마을과 도시에 이 소식을 전할 것입니다. 그리고 사람들에게 토머스 성인을 살해한 칼을 보여줄 것입니다. 우리는 성인의 옷에 묻은 핏자국도 보여줄 것입니다." 그는 자신의 논지를 개진하면서 약간의 분노도 내비쳤다. "우리는 이 일이 온 기독교 제국에 알려지도록 격렬하게 항의할 것입니다. 그렇습니다. 로마까지 들리도록 할 것입니다. 그리하여 모든 문명세계로 하여금 이 끔찍하고 불경스러운 범죄를 저지른 야만인들과 맞서 싸우도록 할 것입니다!"

이번에는 대다수의 사람들이 찬동을 표했다. 그들은 자신들의 감정을 발산할 방법을 고대하고 있었는데, 지금 필립이 그 방법을 제시하고 있는 것이었다.

"이 범죄는—" 그는 천천히 말했다. 이제는 숫제 고함을 치고 있었다. "결단코— 절대로— 잊히지 않을 것입니다!"

사람들은 우렁찬 소리로 찬동했다.

문득 그는 이곳에서 어디로 가야 할지를 깨달았다. "지금 당장 성전을 시작합시다!"
"좋습니다!"
"우리는 캔터베리 구석구석까지 이 칼을 들고 갈 것입니다!"
"좋습니다!"
"그리고 모든 시민들에게 오늘 밤 이곳에서 목격한 사실을 알릴 것입니다!"
"옳소!"
"촛불을 들고 나를 따르시오!"
칼을 높이 쳐든 채 필립은 대성당 한가운데로 곧장 전진했다.
사람들이 그의 뒤를 따랐다.
의기양양한 심정으로 그는 성단소를 지나 교차부를 거친 다음 신랑을 내려갔다. 수사와 사제들도 몇 사람 그와 나란히 걸어갔다. 그는 뒤돌아볼 필요도 느끼지 않았다. 등 뒤에서 행진해오는 수백 명의 발소리가 들려오고 있었다. 필립은 현관 밖으로 나갔다.
그곳에서 한순간 그는 불안에 휩싸였다. 어둑한 과수원 저편으로 대주교 관저를 약탈하고 있는 군사들의 모습이 보였다. 만일 그를 뒤따르고 있는 사람들이 병사들과 마주친다면 십자군의 무리는 온데간데없어지고 수습 불가능한 대소동이 벌어지고 말 터였다. 더럭 겁이 난 필립은 급히 길을 꺾어, 거리로 난 가장 가까운 문 쪽으로 사람들을 이끌었다.
수사 한 사람이 성가를 부르기 시작했다. 집집마다 덧문 안쪽에서 등잔과 난롯불 빛이 새나오고 있었는데, 행렬이 지나가자 사람들은 무슨 일인지 알아보려고 문을 열었다. 그들 중 몇몇은 행진하는 사람들에게 질문을 던지기도 했고, 몇몇 사람은 행렬에 끼어들었다.
길모퉁이를 돈 필립은 윌리엄 햄리를 보았다.
윌리엄은 어느 마구간 밖에 서 있었는데, 말을 타고 도시를 떠나기에 앞서 쇠사슬 갑옷을 막 벗으려는 참인 듯했다. 윌리엄은 몇 사람과 함께 있었다. 노랫소리가 들려오자 그들은 모두 무슨 일인가 의아해하며 궁금한 눈길로 바라보았다.

촛불 행렬이 다가가자 처음에는 윌리엄도 무슨 영문인지 알지 못한 듯했다. 이윽고 그는 필립의 손에 들려 있는 부러진 칼을 보았다. 그의 얼굴에 불안한 기색이 나타났다. 그는 한동안 놀랍고 두려운 눈으로 말없이 바라보고만 있다가 이윽고 입을 열었다. "이런 짓은 그만둬!" 그가 외쳤다. "해산을 명한다!"

아무도 그의 말에 주의를 기울이지 않았다. 윌리엄과 함께 있던 자들도 불안한 표정이었다. 제 아무리 칼을 들고 있다 해도 애도의 감정에 격해 있는 백 명이 넘는 민중 앞에서는 무력했다.

윌리엄은 필립에게 직접 말했다. "국왕의 이름으로 멈추도록 명령한다!"

필립은 쇄도하는 군중에게 떠밀려 앞으로 나아가며 윌리엄 곁을 지나쳤다. "너무 늦었어, 윌리엄!" 필립이 어깨 너머로 소리쳤다. "너무 늦었다고!"

3

꼬마들은 일찌감치 교수형장에 나왔다.

앨리에너가 신분을 감추기 위해 싸구려 외투에 두건을 눌러쓴 차림으로 혼자 걸어서 그곳에 도착했을 때, 이미 꼬마들은 셔링의 장터에 모여 고양이에게 돌을 던지거나 거지에게 욕을 퍼붓거나 싸움박질을 하고 있었다.

그녀는 교수대 쪽을 보면서 멀찌감치 떨어진 곳에 멈춰섰다. 처음에는 이곳에 올 작정이 아니었다. 그녀는 백작 역할을 맡았던 여러 해 동안 너무도 많은 교수형 장면을 보아왔다. 더는 그 책임을 지지 않게 되자, 앞으로 다른 사람이 목매달리는 모습을 다시 보지 않는 것만으로도 행복할 거라고 생각했다. 하지만 이번에는 사정이 달랐다.

그녀는 동생 리처드가 시리아에서 죽었기 때문에 더는 백작 역할을 하지 않고 있었다. 얄궂게도 리처드는 전사한 것이 아니라 지진으로 죽었다. 그 소식은 여섯 달 뒤에나 그녀에게 전달되었다. 그녀는 십오 년 동안이나 동생을 보지 못했는데, 이제는 영영 보지 못하게 되었다.

언덕 위쪽에서 성문이 열리며 호위병과 함께 죄수가 나왔다. 그 뒤에는 셔링의 신임 백작인 앨리에너의 아들 토미가 따르고 있었다.

리처드에게 아이가 없어 조카가 상속자가 된 것이었다. 베켓에 관한 스캔들에 휩싸여 혼란스럽고 무기력해진 왕은 아무런 반대도 없이 그 자리에서 토미를 백작으로 승인해주었다. 앨리에너는 기꺼이 자리를 물려주었다. 그녀는 자신이 백작령에서 하고 싶었던 일들을 이미 성취해놓았다. 백작령은 다시 한번 부와 번영을 누리게 되어, 살진 양과 푸르른 밭과 견실한 방앗간이 있는 땅이 되었다. 좀더 진보적인 대지주 몇 사람은 그녀가 보여준 모범을 따라 말을 이용한 쟁기질로 전환했고, 삼포식으로 재배한 귀리 밭에서 말들을 먹였다. 그 결과 그 땅은 앨리에너의 부친이 계몽하며 다스렸을 때보다 훨씬 많은 사람들을 먹여 살릴 수 있게 되었다.

토미는 훌륭한 백작이 될 재목이었다. 그는 백작의 천성을 타고났다. 잭은 오랫동안 그것을 인정하지 않고 아들이 건축가가 되기를 바랐지만, 결국 진실을 인정할 수밖에 없었다. 토미는 한 번도 돌을 직선으로 깎을 수는 없었지만, 천성적으로 지도자 기질을 타고나 스물여덟 살이 되자 단호하고 결의가 굳고 영리하고 공정한 인물이 되었다. 이제는 대개 토머스라는 이름으로 불렸다.

그가 백작 작위를 넘겨받자, 사람들은 앨리에너가 성에 머물면서 며느리에게 잔소리나 하고 손자들과 놀아주면서 여생을 보내리라고 생각했다. 그녀는 그런 생각을 여지없이 비웃어주었다. 며느리가 된 베드퍼드 백작의 여식인 어여쁜 소녀를 좋아하고 세 명의 손자들도 사랑했지만, 겨우 쉰두 살의 나이에 물러날 생각은 없었다. 앨리에너와 잭은 킹스브리지 수도원 부근에 커다란 석조주택 한 채를 갖고 있었는데—그곳은 한때 빈민구역이었지만, 지금은 그렇지 않았다—그녀는 다시 양모사업으로 돌아가, 노쇠했지만 그래도 기력을 쏟아부어 구매와 판매 협상을 벌이며 상당한 돈을 벌고 있었다.

교수형을 집행할 일행이 광장에 들어서자 앨리에너는 몽상에서 빠져나왔다. 그녀는 양손이 등 뒤로 결박당한 채 밧줄 끝에서 비틀비틀 걸어오는 죄수를 자세히 살펴보았다. 윌리엄 햄리였다.

앞줄에 있던 누군가 그에게 침을 뱉었다. 광장에는 많은 사람들이 운집해 윌리엄의 최후를 보게 되리라는 생각에 행복해했다. 그에게 원한이 없는 사람들이라 하더라도 전임 셰리프가 교수형당하는 광경을 본다는 것은 대단한 일이었다. 무엇보다 윌리엄은 누구도 잊을 수 없을 극악무도한 살인을 저지른 죄에 연루되어 있었다.

앨리에너는 토머스 대주교 살해사건 후에 일어난 것과 같은 엄청난 반응은 본 적도, 상상한 적도 없었다. 그 소식은 삽시간에 더블린에서 예루살렘으로, 톨레도에서 오슬로를 거쳐 기독교 제국 전체로 퍼져나갔다. 교황은 상복을 입었다. 헨리 왕이 다스리는 제국 가운데 본토 절반에 파문이 내려졌는데, 그것은 성당이 폐쇄되고 세례를 제외한 모든 의식이 치러지지 않는다는 것을 의미했다. 잉글랜드에서는 사람들이 산티아고 같은 성지로 떠나듯 캔터베리로 순례를 떠나기 시작했다. 그리고 많은 기적이 일어났다. 물이 순교자의 피로 물들기도 하고, 살해될 당시 대주교가 입고 있던 망토 자락은 캔터베리뿐 아니라 잉글랜드 전역의 병자들을 치유해주었다.

윌리엄의 부하들은 대성당에서 시신을 훔쳐내려 했지만 사전에 경고를 받은 수사들이 시신을 감추어버려 미수에 그쳤다. 이제 시신은 돌로 지은 지하 납골당에 안전하게 안치되었고, 순례자들은 벽에 난 구멍으로 머리를 들이밀고 대리석 관에 키스를 했다.

그것은 윌리엄이 저지른 최후의 범죄가 되고 말았다. 그는 허둥지둥 셔링으로 돌아왔지만, 토미는 그를 체포해 신성모독 죄로 고발했다. 그는 필립 주교의 법정에서 유죄 판결을 받았다. 여느 때라면 아무도 감히 국왕의 신하인 셰리프에게 유죄를 선고할 엄두를 내지 못했다. 그러나 이번 경우에는 그 역이 진리가 되었다. 어느 누구도, 왕조차 감히 베켓의 살인자들 중 한 사람을 옹호할 엄두를 내지 못했다.

윌리엄은 끔찍한 최후를 재촉하고 있었다.

그는 사나운 시선으로 사방을 노려보고 헤벌린 입으로 침을 흘리며 두서없이 넋두리를 늘어놓았고, 튜닉 앞자락은 오줌으로 얼룩져 있었다.

앨리에너는 눈먼 사람처럼 비틀거리며 교수대로 다가가고 있는 자신의 숙적을 지켜보았다. 그녀는 삼십오 년 전 자신을 겁탈한, 젊고 거만하며 몰인정한 청년을 기억했다. 그가 바로 자신의 눈앞에서 겁에 질려 신음하는 저 인간 이하의 존재와 같은 인물일 거라고는 거의 믿을 수 없었다. 지금 그에게서는 통풍에 걸리고 낙담한, 만년의 뚱뚱한 기사의 모습조차 찾아볼 수 없었다. 그는 교수대 가까이 가자 몸부림을 치며 비명을 지르기 시작했다. 병사들은 도살장으로 돼지를 끌고 가듯 그를 끌고 갔다. 앨리에너는 일말의 동정심도 느끼지 않았다. 오로지 안도감을 느낄 뿐이었다. 윌리엄은 이제 다시는, 어느 누구도 위협하지 못할 터였다.

달구지 위에 올라선 그는 발길질을 하면서 비명을 질렀다. 윌리엄은 마치 짐승 같았고, 얼굴은 시뻘게졌고, 사나운데다 지저분했지만 알아들을 수 없는 말을 지껄이고 신음하고 울부짖는 그의 목소리는 어린애 같았다. 네 사람이 그를 단단히 붙잡고 있는 동안 다섯번째 사람이 그의 목에 올가미를 걸었다. 그가 너무도 심하게 버둥대는 바람에, 떨어지기도 전에 매듭이 단단히 조여져 그는 제힘에 질식되기 시작했다. 군사들이 뒤로 물러섰다. 윌리엄은 숨이 막히자 고통으로 몸부림을 쳤다. 그의 살진 얼굴은 자줏빛으로 변해갔다.

앨리에너는 놀란 눈으로 그 모습을 응시했다. 분노와 증오가 극에 달했을 때도 그가 이런 죽음을 맞게 되기를 바란 적은 없었다.

숨이 막히자 그에게서는 아무 소리도 나오지 않았다. 군중도 잠자코 서 있었다. 동네 꼬마들조차 그 무시무시한 광경에 침묵하고 말았다.

누군가 회초리로 황소의 옆구리를 후려치자 황소가 앞으로 움직였다. 마침내 윌리엄의 두 발은 허공에 떴지만, 그래도 그의 목은 부러지지 않았다. 그는 서서히 질식해가면서 밧줄 끝에서 대롱대롱 흔들리고 있었다. 두 눈은 뜬 채였다. 앨리에너는 그가 자기를 보고 있는 것 같은 기분이 들었다. 고통으로 몸부림치며 목매달려 있는 그의 찡그린 얼굴은 어딘지 낯이 익었다. 그녀는 그 얼굴이 자신을 겁탈할 때 절정에 이르기 직전의 얼굴과 비슷하다는 걸 깨달았다. 그 기억이 칼끝처럼 그녀를 찔러댔으나, 이제 그녀는 외면하지 않을 작정이었다.

오랜 시간이 걸렸는데도 군중은 내내 조용히 지켜만 보고 있었다. 그의 얼굴은 점점 더 흙빛이 되었다. 고통에 찬 몸부림도 이제는 경련으로 바뀌었다. 마침내 눈이 뒤집히고 눈꺼풀이 닫히면서 그는 잠잠해졌다. 그리고 소름 끼치게도 입술 사이로 꺼멓게 부풀어오른 혀가 쑥 비어져 나왔다.

죽은 것이다.

앨리에너는 몸에서 기운이 다 빠져나간 느낌이 들었다. 윌리엄은 그녀의 인생을 바꿔놓았다. 예전이라면 그가 그녀의 인생을 파멸시켰다고 했을 것이다. 그런 그가 이제 죽었다. 그리고 이제 다시는 어느 누구도 해치지 못할 것이다.

군중은 자리를 뜨기 시작했다. 꼬마들은 서로 눈을 굴리고 혀를 쑥 내밀어 보이며 고통스러운 죽음을 흉내냈다. 군사 하나가 교수대 위로 올라가 올가미를 끊어 윌리엄의 시체를 내려놓았다.

앨리에너는 아들과 눈이 마주쳤다. 그는 그녀를 보고 놀란 것 같았다. 그러더니 곧 그녀에게 다가와 고개 숙여 키스를 했다. 내 아들, 장성한 내 아들, 잭의 아들, 그녀는 생각했다. 한때 윌리엄의 아이를 낳게 될까 얼마나 두려워했던가, 이제 사태는 바람직한 결말을 맞은 셈이었다.

"어머니께서 오늘 이 자리에 나오고 싶어하실 줄은 몰랐는걸요." 토머스가 말했다.

"나와야 했단다. 그자가 죽는 모습을 보지 않을 수 없었어."

토미는 깜짝 놀라는 표정을 지었다. 그는 그 이유를 알지 못했다. 그녀는 기뻤다. 그리고 아들이 앞으로도 이런 일들을 모르기를 바랐다.

토미는 어머니에게 팔을 둘렀다. 두 사람은 함께 광장을 걸어나왔다.

앨리에너는 뒤를 돌아보지 않았다.

한여름의 어느 무더운 날, 잭은 서늘한 북쪽 익랑 위 갤러리에서 석고도판 위에 앉아 앨리에너와 샐리와 함께 점심식사를 하고 있었다. 성단소에서 제6과 미사를 드리는 수사들의 음성이 아득한 곳에서 떨어지는 폭포 소리 같은 나직한 웅얼거림으로 들려왔다. 그들은 갓 구운 밀빵과 한 단지의 금빛 맥주를 곁들여 새끼 양의 차가운 살코기를 먹고 있었다. 잭은 오전 내내 내년부터 지을 새 성단소의 설계도를 그렸다. 샐리는 희고 고운 이로 살점을 뜯어먹으면서 그의 설계도를 들여다보고 있었다. 이제 그녀가 그 설계를 비평하리라는 것을 잭은 알고 있었다. 그는 앨리에너를 힐끗 보았다. 그녀 역시 샐리의 표정을 보고 무슨 일이 벌어질지 짐작하고 있었다. 두 사람은 부모다운, 다 안다는 표정을 교환하며 미소 지었다.

"어째서 아버지는 동쪽 끝을 원형으로 만들려 하죠?" 샐리가 물었다.

"그건 생드니 성당의 설계에 기초한 거란다."

"하지만 그렇게 해서 얻는 이점이 있을까요?"

"있지. 그러면 순례자들이 계속 움직일 수 있거든."

"그렇게 되면 창문들을 이렇게 작게 만들 수밖에 없잖아요?"

잭은 창문이 곧 화제에 오르리라는 걸 알고 있었다. 샐리의 직업은 유리 세공이었다. "창문이 작다고?" 그는 짐짓 화난 듯 말했다. "그 창문들은 어마어마하게 큰 거야! 내가 처음 이 성당에 그만한 창문을 냈을 때 사람들은 건물 전체가 구조적으로 제대로 지지되지 않아 무너질 거라고 생각했지."

"만일 성단소가 사각형으로 마무리된다면 아주 커다란 벽면이 생길 텐데요." 샐리가 고집스럽게 말했다. "그러면 정말 큰 창문을 낼 수 있다고요."

저애의 말에도 일리가 있지, 잭은 생각했다. 원형으로 마무리한 설계라면 성단소 전체는 전통적으로 아케이드, 갤러리, 명층의 세 층으로 분할되는 동일하고도 연속적이며 아무런 변화도 없는 입면도를 취해야 할 것이다. 각진 모서리라면 설계에 변화를 줄 여지가 있었다. "순례자들을 움직이게 할 다른 방법이 있을지도 모르겠구나." 잭이 생각에 잠긴 어조로 말했다.

"그렇게 한다면 떠오르는 태양이 그 큰 창문들을 통해 비칠 거예요."

잭은 그 광경을 머릿속에 그릴 수 있었다. "그러면 격자에 걸린 창槍처럼 길쭉한 창문들이 한 줄로 늘어설 수도 있겠구나."

"아니면 장미꽃처럼 크고 둥근 하나의 창이 될 수도 있지요."

놀랄 만한 착상이었다. 신랑에 서서 동쪽을 향해 성당을 길게 굽어보는 사람에게 그 둥근 창문은 화려한 색채의 파편들로 작열하는 거대한 태양처럼 보일 것이다. 잭은 그 광경을 똑똑히 내다볼 수 있었다. "수사들이 어떤 주제를 담고 싶어할지 모르겠구나."

"율법과 예언자들이에요."

잭은 딸에게 눈썹을 치켜세워 보였다. "이런 여우 같으니, 벌써 조너선 수도원장과 의논을 끝낸 거니?"

그녀는 잘못했다는 표정을 지었으나, 마침 젊은 돌 조각가인 끌장이 피터가 오는 바람에 대답을 피할 수 있었다. 그는 눈까지 금발이 내려오는 수줍고 쑥스러움을 잘 타는 젊은이였지만, 그의 조각은 아름다웠다. 그래서 잭은 그를 고용하게 되어 흡족했다. "무슨 일이지, 피터?" 잭이 물었다.

"사실은 샐리를 찾는 중이었습니다." 피터가 대답했다.

"그렇다면 마침 잘됐군."

샐리는 튜닉 앞자락에서 빵 부스러기를 털며 일어서고 있었다. "나중에 다시 말씀드리겠어요." 그녀는 피터와 함께 야트막한 문을 지나 나선형 층계를 내려갔다.

잭과 앨리에너는 서로 마주 보았다.

"저애 얼굴이 빨개진 거 맞죠?"

"제발 그랬으면 좋겠어요. 이젠 누군가에게 반할 때도 됐지요. 벌써 스물여섯 살이니까요!"

"글쎄, 난 희망을 포기했어요. 저애가 노처녀로 늙을 줄 알았는데."

앨리에너는 고개를 저었다. "샐리라면 걱정 없어요. 저애도 다른 사람만큼이나 사랑할 줄 안다고요. 단지 상대를 고르고 있을 뿐이죠."

"그런가? 하지만 이곳 처녀들이 끌장이 피터와 결혼하려고 줄을 서는 건 아닐 텐데."

"이 지방 처녀들은 토미같이 덩치도 크고 잘생긴 남자에게 반하지요. 말 등에 앉아 폼도 재고 외투에 붉은 비단을 댄 그런 남자요. 샐리는 달라요. 그애는 좀더 영리하고 예민한 남자를 원해요. 피터가 그애와 꼭 어울리는 상대지요."

잭은 고개를 끄덕였다 그는 한 번도 그런 식으로 생각해본 적은 없었지만 직감으로 앨리에너의 말이 옳다는 것을 느꼈다. "샐리는 할머니를 닮은 거예요. 내 어머니도 괴짜와 사랑에 빠지셨거든."

"샐리는 당신 어머니를 닮고, 토미는 내 아버지를 닮았어요."

잭은 그녀에게 미소를 지어 보였다. 그녀는 전보다 더 아름다웠다. 비록 머리카락에는 희끗희끗한 줄무늬가 생기고 목의 피부도 예전처럼 팽팽하지 않았지만, 나이가 들면서 애 엄마다운 둥그스름한 형태가 사라지자 아름다운 얼굴의 근사한 윤곽이 더욱 두드러져서 거의 구조적이라 할 만한 군살 없는 아름다움을 지니게 되었다. 잭은 그녀의 얼굴로 손을 뻗어 턱선을 어루만졌다. "꼭 내가 만든 공중 버팀벽 같아요."

그녀는 미소 지었다.

그는 그녀의 목덜미에서 다시 젖가슴 쪽으로 손을 끌어내렸다. 그녀의 젖가슴도 변했다. 그는 그 젖가슴이 마치 무게가 없는 듯 흉부에서 불룩 튀어나오고 젖꼭지가 뾰족하게 솟아올랐던 때를 기억하고 있었다. 그녀가 임신중이었을 때 그 젖가슴은 한층 커졌고 젖꼭지도 큼직해졌다. 이제 그 젖가슴은 훨씬 납작하고 부드러워졌고, 그녀가 걸을 때면 양쪽으로 경쾌하게 흔들렸다. 그 젖가슴의 모든 변화를 그는 사랑했다. 잭은 그녀가 더 늙으면 그 젖가슴이 어떤 모양이 될지 궁금했다. 오그라들어 쭈글쭈글해질까? 그래도 나는 그 젖가슴을 여전히 사랑할 거야, 그는 생각했다. 그가 만지자 그녀의 젖꼭지가 딱딱해지는 것이 느껴졌다. 그는 몸을 앞으로 기울여 그녀의 입술에 키스했다.

"잭, 여긴 성당 안이에요." 그녀가 속삭였다.

"상관없어요." 그는 그녀의 배를 지나 두 다리 사이로 손을 가져갔다.

그때 층계에서 발소리가 났다.

잭은 죄를 지은 것처럼 얼른 몸을 뺐다.

그녀는 그가 당황하는 것을 보고 싱긋 웃었다. "주님의 심판이 내린 거예요." 그녀가 불경스럽게 말했다.

"나중에 봅시다." 그가 짐짓 위협하는 어조로 속삭였다. 발소리가 층계 꼭대기에 이르더니 조너선 수도원장이 모습을 나타냈다. 그는 두 사람에게 정중하게 인사했다. 표정이 심각해 보였다. "할 이야기가 있어요, 잭. 회랑으로 오시겠어요?"

"물론이오." 잭은 일어섰다.

조너선은 뒤를 돌아 나선형 층계를 내려갔다.

잭은 문간에서 걸음을 멈추고 앨리에너에게 위협하듯 손가락질을 했다. "나중에 봅시다."

"약속하는 거예요?" 그녀는 미소 지었다.

잭은 조너선을 따라 층계를 내려가 성당을 거쳐 클로이스터로 통하는 문이 있는 남쪽 익랑으로 갔다. 두 사람은 북쪽 보도를 따라가며 밀랍을 입힌 서판을 들고 있는 학생들 곁을 지나친 다음 모퉁이에서 걸음을 멈췄다. 조너선은 머리를 기울여 잭에게 서쪽 보도의 중간쯤에 있는 돌난간에 홀로 앉아 있는 수사 한 사람을 가리켜 보였다. 그 수사는 두건으로 얼굴을 가리고 있었지만, 두 사람이 걸음을 멈추는 순간 고개를 돌려 올려다보고는 재빨리 시선을 피했다.

잭은 무의식적으로 한 걸음 뒤로 물러섰다.

그 수사는 웨일런 바이가드였다.

잭이 성난 목소리로 말했다. "대체 저 악마가 여기서 뭘 하고 있는 거요?"

"자신을 저렇게 만든 사람을 만날 준비를 하고 있는 거지요."

잭은 눈살을 찌푸렸다. "난 무슨 말인지 모르겠소."

"그는 파멸했어요. 그에겐 지위도 권력도 친구도 없습니다. 주님께서 그가 위대하고 권세 있는 주교가 될 것을 원치 않으신다는 걸 깨달은 게지요. 자기 잘못을 알게 된 겁니다. 걸어서 이곳까지 와서는 평수사로 주님께 죄의 사함을 빌며 여생을 보내도록 허락해달라고 애원했습니다."

"믿을 수가 없소."

"나도 처음에는 믿지 못했지요. 하지만 결국 그가 언제나 진심으로 신을 두려워하는 인간이었음을 깨달았습니다."

잭은 의심스럽다는 표정을 지었다.

"나는 그가 진실로 경건한 사람이라고 생각합니다. 다만 한 가지 중대한 실수를 범했지요. 그는 주님을 섬기는 데 목적이 수단을 정당화한다고 믿은 것입니다. 그 때문에 무슨 짓이든 할 수 있었던 거지요."

"그래서 대주교 살해도 공모했단 말이오!"

조너선은 방어하는 몸짓으로 두 손을 들어올렸다. "그것은 주님께서 벌하실 일입니다. 내가 할 게 아니지요."

잭은 어깨를 으쓱했다. 필립이 했을 법한 말이었다. 잭으로서는 웨일런을 수도원 안에 살도록 할 이유를 전혀 찾을 수 없었다. 하지만 그것이 수사들의 방식이었다. "그런데 왜 내가 저 사람을 봐야 한다는 거요?"

"그는 당신의 아버지를 교수형에 처했던 이유를 말하고 싶어합니다."

갑자기 잭의 심장이 싸늘해졌다.

웨일런은 허공에 시선을 둔 채 돌처럼 꼼짝도 않고 앉아 있었다. 그는 맨발이었다. 노인의 연약한 하얀 발목이 그가 입고 있는 수수한 수도복 자락 아래로 나와 있었다. 잭은 웨일런이 더는 위협적인 모습이 아니라는 것을 깨달았다. 그는 무력했고, 좌절과 슬픔에 잠겨 있었다.

잭은 천천히 앞으로 걸어가 웨일런에게서 10미터쯤 떨어진 긴 의자에 앉았다.

"선왕 헨리는 지나치게 강대했지요." 웨일런은 거두절미하고 말했다. "몇몇 귀족들은 그 점이 마음에 들지 않았습니다. 속박이 너무 심했던 탓이지요. 그들은 다음번에는 좀더 약한 사람이 왕이 되기를 원했습니다. 그런데 헨리에겐 윌리엄이라는 아들이 있었습니다."

실로 오래된 이야기였다. "그건 내가 태어나기도 전의 일이에요."

"당신 부친은 당신이 태어나기 전에 죽지 않았습니까." 그의 어조에는 오래도록 거드름 피우던 흔적이 남아 있었다.

잭은 고개를 끄덕였다. "계속하시죠."

"몇몇 귀족들은 헨리의 아들 윌리엄을 죽이기로 결심했습니다. 만일 승계가 불확실해지면 자신들이 새 왕을 뽑는 데 더 큰 영향력을 행사할 수 있다고 생각했지요."

잭은 웨일런의 창백하고 여윈 얼굴을 꼼꼼히 뜯어보면서 기만의 증거가 없는지 찾아보았다. 그러나 노인은 다만 지치고 기진맥진한데다 뉘우치는 표정을 짓고 있을 뿐이었다. 그가 무슨 일인가를 꾀하고 있다 해도 잭으로서는 그것을 알아볼 수 없을 터였다. "하지만 윌리엄은 화이트 십 난파로 죽었잖습니까."

"그 난파는 사고가 아니었지요."

잭은 충격을 받았다. 그런 일이 있을 수 있다니, 왕위 계승자가 단지 몇몇 귀족들이 느슨한 통치를 원한다는 이유만으로 살해되다니! 하지만 그것은 대주교 살해 이상으로 놀라운 일은 아니었다. "계속하세요."

"귀족의 부하들이 그 배에 구멍을 뚫은 다음 자기들은 보트를 타고 빠져나왔지요. 돛대에 매달려 뭍으로 떠내려온 한 사람을 빼고는 모두 익사했습니다."

"그가 내 아버지였군." 잭은 이야기의 맥락을 잡기 시작했다.

웨일런의 얼굴은 하얗게 질려 있었고 입술에는 핏기가 없었다. 그는 아무 감정도 싣지 않고, 잭과 눈길을 마주치지 않으려 하면서 말했다. "그는 음모자 중 한 사람이 소유하고 있던 성 근처 해안에 닿았습니다. 그래서 그들은 그를 붙잡았습니다. 그 사람은 비밀을 폭로하는 데는 아무 관심도 없었습니다. 사실 누군가 그 배에 구멍을 뚫었다는 것도 모르고 있었지요. 하지만 그가 풀려나 자신이 겪은 일을 떠들어댄다면, 다른 사람들이 진실을 알고 말 상황이었어요. 그런 광경을 목격했던 거지요. 그래서 그들은 당신 아버지를 납치해 잉글랜드로 데려온 다음, 믿을 수 있는 사람들의 보호하에 맡겨두었지요."

잭은 깊은 슬픔을 느꼈다. 아버지가 하고 싶어했던 일은 오직 사람들을 즐겁게 해주는 것뿐이었다고 어머니는 말했다. 하지만 웨일런의 이야기에는 다른 무언가가 있었다. "왜 그를 즉시 죽이지 않았습니까?"

"그들은 능히 그럴 수 있었지요." 웨일런은 감정이 섞이지 않은 어조로 말했다. "하지만 그는 아무 죄도 없는 순박한 사람이었고 모두에게 기쁨을 주는 음유시인이었어요. 그들도 차마 그런 짓은 할 수가 없었던 것입니다." 웨일런은 서글픈 미소를 지었다. "아무리 무자비한 사람이라도 삼가는 일은 있게 마련입니다."

"그렇다면 무엇 때문에 그들이 마음을 바꾼 거죠?"

"결국 그가 이곳에서도 위험한 존재가 됐기 때문이지요. 처음에 그는 전혀 위협적인 인물이 아니었습니다. 영어를 할 줄도 몰랐으니까요. 하지만 당연하게도 영어를 익히고 친구도 사귀기 시작했습니다. 그래서 그들은 그를 숙사의 지하감방에 가두었던 것입니다. 그러자 사람들은 왜 그를 가두었느냐고 묻기 시작했지요. 그는 처치 곤란한 존재가 됐습니다. 그들은 그가 살아 있는 한 자신들이 편할 수 없으리라는 사실을 깨달았습니다. 그래서 결국 우리에게 그를 죽이라고 명령한 것입니다."

그렇게 간단히, 잭은 생각했다. "하지만 당신들은 왜 그들의 말에 복종했습니까?"

"우리는 야심만만했지요. 우리 세 사람 모두 말입니다." 비로소 그의 얼굴에도 감정이 떠오르기 시작했다. 그의 입은 뉘우침으로 일그러졌다. "퍼시 햄리, 제임스 수도원장, 그리고 나. 당신 어머니는 진실을 말했습니다. 우리는 모두 그 보상을 받았지요. 나는 부주교가 되었고, 교회에서의 경력도 화려하게 시작됐지요. 퍼시 햄리는 부유한 지주가 됐습니다. 제임스 수도원장은 수도원의 재산을 불리게 됐지요."

"그 귀족들은 어떻게 됐습니까?"

"난파사건이 있고 나서 삼 년 동안 헨리 왕은 앙주의 풀크, 노르망디의 윌리엄 클리토, 그리고 프랑스 왕의 공격을 받았습니다. 한동안 그는 아주 무력해 보였지요. 하지만 결국 적들을 물리치고 십 년을 더 통치했습니다. 헨리가 뒤를 이을 후계자를 남기지 않고 죽자 결국 귀족들이 원했던 무정부 상태가 되었고, 스티븐이 왕위에 올랐습니다. 그다음 이십 년 동안 내전이 계속되자, 귀족들은 그들을 구속할 중앙의 권위 없이 자기네 영토를 다스렸지요."

"내 아버지가 그 때문에 죽은 거로군요."

"그 일도 결국 뒤틀리고 말았지요. 그때 귀족들은 대부분 싸우다가 죽고 그들의 몇몇 아들들도 그렇게 됐습니다. 그리고 우리가 당신의 아버지를 죽이기 위해 이 지방에서 꾸며낸 작은 거짓말도 결국 되살아나 우리에게 붙어다녔어요. 교수형이 집행되고 나서 당신 어머니는 우리를 저주했는데, 그 저주는 들어맞고 말았습니다. 제임스 수도원장은 레미기우스가 저 친족 등용 재판 때 말했듯 자신이 저지른 일 때문에 파멸하고 말았지요. 퍼시 햄리는 진실이 밝혀지기 전에 죽었지만, 그의 아들은 교수형을 당했습니다. 그리고 나를 보십시오. 내 위증 행위는 오십 년도 더 지난 지금 내게 되돌아왔습니다. 그것이 내 경력을 끝장냈지요." 웨일런은 마치 엄격하게 억제하느라 엄청나게 긴장이라도 한 듯 탈진한 채 어두운 표정을 지었다. "우리는 당신 어머니를 두려워했습니다. 그녀가 어디까지 알고 있는지 알 수 없었거든요. 대단한 것은 아니었지만, 그래도 그것으로 충분했어요."

잭도 웨일런만큼이나 기운이 빠졌다. 마침내 그는 아버지에 대한 진실을 알게 되었다. 평생 그가 알고자 한 일이었다. 이제 그는 분노도 복수심도 느끼지 못했다. 그는 친아버지를 한 번도 본 적이 없었지만, 그에게는 톰이 있었고, 톰은 그에게 두번째로 큰 삶의 열정이 된 건축에 대한 사랑을 심어주었다.

잭은 일어섰다. 그 모든 사건들은 너무도 아득한 과거에 일어난 일이라 울음조차 나오지 않았다. 그 이후 너무 많은 일이 일어났고, 그 대부분은 좋은 일이었다.

그는 긴 의자에 앉아 있는 가엾은 노인을 내려다보았다. 이상하게도 지금 이 순간 후회의 쓰라림을 맛보고 있는 쪽은 웨일런이었다. 잭은 그가 불쌍했다. 노인이 되어 자신의 삶이 아무짝에도 쓸모없었음을 알게 된다는 것은 얼마나 무서운 일인가, 잭은 생각했다. 웨일런이 고개를 들자 두 사람의 눈길이 처음으로 마주쳤다. 웨일런은 마치 따귀라도 맞은 듯 움찔하더니 고개를 돌렸다. 그 순간 잭은 다른 사람의 마음을 읽을 수 있었다. 그는 웨일런이 자기의 눈빛에서 동정심을 보았다는 걸 깨달았다.

그리고 웨일런에게는, 적으로부터 받는 동정심이야말로 최악의 수모일 터였다.

4

필립은 색채가 화려한 잉글랜드 주교의 정식 예복을 입고 손에는 왕의 몸값만큼이나 값어치가 있는 보석이 박힌 주교장을 든 채, 오랜 기독교 도시인 캔터베리의 서문에 서 있었다. 비가 억수같이 퍼붓고 있었다.

예순여섯 살의 노인이라 뼛속까지 시려왔다. 이것은 그가 집을 멀리 떠나는 모험으로는 마지막이 될 터였다. 하지만 온 세상을 준다고 해도 이날만은 놓치고 싶지 않았다. 어떤 의미에서 오늘의 의식은 필생의 작업을 장식하는 것이 될 터였다.

토머스 대주교의 역사적 살해사건이 일어난 지 삼 년 반의 세월이 흘렀다. 그 짧은 기간에 토머스 베켓에 대한 신비로운 숭배는 온 세상을 휩쓸다시피 했다. 캔터베리 시가지로 소규모 촛불 행렬을 이끌 때만 해도 그는 자신이 그런 일을 시작하고 있다는 건 꿈도 꾸지 못했다. 교황은 무모하리만치 단시일 내에 토머스를 성인으로 추대했다. 심지어 성지에서는 에이커의 성 토머스 기사라고 불리는 새로운 기사 서열까지 생겨났을 정도였다. 헨리 왕으로서는 이처럼 강력한 민중운동과 맞서 싸울 수 가 없었다. 그것은 한 개인이 저항하기에는 너무도 강력한 운동이었다.

필립에게 이러한 현상은 국가 권력에 대한 시위라는 점에서 중요했다. 토머스의 죽음은 교회와 왕권이 충돌할 때 군주가 폭력을 행사함으로써 언제나 우위에 놓일 수 있음을 보여주었다. 하지만 성 토머스 숭배는 이러한 승리가 언제나 공허한 것임을 증명했다. 왕의 권력은 결코 절대적인 것이 아니었다. 그것은 민중의 의지에 속박될 수 있었다. 이러한 변화가 필립이 살아오는 동안 일어난 것이었다. 그는 단지 그 변화를 목격하는 데 그치지 않고 그것이 일어나도록 노력을 기울여왔다. 그리고 오늘의 의식은 그것을 기념하는 것이 될 터였다.

머리가 큰 땅딸막한 남자 하나가 뿌연 빗속에서 모습을 나타내더니 시내 쪽으로 걸어오고 있었다. 그에게는 신발도 모자도 없었다. 그의 뒤쪽으로 얼마간의 거리를 두고 말을 탄 한 떼의 신하들이 따라오고 있었다.

그 사람은 헨리 왕이었다.

군중은 비에 흠뻑 젖은 왕이 진흙길을 지나 도시의 문으로 다가가는 동안 장례식이라도 치르는 것처럼 조용히 서 있었다.

필립은 미리 정해진 계획에 따라 길 쪽으로 걸음을 옮겨, 맨발의 왕 앞에서 대성당으로 가는 길을 인도했다. 헨리는 여느 때의 활달한 걸음걸이를 엄격히 억제해 참회의 자세로 고개를 숙인 채 따라왔다. 시민들은 자신들의 눈앞에서 몸을 낮추고 있는 잉글랜드 왕을 놀라움과 두려움이 뒤섞인 시선으로 말없이 지켜보았다. 왕의 측근들은 멀리서 그를 따랐다.

필립은 대성당 정문을 지나 천천히 왕을 인도했다. 웅대한 성당의 육중한 문은 활짝 열려 있었다. 그 세기의 정치적 위기의 정점이라 할 이 두 사람만의 엄숙한 행렬이 성당 안으로 들어섰다. 신랑은 사람들로 빽빽했다. 군중은 두 사람이 지나가도록 양편으로 갈라섰다. 사람들은 기독교 제국 전체에서 가장 자존심이 강한 왕이 흠뻑 젖은 모습으로 걸인처럼 성당 안으로 걸어들어오는 모습을 보고 경악해 낮은 소리로 수군거렸다.

두 사람은 천천히 신랑을 지나 납골당으로 통하는 층계를 내려갔다. 그곳 순교자의 새 무덤 곁에 캔터베리의 수사들이 이 왕국에서 가장 위대하고 권력 있는 주교들과 대수도원장들과 함께 왕을 기다리고 있었다.

왕은 바닥에 무릎을 꿇었다.

그의 정신廷臣들도 납골당 안으로 들어와 뒤편에 섰다. 모든 이들이 보는 앞에서 잉글랜드의 헨리 2세는 자신의 죄를 고해하고, 자신이 뜻하지 않게 성 토머스의 살해를 불러일으켰다고 말했다.

고해를 마친 다음 왕은 외투를 벗었다. 외투 속에 왕은 고행자의 의복인 녹색 튜닉과 거친 셔츠를 입고 있었다. 왕은 다시 한번 무릎을 꿇고 앉아 등을 굽혔다.

링컨의 주교가 회초리를 구부렸다.

왕은 매질을 당할 터였다.

그는 사제에게는 다섯 대씩, 수사에게는 세 대씩 매를 맞을 것이다. 물론 그 매질은 상징적인 것이었다. 그곳에는 여든 명의 수사가 참석하고 있었으므로, 그들 한 사람 한 사람에게 진짜 매질을 당한다면 왕은 죽고 말 것이다.

링컨의 주교는 회초리로 왕의 등을 다섯 차례 가볍게 건드렸다. 그런 다음 몸을 돌려 킹스브리지의 주교 필립에게 회초리를 건네주었다.

필립은 앞으로 걸어나와 왕을 매질했다. 그는 자신이 살아서 이 일을 보게 되어 진심으로 기뻤다. 그는 생각했다. 오늘부터 이 세상은 결코 전과 같지는 않으리라.

옮긴이 **한기찬**

연세대학교 국문과를 졸업했다. 『현대문학』을 통해 시인으로 등단한 뒤 번역가로 활동하고 있다. 『끝없는 세상』 『월든』 『뉴욕 3부작』 『반지의 제왕』 『캐리』 『유빅』 『카뮈, 지상의 인간』 『인간적인 너무나 인간적인』 등 100여 권의 책을 우리말로 옮겼다.

문학동네 블랙펜 클럽

대지의 기둥 3

1판 1쇄 2010년 9월 27일 | 1판 5쇄 2019년 11월 15일

지은이 켄 폴릿 | 옮긴이 한기찬 | 펴낸이 염현숙
기획 김지연 | 책임편집 김지연 | 독자 모니터 전혜진
디자인 송윤형 이원경 | 저작권 한문숙 김지영
마케팅 정민호 정진아 함유지 김혜연 박지영 김수현
홍보 김희숙 김상만 오혜림 지문희 우상희
제작 강신은 김동욱 임현식 | 제작처 영신사

펴낸곳 (주)문학동네
출판등록 1993년 10월 22일 제406-2003-000045호
주소 10881 경기도 파주시 회동길 210
전자우편 editor@munhak.com | 대표전화 031) 955-8888 | 팩스 031) 955-8855
문의전화 031) 955-8896(마케팅) 031) 955-2654(편집)
문학동네카페 http://cafe.naver.com/mhdn | 트위터 @munhakdongne
북클럽문학동네 http://bookclubmunhak.com

ISBN 978-89-546-1285-2 04840
978-89-546-1282-1 (세트)

www.munhak.com